KB250876

중국 공연문화의 꽃, 목련희

중국 공연문화의 꽃, 목련희

김 영 지 著

KISTI 한국학술정보[주]

　이 책에서는 한국불교계의 성인으로 추앙되는 목련존자가 중국 목련희에서는 어떤 이미지를 지니는지에 대해 소개한다. 아울러 목련문화가 전수되지 2000여년이 지난 지금까지도 매년 여름 백중절이면 어김없이 공연되는 목련희의 문화적 본질을 탐색한다.

추천서

　저자 김영지는 2002년 서울대학교 대학원에서 《목련희 연구》라는 제목의 논문으로 박사학위를 취득하였는바, 목련희는 불교의 목련 이야기를 희곡장르로 개편한 것입니다. 이것은 중국에서 이미 당송(唐宋)시대부터 사원과 민간에서 공연되어 중국 희곡사에서 지금까지 전하는 중국 고전 희곡 중 가장 오래되고 가장 장편인 연극으로 잘 알려져 있습니다. 지금까지도 중국의 각 지역에서 여러 지방희는 물론 나희(儺戱) 및 속강(俗講) 등 각종 민간연예의 형태로도 연출되고 있는 극종입니다. 저자는 우리 나라의 중국 목련희 연구의 개척자라고도 할 수 있습니다. 이 저서를 추천하는 본인은 1992년부터 2002년에 이르는 기간동안 『한국 중국 희곡연구회』를 조직하여 회장을 역임하면서 우리나라 학자들의 중국희곡 연구와 중국 희곡탐사를 직접 이끌어 왔습니다. 저자는 이 연구회 활동에 적극적으로 참여하면서 문헌연구 뿐만이 아니라 중국에 가서 직접 현장을 답사하고 수많은 전문가들을 만나 지도와 상담을 거쳐 위에 소개한 개척적인 박사학위 논문을 완성하였습니다. 최근에 이 박사학위 논문을 토대로 이를 보충하고 쉽게 풀어 누구나 중국의 목련희에 대해 알 수 있도록 《중국 공연문화의 꽃 - 목련희》라는 책을 저술하고 있습니다. 중국 희곡뿐만이 아니라 중국문화를 이해하는 데에도 큰 보탬이 될 책이라 여겨져 이에 적극 추천합니다.

2006년 4월

서울대학교 명예교수
연세대학교 특별초빙교수　　　　김 학 주

프롤로그

"네? 안휘성 합비는 가도 환남 지역엔 못 간다구요?"

남경에서 출발해 안휘에 가기로 하고 600원(한국돈 7만 3000원 정도)을 지불한 택시기사는 절대 못 간다고 버텼다. 첫째는 길을 모르며 둘째는 그 지역은 산으로 둘러싸인 비포장도로라 택시로는 안 된다는 것이다. 목련희 답사길에 이런 난관이 부딪힐 줄 자칭 목련희 전문가라면 예상했어야 했다. 최근에는 궁벽한 산골에서나 공연이 남아 있다는 사실을 뻔히 알면서도 세단택시를 흥정한 내 잘못이다. 환남 지역은 안휘성 최남단을 말하며 관광지인 황산에서도 한참을 들어가야 목련희 배우들이 살고 있는 흡현, 기문현, 청계현 등지에 도착할 수 있다.

다행이 기사는 한국에서 날아온 천애고아를 버려두고 갈 수는 없었는지 여기저기 전화를 하더니 친척 중에 트럭기사가 이 지역 지리를 잘 안다고 그를 태워가자고 했다. 문득 위험하지 않을까 걱정이 스쳤지만 그랬다가는 목련희를 볼 수 없을 것 같아 다시 신나게 차에 올랐다.

정말 꼬불꼬불 산길이었다. 도로를 점거한 오리 떼, 조금 가다보면 소 떼, 길은 울퉁불퉁, 최악의 드라이브다. 얼마를 달렸는지 족히 7시간은 온 느낌. 길은 그다지 멀지 않아도 비포장인 데다 가로등도 없고 표지판도 없어서 물어물어 한참이 걸린다. 중국을 여행해본 사람이라면 알겠지만 길 가는 사람에게 물어봤다가는 낭패 보기 십상이다. 걸어서만 갈 수 있는 좁은 길을 알려주기도 하고 중구난방으로 말해주기 때문에 십중팔구 헤맨다. 트럭기사 출신도 흡현은 와봤지만 청계나 기문현은 가본 적 없다고 펄펄 뛴다.

드디어 목련희 발원지라고 빨간 글씨로 새겨진 커다란 바위가 보인다. 아! 살아서 도착했구나. 어쩐지 새로 깎은 듯한 이 현대적인 바위는 얼핏 관광지 같은 인상을 주지만 그 외에는 모두 완연한 중국의 시골모습을 하고 있다. 서둘러 목련희에 관해 연구하는 학자들의 집과 공연했던 배우들을 찾아다니며 인터뷰하고 그 마을 목련희 공연단에서 공연용 의상과 소도구들, 필사한 극본을 촬영한 후, 주로 공연이 이루어진다는 사당으로 발걸음을 옮겼다.

겨울인데도 추적추적 내리는 비는 이곳이 별로 춥지 않다는 것을 말해준다. 그래도 난방 하나 되지 않는 중국 남방의 겨울은 견디기 어렵다. 빈 사당에 서서 오래전에 아주 큰 규모의 목련희 공연을 보았다는 한 아저씨의 기억을 통해 그 당시를 체험하기 시작했다.

무더운 여름, 다들 너무 더워서 이대로 죽는 게 아닐까 싶은 여름밤에 목련희 공연이 시작된다. 해가 져야 시작하는 이 공연을 위해 마을 주민 전체가 한달 넘게 준비했다. 사당은 물론 집 안팎을 쓸고 닦고 몸도 씻고 부부관계도 금하고 육식을 피해 채식만 해온 어른들이 모였다. 귀신을 불러와 귀신과 어우러지는 탓에 애들이나 임산부는 올 수 없다.

둥둥둥둥~

북소리와 함께 귀신을 부르는 도사의 몸짓……가슴이 쿵쾅 쿵쾅 울리고 닭 모가지를 비틀어 뺀 피를 뿌리는 도사에 혼백이 날아갈 지경이다. 쇠꼬챙이로 양 볼을 스윽 꿴 도사는 무시무시한 큰 칼로 자기 팔을 그었다. 돌아가신 부모님의 영혼이 천도되길 바라는 사람들은 그 피를 붓에 묻혀 이름을 적느라 길게 줄을 늘어선다. 장면이 바뀌면서 어릴 적 나복으로 불린 목련존자네 화목한 가정으로부터 시작되는 이 공연을 해마다 거하게 치러야만 그 마을에 해악이 사라지고 복이 온다고 믿었기에 매년 경건하게 의식을 준비해왔다. 목련희는 관람용 공연이라기보다는 모두가 참여하는 축제의 성격이 강해서 마치 복을 구하는 사람들이 함께 모여 만들어낸 재밌고 무서우면서도 흥미진진한 오랜 전통이었다.

솔직히 목련희는 논문을 쓰기 위한 선택이었고 답사도 이를 위한 필연적인 코스였지만 목련희에 대해 연구하고 나니 정말 몰랐더라면 아쉬웠을 정도로 동양인의 생활에 이미 깊숙이 자리한 테마였다. 지금도 해마다 음력 7월 15일이면 한국을 비롯해서 대만, 싱가포르, 중국, 일본의 사찰들에서 백중절 행사로 목련을 공연하는 것을 보면 목련희, 즉 여름날 복을 기원하는 의식은 앞으로도 영원히 거행될 것 같다. 그리고 그 구복의식의 중심에 이천년을 거슬러 살아 숨쉬는 목련희가 자리할 것이다.

2006년 어느 봄날
김 영 지 씀

Introduction

1. 이 책의 구성

중국 전통문화 연구에서 목련희는 '희곡'이라는 다양한 공연의 모습을 잘 보여주는 대상이다. 목련희는 송원(宋元) 남희(南戲)에서 원(元) 잡극(雜劇), 그리고 명·청(明淸) 전기(傳奇)로 설명되는 중국 희곡사의 변천과정에 들어맞으면서도 이것만으로는 다 담아낼 수 없는 다양성을 지닌다. 오랜 전승의 역사를 지닌 목련희를 이 글에서는 백희(百戲)라는, 다양한 공연의 시각으로 바라보고 이를 통해 유사한 형태의 공연들을 설명할 수 있는 패러다임을 모색하고자 한다.

제1장은 목련희를 연구해온 학자들의 연구사를 총망라하여 자료로서 가치가 있게 했다. 제2장은 목련이야기에 관한 부분으로 간단한 이야기가 복잡해지면서 불어나는 이야기의 형성과정을 조망한다. 제3장에서는 목련희의 등장인물과 시간, 공간, 각종 장치들을 배열하고 설명한다. 제4장에서는 공연을 둘러싼 에피소드와 공연을 기록한 자료의 신빙성 및 공연의 후원자들에 대해 살펴본다. 이 작업은 문화상품의 제작과 후원자의 역할 및 자본의 논리와 연관된다. 제5장 결론에서는 목련희라는 문화상품이 장기간 유통 가능했던 노하우와 그 문화적 의미 및 기능을 정리한다.

2. 이 책의 관점 및 간개

이 글은 목련희에 대한 포괄적인 연구를 위한 시도이다.[1] 지금까지 이에 대한 연구는 근대적인 장르개념을 수용하여 연극의 관점에 입각하여 진행되어왔다. 학자들의 관심사가 주로 연극에 집중되었기 때문에 이 시각은 보편적으로 수용되어왔다. 연구의 방향도 자연스럽게 목련희를 연극으로 바라보고 세부사항을 검토하는 데로 나아가면서 그것의 실체나 본질에 대해 탐구하는 경우는 줄어든다. 그것을 연극으로 볼 경우 동 시대에 유통되었던 잡극이나 전기 작품과 형식적으로 크게 다르지 않다. 오히려 뛰어난 작품에 비하면 수준이 떨어지는 정도로 설명되기 십상이고 그것의 고유한 기능이나 효과와 같은 측면을 포착해내기 더욱 어려워진다. 이런 점에 유념하면서 목련희를 겉모습은 연극의 형태를 띠고 있지만 실질적으로는 보다 다양한 기능과 효과를 지닌 하나의 문화상품으로 상정하고 연구를 진행하고자 한다.

목련희에 대해, 배우가 관객에게 연기를 보여주고 관객은 그에 대한 일정한 대가를 지불하고 관람하는 연극공연으로 정의를 내린다면 그것은 정확한 설명방식이 아닐 것이다. 이러한 가설을 입증하기 위해 연구자는 2년여 동안 현지를 답사하면서 직접 공연을 보거나[2] 과거의 공연에 대한 기억을 간직한 사람들에 대한 인터뷰를 실시하였다. 그 과정에서 목련희가 연극이라기보다는 오히려 축제에 가까운 분위기로 진행되는 행사임을 확인할 수 있었다. 즉 보는 사람이나 그것을 연기하는 사람이나 필요하면 사방으로 뛰어다녔고 공연 중이라 할지라도 고기를 뜯으면서 웃고 떠들었으며 내내 좌중을 압도하는 음악이 수반되었음을 알게 되었다. 보통은 마을 사람들을 대상으로 하기 때문에 촌락 단위로 공연이 이루어지는 경우가 많다. 명목상으로는 목련희라는 이름으로 거행되지만 실제로는 목련이야기와 별 관련이 없는 내용들로 공연의 대부분이 구성된다.[3] 근간이 되는 서사는 목련이야기이지만 이외에도 여러 이야기를 다수 포함하면서 종합적이고 다양한 성격을 지닌 행사로 변모된다. 따라서 이에 소요되는 시간도 공연된 지역과 공연의 성격에 따라서 매우 다른 양상을 보인다. 적게는 하루 혹은 사흘부터 일주일, 반달 혹은 한달 등 천차만별인데 이러한 다양한 공연기간은 길어야 두세 시간 안에 막을 내리는 오늘날의 연극공연과 목련희를 구별하는 근원적인 차이점이기도 하다.

이 글에서는 목련희가 형성되는 과정을 역사적으로 고찰하고 아울러 그것이 다양한 기능을 지닌 공연문화로 성장하는 과정을 탐색할 것이다. 그래서 목련희가 과연 중국인 혹은 중국 사회에는 어떤 영향을 주었는지 살피고자 한다. 그 작업을 위해서는 목련이라는 주인공이 등장하는 모든 문화현상들을 연구대상으로 포함시켜야 하고 그로 인해 때로는 연극을 때로는 축제를 때로는 의례를 때로는 극본을 하나의 맥락에서 논의해야 한다.

목련희가 처음에 어떤 형태로 전래되기 시작했는지 알아보기 위해서 과거로 거슬러 올라가 본다. 목련이야기는 처음에 ≪불설우란분경(佛說盂蘭盆經)≫으로 한역(漢譯)되어 인도에서 중국으로 전해졌다고 한다. 주인공 목련은 인도사람이었는데 중국에서 오랜 시간 전승되면서 자연스럽게 중국인으로 인식되는 경향을 보인다. 목련이 등장하는 이야기를 근간으로 불교 사원에서는 천도제로 거행하기 시작했는데 점점 사람들이 많이 모여들고 또 여러 날 지속된다. 장기간 지속되는 행사를 위해서 여러 부대행사들이 부가되었으며 이러한 과정을 거쳐 목련희의 규모는 날로 확대된다. 목련을 주인공으로 거행되는 행사의 전승 경로는 대략 다음과 같이 정리될 수 있다. 목련희는 불교 의례에서 시작되었고 의례가 반복되면서 지역적인 놀이문화로서의 모습이 추가된다. 중간에 일부가 연극으로 제작된 경우도 있으나 지역에서 필요로 하는 집단행사로 장기간 거행된 것으로 보인다.

지금까지 중국 희곡사에서는 목련희에 대해 언급하지 않거나 언급하더라도 '음악적으로나 문학적으로나 수준이 매우 낮다든지' 혹은 '가장 길고 가장 오래되었다'고 언급하는 정도였다. 음악적으로 수준이 낮다는 발언은 곤강(崑腔)이 이른바 문인희곡으로 일컬어지는 작품에 많이 사용되고 익양강(弋陽腔)은 민간에서 애호되는 다소 수준 낮은 음악이라는 통념으로부터 비롯되었다. '문학적으로 수준이 낮다'는 언급은 창사(唱詞)에도 시적인 표현이 적고 또 속된 웃음을 자아내는 백(白)을 통해 공연이 주로 진행된 데에서 기인한다. '가장 길다'는 것은 앞에서 밝힌 바와 같이 다른 연극에 비해 공연기간이 길기 때문에 그것을 문자로 기록할 경우에도 가장 길 수밖에 없다. '가장 오래 되었다'고 하는 이유는 목련희가 연극의 형태로 공연되기 시작한 시기에 대한 기록이 다른 희곡과 관련된 기록 자료보다 앞서 있기 때문이다.[4] 최근 들어 이에 대해 긍정적으로 평가한 사례가 늘고 있는 추세이며 이제는 서술하는 시각을 연극 외적인 요인으로 전환하기도 하고 또 극본의 길이를 특히 부각시켜 가장 긴 희곡으로 규정하는 경향을 보인다.[5]

목련희는 당송(唐宋) 시기에도 이미 널리 전파된 상황이었고 명부터 청 중엽까지는 거의 전국적으로 유행된다. 그러다가 청 중엽부터는 정부 차원의 금지정책과 기타 경제적인 변화로 인해 다소 타격을 받기 시작한다. 민국(民國) 시기에는 과거와 같이 큰 규모의 공연이 거행되는 횟수는 상대적으로 줄었으나 기본적인 수요가 계속 존재했기 때문에 면면히 유지된 것으로 보인다. 중공정권이 미신타파를 내세우면서 미신적인 성향을 보이는 대부분의 전통문화를 말살하면서 목련희도 공식적으로 금지당한다. 그러나 공연하는 장소가 대도시보다는 궁벽한 산골이 많았기 때문에 지금까지도 몇몇 지역에서는 목련희를 공연할 수 있는 전문 극단이 존재하고 있을 정도이다. 물론 과거와 같이 기간이 길고 규모가 큰 공연은 아니지만 주로 그 지역의 촌민을 대상으로 하여 소규모로 공연이 이루어지고 있다.[6] 목련희가 중국인에게 비중을 지닌 문화물로 성장할 수 있었던 원인을 추적하기 위해서는 외적인 변화를 넘어서는 장기 지속의 원동력을 먼저 살펴야 할 것이다. 연구자는 나이든 배우를 인터뷰하는 과정에서 장기 지속의 원동력으로 볼 수 있는 점들을 포착할 수 있었는데, 그것은 당시 극단의 인식과도 관련된다. 예부터 배우들 사이에서는 '돈이 다 떨어지고 없으면 목련희를 공연해야 경제적인 문제가 해결된다'는 관념이 통용되고 있었다고 한다. 주민들 사이에서는 또 이것을 공연해야 큰 재난이 발생하지 않고 한 해가 순탄하게 지나간다는 믿음이 존재하고 있었다고 한다. 이러한 배우와 관객의 인식은 보편적으로 자리 잡았고 실제로 민국 시기까지도 극단이나 주민들에게 정신적으로 혹은 물질적으로 도움을 주는 행사로 인식되어왔다. 그러나 지방정부의 입장에서는 이 행사를 거행하기 위해 소모되는 물질의 낭비가 심하고 또 밤중에 공연되기 때문에 주민의 일상에 좋지 않은 효과를 조성할 우려가 있다는 부정적인 인식을 표명했다. 목련희는 이와 같은 부정적인 인식을 떨쳐 버리지 못한 채 지역사회를 중심으로 유통되었으나 그럼에도 불구하고 장기간 전승되어왔다.

주민들이 보여준 기대심리에는 분명히 종교적인 성향이 담겨 있다. 그렇지만 그것은 특정한 종교를 기반으로 하는 성향은 아니다. 오히려 자신들의 삶이 긍정적인 방향으로 유도되기를 원하는 보다 보편적인 바램에 가깝다. 이렇게 보편적인 바램은 목련희와 같은 의례를 통해 실제 효과를 발휘하는 것처럼 여겨지고, 이러한 실현에 대한 환각은 다시 새로운 바램을 생성하면서 의례에 대한 수요를 재 촉발하는 방식으로 이어졌다. 종교적인 성향을 내재하고 있는 이러한 기대심리야말로 목련희를 유지시키는 동력인 동시에 지역주민의 정신적인 지지와 물질적인 후원을 확보하는 관건으로 작용했다. 비단 목련희뿐만이 아니라 좋은 것은 불러들이고 나쁜 것은 서둘러 제거하는 취지하에 거행되는 유사한 공연물들이 장기간 전승될 수 있는 근간도 바로 특정한 종교적 배경보다는 보다 보편신앙의 성향을 표방했던 데에서 찾아야 한다. 이 글에서는 이문화로서 유입된 목련 모티프가 중국의 고유한 문화와 상호 영향을 주고받으면서 성공적으로 안착하는 과정에서 지니게 된 특성들을 고찰하는 데에 중점을 둔다.

이러한 논의를 위해서는 불교가 인도에서 전래된 후에 중국의 고유한 요소들을 흡수하면서 중국불교로 변모하는 과정에서 발생하였을 외래문화의 수용방식 패턴을 거론해야 한다. 왜냐하면 목련희도 불교와 동일하게 인도에서 전래된 이질적인 요소를 중국식으로 전환하면서 중국 문화에서 정착한 산물이기 때문이다. 지금까지는 이 방면을 간과하거나 유교·불교·도교 삼교합일이라는 도식화된 설명으로 대신했었다. 그러나 중국인들은 이질적인 여러 문화들을 수용하는 과정에서 각각의 다양성을 인정하면서도 결국은 중국문화의 틀 안으로 흡수하는 데에 뛰어난 능력을 지니고 있는 것 같다. 문화수용의 측면에서 바로 이 점을 지적해야 하며 이에 대해서는 사실 막연하지만 전체적인 밑그림이 형성되어 있다. 아쉽게도 구체적인 대상이 어떤 경로를 통해 중국의 문화 내부로 흡수되었고 흡수되는 과정에서 기존의 문화에 어떤 영향을 주었는지, 그에 대한 각각의 사례연구가 부족할 따름이다. 목련희라는 하나의 흐름이 형성되는 과정을 살피는 본서의 작업은 이렇게 볼 때 인도에서 전래된 불교문화의 일부인 목련이야기가 중국적인 요소들을 수용하면서 중국의 목련희를 생성하는 과정을 보는 것이기도 하다. 그러므로 목련희가 형성되는 과정을 이문화가 장기간의 전승과정을 거쳐 성공적으로 중국에 안착하는 사례로도 볼 수 있는 것이다.

목련희는 중국의 문화 수용방식을 탐색하기에 적합한 실례이다. 왜냐하면 첫째 그것은 거의 이천여 년에 달하는 장기 전승의 역사를 지니고 있다. 둘째 그것은 몇몇 극본 외에도 현재 관람할 수 있는 공연이나 비디오 자료가 보존되어 있다. 셋째 그것은 목련구모(目連救母)라는 모티프를 공유하는 부(賦), 불경(佛經), 변문(變文), 보권(寶卷), 희문(戲文), 지방희(地方戲), 의례(儀禮), 축제, 삽화(插畵), 음악, 잡기(雜技) 등 다양하고 복합적인 문화현상으로 두루 표현된 경험을 지니고 있다. 아울러 목련희는 공연이 지금도 전승된다는 점에서 공연을 볼 기회가 없는 원 잡극이나 명·청 전기에서 해결할 수 없는 문제에 대한 실마리를 제공할 가능성이 높다. 이러한 사실은 현재 전승되는 극본이 당시의 공연을 그대로 재현한 연출대본이라는 일반적인 관념에 의문을 제기한다. 최근에 원 잡극이 명대에 기록된 독서용 극본이라는 주장이 제기된 것처럼 희곡을 연구하는 학자들은 문자로 기록되어 전하는 극본이 공연의 현장을 보여주는 텍스트라는 사실에 대해 의문을 제기하고 있다. 대부분의 공연이 이미 실전(失傳)되어 관람할 방법이 없기 때문에 확신할 수 없는 상황에서 극본도 전해지고 공연도 관람할 수 있는 목련희의 존재는 양자를 상호 비교하여 위에서 제기한 주장을 입증할 수 있는 가능성을 열어주는 것이다.

목련희(Mu-lien Xi)란 무엇인가

1. 목련희의 이미지

　목련희를 통해 떠오르는 이미지는 한 여름의 무더위, 풍성한 과일과 곡식, 흉악한 귀신 및 도깨비, 꽹과리 소리, 와자지껄함 등이다. 색채의 이미지로는 붉은색과 검은색, 불빛 색, 푸르딩딩한 귀신의 빛을 들 수 있다. 사용된 이미지와 색채를 통해 목련희는 인간사, 즉 나고 죽음, 사랑과 미움, 그리움, 잘못하고 후회하는 모습, 화내고 괴로워하는 모습을 그려낸다. 목련희 세계에는 나약한 인간이 있고 득도한 도사와 승려도 나온다. 관음과 부처와 옥황상제 같은 자비로운 신도 있지만 염라대왕, 야차(夜叉), 소귀(小鬼), 우두마면(牛頭馬面)처럼 공포나 체벌의 신이 많다. 이들은 인간에게 선악의 개념을 주입시키고 이 선악개념은 인간 대소사의 옳고 그름을 판단하는 기준이 된다.

　목련희는 내용이나 형식보다는 이미지와 색채로 승부하는 것처럼 보인다. 물론 목련이야기라는 탄탄한 서사성이 저변의 힘이겠지만 공연현장의 분위기에 휩싸이면 이야기는 숨고 둥둥거리는 비트와 비명소리, 주문외우는 소음뿐이다. 거기에 빨간 피, 빨간 천, 붉은 조명들은 마치 실험예술의 장처럼 느껴진다. 목련이 어머니의 영혼을 천도하는 데 성공하고 어머니가 인간으로 환생한다는 극적인 구성은 이러한 흥분과 염원의 도가니를 더욱 들끓게 만들어버린다. 더위에 지친 여름밤, 삶과 죽음을 넘나드는 등골이 오싹한 목련희는 더위는 물론 역병(疫病), 재앙, 온갖 나쁜 요소를 다 멀리 내쫓기에 충분한 한판의 멋들어진 굿이다.

2. 목련희와 상인

목련문화라고 일컬을 정도로 여러 형태의 목련희가 오랜 세월 유통된 데에는 상인자본과 종교라는 보이지 않는 힘이 존재했는데 이는 상인이 득세했던 명·청 시기에 두드러진 현상이다. 목련희는 중국 전통 시기 문인과 상인 간의 미묘한 알력에 깊게 연관되어 있다. 주민 중에 상인이 많은 지역에서 특히 목련희가 흥행했다는 기록이나 주인공인 목련, 즉 나복(아명)의 집안이 대대로 객상(客商)가문이라는 점은 목련희와 상인의 밀접한 연관성을 시사해준다. 예로부터 상인들은 돈을 잘 벌 수 있는지 점쳐보는 점술에 관심이 많았고 복을 구하고 액을 쫓는 의식에 많은 투자를 해왔다. 이런 의식적인 공연현장은 비단 구복(求福)만이 아니라 사교와 거래의 장으로 활용되는 경우가 많았다. 물론 목련희가 상인계층을 위해 제작된 문화상품은 아니다. 본격적으로 목련희가 도시로 들어가는 시점에 상인의 자본이 활용되면서 고립된 산간 지역의 고유 의식이라는 하나의 바퀴와 상인의 상업에 도움이 되는 흥행문화라는 또 하나의 바퀴가 함께 돌아갔으며 이 둘은 목련희라는 광의의 개념에 포함되는 다양한 모습들인 것이다.

3. 목련희의 축제성

광기를 발산하고 스트레스를 해소하는 것은 내부적인 악의 해소이다. 나아가 개개인의 악이 해소되는 것은 사회를 이루는 집단의 악을 제거하는 작업이기도 하다. 개인적으로는 치유의 효과가 있고 그것이 결국 집단의 통합과 질서 유지에 도움이 되는 긍정적인 기능을 이끌어낸다는 점에서 목련희는 여러 다른 축제문화와 상통하는 점이 있다. 목련희의 서사적인 치밀성 및 효과적인 장치들 그리고 타협적이고 풍자적인 윤리감각, 공포와 해학을 함께 다루는 연출상의 기교 등 공연을 성공으로 이끈 요소들은 많다. 다만 여기서는 공연이 성공적으로 거행될 경우 실질적인 수혜자는 어떤 계층인지, 그리고 간단한 이야기에서 시작된 공연이 이천여 년 동안 거의 전국적으로 유통될 수 있었던 이유는 무엇인지와 같은 컨텍스트적인 요소들에 보다 주목한다. 왜냐하면 굿에서 중요한 것은 주문을 구성하는 문자 자체가 아니라 문자가 지니는 주술성에 있으며 보다 중요한 것은 굿의 효력에 있기 때문이다. 목련희는 그것이 지닌 벽사(辟邪) 기능이 핵심이며 장기 전승의 근원적인 힘도 이러한 주술성에서 발견된다. 목련희를 거행하면 한 해를 평안하고 무사하게 지낼 수 있다는 참여자들의 믿음이 오랜 세월 공연을 장기 전승으로 이끄는 원동력인 것이다. 이런 점에서 목련희는 평범한 공연이 아니라 종교적인 색채가 강한 의식이 믿음을 기반으로 문화적인 감각을 단련한 사례로서 보다 적극적으로 평가되어야 할 것이다.

목 차

제1장 연구사

제1절 연구사

목련희에 대한 연구범주에 주인공 목련의 이름이나 그가 등장하는 불경을 포함시킨다면 연구의 단초는 이미 19세기 말 한 프랑스 학자로부터 시작되었다.[7] 그로부터 오랜 세월이 지난 지금도 목련희 연구는 계속되고 있으며 다년간의 연구성과를 종합하면 다음과 같다.

1) 시기별 연구경향

전통 시기에는 왕양명(王陽明), 장대(張岱), 서가(徐珂) 등이 목련희에 대한 관심을 표명한 적이 있고 20세기 초반에는 임서(林紓)나 주작인(周作人) 등이 이에 관한 짧은 평을 남겼다.[8] 근대적인 학문방법을 적용한 목련희 연구는 1920년대에 처음 시작되었다. 당시에는 주인공 목련에 대해 그리고 그와 관련된 이야기의 변화과정을 살피는 데에 주로 관심이 집중되었다. 이렇게 시작된 목련희에 대한 연구는 이후로 중공정권이 들어서면서 단절되었으며 이러한 추세는 문화대혁명 기간까지 이어진다. 물론 문혁 중에도 양판희(樣板戱)[9]와 같이 특정한 목적으로 사용되는 공연은 존재했다. 그러나 목련희와 같이 미신적인 성향을 보이는 경우에는 공식적으로 공연이 금지되었으며 극본을 소유하는 행위마저도 인정되지 않았다. 이런 상황에서 목련희에 관한 연구를 발표한다는 것은 생각할 수 없는 일이었다.

1980년대부터 전통문화, 그중에서도 민간문화에 대한 관심이 고조되기 시작했고 목련희도 다시 주목을 받는다. 민간문화를 발굴하는 작업을 추진하는 과정에서 각 지역 문화국은 과거의 노장 배우들을 불러 모아 목련희를 재연하게 하였다. 그리고 공연을 녹화하여 비디오테이프로 제작하여 자료화하였고 기존에 유통되던 필사본을 교정하여 인쇄 극본으로 출판하였다. 이와 같이 목련희 연구의 기반을 마련한 다양한 작업은 대략 세 가지로 귀납된다. 하나는 이야기의 발생과정을 살피고 판본과 관련된 사항을 규명하는 작업이다. 다른 하나는 변문과 극본 등 기록 자료를 수집하고 그 내용을 분석하는 작업이다. 마지막은 공연의 실황에 대한 정보를 수집하고 배우를 기용하여 과거의 공연을 재연하고 자료화하는 작업이다. 연구자들은 기록 자료들을 비교 분석하고 시대별로 정리하는 데에 많은 노력을 기울였으며 목련희를 공연할 수 있는 희반(戲班, 현재 극단을 의미)이 존재하는 지역을 선정하여 학술회의를 개최하였다. 이러한 회의는 보통 학술 토론 및 논문 발표를 하고 재연된 공연을 관람하는 순서로 진행되었다. 지금까지의 연구 개황을 정리하면 다음과 같다.

1) 1920-1950년의 기간에 중국에서는 오효령(吳曉玲), 조경심(趙景深) 등이 목련경과 목련변문 그리고 명·청 극본인 ≪신편목련구모권선희문(新編目連救母勸善戲文)≫과 ≪권선금과(勸善金科)≫를 기본 자료로 하여 이야기의 변천을 정리하는 데에 집중하는 경향을 보인다.10) 사린생(謝麟生)이 현재 목련보권으로 전승되는 목련삼세전설(目連三世傳說)에 관해 일찍이 언급한 사실도 주목할 필요가 있다.11) 시기적으로 보면 일본 학자들이 먼저 연구를 시작했는데 1925년과 1926년에 이케다 쵸타츠(池田澄達)와 구라이지 타케시로(倉石武四郎)은 ≪목련희문≫과 ≪우란분경(盂蘭盆經)≫을 판본학적 입장에서 고찰하였다.12) 1930년에는 靑木正兒가 돈황(敦煌) 문건인 〈목련연기(目連緣起)〉와 목련변문을 고찰

하였다.[13] 종합하면 1920년대에 일본에서는 희문과 우란분경 그리고 목련변문과 같은 텍스트를 중심으로 한 연구가 진행된 것이다.

2) 1950-1980년까지 일본의 가나오까 쇼코우(金岡照光), 이와모토 유타까(岩本裕), 사와다 미즈호(澤田瑞穗)가 목련의 기록 자료에 대한 연구를 계속하였다.[14] 그런데 중국에서는 관덕동(關德東)이 〈목련연기〉에 대한 연구논문을 발표한 1946년 이후로 실질적인 연구가 중단된다.[15] 한국의 사재동(史在東)은 한국에 유통된 목련경의 소설사적 가치를 밝히고 그것을 불교계 고전소설로 분류하였으며 실전된 한국의 목련문화를 현존하는 중국자료에 의거하여 증명해내는 방법을 시도하였다.[16]

3) 1980년대 중반부터 중국에서 전통문화의 보존이라는 차원에서 구전자료를 발굴하고 녹취하는 작업이 진행되면서 목련희에 관한 전반적인 연구가 다시 이루어지기 시작한다. 현지조사는 호남(湖南), 사천(四川), 복건(福建), 안휘(安徽) 등지에서 광범위하게 진행되었고 그중에서도 특히 사천 지역에서는 성도(成都), 노주(蘆洲) 등에서 여러 목련희가 발굴되어 과거에 그것을 관람했던 사람들의 인터뷰를 통해서 재연을 위한 토대가 마련되었다.

4) 1990년대에는 한국의 장춘석(張椿錫)은 파리에서 불교의 효와 관련된 텍스트에 관한 연구로 박사학위를 받은 뒤 목련문화에 관해 꾸준하게 연구를 계속하고 있다. 특히 인도불교설화에서 목련의 원형을 찾아냄으로써 목련이 인도에서 전래된 이야기임을 밝혔다.[17] 기타 지역의 목련희에 관한 연구 역시 다나까 잇세이(田仲一成), 상단기(常丹琦), 주항부(朱恒夫), 황생문(黃笙聞), 이강(李强), 차석륜(車錫倫), 유정(劉禎), David Johnson 등에 의해 상당한 성과를 이루었다.[18] 이 과정을 통해서 목련이라는 모티프가 희곡 장르뿐만이 아니라 서진(西晉)의 불경, 당대의 변문, 명대의

희곡, 청대의 보권, 탄사(彈詞), 자제서(子弟書), 그리고 지방희로 이어지는 시간적인 순서와 공간적인 영역을 구비하고 있음이 확인되었다. 그래서 과거에 목련이라는 모티프가 중국의 공연예술과 기록 자료를 통해 어떠한 방식으로 쓰여 왔는지에 대한 윤곽을 밝히게 된 것이다. 이 점은 목련희 연구에서 획득한 가장 큰 성과이다.

그 밖에 전목련(前目連)과 후목련(後目連), 정목련(正目連)과 화목련(花目連)으로 목련희를 분류하면서 원래의 목련이야기와는 직접 관련이 없으면서 그것을 구성하는 5대 정희(正戲)[19]에 대한 고찰과 특히 ≪서유기(西遊記)≫ 및 ≪지장보살본원경(地藏菩薩本願經)≫과 관련된 제반 논의가 있었다. 서유 및 지장에 관한 논의는 장일불(張一彿), 구양우휘(歐陽友徽), 유정, 단명(段明) 등에 의해 개진되고 있다.[20] 한편 영명생(葉明生)과 장영(長映)은 민속학의 관점에서 목련희에 출현하는 귀신에 관련된 사항을 주로 고찰하였는데 이러한 연구경향은 나희(儺戲)의 형식으로 공연되어온 목련희가 수반하는 민간의 습속에 대한 관심으로 이어진다.[21] 목련희는 종교적인 배경을 기본적으로 불교로 하고 있지만 복건(福建) 및 강서(江西) 같은 특정 지역에서는 도교의 사원에서 거행되는 경우가 있다. 도사 목련희 혹은 타성희(打成戲), 법사희(法事戲)로 불리는 도교와의 연관하에 전승되어온 목련희에 관해서는 모레미(毛禮鎂), Dean Kenneth, 진교(陳翹), 담효창(詹曉窗)의 글을 참조할 수 있다.[22]

이런 모든 연구성과는 현지 조사를 통해 작성된 보고서와 학술회의에서 발표된 연구논문 그리고 재연된 비디오테이프와 같은 자료로 축적되었고 이렇게 축적된 연구자료를 바탕으로 목련희에 관한 더 광범위한 연구가 가능해졌다고 본다. 그래서 전통문화를 보존하고 이에 대한 연구를 통하여 중국의 뿌리를 찾는 노력의 일환으로 각지의 현존하는 자료를 수집하고 그와 함께 거의 사라진 공연문화를 재연하는 작업을 벌였으며 그 과정에서 목련희도 함께 발굴된 것이다. 이로 인해 목련희는 희곡사에서 밝혀지지 않은 문제들을 해결할 가능성을 지닌 연구대상으로서 최근 학자들의 지대한 관심 사안으로 부각되고 있다.

1990년 중반부터는 오히려 연구가 부진하다. 이것은 두 가지 방면에서 그 원인을 찾아 볼 수 있다. 첫째는 외부적인 원인을 들 수 있을 것인데 전통문화 연구와 관련된 사업은 정부의 지원을 받기가 쉽지 않다. 그래서 각 성(省)의 문화국 차원에서 현지 조사 작업을 실시하려고 해도 경비문제와 인력에 관해 많은 한계들이 드러나고 있었다.[23] 둘째는 내부적인 원인이 될 것인데 목련희의 다양한 언어와 음악의 문제 때문에 그것의 다양한 현상을 총 망라한 통합 연구가 불가능하다는 점이다. 이것은 목련희에 대한 연구 경향이 출신 지역별로 치중되는 가장 큰 원인으로서 방언과 음악이 지니는 한계로 인해 북경 출신의 학자가 사천의 목련희를 연구하거나 섬서(陝西) 출신의 학자가 복건(福建)의 목련희를 연구하는 일은 상당히 힘들었다. 그래서 학자들은 출신 지역별로 해당 지역의 목련희를 연구하기 시작했고 심지어는 외국인 학자들까지도 중국 본토의 학자들처럼 지역별로 목련희를 연구하는 경향을 보인다.

이 밖에도 어려운 점이 있다면 우선 목련희를 실제로 공연했던 배우나 그것을 관람한 적이 있어서 그 기억을 가지고 있는 사람들이 모두 고령이라는 점이다. 그래서 과거에 했던 공연을 그대로 재연하기가 어렵고 배우들이 거주하는 지역도 궁벽한 산골이라서 재연작업을 실시하기가 쉽지 않았다. 이러한 어려움에도 불구하고 호남(湖南) 지역의 기극(祁劇)과 진하희(辰河戲)에 포함된 목련희와 복건 지역의 목우(木偶) 목련희[24] 그리고 안휘 지역의 휘극(徽劇) 및 사천 지역의 천극(川劇) 목련희 등이 일부 복원되었다.

1980년대에 목련희 연구가 성행하기 시작한 배경에는 전통문화를 보존해야한다는 학자들의 사명감이 자리하고 있었다. 학자들은 전문적인 학술회의를 개최함으로써 이에 대한 올바른 시각을 정립하고 각종 자료를 수집하는 장을 마련하였다. 1982년에 장사(長沙)에서 개최되었던 『고강학술토론좌담회(高腔學術討論座談會)』는 목련희 연구에 중요한 의미를 부여한 행사이다. 여기서는 주로 고강(高腔)에 관한 토론이 진행되었지만 어쩌면 목련희가 희곡을 연구하는 데에 존재하는 여러 의문점들을 설명해줄 수도 있으리라는 가능성을 발견한 중요한 자리이기도 했다. 이로부터 2년간의 준비 끝에 목련희라는 단일 주제로 학술회의가 개최되었다. 그 후로 중국을 위시한 미국 혹은 한국에서도 목련희를 주제로 하는 전문적인 학술회의가 여러 차례 개최된다.

1) 목련희학술연토회(目連戲學術研討會)

기간: 1984. 10. 27-28.

장소: 湖南省 祁陽縣.

학회가 종결된 28일부터 다음 달 3일까지 祁劇 ≪目連戲≫를 재연하였는데 이것은 학자들만 관람이 가능한 내부공연이었다. 학회에서 발표된 논문들은 ≪目連戲學術座談會論文選≫으로 발간되었다[25].

2) 목련희국제연토회(目連戲國際研討會): The Ritual Opera, Operatic Ritual

기간: 1987. 8. 9-13.

장소: U. C. Berkely.

이 학회는 David Johnson 주관으로 개최되었으며 초청된 중국인 배우 3명이 목련희의 折子戲를 재연하였다. 학회에서 발표된 논문들은 *Ritual Opera, Operatic Ritual*로 발간되었다.[26]

3) 정지진목련희학술연토회(鄭之珍目連戲學術研討會)

기간: 1988. 4. 24-28.

장소: 安徽省 祁門縣.

개회사는 李新根이 맡았으며 그의 〈鄭之珍目連戲學術研討會上的講

話〉를 비롯한 여러 논문은 《目連戲研究論文集》으로 발간되었다.

4) 목련희학술좌담회(目連戲學術座談會)

기간: 1989. 10. 21-30.

장소: 湖南省 懷化. 이 학회는 中國藝術研究院과 湖南省 戲曲研究所 주관으로 개최되었으며 국내외 학자 이백 여명이 참석하였다. 당시 辰河 高腔 目連戲를 재연하여 학자들이 관람할 수 있게 하였으며 발표된 논문은 《戲曲研究》 37號로 발간되었다.

5) 중국남희 및 목련희 국제학술 연토회(中國南戲及目連戲國際學術研討會)

기간: 1991. 2. 26-3. 5.

장소: 福建省 泉州.

이 학회는 中國藝術研究院 주관으로 개최되었고 당시 打成戲와 木偶 목련희가 재연되었다. 학회에서 발표된 논문들은 《中國南戲及目連戲研究論文集》으로 발간되었다.

6) 사천목련희국제학술연토회(四川目連戲國際學術研討會)

기간: 1993. 9月(7일간)

장소: 四川省 綿陽市.

이 학회에서 목련희를 공연하기 위해 극본을 개편하는 등 여러 준비작업이 한 해 전부터 시행되었다. 그래서 당시 학회에서는 낮에는 학술회의를 개최하고 어두워지면 천극 목련희를 관람할 수 있었다. 발표된 논문들과 재연된 공연의 대본이 《川劇目連戲綿陽資料集》으로 발간되었다.

7) 한국목련문화학술대회(韓國目連文化學術大會)

기간: 2000. 8. 14-15.

장소: 대전 충남대학교. 이 학회는 史在東의 주관으로 거행되었으며 인근 사찰에서 우란분재를 관람하는 순서가 마련되었다. 발표된 논문들은 《우란분재와 목련전승의 문화사》로 발간되었다.

이후로 2003년까지는 목련희라는 단일 주제로 학술회의가 개최되지 않다가 2005년 12월 22일에서 26일까지 500여년의 목련희 역사를 지닌 안휘성 석대(石臺)현에서 무형문화유산의 보존을 주제로『2005 국제 정지진 목련희 학술회』가 열린다. 2000년 6월 대만에서 개최된『의식, 희곡과 민속학술회(儀式, 戲曲與民俗學術硏討會)』에서도 목련희와 관련된 논문이 다수 발표되었고 이에 관한 토론이 진행되었으며 지금까지 목련희와 관련된 10여 권의 연구논문집과 3권의 자료집이 발간되었다.27) 극본으로는 복건 보선희(莆仙戲), 강서 양강(陽腔) 목련희, 복건 초륜본(超倫本) 목련희, 호남 진하 목련희와 기극(祁劇) 목련희, 사천의 천극 목련희 등이 출판되었다.28) 단행본으로는 진방영(陳芳英)의 ≪목련구모이야기의 변천과 관련문학 연구(目連救母故事之演進及其有關文學之硏究)≫,29) 두건화(杜建華)의 ≪파촉 목련희극문화 개론(巴蜀目連戲劇文化槪論)≫,30) 주항부(朱恒夫)의 ≪목련희연구≫,31) 유정(劉禎)의 ≪중국민간목련문화≫,32) 능익운(凌翼云)의 ≪목련희와 불교≫,33) 장춘석의 ≪목련문화신론≫,34) Qitao Guo의 *RITUAL OPERA MERCANTILE LINEAGE*35) 등 일곱 권이 발간된 상태다.

2) 지역별 연구경향

목련희는 중국과 대만뿐 아니라 일본, 한국, 미국, 프랑스 등의 학자들까지 연구에 가세하고 있다. 그런데 국가별로 그리고 중국 대륙 안에서도 지역에 따라 연구경향이 상당한 편차를 보인다. 각 지역별로 진행되는 연구가 어떤 특징을 지니고 있는지 살펴보면 다음과 같다.

1) 중국대륙

중국 내부의 목련희 연구는 지역별로 다음과 같은 특성을 지니고 있다. 우선 안휘 지역을 보면 1959년 여름부터 1960년 1월 1일까지 반 년간 남릉(南陵), 지주(池州), 악서(岳西), 휘주(徽州) 및 절강성 금화(金華) 등지의 휘극 배우들이 모여 목련희 발굴작업을 진행했다. 그들은 작업을 끝낸 후에 환북(皖北) 문예간부학교 소극장(현 안휘성 황매희극원(黃梅戲劇院) 배연장(排演場)) 앞에서 촬영을 하였는데 이는 실질적으로 목련희의 지역연구가 종결되는 시점이었다. 이로부터 우후죽순처럼 발표된 지역학자들의 논문을 통해 이 지역의 목련희에 대한 다음과 같은 사실을 발견할 수 있었다.

명 말, 청 초에 남릉·흡현(歙縣)·석대·기문(祁門)·청양(靑陽)·경현(涇縣) 등 환남[36] 지역에서 목련희가 자주 공연되었다. 명대에 극본을 개편한 정지진의 고향인 청계(淸溪)는 현 기문현에 속한다. 기문현의 율목촌(栗木村)에 가면 이곳이 '목련희 발원지'임을 대외적으로 공포하는 비석이 세워져 있다.[37] 그리고 청대에 장대(張岱)가 남긴 목련희에 대한 기록에서 공연을 담당했던 희반으로 등장하는 휘주 정양희자(旌陽戲子)는 바로 흡현에서 공연했던 것으로 추정된다. 정지진의 개편본이 출판되었다는 점만으로도 휘주는 목련희와 인연이 깊은 지역이며 이러한 이유로 1988년에는 『정지진목련희학술회』가 개최된 것이다. 시문남(施文楠), 장국기(張國基) 등 안휘 목련희에 관해 연구하는 학자의 수효가 상대적으로 많으며 1997년에 ≪안휘목련희 자료집≫이 출판되었다. 휘주 지역 목련희는 이에 관한 박사학위논문이 미국에서 발표되는 등 꾸준한 연구가 지속되고 있다.[38]

강서성은 특히 안휘성과 근접한 강서 북부 지역에 목련희의 공연 및 그와 관련된 자료들이 많이 전해지고 있다. 안휘성의 남쪽과 강서성의 북쪽에서 공연이 활발했던 것으로 미루어 이 지역들에 거주하는 희반이 순회공연을 하였던 것으로 추정해 볼 수도 있다. 극본으로는 익양강(弋陽腔) 목련구모(目連救母)(공극본 贛劇本)와 청양강(靑陽腔) 목련희(보동본 蒲同本) 두 종류가 주로 전해지고 있다. 이외에도 도사희 및 나희 목련희도 전해지고 있으며 이에 관해서는 모례미가 적극적으

로 연구를 벌이고 있다. 그와 함께 유춘강(劉春江), 왕약(王躍) 등도
이 지역을 대표할 만한 학자들이다. 모례미의 〈강서 도사연출 목련희〉
는 도관에서 벌어진 공연을 답사한 보고서 양식의 논문이다. 유춘강의
〈강서 청양강 목련희의 종교의식〉은 공북(贛北) 지역의 민간종교의식
과 목련희를 연계하여 논의했다. 왕약는 양희(陽戲)이자 음희(陰戲)인
목련희 ≪매화(梅花)≫를 가지고 목련희와 나희의 연관 관계를 다루었
다.[39]

호남성의 경우 그 지역의 지방희인 기극과 진하희, 상극(湘劇) 모두에
목련희가 포함되어 있다. 기극을 연구한 학자로는 양문릉(梁文凌), 왕약,
나금량(羅金梁), 능익운(凌翼云), 당벽광(唐碧光), 유회춘(劉回春), 임
일(林一)이 있다. 또 진하희를 중심으로 목련희를 연구한 학자로는 오
종택(吳宗澤), 이회손(李懷蓀), 장영이 대표적이다. 상극은 극본만 남
아 있고 재연될 기회가 없었는데 이에 관해서는 중국희곡연구소의 대
운(戴雲)이 극본을 연구하는 중이다.[40]

하남성은 북송(北宋) ≪동경몽화록(東京夢華錄)≫의 기록에 나오는
최초의 공연이 이루어졌다는 변량(汴梁)이 위치한 지역으로 현재 개봉
(開封)이 이에 해당된다. 당시 공연을 담당한 희반에 관한 자료는 발견
되지 않았다. 현재 이 지역은 예극(豫劇)이 성행하는데 여기에 포함된
목련희에 관해서는 정동덕(鄭同德)이 1986년 5월부터 1988년 가을까지
답사했던 내용을 토대로 간략하게 소개한 논문을 발표한 적이 있다.[41]

강소(江蘇)·절강성은 노신(魯迅)이 언급한 소흥(紹興) 목련희가 공
연된 지역이다.[42] 이 지역에서는 사용도(謝湧濤), 주항부, 서기년(徐斯
年), 서굉도(徐宏圖), 채풍명(蔡豐明), 황문호(黃文虎) 등이 활동하고
있다.[43] 극본으로는 ≪양강목련희≫가 출판되었다.[44]

복건·광동성에 관해서는 Dean Kenneth, 장천제(張泉俤), 심계생(沈
繼生), 가여관(柯如寬), 가자명(柯子銘), 진교 등이 연구를 발표했고
강서의 모례미도 간여하고 있다.[45] 이 지역은 도교적인 색채가 강해서

인지 목련희를 도사희라고 부른다. 도사가 목련희를 주관하는 경우의
공연이나 그에 관한 자료가 많이 발견되고 있다. 특히 광동에는 지금
도 목련과 관련된 도교 과의(科儀)가 남아 있는데 이에 관해서는 다나
까 잇세이와 이건국(頤建國)이 연구를 발표했다.46) 복건 지역은 보선희
(莆仙戲) ≪목련≫이 출간되었고 제선(提線) 목우희와 목련 괴뢰희(傀
儡戲)의 테이프가 소장되어 있다. 광동 지역은 화교에 의해 전통문화가
보존된 경우인데 주로 장례와 같은 의례를 중심으로 목련희가 남아 있
어서 외국학자의 현지답사 장소로 활용되고 있다.

사천성은 1년간 목련희가 지속적으로 공연된 적이 있고 현지 조사를 통
해서 많은 자료를 발굴해낸 전력이 있다. 이 지역 목련희는 주인공에 관해
서 흥미로운 점이 발견되는데 원래 주인공은 목련이지만 점점 관객의 관
심은 어머니인 유청제(劉靑提)로 전환되어 나중에는 어머니가 주인공이
되는 경향을 보인다. 그래서 공연이나 극본 모두 어머니에 대한 서술의 각
도에 다소 변화가 생겼고 제목을 아예 ≪유씨사진(劉氏四眞)≫으로 바꾸
기도 했다. 목련희와 관련된 유적지인 목련 고리(故里)와 유청제의 묘가
발견된 지역이기도 하고47) 귀성(鬼城) 풍도(酆都)나 아미산(峨眉山) 등
극본에 나오는 지명도 사천 지역에 실제로 존재하는 지명들이다. 이 지역
에는 천극과 목우희 그리고 재동양희(梓潼陽戲)48)가 주요 지방희인데 세
가지에 모두 목련희가 들어있다. 대표적인 연구자로는 우일(于一), 두건화
(杜建華), 호천성(胡天成), 왕정구(王定歐) 등이 있다. 우일은 〈목련희란
무엇인가〉와 같은 개론을 다루었고 두건화는 이에 관한 무대미술과 연출
등에 관심을 보인다. 왕정구는 지역별 목련희가 가지는 특색과 가치를 논
하고 그것이 지니는 의미에 대해 주로 논의하고 있다.49) 이 지역은 연구
자의 수도 다른 어느 지역보다 많고 공연 횟수나 규모로 보아도 월등하게
차이가 나며 지금도 목련희를 현대적으로 각색하여 무대에 올리고 있다.

북경·산동·섬서성 등 북부 지역에서의 목련희의 공연 전통을 이해
하기 위해서는 명 전기 북방의 민간희곡 자료인 ≪영신새사예절전부사

34

십곡궁조(迎神賽社禮節傳簿四十曲宮調)≫[50]를 참조해야 한다. 해마다 정기적으로 공연되는 영신새사에는 그에 수반되는 부대행사로써 공잔대희(供盞隊戲) ≪목련구모≫와 아대희(啞隊戲) ≪청제유씨유지옥(青提劉氏游地獄)≫이 정기적으로 공연되었다. 실제로 목련희 자체에도 귀신과 역병을 쫓는 축귀축역(逐鬼逐疫)이나 길한 기운을 들이는 납길(納吉)의 기능이 있었기 때문에 영신새사 등의 행사와 잘 어울렸다. 경극 중에도 목련희와 관련된 내용이 총 7 장면이 들어 있는데 이에 관해서는 유정이 잘 소개하고 있다.[51] 그 밖에 산동방자(山東梆子)≪대불산(大佛山)≫과 산서 요고잡희(鐃鼓雜戲) ≪백원개로(白猿開路)≫ 그리고 섬서 진강본(秦腔本) ≪목련권(目連卷)≫이 현재 전해지고 있으며 이에 관해서는 황생문(黃笙聞)과 기근은(紀根垠)이 관심을 가지고 연구해왔다.[52] 위에 소개한 산동방자 등에서도 사천 지역과 같이 유씨를 착한 인물로 묘사함으로써 그녀는 무고한데 주변의 모함으로 파계(破戒)하게 된 정황을 서술하고 있다.[53]

2) 기타 지역

대만에서는 1983년 목련희 연구에 관한 단행본인 진방영의 ≪목련구모이야기의 변천과 관련문학 연구(目連救母故事之演進及其有關文學之研究)≫가 처음 발간되었다. 그 후로 왕추계(王秋桂)의 주관하에 지속적으로 발간되고 있는 ≪민속곡예(民俗曲藝)≫총서를 통해 극본을 교감하거나 자료집을 재정비하는 작업을 벌이고 있다. 이풍무(李豐楙)에 의해 대만 현지의 상례의례(喪葬儀禮)에 관한 연구가 목련희와의 관련하에 진행된 적이 있다.[54]

한국에서는 충남대학의 사재동과 전남대학의 장춘석이 이 분야에 주력하고 있는데 사재동은 이 분야의 선구적인 학자로서 목련경의 소설 가치를 규명하고 실전된 목련문화를 복원하고자 노력하고 있으며 작년에 목련희 학술대회를 개최하고 그 성과를 ≪우란분재와 목련전승의 문화사≫로 출간하였다. 기록 자료가 ≪월인석보(月印釋譜)≫와 ≪팔상록(八相錄)≫ 그리고 ≪목련경≫에 국한되기 때문에 이것을 불교계 서사로 규정하고 불교의 입장에서 접근하고 있다. 장춘석은 파리에서 불교의 효와 관련된 연구로 박사학위를 받은 뒤 목련문화에 대해 꾸준한 관심을 피력하고 있다. 그는 목련이야기의 원형으로 추정되는 내용을 Pali본에서 발견하여 그것이 인도에서 전래되었다는 사실을 검증하였다. 이 내용은 단행본 ≪목련설화신론≫으로 간행되었다.

일본에서는 1920년대부터 이케다 쵸타츠, 구라이시 타케시로, 아오키 마사루(靑木正兒)의 대학자들이 연구를 시작한 이래로 최근 구양우휘, 다나까 잇세이에 이르기까지 지속적인 연구논문이 발표되고 있다. 중국에서는 목련희라는 공연의 형태가 확산되었던 것에 반해 일본에서는 기록 자료의 형태로 주로 유통되었다. 선학들이 중국의 목련경, 목련변문, 목련희문의 기록 자료를 주로 연구하였다면 후학의 경우에는 현지조사를 통해 공연 형태의 목련희에 대한 인식의 수준을 높였다. 기까와 요시까즈(吉川良和)에 의해 ≪원간목련경(元刊目連經)≫이 일본으로 유입된 경로와 해당 텍스트에 대한 상세한 고찰이 이루어졌으며 불교미술이 많이 남아 있어서 변상도(變相圖)에 대한 연구성과도 나왔다. 그리고 엽한오(葉漢鰲)에 의해 일본의 전통 연극에 포함된 지옥극과 목련희를 비교하는 작업이 진행되었다.[55]

미국에서는 David Johnson을 중심으로 중국민간문화에 대한 연구가 활발하게 이루어지는데 그의 지도로 Qitao Guo는 박사학위논문 *"Huizhou Mulian Operas: Conveying Confucian Ethics with 'Demons and Gods"* 를 완성하였다. 이보다 먼저 Stephan. F. Teiser는 *The Ghost Festival in Medival China*[56]에서 목련희를 페스티발로서의 귀신희로 정의함으로써 그것의 축제성에 착안한 탁견을 제시하였다.

한편 프랑스에서는 불교를 비롯한 동양종교에 대한 연구가 활발하게 추진되어왔으며 이러한 분위기에서 우란분재(盂蘭盆齋)57)의 어원을 밝히는 작업이 이미 19세기 말부터 시작되었다. 그러나 이것이 목련희 혹은 불교의례에 대한 전문화된 연구로 계승되지 않고 있다.

3) 경향 및 주요 쟁점

위에서 살펴본 바와 같이 목련희에 관한 연구는 다방면에서 진행되어 왔다. 이것은 어떤 일관된 방법론을 확정시킨 상태에서 진행된 것이 아니기 때문에 몇 가지 문제를 발생시켰다. 우선 학자들은 극본을 참조하여 목련이야기의 변천을 정리하는 작업에 많은 관심을 보였다. 그래서 목련경에서 시작해서 목련변문으로 변천하였다가 다시 희문으로 오는 과정에서 나타난 기록 자료를 중심으로 내용의 변화를 세세하게 보는 데에 상당한 관심이 집중되었다. 반대로 공연을 재연하는 데에 집중하는 연구경향은 또 극본을 소홀히 다루는 결과를 가져오는 등 공연과 극본 양자를 통해 목련희의 전모를 파악한 시도는 많지 않았다.

연구는 몇 가지 쟁점을 중심으로 진행되었다. 그 중 첫 번째 논쟁은 북송 시기의 공연기간에 관한 것이다. 이것은 '7일 밤에 시작된 목련구모 잡극이 계속 되다가 15일에야 끝났다(自過七夕便搬〈目連救母〉雜劇, 直至十五日止)'는 《동경몽화록》의 기록에 대한 해석을 달리하면서 시작된 논의였다. 이것은 목련희가 연극의 형태로 공연된 흔적을 보여주는 최초의 기록이어서, 언제 공연되었고 며칠간 공연되었는지에 대해 학자들은 매우 민감했다. 공연기간이 7일이라고 주장하는 학자도 있고 공연기간이 8일이라고 주장하는 학자도 있었는데 이것은 공연 일자에 공연이 시작된 7월 7일을 포함할 것인지 아니면 그 날을 제외할 것인지에 의견이 일치되지 않아서 아직도 문제로 남아 있다.58)

다음으로는 공연방식을 둘러싸고 진행된 논쟁이다. 공연기간이 7일이건 8일이건 그동안에 매일 같은 내용을 반복해서 공연한 것인지 아니면 이야기의 맥락에 따라 날마다 다른 내용을 공연한 것인지 알 수 없기 때문에 아직도 쟁점이 진행되고 있다. 주항부는 자신의 연구서에서 이 내용을 다루면서 반복 공연일 것이라고 했다. 이 논의의 배경에는 목련희의 공연방식에 접근하는 입장의 차이가 깔려 있다. 한쪽은 지금 시각으로 과거를 조명하고 있고 다른 쪽은 과거의 시각으로 과거를 조명하고 있다. 다시 말해서 전자는 현재 연극이 대부분 동일한 내용을 매일 한 두 번씩 반복하기 때문에 목련희도 연극이므로 같은 내용을 매일 반복하면서 일주일을 공연했다고 본다. 다른 한 쪽은 목련희가 민간의 연희이므로 아무리 기간이 길더라도 같은 내용을 매일 반복할 수는 없다고 본다. 제의적 연희(演戲)의 경우에는 신을 부르고[請神]-신을 즐겁게 하고[娛神]-신을 보내는[送神]의 구조를 따르기 때문에 첫날과 마지막 날의 공연이 같을 수 없다는 것이다. 이것도 북송 시기 공연에 대한 정확한 자료가 부족하기 때문에 여전히 미해결 상태로 남아 있다.

마지막으로 목련희가 중국에서 발생된 것인가 아니면 인도에서 전래된 것인가에 대한 기원을 둘러싼 논쟁이 있다. 이것은 돈황학 쪽에서 자생설과 외래설(外來說)로 한창 열기가 달았을 때 함께 거론되었으나 지금은 거론하는 사람이 별로 없다. 목련희에 등장하는 목련이나 그의 어머니 유청제는 원래 인도인인데 지금은 중국인으로 인식되고 있다. 그러므로 이 논쟁보다는 인도인이 주인공이던 이야기가 중국인이 주인공인 대규모의 문화행사로 정착하는 과정에 오히려 주목해야 한다.

지금까지 개관한 목련희의 연구사를 토대로 몇 가지 경향과 그것의 한계를 지적할 수 있을 것이다. 종교적인 측면에서 볼 때 목련희는 처음에는 불교적인 관점에서 연구를 논의하는 것이 자연스럽게 여겨져 왔다. 문학적인 측면에서 보면 목련희는 희곡이라는 범주를 설정하고 기록 자료인 변문과 극본을 가지고 논의를 진행하는 것이 일반적이었다. 민속학적 측면에서 보면 목련희의 공연에 포함된 습속을 나열하는 정도면 만족스러웠다. 그로 인해 수많은 사람들이 목련희를 연구했지만 결국은 목련희를 지엽적으로 보았고 그것의 복합적이고 다양한 면에 대해서는 소홀한 편이었다. 최근에 다나까 잇세이나 호천성, 모례미 등이 공연현장에 관심을 보이고 있지만, 이번에는 공연만 관찰하고 극본은 등한시했다.[59] 그러므로 이 연구에서는 위의 점들을 최대한 보완하여 다음과 같은 연구를 개진하고자 한다.

제2절 연구방법

이 연구에서는 목련희를 다층으로 이루어진 문화현상으로 상정했다. 그것은 목련희가 다양한 형식을 보인다는 점과 그러한 다양성이 종합적으로 연계되어 다시 목련문화라는 흐름을 형성한다는 점에서 착안된 것이다. 다층의 흐름을 관찰하기 위해서는 목련희를 좀더 포괄적인 전통의 맥락에서 살필 필요가 있는데, 이러한 관점은 역사적인 진행과정을 통한 거시적인 관찰을 가능하게 하고 내부 요소의 면면에 대한 세심한 분석도 가능하게 한다는 장점을 지닌다.

목련희에서 창을 하고 동작[科]하는 행위는 이미 오래전부터 존재해 왔다. 그러나 그것이 문자를 매개로 하는 독본으로 제작된 시기는 상당히 후대로 추정된다. 정기적으로 거행되는 제의를 통해서 목련이야기가 유포되었고, 반복되는 제의와 같은 공연의 경험들이 축적되면서 서사적인 구성력을 지니게 되었을 것이다. 이러한 반복 과정을 통해 변문의 형태가 완성되면서 점점 제의의 비중이 약해지고 이야기의 서사적인 전개과정에 대한 관심이 강해졌던 것으로 보인다. 이야기를 공연으로 들려주는 행위가 반복되면서 놀이의 요소도 들어가고 일부는 극본으로 제작되는 계기를 맞는다. 극본으로 제작되면서 기존의 공연에 포함된 이야기부분이 더욱 치밀한 구성력을 지니게 되고 그것은 공연의 흥행에도 유리하게 작용했을 것이다. 이 연구에서는 위와 같은 가설을 토대로 하여 목련희의 변천과정을 살피고, 나아가 역으로 그 가설의 신빙성을 입증할 것이다.

목련이라는 인물은 고래로 천도제의 핵심 인물이었으므로 그가 등장하는 공연을 보고 사람들이 천도제를 연상하는 것은 자연스러운 일이다. 실제로 의식에서 승려나 도사들을 대부분 목련의 모습대로 분장하고 맡은 역할을 수행한다. 그런데 시간이 지나면서 천도제를 거행하기 위해서 모인 사람들은 자연스럽게 그들을 위한 대중문화라고 할 수 있는, 오락적인 여흥을 제공하는 순서를 필요로 하게 된다. 영혼을 천도하기 위한 목적으로 일정한 장소에 일정한 시간에 맞춰 모여서 의식을 거행하면서 점점 오락을 제공하는 요소들을 애호하게 되는 것이다. 예를 들면 절창(絶唱)이나 고난도의 잡기, 웃음을 선사하는 소희(小戲) 등 좌중의 관심을 불러일으키는 갖가지 공연요소들이 구비되기 시작한다.

이렇게 공연의 외형이 변모되면서 천도되는 영혼과 천도하는 주체로 상정되던 어머니와 아들의 이미지도 서서히 변화하게 된다. 원래 어머니와 아들의 관계는 종교적으로 신심이 깊은 구원자와 종교적으로 탈선한 피구원자로 설정되었다. 피동자와 주동자의 관계는 각각의 이름과 직업 및 성격을 부여받으면서 중국 사회에 어울리는 인물로 거듭나게 된다. 어머니와 아들은 목련희를 구성하는 두 명의 주요한 중국인이 되었으며 그들이 담아내는 사건 하나하나가 이야기의 중심으로 부상한다. 영혼천도는 이제 대의명분으로 존재할 뿐 더 이상 의식의 중심이자 관객의 주요 관심사가 될 수 없다. 급속도로 비중이 높아진 아들과 어머니의 일상사는 제의 혹은 희곡이라는 형식만 구비하면 어떤 방식으로든지 유통될 수 있는 탄력적인 모티프로 재생된 것이다. 전 공연에 걸쳐 제의와 관련된 부분은 대폭 줄었고 생활 속의 이야기가 행사를 흥미진진하게 이끌어 나간다. 이렇게 변모된 천도제에서 파생된 혹은 천도제를 기본 기능으로 하는 이야기가 널리 전파되면서 흥행 감각을 익히고 유통시장을 넓혀 가는 과정은 목련문화의 형성을 알리는 데 부족함이 없다.

당송 시기를 거치면서 반복되는 공연의 경험을 축적한 목련희는 명대에 오면 당시에 유행하던 희곡 및 각종 공연예술의 영향을 흡수하면서 절정에 달한다. 목련희가 세간의 관심을 끄는 지역행사로 성장한 사실은 극본의 제작과 무관하지 않을 것이다. 목련이야기가 읽는 희곡으로도 제작되었다는 것은 바로 문자를 수단으로 문화를 향유하는 계층의 존재가 문화소비의 주요 세력으로 부상하기 시작했음을 의미한다. 민간의 공연예술을 기반으로 이야기를 성장시키고 성장한 이야기를 기반으로 다시 공연문화를 제작하는 경험을 축적한 후 그것을 다시 문자기록으로도 만드는 제반 작업들이 바로 목련문화 전승을 보여주는 흐름들이다.

목련희는 위에서 제시한 바와 같이 다양한 형태로 제작되었으며 처음에 생겨난 형태를 다음의 형태가 완전히 대체하는 방식을 취하지 않는다. 그것은 오히려 처음의 형태가 존재하는 상황에서 계속 새로운 요소들이 첨가됨으로써 여러 다양한 모습을 만드는 방식으로 진행되었다. 본고에서는 목련이라는 모티프를 공유하는 여러 형태의 산물을 한 흐름의 선상에 배열하고 각각의 제작과정을 목련문화의 형성 및 전승이라는 맥락으로 살핌으로써 목련희의 본질과 기능 및 의미를 찾는 데 주력한다. 이를 위한 구체적인 작업은 다음과 같다.

우선 제2장 〈목련이야기의 변천〉부분에서는 규모가 작고 간단한 이야기의 형태로 처음 소개된 목련이야기가 일정한 전승과정을 거치면서 점점 규모가 크고 구조가 복잡한 이야기로 변천하는 과정을 대표적인 텍스트를 통하여 검토한다. 목련이야기는 구술전승으로부터 시작되었을 가능성이 있지만 구술 자료를 복원하는 것은 불가능하다. 그러므로 이야기를 재구성하기 위해서는 결국 현재 전해지는 기록에 의지하는 것이 최선이다. 이 이야기는 289년 ≪불설우란분경≫을 통해 중국에 소개된 이래로 돈황 변문, 명·청 전기, 지방희 등 다양한 형태로 재생산되어 왔다. 원형단계인 불경을 통해 소개되었던 불교 의례인 우란분재는 2002년인 지금도 사찰의 천도행사로서 꾸준히 행해지고 있다. 그런데 변화 Ⅰ와 변화 Ⅱ에 해당되는 변문이나 희문 단계에서는 천도라는 핵심사안은 다소 약화되고 오히려 이야기 전개의 조직력에 더 비중을 실린다. 그러므로 목련희라는 이름으로 통칭할 수 있는 복합적이고 다양한 형태의 목련문화가 형성되는 과정을 이야기의 변천을 통해 정리하는 작업은 새로운 문화가 유입되어 토착문화로 정착되는 수용양상을 도식화할 수 있는 방법이기도 하다.

제3장 〈목련희의 구성요소〉부분에서는 목련희가 일종의 독특한 문화를 형성하는 데에 동원된 주요한 요소와 방식을 추출하고 각각의 조직 및 운용 원리를 밝히고자 한다. 우선 이야기의 공간배경인 지상, 지하, 천상의 구조와 의미를 서술하고 각 공간을 무대로 인생의 역정을 보여주는 여러 인물의 역할과 관계를 조망한다. 목련희의 서사적 구성력을 탄탄하게 하고 공연을 조직하는 요소들 가운데 인물과 공간을 제외한 나머지는 장치라는 테두리 안에 위치시킨다. 그래서 공간, 인물, 장치라는 층위를 기준으로 간단한 서사가 복합적이고 다층의 모습을 만들어 가는 과정에서 감지할 수 있는 각각의 변화양상을 정리한다.

구술로 전해지던 목련이야기는 그 자체 혹은 전승방식에 있어서 모두 다양한 가능성이 열려있는 상태이다. 이러한 열린 가능성은 동일한 모티프로부터 여러 가지 색다른 이야기로 변형되고 전파되는 힘의 근원이기도 하다. 그러나 이야기를 공연으로 제작할 경우에는 표현방식이나 구성요소를 몇 가지 틀로 고정하여 압축시키지 않을 수 없다. 따라서 목련희가 보여주는 고정되고 압축된 형상은 이야기로 인해 생성된 것이 아니라 공연을 위해 연출하면서 의도적으로 생성된 것이다. 공연을 위한 외형은 비록 몇 가지 형태로 귀결되지만 내용 면에서는 제의라는 핵심요소를 기반으로 끊임없이 다른 요소들을 추가하면서 다양한 형태의 제작경험을 할 수 있다. 물론 이것은 관객의 기호와 반응을 늘 고려하면서 그에 어울리는 장치를 개발함으로써 비로소 가능한 일이다. 위와 같이 공연의 경험이 축적되어 신개발 장치의 효과가 입증되면 다시 그 위에 다른 장치를 첨가하는 과정의 반복은 결국 목련희가 대규모의 공연문화를 형성하는 과정이다. 그러므로 각각의 구성요소가 어떻게 운용되면서 공연의 색깔을 만들어 왔는지, 처음에는 고정되고 압축된 요소가 어떤 경향을 보였고 나중에는 어떤 경향을 보이는가에 대한 탐구는 목련희의 형성과정을 이해하는 핵심관건이다.

제4장 〈목련희의 공연과 기록〉부분에서는 목련이야기가 다양한 모습으로 형성되는 과정에 사용된 외형적인 틀과 내부적인 의도를 공연과 기록이라는 두 측면을 통해 고찰한다. 아울러 공연과 기록이 제작된 당시의 상황과 담당자, 제작 목적과 같은 텍스트 외적인 연구를 진행하되 관객 및 독자의 반응이라는 소비의 측면을 포함하여 논의한다. 공연이나 기록은 명·청 시기를 절정기로 보는데 이 시기는 이야기의 서사적인 구성력이 완전해지는 단계 및 목련희가 각광받는 공연물로 도약된 단계와 분명히 연관된다. 당시 목련희는 과거 어느 때보다 널리 보급되었고 민간의 의례나 기타 연행(演行)에 사용되었을 뿐 아니라 흥행 요소를 확보한 전문적인 공연 및 극본으로 제작되었다. 이러한 극본의 제작이나 무대에서의 공연은 새로운 유통구조를 생성하였는데 이것은 상인과 같은 후원계층의 존재와 무관하지 않다. 이 구조를 추적하는 작업은 목련희 전승의 역사적인 계기가 되는 몇 개의 전환점을 탐색하는 관건이다. 이러한 전환점에서 만들어진 새로운 형태의 목련희는 전승의 색채를 뒤바꾸는 힘을 지니고 있으며 그 힘이 바로 장기 전승의 동력일 것이다.

제5장 결론에서는 지금까지의 논의를 토대로 목련희를 관통하고 있는 기본 원리를 확립하고 그로부터 파생된 다중의 기능을 지적한다.

아울러 목련희라는 특정 대상으로부터 포착할 수 있는 요소들을 중국의 공연예술로 일반화함으로써 공연예술이 공유하는 본질을 탐색한다. 그리고 낯선 모티프가 외부에서 유입된 후 기존의 문화를 활용하면서 정착하는 수용양상과 양자의 영역 확보문제를 통해 중국의 사회와 문화가 형성되는 방식의 하나를 검토한다. 이러한 제반 논의는 결국 목련희를 연구하는 관점에 대해 다시 고민하는 계기인 동시에 그것이 중국 희곡사에 미치는 영향과 역할을 점검하는 자리이기도 하다.

위에서 제시한 목적하에 연구를 진행함에 있어서 다음과 같은 점에 특히 주목할 것이다.

첫째 극본 위주로 진행되어온 기존 연구의 한계를 보완하기 위해서는 공연과 극본이 어떻게 상호 관련되어있는지 주의 깊게 살펴야 한다. 왜냐하면 목련희는 일반연극과 달리 표면적으로 전개되는 이야기와 그에 대한 반응이라는 이면의 요소로 구성되어 있기 때문이다. 표면적인 요소는 이야기가 전개되면서 보여주는 외형이고 이면의 요소는 관객이나 관객이 실제로 느끼거나 경험하는 일종의 분위기를 말한다. 그런데 극본은 문자기록이기 때문에 결국은 표면적인 내용의 전개만을 보여줄 뿐 그 밑에 숨어 있는 이면의 요소는 담아내기 어렵다. 그러나 목련희에서 관건은 이야기의 전개가 아니라 사실은 이러한 내부적인 요소 즉 청자나 관중이 실제로 경험하는 일종의 주술 분위기와 그것을 체험하는 사례에 있다. 그러므로 그 점을 관찰하기 위해서는 현장에서 공연이 진행되는 분위기 및 그러한 분위기를 연출하기 위해서 준비된 세심한 사항 하나하나에 주의해야 한다. 이런 탐색을 거쳐야 비로소 목련희의 연극적인 부분만을 검토하던 기존 연구의 한계를 극복할 수 있고 나아가 그것의 문화적인 기능 및 의미 등을 두루 살필 수 있다.

이 연구에서 목련희를 보는 관점은 다음과 같은 배경을 통해 정립되었다. 공연을 보면 축제와 같은 주술적인 문화행위지만 극본은 그것과는 전혀 울리지 않는 윤리의식으로 점철되어 있다. 공연현장에서 확인되는 관객의 반응과 극본에서 표방하는 전언(傳言)이 상치되는 현상은 목련희의 공연과 극본이 동일한 실체를 대상으로 상정하였지만 결국은 표현법이 서로 달랐다는 방식으로 해석할 수 있다. 기존의 통념과는 다르지만 만약에 이러한 해석법이 목련희의 변천사를 정리하는 데에 유용하다면 목련희야말로 나날이 변모되고 있는 희곡에 대한 새로운 인식을 증명하는 실례일 수 있다. 실제로 이러한 현상은 비단 목련희에 국한되는 것이 아니라 문자로 기록되지 않는 상당수의 연희에서도 확인되고 있다. 이러한 현상을 직감하면서도 단언할 수 없었던 원인은 많은 연희들이 공연으로만 전해지고 극본은 아예 제작되지 않은 경우에 많아서 양자에 대한 체계적인 고찰이 불가능했던 데에 있다. 위와 같은 문제의식을 가지고 극본과 공연이 모두 전해지는 목련희를 연구한다면 희곡사에서 일고 있는 일단의 변화, 즉 애초에는 희곡이라고 하지 않았던 공연물을 지금은 모두 희곡으로 포함시킨 현상에 대한 구체적인 설명을 제공할 수 있다.

이 연구에서도 극본을 다루지만 다른 희곡처럼 내용의 변화에 주의하지 않고 오히려 내용의 변화를 야기한 원인 등 텍스트 외적인 연구를 진행한다. 나중에 자료에 대해서 밝히겠지만 목련희 관련 자료는 300여 종에 달한다. 시기적으로 다른 자료들은 이야기의 윤곽 자체가 다른 양상을 보인다. 그러나 시기적으로 비슷한 자료들은 지역별로 소소한 차이를 보이긴 하지만 줄거리의 큰 맥락은 변하지 않음을 알 수 있다. 그러므로 본 연구에서는 세부사항의 첨삭을 확인하는 작업보다 이야기의 흐름에 영향을 준 제반 문화적 배경을 탐색하는 데에 비중을 둔다.

두 번째로 이 연구에서는 목련희의 연극적인 면과 의식적인 면의 상관관계에 초점을 둔다. 목련희는 종교의식을 통해 전파되었지만 관객은 이야기의 전개 상황보다는 공연이 제공하는 특별한 분위기와 효과 때문에 참석하는 경우가 많았다. 목련희는 처음부터 지금까지 여전히 종교의식으로 남아 있으며 전승과정에서 축적한 다양한 경험을 살려

의식을 더욱 흥미진진하게 바꾸기 위해 노력해왔다. 목련희가 의식적인 면보다는 오히려 연극적인 면의 비중이 강하게 느껴지는 이유는 바로 이러한 노력이 장기간 지속되면서 천도라는 공연의 목적보다는 희곡이라는 표현양식에 치중하게 된 결과이다. 그러므로 목련희를 연구하는 데에 있어 연극과 의식의 관계를 언급하는 것은 그것의 본질 및 의미를 파악하는 데 필수적인 사항이다.

이 연구에서 연극과 의식의 문제를 다루는 기본적인 입장은 상식 논리로부터 출발되었다. 가령 그것의 편폭(篇幅)이 매우 길다는 설명을 다시 짚어 보면[60] 단순히 연극을 보기 위해서 일주일 내내 같은 장소에 계속 머물러야 한다는 것은 불가능한 일이다. 다수의 인파를 장기간 모아두기 위해서는 그 공연에 연극관람이 제공하는 문화적 욕구 충족이라는 평범한 기능 이외에 어떤 특별한 어떤 효과가 있어야 한다. 관객의 관람태도 역시 무대에서 상연되는 공연상황을 가만히 바라보는 일반적인 관람양상보다는 보다 적극적인 참여의식이 요구된다. 공연기간이 길고 또 밤이 되어야 비로소 시작하고 아침에 해가 떠야 끝나는 공연을 함께 하기 위해서는 체력과 끈기라는 관객의 기본적인 자질 이외에도 직접 공연 안으로 뛰어들어 참여하는 적극적인 자세가 요구된다. 그러나 무엇보다도 공연이 재미있고 흥미진진해야 하며 生死와 밀접하게 관련된 특별한 기능을 관객에게 제공해야 한다. 이러한 추론을 통해서 목련희의 기능 및 성격 등을 분석해 들어간다면 당시의 정황에 보다 근접한 인식이 도출되리라고 본다.

세 번째는 목련희가 기대는 종교성이 광범위해지고 일반화되는 현상을 거론할 것이다. 목련희는 처음에 불경으로 소개되었고 지옥의 존재를 인정하는 불교의 사후관념을 토대로 제작되었다. 처음에는 지옥과 효라는 두 개의 모티프를 통해 이야기를 전개하였으나 점점 규모가 커지면서 사후세계나 윤리의식이 차지하는 비중이 약화된다. 등장인물이 늘어나고 서사구조가 복잡해지면서 종교적인 요소보다는 현세의 삶을 다루는 부분이 자연스럽게 증가된 것이다. 이러한 현상에 점점 가속도가 붙으면서 효를 기반으로 하는 천도제라는 본래의 의미가 희석되고 대신에 살아 있는 사람들을 둘러싼 현세의 에피소드가 중심으로 부상된다. 목련희는 특정한 종교성을 상실하고 대신 복합 신앙적인 색채를 띠게 되었고 도교나 유교 혹은 불교라는 구분이 의미를 잃는 대신 그것들을 포괄하는 통합적인 개념의 기원(祈願)이 그 자리를 대신하게 된다. 표면적으로는 지옥이 나오기 때문에 불교이야기처럼 인식되지만 윤리의식이나 민간의 신격 등은 이미 특정 종교성을 포기한 채 목련희를 구성하는 요소로 남아 있을 뿐이다. 그러므로 목련희는 종교적인 변용과 이합집산(離合集散)의 양상을 관찰하기에 적합한 대상이다.

종교적인 이합집산의 양상은 중국과 같은 다종교사회에서 하나의 외래종교가 현지에 적응하기 위해 기존의 종교나 이념적 사유를 자신의 내부에 끌어들임으로써 서서히 중국화되는 과정을 보여주는 사례이다. 그것을 좀더 확대 해석하면 중국사회에서 외래종교가 토착화 과정을 거쳐 기존의 이념적 사유들과 담합상태에 이르는 과정이라고 할 수 있다. 이렇게 목련희는 중국 문화에 면면히 형성되어온 어떤 사유방식을 이해하는 창으로 활용될 여지를 충분히 지니고 있다.

제3절 연구범주

목련희와 관련된 자료는 1차 자료와 2차 자료로 나눌 수 있다. 목련이라는 인물 혹은 그에 상응하는 인물이 등장하는 이야기가 들어있는 자료는 원칙적으로는 1차 자료로 분류한다. 그러나 그렇게 되면 자료의 양이 너무 많기 때문에 1차 자료의 범위를 표현형식에 따라 제한하면 다음과 같이 수렴할 수 있다. 불경, 변문, 보권, 탄사(彈詞), 자제서

(子弟書), 희문이 이에 해당한다. 이렇게 정리된 자료의 목록만 해도 300여 개에 달한다. 그런데 탄사와 자제서는 목련희에 속하는 내용이라고 해도 이름만 나오거나 약간의 모티프만 언급될 뿐이다. 이것은 참고자료일 뿐 본격적인 분석대상으로 상정하기는 어렵기 때문에 이 연구에서는 분석대상을 불경, 변문, 극본, 그리고 보권 중에 대표적인 텍스트로 제한한다.

불경으로는 ≪불설우란분경≫ 그리고 ≪목련소문경(目連所問經)≫ 등이 있는데 이에 관해 소개하면 다음과 같다.

1. 西晉 竺法護 譯, ≪佛說盂蘭盆經≫
2. 西晉 竺法護 譯, ≪舍利佛目連遊諸國經≫ 1권
3. 宋 法天 譯, ≪目連所問經≫
4. 梁 僧旻・寶唱等撰, ≪經律異相≫ 第14권
5. 梁 僧祐, ≪弊魔試目連經≫ 1권
6. 隋 瞿曇法智 譯, ≪業報差別經≫ 1권
7. 唐 慧淨 ≪盂蘭盆經講述≫ 1권
8. 唐 宗密 ≪盂蘭盆經疏≫ 1권
9. 唐 釋 聖月 ≪彌勒會見記≫
10. 唐 寶叉難陀 譯 ≪地裝菩薩本願經≫ 2권
11. 南宋 ≪佛說目連救母經≫, 日本京都寺 所藏 說經本
12. 宋 元照 ≪盂蘭盆經疏新記≫ 2권
13. 宋 日新 ≪盂蘭盆經疏鈔餘義≫ 1권
14. 明 智旭 ≪盂蘭盆經新疏≫ 1권
15. 淸 靈耀 ≪盂蘭盆經折中疏≫ 1권
16. 淸 元奇 ≪盂蘭盆經略疏≫ 1권

정확한 연대를 규명하기 어려운 불경은 다음과 같다.

1. 《父母恩難報經》 1권
2. 《孝子報恩經》 1권
3. 《佛說三世因果經》
4. 《佛說報恩奉盆經》
5. 《淨土盂蘭盆經》
6. 《鬼問目連經》 1권
7. 《慈悲道場懺法》 10권(梁皇懺法)

다음은 돈황에서 발견된 변문 중에서 목련변문에 해당하는 서적들로 《목련연기》, 《대목건련명간구모변문병도일서(大目犍連冥間救母變文幷圖一書)》, 《목련변문》 등 11종이 있다.[61] 그런데 이 중에 9종은 내용이나 구성이 비슷하므로 사실 내용이 다른 것을 귀납해보면 앞에 제시한 세 가지 텍스트가 된다. 《목련연기》는 2500여 글자로 구성되어 있고 《대목건련변문》은 7500여 글자이며 《목련변문》은 내용이 모두 전해지는 것이 아니라서 글자 수를 산출할 수 없다.[62]

다음으로 보권 중에도 목련과 연관이 있는 텍스트가 많은데 대략 16종으로 선별해볼 수 있다.[63]

1. 《唐王游地府李翠蓮還魂寶卷》 2卷. 淸 嘉慶2年(1799) 南京 榮盛堂書局 重刊本으로 傅惜華가 소장하고 있다.

2. 《地藏菩薩執掌幽冥寶卷》 明刊本. 道光 14년(1834) 北京 五雲堂書坊 刊刻 黃育楩《破邪詳辯》, 1934년《文學》 2卷 6號 向達의 〈明淸之際之寶卷文學與白蓮敎〉, 〈寶卷總錄〉, 《彈詞寶卷書目》, 《文學遺産》(1957)增刊 제4輯 李世瑜《寶卷新研》, 《寶卷綜錄》에 목록이 기재되어 있다.

3. 《香山寶卷》 道光 30年(1850)刊本으로 胡士瑩이 소장하고 있다.

4. 《目連寶卷》 1卷 《寶卷綜錄》에 목록이 기재되어 있다. 光緖 3년(1877) 杭州 瑪瑙寺經房 刊本이 전해지는데 上海圖書館에 所藏

되어 있다. 安徽省圖書館 古籍部에도 소장되어 있다.

5. ≪目連三世寶卷≫ 3卷 光緒 2년(1878) 鎭江 寶善堂 善書局 刊本으로 上海圖書館과 傅惜華가 소장하고있다.

6. ≪目連救母幽冥寶傳≫ 2卷 光緒 7年(1881) 刊本으로 中國戲曲硏究에 所藏되어 있다. ≪寶卷綜錄≫에 목록이 기재되어있다.

7. ≪報恩因果寶卷≫ 光緒 12年 刊本으로 胡士瑩의 ≪彈詞寶卷書目≫(增訂本)과 1984년 上海古籍出版社 판본 그리고 ≪寶卷綜錄≫에서 찾을 수 있다.

8. ≪目連救母幽冥寶傳≫ 1卷. 光緒 18년(1892) 張俊卿 重刊本으로 趙景深이 소장하고 있다.

9. ≪普陀觀音寶卷≫ 1卷. 光緒 20年(1894) 蘇州 瑪瑙經房 重刊本으로 현재 北京圖書館과 中國科學院圖書館 그리고 中國戲曲硏究所에 소장되어 있으며 개인적으로는 傅惜華와 趙景深이 소장하고 있다.

10. ≪勸世二十四孝寶卷≫ 光緒 25年 杭州 慧空經房 刊本이 있는데 胡士瑩이 소장하고 있다.

11. ≪普陀觀音寶卷≫ 1卷. 1900년 彭門徐氏 刊本으로 張德方의 〈勸世文〉이 부록으로 실려 있다.

12. ≪地藏寶卷≫ 1卷. 常州 孔湧興書局 刊本으로 上海圖書館에 소장되어 있으며 趙景深도 소장하고 있다.

13. ≪泰山東嶽十王寶卷≫ 1904年 刊本으로 胡士瑩이 소장하고 있다.

14. ≪香山寶卷開歌偈文≫ 3권 1911년 吳梓皋 抄本으로 李世瑜가 소장하고 있다.

15. ≪善才龍女寶卷≫ 1卷 上海 翼化堂 善書局刊本으로 復旦大學에 소장되어 있으며 趙景深 소장본도 있다.

16. ≪三世修道黃氏寶卷≫ 1卷. 上海 文益書局 石印本으로 中國 戲曲硏究所에 소장되어 있다.

이외에도 동 시대에 출간된 목련희 극본이나 설경(說經) 저본(底本) 역시 다수 전승되고 있으며 분량이 적은 극본은 공연을 전제로 제작된 단본(單本)이거나 공연을 보고 나서 그중의 한 부분만 필사(筆寫)한 것이다. 대부분의 극본은 공연과 무관한 독본(讀本)으로 유통되었다.

명대의 극본으로는 ≪신편목련구모권선희문≫이 대표적이다. 이 극본은 부춘당(富春堂) 간본으로 정지진 이 개편하였다.[64] 만력(萬曆) 10年(1582)의 목각괴(木刻塊)가 현재 안휘성 기문현 박물관에 소장되어 있다. 그리고 이와 거의 동일한 내용으로 사천 지역에서 재간행한 극본이 있는데 그것은 ≪음주목련금본전전(音註目連金本全傳)≫ 혹은 ≪신각음주권선목련구모행효희문(新刻音注勸善目連救母行孝戲文)≫으로 역시 고강(高腔)으로 되어 있으며 ≪금본목련≫이라고도 한다. 총 3권이고 사천 강진(江津) 경고당(敬古堂) 하육재수기휴각(何育齋壽記鐫刻)으로 되어 있다. 권두에는 '신안 정지진 편집, 진읍하육재산정병간(新安鄭之珍編輯, 津邑何育齋刪定幷刊)'이라고 명기되어 있다.

청대 궁정희 극본은 당시 희곡 및 문화사업 관련 직책을 담당했던 장조(張照)가 편한 여러 희곡 중에 하나로 목련희를 개편한 것은 ≪권선금과(勸善金科)≫이며 ≪서유기≫를 개편한 것은 ≪승평보벌(昇平寶筏)≫이라고 한다. ≪권선금과≫는 총 240착(齣)으로 20권 20책의 정장본으로 오색으로 인쇄된 목판본이다.

지방희 극본 중에 상당수는 시기를 알 수 없는 필사본으로 전승되다가 20세기에 비로소 출판된 경우가 많다. 그나마 문혁으로 훼손되어 나중에 다시 간행한 것이 대부분인데 다음에 목록을 소개한다.

1. ≪目連救母演出本≫

2. ≪湯村托 目連本≫

3. ≪目連卷全集≫ 1권(1877)

4. ≪救母記≫(1883)

5. ≪目連救母≫韶坑本(1899)

6. 徽州 ≪目連救母≫ 長標本(1902년)

 7. ≪益州 王龍宣 抄本≫

 8. 川劇 ≪目連傳≫

 9. 新加坡 ≪莆仙目連戲≫

10. 秘本≪目連救母全傳≫崑腔 1919년

11. ≪目連傳≫(1919)

12. ≪靑陽腔 目連戲≫ 蒲同本(1919)

13. ≪新福托 目連戲≫(1924년)

14. ≪南陵 目連戲≫(1935)

15. ≪郎溪 定埠本≫(1936)

16. 浙江 ≪救母記≫(1937)

17. 江蘇 ≪目連≫(陽腔)(1986년)

18. 湘劇 高腔 ≪目連記≫ 1본 3권(1948)

19. 提線 木偶 ≪目連傀儡≫(1949)

20. ≪目連戲≫(西路亂彈) 5본

21. 湘劇≪思凡≫(常德 高腔)

22. 江蘇 高淳≪陽腔 目連戲≫(校注本)(1957)

23. 旌德 義順托 ≪目連救母≫(1957)

24. 高腔≪目連傳≫

25. ≪救母記≫(高腔 紹劇本)(1962)

26. 詞明戲 ≪目連≫ 4卷(1963)년

27. ≪48本目連戲≫(1963-65)

28. 辰河高腔 ≪目連戲≫

29. ≪梁傳≫ 口述記錄本

30. ≪香山≫=≪觀音≫=≪南游記≫

31. 祁劇≪目連外傳≫ 1本(1984)

32. 上虞 ≪啞目連≫(1985)

33. 梓潼陽戲 ≪目連僧游六殿≫

34. 江西 弋陽腔 ≪目連救母≫(1871)

35. 南陵本 ≪目連≫

　목련희와 관련된 자료 중에서 성격이 다른 것은 재연된 비디오 자료들이다. 이러한 재연 자료는 1980년 이후에 각 성의 문화국에서 실시한 현지조사를 통해 제작된 것으로 보존상태가 양호한 편이다. 그러나 관객의 반응을 살필 수 있는 부분을 모두 삭제하고 무대가 정면으로 보이는 장면만 편집하는 작업이 가해진 경우도 있다. 이외에 연구자가 개인적으로 2000년 6월에 안휘 지역과 같은 해 7월과 8월에 사천 지역에서 그리고 2001년 겨울에 다시 안휘 지역을 답사하면서 수집한 자료에 목련희의 공연현장 및 그와 관련된 방계자료들이 들어 있다.[65] 재연 자료 중에 연구자가 소장하고 있거나 혹은 소장된 다른 장소에서 관람할 수 있었던 자료는 모두 13종이고 목록을 소개하면 다음과 같다.

1. 四川 川劇 ≪劉氏四娘≫ 90분. 재연 연도 미상의 현대극. 본인소장.
2. 四川 川劇 ≪目連救母≫ 270분. 1993년 재연. 본인소장.
3. 湖南 祁劇 ≪目連救母≫ 80분. 1988년 재연. 본인소장.
4. 湖南 祁劇 ≪目連救母≫ 56시간. 중국희곡연구소 소장
5. 湖南 辰河 ≪目連傳≫ 비디오테이프 24개. 중국희곡연구소 소장
6. 湖南 辰河 ≪目連傳≫ 90분. 본인소장.
7. 蘆洲 目連戲 〈火暴葵花〉, 〈劉氏回煞〉, 〈過內河橋〉. 직접 관람 및 녹화 130분.
8. 紹劇 ≪目連戲≫ 중의 〈女弔〉와 〈男弔〉 1984년 祁陽 학회 관람용. 소주대학 소장.
9. 〈尼姑思凡〉, 〈和尙下山〉 1987年 목련희학술회의 공연용. 공연자는 북방곤곡극원 소속 洪雪飛, 韓建成, 專程.
10. 〈三藏取經〉, 〈過火焰山〉, 〈過鬼門關〉 1987년 공개. 대만 중남북부의 상장의례 중의 목련법사. 예술학원전통예술중심 주임 邱坤良 소장.
11. 福建 南安山區 常例 중의 목련법사: Kenneth Dean 소장.
12. 싱가포르 莆仙同鄕會 목련희(슬라이드 필름) 1988년 기문 정지진 학회에서 공개. 田中一成 소장.

13. 〈尼姑下山〉, 〈五殿〉, 〈挑經挑母〉 1988년 기문 정지진 학회에서 재
     연. 안휘성 율목촌 연출.

목련희는 여러 요소들이 종합적으로 구성되어 하나의 흐름을 형성한
대희(大戲)이기 때문에 관련된 자료의 범주도 다양하고 광범위하다.
자료에 관해서는 왕추계 주관으로 묘경여(茆耕茹)가 편찬한 ≪목련희
자료휘편(目連戲資料彙編)≫을 참조하였으며 위에서 제시한 목록도 그
에 의하여 작성되었음을 밝힌다.

제2장 목련이야기의 변천

목련희는 목련이야기를 중심으로 하는 다양한 형식의 현상을 지칭한다. 그러므로 목련희를 연구하는 데에 있어서 근간이 되는 목련이야기로부터 출발하여 그 변천과정을 개관하는 것이 필요하다.

목련과 관련된 이야기들은 서진으로부터 시작되어 청대까지 계속 유통되었다. 유통양상을 살펴 보면 불경, 변문, 보권, 자제서, 탄사, 희곡 등 여러 가지 형식을 선택하고 있다. 이에 관한 자료는 제1장 제3절에서 언급한 대로 300여 종에 달하기 때문에 그중에서 이야기의 변천과정에서 중요한 계기가 되는 텍스트를 골라 자료로 삼는다. 예를 들어 불경 중에서는 ≪불설우란분경≫을 선정하였고 돈황 변문 중에서는 ≪대목건련명간구모변문≫을 선정하였으며 극본 중에서는 명대 정지진의 ≪목련구모권선희문≫을 주요 분석대상으로 선정하였다. 이외에 보권에서도 이야기가 중요한 변화를 겪는데 그것은 희문 이야기의 연장선상에 있는 것이 아니라 오히려 변문에서 곧바로 계승된 직접 변형이다. 여기에서 보권은 ≪원간본 목련경≫과 함께 참고자료로 활용한다.

목련이야기의 골간은 이러하다. 어머니가 아귀(餓鬼)가 되어 고통을 당하고 있고 아들은 어머니를 구할 방법을 사방으로 모색한다. 처음에는 이렇게 간단한 구조였는데 사이사이에 구조를 짜는 연결고리들이 생겨나면서 인과(因果)의 논리가 명쾌하게 전개된다. 말하자면 어머니가 아귀가 되어 고통을 당하고 있다는 명제의 이면에 어머니는 왜 아귀가 되었을까하는 질문이 더해진다. 그리고 그녀가 아귀가 된 이유는 이러이러한 이유라는 설명이 부가된다. 그 과정에서 등장인물이 더 필요하고 공간도 더 필요하고 시간적인 범주도 확장된다. 가령 어머니와 아들이라는 기본 설정 이외에 아버지와 아들 혹은 주인과 하인이라는 새로운 관계들이 추가되면서 구조가 복잡해지기 시작한다. 그리고 복잡해진 구조하에서 등장인물도 대폭 증가하여 결국은 족보(族譜)를 만들어 그들을 체계적으로 정리해야 할 시점에 다다른다. 공간배경도 지상과 지하로 크게 양분되면서 지상에는 족보의 역할을 하는 문서가 지하에서는 신격(神格)의 계보가 정비되고 그들이 영위하는 공간은 날로 확장된다. 시간적인 범주도 처음에는 어머니의 사후(死後)부터 시작되었으나 이야기가 짜임새를 갖추면서 어머니 생전(生前)의 이야기가 미리 제시되고 사후에 구원받는 순간까지의 고통도 논리적인 진행경로에 따라 그려진다. 이야기의 근간인 구모(救母) 모티프는 이제 그 내부에 아들을 점지해 보내는 송자(送子), 집을 떠나는 이가(離家), 채식하는 금기를 깨고 고기를 먹는 개훈(開葷)과 같은 새로운 모티프가 추가되고 내용도 날로 다양해지는데 지금부터 그러한 과정을 순차적으로 다루기로 한다.

목련이야기는 어머니의 영혼을 좋은 장소로 천도하여 환생(還生)하게 하는 내용이다. 주인공은 B.C. 6세기에서 5세기에 인도에서 생존하였던 인물이다. 그의 이름은 산스크리트어로 Maudgalayana라고 하며 중국에는 목련으로 전해졌다. ≪경율이상(經律異相)≫을 위시한 여러 불경에서 그에 관한 이야기들이 실려 있는데 주로 사리불(舍利佛)과 목련이 득도(得道)하여 불교에 귀의한다는 내용이다. 혹은 소귀(小鬼)가 목련에게 불교의 심오한 교리에 대해 질문하는 형식의 불경도 발견된다. 그런데 구모 모티프는 ≪불설우란분경≫에 이미 나오기 때문에 서진 289년 축법호(竺法護)의 한역(漢譯)으로 알려진 이 불경을 목련희의 기원으로 추정한다. 불경에 비해 600여 년 뒤에 제작된 ≪대목건련명간구모변문≫은 돈황에서 발굴되었다. 이 텍스트는 불경보다 훨씬 이야기를 친절하게 풀고 있다. 예를 들면 불경에서 구모의 해결법으로 마지막에 툭 던져준 우란분재는 변문의 첫 장면을 화려하게 여는 의식으로 변한다. 다시 500여 년이 지난 뒤에 제작된 명대 극본 ≪신편목련구모권선희문≫은 다시 우란분재를 마지막에 천도를 위한 의식을 거행하는 순서로 설정하였다. 그 대신 전반부는 어머니 살아생전에 벌어졌던 사건들로 구성되어 있다. 이 극본은 1582년에 간행되어 소수의 식자층(識字層)을 위한 독본으로 널리 유통되었으며 각 지역의 지방희를 제작하는 과정에서 영향력이 컸던 텍스트이다.

이야기가 변천하는 과정을 보면 작은 이야기가 점차로 커져 가는 현상이 발견된다. 이러한 변천은 이야기 자체의 변화가 아니라 변화를 촉발하는 외부 요인을 통해 이루어졌다. 그런데 외부요인은 주로 공연을 통해 발생하였으므로 이야기의 변천과정은 사실 공연과도 깊은 관련이 있다.

제1절 원형단계 – 불경

목련이야기는 불가에서 전파하는 교리의 한 부분으로서 상당히 오래동안 구두로 전승되었다고 본다. 그러나 직접 확인할 방법은 없기 때문에 일반적으로 연구자들은 가장 오래된 기록인 ≪불설우란분경≫에 실린 내용을 목련이야기의 원형으로 상정하고 있다.

목련희의 중심 모티프는 목련이 지옥에 빠진 어머니를 구하는 것이다. 그런데 ≪불설우란분경≫에는 대강의 윤곽을 형성하는 중심 모티프인 구모만 나온다. 그 외에 이야기를 구성하는 세부적인 요소들은 여러 불경에 단편적으로 산재되어 있다. 예를 들면 귀신에게 잡혀간다든지 귀신을 몰아내는 내용 등은 나중에 목련희를 형성하는 과정에 활용되어 이야기를 보다 풍요롭게 하는 역할을 맡는다. 목련이 어머니를 구한다는 큰 틀의 하부 층위를 구성하는 다양한 이야기들은 이렇게 다른 불경이나 서적으로부터 목련희로 차용(借用)되었다. 그런데 후대의 목련희를 보고 그것의 원형을 역추적을 하는 방식으로 인해 가장 눈에 띄기 쉬운 구모 모티프가 들어 있는 불경을 이야기의 원형으로 상정하게 된 것이다.

여러 불경에는 많은 종류의 목련 모티프들이 들어 있고 그것은 애호되는 정도에 따라 이야기를 구성하는 비중이 결정되었다. 가령 귀신을 쫓는 내용이나 깨달음을 얻고 출가를 결심하는 내용보다 어머니를 구하기 위해 출가하여 신통력(神通力)을 갖춘 후 지옥으로 잠입하는 모험의 여정이 더 애호되었다. 목련이야기의 중심 모티프가 구모로 설정된 데에는 종교적인 혹은 정치적인 외부 요소가 개입하였을 가능성이 크지만 역시 대중적인 애호정도도 고려되었을 가능성이 있다. 어머니를 구하는 내용이 하나의 독립된 이야기로 발전할 수 있었던 근간에도 이를 선호하였던 관객의 반응이 어느 정도 반영되었을 것이다. 반면에 다른 모티프들이 구성요소로만 존재하면서 자체적으로는 독립적인 이야기를 형성하지 못하고 서서히 탈각된 배경에는 그에 대한 선호도가 낮았다는 이유도 있을 것이다. 어머니를 구하는 이야기가 점차 세력을 형성하게 되자 기타 불경에 산재되어 있던 여러 모티프들은 구모 모티프의 우산 속으로 서서히 흡수되는 구도를 취했다. 가령 악모-효자-자부(慈父)의 모티프나 착귀(捉鬼)하는 내용 그리고 모험의 여정 등은 목련이야기가 변문으로 가는 과정에서 이야기의 큰 틀에 서사적인 구성력을 부여하는 요소들로 활용된다.

그렇다면 여러 모티프 중에서 관객들이 유독 구모를 위한 모험의 여정을 선호했던 원인을 탐색해보자. 시기적으로 멀지 않으면서 구모나 구도(求道)를 위한 모험의 여정이 나오는 텍스트를 찾아보면 진(晉)의 법현(法顯)이 지은 ≪불국기(佛國記)≫와 당의 현장(玄奘)이 지은 ≪대당서역기(大唐西域記)≫ 등이 있다.66) 효녀나 효자가 어머니를 구하는 이야기나 임무를 완수하기 위해 모험의 여정을 겪는 이야기는 여러 나라의 민간 설화에 공통적으로 존재하는 내용이다.67) 주인공의 이름과 국적, 성별만 다를 뿐 이야기의 구조나 전개는 유사한 점이 많다. 이것은 효를 기반으로 하는 어머니를 구하는 이야기를 선호하는 경향이나 상상의 공간인 지옥의 여정에 대해 호기심을 보이는 것이 중국 지역에 국한되는 현상이 아니라 당시에 보편적으로 발견되는 현상임을 말한다.

목련이야기의 변천과정을 살피는 작업은 목련희가 형성되는 과정을 관객과의 상관성을 통해 설명한다는 점에서 일차적인 의미를 찾을 수 있다. 그리고 다른 지역에서 애호되는 모티프와 목련희의 중심 모티프가 일치한다는 사실을 통해 그것이 지니는 보편성 및 광범위한 전파의 동력을 확인한다는 점에서 이차적인 의미를 찾을 수 있다. 이야기가 형성되는 과정에서 각종 모티프를 차용하고 호환하고 변형하고 모방하는 것은 필수적이지만 그 과정에서 확인할 수 있는 보편성이야말로 목련이야기가 중국에서 널리 전파되고 오랫동안 전승될 수 있었던 핵심 동력이었다.

이제 이야기를 구성하는 구체적인 요소인 목련이라는 인물로 관심을 좁혀보자. 그는 인도에서 익히 알려진 불교성자이다. 그에 관한 이야기는 구두로 전승되기도 하고 불경을 통해서 중국에 알려지고도 했는데 중국에서는 목련으로 음역(音譯)되었다. 그런데 인도인인 목련이 어머니를 구하는 내용이 인도에서는 발견되지 않기 때문에 이에 대한 신뢰도에 의문이 제기되기도 한다. 이러한 맥락에서 목련이 인도사람인지 아니면 중국 사람인지 밝히려는 논쟁이 치열했던 적이 있으나 이 논쟁을 통해 어떤 의미를 발견했는지 의문이다.

목련은 중국적인 사유방식의 영향을 받으면서 중국의 문화적 사유 속으로 들어온 사람이기 때문에 적어도 한역본(漢譯本) 불경이 나온 이후로는 그를 중국사의 한 인물로 간주해왔다. 중국에서 목련이 중국인으로 인식되는 상황에 대하여 구양우휘(歐陽友徽)는 다음과 같은 발언을 한 적이 있다. 그에 따르면 목련은 인도설화에서는 불효자였고 바라문사람이었는데 중국으로 전래된 뒤에 갑자기 효자로 돌변했으며 이것은 매우 희극적인 현상이다.[68] 이에 대해 학자들이 분연히 반론을 제기하면서 근거를 대라고 하자 그는, 어떤 설화였는지 기억이 잘 나지 않지만 그런 내용이었던 것 같다고 변론했다. 당시 목련을 둘러싼 논쟁의 실상을 보여주는 전형적인 사례를 예로 들어 보았다. 최근 장춘석은 목련이야기의 팔리어 판본을 예로 들면서 그것이 인도에서 왔음을 증명하였다. 그러나 불효자에서 효자로 변했다는 구양우휘의 견해에 대해서는 다소 부정적인 입장을 견지하고 있다. 하지만 그도 역시 팔리어 판본을 보여줄 것을 요구했으나 원문을 보유하고 있지 않다는 답변을 전해왔다. 목련의 출생지와 국적에 관해 학자들이 열띤 논쟁을 벌여도 이천여 년 전에 사라진 인도의 구두전승이 되살아나지 않는 이상 결론에 도달하기는 어려운 일이다.

목련희의 원형으로 상정하는 《불설우란분경》은 다음과 같은 구조로 되어 있다.[69]

1. 목련이라는 사람이 있다.
2. 그는 어머니가 지옥에 빠져서 고생을 한다는 것을 알게 된다.
3. 그는 지옥으로 가서 어머니를 구하려고 한다.
4. 그러나 자신의 힘으로 역부족임을 깨닫고 부처의 도움을 구하며 우란분재라는 해결법을 얻는다.

위의 구조를 골자로 하여 구체적인 순서를 간추리면 다음과 같다.

시 작: 이렇게 들었다(聞如是).
배 경: 불(佛)의 처소인 사위국(舍衛國) 지수급(祇壽給) 고독원(孤獨園).
동 기: 대목건련(大目犍連)은 육통(六通)을 얻어 부모를 구도(救度)

함으로써 유포(乳哺)의 은혜에 보답하려한다.

천도　1: 도안(道眼)으로 망모(亡母)가 아귀로 변하여 음식 구경을 못
　　　　하고 피골이 상접해 있는 모습을 본다.

천도　2: 목련은 비애에 젖어 바리때에 밥을 담아 모친을 공양하려한다.

반　　응: 모친이 왼손으로 밥그릇을 가리고 오른손으로 밥을 먹으려고
　　　　하니 밥은 그녀의 입에 닿기도 전에 불로 변해버리고 결국
　　　　못 먹게 된다.

천도　3: 그 모습을 지켜보던 목련은 크게 울부짖으며 눈물을 흘리다
　　　　가 부처께 달려가 이 일을 소상히 아뢴다.

부처의 해법: 부처는 목련에게 십방(十方) 중승(衆僧) 위신(威神)의
　　　　힘을 얻어야 해탈할 수 있다고 말해준다.

해 법 1: 십방 중승은 7월 15일 자자일(自恣日)에 칠세(七世) 부모 및
　　　　현재의 부모 중에 어려움에 처해 있는 사람을 구원하나니 온
　　　　갖 음식과 과일을 준비하고 그릇에 물을 길어 놓고 향유로
　　　　불을 밝히고 침구를 준비한 후 세상의 온갖 진미를 盆에 담
　　　　아서 십방 대덕(大德) 중승을 공양하면 현재의 부모, 칠세
　　　　부모, 육종(六種) 친속(親屬)들이 모두 삼도(三途)의 고통으
　　　　로부터 벗어나 해탈하게 되고 입고 먹는 것이 자연스럽게 마
　　　　련된다. 부모가 생존해 계시면 내내 복락을 누리실 것이고
　　　　이미 돌아가셨으면 칠세 부모가 하늘에서 태어나 자재화생
　　　　(自在化生)하여 하늘로 들어가 빛날 것이니 한없는 즐거움이
　　　　있을 지어다.

해 법 2: 십방 중승에게 칙명을 내려 먼저 주가(主家)에 보시해서 칠
　　　　세 부모가 참선하여 명상한 후에 밥을 받도록 했다. 처음 분
　　　　(盆)을 받으면 우선 불탑 전에 놓고 중승이 축원을 마치거든
　　　　밥을 받는다. 이에 목련비구 및 이 대회의 대 보살중 모두
　　　　큰 기쁨에 젖게 되고 목련의 슬픈 곡소리도 석연히 사라진
　　　　다. 이때 목련의 부모도 모든 아귀의 고통으로부터 벗어날
　　　　것이다.

목련이야기의 줄거리에 해당하는 부분은 여기까지이고 다음 부분은 구도의 방법에 관해 목련과 부처가 주고받는 대화이다.[70]

목련: 저를 낳아주신 부모는 삼보(三寶) 공덕의 힘과 중승 위신의 힘을 입었습니다. 앞으로도 효순(孝順)을 행하는 모든 불제자는 우란분을 봉양하면 현재의 부모로부터 칠세의 부모까지 천도할 수 있습니까?

부처: 내가 막 말해주려던 참인데 네가 묻는구나. 착한 녀석! 만약에 비구, 비구니, 국왕, 태자, 왕자, 대신, 재상, 삼공, 백관, 만민, 서인 중에 효자(孝慈)를 행하는 사람이 있으면 모두 현재의 부모와 과거 칠세의 부모를 위해 7월 15일에, 그 날은 부처의 환희일(歡喜日)이고 승려의 자자일인데, 온갖 음식을 우란분 안에 넣고 십방 자자승(自恣僧)에게 시주하면 현재의 부모는 백년해로의 수명을 얻을 것이고 모든 고뇌의 어려움으로부터 벗어날 것이다. 칠세의 부모는 아귀의 고통으로부터 벗어나서 천상과 인간계에 태어나 영원한 복락을 누릴 것이다.

종결: 여러 선남자와 선여자에게 알리니 불제자는 효순을 닦고 염불중에 항상 부모 및 칠세의 부모를 기억해야 합니다. 그리고 우란분을 만들어서 불과 승에게 보시함으로써 부모님이 잘 기르고 자애롭게 사랑해준 은덕에 보답해야 합니다. 모든 불제자가 이 법을 받들어 지킨다면 이때에 목련비구와 사배제자(四輩弟子)가 부처의 말씀을 듣고 기쁘게 받을 것입니다.

이와 같이 불경은 목련이야기의 줄거리를 전개하는 것보다는 우란분재의 방법과 효과를 불제자들에게 알려주는 데에 치중하고 있어서 이야기의 전개방식이 주요하게 다루어지지 않고 있다. 구조는 목련이 지옥에 빠진 어머니를 보고 울부짖으며 부처에게 해결방법을 구하고 부처는 그 방법을 알려주는 것으로 간추려진다. 목련이 지옥으로 달려가서 어머니를 구하는 등의 실제 진행상황은 언급되지 않는다. 이것은 불경이라는 텍스트의 특성과 부합되는 문제인데 불경은 이야기의 서사적인 구성력에 비중을 두고 이야기의 전개과정을 처음부터 끝까지 들려주는 방식을 필요로 하지 않는다는 점이다. 오히려 이야기를 전달하는 자체보다는 이야기를 매개로 하여 부처의 해법과 교리를 불제자에게 알리는 것이 훨씬 중요한 목적이자 기능이다. 그래서 앞에서도 우란분재를 거행하는 방법과 효과에 대해서만 줄곧 역설하고 있는 것이다.

사실 목련경에 드러난 이야기의 이면에 이미 많은 이야기들이 존재했었을 수도 있다. 그러나 아쉽게도 그런 이야기들이 정확히 어떤 형태로 있었는지는 알 수 없다. 불경을 강설(講說)하는 승려나 그것을 듣는 관객들은 지금 우리가 보는 목련경의 내용보다 더욱 풍요로운 이야기를 경험하였을 가능성이 있지만 현재 그 이야기들은 문자로 전승되지 않는다. 표면적으로는 목련이 해법을 얻었다는 사실만 제시될 따름이다. 그가 왜 어머니를 구해야 하는지 어머니는 왜 아귀가 된 것인지 그가 우란분재를 실제로 거행해서 어머니를 구했는지에 대한 내용은 더 이상 설명되지 않는다. 이렇게 불경에서 자세한 표현을 제한하고 孝만을 표방하는 원인은 다음과 같이 추정된다.

목련경과 같이 효를 표방하는 불경으로는 ≪부모은중경(父母恩重經)≫이나 ≪삼세인과경(三世因果經)≫ 등이 있다. 이러한 불경은 위경(僞經)으로 알려져 있으며 제작 연도도 불확실하다. 이러한 불경이 만들어진 배경에 대해서는 보통 유교의 척불(斥佛) 정책과 관련하여 설명하고 있다. 불교는 인도의 사유를 기반으로 생성되었기 때문에 사후세계를 믿고 현세에서 맺은 인연을 중요하게는 여기지만 그 인연에 집착하지 않는다. 그러나 중국사회에서는 당대에 효를 실천하는 행위를 중요하게 여기기 때문에 양자의 사상은 충돌하는 부분이 있게 마련이다. 효의식이 결여되었다는 이유로 배척을 받았던 불교가 이에 대한 대응책으로 마련한 불경들이 위에서 제시한 위경으로 알려진 텍스트들이다. 이러한 텍스트를 통해 부모를 봉양하는 의무나 조상에 대한 제사를 정기적으로 드리는 일 등 효를 실천하는 이미지를 불교에도 포함시킨 것이다. 불교계에서는 유교와 상충되는 점을 보완하기 위해 효를 표방하는 불경들을 제작했는데 그중에 목련경도 포함된다. 그리고 이렇게 나중에 만들어진 불교의 효를 본래 중국 사회에 존재하던 유교의 효 개념과 구별하고 더 강조하기 위해 대효(大孝)라는 개념을 빌어 정의한다.

불교에서는 이와 같이 효 개념을 양분하여 유교의 비판을 피하였다. 기존의 효는 살아 계신 부모님을 봉양하고 돌아가신 부모님에 대한 제사를 모시는 등의 행위를 의미한다. 이에 비해 불교의 효는 돌아가신 부모님에 대한 제사를 가정이 아니라 사원에서 절차에 따라 지내는 것을 의미한다. 불교는 이러한 대효의 개념을 정립함으로써 중국사회에 정착하는 거점을 마련한 것이다.

목련이야기에서 대효를 실천하는 방식은 우란분재를 개최하는 것으로 표현된다. 재를 올리는 행위는 타인을 구제하는 데에 본래적인 의미가 있으며 재를 올린 사람은 공덕과 선업을 쌓을 뿐이다. 이 행위는 개인이 자신의 부모를 구제하기 위해서 사용할 수 있는 개념은 아니다.71) 그런데 목련경에서는 이러한 우란분재가 자신의 부모나 조상을 구할 수 있는 주술적인 행위로 변한 것을 볼 수 있다. 그러므로 이제 우란분재를 여는 사람은 지역사회에서 인정받는 효자가 된다. 우란분재 자체도 한 개인이 돌아가신 부모의 명복(冥福)을 빌거나 생존하신 부모의 복을 기원하기 위한 개인적인 용도로 사용하는 품목이다. 결국 효자로 불리는 수많은 사람들이 우란분재를 올리기 위해 목련희 공연장을 찾았을 것이다. 그들은 목련의 역할을 연기하는 사람과 어머니의 역할을 연기하는 사람에게 자신을 투영하면서 재를 올린다. 이러한 방식으로 재를 올리면 누구든지 부모와 조상의 영혼을 구원할 수 있다는 믿음은 목련희와 같은 공연이 여러 지역으로 전파되는 속도에 따라 불교라는 특정 종교에 국한되지 않고 점점 확산되어 갔다.

간단한 구조를 가진 목련이야기는 원형단계에서 변문으로 진행하면서 중요한 의미를 지니게 된다. 불경에서는 간단하게 해법을 제시하고 말았으나 해법을 제시하는 과정까지의 기본적인 틀이 완성된 후에는 상당히 큰 변화가 일어난 것이다. 목련이야기는 불경에는 설명되지 않은 궁금한 부분들을 채우는 과정에서 관객의 상상력을 사용했다. 그래서 종교적인 이야기의 배경에 존재하였으리라고 추정되는 구전되는 이야기들이 서서히 표면으로 부상하기 시작한다.

제2절 변화 Ⅰ-변문

제1절의 원형단계에서는 치밀한 서사적 구성력을 갖춘 이야기라기보다는 종교성이 강한 이야기로 존재했음을 고찰하였다. 이야기가 구성지게 변하는 계기는 아마도 절에서 우란분재를 거행할 때 모인 사람들에게 이해를 쉽게 하고 흥을 돋우기 위한 방법을 구상하면서 시작되었다고 본다. 변화과정을 보여주는 명확한 증거는 없으나 기록 자료를 통해 유추하건대 우란분재는 지속적으로 거행되었으며 관객의 반응에 따라 세부구조를 첨가하면서 꾸준히 유통된 것으로 보인다. 그러므로 주요 유통경로는 불경과 구두전승 그리고 우란분재 정도로 국한된다. 이에 관한 기록으로부터 거행 일자와 장소 및 관객의 반응 그리고 행사에 대한 기대심리에 관한 간략한 정보를 얻을 수 있다.[72]

불경 다음으로 발견된 기록 자료는 돈황 변문이다. 돈황에서 발굴된 변문 중에 목련과 관계되는 것은 모두 11종이고 그중에 목련변문이라는 이름을 가지고 있는 것은 9종이다. 제목과 내용에 차이가 있는 것

66

은 ≪목련연기≫와 ≪대목건련명간구모변문병도일서≫이다.73) 목련변문이란 서명의 자료들은 내용의 차이는 크지 않지만 상당부분 훼손되어 자료로서의 신빙성이 약하다. 그래서 보존상태가 양호한 ≪목련연기≫와 ≪대목건련명간구모변문병도일서≫를 토대로 이야기를 재구성해보려 한다. ≪목련연기≫는 간단하고 구모 모티프 중심이며 지옥 여정은 매우 간략하게 묘사되어 있다. 반면 ≪대목건련명간구모변문병도일서≫는 지옥 여정이 구체적이고 다루는 범위도 다양하기 때문에 이것을 중심텍스트로 설정하였다.

이야기의 원형단계에서는 어머니를 구하는 방책으로 우란분재가 제시되면서 종결되었다. 첫 번째로 이야기가 변화된 형태인 변문에서는 우란분재를 개최하면서 장면이 시작된다. 목련의 중국식 이름인 나복(羅卜)이 부여되었고 출가하기 전에 가정사가 공개된다. 어머니 생전의 생활과 그녀의 지은 죄, 그리고 급사(急死)로 이어지는 과정이 설명된다. 나복이 출가를 결심하고 구모에 집착하는 이유를 설명하기 위해 전 단계의 과정을 부가한 것이다. 구모행위에는 지옥을 모험하는 여정이 수반되고, 이것은 전체적인 구성에서 차지하는 비중이 상당히 높다. 구모의 동기설명 및 모험의 여정을 마친 후에는 영혼을 천도하여 인간으로 환생시키기 위한 우란분재가 거행되고 어머니가 승천한다는 사실이 선포되면서 이야기는 종결된다. 줄거리부분은 주로 산문(散文)을 사용하였고 필요에 따라서 운문으로 이전의 내용을 반복하거나 대화들을 처리하고 있는데 대강을 소개하면 다음과 같다.74)

서 막

0. 7월 15일에 천당과 지옥문이 열리니 삼도의 업보는 사라지고 십선(十善)이 쌓이노라. 중승의 자자 해하일(解夏日)에 복이 모이니 제신 팔부용천(八部龍天)이 다 와서 복을 구한다. 공양하는 이들은 현세의 삶에서는 재복을 내려주고 망자에게는 좋은 곳으로 전생하

기를 기원하면서 우란백미를 삼존(三尊)께 공양하는구나. 대중의
은광을 우러러 도현(倒懸)의 고통을 구하나니.

단락 1.

1. 제자 목련은 출가 전에 나복이라는 아명을 가지고 있었다. 그의 부
   친[75]은 삼보를 독실하게 믿고 대승(大乘)을 존중하는 인물이었다.

2. 부친 사후에 나복은 다른 나라로 객상을 나가기 위해 재산을 정리
   한 뒤 모친에게 재(齋)를 올리고 불법승과 여러 걸인을 공양할 자
   금을 전하면서 신신당부를 하고 떠난다.

3. 집에 홀로 남은 어머니는 재산을 사적으로 은닉한다.

4. 열 달이 채 안되어 아들이 집으로 돌아왔고 어머니는 저간의 사정
   을 거짓으로 보고했다가 그 죄로 인해 아비지옥(阿鼻地獄)으로 떨
   어지게 된다.[76]

5. 모친의 삼년상을 마친 나복은 출가한다. 그는 세존(世尊)에게 어머
   니의 계신 곳을 여쭙는다.

6. 세존은 그녀가 아비지옥에 있다는 정보를 줌과 동시에 구모의 방책
   을 일러준다. 그것은 십방 중승의 해하일에 중력(衆力)으로 어머니
   를 구할 수 있다는 묘책이었다. 우란분을 사용하는 우란분재는 바
   로 여기에서 비롯되었다. 해하일은 중원절(中元節)이면서 동시에
   우란분절(盂蘭盆節)로 통용된다.

7. 이후로 목련이 세존으로부터 이 행사의 의미와 유래를 듣는 방식을
   이용하여 도현의 고통에서 벗어난다는 우란분절에 대한 설명을 계
   속한다.

단락 2.

1. 목련은 천궁으로 올라가 부친을 찾는다.

2. 부친은 목련에게, 십선오계(十善五戒)를 닦은 자신의 선업과 그렇
   지 않은 모친의 불선을 비교하여 들려준다. 그리고 염부제(閻浮
   提) 명로(冥路)로 가서 모친의 거처를 수소문하라고 귀띔한다.

3. 운문: 5언 4구와 7언 18구. 목련이 먼저 자신의 막막한 심경을 토로하면 제인이 화상(和尙)에게 화답하여 계(啓)하는 구조로 되어 있다. 여기서부터 계속해서 목련이 모친을 찾아 지옥을 순례하는 부분이 이어진다.

4. 목련은 부친이 알려준 대로 염라대왕이 있는 곳을 수소문한다. 염라대왕이 있다는 삼중문(三重門) 앞에서 며칠을 울자 비로소 문이 열린다.

5. 운문: 모친을 찾는 목적을 장황하게 설명하는 부분으로 7언 34구로 되어 있다.

6. 염라대왕은 지장보살(地藏菩薩), 업관(業官), 사명(伺命) 그리고 사록(司祿)을 호출하여 목련의 어머니인 청제부인이 유명을 달리한 후 어느 정도의 시간이 경과되었는지 조사하도록 한다. 3년이 경과되었다는 보고를 받은 염라대왕은 다시 선악동자를 불러 청제부인이 태산도위(泰山都尉) 소속의 어느 지옥에 배치되었는지 알아보도록 지시를 내린다. 그와 목련이 동행할 것을 권하고 아울러 오도장군(五道將軍)을 찾아 도움을 청하도록 조치한다.

7. 내하(奈河)를 지나다가 죄인들이 발가벗고 나무에 걸려 울부짖고 있는 모습을 목격한 목련은 머리를 싸매고 운다.

8. 운문: 목련과 죄인들의 대화는 7언 56구로 되어 있다. 여정 중에 만난 지옥의 죄인들은 공통적으로 목련에게 자신의 처지를 하소연한 뒤에 꼭 구원해 줄 것을 부탁한다.

9. 운문: 오도장군을 만난 목련이 어머니의 소식을 묻는 대목부터는 7언 42구로 되어 있으며 내용은 사후에 혼백이 거쳐 가는 축생악도(畜生惡道)의 경로에 관한 문답을 다루었다.

10. 오도장군은 좌측 계언장군(啓言將軍)에게 청제부인의 소재를 알아보도록 지시했으나 그녀는 이미 아비지옥으로 전출되고 없다. 다시 간발의 차이로 모친을 놓치고 화가 난 목련은 이러한 지옥의 구조적인 모순에 대해 항의하기 시작한다. 그는 모친이 염라대왕의 심판도 받지 않고 곧장 아비지옥으로 배치되다니 구조적으로

정당하지 않다는 사실에 대해 불만을 터뜨린다.

11. 열심히 모친의 행로를 추적하던 아들은 노력이 번번이 허사로 돌아가자 갑자기 지옥의 운영원칙에 대해 항소한다. 이제 지옥은 그냥 있는 지옥이 아니라 움직이는 지옥이고 어떤 사람이 불만을 호소할 수도 있는 대상이기도 하다.

12. 운문: 7언 20구로 지옥의 정경을 노래한 후에 청제부인에 관한 소식을 수소문한다. 그런데 하필이면 그곳은 남자만 득시글거리고 여자라고는 그림자도 찾아볼 수 없는 지옥이었다. 다시 그곳을 경유하여 도산(刀山) 지옥으로 건너가는데 왼쪽은 도산이요 오른 쪽은 검수(劍樹)라. 바닥으로 피가 철철 흘러넘치고 있다. 이곳에는 생전에 사원의 가람(伽藍)을 훼손하고 공공재물인 과일과 땔나무를 훔쳐다가 몰래 쓴 죄인들이 수감되어 있다. 백골이 나뒹구는 도산과 두개골이 무수하게 열려 있는 검수에 관한 형국을 묘사하는 장면에도 7언 22구의 운문이 사용되었다.

13. 남자지옥과 도산검수지옥을 경유하고 다시 무명 지옥을 더 지난 뒤에 드디어 동주철상지옥(銅柱鐵床地獄)에 도착한다. 그곳은 마두나찰(馬頭羅刹)의 엄중한 감시를 받고 있는데, 옥주(獄主)의 귀띔을 참고로 죄인의 종류를 알아보았더니, 여장남자와 남장여인, 그리고 부모나 스승 혹은 주인의 침대에서 음행(淫行)을 한 적이 있는 죄인들이 수감되어 있다고 한다. 모든 남녀가 쌍쌍으로 들어오기 때문에 성비가 1:1인, 불륜의 연인들이 죽어서 가는 장소인 것이다. 여자의 경우 못이 무성하게 꽂힌 철 침대에 눕혀서 못이 몸을 관통하는 형벌을 받는다. 남자의 경우에는 뜨겁게 달구어진 동 기둥을 껴안고 있게 해서 가슴팍이 문드러지도록 하는 형벌을 받는다.

14. 운문: 위의 참상은 7언 18구로 다시 묘사되며 3언[77] 한 구절을 포함하고 있다.

15. 목련 일행은 다시 3년 전에 모친이 아비지옥으로 갔다는 정보에 근거하여 가던 길을 재촉하는데, 갑자기 길을 지키는 나찰과 마주

친다.

16. 운문: 나찰과의 대화가 7언 34구로 되어 있고 다음은 목련이 신통
    력을 발휘하는 대목이다.

단락 3.

1. 공중에는 오십여 우두마뇌(牛頭馬腦)와 나찰야차(羅刹夜叉)가 돌
   아다니는데 검수같은 이빨에 혈분(血盆) 주둥아리가 달려 있다.
   소리를 우레같이 질러대고 눈을 번개처럼 번뜩거리면서 당직을 서
   는 중이다.

2. 운문: 목련은 앞으로 나서면서, '지옥은 원래부터 나의 처소이니,
   ……아무도 날 막지 못하리라'로 시작되는 출사표(出師表)를 던진
   다. 이 장면은 7언 16구로 그려진다.

3. 백여 걸음 떨어진 곳에 어렴풋이 아비지옥이 보인다. 사람을 잡아
   먹는 철 뱀[鐵蛇]가 불을 뿜고 역시 사람을 잡아먹는 구리 개[銅狗]
   가 그 연기를 들이마시는데, 뾰족한 가시들은 무작위로 날다가 남
   자의 가슴팍이나 여인의 등에 마구 꽂힌다. 참상이다. 수만여 옥졸
   은 전부 우두마면의 형상을 하고 무섭게 으르렁거린다.

4. 운문: 목련의 방문목적을 묻는 옥졸과의 대화부터 7언 41구[78]로
   기록한다.

5. 지옥문을 통과할 수 있었던 구체적인 노하우를 묻는 대목으로 오
   면 옥주의 질문이 다시 산문의 형식을 취한다.

6. 목련은 세존으로부터 십이환(十二環) 석장(錫杖)을 빌린 전후사정
   을 간략하고 보고한 뒤 즉시 모친의 안부를 물어본다.

7. 그녀는 아비지옥의 제1격에는 없다. 제2, 제3, 제4, 제5, 제6격 지
   옥에도 없다. 그렇다면 그녀는 어디로 간 것인지 궁금해 하는 찰
   나에 제7격에서 어머니가 발견되었다는 정보가 마침 들어온다. 그
   런데 상황이 좋지 않다. 그녀는 현재 몸에 긴 못이 꽂힌 채 철 침
   대에 붙들린 상태라서 호출하여도 올 수가 없다.

8. '여기에 한 승려가 당신 아들이라는데 면회를 왔소'라고 전하자 어

머니는 대뜸 '내 아들은 출가한 적이 없어요'라고 한다.

9. 이 말을 전해들은 목련이 눈물을 쏟으며 지금까지 일어난 사건의 자초지종을 말한다. 어릴 적 이름이 나복이었고 모친상을 마친 뒤에 출가해서 대목건련이란 법명을 받게 된 경위를 설명한다.

10. 결국 자리에 합석한 청제부인의 봄에서 옥주가 못을 뽑아내고 일으켜 세우니 모자는 드디어 상봉 기회를 갖는다.

11. 운문: 모자의 대화는 장장 7언 108구에 달하는 긴 운문으로 계속 이어진다.[79)]

12. 운문: 목련이 모친과 극적인 상봉을 하고 세존에게 돌아가 그동안 겪은 상황을 종합적으로 보고하는 대목도 7언으로 처리했는데 30구의 분량이다.[80)]

13. 운문: 여래(如來)가 팔부용천으로 하여금 지옥의 고통 받는 자들을 구도하도록 명하는 내용도 7언 42구로 되어있으니, 모자상봉 전후에 해당하는 목련이야기의 절정이 시작되는 대목은 주로 7언으로 묘사된다.[81)]

14. 목련이 불력의 도움으로 모친을 지옥의 끝없는 고통에서 구하려 했지만, 그녀의 죄는 생각보다 훨씬 무거워서 다시 아귀도로 갈 수밖에 없다. 당시 모친의 형상은 불경에서 말하는 전형적인 아귀를 표상하고 있는데, 목은 물방울도 통과할 수 없을 정도의 매우 좁은 바늘귀와 같고, 그 위에 달린 머리는 태산처럼 커서 식욕은 넘치나 섭생이 불가능하니 극심한 기아의 고통에 시달리는 모습이다. 물을 좀 마시려고 하면 맑은 물이 바로 피고름으로 변하고, 음식을 좀 먹어보려고 하면 맛난 요리들이 갑자기 불로 타오른다.

15. 이 광경을 지켜보던 목련은 모친에게 공양할 밥을 구하기 위해 왕사성(王舍城)으로 향한다. 발(鉢)을 내던지고 공중으로 뛰어 오르니 문득 한 장자(長者)의 문 앞에 당도한다. 오후에는 보통 탁발하지 않는 법인데 때 아닌 걸식을 하고 있는[82)] 목련을 보고 그 집 주인이 밥을 구하는 연유를 물어온다.

16. 운문: 구구절절이 계속되는 목련의 하소연에 저간의 사정이 다 녹

아나는데 이 부분도 역시 7언으로 되어 있으며 21구에 달한다.[83]

17. 운문: 다음에 이어지는 밥을 떠 넣다가 뜨거운 불에 데는 모친의 모습도 역시 7언 42구로 되어 있다.

18. 청제부인은 그토록 극심한 지옥의 고통에 시달린 경험이 있으면서도 그녀의 탐욕과 인색함은 여전히 기승을 부리고 있었다. 목련이 공양한 밥이 담긴 발을 보더니 눈이 휘둥그레져서 침을 흘리며 행여나 다른 아귀들에게 뺏길까봐 벌벌 떨면서 왼손으로 발을 가리고 오른손으로 퍼먹기 시작한다. 그 밥이 그녀의 입술에 닿기도 전에 활활 타오른 것은 자연스런 일이다.

19. 이러한 광경을 다시 지켜보던 목련은 자신의 힘이 너무 미약하다는 사실에 가슴이 미어지고 간담을 칼로 도려내는 듯 아프다. 다시 한번 세존에게 도움을 청하는 수밖에 달리 방도가 없다.

20. 허겁지겁 물……물……물……을 외치는 모친을 보면서 물을 구할 방도를 궁리하던 목련에게 왕사성 남쪽에 펼쳐진 큰 강물이 퍼뜩 떠올랐다. 너무 넓어 물이 마른 적이 없기 때문에 항하수(恒河水)라고 불리는 강물이다. 이 강물에 대한 설명은 박물지리서 형식의 서술로 방대하게 계속된다. 그래! 그 강물이라면 모친의 화난고(火難苦)를 해결할 수 있다. 남염부제(南閻浮提)의 중생이 보면 청량수(淸凉水)요 제천이 보면 유리보지(琉璃寶池)요 어별(魚鼈)이 보면 간택(澗澤)이다. 그러나 청제부인 앞에서는 그 맑은 강물도 금방 불타오르는 고름물길로 돌변하고 만다.

단락 4.

1. 다시 세존에게로 날아가 간청하는 목련에게 드디어 우란분재라는 해결방책이 하달된다. 돌아오는 음력 7월 15일에 우란분을 만들어서 공양을 하면 바로 그날이 제산에서 안거하던 좌선승(坐禪僧)의 해하일이자 나한(羅漢)의 득도일이고 제파달다(提婆達多)의 죄멸일(罪滅日)이면서 염라왕의 환희일에 해당하는 기쁜 날이라서 모든 아귀가 하루만큼은 배불리 먹게 된다는 것이다.

2. 세존의 가르침을 얻어 왕사성의 탑묘 앞에 도착한 목련은 그곳에서 대승경전을 전독하고 우란분선근을 지어 모친을 널리 공양한다. 밥을 공양한 이후로는 더 이상 모자가 상봉할 기회가 오지 않는다. 아무리 수소문을 해도 모친이 안 보이자 목련은 눈물을 쏟으며 불전에 머리를 조아리고 불상 둘레를 세 번 돈후에 합장을 올리고 모친의 근황을 여쭙는다.

3. 목련이 경전을 전독한 공덕과 우란분을 만든 선업 덕분에 모친은 아귀에서 벗어나 왕사성에 있는 어느 집에 검은 개로 환생한 사실을 알게 되었다. 걸식을 다니다가 어떤 개 한 마리가 목련이 입은 가사(袈裟)를 잡고 끌면서 사람의 말귀를 알아듣는다면 그 개가 바로 어머니일 것이라는 힌트를 얻는다.

4. 그 걸식하는 집의 빈부에 상관없이 두루 다니며 모친을 찾아 헤매던 어느 날, 과연 어느 장자네 집의 대문 앞에서 검은 개와 딱 마주친다. 모친임을 확인한 목련이 자신의 불효와 무능력으로 어머니가 아귀의 고통을 당하시더니 이제는 사람도 아니고 개로 변하게 되었음을 한탄하면서 흐느끼고 통탄한다.

5. 그런데 모친이 오히려 목련에게 '우리 효자, 우리 효자' 하면서 모두 자신의 잘못이었음을 깊이 반성한다. 모자는 함께 왕사성의 불탑으로 돌아와 7일 동안 밤낮으로 대승경전을 전송하고 참회하고 계를 염하며 지낸다. 이 공덕으로 모친은 개가죽을 벗어 나무에 걸어 두고 다시 여자로 환생한다.

6. 사라쌍수(娑羅雙樹) 아래에서 불상 둘레를 세 번 선회한 후에 목련은 세존에게 모친의 남은 죄에 대해 여쭙는다. 세존은 삼업도를 살펴보고 난 뒤에 유청제의 죄업이 모두 사라졌음을 알려준다. 이에 뛸 듯이 기뻐하는 목련과 모친은 '歸去來, 閻浮提世界不堪停. 生死本來無住處, 西方佛國最爲精'이라는 계를 들으면서 앞에 천룡을 두고 여래의 영접을 받으며 도리천(忉利天)으로 올라가서 복락을 누린다. 팔만보살, 팔만승, 팔만 우파새(優婆塞),84) 팔만 우파이(優婆夷)85)가 모두 예에 맞춰 둘레를 돌면서 받들어 모신다.

74

7. 말미에는 '정명(貞明) 칠년(柒年) 4월 16일 정토사(淨土寺) 학랑[86) 설안준(薛安俊) 씀'으로 되어 있다.

변문은 간략한 불경의 내용을 토대로 다시 쓴 이야기라고 할 정도로 보충적이라기보다는 불경의 속편처럼 다음 단계로 나아간다. 그래서 변문은 불경에서 도달한 상징적인 결론인 우란분재가 거행되고 지옥문이 열리는 순간에 시작된다. 우란분재를 지내면서 영혼이 천도되는 시점의 중간은 다시 과거에 벌어진 일들로 돌아간다. 즉 어머니가 지옥으로 가게 된 경위와 목련이 그녀를 구하러 나서게 된 동기를 이해할 수 있는 방식으로 설명하기 위한 회귀이다. 어머니가 사후에 지옥으로 떨어져 어떠한 고초를 겪는지 그리고 생전에는 어떤 죄를 지었는지에 관한 설명이 제시되는 것이다. 글자 수를 계산해보면 불경은 792자에 불과했는데 변문은 이미 만여 자에 달하는 분량으로 늘어났다. 공간도 이미 이승과 지옥으로 양분되었고 모자 이외에 추가된 인물들이 등장한다. 이렇게 볼 때 변문은 불경의 일부가 아니라 이미 불경으로부터 많이 나아온 단계라 할 수 있다.

전체적으로 볼 때 불경은 교리를 전달하는 것이 목적이었지만 변문은 이미 교리보다는 이야기 자체를 전개하는 데에 치중하고 있다. 우란분재는 시작과 끝을 알리는 수단으로 작용할 뿐 중간에는 서사적 구성력을 구비한 이야기가 중심에 놓여 있다. 제의로 시작해서 제의로 끝나고 중간에 다른 이야기들을 말하는 이와 같은 방식은 불교 이야기를 구성하는 일반적인 형식일 수 있다. 이런 경우에 제의보다는 이야기가 핵심적인 요소에 해당된다. 다시 말해서 불경에는 제의와 이야기 간의 관계에 대한 단초만 제시하였다면 변문에서는 양자가 비공식적인 어떤 규정을 정립하면서 조화롭게 목련희를 구성하는 방법을 찾았다고 할 수 있다.

변문의 이야기를 단락별로 나누어 변화 Ⅰ을 살피기 쉽게 배치하면 다음과 같다.

- 처음 시작을 알리는 서막부분은 81자의 산문으로 되어 있다.
- 단락 1은 총 253자로 여기에서는 나복의 존재와 모친이 죄를 얻어 지옥에 떨어지게 된 원인과 과정이 나온다. 천상과 지옥으로 배정되기 이전에 어머니가 겪는 고초와 목련이 출가하게 되는 경위는 7言 48句 326字의 운문으로 되어 있다. 단락 1의 운문과 산문을 합하면 총 579자로 《불설우란분경》과 비슷한 분량이다. 여기에서는 목련이 승려가 되는 경위와 출가하기 전의 일상들에 대한 정보가 제공된다. 이렇게 이야기의 확산되는 과정은 다음에 이야기가 전개될 수 있는 바탕을 마련해주는 역할을 한다. 그리고 지옥에 떨어진 경위를 해명함으로써 이야기에 구조적인 개연성과 논리적 필연성을 확보하였다.
- 단락 2는 쌍림수(雙林樹) 아래에서 아라한과(阿羅漢果)를 얻는 장면으로 시작된다. 먼저 아라한과를 얻고 나중에 학도를 얻는 이치에 관해서 《법화경(法華經)》을 예로 들면서 설명하고 목련이 심산에서 좌선하는 장면을 운문87)으로 묘사한다. 목련이 어머니를 찾는 과정도 관객의 호기심을 유발하면서 지옥을 완주하도록 조직되어 이야기가 속도감 있게 전개되도록 하고 있다. 그리고 목련이 모험 길에 만난 사람들이 그에게 자신의 소원도 함께 가져가 달라고 부탁하는 장면은 유기가 지니는 특징적인 부분이면서 목련희를 보는 관객들의 염원을 투영하는 효과도 거둘 수 있다. 목련은 지옥에서도 인간세상에서와 같이 행동하는데 그의 행동을 보더라도 지옥은 역시 인간세상을 모델로 하여 만들어진 공간이다. 이승의 인간이 저승의 영혼을 구하기 위해 저승으로 들어갔으나 그의 행동을 규정하는 원칙도 이승 그대로이고 그에 대한 저승의 반응도 별로 이승과 다른 점이 없다.

지옥의 판결은 생전에 보여준 선악을 기준으로 하여 세 가지로 결정된다. 첫째는 십선 및 오계를 닦았던 사람으로 그들은 죽자마자 승천한다. 두 번째는 선업을 닦지 않았던 사람으로 그들은 죽자마자 지옥으로 가서 고통을 당한다. 두 가지 경우 모두 염라대왕 앞에서 재판을 받는 과정 없이 직접 각자의 장소로 배치된다. 세 번째는 어떤 면은 선하고 어떤 면은 악한 사람으로 그들은 선악을 판단하기 어렵기 때문에 염라대왕에 의해 판결을 받아야 한다. 지옥 장면에서 죽은 사람들이 어떤 거울 앞에서 자신의 죄를 보고 있는 장면은 모두 이 세 번째 경우에 해당한다. 재판에 대한 다양한 사례들이 이야기에 들어가면서 더욱 흥미진진하게 돌아간다.

· 단락 3을 보면 목련이 공중으로 차고 올라 신통력으로 사라쌍림[88]에 도착한 다음에 경험하는 사건들이 나온다. 그와 부처의 대화는 7언 20구의 운문을 통해 표현하였다. 부처는 목련에게 팔난(八難)[89]과 삼재(三灾)[90]를 모면하는 데 필요한 석장을 빌려준다. 그리고 지옥문에 다다르거든 부처 자신의 이름을 말하고 들어가도록 한다. 부처의 위력을 얻은 목련이 바람처럼 하강한 그곳은 바로 아비지옥이다. 이전에 목련은 먼저 염라대왕을 찾았었고 내하－남자지옥－도산검수－동주철상－무명지옥을 거쳤으며 그 후에 부처로부터 신통력을 얻었다. 불력을 얻은 후에 이제 아비지옥에 도달한 것이다.

· 단락 4에서는 우란분재에 대해 설명하고 재를 올린 공덕으로 어머니가 환생하게 되었음을 알린다. 그리고 동물로 환생한 어머니를 다시 인간으로 환생시키기 위해 대승경전을 전송하고 참회하며 계를 염하는 등의 방법이 행해진다. 이로 인해 완전하게 여자로 환생한 어머니와 목련이 도리천으로 올라가는 과정까지 즉 재를 올린 효험을 눈으로 목도하면서 재를 마치는 과정이 자연스럽게 이야기된다. 목련이 조건부로 환생하는 과정의 어려운 점들을 낱낱

이 설명하고 어머니가 복을 받아 인간으로 환생한 사실을 선포하는 장면은 후한(後漢) 지루가참(支婁迦讖)이 번역한 ≪잡비유경(雜譬喩經)≫에 나오는 17가지 고난[91]을 연상시킨다.

지금까지 이야기의 원형단계인 불경을 보고 이야기가 변화하는 처음 형태인 변문을 보았는데 두 텍스트의 다른 점을 들어 보면 다음과 같다.

1) 승려 목련은 세속에서 나복이라는 아명으로 살았던 삶을 기억한다. 나복으로서의 삶은 대대로 상인의 집안에서 이루어지는데 부친이 돌아가신 후에 객상으로 살아간다.

2) 아귀인 어머니는 생전에 이러이러한 잘못을 범해서 지옥으로 갔던 것이다. 어머니의 죄목은 불교에서 금하는 개훈[92]을 범했고 게다가 직접 잡은 고기를 먹었으며 공덕을 쌓는 일에도 소홀했기 때문이다.

3) 불경의 말미에서 구도의 방책으로 암시되었던 우란분재가 변문에서는 실제 거행되면서 시작된다. 이는 동일한 모티프를 공유하는 텍스트면서도 하나는 방법을 묻고 다른 하나는 그 방법을 실천한다는 점에서 분명하게 구별된다.

4) 아귀로서 당하는 사후의 고통이 형상화되고 우란분재와 전독 등으로 쌓은 공덕의 결과로 환생하는 과정이 여실히 묘사된다. 불경에서는 환생의 개념을 단지 암시하였고 변문으로 오면 환생이 직접 행동으로 실천된다. 가령 어머니가 지옥에서 좀더 형벌이 약한 장소로 배치되었다가 다시 개의 몸을 빌려 이승으로 돌아오고 결국에는 여인으로 환생하는 경로를 보여준다.

5) 공간은 아귀도에 국한되지 않고 지옥으로 가는 길목인 내하와 다양한 지옥공간들, 그리고 천상으로 확대되며 주인공은 그간의 경계를 자유롭게 넘나든다. 불허된 경계를 넘는 통행권은 바로 세

존에게 빌린 석장이 대신하며 작품의 전 공간도 세존에 의해 기획되고 조정된다.

위의 언급을 보더라도 불경에서 변문으로 오면서 이야기가 사실(fact)을 단순하게 나열하지 않고 사실 사이(between facts)를 채워간다는 것을 알 수 있다. 어머니를 보면 '아귀에 있는' 상황에서 이제는 지옥에 간 이유는 무엇이고 지옥은 어떻게 가며 어떤 형벌을 받는지 말해주는 상황으로 바뀌었다. 그리고 '어머니는 악모'라는 사실에서 왜 악모인지 어떤 행위를 하면 악하다고 하는지 말해준다. 그러므로 변문은 목련이야기를 들려줌으로써 관객에게 종교적인 선악 개념을 주입하는 효과를 얻었을 것이다. 아들을 보면 '목련은 승려다'에서 출가하기 전에는 어떻게 살았고 왜 출가하였는지에 대한 경위를 말해준다. 이와 같이 현상의 맥락을 파악하고 사건의 인과관계를 설명하는 제작방식은 이야기의 성격을 바꾸는 중요한 변화임에 틀림없다. 이것은 목련이야기가 서사적 구성력을 획득하고 지금 보는 목련희로 완성되기 위해 필요한 계기가 된다.

정리해보면 불경에서 아들은 구원자이고 어머니는 종교적으로 나약한 죄인이었다.[93] 변문에서 분량이 대폭 늘어나고 두 인물은 중국이름을 가진 중국인으로 변환된다. 이러한 변화는 하나의 이야기가 구조적 확장을 이루면서 다시 새로운 것을 생성해내는 일련의 과정을 보여주는 증거이다. 이제는 목련의 이동하는 모습이나 여정에서 생기는 고뇌와 갈등 등이 구모라는 목적보다 훨씬 더 부각된다.

제3절 변화 Ⅱ - 희문, 보권

이야기의 변화 Ⅱ에서는 목련에 여러 모티프들이 들어가는 모습을 다룬다. 이 단계는 변문에서 연행의 단초를 보여주었던 이야기가 공연으로 완성되는 시점을 가리킨다. 변문이 발생한 후에 나타난 자료를 보면 목련희가 단순히 불교사원에서뿐만 아니라 일반 공연으로서 많이 행해지는 것 같다. 그런 공연이 어느 정도 지속이 되면서 명대에 가면 극본이 등장한다. 그런데 이때부터 극본의 양상이 상당히 복잡해진다. 첫 번째 극본은 안휘성에서 1582년에 쓰인 것으로 밝혀졌는데 그 외의 각 지역마다 목련희 극본이 소규모로 유통되고 있었다. 극본들은 목련희의 어느 부분을 중심주제로 사용하는지 그리고 목련희에 관련된 이야기를 어느 부분에 중점을 두는지에 따라서 다양한 양상을 보인다. 예를 들면 목련이라는 사람이 지옥에 가서 어머니를 구하는 장면이 가장 중심적이었던 것이라면 이제는 그 목련에 대한 부가되는 이야기들이 많이 등장했고 그 다음에 목련이 태어나기 이전의 조상에 관한 부분을 강조하는 지역이 있는가 하면 그 부분은 덮어두고 목련과 모종의 관련이 있는 별개의 희곡을 연합하여 규모가 큰 대희라는 공연물을 완성하는 데에 중점을 두는 지역도 생긴다.

자세한 사항은 제4장 공연과 출판부분을 통해 논의하겠지만 지역별로 목련희라는 모티프를 사용하는 방식에 따라서 다양한 공연과 극본이 생겨나는 현상을 보인다. 이야기의 구조를 살필 수 있을 정도로 극을 전체적으로 조망한 자료로는 1582년인 명 만력(萬曆) 10년에 간행된 희문을 들 수 있다. 연극으로 공연되는 경험을 축적하면서 혹은 시대적인 흐름과 교유하는 과정에서 목련이야기는 갈수록 불교가 차지하는 비중이 줄어들고 대신 이미 흥행성이 검증된 잡기나 소희와 같은 공연의 요소가 늘어난다. 처음에는 불교의 교리를 설명하기 위해 제작된 불경에서 의례로 이야기의 전승방식이 바뀌고 거기에서 한 걸음 더 나아가 종교라는 테두리를 벗어난 일상의 축제로 거듭하는 단계를 여기에서 다룬다. 이야기의 변화 Ⅱ는 전국적인 흥행가능성을 확보했다는 점에서 목련희가 전승되는 과정에서 중요한 의미를 지니는 단계다.

목련희는 양두홍(兩頭紅), 얼해기(孼海記), 유사진(劉四眞), 권선기(勸善記), 지옥책(地獄册), 환나원(還儺愿), 혈지옥(血湖池) 등 지역과 공연의 성격에 따라 다른 이름으로 불린다. 하지만 이름만 다를 뿐 '나복출생 – 부친사망 – 나복외유 – 나복회가 – 유씨의 악행 – 유씨 지옥에 떨어짐 – 목련출가 – 목련이 명부에 가서 어머니를 구함 – 우란분회로' 도식화되는 서사구조는 동일하다. 이렇게 동일한 구조를 보이는 부분은 (正)목련이라고 하고 목련이 태어나기 전의 시대를 다룬 부분은 전(前)목련이라고 한다. 그리고 아예 목련과 상관없는 내용이지만 목련희로 공연되는 부분은 화(花)목련이라고 한다. 이러한 기본적인 구분을 염두에 두고 지역별로 차이가 조금씩 있는 극본들을 규합하여 종합적인 결과를 토대로 목련이야기를 재구성한 후 그것을 정, 전, 화목련으로 분석한다.

이외에도 다른 이야기의 흐름이 있는데 그것은 보권을 통해 전해지는 내용을 말한다. 목련보권에는 혼사와 관련된 부분이 나오지 않고 대신에 목련이 황소(黃巢)와 하인(賀因)으로 두 번 환생하도록 되어 있다. 이것은 희문으로 가지 않고 변문에서 바로 속편이 나온 듯한 인상을 준다. 변문 이후로 목련이야기는 이렇게 희문과 보권이라는 두 흐름을 형성해온 것으로 보인다. 참고로 목련희는 서진, 당대, 명대, 청대의 기록 자료가 남아 있다. 송대와 원대의 기록으로는 공연상황에 대한 단편적인 기록과 원 잡극으로 공연된 극목만 전해진다. 그런데 일본에서 발견된 것으로 알려진 원간본 ≪목련경≫이 등장했고 이 서적은 다른 지역에서는 발견되지 않고 한국과 일본에서만 불교의 사찰을 중심으로 현재까지 유통되고 있다. 현재는 설창 대본이라는 의견이 있고 또 몽고 황실본인 ≪승천보권(昇天寶卷)≫과 상당히 비슷하다는 의견 정도가 나왔는데 이에 대해서는 마지막에 변형의 한 갈래로 취급할 것이다.

1. 희문 속의 목련이야기

현재까지 발견된 희문과 지방희 극본을 종합하여 이 단계의 이야기에 대한 논의를 시작하고자 한다. 지역별로 나오는 극본들이 외형은 달라 보이지만 실제로 나복에 관한 부분은 공유한다. 그래서 그의 출생이전과 목련대희로 발전하는 과정에 사용된 부가요소와 그것이 이야기와 교합하는 양상을 모두 볼 필요가 있다. 여기에서는 이전부터 이후의 이야기를 하나의 축으로 설정하고 조망하되 내부적인 가감의 양상은 다루지 않는다.

앞서 언급한 대로 목련희는 일반적으로 전목련과 후목련 혹은 화목련과 정목련으로 구분한다. 즉 화목련 혹은 전목련은 부가된 이야기이고 정목련 혹은 후목련은 목련구모이야기이다. 그러나 여기에서는 나복의 출생을 기준으로 하여 그 이전은 전목련이라고 하고 이후는 후목련이라고 하며 그 외의 소희와 잡기 등등의 부가요소들은 화목련으로 분류한다. 이렇게 총 세 개의 단락으로 분류하여 정리해본다.

우선 전목련의 구조는 다음과 같다.

1. 양무제(梁武帝)는 생전에 여러 원숭이를 아사시켰는데 그때 죽은 원숭이의 왕이 다음 세상에서 후경(侯景)으로 태어나 반란을 일으켜 복수를 한다.

2. 양무제의 군사가 곤경에 처하였을 때 장사(長沙) 태수인 부천두(傅天斗)가 곡식을 풀어 구하지만 양무제는 결국 아사하고 만다.

3. 난을 평정하고 보위에 오른 태자가 바로 원제(元帝)다.

4. 원제는 다시 부숭(傅崇)을 장사 지역의 태수로 임명한다. 부숭에게 옥제(玉帝)는 이성(二星)을 보내 두 아들을 점지하여주고 여러 경로를 거쳐 부숭은 깨달음을 얻고 구휼과 선행에 힘쓴다.

5. 옥제는 다시 두 아들의 죽음을 통해 이성을 하늘로 돌아오게 하고 다시 신인을 파견하여 부상(傅象)을 태어나도록 한다.

6. 그는 유만운(劉萬雲)의 여식 유소정(劉素貞)과 혼례를 올리고 그녀는 금노(金奴)와 은노(銀奴)라는 두 몸종을 데리고 온다.

7. 부숭이 죽고 부상이 가장이 되었는데 아내 유소정의 친척인 유가(劉賈)가 비리를 행하고 그 때문에 부상이 책임을 떠맡게 된다.

8. 장인 유만운의 덕분으로 부상이 면죄되어 원외랑(員外郞)의 직책을 다시 맡게 된 후 집으로 돌아오는 길에 우연히 보살 점화하여 선과(仙菓)를 하사 받았는데, 아내 유소정이 잉태를 하게 된다. 그 과실이 포도 같아 아이 이름을 포도(나복)라고 한다.

전목련은 나복 조상의 역사를 나열하는 부분인데 이것이 극본으로 전승되는 것은 복건 지역의 보선희(莆仙戲) ≪목련≫을 예로 들 수 있다. 위에서 제시한 서사구조도 이 극본을 근거로 도식화한 것이다. 극본은 상하로 양분되는데 상권은 ≪부천두≫라는 제목으로 나복의 조부, 증조부, 고조부의 삶을 다루었다. 하권은 ≪목련구모≫라는 제목으로 나복이 출가하여 지옥으로 떨어진 어머니를 구하는 대본을 다루었다. 현재 전하는 극본을 조사해보면 ≪부천두≫와 관련된 판본은 한 가지 종류인 데 반해서 ≪목련구모≫의 내용을 다룬 극본은 여러 종류가 발견된다. ≪부천두≫는 4본 36척으로 복순반(福順班) 대본이다. 원래 보전현(莆田縣)의 편극조합에 소장되어 있었으나 문혁으로 극본이 사라졌다. 그 후 1963년에 다시 복건성 문화국 극목공작실에서 복순반본을 토대로 베껴 적었다. 현재는 복건성 예술연구소에 소장되어 있다. ≪목련구모≫는 보전 지역에 원래 만복반본(萬福班本)과 진보반본(珍

寶班本)이 있었는데 역시 문혁으로 사라졌다. 1958년에 보전현의 편극 조합에서 작성한 초본이 복건성 예술연구소에 보존되어 있으며 1994년에 유정에 의해 단행본으로 출간되었다.[94]

이 밖에도 양무제를 관련시켜서 나복의 3대 조상 즉 부씨(傅氏) 가문의 역사로부터 목련희를 시작하는 지역은 강서, 안휘, 호남, 사천 등이 있다. 극본을 보면 강서 지역의 익양강본(弋陽腔本)과 청양강본(靑陽腔本), 안휘 지역의 양강(陽腔) ≪양무제≫ 그리고 호남 지역의 진하 고강에 포함된 ≪양전(梁傳)≫, 기극 고강에 포함된 ≪목련외전≫ 및 사천 지역의 천극 ≪양전≫ 등이다. 극본들은 대부분 양무제 시대에 나복의 조상이 정치자금을 대는 등 정부의 경제적인 후원자였다는 사실로 시작된다. 내용별로 유사한 극본 군을 만들어보면 다음과 같다.[95]

1. 복건 지역 보선희 ≪부천두≫와 사천 지역 천극 ≪양전≫
2. 강서 지역 익양강 및 청양강 극본과 안휘 지역 양강 ≪양무제≫
3. 호남 지역 진하 고강 ≪양전≫과 기극 고강 ≪전목련≫(또는 ≪목련외전≫)

양무제와 부씨 3대의 이야기에 해당하는 전목련부분은 원래 보선희 ≪부천두≫라는 텍스트의 주요 인물과 줄거리에 해당한다. 그런데 이 내용은 사천, 안휘, 호남 지역에서 각각 ≪양전≫, ≪양무제≫, ≪전목련≫ 혹은 ≪목련외전≫ 등의 이름으로 유통되었다. 이렇게 공존하는 모티프들은 극본이 제작될 당시 혹은 공연이 연출될 당시에 일정한 몇 개의 공통된 연원으로 존재하고 있었을 것이다.[96]

후목련은 나복이 어머니를 구하는 내용이다. 전체적인 구조는 ≪권선희문≫을 근거로 하였으며 상중하로 나누어 정리한다.

상 권

장　치　1. 개장: 부상의 승천, 유씨의 개훈, 나복의 귀가에 해당하는
　　　　　대강을 말한다.

인간계　1. 유씨 부상 익리(益利) 금노 나복 모두 등장하여 재를 올리
　　　　　고 화상과 도사와 비구니가 집을 방문하여 유불도담론을
　　　　　벌인다. 담론의 주관자는 부상과 유씨이며, 남녀유별교육을
　　　　　강조한다.

신　계　1. 부상의 재승구빈(齋僧救貧)하는 선행을 삼관이 보고하면서
　　　　　선유선보, 악유악보(善有善報, 惡有惡報)를 강조한다. 하늘
　　　　　에 알리는 작업은 삼관의 주사(奏事), 염라의 접지(接旨),
　　　　　성황의 괘호(掛號) 등으로 이어진다.

신　계　2. 성황의 안민호국(安民護國), 기구자사(祈求子嗣), 장생불사
　　　　　(長生不死), 재덕(才德), 다수다복다자(多壽多福多子) 담론.

인간계　2. 목숨이 사람마다 정해져 있음을 〈화원소향〉에서 암시하고
　　　　　부상의 승천으로 이어지는데 화상과 니고 및 도사가 모두
　　　　　나오고 〈수재천부〉하는 의식이 희곡의 일부로 포함된다.

인간계　3. 유가가 개훈을 권하자 유씨는 개훈을 위해 아들을 멀리 장
　　　　　사하러 보낸다.

인간계　4. 이후로 나복이 길을 가다가 사원에서 시주를 하는데 그 과
　　　　　정에서 사기꾼을 만난다.

인간계　5. 한편 집에서는 유씨가 안동(安童)에게 개훈할 고기를 사러
　　　　　보내는 장면이 연출된다.

인간계　6. 〈유씨개훈〉에서는 연화락을 부르는 거지, 도인과 화상 및
　　　　　니고 등이 개훈을 말리고 이공도 등장하여 그것을 막는다.
　　　　　이들에게 개고기만두를 만들어 주려던 유씨는 실패하자 이
　　　　　들을 내몰아 쫓는다. 이공이 찾아와 권선하나 유씨에게는
　　　　　우이독경이다.

인간계　7. 다시 나복은 한산습득을 만나 재물을 얼른 팔고 돌아오도
　　　　　록 배치된다.

인간계 8. 나복이 집으로 돌아오는 길은 관음과 십우가 보호해준다. 유
       씨는 아들을 그리워하고 나복과 익리는 집으로 돌아온다.

중 권

장 치 2. 개장: 유씨는 개훈한 얼원(孽冤)으로 음사에서 벌을 받고,
       관음이 나복을 시험하자 〈도경도모〉하고 서천으로 가는 내
       용을 소개한다.

인간계 9. 나복은 어머니에게 권선한다.

인간계 10. 장인쟁석에서는 장인들과 나복과 익리가 재승제빈을 준비
       하는 장면이 전개된다. 유씨의 후회와 자탄이 시작된다.
       나복은 익리와 재승제빈한다.

신 계 3. 염라대왕이 옥지를 받고 유씨의 죄상을 조사한 후에 다시
       하수들에게 명령을 내린다. 이렇게 유씨를 잡아들이라는
       명을 받은 소귀들은 각자의 행동을 취한다.

인간계 11. 임무를 부여받은 무리가 내려와 화원에서 유씨의 혼을 잡
       아가니 칠규에 피를 흘리며 쓰러진 유씨를 나복은 정성껏
       의사를 청해 구한다. 〈성황기해〉에서 기획된 것을 〈유씨회
       살〉에서 실천하는 식으로 이야기가 전개되며 이후로는 유
       씨 영혼의 여정이 시작된다.

신 계 4. 유씨와 귀사는 금전산을 지난다.

인간계 12. 나복은 묘용하여 모친의 초상을 지고 가다가 관음이 점화
       한 용녀를 만나 나복을 시험하느라 밤새 유혹을 하지만 나
       복은 넘어가지 않는다. 그녀가 사라지고 이정과 차인이 등
       장하여 나복과 이야기를 나누는데 나복이 낮에는 손에 버
       들가지를 든 도사를 만났고 밤에는 부인을 만났다고 들려
       준다. 그들이 두 사람 모두 바로 관음임을 알려준다.

신 계 5. 모: 파전산 - 골유산, 유씨와 귀사는 골유산을 지난다.

인간계 13. 현관이 사람을 보내 나복에게 벼슬을 권하지만 그는 거절한다.

신 계 6. 모: 파전산 - 골유산 - 망향대, 유씨와 귀사는 망향대를 지난다.

인간계 14. 자: 혼사가 들어오지만 역시 거절한다. 익리와 나복의 주
　　　　　　복분별.

신　계　7. 관음은 장천사를 보내 백원을 잡아오게 하여 도경도모하는
　　　　　　나복을 안내하게 한다.

신　계　8. 모: 파전산 – 골유산 – 망향대 – 내하교 유씨와 귀사는 내하교
　　　　　　를 건넌다. 인물들이 늘어나서 그 곳의 정경을 증언한다.

인간계 15. 자: 흑송림을 지나다가 낭자로 변해서 나복을 다시 유혹하
　　　　　　는 관음을 만난다.

신　계　9. 모: 파전산 – 골유산 – 망향대 – 내하교 – 승천문을 지난다.

신　계 10. 나복과 도인은 한빙지를 지나면서 정령들과 마주친 뒤에 다
　　　　　　시 화염산을 지난다.

신　계 11. 란사하에서 사화상을 잡아 일행으로 끌어들인다.

신　계 12. 자: 한빙지 – 화염산 – 란사하를 지나고 매화고개에서 탈화하
　　　　　　고 활불을 만난다. 나복과 백원이 펼치는 매령탈화와 함께
　　　　　　십우가 등장하는 견불단원으로 중권이 막을 내린다.

하　권

장　치　3. 개장: ≪신편효자자낭기≫라고 소개하고 ≪서상기≫보다 덜
　　　　　　야하고 더 효의가 온전하다는 평을 인용한다. 유청제는 음사
　　　　　　에서 고통 받고 조새영은 수절하고 목건련은 구모승천하게
　　　　　　한다는 내용을 소개한다.

인간계 16. 사우가 나복과 도를 논한다. 조부의 원소절.

신　계 13. 어머니는 저승에서 몸종 금노와 상봉한다.

신　계 14. 좌선하는 나복이 유혹에 빠지지 않고 버티는 모습이며 부상
　　　　　　도 나온다.

신　계 15. 1전에서 어머니를 찾고 2전에서 어머니를 찾는다.

인간계 17. 조씨네 집에서 청명절 행사를 한다. 정공자가 조새영을 보
　　　　　　고 매파를 넣는다.

신　계 16. 3전에서 어머니를 찾는다.

인간계 18. 조새영은 개가할 것을 강요당한다.

신　계 17. 목련은 4전에서 어머니를 찾는다.

인간계 19. 새영은 삭발하고 유모와 도망친다.

신　계 18. 5전에서 어머니를 찾는다. 이도에서 부처를 알현한다.

인간계 20. 새영은 암자로 가고 조공이 딸을 보러 온다.

신　계 19. 6전에서 어머니를 찾는다. 부상이 아내의 소재를 파악한다.

신　계 20. 7전에서 목련은 부처를 알현한다.

인간계 21. 새영은 익리에게 그간의 소식을 전해 듣는다.

신　계 21. 목련은 괘등하고 다시 8전으로 가나 어머니는 이미 10전으
로 떠난 뒤였다. 그곳에서 모친이 개의 몸을 빌려 환생하
였다는 소식을 전해 듣는다. 목련의 괘등은 완전한 의식으
로 파옥을 위한 것이다. 종규가 등장한다.

인간계 22. 유가가 변한 노새임을 익리가 알아보고 점주 및 아들과 유
신무신 논쟁을 벌인다.

인간계 23. 목련은 다시 왕사성으로 와서 모친이 변한 개를 찾는데 정
공자의 사냥터에서 개를 목격한다. 개는 조새영의 암자로
들어오고 새영과 나복은 극적으로 상봉한다.

인간계 24. 목련은 이제 집으로 돌아와 익리와 밀린 정보를 교환하고
조새영과 십우 모두 우란분회로 모여든다.

인간계 25. 우란대회를 열어 유씨를 인간으로 환생하게 하고, 유씨, 부
상 나복 세 가족이 모여 승천한다.

위에서 살펴본 《권선희문》 이외에 보선희 《목련구모》의 후목련
에 해당하는 부분과 초륜본(超倫本) 《목련》97)을 다음에 비교 자료로
제시한다.

비교 자료 1. 보선희98) **《목련구모》**

보선희 목련은 3일 저녁을 공연하는데 매일 상본과 하본으로 나뉜

다. 목련 보선희는 1일 저녁에 상본 18장과 하본 9장을 공연하고[99] 2일 저녁에는 상본 9장과 하본 10장을 공연한다. 3일 저녁에는 하본 1 제2장을 공연하며 모두 5본 58장으로 되어 있다. 명대 정지진의 극본과 다른 점은 우선 유가를 유가(劉假)로 적고 있고, 그가 등장하는 부분이 〈권저개훈〉 등 몇 구에 불과했던 데에 비해 보선희에서는 9장 이상으로 늘어난다. 조씨에 관해서도 생(生)과 단(旦)이 번갈아 등장하는 전기(傳奇) 형식에 의해 목련과 조새영이 번갈아 나오지 않고 새영의 역할이 상대적으로 축소된다. 보선희 극본은 흥화어(興化語)를 사용한 1950년대 복초본(復抄本)으로 남희(南戱) 계통으로 판단되며 그 주요한 사건은 다음과 같다.

1권 상

인간계	1척부터 나복이 등장하여 자신과 부모에 대해 소개하고 익리를 불러댄다.
신 계	세존이 옥지를 내리고
인간계	노승이 접화하여 선악과 천당지옥의 구분에 대해 강설한다.
인간계	부상은 포시하고 유씨 사진은 도를 듣는다.
인간계	유가가 아들 용보(龍保)를 훈계하는 것으로부터 계속 유가의 독무대
신 계	삼관이 옥제에게 인간계의 일을 아뢴다.
인간계	부상이 학을 타고 승천하고 화원에서 기도하는 장면, 그리고 마을사람들이 조문을 온다.

1권 하

인간계	유가는 누나에게 개훈을 권하고 나복은 장사를 떠났다가 사기꾼을 만난다.
신 계	사령은 깃발을 꽂고
인간계	유씨는 결국 개훈하고 승도는 말리며 감재가 접화하여 나타

난다.

2권 상

인간계   장우와 이순원은 하산하고 금강으로 접화한다.

인간계   나복은 배불하고 집으로 돌아와 어머니를 만나고 재방에서
         재를 올린다.

신   계   삼신이 옥제에게 인간계의 일을 아뢴다.

2권 하

인간계   나복은 동물 뼈를 발견하고 거짓맹세를 했던 유씨는 음계로
         떨어진다.

인간계   유가도 방도를 찾다가 갑자기 죽는다.

신   계   성황이 죄를 심문한다.

신   계   유씨회살 – 과파전산 – 과골유산 – 상망향대

(3권 상) 실전

3권 하

신   계   일전에서 오전으로 어머니를 찾는데 세존이 오반을 하사한다.

신   계   세존은 목련에게 등을 하사하고 목련은 십전으로 들어가 접
         화한 관음과 마주친다.

인간계   유가는 노새로 변했고 목련은 공자를 만나 암자로 갔다가
         새영과 상봉한다.

인간계   묘에 참배 왔던 익리는 목련을 만나고 우란승회를 개최하여
         합가단원의 막을 내린다.

비교 자료 2. 초륜본≪목련≫[100]

고순(高淳) 양강본은 원래 9본으로 9일을 공연했었다. 그러다가 7본

으로 줄었고 다시 5본으로 줄었다가 결국에는 3본으로 줄어서 공연기간이 3일이 되었다. 1930년대와 1940년대에는 하루 공연용인 ≪양두홍본≫이 주로 사용되었다. 이 극본은 초륜이 연출실황에 따라 여러 번 베껴 적고 개정하여 전청(前淸)의 공생(貢生) 송위천(宋渭川)의 교정을 마친 뒤에 다시 초사하여 1939년에 완성한 것이다. 송위천은 목련희를 몰랐기 때문에 다행히 오자만 교정했고 그 덕분에 당시의 연출상황이 그대로 확인된다. 구자(求子), 출신(出神), 환양(還陽), 훈부(訓父), 매계(罵鷄), 송계(送鷄), 초방(招方) 등 명대 희문에 없는 부분도 들어 있다.

(두1) 개장[放場] – 새해[新年] – 석가모니 출현[出佛] – 재 올리기[齋僧] – 권선[勸善] – 하씨네 집[何家] – 중풍 든 걸인을 때리다[打癱] – 일지매[一枝梅] – 효성스런 며느리가 몸을 팔다[孝婦賣身] – 전에 오르다[登殿] – 5전(지옥문을 열다)[五殿(開地府)] – 금을 싣다[駝金] – 성황전에서 하소연한다[掛號] – 관음 향산[香山] – 향을 피우다[夜香] – 유언[囑別] – 하직하다[辭世] – 재 올리기[齋堂] – 구휼[賑孤].

(두2) 승천[送天] – 지옥[地府] – 청소[打掃] – 봄맞이[臨春] – 속임수[拐騙] – 설교하다[訓父] – 여정 중에 시주하다[夜店] – 제물 구매[買牲] – 번개를 맞다[雷打] – 개훈[開葷] – 개고기 만두[齋饅] – 이공이 齋를 모실 것을 권고한다[李公勸齋] – 무기가 재로 변한다[刀鎗化灰] – 아들을 그리워한다[望子] – 절하며 집으로 돌아온다[拜歸].

(중1) 개장[放場] – 만수무강을 기원한다[祝壽] – 금강산[金剛山] – 머리 빗고 화장한다[梳粧] – 봄 타는 여인[女思春] – 봄 타는 남자[男思春] – 만남[相會] – 장인쟁석[打匠] – 승려의 방문[小齋僧] – 일이 거꾸로 되다[倒事] – 다슬기 장사[蝴螺] – 瓦罐을 타다[搭罐] – 기녀에게 충고한다[訓妓] – 쫓기는 기녀[趕妓] – 남자가 몸을 팔다[男賣身] – 귀의[歸依] – 뼈를 몰래 매장한다[埋骨].

(중2) 아들 낳기를 바라다[求子] – 여조[出神] – 원귀가 된 진씨 금련[還

陽] - 상소를 올린다[議奏] - 상황을 보고한다[奏事] - 5전[五殿] -
청소하다[男打掃] - 화원에서[花園] - 유씨를 잡으러 간다[招方] -
장선생을 초청한다[請張先生] - 체포[上叉] - 개 때리기[打狗] - 표
시를 없앤다[銷牌] - 넋을 잡아간다[回煞] - 골유산을 지난다[油山]
- 초상화 그리기[描容] - 초상을 더럽히다[塗容] - 용녀와의 희롱
[戲節] - 떠남[分離] - 흑송령[黑松嶺] - 북매령[北梅嶺] - 부처를 만
나다[見佛] - 말을 바치다[獻馬].

(말1) 개장[放場] - 3河의 나루터[三河渡] - 조씨네[曹家] - 외롭고 쓸쓸하
다[孤悽埂] - 음 간의 고독[孤悽] - 초선생이 가마를 들다[焦先生
扛轎] - 관문을 넘는다[過關] - 좌선하다[坐禪] - 1전[一殿] - 2전[二
殿] - 청명절에 풀을 밟다[踏靑].

(말2) 닭을 다투다[罵鷄] - 4전[四殿] - 삭발하다[剪髮] - 5전[開五殿] - 발
을 하사받다[賜鉢] - 6전[六殿] - 강철나무에서 꽃이 피다[鐵樹開
花] - 7전[七殿] - 7전[七殿回] - 8전[八殿] - 9전[九殿過場] - 10전[十
殿] - 사냥[打獵] - 암자문[庵門] - 가게에서[打店] - 청소[掃臺] - 명
부의 결론[陰團圓]] - 아들을 보내다[送子] - 개가를 종용하다[逼家]
- 둘레를 굽어보다[觀四景].

화목련은 앞서 언급했듯이 목련의 출생이나 구모와 무관하면서도 목
련희를 구성하는 이야기를 한다. 구체적으로 보면 〈니고하산〉, 양무제
이야기, 동방량의 부인이야기, 악비(岳飛) 이야기, 서유이야기 등과 그
에 수반되거나 독립적인 잡기 등이 이에 포함된다. 화목련은 내용 자
체에 대한 탐구뿐만 아니라 당시 관객들이 공연물에 대해 선호했던 기
준이 무엇이고 애호하였던 내용이 무엇이었는지 알려준다는 점에서 그
중요성을 지닌다.

다음의 화목련 I[101)에서는 《권선희문》에 포함되어 있는 소희 및
잡기를 다루고 화목련 II에서는 호남과 안휘 극본에서 《목련대희》로
일컬어지는 서유 및 정충 이야기 등을 총괄할 것이다. 화목련 II는 호

남, 안휘, 복건 그리고 사천 지역의 목련희를 종합하여 서유, 악비, 봉신연의(封神演義), 황소, 위징(魏徵), 종규(鐘馗), 당태종(唐太宗), 뇌유성(雷有聲), 관음 등의 이야기가 선택적으로 반복되는 과정을 포착한다. 엄밀하게 말하면 전목련도 여기에 포함되어야 한다. 그러나 화목련에는 부가의 인물이 등장하지 않아야 된다는 원칙에 입각하여 이에 포함시키지 않는다.

화목련 Ⅰ.

 1. 관음의 생일[102]
 2. 化强從善[103]
 3. 니고하산과 화상하산
 4. 拐子相邀
 5. 雷公電母와 社令揷旗[104]
 6. 관음권선이 이어진다. 관음과 십우만 나온다
 7. 揷科騙僧
 8. 十友行路와 觀音度阨
 9. 十友見佛과 司命議事
10. 파전산
11. 선인승천

화목련 Ⅱ

1. 서유이야기
2. 악비이야기
3. 봉신연의
4. 황소의 환생이야기
5. 위징이 용왕을 벤 이야기

6. 종규와 호리(狐狸)이야기

7. 당태종 이세민이 지부를 노닌 이야기

8. 뇌유성과 목련존자의 이야기

9. 관음점화 이야기

화목련 Ⅱ의 요소를 추출하기 위해 참조한 목련희는 호남 지역의 진하 고강 ≪목련전≫ 5본 중에서 특히 ≪화목련≫부분과 장사의 상극(湘劇) 대본, 안휘 지역의 휘주 양강 목련희와 복건 지역의 보선희, 그리고 사천 지역의 천극 48본 목련희 등이다. 호남의 ≪화목련≫ 5본은 그 지역의 전통 극종에 포함되어 있는 내용들로 구성되어 있는데 목록을 소개하면 다음과 같다.

1. 火燒葫蘆口(忠)

2. 蜜蜂頭(孝)

3. 耿氏上弔(節): 서유의 劉全進瓜 이야기

4. 攀丹桂(烈)

5. 龐員外埋金: 인생무상, 부귀의 헛됨.

장사의 상극 고강에서는 악비 이야기를 ≪금패(金牌)≫, ≪정충대희(精忠大戲)≫라고 지칭한다. 「칠대본희(七大本戲)」는 ≪금패≫, ≪정충대희≫를 포함하여 ≪봉신≫, ≪목련≫, ≪서유≫, ≪남유(南游)≫, ≪동유(東遊)≫를 추가한 것으로 대고희(大鼓戲)라 하며 7일간 공연한다.105) 안휘 지역의 휘주 목련희 또한 「오대정희(五大正戲)」 또는 「목련대희」라는 이름으로 ≪서유기≫, ≪삼국희≫, ≪양무제전≫, ≪정충전≫ 그리고 목련희를 공연한다. 복건의 ≪보선희≫는 전목련부분에서 언급했듯이 후목련보다는 그 외의 이야기가 많은 분량 포함되어 있다. 여기에 삼세전설에 등장하는 황소의 이야기가 ≪황소≫라는 절자희(折

子戲)로 존재한다는 것이 특이하다. 모두 2본 12척으로 구성된 이 희를 보면 황소의 아버지도 염상(鹽商)으로 출현하고 있으며 삼세전설과 같이 하인의 이야기로 계속되거나 그가 전생의 목련이었다는 암시는 나타나지 않는다. 사천의 ≪48본 목련희≫는 1963년부터 2년간 중경시(重慶市) 희곡공작위원회의 왕향진(王向辰)이 이수성(李樹成)의 고본을 토대로 작업한 결과다. 한(漢) 여후(呂后)가 한신(韓信)을 참수하는 이야기로 시작하여 1본의 〈불아권(佛兒卷)〉, 4본의 〈서유기〉, 3본의 〈관음〉, 12본의 〈봉신〉, 12본의 〈동창(東窓)〉, 3본의 〈대성(臺城)〉, 역시 12본의 〈목련〉으로 구성된다.

이야기의 변화 Ⅱ에서는 불경과 변문과 달리 관혼상제에 대한 구체적인 작업들을 무대 위에서 직접 보여준다. 이는 목련희의 중심이 인간의 대소사로 완전히 전이되었음을 의미한다. 그러므로 불교적인 내용들은 상징적인 개념으로 자리하고 보다 삶과 친숙한 일생생활 속의 사건들이 이야기를 이끄는 중심축으로 작용하게 된 것이다. 이러한 변화가 바로 확대단계에서 감지되는 가장 중요한 부분이다.

목련희를 구성하는 요소들을 살피는 맥락에서 중요한 것은 바로 백희(百戲)의 존재이다. 이것은 목련희에 화목련부분이 존재하는 이유를 설명하는 대상이면서 목련희 즉 목련대희가 장기간 지속될 수 있었던 동력을 제공하는 원천이기 때문이다. 이 논의를 위해서는 목련희의 기원 문제를 간략하고 짚고 넘어 가야 할 것이다. 논문에서 지속적으로 강조하는 문제는, 목련희가 중국에 유입되면서 불교를 등에 업고 출발했다는 점이었다. 근원적인 출발선이 불교였으며 목련이야기는 불교에서 나왔다. 그런데 이야기가 중국 사회에 정착하는 과정에서 불경의 형태로만 남아 있었던 것이 아니라 의례와 같은 가시적인 공연으로 다시 생산되었다. 공연으로 다시 생산되는 과정에서 목련희가 기대었던 대상이 바로 백희인 것이다. 민간의 공연을 총괄하는 여러 다양한 모습의 희들을 기반으로 목련이야기는 자신만의 공연예술을 만들어갔다.

지금 고찰하는 花목련은 고래로 차용해온 백희의 흔적이 남아있는 부분으로서 재미있고 다양하기 때문에 실질적으로는 목련희를 장기 유행시키는 핵심역할을 맡았던 것이다.

後목련의 이야기의 구조를 살피는 대상으로 선정한 ≪목련구모권선희문≫의 말미에는 '목련희원삼소필, 충효절의사자전(目連戲願三宵畢, 忠孝節義四字全)'라는 왕양명(王陽明)의 목련희에 대한 평어가 실려 있다. '충효절의' 네 글자는 극본을 편찬한 정지진의 서문에도 명시되어 있으며 오랫동안 목련희는 충효절의를 선양하는 연극이라는 이미지를 각인시킨 실체이기도 하다. 제목부터 목련구모 뒤에 '권선'으로 명기한 극본은 문인의 기호를 고려한 의도적인 장치들을 적재적소에 포진함으로써 목련희가 문인희곡의 반열에 들 수 있도록 노력한 흔적이 보인다. 의도적인 장치라고 하면 경전의 문구를 인용한다든지 혹은 작시법에 관해 토론하면서 완성된 시에 대해 품평한다든지 혹은 유신과 무신에 대한 관점의 차이를 진지하게 논의한다든지 또는 유불도 삼교합일과 같은 종교적인 사안에 대하여 논쟁을 벌이는 것들을 예로 들 수 있을 것이다. 목련희를 문인희곡의 반열에 들기 위해 노력했으나 음악이나 창사 등 많은 부분의 수준이 떨어진 민간희곡으로 평가하는 시각은 이 극본에 대한 해석의 오류에서 시작되었을 것이다.

문학작품으로 간주되는 희문이라는 장르를 사용한 목련희 극본이 목련이야기의 역사에서 있어서 가장 처음으로 간행된 텍스트임은 주지의 사실이다. 그러나 이 극본은 이야기의 변화양상을 보여주는 여러 모습의 일부에 지나지 않는다. 다시 말하면 목련희에 대한 수요는 계층별로 다양하게 존재했고, 그중에 문인과 관련을 두고 살아가는 정지진이 극본을 제작하였다. 그가 극본을 제작한 진정한 의도는 알 수 없으나 그의 극본은 수요가 있는 지역에서는 정기적으로 진행되는 공연과 다른 흐름으로 존재했음에 주목해야 한다. 그리고 정지진의 극본과 다른 보권이나 공연 간의 차이도 어떤 큰 틀이 변했다기보다는 표현방식과 묘사하는 정조가 달라진 데에서 비롯된다.

목련이야기의 골간인 後목련을 내용으로 하는 희문을 분석하기 위해 주인공인 목련에 관해 지금까지 축적된 정보를 개괄할 필요가 있다. 목련은 승려이고 그는 어머니의 영혼을 구도하기 위해 출가하였는데 원래는 직업이 상인이었다. 이와 같은 정보를 바탕으로 이제 새로운 정보가 만들어지는데 예를 들면 그의 어머니는 급사하였고 그것은 나복과 상당한 관련이 있다. 그래서 그가 어머니를 위해 관직을 거절하고 혼약의 맹세도 포기하는 행동들이 어느 정도 논리적인 맥락에 맞게 설명된다.

이야기는 주로 부가와 조가, 비구니가 기거하는 암자, 지옥, 그리고 어느 장자의 집이라는 공간의 이동에 초점을 맞추고 있다. 공간은 반복적으로 교체되는데 예를 들면 지옥의 1전과 2전을 배경으로 이야기를 전개한 후에 다시 조씨의 집안으로 시점을 돌려 公子에 관한 내용을 말하거나 그가 새영에게 매파를 넣는 장면을 연출한다. 그리고 지옥의 3전에서 일어나는 일을 설명한 후에 다시 조씨 집으로 돌아와 개가할 것을 종용받는 새영과 그녀가 삭발하는 장면을 보여준다. 그리고 지옥의 4전을 생생하게 보여준 후에 다시 5전으로 넘어가면서 새영이 암자로 들어가 있자 부친이 여식을 방문하는 광경을 그린다. 지옥의 6전에서 모자가 상봉하는 장면과 부상이 아내를 위해 노력하는 모습들은 7전에서 부처를 만나는 광경으로 이어진다. 이때 다음 장면은 이승으로 넘어가서 새영이 암자로 찾아온 익리를 만나게 되는데 이렇게 순환하는 공간이동은 희문이라는 장르의 무대배경에 관한 원칙인 A/B/A/B로 반복되는 형식에 맞추어 목련희가 제작되었음을 증명하는 사례이다.

목련희 공연의 조합방식을 몇 개의 공통 군으로 나누어 보면 다음과 같다. 우선 불교의 영향이 짙은 지역에서는 양무제가 등장하는 부분으로 시작되며 불교가 흥성하게 된 배경을 목련희의 배경으로 활용한다.

반대로 도교가 세를 이루고 있는 지역에서는 목련회를 주관하는 즉 우란분재를 주관하는 인물인 승려를 제거하고 대신에 도사를 초빙하여 도장(道場)을 열고 있다. 물론 공연되는 내용은 목련이야기이며 구모에 관한 여정이나 기원이 주요 목적임에는 변함이 없다. 구체적으로 안휘 지역은 양무제와 ≪서유기≫가 휘극 ≪목련전전≫에 포함되어 양전－목련회－서유기 순으로 공연이 진행된다. 호남 지역은 ≪봉신≫으로 시작하여 ≪양전≫－≪향산≫－≪전목련≫－≪금패≫를 공연한 뒤에 정목련으로 들어간다. 반면에 복건과 강서 지역은 도사희 목련이라고 하여 목련의 역할을 도사가 맡아서 진행한다. 그리고 파옥의식이나 혈호의식 등 도교 의례와 관련이 깊은 절차가 중심으로 부각되어 있다.

그러나 한 지역 내에서도 사실은 도교와 불교가 섞여 있는 경우가 많아서 양자를 명확하게 가르는 것은 불가능하다. 오전에는 도사가 우란분재를 주관하고 오후에는 다시 승려가 그 역할을 대신하게 된 것도 이러한 타협과 수용으로부터 비롯된 것으로 해석된다. 이는 목련회가 여타 희곡들에 비해 여론을 수렴하는 기능이 강하고 즉각적인 수요에 따라서 공연의 세부사항을 교정하는 능력이 탁월하여 관객의 반응을 민감하게 반영해왔음을 보여주는 사례이다.

2. 보권 속의 목련이야기

보권은 청대 자료로서 명대의 희문과는 다른 흐름을 가지고 있다. 이것의 정확한 출처는 알 수 없지만 아마도 민간에서 전승되던 것이 문인의 희곡과는 별개의 흐름으로 왔다가 보권으로 정착한 것 같다. 수십 종의 목련보권이 제작되었지만 보존상태가 좋지 않아서 현재 목련회 연구에서는 ≪목련출리지옥승천보권≫(이하 ≪승천보권≫으로 약칭)과 ≪목련삼세보권≫(이하 ≪삼세보권≫으로 약칭) 두 종류만 언급

98

하고 있다. ≪승천보권≫은 원문의 절반 이상이 훼손되어 분석 자료로서 선정하기 어려울 정도인데 이에 관해서는 한국의 장춘석이 한국의 목련경과 비교분석을 실시하였다.106) ≪삼세보권≫은 민간의 삼세전설107)에 근거하여 제작된 것으로 추정하고 있으며 前者에 비해 제작연도가 늦고 보존상태도 양호하다. 여기서는 이러한 상황을 참작하여 ≪승천보권≫의 잔존부분을 부분적으로 참조하되 ≪삼세보권≫주요한 텍스트로 사용하여 보권으로 유통되었던 목련이야기를 요약하였음을 밝힌다. 보권의 이야기는 다음과 같은 단락으로 보여줄 수 있다.

0. 개장시: 진향 한 가닥을 피우고, 단에 올라 설법하려 경전을 펼치네. 모든 선남선녀는 마음을 정히 하고 경청하여, 백성의 안위와 국가의 태평을 기원합시다.108)

설정　1. 옛날 남도 관서지방 부상공의 이름은 원외인데 부인 유씨와 아직 후사가 없다.

설정　2. 나복설화 — 아들 탄생.

설정　3. 부상의 유언대로 재산을 삼분하고 부상은 승천한다.

설정　4. 목련은 승을 청하여 도장을 열고 공덕을 쌓는다.

설정　5. 목련의 출가.

설정　6. 유씨의 개훈.

설정　7. 유씨는 칠규에서 피를 흘리며 쓰러져109) 우두마면에 의해 음간으로 바로 끌려간다. 혈호지를 거쳐 염군의 심문을 받는다.

설정　8. 목련의 심모, 천하를 건너 서천에 도착해서 영산(靈山) 뇌음사(雷音寺) 부처 앞에 무릎을 꿇고 자비를 구한다.

설정　9. 목련이 어머니의 생전에 출가했기 때문에 유씨는 자신의 아들이 스님임을 알고 있다.

설정 10. 목련의 행로: 鬼門關 — 孽鏡臺 — 剝衣亭 — 寒冰池 — 神雞山 — 變畜所 — 3/3/4언 64구의 운문 — 滑油山 — 望鄉臺 — 枉死城 — 鐵板地獄 — 惡狗 등장 — 炮烙之刑 — 孟婆茶店 의 迷魂湯 — 奈河橋 — 3/3/4

언 79구와 7언 32구의 운문 - 陰司 18層 阿鼻地獄에 도착하여 尋母, 3/3/4언 12구로 아비지옥의 죄 5次等을 설명 - 고혼방출의 죄 값을 치른다. 지옥은 효심이 통하지 않는 사회이다. 방출한 고혼은 목련이 반드시 찾아와야 한다.

잠시 지부의 이야기를 접어 두고 다시 중권 목련경을 들어봅시다.110)

설정 11. 황소이야기. 황소도 효자로 설정. 조주 원구현 적장촌에 염상 황종단이 있는데 부인 전씨가 아직 아기가 없었다. 아들 낳고 기뻐한다.

설정 12. 황소의 난을 암시하는 대목이 나온다. 한편 장안 성 밖에 장매사가 있는데 안에 요공이라는 가화상이 있었다. 등잔의 기름 이야기로 시작.

설정 13. 황소로 죽어 지옥으로 돌아간 목련에게 염왕이 양간에서 정육점을 열고 동물의 고혼을 거두어 오라고 한다.

설정 14. 이후로 하인이야기. 한편 장안 성 안 동문에 하가항이 있고 그곳에 하상이라는 백정이 있는데 부인 초씨가 최근에 분만을 했는데 아들을 낳았다. 하인이라고 이름을 지었다.

설정 15. 화상을 만나 전생의 업보를 듣고는 돼지를 떼로 죽임으로써 빨리 업보를 갚고 출가한다.

설정 16. 목련, 모친, 부상 세 가족이 함께 승천한다.

하장시: 목련권을 다 읽고 나니 저녁 빛이 마음을 고요하게 비춰 주는구나. 저승 일이야 믿기 어려운 일이긴 한데 그래도 권선이 본원이다.111)

위의 구조를 보면 보권은 관혼상제 등 인간사회의 면면을 이야기의 중심에 두었던 희문과 달리 혼인과 관련된 부분을 포함하지 않는다. 보권은 변문을 기점으로 하여 희문과 다른 흐름으로 전개되어 온 것 같다. 그래서 청대의 보권이 시기적으로 늦기 때문에 반드시 명대 희문을 거쳐 왔을 것이라는 것은 잘못된 추정이다. 보권은 변문의 목련 이야기부분을 유지하면서 목련이 죽어서 다시 다른 사람으로 태어난다는 환생과정에 중점을 두고 있다.

보권이 변문과 크게 달라진 점으로는 첫째 목련의 출가시기를 들 수 있다. 변문에서는 어머니의 사후에 출가한다. 그런데 보권에서는 어머니는 여전히 살아있고 아버지가 돌아가신 시점에 출가한다. 그리고 목련은 죽어서 다시 황소로 태어나 구모과정에서 저지른 실수인 방출시킨 고혼을 잡아들이기 위해 온갖 살생을 저지른다. 다시 죽어서 하인이라는 백정으로 태어나 방출시킨 고혼 중에 동물의 영혼을 잡아들이기 위해 살생을 자행한다. 그러다가 문득 깨달음을 얻어 다시 출가한다.

둘째 유청제에 대한 인식의 차이로부터 감지되는 점을 지적할 필요가 있을 것이다. 보권을 보면 모친은 원래 개훈을 즐기는 성격이 아니다. 그녀는 남편과 사별하고 아들이 출가했으나 그것을 운명으로 받아들이고 소식, 즉 채식하면서 재를 올리고 있다. 그런 그녀를 개훈하도록 종용하는 악한 남동생 유가가 이 시점에서 악역을 맡아 등장한다. 그로 인해 어쩔 수 없이 불교의 대죄를 짓게 된 것이지 그녀는 원래 악한 사람이 아니라는 것을 매우 강조한다. 동생의 유혹에도 처음에는 굴하지 않고 강하게 맞선다. 두 사람이 벌이는 개훈 대 반개훈 논쟁의 정조는 여느 학술토론에 못지않게 신랄해 보인다. 이러한 관점의 차이는 간단하지만 그 파급효과는 크게 달라진다. 지방희 특히 사천 지역의 목련희가 ≪유사진≫으로 불리면서 유씨에게 동정심을 유발하는 지극히 인간적인 어머니 상을 부여한 예를 비롯하여 '목련은 선인이고 유씨는 악인'의 설정이 그 판도를 달리하게 된 단초가 이미 보권에서 발견되는 것이다.

셋째 보권에서는 목련의 삶에 대해 나복이 출생하기 전으로 거슬러 올라가서 그의 출생에 얽힌 일화로부터 시작한다. 즉 나복이라는 이름

이 나오게 된 어원을 설명해주는 이야기인 나복의 탄생설화가 포함된
다.112) 이를 위해 부상과 유청제만으로 구성된 부부 중심의 일화가 한
동안 보卷을 장식하며 아들을 낳기 전에 두 명의 승려가 더 추가된다.
이런 장치들을 통해 나복은 자연스럽게 이야기로 들어온다.

넷째 재산을 삼분하는 대목을 보면 변문에서는 부상이 죽은 후 아들
나복이 삼분하여 그중의 하나는 어머니를 드리고 다른 하나는 자신의
장사 밑천으로 사용하며 나머지 하나는 보시하는 데 사용했었다. 그런
데 보권에서는 부상이 자신의 임종을 미리 예견한 상태에서 직접 재산
을 삼분한 후에 처자를 불러 재를 모시고 불경을 읽도록 당부한다. 즉
부친의 역할이 확장된 것이다. 이로 인해 재를 모시라는 당부는 아들
이 어머니에게 전하는 아버지의 유언이 아니라 어머니가 직접 남편으
로부터 들은 유언으로 변한다. 이것은 남편의 유언을 직접 듣고도 그
것을 위배한 청제부인의 죄행을 더욱 부각하는 효과를 낸다.

다섯째 부친이 돌아가신 후의 조치에 대해서도 변문에서는 나복이
삼년동안 상중에 있었는데 보권에서는 목련이 칠일동안 도장을 열어
공덕을 쌓는 것으로 대체된다. 이것은 보권이 기록되거나 삼세전설이
유행했을 당시의 사회에서 굳이 3년 상을 지내지 않고 장례식 때 보통
7일 정도의 도장을 열었을 것이다. 이야기에 그러한 사회의 습속이 반
영되었다고 본다. 즉 장례의식이 전체적으로 혼자 삼년 동안 묘소를
지키면서 조석을 끓여먹는 전통적인 데에서 대신에 도장을 열어 공개
적으로 고인의 명복을 비는 경향으로 나아갔을 수 있다.

여섯째 목련의 출가를 보면 아버지의 장례식을 마친 아들이 돌연히
모친에게 작별을 고하고 보은사(報恩寺)로 들어가 출가한다. 보권의
이러한 속도감은 객상을 나갔다가 다시 돌아와 모친과 생활하고 또 모
친이 돌아가시자 다시 모친의 3년 상을 마치고 출가했던 변문과는 전
적으로 달라졌다. 부친 상중이고 모친 생전인데 별다른 상의도 없이
불쑥 출가하는 목련은 보권에서도 여전히 효자이다. 이러한 출가시점

의 변이와 아들의 모친에 대한 태도의 변이는 간과해서는 안 될 중요한 점이 있다. 즉 유교 개념인 효 윤리가 불교 개념으로 수용되는 과정에서 목련이야기는 발생하였으나 천여 년이 흐르는 동안 발생 초기의 기능이었던 효 개념은 이미 약화되었다. 그리고 명·청 시기에는 이미 종교적인 기능보다는 사건전개의 흥미진진함을 가져오는 서사적인 역동성과 같은 문화적인 기능이 강력하게 요구되었음을 보여준다.

이러한 서사의 역동성은 목련희의 도처에서 사건의 빠른 진행을 돕는 기능을 하고 있다. 예를 들면 변문에서 그녀의 죽음을 유보해주던 일주일 즉 거짓맹세를 한 시점으로부터 7일 후라는 시간적 여유를 삭제하고 대신에 그녀가 거짓맹세를 하자마자 즉사하여 바로 지옥으로 끌려가도록 수정하였다. 이러한 변화는 유청제가 개훈이라는 대죄를 짓고도 자신의 죄를 부인하는 거짓맹세를 했으니 이런 악인은 하루라도 빨리 지옥으로 떨어져야 한다는 대중의 단죄논리에 부응하는 것이다. 그리고 죄의 대소 여부에 상관없이 극의 진행은 명쾌하고 빨라야 한다는 서사 내적 논리가 맞물려 상승효과를 가져온 결과이다.

정지진은 보권을 '변문의 적파자손'이라고 하였는데[113] 목련이야기에 있어서는 두 텍스트는 서술 관점이 판이하게 다르다. 변문에서는 효라는 개념을 내세우는 것만으로 손쉽게 세존의 불력을 얻어 모든 것이 해결되는 세계를 배경으로 이야기가 전개되었다면 보권에서는 효심을 주장한들 아무도 반응을 보이지 않는 현상이 곳곳에서 발행한다. 예를 들어 목련이 염라대왕에게 하소연하는 장면을 보면 목련은 줄곧 고혼을 방출시킨 것은 완전한 사고로서 모든 결과가 효를 너무 열심히 실천하다 보니 벌어진 실수라면서 구구한 변명을 늘어놓는다. 변문은 결코 이러한 변명을 필요로 하지 않았으며 만약 변명이 요구되었다면 효라는 말 한마디에 일사천리로 사건이 해결되었을 것이다. 그러나 보권에서는 상황이 다르다. 보권의 염라대왕은 그의 변명을 조잡하기 짝이 없는 것으로 치부하고 전혀 동요하지 않는다. 그저 고혼을 다시 거두어들이라는 명령을 내릴 뿐 어디에도 이 명령을 피해갈 구석은 없어 보인다. 황소와 하인이라는 인물의 등장은 이렇게 효가 만능키로서 효력을 상실한 시점에서 그에 대한 대책이나 다름없다. 어떻게 보면 그것은 형벌을 수행하는 과정이다. 이야기는 이미 평범한 인간사의 기준에 의해 시비가 결정되는 시점에 이르렀으니 '선유선보, 악유악보'는 누구에게도 예외를 허락하지 않는다. 목련이야기는 더 이상 효를 전달하는 수단이 아니라 인간의 삶을 투영하여 그대로 보여주는 서사가 되었다. 그로 인해 지옥이라는 이승과 동일한 원리로 지배되는 세상이 하나 더 만들어진 것이다.

변문은 불경에서 제시한 몇 개의 사실에 대해 그 인과관계를 밝혀주는 작업을 진행해왔다. 그에 비해 보권은 밝혀진 인과관계의 이면에는 또 어떠한 속사정이 있었는지를 설명해준다. 그래서 목련이 죽어서 황소로 태어나고 다시 하인으로 환생하는 내용을 다룬 부분은 마치 목련변문의 속편 역할을 하는 것으로 보인다. 시기적으로도 변문이 필사된 952년과 ≪삼세보권≫이 작성된 청은 거의 백년 이상 격해 있다. 백년은 어떤 이야기를 유통시키는 과정에서 애호되는 부분은 늘리고 지루해하는 부분은 줄여서 흥행가능성을 실험하기에 충분한 시간이다. 시간적인 선후정도가 이야기의 발달수준과 완벽하게 비례하는 것으로 볼 수는 없다. 그러나 장기간 전승되어온 동일한 모티프를 가진 이야기 사이에 놓인 시간적인 거리와 그로 인한 변천양상에는 많은 이야기 거리가 들어 있다.

텍스트 저변의 사유방식을 보면 불교에서 금지하는 살생도 지옥의 인구수를 맞추고 원래 지옥출신 영혼들을 소환하는 작업을 완수하기 위해서라면 정당화된다. 전생의 기억은 물론 이번 생의 인연도 끊는 것을 원칙으로 하는 불교의 세계관이 목련이야기에서는 적용되지 않는다. 어머니의 업보를 갚기 위해 출가하고 자신의 전생의 업보를 갚기 위해 다시 특정한 직업을 부여하는 등 치밀하게 계획된 구조로 움직인

다. 당사자인 황소와 하인은 자신이 전생에 목련이었다는 사실을 모르
지만 알고 보면 그들이 살생하는 데에는 합당한 이유가 있다. 그러나
결국은 태어나고 죽는 것은 전생의 업에 따라 결정되며 그 업을 갖고
출가하면 해탈하여 자유를 획득한다는 불교의 관념으로 마지막의 결론
이 내려진다.

변문을 대체하고 보권이 나오게 된 배경을 살펴보면 불경과 변문으
로 유통될 당시에도 목련이야기는 효를 표방하는 서사로서 불교를 배
척하는 일파의 공격에 대한 대응책으로 사용되어 왔다. 그러나 목련이
외의 변문이 공연될 적에 심하게 통속적이고 난잡한 면을 보였다고 하
여 정책적으로 금지되자 목련이야기도 함께 탄압을 당하게 된다. 변문
을 통해 불교의 교리를 효과적으로 전파하고 있었던 불교계에서는 그
에 대한 대안으로 보권을 선택했고 다시 이 양식을 통해 목련이야기가
전승된다.

보권에 나오는 용어인 목련경과 목련권 등은 목련이야기의 외형에
따라 다르게 불리는 용어에 대한 이해를 돕는다. 가령 보권은 중권에
서 여기까지가 목련경에 대한 강설이라고 한다. 그 지점은 목련이야기
의 본 내용이 끝나고 황소이야기가 시작되는 부분이다. 그것은 목련경
이란 용어가 보권, 설경(說經), 보참(寶懺) 등의 세부장르에 상관하지
않고 강설의 텍스트로서의 목련이야기를 의미한다는 뜻이다. 그러므로
보권에서는 기록된 목련경과 구별되는 의미로 經을 강설한 보권을 목
련권이라고 하고 희곡에서는 목련경과 구별되는 의미로 경을 공연한
것을 목련희라고 하는 것이다. 이러한 보권의 용례는 문자로 기록된
것은 목련경이고 공연은 전부 목련희로 통칭해온 상황에 대한 증거이
다. 물론 그 안에는 목련권이라는 명칭이 있으나 그것은 목련희에 비
해 현재로서는 덜 알려져 있다.

≪삼세보권≫의 골조를 이루는 민간의 삼세전설은 목련과 하등의 관
련이 없는 인물들인 황소와 하인을 그와 연결짓는 데 성공하고 있다.

이 두 인물의 등장은 이와 같은 이야기 전개의 맥락에서 요구되는 필요성이라는 배경을 가지고 있다. 둘은 살생의 죄를 범했다는 일맥상통하는 점으로 인해 목련이야기라는 하나의 무대를 배경으로 하여 한 인물의 환생의 역사를 완성하는 작업에 이용된다. 목련이 모친의 영혼을 천도하는 데에 성공하는 장면으로 대단원의 막을 내렸던 기타 목련이야기들과 달리 보권에서는 우란분재의 종결과 목련의 죽음은 또 다른 시작을 알리는 서막이다. 다시 말해서 구모의 여정에서 범한 고혼의 방출이라는 죄를 만회하기 위해 목련은 다시 두 번이나 세상으로 돌아와야 하는 것이다. 그가 환생한 목적이 영혼을 수거하는 데에 있으므로 살인 혹은 살생은 그가 임무를 달성하는 과정이다. 중국 역사에서 살인을 많이 한 사람의 인명목록이 설서인(說書人)이든지 작자든지 어쨌거나 목련이야기의 속편을 제작하고자 노력했던 사람의 뇌리에 배포되었고 그중에 황소가 당첨되었을 것이다. 보권이 제작된 정확한 시점에 대해서는 의견이 일치되지 않고 있지만 원대 혹은 청대일 것이므로, 삼세전설은 적어도 당대 이후의 제작물임이 분명해진다.

황소는 목련의 제2의 인생을 살면서 그를 대신해서 지옥으로부터 탈출한 영혼을 잡아들이기 위해 많은 살생을 자행한다. 개를 죽여 그 고기를 먹었다는 죄목으로 지옥에서 갖은 고초를 겪었던 유청제를 황소와 같은 맥락에 놓으면 그녀도 역시 전생의 업보로 인해 이번 생에서 살생을 하지 않을 수 없는 이유를 지닌 누군가의 환생일 수 있다. 결국 인간이 살면서 저지르는 죄악은 그에 합당하는 이유가 있고 그러한 죄악의 순환 고리를 벗어나기 위해서는 공덕을 짓고 선업을 쌓아야 한다는 논리가 목련이야기를 관통하고 있는 것이다.

황소의 등장으로 이야기의 시간적 범주는 이생으로 확장된다. 그런데 이야기 속에서의 시간에 대한 개념은 이승과 저승이 다르다. 이생이라는 것은 이승의 개념이지 저승에서는 적용되지 않는다. 그래서 이승에서는 목련이라는 사람이 사망하였고 황소라는 사람이 다른 지역에서 태어난 것이지만 저승에서는 일관되게 목련이라는 한 인물의 연속으로 간주된다. 이러한 간극은 ≪도화원기(桃花源記)≫ 등 상이한 공간을 넘나드는 다른 이야기를 연상시키는 데 공간의 이동에 따라 시간의 관념도 변화하는 사례들이다.

이것을 생사의 선을 넘나든다는 행위에 대입시켜 보면 목련이 지옥으로 들어왔을 적에 그는 초능력을 가진 살아있는 사람이다. 어머니를 구한 목련이 다시 이승으로 돌아갔으나 그는 죽은 것도 죽었다 깨어난 것도 아니다. 그는 생사의 선을 넘나들었지만 자신의 생명과 죽음과는 별 관련이 없이 특별출입증을 가지고 외지를 다녀온 것이다. 그러나 황소라는 인물의 개입은 목련이 지옥으로부터 이승으로 돌아온 그 동작이 남은 생을 살아가기 위한 회귀가 아니라 완전히 다른 몸을 빌려 이승에 태어나도록 만든다. 이승에서 살던 승려 목련은 이제 죽은 것이고 그의 영혼은 황소의 육신을 빌어 유아기부터 다시 살아가도록 허가되었다. 그러나 저승에는 여전히 목련만 있고 황소의 영혼은 등장하지 않는다. 저승의 목련은 죽은 것이 아니라 실수를 만회하기 위해 잠시 이승으로 파견임무를 나간 상황이다. 황소로 환생한 목련은 자신이 목련이라는 것을 모른 채 인혼을 잡아오는 첫 번째 임무를 수행하기 위해 반란을 일으키고 수많은 인명을 살상한다. 이승의 관점에서 보면 그가 죽인 사람들이 원래는 지옥에서 형벌의 고통에 시달리던 이전에 죽었던 영혼들이라는 생각은 추호도 할 수가 없다. 목련을 황소로 환생시킨 구도는 보권이 민간 비밀 종교 및 농민 기의와 밀접한 관련이 있다는 텍스트 외적인 요인으로부터 영향을 받았을 가능성이 있다. 역사에서는 난을 일으킨 다소 부정적인 이미지로 인식되는 황소가 보권에서는 거의 영웅으로 묘사되고 있으며 목련을 연관지어 그의 살생행위를 합리화한 것도 이러한 영향일 수 있다.

목련은 황소의 육신을 빌어 사람의 영혼을 수거해왔으나 방출된 고혼 중에 동물의 영혼이 있었음을 알게 된다. 그래서 동물을 많이 죽일 수 있는 직업인 백정 하인으로 다시 태어난다. 물론 아기로 태어나 목련이나 황소의 존재는 꿈에도 떠올리지 못한 채 동물을 죽여 나간다. 이승에서 보면 그는 성실한 푸줏간 주인이며 자신이 할당된 동물을 죽이면 더 이상 동물을 죽일 마음이 없어진다는 사실은 꿈에도 모른다. 황소의 단계에서는 살인이라는 행위에 대해 심리적 갈등을 느끼는 고뇌 등은 애초에 개입하지 않으며 황소의 개인적인 심경을 묘사한 대목도 나타나지 않는다. 그러나 하인의 경우에는 이웃집에서 들려오는 스님의 독경 소리에 두통을 느끼고 살생행위에 대한 회의감에 사로잡혀 번민하는 모습을 보여준다. 전생의 비밀을 궁금해 하지는 않지만 그러한 비밀들이 육체적 고통을 가하는 형태로 표현되는 것이다. 이것은 물론 지옥에서 요구하는 수효만큼의 동물의 영혼이 잡혀 들어간 이후에 발생하는 현상이다.

지금도 심한 두통에 시달리면 무속에서는 전생으로 들어가서 처방을 내리는 것을 볼 수 있는데 정확히 그러한 관념을 ≪목련보권≫을 통해 읽을 수 있다. 윤회의 순환 고리에 얽혀 고달픈 인간이 그 족쇄를 벗어나는 길은 출가에 있으며 이것은 보권이 선택한 치유방식이다. 이야기 속에서 이 대목이 어떻게 묘사되어 있는지 살펴보면 다음과 같다. 어느 날 백정 하인은 이웃집에 기거하는 스님으로부터 전생의 비밀을 전해 듣게 된다. 그 비밀을 통해 그는 자신이 한 생애 전에 목련이라는 승려로 살았던 적이 있으며 어머니를 구하기 위해서 지옥으로 들어갔다가 실수를 하여 윤회하게 되었다는 내막을 알게 된다. 종교적 깨달음을 얻은 하인은 서둘러 남은 동물들의 숫자대로 때려죽인 후에 출가를 통해 윤회의 고리에서 벗어난다.

마지막 결론부분은 본고에서 초기의 이야기를 위한 텍스트로 사용하였던 ≪불설우란분경≫ 이외에 목련에 관한 일화가 기재된 서적 중에 ≪경율이상≫의 목련과 사리불이 득도하고 출가하는 이야기를 연상시킨다. 결국 보권은 두 개의 다른 세상이 보여주는 개념의 차이와 비중의 차이를 가시적으로 보여주고 그러므로 불도에 귀의하여 업보의 끈을 과감하게 끊을 것을 권하고 있다. 가령 이 세상의 관점으로 보면 전혀 관련이 없는 세 인물이 태어났다가 죽는 반복적인 행위지만 저 세상의 관점으로 보면 동일한 하나의 영혼이 업보를 갚기 위해 동분서주하고 다닌 것에 지나지 않는다. 이러한 구조적인 반복은 번민하던 목련이 사리불과 함께 출가를 결심하던 초심과 맥락이 닿으면서 비단 목련, 사리불, 그리고 하인에 국한되지 않는 불가에 귀의하고자하는 모든 중생의 보편심리를 자극하는 힘이 있다.

《삼세보권》의 이야기가 조합되는 방식을 앞서 기술한 화목련 개념과 연관지어 보면 섞여 있는 이야기를 분리하기 어려운 ABC형이라기보다는 언제든지 분리 가능한 A:B:C의 병렬형태에 해당한다. 다시 말해서 A 목련-B 황소-C 하인이 각각의 독립된 이야기 군이 될 수 있다는 점에서 양무제나 서유 등의 조합에 더 가깝다. A단계의 업보로 인해 B, C단계에서 살생을 시작했으나 그 이유가 밝혀지는 순간에 다시 A단계로 회귀하는 구조를 취하고 있다.

3. 설창 속의 목련이야기

일본에서 발견된 원간 《불설목련구모경》과 한국의 《월인석보(月印釋譜)》 제23卷 국역본 《불설우란분경》[114]은 내용상 유사하다. 이 판본에서 보이는 이야기는 변문과 희문의 중간에 위치하는 단계라고 볼 수 있다. 왜냐하면 앞에서 본 변문과 희문에서 나타나는 요소들 중에서 이 판본에는 변문보다는 추가된 요소가 많고 희문보다는 적다. 그래서 경우에 따라서는 이것을 변문과 희문 사이에 넣어서 목련희의 발전상황을 불경에서 변문-설창-희문 및 보권으로 볼 수도 있을 것이다. 그런데 이 불경은 일본학자들에 의해서 연구가 되었고 이 서적이 송원 시기의 목련희에 관한 상황을 대변한다고 보기는 아직 어렵기 때문에 하나의 참고자료로 사용할 수 있으나 목련이야기의 발전단계에 넣기는 미심쩍은 부분이 있다.

그러나 일본과 한국에 유통되었던 판본 목련경에 대한 이야기의 구조를 살펴보는 것은 이 텍스트의 의미와 적절한 위치를 판별하는 데 필요할 것이다. 한국에서는 ≪목련경≫으로 일본에서는 ≪불설대목련경≫으로 유통된 원 간본의 이야기는 다음과 같다.

설정 1. 옛날에 왕사성에 한 장자가 있었는데 그 이름이 부상이다.

설정 2. 부상이 병사하고 외아들 나복이 삼년상을 지낸 후 재산을 삼분하여 외국[金地國]으로 장사하러 간다. 종 익리 등장.

설정 3. 어머니는 스스로 개훈하며 종들에게 중을 때리라고 한다.

설정 4. 3년 만에 3배의 이익을 본 나복이 귀가, 종 금지가 유씨에게 미리 알림, 나복은 동구 밖에서 어머니를 의심했던 자신의 죄를 갚기 위해 천배를 올리는데 이웃이 고자질한다.

설정 5. 어머니의 악행을 전해들은 목련은 모든 털구멍에서 피를 흘리며 땅에 쓰러져 오래 깨어나지 못한다.

설정 6. 유씨는 거짓맹세에 7일 후 죽어 아비지옥으로 떨어진다.

설정 7. 어머니의 삼년상을 모시는 동안 백학과 자오가 흙을 물어오는 데 착안하여 장인에게 불상을 제작하게 한다.

설정 8. 기도굴산(耆闍窟山)에서 세존을 뵙고 출가를 결심하여 대목건련 신통제일이 된다.

설정 9. 출가하는 공덕을 찬양, 발을 던지고 공중으로 올라 입산수도에 들어갔다가 화락천궁에서 부친을 발견함.

설정 10. 세존에게 모친의 죄가 수미산 같이 커서 지옥에 떨어졌다는 말을 듣고 지옥순례를 시작한다. 좌대지옥(剉碓地獄) - 검수지옥(劍樹地獄) - 석개지옥(石磑地獄) - 餓鬼 - 회하지옥(灰河地獄) - 확탕지옥(鑊湯地獄) - 화분지옥(火盆地獄) - 목련의 탄

식 - 우두옥졸에게 발각됨 - 지옥에서 환영받음 - 아비지옥의
정보를 얻으나 문을 지키는 구리 개를 물리칠 묘안이 없어
다시 세존께 간다.

설정 11. 석장과 가사와 발을 빌려 지옥문을 연다. 죄인은 거꾸로 매
달려 들어오지 문으로 들어오는 것이 아니기 때문에 지옥문
은 열리는 법이 없다.

설정 12. 청제는 대답이 없다. 공포에 질려서 그리고 아들이 스님이
된 줄을 몰랐기 때문이다.

설정 13. 모자상봉. 옆의 죄인들이 부러워한다.

설정 14. 꼭 구해달라는 어머니의 외침에 세존께 다시 가서 도움을 청
하자 세존은 구도를 약속한다. 세존이 파지옥하자 철상지옥
은 백옥제로, 확탕지옥은 부용지로 변한다.

설정 15. 이에 염라대왕이 부처의 존재가 있음을 확인하며 감탄하고
우두옥졸은 하늘에서 다시 태어난다.

설정 16. 청제부인은 대지옥에서 소흑암 지옥으로 들어간다. 여기서
밥이 불로 변하는 일이 일어난다.

해법 1. 목련이 보살들을 청해 대승경전을 암송하니 청제는 다시 지
옥도를 떠나 아귀로 옮겨간다. 항하수로 모친을 공양하려 하
나 역시 불로 변한다고 한다.

해법 2. 보살을 청해 49등에 불을 켜고 방생하고 신번(神幡)을 제작
하니 모친은 왕사성에서 개로 환생한다.

해법 3. 7월 15일에 우란분재를 여니 개의 몸에서 벗어난다. 15일이
해하일인 것에 대한 설명이 부가된다.

설정 17. 효심에 하늘이 감동하여 모친은 도리천궁으로 환생. 7대 부
모까지 구도가 가능하다.

설정 18. 이 경전을 강설하니 천룡팔부에 사람과 사람 아닌 것 모두 와
서 기뻐하고 믿는 마음을 받들고 예를 올린 후에 돌아간다.

설창이야기는 앞에서 언급하였듯이 목련이야기의 역사라는 전체적인 흐름 속에 포함하지 않았다. 거기에는 다음과 같은 문제들이 게재되어 있다. 종래의 불경이나 변문과 달리 '옛날에 어떤 사람이 있었는데(昔有……者)115)'로 시작된다. 송(宋) 법천(法天) 역이면서 원대에 중간한 것으로 알려진 목련경의 존재는 일본학자에 의해 그 자세한 연도와 경로가 제시되었고 이에 따르면 원대에 중국에서 간행한 판본을 일본의 한 승려가 구입해서 일본을 건너가 다시 간행했고 그것이 다시 한국으로 전해졌다는 것이다. 그러나 자세한 구입연도와 재 발간연도 그리고 구입자의 성명과 구입경로가 명기되어 있기 때문에 이에 대해 한국 학계에서는 명확한 반박을 피하고 있다.116) 이에 대해 한국의 장춘석은 목련경과 ≪승천보권≫을 비교 분석하여 양자가 매우 유사함을 지적하고 이것은 목련이야기에 어떤 하나의 모본이 존재함을 지적했다. 그리하여 ≪동경몽화록≫에서 언급한 ≪존승목련경≫으로 대변되는 중국에는 사라진 송대의 목련텍스트가 현재 한국에 유통되는 목련경일 가능성이 크다는 의견을 제기했다.117) 기까와 요시까즈도 일본에서 발견된 판본을 낱낱이 검토하고 보권에 잔존하는 공연의 흔적이 목련경에서는 사라지고 왜 압축된 형태의 산문만 남게 되었는지에 대해 의문을 던졌다.

이 서적이 송원의 목련에 관한 설창문화를 대변하는 자료라고 단정하는 것은 어렵지만 이야기의 맥락을 볼 때 변문과 희문 사이의 단계일 가능성이 있기 때문에 일단 이것을 변문에서 희문으로 넘어가는 참고자료로는 사용한다. 구조를 보면 변문과 달리 부친의 이름이 부상으로 확정되어 있다. 그리고 변문에 등장하지 않는 하인 익리와 그 외의 가복들이 나온다. 목련이 어머니의 삼년상을 지내는 과정에 대한 언급도 들어 있으며 지옥을 순례하는 장면에 대한 묘사도 자세하다. 염라대왕이 세존의 존재에 대해 감동하는 장면도 들어가는 등 희문에 있는 부분과 없는 부분이 발견되고 변문보다는 이승에 대한 묘사가 상세하다. 이 텍

112

스트는 현재 한국의 사원에도 유통되고 있고 다량의 판본이 존재하며 지금도 출판되고 있다. 하지만 이에 대한 정확한 서지사항과 유통경로에 관해서는 전문연구가들의 후속 연구결과가 발표된 바가 없다.

텍스트의 발생배경과 관련하여 중국과 한국의 목련이야기 관련 교류 사항에 대한 단초를 보여주는 자료를 점검해야 할 것이다. ≪고려사≫의 기록을 찾아보면 예종(睿宗) 2年(1106) 7월 14일과 15일에 신왕이 부왕 숙종의 명우를 빌기 위해 장령전(長齡殿)에서 우란분재를 열었는데 그때 명승을 불러 목련경을 강했다는 기록이 나온다. 이때 숙종의 영혼을 천도하기 위한 행사에서 강설했던 목련경에 대한 세부사항은 전혀 기재되어 있지 않다. 책자가 있어서 그것을 토대로 강설한 것인지 아니면 명승이 암송한 내용을 강설한 것인지에 대해서도 언급이 없으며 그 강설이 읊조리는 수준인지 소리꾼처럼 추임새를 넣어가며 창한 것인지 명확하지 않다. 다른 예를 찾아보면 고려의 의종 7년과 충열왕 11년에도 우란분재의와 행사에 관한 기록이 발견된다. 또 원 지정 7년에 찬성된 것으로 알려진 ≪박통사≫ 하권을 보면 중국 순천부 경수사에서 한 고려의 승려가 ≪목련존자구모경≫을 설창했다는 기록이 있어 다음에 소개한다.

이번 7월 13일 불교의 해하일에 경수사에서는 모든 돌아가진 영혼을 위해서 우란분재를 거행하였다. 나도 참배하러 갔었는데 그 단을 주관했던 사람은 바로 고려의 사부였다. 그는 파르스름한 빛깔이 도는 머리에 맑디맑아 하얀 얼굴을 가진, 총명함과 지혜가 남다른 인물이었다. 창하고 염하는 음성은 좌중을 압도하였고 경률론 역시 통달하였으니 정말로 덕행이 있으신 화상이었다. ≪목련존자구모경≫을 설법하시는데 승려, 비구니, 도사, 속인, 선남, 신녀 할 것 없이 그 종교를 막론하고 승려와 비구니가 모두 결가부좌하고 각자 합장하면서 그 음성에 귀를 기울였다.118)

위의 글은 고려의 승려를 극찬하면서 우란분재가 얼마나 혼연일체된 행사였는지를 여실히 증명하고 있다. ≪박통사≫라는 서적의 용도를 고려할 적에 고려의 승려에 대한 긍정적인 묘사가 실린 정황에 이면의 원인이 있을 수도 있다. 그러나 상황을 진술하는 분위기가 약간 전아해졌을 가능성은 있지만 사실무근의 내용을 위조했을 리 만무하다. 당시 사용한 판본에 대한 기록이 없어 안타까움은 남지만 인용된 '고려 승려'는 이미 특정한 종류의 판본을 숙독한 상태이거나 혹은 누군가에게 설법의 묘술을 사사한 경험을 가졌음에 분명하다. 중국의 순천부로부터 우란분재 행사를 위해 불려간 정도라면 고려에서 이미 그의 실력을 인정받았을 것이고 전문가인 그가 내용을 적은 서적이 자신의 설창을 위해 확보하고 있을 필요는 없는 것이다. 이미 암송한 상태에서 설창 공연에 임했고 필사본이 필요하면 주위에 구술로 들려주고 그들에게 필사를 위임할 수 있었다고 본다.

중종이 즉위하고도 ≪불설대목련경≫의 간행은 계속된다. ≪월인석보≫(석보상절)본은 왕명으로 찬역한 국문불경으로 전국에 유통되었다는 기록이 남아 있다. 이 판본은 일본에서 발견되었다는 원간 ≪목련구모경≫과 크게 다르지 않은데 학계에서 이 문제를 거론할 수 없는 것은 정확한 제작경위와 유입 혹은 간행 연도가 밝혀지지 않기 때문이다. 이에 관해서는 다시 설창의 대본을 그냥 불경이라고 한 것인데 유통과정에서 불경으로 인식되었다는 상단기(常丹琦)의 견해를 참조할 만하다. 일본에서 판본이 발견되었다는 간략한 보고서를 읽은 그는 여기에서 거론되고 있는 원간본 ≪목련경≫이란 제목만 경전이고 실제 내용은 설경의 저본인데 제목 때문에 불경으로 오인되어 지속적으로 간행되어 불사에 불경으로 남게 되었다고 말한다.

불경으로 오인했을 수도 있고 아니면 앞에서 제기한 대로 목련이야기를 다룬 보권, 변문, 보참 등을 목련경으로 통칭하는 분위기에 따라 그렇게 불렀을 수 있다. 종교적인 믿음이 중요한 불사에서는 그것의 장르적 분류 즉 불경인지 설경본인지 보다는 망자의 영혼천도라는 이야기가 수반하는 기능성에 한결 관심이 집중되었을 것이다. 불교이야기는 포교의 수단으로서 소기의 목적을 달성할 적에 그것의 진정한 의미를 발휘했던 상황으로 미루어 볼 때 변문의 필사작업이 법으로 금지되었던 상황에서 보권이나 설경 등 다른 형식을 빌려 이야기를 지속적으로 유통시키는 작업이 급선무였고 그러한 맥락에서 원간 목련경이 제작된 것으로 짐작된다.

제4절 소 결

목련희는 주인공 목련이 등장하는 다양한 형태의 텍스트들을 총칭하는 개념이다. 그것은 처음부터 희곡의 형태로 공연된 것은 아니었다. 희문의 양식으로 극본이 제작되면서 연극적인 면모가 부각된 때는 명·청 시기이다. 목련이야기가 변화해온 다양한 과정을 대략 삼분하여 다음과 같이 정리할 수 있다.

원형단계의 이야기는 목련이 종교적 수련을 행하는 과정에서 혜안을 얻고 그로 인해 모친이 지옥에 있다는 사실을 발견하는 것으로 시작된다. 아귀가 된 어머니는 불교의 사후관념이 반영된 존재에 지나지 않는다. 그러나 그녀의 존재는 교리문답으로 일관하던 불경에 어떤 이야기를 엮어나가는 단초를 마련하고 그 과정에서 생성되는 호기심과 흥미를 유발하였다는 점에서 서사적 소통의 통로로 기능한다. 게다가 구모를 실현하는 방법인 환생은 불교의 관념이지만 이것이 기존의 효 윤리 및 조상숭배의 개념으로 확대되면서 특정 종교를 초월한 보편성을 획득하였다. 이것은 구모 모티프에 입각한 모친이 등장하는 목련이야기가 기타 소귀나 사리불이 나오는 목련이야기를 제치고 장기간 전국적으로 전파되어온 현상을 설명하는 관건이다.

변화 Ⅰ의 이야기는 구모 모티프로 일관하면서도 이면의 세부사항을 추가하는 작업이 진행되는 양상을 보인다. 가령 처음부터 스님이었던 목련의 신상에 대한 숨겨졌던 사항으로는 출가 전에 상인이었으며 나복이라는 아명으로 불렸던 과거가 제시된다. 미리 지옥에 배치되어있던 모친에게 이제는 무슨 죄목으로 죽음을 맞이했고 어떠한 경로로 사후에 지옥으로 떨어졌는지에 관한 사항도 부가되었다. 공간 역시 다시 정비되었는데 아귀가 된 어머니로 상징되던 공간은 이제 십전으로 그 틀이 완비된 체계적인 공간으로 변신하였다. 이전에는 모친의 소재가 작품 전체의 공간을 대변했으나 이제는 아비지옥이라는 특정 공간으로 국한시킨 대신에 그녀의 소재가 작품의 공간이동을 선도하는 방식으로 전개된다.

변화 Ⅱ의 이야기는 성씨를 중심으로 가문의 족보가 완성되는 괄목할만한 변화가 생긴다. 우선 목련의 부친인 부상과 아들 나복의 관계를 통해 상업이 가문의 직업으로 세습되는 양상을 보여준다. 부상은 부상으로 구빈활동에 힘을 쓰는 마을의 유지이자 명망 높은 불교신도로 묘사된다. 그를 기준으로 3대의 동성 조부가 소개되고 그의 세 아들과 두 형제가 생긴다. 모친 유청제는 유가라는 전당업에 종사하는 남동생과 그의 아들 유용보로 이어지는 친정식구들이 생긴다. 이제 나복은 부나복으로 조가의 여식 조새영과 정혼한 사이이며 진정한 중국 족벌사회의 일원이다.

여기에 花목련이 개입하면서 목련희는 대희로 규모가 확장된다. 화목련에는 앞에서 소개한 대로 양무제, 치씨(郗氏) 등의 이야기와 ≪왕씨매계(王婆罵鷄)≫, ≪쌍하산(雙下山)≫과 같은 소희, 대량의 잡기 등 목련이야기와 직접 관련이 없는 모든 행위 및 서사를 포함된다. 그런데 재미있는 사실은 화목련부분을 구성하는 이야기나 잡기, 소희 등은 목련희에 유일하게 포함된 것이 아니라 기타 희들에도 공통적으로 존재한다는 점이다. 이것은 목련희의 구조를 파악하는 핵심인 동시에 당시 공연예술의 성립을 이해하는 관건이다. 다시 말해서 중국의 허다한 공연예술은 당시 관객에게 애호되는 요소들을 빌려와서 다시 정비하고 조직하여 만들어졌기 때문에 대다수의 공연들이 비슷한 형상을 하고 있다. 잡기가 나오고 창이 나오고 우스갯소리를 하는 등 기본적인 이야기만 다를 뿐 여타의 요소들은 서로 비슷비슷하다. 그러므로 목련희의 이야기가 대희로 확대되는 과정은 다른 이야기가 대희로 가는 과정과 동일한 패턴을 형성하는 것이다. 이에 대해서 제3장 장치부분과 제5장 결론에서 다시 논의한다.

지금까지 이야기의 변천에 대한 단선적 탐색을 통해서 이야기가 연극적인 외형과 보다 복잡하고 다양한 내용을 확보하는 과정을 관찰하였다. 그 과정은 단순하게 교리를 설명하기 위한 원형단계의 이야기가 점점 이야기를 통해 교리를 쉽게 전달하는 모습을 보여준다. 이러한 과정을 통해 한층 서사적 구성력을 강화한 이야기의 변화 Ⅰ은 다시 당대의 공연예술과 합병하여 완전히 연극으로 변모한 생활의례로서 정착하는데 이 과정은 이야기의 변화 Ⅱ에서 다루었다. 본 절에서는 외견상으로 포착할 수 있는 특징인 이야기의 인물과 공간의 확장에 대해 주로 탐색하였고 내면적인 변화인 교리강론에서 실천의례로 이어지는 양상은 가볍게 고찰하였다. 그러나 이러한 변천의 이면에는 목련희가 불교를 기반으로 점점 성장하여 유불도 삼교합일은 물론 종교적인 경계를 초월하여 축귀축역의 기능을 지닌 영신의식으로 성장하는 과정이 존재하고 있다.

위의 고찰을 토대로 하면 목련이야기의 성립 혹은 이야기 공간의 성립에 관해 다음과 같은 결론을 도출할 수 있다. 목련이야기는 ≪우란분경≫이 던진 몇 가지의 사실들, 예를 들면 목련, 그의 어머니, 구모를 위한 아들의 기원, 세존, 우란분재와 같은 점을 연결하는 선들이 마련되면서 완성되었다. 그 선들은 청제, 부상 혹은 보상, 나복이라는 인물과 가정 및 지옥이라는 구체적인 공간을 통해 필요로 하였다. 이러한 선들은 점을 이어가는 과정에서 참조한 여러 자료와 선을 만들었던 제작자의 상상력을 토대로 새로운 공간을 창조한다. 그러므로 목련희의 인물과 공간은 허실의 잣대로 분별하기에 적절하지 않은 허구의 산물이다. 더욱이 목련이라는 인물의 국적문제 혹은 지하공간의 정확한 위치 등에 천착하는 것은 상상력의 산물인 이야기를 다루는 적절한 방식이 아니다.

단 계	장 르	내 용
원 형	불 경	효를 차용한 교리 설명
변화 I	변 문	교리전달에서 서사로
변화 II	희문, 보권	전목련과 화목련 첨가

　이러한 변화의 이면에는 다음과 같은 함의가 존재한다. 종교적 측면에서는 불교라는 특정 종교에서 보편적 종교정서 혹은 민간의 기복신앙(祈福信仰)으로 나아가는 모습을 보여준다. 잠재적인 작가인 발화자와 수용자 측면에서 보면 발화자 중심이었던 것이 점점 수용자인 관객이나 독자의 반응을 고려해서 이야기를 전개해 가는 모습으로 전환된다. 장르적 측면에서 보면 불경[講經]에서 속강(俗講)으로 나아가고 이로부터 보다 종합적인 공연예술로 가는 과정을 거친다. 이때 교리를 전달하는 것을 목적으로 하던 간단한 공연이 일상적인 삶의 이야기들을 담게 되면서 내용이 확대된 것이다.

제3장 목련희의 구성요소

목련희는 목련구모이야기를 근간으로 하고서 공연이나 기록 시에 필요한 장치를 첨가해오는 양상을 보여준다. 제2장에서 이야기의 변천과정을 탐색하였으므로 이 장에서는 공연이나 기록에 필요한 장치 즉 구성요소를 중심으로 고찰한다. 목련희의 주요 구성요소는 공간, 인물, 장치 등으로 수렴할 수 있다. 그중에 인물과 공간은 독립 절로 구분하고 나머지는 장치로 통합하여 논의한다. 이를 통해 이야기가 여러 장치와 결합되면서 하나의 공연예술로 형성되는 과정을 단계적으로 살필 것이다.

목련희의 공간은 일반적으로 삼중구조로 표현된다. 각종 사건이 이승에서만 일어나지 않고 천상, 지상, 지하 등을 넘나들면서 전개되기 때문에 이야기의 공간이 삼중이고 그래서 무대도 삼층으로 제작되기도 한다. 목련희의 인물은 갈수록 복잡다단해진다. 기존의 목련이야기에서는 나복과 어머니라는 단선적인 관계였는데 공연으로 활성화되면서 등장인물이 날로 늘어나서 나복과 그를 둘러싼 인물들 그리고 그 인물을 둘러싼 세계라는 복합적인 구조가 정립된다.

이야기의 큰 축을 공간과 인물로 정비한 후에 다시 공연과 기록에 필요한 세부장치들을 부가함으로써 목련희는 현재의 모습으로 거듭난다. 그러므로 이야기 및 공연과 기록 형태를 구성하는 요소를 검토하되 각종 공연에 필요한 장치를 이야기를 만드는 장치와 함께 통합하여 논의하고 인물과 공간을 별개의 절로 독립시킨다. 공간배경, 인물관계, 장치라는 세 개의 축은 목련희를 통시적으로 그리고 공시적으로 살펴보는 데 유용한 설정이다.

이 장에서는 우선 이야기를 구성하는 다양한 공간의 존재를 밝히고 각 공간별로 의미를 탐색할 것이다. 인물은 공간과의 연계하에 이승에 존재하는 인물을 지칭하는 인격과 저 세상의 인물을 지칭하는 신격으로 구분하고 각 인물 간의 의미를 탐색할 경우 모자, 부자 등의 범주를 통해 접근할 것이다. 장치란 다분히 형식적인 고찰을 위해 사용한 용어로서 각종 창과백 및 삽화 그리고 의례 등을 포괄하는 의미로 사용한다. 이러한 작업을 통해 목련희를 이루고 있는 개별 구성요소들이 공연과 기록과정에서 어떤 역할을 하고 그 역할로 인해 이야기에 어떤 유기적인 변화를 발생시키는지 살펴본다.

제1절 공　간

목련희의 공간인 천상, 지상, 지하 중에 천상은 상징적인 공간일 뿐 실제 사건이 전개되지는 않는다. 이야기는 지상과 지하를 주요 무대로 전개되므로 이 절에서도 두 공간을 중심으로 논지를 전개한다.

명대 희문에서 〈관음권선〉의 시작부분을 보면 위로는 서른 세 개의 천상이 있고 아래로는 아홉 개의 천(泉)과 열 개의 지하가 있는 공간[119]이라는 언급이 나온다. 이에 따르면 공간은 지상을 기준으로 상하로 구분되고 각각 33, 9, 10을 매개로 높이와 깊이를 헤아린다. 이러한 숫자들은 상상력에서 나온 상징적인 개념이다. 그러므로 열 개의 지하나 아홉 개의 천이라는 묘사는 실제 거리감을 주는 수치는 아니다. 그것은 등장인물들이 초능력을 통해서 혹은 죽음을 통해서 상하로 이동할 적에 배경이 되는 넓은 공간을 상상할 여지를 마련해줄 따름이다.

목련희의 세 공간을 보면 천상은 부상이 사후에 승천하는 공간이며 각종 신격이 머무는 장소이다. 지상은 나복과 어머니를 비롯한 가족의 일상적인 삶이 영위되는 장소이다. 지하는 어머니가 사후에 형벌을 당하는 장소이자 아들이 그녀를 구하기 위해 찾아다니는 모험의 장소이다. 어떤 행위든지 출발점은 그것을 펼칠 장소로부터 시작되므로 여기에서 공간을 탐색하는 작업은 전체적인 윤곽을 드러내는 기초 작업에 해당된다.

1. 공간의 존재

목련희는 단층 초대(草臺)를 마련하고 공연하는 경우가 가장 보편적이다. 주로 민간에서 공연되었기 때문에 사당을 빌리거나 저자거리 혹은 사원의 광장을 빌리는 경우가 많았다. 공연의 성격상 배우들도 많이 뛰어다녔고 관객들은 그들을 보기 위해 뒤를 따라다녔으며 극의 내용에 따라 마을 어귀까지 따라 나가는 경우도 있었다. 그래서 딱히 무대 규모가 얼마나 되고 어느 무대가 목련희의 어느 공간을 반영하는지 명확하게 정리하기 어렵다.[120] 의례를 거행하는 분위기가 주조를 이루고 있었기 때문에 배우나 관객을 정확히 가르는 구분은 그다지 엄격하지 않았다. 목련희가 다양한 형태로 전승되는 만큼 무대의 규모와 높이는 아무래도 행사의 성격과 후원금의 정도에 따라 다소 차이가 있었을 것이다. 원래 이야기의 공간이 천상, 지하, 지상의 삼중구조로 되어 있기 때문에 관객의 신분지위가 높을수록 이것을 한 눈에 보여주는 규모가 큰 무대가 축조되었다. 목련희에서는 세 공간을 모두 포괄하는 3층 무대가 가장 효과적으로 이야기를 보여주는 배경으로 상정된다. 가령 궁정에서 목련희를 연출할 경우에는 이러한 3층 무대를 사용하여 각 층별로 세 공간을 안배하였다.[121] 반면 지역행사로 거행되는 목련희는 그 지역의 사당을 주요 무대로 사용하고 장면에 따라 무대장치를 바꾸는 방식을 사용하였다.

세 공간 가운데 천상은 현실을 기획하고 간여하는 기능을 지니지만 등장인물들이 활동을 벌이는 직접적인 배경이 아니라 다분히 상징적인 공간이다. 그러므로 여기에서는 인물들이 직접 활약하는 지상과 지하를 중심으로 살펴본다. 지상에서는 많은 일들이 나복과 그의 약혼녀 새영의 집안을 중심으로 전개된다. 그래서 이곳을 가정공간이라고 본다. 지하에서는 많은 일들이 목련과 그의 어머니 유청제의 지옥 여정에 따라서 일어난다. 그래서 이곳을 지옥공간으로 본다.

1) 가정공간

앞에서 언급한 이야기의 진화과정으로 잠시 돌아가 보면 가정공간은 앞에서 이야기했듯이 처음부터 존재했던 장소는 아니다. 처음에는 목련과 어머니만 있었다. 다음에 아버지가 생겼고 그리고 하인들이 등장하고 사돈 집안이 설정되면서 이야기는 자연히 가정공간을 배경으로 전개된다. 아들이 어머니를 구한다는 구조는 어머니는 이런 죄를 이승에서 지었고 그래서 지옥으로 떨어졌는데 아들이 지옥으로 들어가서 어떻게 구해왔다는 구조로 변모되었다. 여기에서 다시 어머니는 원래 이런 사람이었고 이렇게 생활하고 있었으며 죄를 짓게 된 데에는 어떤 외부적인 요인이 있으며 지옥으로 떨어지는 순간에는 어떤 일이 발생했었는지 좀더 소상하게 다룬다. 어머니의 인간적인 모습을 소상하게 다루는 부분이 첨가되면서 어머니가 돌아가신 후에 남은 아들이 보여주는 행동에 적절한 동기를 부여되는 효과가 있다. 즉 일을 하고 결혼을 하는 순서를 포기하고 어머니를 구하기 위해 출가하는 아들에 대해 종전에는 원래 효자라서 그렇다는 식으로 설명해왔다. 그러나 이전에 어머니가 얼마나 선량한 사람이었고 어떤 억울한 사정으로 죄를 짓게 되었는지 설명함으로써 그의 출가에 정당성을 부여하고 이야기를 논리적으로 만들어간다.

그런데 이런 진화과정은 이야기가 자체적으로 발전한 것이 아니고 공연에서 관객이 보여주는 반응과 같은 공연의 경험에 영향을 받아 이루어진다. 이야기를 들려주다 보니 종교적인 가치관으로 조성된 이야기의 설정들이 부자연스럽다는 것이 드러나게 되고 그러한 부분들을 수정하는 과정에서 이야기가 자연스러운 논지로 전개된 것이다. 즉 이야기 자체가 흘러서 변한 것이 아니고 공연 때문에 이야기의 세부설정이 바뀌어온 것이다. 그러므로 가정공간에서 벌어지는 일들은 전체 목련희에서 중요한 임무를 띠고 조직적으로 만들어진 부분이다. 게다가 가정공간의 모든 사항은 한번에 어떤 의도를 지니고 제작된 것이 아니라 오래 동안 지속되어온 공연의 경험을 바탕으로 제작된 결과이다.

가정공간은 그러므로 이 세상을 포괄하는 개념이고 또 공간을 구성하는 인물이 가장 많이 늘어난 공간이기도 하다. 인물이 늘어나면서 그들을 포괄하는 축으로 기존의 부가 이외에 조가가 새로 정립되는데 이에 대해서는 여러 가지의 추측이 가능하다. 가령 조가가 들어온 당시의 목련희는 주로 전기 독본으로 유통되거나 공연되었을 가능성이 크다는 점을 고려해 볼 때 두 개의 장면이 번갈아 나오는 전기의 특성상 집안이 하나 더 필요했을 것이다. 이로 인해 처음에는 부가만 있었는데 나중에 조가라는 가정공간이 상대항목으로 설정되었을 수 있다. 또는 명대에 혼사를 다루는 재자가인 소설 등이 유행하였기 때문에 남자 주인공 목련에게도 여자 주인공을 만들어 매파가 오가게 하는 등의 이야기를 만들어냈을 가능성도 있다. 이렇게 볼 때 가정공간은 이야기의 공간이 아니라 공연 무대를 위한 공간이라고도 할 수 있다.

공연 무대의 공간은 줄거리가 효과적으로 드러나도록 배치된다. 부가만 있을 때는 나복의 집안 이야기만 나왔었는데 조가가 생기면서 새영 집안의 여러 사건들이 줄줄이 이야기 속으로 들어온다. 이야기의 변화와 공간의 확장은 그래서 연계하여 살펴야 한다. 목련희에서는 혈연에 의한 족보를 형성하는 과정과 결혼을 통한 친척과 외척 간의 관계를 만드는 과정을 통해 공간이 확장된다.

족보를 만들면서 인물을 증가시키는 확장과정은 당연히 주인공 목련으로부터 시작된다. Maudgalayana는 인도 사람으로 법명은 목련이고 아명은 나복이다. 원래는 대(大)를 뜻하는 마하가 Maudgalayana의 앞에 있었기 때문에 《불설우란분경》에서는 그를 대목건련이라고 했다. 처음에는 이 인도 이름을 중국식으로 나타내기 위해 나복이라는 이름을 만들었을 것이다. 그런데 중국 이름으로 불리면서 목련은 점점 중국인으로 인식된다. 종밀(宗密)의 《우란분경소(盂蘭盆經疏)》에도 벌써 나복이 나오고 또 어머니도 청제라는 자로 불린다. 종밀이 어떤 서적 혹은 자료를 참고로 하여 나복과 청제라는 중국식 이름을 알아냈는지는 알 수 없다. 그러나 종밀보다 늦게 기록된 자료들에는 모두 나복과 청제가 나오고 그 이름은 반복 과정을 통해 정설로 간주된다. 그래서 목련 관련 기록 자료에는 대부분 '유경중설, 정광불시, 목련명나복, 모자청제(有經中說, 定光佛時, 目連名羅卜, 母字靑提)'라는 처음에 종밀이 언급한 소의 문장이 그대로 나온다. 그래서 목련은 나복으로 어머니는 청제로 호칭되는 것은 이후로 기정사실로 혹은 종교적인 믿음과 같이 그대로 전파되는 모습을 보인다.[122]

나복이란 이름이 족보에 오르는 공식적인 이름으로 등장하면서 목련의 층위에서 전개되던 이야기는 나복과 목련이라는 이중구조를 갖게 된다. 즉 출가 전 나복의 삶과 출가 후 목련의 삶으로 구분된다. 어머니도 청제라는 이름으로 불리면서 이미 죽은 이후의 모습만 보여주지 않고 가정의 어엿한 안주인으로 지내던 시절을 보여준다. 그녀의 생전의 삶의 방식과 가치관이 이야기를 통해 전달되고 그녀가 죄를 짓게 된 경위가 드러난다. 그리고 죄를 지었다는 사실이 어떻게 지옥에 보고 되고 지옥의 부름을 받기도 전에 왜 먼저 급사하게 된 것인지 논리적으로 설명된다.

인도인 Maudgalayana가 나복이 되고 그를 중심으로 족보가 형성되

면서 가정공간은 이러한 역사에 사실성을 부여하는 배경으로 작용한
다. 그런데 나복이라는 이름 혹은 청제라는 이름은 지역마다 구전으로
전해지는 과정에서 발음이 달라지거나 글자가 달라진다. 이러한 차이
는 지역적으로 인접할수록 정도가 약한 것으로 보아 근접 지역일수록
동일한 희반이 공연하거나 동일한 극본이 전해졌을 가능성이 높다는
것을 알 수 있다. 비단 이름뿐 아니라 구성원이 확장되는 양상도 지역
적으로 거리가 있을 경우에는 차이가 다소 커진다. 이러한 점을 염두
에 두고 족보가 형성되는 과정을 살펴본다.

구성원의 족보가 체계적으로 구비된 지역은 복건성 주변이다. 이 지
역의 보선 목련희에는 〈부천두〉라는 복순반 대본이 들어 있는데 여기
에서 나복의 3대 조상까지 부씨 가문의 족보가 완성된다. 그러면 극본
이 만들어진 시기에 복건 주변 지역에서 족보를 중요하게 여겼고 희반
의 구성 등을 보더라도 같은 성씨가 모여 살았던 것으로 추정된다. 목
련희를 공연하는 경우에도 각각의 등장인물의 역할을 특정한 성씨를
가진 가문에서 맡아왔다. 그래서 나복으로 분한 배우는 항상 서씨(徐
氏)여야 하고 유청제는 항상 왕씨(王氏)가 분해야 한다는 원칙이 있었
으며 이러한 원칙은 나중에 희반을 형성할 때도 성씨를 제한하는 결과
를 가져온다.123) 그래서 명·청대에 결성된 목련희 희반이 보여주는
단일 성씨로 운용되는 경향은 아예 일상에서 문중을 중심으로 모여 살
았던 당시 사회의 모습을 반영하는 것으로 해석할 수 있다. 목련희에
나오는 가정공간이 부가와 조가로 국한되는 것도 이러한 사회적 분위
기가 이야기에 투영된 것으로 이러한 제한된 성씨는 준비하는 과정에
서 어떤 문중에서 어떤 배역을 맡는가에 대한 결정을 쉽게 하였다.

나복을 기준으로 부, 조부, 증조부로 거슬러 올라가면 시대배경은 양
무제 통치시기로 끌어올려진다. 증조부는 이름이 부천두이고 양무제의
정치적인 후원을 담당하는 경제인으로 등장한다. 부천두를 기점으로
해서 목련은 이제 부나복이 되고 4대에 걸친 가문의 역사를 지닌 중국

인으로 확신된다. 족보에 대한 상세한 정보는 제2절의 인물 편에서 제공한다.

다음은 혼인을 통해서 등장인물이 늘어나는 과정을 본다. 이 가정공간은 조씨 가문이 부가에 상대되는 항목으로 설정되면서 이야기에 등장한다. 조가를 통해 새영을 위시한 그의 부모, 유모, 제3의 남자, 매파 등 일련의 인물 군이 함께 들어온다. 목련희는 이러한 방식을 통해 가문을 중심으로 굴러가는 사회적 분위기를 투영하면서 남자 주인공과 어머니만 있는 이야기에 여자 주인공을 등장시켜 이야기의 균형을 맞추고 흥미로운 부분을 추가한다.

목련희에 드러나는 가정공간의 확장은 위에서 살펴본 바와 같이 인물 수의 증가를 통해 이루어진다. 방법 1은 혈연에 의한 확장이라면 방법 2는 혼인 및 외척의 등장에 의한 확장이다. 그리고 나머지는 가복이나 종교인, 상점주인 등의 조역이 늘어나는 확장방법을 취하고 있다. 아들에서 아버지로, 조부로, 증조부로 이어지는 확장은 가족 중에 아들이 태어나야만 가능한 방법이다. 이렇게 아들의 출산을 통해 족보를 정립하도록 안배한 것은 당시에 아들을 선호하고 아들을 낳아야 대를 잇는 것으로 생각했던 사회 관념과 부합하는 점이 있다. 그러므로 목련희에서 구성원이 증가하는 방식은 이야기 자체적인 확장뿐만이 아니라 당시 사회의 관념과 습관을 고려하고 반영한 결과임을 알 수 있다.

2) 지옥공간

목련희에 세 공간 중에서 지옥은 주인공인 목련과 어머니의 주요 활동 무대인 동시에 지상에 있던 사람들이 죽어서 서로 만나는 공간이다. 이곳은 목련희의 핵심 모티프인 구모가 실현되는 동시에 아무도 모르는 사후세계의 구체적인 실상을 보여준다는 점에서 호기심을 자극하는 매력을 지니고 있다.

목련이야기의 원형을 제시한 《불설우란분경》에서는 지옥이라는 용어를 사용하지 않고 어머니의 모습을 '아귀'라고만 말한다. 원문을 보면 다음과 같다.

> 망모가 아귀에 계신 것을 보았더니, 음식을 드시지 않아서 피골이 상접하셨다. 목련은 너무 슬퍼서 발(鉢)에 밥을 가득 담아 모친께로 가서 잡수시도록 했는데 모친은 밥이 담긴 발을 받더니 왼손으로 가리고 오른 손으로 밥을 확 움켜 주었다. 밥이 입으로 들어가기도 전에 활활 타올라 재로 변하니 결국 드시지를 못하더라.124)

《불설우란분경》에서는 줄거리가 확정된 상태가 아니라서 공간에 대한 세부적인 언급은 발견되지 않는다. 《대목건련명간구모변문》으로 오면 지옥공간이 층위별로 세분된다. '천당 문이 열리고 지옥 문이 열리니125)'라는 시작부분은 이야기의 공간이 천당과 지옥으로 양분되고 있다는 것을 암시하는 대목이다. 이야기는 천당을 가볍게 언급한 후에 바로 지옥에 대한 본격적인 탐방으로 들어간다. 여기에서 천당은 목련의 아버지가 존재하는 공간이면서 동시에 '어머니는 지옥으로 떨어지셨단다'라는 그의 전언을 통해 지옥공간의 존재를 암시한다. 주인공이 지옥공간으로 들어가는 방법은 세존의 불력을 이용하여 지옥의 문을 여는 것이다. 지옥으로 들어간 후에 어머니의 정확한 소재를 알기 위해서는 다시 염라대왕에게 도움을 청하도록 되어 있다. 주인공은 염라대왕과 조우하는 순간으로부터 모친과 상봉하기까지 여러 지옥의 공간을 경유하도록 설정되어 있으며 그의 지옥 탐방은 이야기의 중심이 된다. 드디어 어머니와의 상봉이 이루어지는 곳은 아비지옥인데 그곳에 도달하기까지 수 십여 개의 지옥공간을 거쳐야 한다. 목련이야기는 지옥 순례유기라고 할 정도로 지옥을 순례하는 과정이 장황하다. 모든 지옥은 층위별로 구분되어 있으며 그에 따라 명칭도 다르고 관리하는 왕도 다르다. 그의 지옥 여정을 도식화해보면 내하지옥-남자지옥-도산검수지옥-동주철상지옥-무명지옥을 거쳐 아비지옥에 도달한다.

'아귀가 된 어머니'는 이야기의 후반부로 가면 세존의 도움으로 형벌이 극심한 지옥에서 구출되어 아비지옥으로 가게 된다.[126] 불경에서는 어머니의 소재에 대해 명확히 거론하지 않고 단지 죽어서 지하로 갔다는 정도의 막연한 인식만 있었다. 그런데 변문에서는 거대하고 체계적인 질서하에 움직이는 지옥제국이 만들어진다. 각 층마다 수감된 죄인들은 저지른 죄목이 다르고 그에 상응하는 형벌도 정해져 있다. 그곳을 관장하는 사람들과 하부 관리를 비롯한 위계질서는 이미 정립되어 있으며 그들의 숫자도 엄청나고 수감된 죄인의 수는 날로 증가하는 추세다. '이승으로부터 날마다 내려오는 죄인들을 수감할 여분의 감옥이 지옥에 없어서' 이제 사람들을 불러들이기 어려울 정도다. 이승에도 죄인은 많지만 지하의 감옥도 이미 죄인으로 포화상태에 달했다. 게다가 지옥에서는 살아 있을 때 큰 죄를 지었으나 이 세상의 법률이 느슨하여 미처 처벌을 받지 않았던 사람들도 죽은 뒤에는 반드시 처벌을 받아야 한다. 이런 논리로 보면 지옥의 규모는 이승보다 커야 하므로 제국의 위상을 지닐 수밖에 없다.

목련희에 보이는 지옥은 불경 혹은 도장의 내용과 비슷하다. 변문의 단계에서 보이는 지옥은 도장(道藏) ≪동현영보제천세계조화경(洞玄靈寶諸天世界造化經)≫, 〈구유지옥품(九幽地獄品)〉 제6권에서 소개하고 있는 10전 지옥의 형태를 따른다. 보통은 10전 18지옥으로 말하는데 이외에도 8지옥, 10지옥, 18지옥, 30지옥 등 다양한 규모의 지옥이 거론된다. 지옥부분은 도장도 결국 불경을 참고로 체계화한 것이라서 둘 사이에 명확한 차이는 없다. 지옥의 지형도는 종교적인 구분에 따라 달라진다기보다는 시대를 공유하는지의 여부에 따라 차이가 많다. 그런 점에서 목련변문에 그려진 지옥은 당시의 지옥에 대한 윤곽을 대변하는 모습이다.

명대의 ≪권선기≫로 오면 지옥은 더 복잡해진다. 지옥으로 가는 여정에도 변문보다 월등히 많은 분량을 할애하고 있다. 희문의 〈과파전산〉, 〈과골유산〉, 〈과망향대〉, 〈과내하교〉, 〈과흑송림〉, 〈과승천문〉, 〈과한빙지〉, 〈과화염산〉, 〈과란사하〉 등은 모두 상하의 세계를 경유하기 위해 거치는 장소들이다. 이와 함께 〈백원개로〉와 〈견장금원(遣將擒猿)〉 및 ≪서유기≫ 등도 미지의 세계를 찾아가는 유기의 성격을 지닌다. 지옥으로 본격적으로 들어가기 위해서는 이렇게 길고 긴 여정을 거쳐야 비로소 가능한 것이다. 지옥 장면은 10전 지옥을 순회하는 것이며 〈일전심모〉, 〈이전심모〉, 〈사전심모〉, 〈오전심모〉, 〈육전견모〉, 〈칠전견불〉, 〈팔전심모〉, 〈십전심모〉의 순서로 진행된다.

표면적으로 보면 지옥은 그 규모가 커지고 다양해졌다. 이것은 완전한 상상력에서 나온 확장이라기보다는 불경이나 도장의 내용을 토대로 재배열하고 재구성한 결과이다. 불교나 도장에서는 단편적으로만 제시된 정보가 목련희로 오면 계통이 세워지고 이야기로 만들어진다는 점은 분명히 다르다. 그러나 모든 지옥이 목련희에서 창작되었다고는 말할 수 없으며 이에 대한 관념은 다분히 시대와 지역적으로 공유하는 어떤 모델이 있었던 것으로 추정된다. 그런데 보권은 이러한 흐름에서 조금 비껴나 있다. 보권에 나오는 지옥은 새로운 명칭들이 많이 있으며 그 명칭들은 매우 독창적이다. 보권은 변문의 단계에서 희문으로 가지 않고 민간에서 종교와 유관한 특별한 흐름으로 전개되어 왔기 때문에 명칭이 다를 수밖에 없다. 그리고 시기도 비교적 뒤에 일어난 일이라서 보다 지옥의 형상에 적절한 용어를 사용하여 해당 공간의 특성을 살렸다. 그리고 관객의 흥미와 선호도를 감지하고 그것을 이야기에 반영하는 능력도 좀더 좋아졌을 수 있다. 보권에 나오는 지옥공간을 보면 귀문관(鬼門關)으로부터 얼경대(孽鏡臺), 파전산(破錢山), 박의정(剝衣亭), 한빙지(寒冰池), 신계산(神雞山), 변축소(變畜所), 왕사성(枉

死城), 맹파점(孟婆店), 미혼탕(迷魂湯) 등 민간 설화에서 빈번히 등장하는 개념들이다.

이렇게 지옥은 전체적으로 층위를 구분하여 체계적으로 정비되었고 계층을 구분한 뒤에 해당 층마다 그곳을 관리하는 왕이 임명되었다. 이것은 중국의 관료사회의 구성체계와 크게 다르지 않다. 세부 구조와 해당 층위에 관한 명칭은 지역별로 혹은 자료를 접하는 독자나 관객에 따라서 약간 다르게 설정되어 있다. 그러나 큰 틀은 모두 일정하게 짜여졌으며 지옥의 지형도를 형성하는 과정은 목련이야기가 중국에 유입된 후에 고유한 사후관념을 중국적인 정서에 적용해 가는 모습으로 읽힌다.

3) 천상공간

목련희에서 천상은 매우 상징적인 공간으로 설정되었다. 공연의 중심배경이 아니며 이승의 사람이 죽어서 승천하는 경우에만 잠시 언급될 따름이다. 목련희에서는 부상이 죽어서 학을 타고 승천하는 장소로서 그려진다. 천상은 옥황상제가 거주하는 곳이면서 이승의 일을 관장하는 신격들이 존재하고 있다. 목련희에 천상이 들어간 것은 사실 천지인의 구색을 맞추기 위한 배려라는 의문이 들 수밖에 없는데 왜냐하면 이곳을 배경으로 어떤 사건이 전개되거나 공연의 무대로 활용되는 경우가 거의 없기 때문이다. 3층으로 희대를 축조하여 지상에서 올라가는 과정을 묘사하기도 하고 중간에 문을 만들어서 오르내리는 것을 좀더 실감나게 연기하기도 한다. 부상이 먼저 승천하였고 극의 종결부분에서 목련과 어머니가 승천하는 장소로서 활용된다.

2. 공간별 의미

목련희의 공간이 천상, 지상, 지하의 삼중구조로 되어 있음은 주지하는 바이다. 각 공간은 생사의 선을 기준으로 구분되지만 엄격히 말하면 죽음을 표상하는 지옥이라는 공간은 삶을 표상하는 이승사회의 구조를 그대로 닮아 있다. 그런 의미에서 두 가지의 공간은 삶과 죽음의 경계를 통해 대별되는 것 같지만 결국은 하나의 원칙을 토대로 구축된 동일한 공간이기도 하다. 가정공간은 가족의 수가 증가하는 비율에 따라 그 규모가 확장된다. 그리고 지옥공간은 등장인물의 이동경로에 따라서 다양한 층위가 순차적으로 소개된다.

1) 천상공간

천상은 목련희에서 중심공간이라고 할 수는 없다. 사실 목련희에서 천상의 존재들이 대단한 활약을 보여주는 것은 없다. 그렇지만 선악의 분할에서 선에 해당하는 가치를 지닌다. 이승을 가운데에 놓고 지옥과 천상이 균형을 이루는 의미에서의 한 축으로 존재하고 있는 것이다. 중국적인 공간질서에 근거하면 천지인이라는 세 개의 구조가 짜여져야 하기 때문에 이승과 저승이 있으면 천상은 당연히 나와야 한다. 비중은 이승보다는 지옥에 쏠려 있으나 전체적인 구도는 완벽한 구도를 가지고 나와야 한다. 그러한 축으로서 천상이 존재한다. 그리고 이승에서 죄악을 저지르고 지옥에서 징벌을 받은 영혼을 용서하고 천도하여 다시 환생하는 공간으로서 기능한다.

전통적인 천지인의 위계질서는 이와 달리 인을 중심으로 하고 천지가 존재하는데 그 가운데에서도 천의 비중이 상대적으로 크고 지하세계와 같은 것은 불교의 영향이 극대화하기 전까지는 오히려 언급을 회

피하는 경향을 보인다. 이승과 저승이 완전히 하나의 통합된 체계 안으로 들어오는 것은 명대의 희문으로부터 시작된다. 이전에도 천상과 저승과 이승은 다 존재했겠지만 사람들이 생각할 때는 그것이 개별적으로 존재했을 것이다. 그런데 목련희에서는 세 공간을 하나의 이야기에서 통합해냈다. 천상은 일견 별 중요도가 없어 보인다. 그러나 이것은 하나의 축을 상징하기 때문에 없어서는 안 된다. 지옥이 惡을 상징한다면 그에 대한 대립 항목인 선을 상징하는 공간으로 천상이 존재하는 것이다.

목련희에서 천상은 관념적으로는 선악의 분할에서 선에 해당되는 최상의 가치를 지닌다. 이곳은 불교적으로 선행을 많이 쌓은 경우에 올 수 있는 장소로서 행복을 보장받을 수 있는 곳이다. 사후에 학을 타고 승천하는 부상을 통해서 천상이 소개될 뿐이고 사건의 전개에 직접 전면에 나서는 장소는 아니다. 하지만 어머니를 찾는 여정이 시작된 곳이고 동시에 어머니를 천도한 후에 승천하는 장소이다. 그런 점에서 천상은 목련희의 시작과 끝을 장식하는 가장 큰 틀로서의 공간이기도 하다. 그곳은 부상이 아내의 소재를 파악할 수 있는 공간이며 세존이 계시는 곳과 가장 근접한 정도로 표현되고 있다.

2) 가정공간

목련희에 나오는 가정공간을 보면 명대 희문을 기준으로 중권까지의 내용이 이승을 배경으로 전개된다. 이 공간은 인간이 살아가면서 죄악을 저지르는 곳이다. 이야기의 원형단계에서는 구모라는 모티프를 만들어내기 위한 준비과정이 이루어지는 곳이라는 의미를 지닌다. 변화단계에서 이 공간은 지옥으로 가는 준비를 하는 곳이면서 비중은 지옥공간과 맞먹을 정도의 커진다. 그러므로 목련희에서 지옥공간과 가정공간은 이미 대등한 관계로 설정되었다고 보아야 한다.

가정공간은 초기에는 어머니가 죄를 짓는 모티프로 설정된다. 좀더 확장되면 그곳에 부씨와 조씨가 등장하고 주인공이 죄를 지으며 그에 가담하는 조직들이 생긴다. 이렇게 규모가 확장되면서 가정은 장래에 닥쳐올 지옥과 거의 대등한 위치로 확대된다. 목련희가 지옥만을 이야기하는 것이 아니고 점차 사람에게 더 가까워지는 공연예술로 변화하는 계기를 마련해준다는 것은 확대된 환경에서 가정공간이 지니는 중요한 의미일 것이다.

앞에서 아주 단순한 가정공간이 복수의 상대항목으로 나아가고 거기에 많은 인물이 늘어나는 것을 보았다. 이것이 과연 구모라는 모티브 자체를 위해서 만들어진 이야기의 확장인지 아니면 공연과 직결되는 어떤 효과인지를 생각해보면 후자의 가능성이 더 높아 보인다. 왜냐하면 ≪우란분경≫에서는 상대항목이 필요하지 않았는데 복수의 공간이 등장하는 명대에 들어와서는 상대항목이 필요해진다. 그것은 여러 명이 창을 하기 때문에 등장인물이 많이 필요하다거나 장면이 바뀌어야 하기 때문에 다른 공간이 하나 더 요구되는 등 공연의 형식에 맞춰서 이야기를 들려주면서 생겨난 변화라고 본다. 따라서 목련희의 가정공간에서 인물의 증가는 ABAB구조를 취하면서 한 인물이 있으면 그에 대립되는 인물을 필요로 명·청 전기의 특성과의 관련하에 이루어진다.

시간적인 확장에 관해서는 족보에 대한 관심 즉 사람들이 현재의 시점에 만족하지 않고 족보를 정립하려고 하는 심리와 연관된다. 다른 불교공연과 마찬가지로 양무제를 시조로 삼기 때문에 결국은 복잡화되었을 것이다. 가정공간은 처음에는 나복의 집안을 의미하다가 점점 나복과 새영의 집안으로 평면적으로 확장된다. 그러나 공연이 되면서 단순 평면적인 확장이 아니라 시간적으로 거슬러 올라가는 두 축의 확장을 보여준다. 이것은 이야기 자체의 필요나 전개상의 설득력을 돕기 위한 배려가 아니다. 사실 이것은 공연을 위한 하나의 설치였다. 다시 말하면 목련희의 공간 설정에 있어서 공간의 확장은 이야기의 확장으로서의 공간 확장이 아니라 공연 배경으로서의 공간 확장이라는 의미가 있다. 그중에서 가정공간이 특히 이에 해당되는 의미를 보여준다.

극본을 기준으로 설명하면 정확히 중권 〈유씨회살(劉氏回煞)〉까지가 이승을 배경으로 전개되는 부분이다. 이곳은 유씨가 나복을 기르고 남편과 사별하고 아들을 외지로 떠나보내고 적적한 가운데 동생의 유혹을 못 이겨 개훈하고 연회를 여는 등의 이승에서 범하는 일단의 죄악이 진행되는 공간이다. 장사하러 떠났던 아들이 다시 집으로 돌아오기를 기다리고 집을 비운 아들을 그리워하는 어머니의 마음과 막상 아들이 돌아오자 개훈한 사실 때문에 두려워하는 모순적인 감정이 한 공간에 공존한다. 차마 사실을 고백하지 못한 어머니가 아들에게 거짓으로 맹세했다가 급사하는 등 이승에서 발생할 수 있는 극적인 사건의 무대가 된다.

3) 천상과 지옥으로 가는 길

천상과 지옥은 가정공간에서는 완전히 격절(隔絶)된 장소이다. 목련희에서는 아버지는 죽어서 천상으로 가고 목련은 아버지를 통해 어머니에 대한 정보를 얻는다. 사람이 죽으면 천당이나 지옥으로 가게 되는데 그러나 이것은 처음부터 결정된 것이 아니다. 중간의 어떤 단계를 거쳐서 최종 목적지가 결정된다. 이 부분에 관한 자료를 찾기가 쉽지 않은데 목련 보권에 등장하는 맹파점을 보면 이와 비슷한 성격을 지닌다. 이러한 공간은 보통 눈앞에 강이 흐르고 있고 강변에는 주점이 하나 있다. 이것을 무대극으로 올린 것 중에 목련희와 관련된 공연으로 〈삼가점(三家店)〉이 있다. 〈삼가점〉은 절자희 목련희를 공연하는 경우에 함께 무대에 올려진다.

지옥으로 가는 길은 매우 멀며 유씨와 목련은 시간을 달리한 채로 같은 길을 간다. 유씨는 귀사에게 끌려가고 목련은 어머니를 구하러 가므로 같은 길을 갈 수밖에 없다. 그 길을 보면 금전산을 지나고 그 다음으로 골유산에 도착한다. 그리고 망향대로부터는 안내자 백원이 동행하며 이즈음에서 내하교를 건너는 유씨의 행방을 함께 보여준다. 이후로 목련은 흑송림, 한빙지, 화염산, 그리고 란사하를 지나가게 되는데 그 가운데 승천문을 거치도록 설정되어 있다. 그리고 다리가 나온다. 다리는 세 개인데 둘은 천상으로 가는 길이고 하나는 지옥으로 가는 길이다. 여기에서 천상행과 지옥행이 구분되는 중간적인 공간이 위치하고 있는 것이다.

목련희에 의하면 지옥으로 끌려가는 유씨도 어느 시점에서 강을 건너게 된다. 이 강은 실제 풍광이 있는 다리가 아니라 세 개의 다리가 놓여 있는 강으로 묘사되어 있다. 위에서 말한 그 다리이다. 그런데 세 개의 다리는 생전에 행한 선악의 정도에 따라 건널 수 있는 자격이 다르다. 가령 첫 번째 금교는 최고의 선자 혹은 거부(巨富)만 건너갈 수 있다. 두 번째 은교는 그에 버금가는 선자 혹은 평범한 부자들이 건널 수 있다. 그리고 마지막으로 세 번째 내하교는 악자와 빈자들이 건널 수 있는 유일한 다리이다. 세 개의 교각이 지니는 차이를 결정하는 기준은 바로 선악과 빈부에 있다. 다시 말해서 목련희에서는 이승에서 지옥으로 가는 길이 기억을 버리고 환생하기 위해 가는 정화의 공간이 아니라 이승의 투영이요 연속일 뿐이다. 그들은 이승의 죄업에 따라서 금 다리와 은 다리 그리고 불이 펄펄 끓는 다리를 건너 각자의 사후세계로 배치되는 것이다. 더구나 악인에게는 지옥이란 이승의 행복이 전혀 연속적으로 보장되지 않으며 고통만 존재하는 지하에 있는 감옥을 의미할 따름이다. 그러므로 목련희의 지옥은 이승의 죄 값을 치르기 위해 끌려가는 체벌장소다.

이야기의 중심공간이면서 현세를 투영하고 있는 이승에서 저승 혹은 천상으로 가는 방법은 죽음이라는 과정을 겪지 않으면 실질적으로 통행이 불가능하다. 목련의 경우에는 죽음을 통하지 않고 매우 특수하게 그곳으로 잠입한 것이다. 그렇지 않고서는 명계의 실수로 인해 내정된 사자를 잘못 후송하는 특수한 경우에 잠시 죽었다가 다시 살아서 이승으로 돌아오는 사람이 생긴다. 그러나 두 공간은 원칙적으로 통행할 수 없다. 이야기는 그러나 원칙을 위반하면서 생성되므로 목련희를 위시한 기타 이야기들에서는 가끔 생사의 경계를 넘나드는 사람들이 발생한다.

이제 지옥으로 가는 길에 대한 탐색을 마쳤다. 그런데 지옥으로 가는 길이 이렇게 길어진 현상에 주목해볼 필요가 있다. 결국 이것은 지옥이 단순한 지옥이 아니라 모험을 위한 여정으로서의 지옥이라는 것을 공간이 이미 암시하고 있는 것이다. 지옥은 죽자마자 바로 떨어지는 공간이 아니라 분명히 일정한 절차를 밟고 과정을 거쳐서 도달하는 여행길이다. 그리고 이런 여행길을 설정한 것은 지옥으로 가는 길이 이러한 여행길이라는 개념이 있고 그것을 극화하는 과정에서 마치 이승의 사람들이 여행을 하면서 한 걸음 한 걸음씩 모든 지점을 거쳐야 하듯이 지옥도 모든 지점을 거쳐야 가도록 만든 것이다. 결국 지옥으로 가는 것도 이 세상을 여행하는 것과 같은 방식으로 가야 한다. 이러한 공간의 설계는 다분히 인간세상의 공간분할 개념을 반영하고 있다. 즉 이승에서 출발하여 저승과 천상으로 가는 길목에 각각의 목적지로 빠지는 출구를 배치한 것도 인간세상의 도로의 형태를 따르고 있다.

과거로부터 전승되어 왔고 목련희에도 등장하는 이 공간은 ≪서유기≫에서는 서역으로 가는 여정에서 모험이 벌어지는 장소로 묘사된다. 이국 혹은 서역의 개념에 주의하여 보면 '이(異)'라는 단어는 처음에는 단지 '다름 혹은 기이함'을 뜻하는 호기심의 대상이자 신기한 존재로 인식되었다. 그러다가 이 신기함은 점차 '나와 다르다'는 의미를 가지게 되고 여기에서 나는 정상이고 나와 다름은 비정상이라는 보편적 인식으로 향하게 된다. 정상을 인(人)으로 설정한다면 비정상은 비인(非人)이 된다. 그래서인지 이국의 백성은 반인반수의 형상이거나 날개가 달렸거나 얼굴이 배에 있는 모습으로 묘사되거나 그 특이한 행동이 부각되는 방식으로 소개된다. 불교의 유입으로 기존의 공간인식에 충돌이 일어나면서 이러한 중국의 고유한 '이(異)'에 대한 관념들이 지옥의 공간으로 흡수된 것으로 보인다.127)

서역은 처음에는 머나먼 낙원이나 금광 혹은 문화 선진국의 이미지를 지니고 있었다. 서역으로 가는 모험의 여정은 각종 이야기에 풍성한 소재를 제공해왔고 서천취경(西天取經)이라는 관용어까지 만들어졌다. 서역은 그곳을 향해 떠난 사람들이 오랜 세월이 지나 백발이 되어 귀향하는 멀고 먼 지역으로 한 무제 때 불로불사약을 구하러 떠났던 이역의 개념과 맥락이 닿는다. 직접 가본 사람이 많지 않은 만큼 그에 관한 설화는 무수하게 생산되었다. 이러한 서역 혹은 이국은 목련희에서는 명계로 가는 여정으로 그려진다. 낯설고 기이하고 먼 공간은 지옥으로 가는 길이며 그 공간을 구성하는 기이하고 이상한 반인반수 등은 이제 지옥의 간수어거나 구도자를 방해하는 악의 세력이다. 특히 우두마면은 공포의 옥졸의 이미지로 고정되었고 이 이미지가 지금은 지옥의 귀신을 대변하는 흉측한 모습으로 인식되고 있다. 모험심을 자극하던 다양한 공간은 목련희에서는 고난과 고통의 산실이다. 서역의 모든 공간이 지옥으로 가는 길과 합치되는 것은 아니지만 몇몇 장소가 지옥이라는 공간의 창출에 간여했음은 분명한 사실이다.

4) 지옥공간

목련희 공간의 긴 여정은 결국 지옥에 이르게 된다. 시대를 거슬러 지옥이 문학에 나타나는 상황을 짚어보면 4세기에 지어진 작품에는 지옥이 잘 나오지 않고 지옥이 나와도 체계적으로 정비된 공간이 아니다. 4세기의 불경들이 첫 증거가 될 것이다. ≪불설염라왕수기권수수칠재공덕경(佛說閻羅王授記勸酬修七齋功德經)≫, ≪불설죄업보교화지옥경(佛說罪業應報教化地獄經)≫, ≪불설우란분경≫, ≪십왕경(十王經)≫, ≪지장보살경(地藏菩薩經)≫, ≪불설선악인과경(佛說善惡因果經)≫ 등은 명칭만 보아도 지옥에 관한 내용임이 분명히 드러난다.

기(記) 혹은 변문으로 된 텍스트에서 지옥을 언급한 사례로는 ≪금광명경명보험전기(金光明經冥報驗傳記)≫, ≪당태종입명고사(唐太宗入冥故事)≫, ≪명보고사(冥報故事)≫, ≪대목건련명간구모변문≫, ≪지옥변문≫, ≪목련입지옥속문≫ 등이 있는데 이때부터 지옥은 이미 지하의 감옥으로서 생전의 악행에 대한 처벌을 당하는 공간이다. 목련희의 이야기가 변화하기 시작한 ≪대목건련변문≫의 지옥도 지하의 감옥으로서 생전에 지은 죄에 따라 배치되는 장소가 달라진다. 지옥은, 무덤 속에서 연극을 보고 밥을 먹고 잠을 자는 등의 일상적인 생전의 행위가 반복되리라 믿었던 전통적인 사후관념과 다른 맥락에 있다.[128) 그곳은 잔혹한 형벌이 기다리며 그로 인한 고통은 끝나지 않는다.[129) 이 영원한 고통을 끝내려면 윤회의 노선에서 빠져나와야 하는데 그 방법을 목련희에서는 이승에 있는 가족이 우란분재를 지내야만 가능하다. 우란분재를 열면 사자의 영혼은 지옥에서 나와 천도된다는 것이다. 이렇게 외부로부터 폐쇄되어 있고 외부인의 출입이 금지된 지옥에 대한 인식이 보다 보편화된 것은 당대 이후일 것이다. 초능력 등을 통하지 않고서는 도저히 왕래할 수 없는 이 공간의 존재는 죽음과 그 이후에 대한 공포감을 심어주는 데 효과적으로 사용된다.

이후의 서적들에는 지옥의 구조가 점점 체계적으로 정비된 사실이 발견된다. 보통은 팔전지옥, 십전지옥, 18지옥, 36지옥 등으로 정리되는데 공간이 이렇게 늘어난 것은 목련이야기에 극적 긴장감을 부여하는 데 편리하다. 예를 들면 어느 지옥이라는 것을 알고 쫓아가면 놓치고 다시 놓치고 하는 방식으로 내용이 자꾸 늘어날 수 있고 확대될 수 있는 계기를 만드는 데 지옥공간이 배경을 제공한 것으로 본다.

각각의 지옥마다 그곳을 통치하는 왕이 있고 간수가 있다. 간수는 반인반수의 우두마면이 담당한다. 이렇게 사람과 동물이 섞인 형태는 원래 이역의 혹은 기이한 존재를 나타내는 것이었는데 어느 순간부터 지옥의 옥리로 둔갑하게 되었다. ≪산해경≫ 등 목련희가 형성되기 이전의 전적을 참조하여 보면 반인반수는 이역국(異域國)의 백성이거나 기이한 존재로 등장한다. 이때에는 악의 이미지가 개입하지 않았으며 기이함이 악으로 규정되지는 않는다. 그것은 공간 자체의 성격변화와 관련이 있을 것이다. 즉 예전에는 죽더라도 이승의 삶이 연장되는 개념이었고 이역은 기이한 것들을 알 수 있는 세상으로 인식되었다. 그런데 어느 시점부터는 죽으면 고통 중에 벌을 받아야 하고 기이한 것은 정상이 아니며 비정상은 선보다는 악에 가깝다는 인식이 개입되기 시작한다. ≪서유기≫에서 그러한 존재들은 처음에는 여정을 떠나는 동반자 혹은 서역에서 마주치는 전투의 대상이었다. 그러다가 다시 적수로 상정되면서 악의 이미지가 들어간다. 목련희에서 우두마면은 죄인을 감시하고 체벌함으로써 지옥의 질서유지에 기여하는 무시무시한 모습으로 나타나며 약한 죄인을 괴롭히는 역할을 맡는다. 그가 대행하는 체벌은 생전에 저지른 죄목에 따라 그 정도가 결정되며 감금하는 장소의 성격도 죄목의 종류에 따라 배정되는 등 치밀하고 조직적인 지하세계가 체계화된다.

이렇게 지옥이라는 명사로 대변되는 가상의 공간을 상상력을 거쳐 형상화하고 조직화하였다는 점에서 목련희가 지니는 문화적 가치가 확대될 수 있다. 지옥의 공포 분위기가 죽음 이후의 세계에 대한 공포로 확장된 것과 그 공간의 존재들 역시 무서운 형상을 하게 된 것은 이와 같은 인식의 변화에서 기인한 것이다. ≪지옥변상(地獄變相)≫에도 관리복장을 한 정부관원이 판관으로 보이는 사람을 보필하면서 문건을 처리하고 있고 한 쪽에서는 죄인들이 우두마면에 이끌려 갖가지 형벌을 당하고 있는 장면이 있다. 이승의 옥졸이 여러 소소한 권한을 장악하는 것과 마찬가지로 저승의 옥졸인 우두마면도 크고 작은 권한을 대행한다. 이들은 지옥도 등에서 늘 강렬한 색채의 부리부리한 눈과 매서운 형태로 그려진다. 대신에 죄인은 이러한 관리들과 달리 알몸으로 피를 흘리는 힘없는 이미지를 하고 있다. 이와 같이 지옥은 감옥의 역할을 성실히 수행하면서 이미 자체적인 선악의 기준을 세웠고 현세의 관료주의를 투영하는 형태로 그 이미지를 정립한 것이다.

지옥의 다양한 형벌제도는 계급질서가 완벽하게 정비되었다는 반증이다. 이것 또한 관료계급주의로 대변되는 중국의 정치사회를 반영하는 것으로 해석할 수 있다. 이승을 오가는 귀신 중에 머리를 풀어헤친 고혼(孤魂)이 아닐 경우에는 대부분이 붉은 옷을 입고 모자를 쓰고 있다는 점이 바로 생전의 관료가 사후세계의 관료로 임명되어 마치 그곳에 부임 간 것처럼 인식하는 특유의 사후세계관을 비추는 것이다. 이러한 귀사의 숫자가 고혼을 능가할 정도이며 염라대왕은 이승에서 바치는 정성스러운 제사를 받으면 고혼의 해악을 무마시켜주는 등 비리를 드러내기도 한다. 타인을 살해하는 등 억울한 원혼을 생성해내는 것이 이승의 죄에 속한다면 지옥에 수감되어 복역하고 있는 고혼을 임의로 방출(放出)하는 것은 저승에서 가장 큰 죄이다.

이렇게 지하세계의 사회구조는 이승의 구조를 거의 답습하면서 상상의 공간 속에 또 다른 세계를 구축하는 방식을 취했다. 그리고 이승에 간여하는 공간이면서 이승의 다음 단계인 지옥은 상상력에 힘입어 창조된 허구공간이면서 다시 이승의 삶을 억압한다. 목련희는 이러한 지옥의 분위기를 관객의 죽음에 대한 공포를 활용하여 효과적으로 소기의 목적을 이루는 장치로 사용한다. 그래서 목련희에서 지옥공간은 종교적인 산물이면서 정치적으로 이용된 사례로 볼 수 있다.

제2절 인 물

  불경의 목련이야기는 목련과 어머니가 중심인물이고 여기에 상징적인 조언자인 부처가 등장한다. 변문으로 오면 나복, 어머니, 아버지, 세존 그리고 지옥의 식구들이 다수 추가된다. 설창 대본에서는 이외에도 금지와 익리 같은 하인들이 등장하고 지옥의 신격들도 나온다. 희문으로 오면 목련, 어머니, 아버지, 금노와 익리, 그리고 조가 내외, 새영, 정공자, 매파를 비롯하여 비구니, 도사, 화상, 옥황, 장천사, 종규 등 등장인물이 헤아릴 수 없이 많아진다. 지방희로 가면 특히 보선희의 경우에 목련의 3대 조상까지 인물의 범주가 확대되고 서로 반대성격의 여종 금노와 은노도 추가된다. 이 절에서는 등장하는 인물이 가장 다수였을 시점을 기준으로 하여 그들을 공간별로 구분하고 먼저 각 인물의 종류를 나열한 다음에 인물 간의 관계를 탐색한다.

1. 인물의 종류

  목련희에 등장하는 인물은 크게 지상의 구성원인 사람들과 지옥의 구성원인 신들로 양분할 수 있을 것이다. 이 구분은 공간에 대한 논의와 맥락을 맞춘 것으로 각각을 인격과 신격으로 명명하였다. 먼저 인격부분은 부가와 조가를 구성하는 친인척을 족보의 형식으로 도표화할 것이고, 거기에 포함되지 않는 하인과 승려 등의 조역은 따로 서술하기로 한다. 다음으로 신격부분은 목련희에 등장하는 신격의 존재를 그 위계질서에 따라 순차적으로 나열할 것이다.

1) 인 격

이야기의 주요 배경인 부가는 나복, 부상, 유씨청제, 익리, 금노, 안동, 유가, 유용보로 구성된다. 부가와 상대항목으로 설정된 조가는 조새영, 그녀의 부친, 유모, 계모, 兄으로 구성되어 있다. 두 집안은 혼담이 오고가는 예비 사돈관계로 설정되었는데 이야기는 나복과 그의 약혼녀 새영을 중심으로 전개된다.

부가의 족보

```
중조부   부천두
          ↓
  조부   부숭 - 부영
          ↓
  부    부상  [처: 유청제 - 제: 유가] - 부송 - 부구 - 부림
          ↓                    ↓
  자    나복 - 금가 - 은가  [자 유용보]
          ↓
 「손  금가 - 은가」
```

※ ↓는 부자관계를, -는 형제관계를, [ ]는 나복의 외가친척을 가리킨다. 그리고 「」은 특정한 지역의 자료를 제시한 경우이다.

목련이야기의 등장인물은 위의 표와 같이 부상 - 청제 - 나복을 중심으로 부상의 형제인 부구/부송, 그리고 부상의 아버지 부숭과 그의 형제 부영 그리고 아버지인 부천두까지 4대로 확장된다.

목련의 아버지 부상은 종밀의 ≪우란분경소≫에서 처음으로 정확한 설명을 통해 등장한다. 공연에서 그의 존재가 언급되거나 실제로 등장했을 가능성도 있지만 당 이전의 공연에 대한 기록은 매우 간략하여 등장인물과 같은 세부사항에 대해서는 언급한 경우가 드물다. 종밀의

≪소≫에서는 '시왕사성중보상지자(是王舍城中輔相之子)'라고 하여 아버지를 보상으로 표현하고 있다. 이것은 수(隋) 혜원(慧遠)의 ≪유마힐의기(維摩詰義記)≫나 수 길장(吉藏)의 ≪유마힐경의소(維摩詰經義疏)≫ 등에서도 자주 발견되는 칭호다. 그 안에는 특별히 나복의 부친을 규정하는 고유한 어떤 의미가 들어 있어 보이지 않는다.[130] 이에 관해 진방영은 이름이 보상이라고 알려진 것은 '완전한 오류'라고 지적했다. 그에 따르면 보상은 불경에서 거론되는 '재보대신(宰輔大臣)'이며 이것은 목련의 직업과 관련이 있고 아버지의 이름은 아니다. 그런 단어가 어떤 이유에서인지 갑자기 목련의 아버지를 대변하는 부상(富相)이나 부양(富襄) 혹은 부상(傅相)으로 와전되었다는 것이다.[131] 처음에는 목련의 지위를 표시하는 용어였던 보상(輔相)이 언제부터인가 아버지의 이름으로 변한 셈이다.

이렇게 형성된 부친의 이름도 보상으로 고정되는 것이 아니라 보상(輔相), 부상(富相), 부양(富襄) 등 발음은 비슷하지만 문자는 다르게 기록된다. 목련의 경우에도 목건련(目犍連), 목련존자(目連尊者), 목련(目蓮), 심지어 목련(木蓮)으로도 표기된다. 이것은 이야기가 애초에 문자로 전승되지 않고 구전되었을 가능성을 암시한다. 부친의 이름이 부상으로 확정되어 더 이상의 변동을 일으키지 않는 시점은 대략 명대 희문이 등장한 이후로 추정된다.

부자관계가 정립된 이후에 부천두를 위시하여 부숭, 그 다음 부상, 그리고 나복으로 이어지는 4대에 걸친 계보가 완성된다.[132] 부상의 부친을 부숭 또는 부영으로 표기하는 경우도 있다. 이것도 역시 구전에서 비롯된 오전(誤傳)으로 보인다. 지역별로 부영(傅榮)과 부숭(傅崇)으로 표기한 예를 들어 보면 안휘의 장표본(長標本)과 강서의 보동본(蒲同本), 그리고 절강의 개화본(開化本)에서 부상의 부친을 부영으로 표기하여 부영 - 부상 - 부나복으로 이어지는 족보를 계승했다. 한편 복건과 호남 지역에서는 부숭으로 표기하였다. 특히 호남 진하본(辰河

本)은 부숭과 부영을 형제간으로 묘사하고 있다. 그 극본에 따르면 부영은 후사를 두지 못한 형제이고 부숭은 도합 네 명의 아들을 낳았다. 그의 네 아들 중에 먼저 태어났던 부송과 부구는 벼락 맞아 죽고 그 후에 다시 부상과 부림을 낳았다고 한다.

각 지역의 극본별로 족보에 표기될 이름들이 차이를 보인다. 예를 들어 절강 지역의 ≪구모기≫에서는 부상에게 세 명의 아들이 있다. 호남의 진하본을 보면 부상에게 형제가 있고 아들은 두 명인데 절강본에서는 나복이 금가(金哥)와 은가(銀哥)라는 형제를 두고 있다. 벼락 맞아 죽는 사람이 이전에는 부숭의 아들이자 부상의 형제로 두 명이 먼저 태어났다가 죽고 나중에 다시 두 명이 태어난 것이었다. 그런데 이제는 부상에게 세 아들이 있으며 먼저 태어난 두 아들인 금가와 은가가 죽고 난 다음에 다시 나복이 태어나는 것으로 설정되었다. 이것은 무자식의 고민을 사원에 고하여 자식을 점지 받았던 변문이나 보권과 달라진 설정으로 무자식인 사람을 부영으로 처리하고, 부숭은 자식이 많아 다복한 사람으로 묘사하였다. 이렇게 지역별로 약간의 차이를 보이긴 하지만 위에서 제시한 도표와 같이 부천두→부숭 - 부영→(부송 - 부구) - 부상→(금가 - 은가) - 부나복의 순서를 크게 위배하지는 않는다.

그런데 북방 서로(西路) 난탄본(亂彈本)의 경우 나복은 항생(恒生)으로 부상은 부흥(傅興)으로 부숭이나 부영에 해당하는 사람은 부월(傅鉞)로 기재되어 있다. 나복이 항생으로 바뀐 것을 제외하면 나머지 인물들은 소소한 발음상의 차이로 간주할 수 있다. 북방 지역에서 공연된 목련희는 순회공연이 가능할 정도로 인접 지역인 안휘, 절강, 강소, 강서 지역들과는 상당히 떨어져 있다. 게다가 사천 지역에서 안휘 지역에서 간행된 명대의 극본을 그대로 재간행하여 공연에 참조하는 등 문화교류의 흔적을 보이는 것과 대조적으로 북방 지역은 그에 관련된 정보를 발견하기 어렵다. 그러므로 인물의 명칭이 달라진 현상은 구두 전승되는 과정에서 빚어진 오류로 해석하는 것이 최선일 것이다.

한편 익성본(翼成本)의 경우에는 같은 북방 지역의 판본이면서도 등장인물의 명칭은 호남의 고강본과 비슷하다. 이 극본에서는 부영과 부숭 형제가 각각 부구와 부상을 자식으로 두었고 다시 부상은 나복과 금가 그리고 은가를 두었다. 북방의 목련희가 호남 및 절강 지역에 유통되던 것과 동일하게 명명되는 현상을 통해 우리는 목련희가 유통되는 과정에서 호남 지역과 북방 지역을 연결하는 모종의 남북교류가 있었음을 짐작할 수 있다. 예를 들면 남방 지역의 희반이 북방으로 공연을 간 경험이 있거나 아니면 반대로 북방의 희반이 남방으로 내려와서 공연을 했을 가능성도 있다. 이러한 문화적인 교류로 인해서 목련희의 세부적인 면들이 지역별로 공통되는 현상을 보이고 있다는 사실과 그러한 흔적을 추적하는 작업을 통해서 이와 관련된 희반의 이동 혹은 기타 상호작용에 관한 단서를 찾을 수 있다는 점은 상당히 중요하다.

목련희에는 많은 조역들이 등장하고 있다. 이러한 조역은 원간본 ≪목련경≫으로부터 그 단초가 보이기 시작한다. 부상, 나복, 청제 이외에 처음으로 이야기에 등장하는 인물은 여자 하인인 금지와 남자 하인인 익리이다. 그들이 처음 등장하는 텍스트는 앞서 언급한 원간본이면서 한국과 일본에서 유통되고 있는 목련경이다. 하인의 이름도 텍스트에 따라 조금씩 달라지지만 익리, 금노, 은노, 안동의 범위를 넘어서지 않는다. 그중에는 충 혹은 의를 대변하는 충직한 종도 있고 개훈의 죄를 짓는 데 동조하는 공모자도 있다. 은노의 경우에는 보선희에서 나오는 인물로서 금노와 달리 개훈을 말리는 역할이다. 하인 이외의 조역으로는 승려, 비구니, 도사, 사기꾼들, 상점주인, 매파, 정공자 등이 있다. 이들은 주인공 나복의 탄생을 돕거나 그의 장사를 방해하는 등 주인공에게 이가 되거나 해가 되는 존재들로 등장한다.

2) 신 격

목련희의 별명 중에 귀신희가 있을 정도로 공연에 귀신이 다수 등장한다. 그로 인해 공연 중에 등장하는 귀신만 연구대상으로 다룬 논문이 발표되기도 했다.[133] 천·지·수신에게 재를 올리는 행사는 고대로부터 꾸준히 거행되어 왔지만 당시 각종 신격은 복을 내려주는 힘을 가졌다는 막연한 구복의 대상일 뿐 인간계의 대소사에 일일이 간섭하면서 그것을 조종하는 존재는 아니었다. 그러나 목련희에서 신격은 인간세상의 일을 기획하고 명령을 내리며 그에 관한 임무를 수행한다. 신격은 두 가지로 구분할 수 있는데 목련희의 이야기에 등장인물로 나오는 신격과 원래는 주인공이 아니지만 공연할 적에 어떤 배우의 대역으로 등장하는 신격이 있다. 전자에 관해서는 우선 기본적인 설명을 하고 그 다음에 목련희에서 그가 지니는 이미지를 첨부하는 방식으로 소개한다. 여기에 필요한 자료는 도장 및 도교 관계서적을 참조하였다.[134] 후자는 장천사와 같은 종교인을 가리키는데 구체적인 논의는 본문을 빌어 개진하고자 한다.

1. 삼청(三淸)

삼청은 주지하듯이 도교의 신으로 옥청원시천존(玉淸元始天尊), 상청영보천존(上淸靈寶天尊), 그리고 태청도덕천존(太淸道德天尊)을 말한다. 삼청의 존재에 관련된 역사는 동한(東漢) 삼장(三張)의 오두미도(五斗米道)로 거슬러 올라가는데 오두미도에서 천지수와 관련된 삼관의 신들을 모셨던 것으로부터 시작되었다. 위진(魏晉)시대를 거쳐 오면서 삼청은 천지와 만물의 시조인 동시에 도교의 시조인 근원적인 존재로서 통합된 하나의 존신이라는 의미에서 원시천왕(元始天王)이라는 용어로 불리게 된다. 이후로 구겸지(寇謙之)가 이전의 천사도(天師

道)에 대한 개혁을 단행할 적에 그는 여기에 노자(老子)의 이미지를 적극적으로 활용한 적이 있다. 그가 활용한 노자에 대한 믿음과 이미지는 이미 한대부터 존재하고 있던 것이다. 그러나 당대의 어느 순간에 노자에게 최고의 신격이라는 지위를 부여하고 노자가 삼청으로 변화하였다는 '노자일기화삼청(老子一氣化三淸)'의 개념을 도입함으로써 노자가 도교의 최고신인 삼청의 전신이라는 계보가 만들어지게 된다. 모든 것은 상상력과 상황에 따라 의도된 설정이지만 노자가 바로 삼청신이라는 개념은 송대로 이행되었고 그 존재는 도교 최고의 신으로서 지속적으로 숭배된다.

2. 옥황(玉皇)

옥황 즉 옥황대제는 민간의 설화에 등장하여 인간의 소원을 해결해주는 전지전능한 힘을 가진 신격이다. 그가 실제로 신격의 계보상 최고의 지위는 아닐 수 있으나 문학작품을 통해 혹은 구전설화를 통해 구축된 그의 이미지는 하늘, 즉 천신과 동격으로 간주된다. 덕분에 그는 지고무상의 천신으로 통하며, 정식 칭호는 호천금궐무상지존자연묘유미라지진옥황대제(昊天金闕無上至尊自然妙有彌羅至眞玉皇大帝) 혹은 현궁고상옥황대제(玄穹高上玉皇大帝)이다. 그가 담당하고 있는 업무는 삼계(三界), 십방(十方), 사생(四生), 그리고 육도(六道)를 관장하는 것으로 신계의 황제라고 알려져 있다. 옥황의 존재에 대해 ≪도경≫에서 '昊天金闕, 彌羅天宮'으로 기술하고 '사어(四御)'의 층위로 높여 놓았다. 송 진종(眞宗)과 휘종(徽宗)이 재위하던 기간에 도교의 신격에 휘호를 내리거나 도관을 축조하고 지원하는 등 도교를 흥성하게 하는 여러 작업이 많이 시행되었다.

148

3. 삼관(三官)

삼관은 일반적으로 상원일품천관(上元一品天官), 중원이품지관(中元二品地官), 그리고 하원삼품수관(下元三品水官)을 말한다. 민간설화를 보면 삼관의 세 신격이 삼위일체를 이루어 하나의 신격인 삼관으로 통칭된다. 원래 도교의 신격으로 알려져 있지만, 福井康順과 같이 삼관을 불교의 신격에 해석하는 예도 있다.135) 남북조(南北朝) 시대에는 삼관을 삼원(三元)으로 기재하는 사례가 있는데 이때를 기준으로 그 기능을 고찰해 보면 다음과 같다. 먼저 천관은 사복(賜福) 기능을 가지고 있어서 구복 신앙의 주요 신격으로 추앙을 받는다. 지관은 사죄(赦罪) 기능을 가지고 있어서 죄를 회개하고 면책을 받으려는 기원을 들어주는 역할이다. 마지막으로 수관은 해액(解厄) 기능을 가지고 있어서 액운이 닥쳤을 적에 살풀이 등 굿과 같은 행사에 중요한 역할을 맡는다. 이들이 가진 사복과 사죄 그리고 해액의 기능은 목련희의 공연의도인 축귀축역과 정확히 일치된다. 이러한 맥락에서 볼 때 목련희에 등장하는 신격은 공연의 필요에 의해서 선택된 존재임을 알 수 있다.

4. 진무대제(眞武大帝)

진무대제는 공식적으로 우성진무영응진군(佑聖眞武靈應眞君), 익성보덕진군(翊聖保德眞君), 우성진군현천상제(佑聖眞君玄天上帝), 탕마천존(蕩魔天尊)이라는 명칭을 가지고 있다. 민간에서는 전설이나 설화를 통해 청룡(靑龍), 현무(玄武), 주작(朱雀), 백호(白虎)의 사방(四方) 대신(大神)의 하나로서 알려져 있다. 즉 진무는 사방대신 중에 玄武에 해당하는데 후대로 갈수록 진무대제는 북방대신으로 간주되고 그로부터 현무는 다시 진무와 구별되는 양상을 보인다. 특히 원대에 몽고에서 진무대제를 북방의 대신으로 숭상하기 시작한 것은 북방이라는 지역적인 동질성에서 비롯된 것으로 보인다. 그러나 진무대제는 원래 호남의 무당산(武當山)을 거점으로 시작된 신격으로서 그곳에서 항상 검은 복식을 하고서 장검을 든 채 거북과 뱀을 밟고 있는 형상으로 기억되고 있다.

5. 영관(靈官)

영관을 가리키는 이명은 매우 많아서 그것들이 모두 영관이라는 하나의 존재에 부가된 이름이라고 짐작하기 힘들다. 이명들을 소개하면 십천(十天)영관, 구지(九地)영관, 수부(水府)영관, 오백(五百)영관, 오현(五顯)영관, 두구성군(頭口星君), 영관왕원수(靈官王元帥) 등이다. 그는 뇌부(雷部)의 존신(尊神)이라는 의미에서 태을뇌성응화천존(太乙雷聲應化天尊)으로 일컬어지기도 한다. 천상에서 내려와 인간의 선과 악을 세심하게 관찰한 후에 다시 천상으로 올라가서 상제에게 낱낱이 보고하는 역할을 담당하고 있다. 그래서 그를 왕영관(王靈官)이라고 부른다. 지금도 도관에 세워진, 상상력에 의해 가시화된 영관의 조각상은 수많은 이명만큼이나 다양하다.

6. 성황(城隍) 및 토지신(土地神)

성황신은 본래 중국 민간신앙에서 관할 지역을 보호해주는 지역 신으로 기능해왔다.[136] 구체적으로 인간의 삶 속에서 발생하기 쉬운 가뭄이나 전염병과 같은 액운이 그 관할 지역에는 가능한 한 닥치지 않도록 보호하는 신격으로 간주된다. 전쟁이 일어났을 경우에는 그의 역할이 확대되어 해당 관할 지역은 물론 국가의 안위를 도모하도록 설정된다.

토지신도 성황신과 마찬가지로 해당 관할 지역의 수호신이고, 사신으로부터 변형된 것으로 추정된다. 도교에서 말하는 지지도 이와 관련

된 신격이다. 토지신은 해당 지역을 청정하게 지키고 그곳의 바람과
비의 양을 조절하여 오곡의 생장을 돕는 기능을 가지고 있다.

7. 조군(竈君)

조군은 조왕이라고도 하는 부엌을 관장하는 신격이다. 집안에서 음
식을 만드는 주방 관련 업무를 맡는 데에서 시작된 것으로 보이는데
주방은 집안의 돌아가는 정황을 가장 잘 파악할 수 있는 장소로서 정
보가 생성되고 교류되는 장이기 때문에 그의 중요성도 함께 부각되어
온 것으로 보인다. 후대로 오면서 그의 역할은 점점 집안의 생사와 화
복을 주관하는 방향으로 확대되어 왔다. 조군은 아주 오랜 옛날에 인
간이 존재하고 이야기를 나누기 시작한 순간부터 인간사에 간여해온
것처럼 보이는데 시대별로 각기 이름을 달리 하면서 존재하였다. 초기
에는 성별이 명확하지 않았고 그저 주방 어딘가에서 살아가는 존재 정
도로 인식되었다. 그러다가 점점 성별은 남성으로 고정되었고 주방에
서 들리는 온갖 비밀들, 집안 구성원의 대소사를 모두 기록해 두는 역
할의 신격이 된다. 당·송 대로 오면 해마다 12월 23일에 조군에게 제
사를 올리는 것이 정기적인 행사로 고정되었고 그와 관련된 여러 습속
들이 부가되었다. 조군은 예로부터 집안에 머물면서 구성원의 공과와
시비, 행적의 선악 여부를 낱낱이 기록해두었다가 동지가 되면 하늘로
올라가 그간에 수집한 자료를 보고하는 존재로 통했다.

8. 종규(鐘馗)

귀신을 잡아먹는 무서운 존재로서 알려진 종규는 수많은 이야기와
그림에 등장하는 문화 인물이다. 나쁜 귀신을 해치워 주기 때문에 마
치 악을 응징하는 선의 세력에 대한 애호처럼 민간에서 대단한 환영을

받아왔다. 귀신을 잡고 죽이고 먹는[捉鬼, 斬鬼, 吃鬼] 능력을 가진 그는 도교 내적으로도 속신(俗神)의 범주로 분류되어 있다. 종규의 이미지는 눈이 부리부리하고 몸체가 큰, 우람한 장수의 형상이고 게걸스러운 식탐을 가진 것으로 묘사된다. 그에 관한 화보는 엄청나게 많으며 종규를 그린 그림이나 글자는 벽사(辟邪) 기능을 가진다고 믿었기 때문에 민간에서는 호신하는 의미에서 집집마다 하나씩 보유하고 있는 경우가 많다.

9. 장천사(張天師)

장천사는 원래 한 인간 혹은 한 가문에서 배출되는 천사를 가리키는 말이다. 그런데 갈수록 각종 제사를 주관하고 종규와 같이 귀신을 조절하는 능력을 보유한 법사를 대변하는 개념으로 변모하며 그는 거의 신격에 준하는 상징적인 존재로 인식되기 시작했다. 장천사도 도교 십방의 여러 천존 중의 한 인물로 분류되어 있으며 '항마호도천존(降魔護道天尊)'이란 공식적인 칭호를 보유하고 있다. 그 외에도 고명대제(高明大帝) 혹은 조천사(祖天師)라는 별명 역시 그를 지칭하는 용어에 해당된다. 실제로 장천사의 장(張)이라는 성씨는 나중에 천사도로 개칭된 오두미도(五斗米道)의 창립자인 장도릉(張道陵)으로부터 시작된 것으로 역대 천사의 직위는 장씨 성을 가진 사람만이 맡을 수 있었다.

장천사는 도사 목련희를 공연할 적에 목련의 역할을 대신하여 의식을 주관하는 경우가 있다. 목련희에서 발견되는 의례는 도교 정일파(正一派)의 의례와 상관되는 경우가 많다. 그 원인을 추적해보면 부록파(符籙派) 중에 역사가 오래된 정일파 즉 정일도(正一道)는 그 전신이 오두미도에서 나왔고 그래서 그가 주관하는 목련희가 정일파의 의식과 상관되는 것이다. 섬서 일대를 근거지로 활동하였던 장도릉의 4대 후손인 장성종(張盛從) 때 강서성 귀계현(貴溪懸) 용호산(龍虎山)

으로 근거지를 대대적으로 이동한 후로는 이 지역이 정일파의 중심지로 부상한다.

북송 진종시기에 조정에서 도교를 중요하게 여기면서 황제의 명으로 정일파의 근거지인 용호산에 있던 진선관을 상청관으로 개명하였다. 그리고 24대 정일천사인 장정수(張正隨)에게 당시 최고의 칭호인 '선생'을 하사하였다. 이 사건은 정일천사가 조정으로부터 사호를 받은 최초의 일이었으니 이 장정수부터 남송 말 35대 장가대(張可大)까지는 대대로 정일천사가 조송왕조(趙宋王朝)의 사호를 받았다. 그중에 휘종 때 활약한 인물인 30대 천사 장계선(張繼先)은 조정의 신임을 한 몸에 얻고 있었다. 조정에서는 그를 위해 경성 근처에 숭도관(崇道觀)을 설립했고 용호산의 상청관을 다시 상청정일궁(上淸正一宮)으로 승격시켰으며 궁관의 재정은 조정에서 직접 관리했다. 휘종 이외에 다른 황제들도 거액의 묘산(廟算)을 정일궁에 하사했으며 35대 장가대에 이르면 송 이종(理宗)의 성은을 입고 부록파의 대권을 쥐게 되면서 정일파는 부록파 도교의 총통으로 군림하게 된다. 이렇게 막강한 장천사의 권력은 그를 전국적으로 유명한 인물로 상승시켰으며 그는 근거지인 용호산 일대에서 목련희를 비롯한 여러 민간공연을 주관하는 인물로 변모해왔다. 정치적인 힘이 종교적인 힘으로 전이되면서 그를 신격과 같이 인식하게 된 것이다.

2. 인물 간의 관계

여기에서는 앞에서 제시한 정보를 토대로 각각의 존재들이 목련희의 공연을 통해서 어떠한 역할을 수행하고 있으며 그들 간의 관계는 어떻게 정립되어 있는지에 대하여 구체적인 사례와 함께 고찰한다. 논의하는 순서는 앞부분과 마찬가지로 크게 인격과 신격으로 양분하여 살피는데, 인격은 부자, 모자, 연인 등의 유형으로 나누어 각각의 성격 및 역할을 다루고 신격의 경우에는 그들이 각각의 위계질서에 따라 목련희에서 담당하고 있는 기능과 명령수행 체계를 탐색하기로 한다.

1) 인 격

목련희의 가장 중심적인 축인 어머니와 아들의 관계를 보자. 어머니는 악을 대표하고 아들은 선을 대표한다. 어머니와 아들은 목련이야기를 가능하게 했던 최초의 고리이면서 이야기가 변화하는 과정 내내 중심 자리를 차지하고 있다. 이야기에서 그 두 사람은 선악을 대변하는 전형적인 인물로 설정되어 있는데 주지하듯이 아들은 선으로 어머니는 악으로 규정되어 있다. 이러한 모자관계는 구원자와 죄인이라는 종교적인 상대항목으로 보아도 자연스럽고 불교의 선악을 각각 대표하는 존재로 보아도 별 무리가 없다.

이것은 결국 어머니가 아들한테 지옥으로 여행을 하는 계기를 만들어주는 극적 구도에 있어서의 배경을 만들어주는 역할을 하는 셈이다. 그런데 어머니는 어떤 의미에서의 악인인가 하면, 사실은 지극히 정상적인 사람이다. 그런데 지옥에 떨어지도록 설정되어 있다. 그러므로 이러한 설정은 지옥이 꼭 죄인만 가는 것이 아니라 세상사람 모두 죄가 있으며 모두 지옥으로 갈 가능성이 있는 사람들이라는 보편성을 얻어내는 장치로 볼 수 있다. 어머니는 고기를 먹었다는 이유로 지옥에 떨어진다. 출가한 아들인 목련의 관점 즉 불가적인 관점에서 보면 고기를 먹은 사람이 지옥에 떨어지는 것은 당연한 일이다. 그러나 자신의 어머니라는 이유 하나 때문에 그녀를 구하기 위해 지옥으로 따라 들어간다.

이러한 설정이 치밀한 기획하에서 나왔다면 거기에는 남존여비 사상으로 전해져오는 모종의 심리가 개입되었을 것이다. 왜냐하면 기록된 이야기 중에는 현모양처에 관한 내용이 많고, 그 안에서 어머니는 가족을 위해서 본인을 희생하는 이미지로 고정되었기 때문이다. 중국은 현모양처라는 미명 아래 여자는 그 미명을 위해 희생하는 자신의 모습을 미덕으로 간주하도록 세뇌하는 가정교육이 오랜 세월 계속되어온 사회이다. 이렇게 여자의 희생을 요구하는 사회적 구조는 동일한 운명을 딸에게 전수하는 반복적인 순환 과정을 통해 장기간 유지되어 왔다. 자신의 식욕을 채우기 위해서 아들이나 지아비의 충고를 듣지 않는 여자는 악한 인물이라는 이데올로기도 주입되어 있는 것이다.

유교윤리로 인격을 재단하던 사회적인 분위기에서 본 아들과 어머니의 관계 그것은 욕망을 금기시하는 사회에서 그것이 식욕일지라도 자기절제에 약한 경우 그것은 부덕의 소치로 취급된다. 그에 반해 절제력이 강하고 여간해서는 호오를 표현하지 않는 나복은 군자로 간주되어 군자로 분별된다. 모는 술을 마시고 노래와 춤을 즐기며 고기까지 먹으면서 갖은 악행을 다 범하는 인물이다. 반면에 아들은 독실한 불교신자이고 봉양과 구휼의 의무를 게을리 하지 않는다.

목련의 어머니는 일반적인 효자담에 등장하는 어머니와 같이 늙고 병들어 있지 않다. 그래서 아들은 고기나 피와 같은 생명을 연장시킬 수단을 구할 필요가 없다. 어머니는 자신이 직접 동물을 잡아서 고기를 먹는다. 불교에서는 고기를 먹는 것을 금지하고 있으며[137] 특히 개고기를 먹는 행위는 개훈이라 하여 죄악으로 간주된다. 고기를 먹는 행위는 생명을 연장시키기 위해 절대적으로 요구되는 방법이 아니라 불교의 선악 관념을 무시한 반항의 일환으로 치부된다. 이와 같은 상황에서 어머니는 아들의 존재를 부담스러워하고 심지어 아들을 인생의 방해자라고 생각한다. 중국에는 악모의 이야기가 매우 적으며 이렇게 아들을 어머니의 행동지침이자 감시자로 설정한 사례는 거의 없다. 어머니의 욕망이 이야기의 중심으로 대두된 적도 없지만 여자 주인공의 욕망을 다룬다고 해도 그것은 사랑으로 미화된 애정욕구에 지나지 않는다. 다음에 소개한 유씨의 대사는 그녀가 지니고 있는 성격을 여실히 보여준다. 어느 날 부상의 친구 이공이 집에 찾아와 개훈을 하지 말라고 차분하게 충고하지만 유씨는 싸늘한 반응을 보낸다.

> 유씨: 편견을 가지고 함부로 말하지 마세요. 천당과 지옥을 누가 가봤대요? 소식하는 사람 많고 많지만, 염라대왕이 돌려보내는 것 언제 보았더냐? 하물며 사람은 일단 죽으면 몸은 썩어 없어지고 혼은 날라 흩어지잖아요. 쪼개고 불사르고 찧고 갈아서 남아나는 것이 어디 있겠어요? 얘! 금노야! 이 분 나가신단다. 빨리 문 좀 열어 드리거라. 제멋대로 지껄이는 말씀은 이제 고만 듣고 싶네요.138)

위의 글에서 보듯이 유씨는 죽은 뒤의 상황이 생전에 지은 업보에 따라 결정되기 때문에 착하게 살다 죽어야 된다는 목련희의 교훈을 비웃고 있다. 관객 가운데에는 이러한 그녀의 사고방식에 공감하는 사람이 분명히 있었을 것이다. 대다수 관객의 입장을 대변하는 인물인 유씨는 많은 사람의 공감대를 형성한다는 점에서 기능성이 뛰어난 구성요소인 셈이다.

목련이야기를 뒤집어서 어머니의 시각으로 전체 내용을 다시 조명해 보면 유청제는 부상이라는 독실한 불교신자이면서 상인의 직업을 가진 남편이 있다. 남편은 주변의 가난한 사람에게 아낌없이 재물을 나누어 주는 등 구빈사업으로 인해 지역사회에서 명망이 높다. 그러나 부상은 아내에게도 자신이 실천하고 있는 불교적 선행을 강요한다. 남편의 선악에 대한 기준은 불교의 선악과 정확히 일치하며 가정에서 삼보를 모시고 재를 올리고 포시를 하는 일은 종교적인 의무인 동시에 가족의 의무사항이기도 하다. 남편은 곧 사망하게 되는데 이야기에는 이 사건에 대한 그녀의 슬픔이 드러나지 않는다. 남편과 잘 맞지 않던 그녀에게 남편의 죽음은 일말의 행동의 자유를 되돌려 주는 사건일 수도 있을 것이다. 남편이 지속적으로 강요했던 불교적인 의무는 그의 죽음으로 사라지지 않고, 다시 아들을 통해 어머니에게 강요된다. 아들의 눈을 피해 어머니가 저지른 죄악 다시 말하면 고기를 먹고 연회를 벌인 행동은 일반인의 시각으로는 범죄행위가 아니다. 그러나 이야기를 지배하는 세계관은 불교적인 것이고 그에 따르면 어머니는 당연히 해야 할 의무를 소홀히 하고 죄악을 범한 악인임에 틀림없다.

수절과 소식, 보시, 재 올리는 것이 선행으로 간주되는 이야기에서 탁발승을 골탕 먹이려고 개고기로 만두를 만들며 승려를 구타하는 행동은 분명히 나쁜 짓일 것이다. 아들에게 그간의 행위를 거짓말로 보고하는 어머니의 모습은 자신의 행동이 악행이라는 사실을 인정하고 있음을 관객에게 보여주는 장치로 볼 수 있다. 어머니는 아들에게 자신의 죄를 고백해야 하고 그것을 피하다가 천벌을 받아 죽고 죽은 뒤에도 지옥으로 떨어진다. 그녀의 주변인물은 모두 그녀가 올바른 판단을 하지 못하도록 방해하는 존재들이다. 예를 들면 남동생인 유가는 고기를 먹으라고 권유하며 몸종인 금노와 안동은 고기를 사다 준다. 이들 사이에서 어머니는 처음에는 고기를 먹지 않으려고 절제하지만 방해자의 유혹을 이기지 못하고 점점 자제력을 잃어 개훈하고 만다. 어머니가 자신의 죄를 뉘우치고 회개하는 모습은 이야기의 종결부분인 지옥에서야 비로소 등장하며 회개를 통해 그녀는 구원을 받게 된다. 이렇게 보면 목련희는 전형적인 종교적인 이야기의 패턴인 방탕－타락－회개－구원의 구도에 입각하여 제작된 이야기이다.

어머니가 별로 죄가 아닌 일상적인 일로 천벌을 받아 지옥으로 떨어지는 것은 당시의 사회적인 의미의 영향을 받았을 것이다. 그런데 이것은 중국적인 가치관은 아니었을 수 있다. 이것은 아마도 인도에서 이식된 가치관이었을 것이다. 그래서 아마 이러한 이야기가 만들어졌을 것이다. 인도에서 이식된 가치관만으로는 지옥이 이야기의 중심이 될 수 있는데, 지속적으로 전승되는 과정에서 중국적인 인식이 개입되지 않을 수 없었다. 이승의 이야기가 늘어나고 죄를 짓게 된 경위에 대해 변명처럼 내용을 늘려가게 된 것도 이러한 중국적인 사고방식이 반영된 결과로 볼 수 있다.

어머니의 죄목은 고기를 먹었다는 것으로 현실에서는 죄로 성립되지 않는다. 그러나 불교의 사유방식으로 보면 대죄에 해당하기 때문에 그녀는 악의 세력으로 규정된다. 그런데 구원의 행위에 대한 현실적인 요구가 없었다면 사실 어머니는 지옥에 가지 않았을 수도 있다. 구원해줄 아들이 설정되지 않았다고 해도 역시 지옥에 갈 필요가 없었을 수 있다. 그러므로 죄를 지어서 구원받게 되는 어머니와 구원자 목련의 존재란 결국 구원되어야 할 인물이 필요하고 구원할 인물도 필요한 상황에서 만들어진 극적 장치인 것이다.

이러한 모자의 관계를 자세히 들여다보면 초기 모티브 즉 불교적인 사고방식에 의해 좌우되는 목련이야기가 점점 중국의 실정에 맞게 변하는 과정을 찾아 볼 수 있다. 모자관계의 의미가 극에서의 의미뿐만이 아니라 역사적인 관념의 변화도 보여주는 자료인 것이다. 완전히 중국적으로 토착화되는 상황에서 개고기를 먹으면 죄인이었던 어머니에 대한 관객의 시각에는 상당히 중요한 변화가 발생한다. 이것은 목련희와 같이 오랜 생명력을 가진 서사의 경우에 등장인물에 대한 관점이 시대의 변천에 따라 달라지는 현상이다. 앞에서도 암시한 적이 있지만 불교적인 세계관에 입각하여 설정된 어머니의 대죄는 일반인의 시각으로 보면 단순히 고기를 먹는 행동일 뿐이다. 이 행동으로 인해 어머니를 惡의 화신으로 규정한다는 것은 보편 정서에 기대어 유통되는 이야기의 특성상 매우 어려운 일인 것이다.

이야기는 종교적인 배경을 가지고 어떤 의도를 가지고 제작되었을 것이지만 그것을 향유하는 계층은 반드시 종교 신자에 국한되지 않았을 것이다. 그러므로 이야기를 듣거나 공연을 보는 일반사람에게는 수련과 절제를 바탕으로 하는 종교적인 삶을 어려워하는 어머니의 모습이 훨씬 인간적으로 다가왔을 것이다. 오랜 세월 여자의 삶을 구속해 온 임무는 남편에 대한 내조와 자식교육에 대한 것이다. 그런데 유씨에게 부여된 임무는 이와 달리 불교적인 수행에 국한된다. 물론 그 수행은 남편과 자식의 뜻을 따르는 행위라는 점에서 내조의 일환일 수 있다. 그러나 적어도 그녀를 죄인으로 규정하는 개훈이라는 행위는 기존의 가치관과 강하게 충돌할 수밖에 없는 것이다.

유씨의 행동을 이해하고 그녀에게 긍정적인 시선을 보내는 성향은 사천과 같은 지엽적인 지역으로 국한되지 않고 전국적인 성향으로 확대된다. 다른 지역은 사천과 같이 ≪목련구모≫라는 제목을 ≪유씨사진≫으로 바꾸거나 하지는 않는다. 그러나 공연을 보는 관객의 정조는 어머니를 좋아하고 동정하고 이해하는 쪽으로 흘러가는 것이다. 어머니에 대한 관객의 애정은 이야기가 성립된 초기의 불교의 선악관이 더 이상 관객의 판단여부에 영향력을 주지 않게 된 상황에서 공감을 자아내는 진솔한 성격과 연기에 관심을 둔 시점부터 시작되었을 것이다. 실제로 각종 공연에서는 어머니가 살생한 이유가 고기를 잡아서 제사를 지내려는 것이었다는 방식으로 미화되는 것을 볼 수 있다.[139]

관객들이 성인이자 승려이면서 효자라는 완벽한 목련과 죄인이면서도 정이 많고 아들을 그리워하는 유씨 중에 누구에게 표를 주었는지는 명확히 알 수 없다. 그러나 극본 혹은 공연에 드러난 현상 즉 제목이 바뀌는 일이나 목련과 유씨의 배역을 놓고 경쟁하던 배우들의 후일담 그리고 전체 공연에서 두 인물이 차지하는 비중의 문제를 놓고 보면 목련희의 중심이 아들에서 어머니로 이동되고 있음을 감지할 수 있다.

다음으로 부자관계가 지니는 의미를 살펴보자. 우선 아버지 부상은 목련희에서 그렇게 중요한 역할은 아니다. 부상은 아들의 거울이다. 이 사람이 지니는 의미는 목련이라는 아들이 나올 수 있는 환경을 제공하고 목련이 그릴 수 있는 이상을 제공하는 데에 있다. 물론 부인을 감시하기도 하고 구휼을 베풀고 상인이며 불교신자지만 그는 여전히 조력자의 역할에 머물러 있다.

목련이야기에서는 아버지와 아들이 유사한 유형으로 등장하면서도 결코 대립하지 않는다. 두 사람의 관계는 아들의 절대적인 존경심과 아버지의 자애로움으로 인해 갈등이 발생하지 않으며 그들은 세상에서 성취하는 일의 성격도 같다. 예를 들면 불도를 독실하게 믿는다든지 집 안에 삼관당과 관음당을 축조하고 수시로 재를 올리며 공덕을 쌓는 일이 그 두 사람이 가치를 두고 있는 일이다. 아들은 아버지가 돌아가신 뒤에 그를 대신하여 어머니의 신앙생활을 점검하고 조언하는데 그러한 역할은 이제 어머니를 차지했다는 인상보다는 아버지의 역할을 철저히 계승하는 행동으로 보인다.

이야기 내부에는 그러한 설정이 눈에 띄지 않지만 아예 이야기를 구성할 당시의 제작의도를 고려해보면 아버지와 아들이라는 두 존재에 대한 고민의 흔적이 남아 있다. 가령 목련이야기의 초반부에 반드시 부친상이 발생해야 하고 그로 인해 아버지의 역할은 대폭 축소되고 만다. 주인공은 목련이며 아버지는 이제 아들의 편에서 그를 조력하는 인물로 배치된다. 그는 이미 죽은 사람이기 때문에 천상에 거주하면서 목련이 어려움을 당할 때 어머니에 대한 정보를 제공해주는 정도로 축소된 것이다. 아버지와 아들은 어머니를 구원하기 위해 긴밀히 공조체재를 이루는 것처럼 보이지만 사실은 아들이 주역이고 아버지는 조역에 지나지 않는다. 아버지는 부유한 상인으로 선업까지 닦은 인물이다. 그런데 그의 이러한 안정적인 조건은 자신의 존재를 설명하기 위한 설정이라기보다는 아들 나복의 가정적 배경을 설명하는 기호로 사용된다. 이야기에서는 아버지는 독실한 불교신자이면서 장사로 돈을 벌어서 가난한 사람을 구휼하였기 때문에 승천했다는 정보만 제공하고 있다.

아버지에 관한 대화 내용을 통해 이야기에서 묘사하고자 하는 그의

160

성격은 공자의 인본주의에 그대로 부합되는 인 자체이다. 정지진의 희문을 보면 마을에 재난이 닥치자 그 일을 해결하기 위해 마을사람들이 아버지 부상을 찾아왔고 그에 대해 부인과 이야기를 나누는 장면이 나온다. 허겁지겁 달려온 사람들로부터 사고소식을 전해들은 아버지는 다음과 같은 반응을 보인다.

> 부인, 천금보다 중한 사람이 도적한데 죽음을 당하지 않았고 도적들이 그저 재물만 노린 것이오, 어찌 재물 때문에 마을 사람의 목숨을 상할 수 있겠소?140)

부상의 성실하고 종교적인 성향은 주로 종교 수행과 관련된 묘사를 통해 포착할 수 있다. 그의 친구 혹은 가족과의 관계를 통해 인간적인 면모를 더 이상 발견하기는 쉽지 않다. 목련이야기의 인물들이 대부분 이렇게 건조한 성향을 보이지만 특히 아버지의 경우에는 인간사에서 갈등하고 고뇌하는 문학작품 속의 인물과 달리 상징적인 하나의 표상으로 기능할 따름이다.

그러나 이야기가 더 풍부해지면서 처음에는 무대장치처럼 들어와 있던 성격 없는 조연들이 이야기가 더 확장이 되면서 점점 더 적극적이고 활동적인 조연으로 바뀌는 것을 볼 수 있다. 아들에 대한 아버지의 태도를 보면 그는 사후에 아들의 눈이 되어 아내의 소재를 알려주는 역할을 수행한다. 그런데 작업에 임하는 그의 태도에는 일말의 변화가 생긴다. 처음에는 상당히 소극적이라서 아들이 간청을 해야 비로소 도와줄 정도이다. 이러한 그의 소극적인 태도는 목련희가 장기간 유통되면서 점점 적극적으로 변한다. 그래서 청대의 목련희에서 드디어 부상은 아내를 구하기 위해 백방으로 애쓰는 적극적인 인물로 바뀐다.141) 즉 아버지는 세존과 같은 종교적인 성인처럼 구하는 신도에게 복을 내리는 이미지를 가지고 있었다. 그러나 목련희가 긴 전승기간 동안 종교적인 은덕을 전파하는 역할보다는 현실 생활에 근접하여 가족공동체 혹은 지역공동체의 평화와 안위를 기원하는 의식으로 기능하게 되면서 그것을 구성하는 인물의 관계도 보다 상식적인 형태로 변하게 된 것이다.

효가 목련희의 중심이라고 보면 유교의 효를 실천하는 모든 행위는 아버지를 대상으로 하는 목련의 행동에 의해 표현된다. 어머니에 대해서는 지옥에 가서 구하는 행위를 제외하면 불효자로서 행동한다. 어머니를 감시하고 어머니의 죄를 적발하고 고백하게 하는 것은 효자인 아들이 보여줄 만한 행동은 아닌 것이다. 아버지에 대해서는 생전에 혼정신성(昏定晨省)으로 봉양하고 사후에는 삼년상을 올리며 유언을 받들어 그대로 실천하는 등 전형적인 효자의 행동을 한다. 그러나 부상과 부나복이라는 아버지와 아들의 관계는 어머니와 아들의 그것에 가려져서 그다지 중요하지 않게 보인다. 그럼에도 불구하고 부자의 관계야말로 이질적인 분위기를 지닌 목련희의 모자관계보다 훨씬 자와 효를 중요시하는 중국사회의 정서에 다가드는 표본일 수 있는 것이다.

목련희의 인물 간에는 몇 개의 축이 설정되는데 지금까지 모자와 부자관계를 다루었다. 다음에는 또 다른 축으로 부가와 조가를 연결해주는 목련과 새영의 관계를 본다. 두 사람은 청년남녀로 약혼을 한 사이다. 송대나 명대의 다른 희곡에서는 청년남녀가 등장하면 반드시 사랑이 게재되게 되어 있다. 그런데 목련희에서는 애정에 관련된 내용이 나오지 않는다. 다만 새영이 나복과 한번 정혼했다는 이유로 다른 혼담을 뿌리치고 나복만을 고집하며 절개를 지키는 모습으로 등장한다. 게다가 조새영은 변문에는 등장하지도 않다가 희문에서 처음으로 나온다. 어쩌면 이 둘은 실제로는 애정관계를 극중에서 표방했을 가능성도 있지만 극본에는 그런 내용은 빠져 있다. 이것이 고의로 제거한 것인지에 대해 확언하기는 어렵지만 극본을 보면 앞뒤가 안 맞는 내용이 나온다.

새영이 왜 갑자기 이야기에 등장했는지에 관해서는 여러 원인을 추정해볼 수 있을 것이다. 그녀는 수절을 하고 출가를 한다. 새영은 이야기 자체에서 꼭 필요한 인물이 아니라 희문 공연의 파트너로서 등장했을 가능성이 크다. 다음으로 생각할 수 있는 것은 목련희를 공연하는 사람이 재자가인의 요소를 흡수했을 가능성이다. 혹은 시대를 대변하는 절개를 지키는 여인의 표상으로 등장했을 가능성이 있다. 혹은 목련이야기에 내포된 강한 종교성으로 인해 애정을 기술하는 것이 금지되었을 가능성도 있다. 효라는 이야기의 주제를 흐리는 남녀의 애정은 개입될 여지를 주지 않는 것이다.

목련이야기의 당대 판본인 목련변문에는 아예 나복의 약혼녀가 등장하지 않는다. 그녀의 존재는 현재 명대 희문에서 처음으로 발견할 수 있는데 희문이 제작된 시기인 명대에 출판된 서적들은 대부분 충효절의를 고의적으로 표방하는 경향을 보인다. 당시의 시대정조가 애정이야기를 거부했을 리는 만무하고 출판된 서적에 대한 검열의 잣대에 충효절의와 같은 윤리적인 면을 포함해야한다는 모종의 법규가 작용했을 가능성이 있다. 그래서 송원 시기에 공연으로 혹은 필사본으로 유통되던 비공식 텍스트에서는 목련과 새영의 애정을 묘사하고 있으나 그것이 명대에 극본으로 간행되면서 삭제되었으리라는 추측도 가능하다.

이에 관해 진다(陳多)는 원래 정지진이 참고하였던 공연과 필사본 진편(陳編)에는 애정에 할애하는 부분이 많았으나 그것을 제거하는 바람에 이야기의 전후맥락이 통하지 않는다는 의견을 제시한 적이 있다.[142] 그에 따르면 정지진이 근거로 했을 것으로 추정되는 진편에서는 나복과 새영이 여러 번 만났으며 두 사람이 애정을 표현한 부분이 분명히 들어있다. 그리고 둘의 애정은 삼각관계로 발전하여 치열한 양상으로 접어드는데 정지진이 문인의 기호를 너무 고려하다보니 그와 같은 내용을 전부 지웠다는 것이다. 실제로 충효절의를 강조하는 정지진의 서문을 보면 목련희에 노골적인 애정장면이 개입할 여지가 안 보인다. 나복과 새영은 정혼한 사이로 설정되어 있다. 둘의 관계는 피상적이고 표면적으로 제시될 뿐 양가 어른이 정혼하게 된 배경이나 두 사람이 서로 만나는 장면은 생략되어 있다. 결국 나복과 새영은 한번도 만난 적이 없어서 얼굴은 모르고 이름만 전해들은 상태이다. 그런데 이런 상황에서 새영은 나복을 위해 절개를 지키면서 개가를 거부하고 결국 비구니가 된다. 그녀가 출가하게 된 동기는 이미 통성명을 한 남자를 배신할 수 없으며 장래의 시어머니로 예정된 유씨를 구하는 데에 조금이나마 도움이 되고 싶다는 것이다.

목련희의 인물은 남녀 주인공이 분명하게 제시되는데 그들은 효와 죽음 그리고 환생과 같은 개념들을 구현하는 기호로 사용되고 있다. 모든 희곡 혹은 문학에 애정 장면이 나와야 하고 그것이 없으면 결여라고 단언할 수는 없다. 그러나 목련이야기와 같이 남녀가 등장하는 경우에 그들이 보여주는 약간의 애정이 사건의 전개에 개입되는 것이 오히려 자연스러울 수 있다. 특별히 어떤 의도와 기준을 가지고 애정에 관한 부분을 제외한 것인지 알기 위해서는 ≪우란분경≫을 통해 유입된 목련이야기가 다시 중국적인 내용으로 재구성되었던 시기의 사회적 분위기를 정확하게 파악해야 할 것이다.

새영은 아무리 빨라도 목련변문이 완성된 이후로 목련이야기에 들어온 인물이다. 아들이 어머니를 구하는 이야기에 굳이 아들의 약혼녀를 설정하게 된 배경에는 몇 가지 요인이 작용하였을 것이다. 예를 들면 당시에 남녀의 연애하는 이야기가 매우 유행하였고 그래서 아무리 종교적인 배경을 지녔다고 해도 예쁜 여자 주인공이 나오지 않으면 인기가 없었을 수도 있다. 시기가 비슷한 당대의 전기에 남녀간의 사랑을 다룬 작품이 상당히 많다는 사실을 통해서도 목련이야기에 중국 지명과 인명을 사용하여 새로운 구조로 만들었던 시기에 요구되었던 모티프가 무엇인지 짐작할 수 있다. 그러나 변문에는 새영이 등장하지 않는다. 여자 주인공을 원하는 시대적인 요구와 별도로 이야기가 자체적으로 인물을 확대시키면서 나복의 대상 배역을 배치하였을 가능성도 크다. 이야기의 인물들은 이미 족보의 기재사항에 따라 순차적으로 증가하고 있었고 이런 상황에서 혼사를 계기로 식구를 늘리는 것은 가장 자연스러운 방식일 것이다.

새영은 나름대로의 위기를 가지고 있다. 그것은 정공자라는 존재로 인해 시작된다. 정공자는 조연이지만 계속해서 새영을 쫓아다니며 청혼하는 인물이다. 사실은 이것은 새영의 절개를 더 돋보이게 하는 장치라고 본다. 애정이야기에 삼각관계가 형성되어야 긴장감이 생기고 이야기도 효과적으로 전달되기 때문에 보통 한 사람이 짝사랑하는 역할을 맡는다. 정공자도 새영을 사모하고 있으며 그녀와 결혼할 수 있다면 정혼했던 과거는 전혀 문제 삼지 않는다. 이러한 제3의 인물이 진가를 발휘하기 위해서는 그의 존재가 남녀 주인공에게 위협이 되어야 한다. 그러나 목련희에서 정공자의 역할은 애정에 대한 위협을 가한다기보다는 개가를 둘러싼 논쟁을 가속화시키는 방해자의 역할로 국한된다.

민간의 공연에는 노골적인 남녀의 애정행각이나 그와 관련된 농담이 상당부분 들어가서 흥을 돋우는 경우가 많다. 정지진이 목련희에 편입시킨 것으로 알려져 있고 현재까지도 공연되고 있는 〈하산〉도 둘의 애정을 확인하고 환속을 결심한 비구와 비구니에 대한 내용이다. 자칫 흥행에 실패할 수도 있을 만큼 건조한 목련희에 그에 대한 자구책으로 승려와 비구니의 불륜을 다룬 〈니고하산〉과 〈화상하산〉이 신속하게 조합된 것이다. 이러한 배려는 관객의 기호를 고려한 개편자의 선택이었을 수도 있고 당시의 공연예술에는 〈하산〉이 대체적으로 포함되는 분위기를 반영한 것일 수도 있다.

유독 정식 주인공인 나복과 새영에게 이러한 역할을 금했던 이유는 아마도 일부의 목련희가 단순히 웃고 즐기는 공연이라기보다는 특정한 제사를 대행하거나 액운을 물리치는 벽사의 기능을 가진 의식이었기 때문일 것이다. 선악과 시비를 가리고 사죄, 축귀, 해액을 통해 구복하는 의식에서 그것을 주관하는 목련이 애정 운운하게 할 수는 없다. 실제로 일부 지역에서는 목련의 역할을 맡은 배우나 승려 혹은 도사는 공연 전에 목욕재계하고 일주일 이상 부부관계를 금해야 하며 무대로 지정된 묘당을 청결하게 청소한 뒤에야 비로소 의식을 집행하도록 했다. 이렇게 엄격한 규정을 준수하지 않으면 부정을 타서 공연의 효력이 상실된다는 믿음하에 진행되는 목련희이므로 노골적인 애정은 당연히 금기사항이었을 것이다. 위에서 제기한 몇 가지 이유로 인해 정지진의 극본에도 애정이 아닌 충효절의가 강조되고 기타 목련희에서도 그러한 내용을 다루지 않는 것으로 보인다.

목련의 상대역인 새영이 일면식도 없는 남자를 위해 수절하는 여인으로 그려진 데에는 시대적인 배경이 분명히 작용하고 있을 것이다. 명·청 시기에 지어진 소설이나 희곡에 등장하는 약혼녀 혹은 아내의 이미지는 주로 시대가 원하는 여인상의 모습에서 적지 않은 영향을 받기 마련이다. 그래서 자유연애를 추구하거나 자신을 배신한 남편에게 복수하는 강한 아내 등 다양한 이미지가 생산되고 있었다.143) 희생적이고 헌신적인 새영이 가문 간의 혼약으로 맺어진 관계를 지키기 위해 계모와 언쟁하는 모습은 언뜻 보면 자유연애를 추구하는 강한 여성상으로 비친다. 그러나 그녀가 지키려는 것은 본 적이 없는 약혼자에 대한 정절과 어릴 적의 정혼 서약이다.

명대에 개가하는 여인이 비일비재해서 이에 대해 경종을 울리는 차원에서 개가를 거부하고 정절을 지키는 형상을 만들어낸 것인지 혹은 충효절의를 강조하는 사회 분위기로 인해 수절하고 출가하는 형상을 제작한 것인지는 분명하지 않다.144) 그러나 자유연애를 방해하는 굴레로 치부되어온 극복해야 할 대상으로 인식되어온 정혼제도가 목련희에서만 유난히 미화되었던 원인이 있을 것이다. 당송을 지나면서 사회적인 정서는 개가가 치욕적인 행동이 아니며 어릴 적의 혼담은 중요하지 않고 사랑이 가장 중요하다는 데에 초점이 맞추어져 왔었다. 새영의 계모의 경우에는 자식의 참된 행복을 위해서 딸에게 개가를 권하며 목련의 어머니의 경우에는 죽은 남편을 위해 삼년상을 지내지도 않고 더욱이 자신을 순장되어야 하는 미망인으로 여기지도 않는다. 그러나 유독 새영만은 미리 정해진 운명의 상대를 위해 자유연애도 아닌 중매결혼의 온전한 결합을 위해 이 세상에 맺은 모든 인연을 끊고 비구니가 된다. 앞에서 언급한 대로 이러한 상황은 의식의 주관자인 신성한 목련에게 세속적인 애정을 말하게 하지 않았던 것처럼 그의 대상역할인 새영에게도 세속적인 논리대로 행복을 추구하는 개가를 허락하지 않는 것으로 해석할 수 있다.

지금까지는 애정의 결여에 대해 목련희가 단순한 공연이 아니라 효력을 기대하는 의식이기 때문에 주관자인 목련과 그의 상대역에게는 약간의 신비감이 요구되었으리라는 방식으로 해석해왔다. 그런데 시대사조와 그것을 연관시켜 본다면 송대의 화본(話本)이나 원대의 잡극의 내용은 실질적으로 해당하는 시대에 열녀에 대한 지속적인 요구가 있어왔음에도 불구하고 그러한 압박에서 초탈한 작품이 계속 제작된다. 문단에서는 점점 재자가인의 애정을 다룬 소설과 희곡이 쏟아져 나오고 근엄한 문인의 시각으로 보면 문란한 애정행각이 도처에서 발견된다. 이야기는 시대의 영향을 많이 받고 시대사조에 의해 전체적인 정조를 탄력적으로 수정할 수도 있다. 구두전승 혹은 필사본이라는 비공식적인 형태로 한동안 자유롭게 유통되던 이야기들은 그것을 문자기록으로 출판하기 시작한 명 중엽부터 검열의 대상이 된다. 모든 이야기를 검열할 수는 없었겠지만 적어도 기록물로 간행된 내용에 대해서는 내부적인 기준이 세워졌던 것으로 추정된다. 예를 들면 충효절의를 표방하는 윤리적인 내용이나 권선징악과 인과응보와 같은 교훈을 주는 일화가 담겨 있어야 한다는 취지에서 나온 기준이었을 것이다. 실제로 많은 작품은 서문에서 해당 텍스트가 충효절의를 표방하고 있으며 그래서 권선에 도움이 된다는 사실을 강조한다. 정지진의 서문에도 물론 그와 같은 내용이 주조를 이루고 있으며 극본이 출간된 시기 역시 만력 연간이다. 이렇게 볼 때 새영이 열녀의 이미지를 가지고 있고 청제부인이 현모양처가 아니라는 이유로 지옥에 떨어지는 설정은 출판의 기준과 관련된 어떤 시대적 배경에 의해 만들어졌으리라는 것도 개연성이 있다.

목련희에는 목련과 그의 부친, 모친, 약혼녀, 약혼녀의 부모, 승려, 비구니, 집안의 종, 옥황, 염라, 세존, 관음 등이 나오고 그들은 두 개의 가정을 이루는 구성인물로 혹은 그 가정을 감독하거나 주변의 사찰을 이루는 구성인물의 역할을 맡고 있다. 평면상으로 보면 그렇지만 시대적으로 보면 인물들의 역할이 시대적으로 자꾸 바뀌는 것을 볼 수 있다. 대부분의 사람들이 처음에는 발생한 사건에 대해 소극적인 반응을 보이다가 점점 적극적인 개입을 시도한다. 가령 어머니는 그저 아귀로 등장하였다가 나중에는 개인적인 욕망에 의해 죄를 짓고 스스로 지옥으로 떨어질 일을 자초한다. 그리고 지옥에서는 아들에게 살려달라고 애원하고 외치는 적극적인 여자로 바뀐다. 아버지도 그저 관대하고 인자한 아버지였으나 점점 아내를 구하는 데에 도움이 되는 행동을 하고 그런저런 일로 아들과 상의하는 등 구체적인 성격을 드러내기 시작한다. 이러한 변화는 공연하고 분명히 관계가 있을 것이다. 건조하고 평면적인 인물들을 적극적으로 바꾼 것은 관객의 보여주는 반응을 희반이 수용하여 개조한 결과일 것이다. 그래서 이야기의 변화과정은 공연하는 과정에서 파생되는 어떤 흐름을 보여주는 것으로 판단된다.

2) 신 격

목련희는 불교에서 시작되었지만 지금 논의하는 대상은 진화가 완성되는 목련희에 등장하는 신격이다. 그러므로 여기에는 민간신앙에 등장하는 각종 신들이 모두 출현한다. 이들은 위계질서가 세워져 있으며 궁극적으로는 사복의 기능을 지닌다. 주로 사복의 기능을 지닌 신격이 등장하는 이유는 공연 자체가 구복의 의도를 가지고 있기 때문이다. 민간에서 환영받는 신들은 위압적이지 않고 인간의 삶을 잘 이해하고 있으면서 적절한 시기에 적절한 사람에게 복을 내려주는 역할을 맡는다. 그래서 흔히 문헌상의 지위와 감각상의 지위가 다른 신격들이 많이 발견된다. 여기에서는 정립된 위계질서라는 측면에 초점을 맞추고 인간계의 대소사를 기획하는 최고의 신과 그 기획에 따라 명령을 수행하는 하부 신격의 명령수행 체계를 검토한다.

우선 목련희의 신격을 보기 전에 중국의 민간신앙이 가지고 있는 신격을 먼저 보고 목련희와 비교하는 것이 좋겠다. 민간신앙의 신격을 파악하기 위해서는 민간 사원의 배치와 구조를 통해서 보는 것이 좋을 것이다.

사원은 지역에 따라 차이가 있지만 최고의 지위는 삼청신이 차지하고 있다. 그 다음에는 옥황상제가 놓여 있고 그 하위에는 지역에 따라서 비중을 두는 신격이 달라지기도 한다. 예를 들면 북방의 일부 지역의 경우에는 관우(關羽) 신격이 사원마다 중요한 자리에 놓여있다면, 불교를 기반으로 하는 남방의 일부 지역에서는 관음 신격이 수위를 차지하는 것이다. 이렇게 큼지막한 신격의 주변에는 성황(城隍), 뇌공(雷公), 전모(電母), 오창(五猖), 종규(鐘馗), 조신(竈神) 등이 때로는 높낮이가 다르게 때로는 한 층위에 일렬로 둘러서 있다. 신들은 문헌에 표기된 지위의 고하가 중요했다기보다는 앞서 언급한 대로 사복 기능을 기준으로 순위가 매겨졌다. 그리고 무조건 전지전능하다고 지위가 올라가는 것이 아니었고 사람들이 기원하는 내용에 맞는 기능을 가진 신격이 그때그때 요구되었다.

삼청은 도장에서는 최고의 신격이지만 이야기에서는 상징적인 존재일 뿐 등장인물들과 결코 교류하지 않는다. 이야기에서는 한 인물이 다른 인물과 관계를 맺으면서 그 지위를 확보하는 것이기 때문에 삼청과 같은 경우에는 이야기에서 허상 속의 고립된 존재가 된다. 이렇게 교류가 없는 신격이기 때문에 목련희에서도 다른 신격들을 제어하는 실질적인 권한을 가지고 있다기보다는 상징적인 존재로 묘사된다. 통제권은 모두 옥황에게 주어져 있으므로 삼청은 최고신격이지만 실질적으로 구복을 베푸는 대상으로 환영받는 것도 옥황대제이다.145) 삼청의 이러한 상징성은 정기적으로 거행되는 의례 때에만 환기되지만 그래도 치유의 효능을 지닌 신격으로 인식된다.

목련희에서도 '오늘도 여러 성신들과 상의해서 꼭 玉皇에게 아뢰어야 한다(今同列聖商議取, 須奏上玉皇知)'거나 혹은 '내가 옥황에게 아뢰어야 한다(吾當奏玉皇)'146) 는 조사(灶司)의 대사가 나온다. 이 밖에도 봉지관(捧旨官)과 조사가 나누는 대화를 보면 옥황의 최고 서열에 대한 정보를 쉽게 발견할 수 있다.

삼청신과 옥황상제에 관해 주목해 볼 때 삼청신은 도교의 최고 신격이다. 후대 도교로 진행될수록 그 지위는 옥황대제로서는 도저히 범접할 수 없는 지존으로 자리 잡힌다. 궁관을 건축할 때에도 당연히 삼청전이 옥황의 윗자리에 위치해야 하며 이러한 원칙은 엄격하게 준수되었다.147) 삼청, 즉 원시천존의 신상이 정 중앙에 놓여졌고 그의 손가락에는 원구(圓球)를 끼우도록 되어 있다. 이 원구는 천지가 아직 구분되기 이전에 모든 만물이 원시의 혼돈스러운 상태임을 의미한다. 산서(山西)지방에 보존된 원대의 벽화로 알려진 《조원도(朝元圖)》에서도 원시천존은 최고신의 지위를 누리고 있으며 벽화에는 그에게 조배드리는 여러 신선들의 형상이 더불어 담겨져 있다.148) 그러므로 종교적으로 지존신은 바로 삼청 즉 원시천존인 것이다. 그렇다면 실제 목련희에서는 원시천존과 옥황상제의 관계가 어떻게 정립되어 있는지 살펴보자.

사원의 신상 배치에서 삼청이 가장 상위에 놓여있으면서도 이야기에서는 옥황상제가 최고 신격인 이유는 옥황상제가 지니는 구복의 기능 때문이다. 목련희에서도 최고의 결재권을 가진 사람은 옥황상제이며 그에게 주어진 역할이 더 많고 감각적인 지위도 높은 것도 이러한 기능적인 측면에서 기인한 결과로 본다.

≪옥황본행집경(玉皇本行集經)≫에 기재된 옥황에 기재된 기록을 보면 그는 원래 불교의 신격이다. 그리고 이 불교의 신격에게 도교의 신은 복종해야 하는 상황이다. 이런 문헌기록을 보면 민간신앙에서 삼청이 옥황의 위에 놓여있는 것과 이미 달라진다. 아마도 송대에 이런 역전현상이 생긴 것 같다.

대표적인 사복신으로는 옥황상제를 들 수 있을 것인데, 그의 지위에 관해서는 종교적인 계보에서 드러나는 사실적인 지위와 사람들의 인식에서 발견되는 관념상의 지위로 구분하여 논의할 필요가 있다. 왜냐하면 삼청신은 최고의 신격으로 규정되지만 실질적인 감각은 옥황을 전지전능하고 하늘을 대체하는 신으로 여기기 때문이다. 옥황의 지위는 본래 삼청의 하부층위에 해당하는 사위 천제인 사어(四御)에 해당하므로 지위의 높고 낮음으로 판단하자면 삼청의 훨씬 아래임이 분명하다. 그러나 송대 이후로 옥황의 존재가 역전되기 시작하여 현재는 원시천존은 몰라도 옥황은 하늘의 천신으로서 인식되고 있다. 이러한 역전현상이 어떻게 생겼는지는 알 수 없다. 다만 남아 있는 몇 가지 자료를 보면 우리는 옥황에 대해 이렇게 이야기할 수 있을 것이다.

추측해볼 수 있는 첫 번째 원인으로는 황실 차원에서 옥황상제의 위상을 높이려는 정치적인 배려가 있었을 것이다. 그 내막을 들여다보면 황실에서 옥황상제에서 직위를 하사하면 마을의 사원에서 그가 점유하고 있던 공간이 넓어진다. 직위를 하사했던 이유는 우선 황제의 개인적인 애호가 있었을 것이다. 그리고 정치적으로 이용했을 가능성도 있는데 대중이 애호하는 신격을 황실에서 예우를 해줌으로써 그것이 민심을 존중하는 의미가 되는 것이다. 사실 황실차원의 후원은 민간의 관념을 형성하는 과정에서 보면 작은 부분이다. 그러한 관념을 증폭시키고 확증시키는 기폭제로서의 가시적인 효과는 있었을 것이다. 그러나 관념이 형성되는 데에 큰 역할을 한 것으로 보이지는 않는다. 이러한 황실 차원의 후원은 민간에 옥황에 대한 애호와 그의 신통력에 대한 믿음이 보편화된 이후의 조치였을 가능성이 크다.

굳이 삼청보다 옥황의 존재가 크게 감지되는 이유는 삼청은 지존으로 자리 잡고는 있지만 그는 우주론적인 관념에 불과하고 실제로 사람들과 피부로 접촉한다는 점에서는 멀었을 것이다. 반면에 옥황은 실제로 중국을 지배하는 황제의 천상에서의 현신으로 간주되었을 수 있다. 그럴 경우 실제로 사람들을 다스리는 것은 우주를 다스리는 삼청이 아니라 옥황이었을 가능성이 많다. 게다가 중국인들이 상제라는 개념은 가지고 있었지만 그 위의 개념에 대해서는 모호하게 인식해왔다. 그래서 최고의 신격이 삼청인 것은 도교의 관념인데 실제로 친연성을 가진 최고의 지존은 옥황상제였을 것이다. 그래서 그 쪽으로 더 기울어졌을 것이다. 특히 옥황상제는 기복의 대상이기 때문에 절실하게 필요한 존재이고 삼청은 기복의 대상이 아니라서 절실한 필요는 없었던 것이다. 그래서 민간에서는 일단 옥황상제가 높다는 관념이 형성되었을 것이다.

이러한 관념을 증폭시켰던 계기는 바로 황실의 배려에서 찾을 수 있다. 황제는 자신을 옥황상제와 같은 위치에 놓거나 수하에 두려는 욕구가 있었고 그는 이미 민간에서 상당한 호응을 얻고 있던 옥황상제에 대해서 정책적인 배려를 가했다. 사원을 넓히거나 직위를 하사하는 등의 배려를 통해서 황제는 민간에서 가장 좋아하는 것을 황실에서도 채택했다는 정치적인 이익을 얻은 동시에 황제 자신이 옥황상제와 같아지거나 그 위에 놓인다는 만족감도 작용했을 것이다. 게다가 흠종(欽宗)이나 휘종(徽宗) 등의 황제의 개인적인 성향도 틀림없이 작용했을 것이다. 그리고 이것이 더욱더 확고하게 자리 잡을 때에는 아마도 민간의 이야기나 공연에서 삼청의 존재가 흐려지고 옥황상제를 최고의 신으로 하면서 그나마 이에 대한 인식이 없던 지역에서도 최고신으로 규정하는 데에 큰 역할을 했을 것이다.

이러한 현상은 이야기의 전파를 통해 구축되는 힘이라는 점에서 목련희와도 무관하지 않다. 황제의 칙명을 통해 '천상의 황제'라는 정식 휘호를 부여받고 옥제로 일컬어지는 옥황은 도교에 심취했던 황제들의 애호와 민간에 유포된 수많은 이야기를 통해서 사복기능을 가진 전지전능한 이미지가 각인된 것이다. 이것은 옥황이 등장하는 여러 공연물을 제작하여 활발하게 유통시키고 공연의 배경으로도 사용되기도 하고 그에 대한 기복신앙을 위한 장소로도 사용되는 사원을 축조하면서 얻어낸 소기의 성과임에 분명하다. 이것은 작은 변화일지라도 이야기의 힘 즉 문화매체의 힘을 증명한다는 점에서 큰 의미를 지닐 수 있다. 그러므로 목련희에 등장하는 신격은 교단에서 언급하는 표상으로서의 신격이 아니라 이미 공연을 통해 서사적 생명력을 확보한 세속적인 믿음의 대상으로서의 신격이라고 말할 수 있다.

명대로 오면 ≪서유기≫에 나오는 옥황은 상천의 신선세계를 통치하는 인물로 태상노군(太上老君)과 원시천존과 같은 도교의 신격은 그의 명령에 복종해야 한다. 이렇게 볼 때 옥황의 역전은 송대 이후로 민간에 유통되던 불교적인 관점의 이야기들에서 원시천존이라는 도교의 최고신 위에 옥황을 두기 시작하면서 발생한 현상으로 볼 수도 있을 것이다. 이런 관점으로 본다면 목련이야기에서 옥황이 지존으로 모든 명령체계를 하달하는 존재로 그려지고 있는 현상을 쉽게 설명할 수 있다. 치솟기 시작한 옥황은 드디어 상제와 동일존재로 간주되었고 그로부터 옥황을 옥황상제라고 부르는 호칭은 자연스러움을 획득하게 된다.

최근에도 사원을 방문하는 인파를 자세히 관찰해 보면 사원에 들어서기가 바쁘게 가장 먼저 찾는 장소는 다름 아닌 옥황의 신위를 보셔 놓은 사당이다. 그곳에 앉아 복을 구하고 액운이 비껴가지를 빌며 헌화하거나 헌물 한다. 그래서 옥황의 신상 앞에는 늘 공물이 가득 쌓여 있다. 덕분에 옥황은 사원의 유지비를 벌어들이는 경제적인 능력을 겸비한 신격으로 점지되었고 어느 사원이나 옥황의 신상을 제작하는 데 가장 많은 돈을 들인다. 그러나 가장 높은 곳에 축조된 삼청전에는 올라가는 사람도 드물어서 먼지만 수북이 쌓여있다. 이런 과정을 겪으면서 옥황에게 복을 구하는 사람의 숫자는 나날이 늘어났고 그의 신적 지위는 날로 격상된 것이다. 그리하여 옥황은 유불도 및 민간신앙을 망라하는 인간의 삶 속에서 들어가 삶의 애로사항을 해결하는 대상으로 고정된 것이다.

옥황 아래로 옥황의 명령을 하달 받아 수행하는 여러 신격들이 있는데 그중에 삼관대제가 있다. 삼관대제는 천관, 지관, 수관을 가리키는데 이에 관한 명칭은 각 지역에서 생산되는 목련희 극본에 따라 조금씩 다르다.149) 그는 인간의 삶과 죽음을 장악하는 권력을 지닌 신격으로 옥황의 명령을 받아서 인간을 수행하고 감시하는 역할을 맡는다. 그는 천상에서 명령을 받아 지상에서 실천하며 지하의 일에는 간여하지 않는다. 실제 목련희를 보면 이 삼관이 현실에 직접 모습을 드러내는 것이 아니라 삼관당을 축조한다는 상징적인 방식으로 그의 존재를 확인시킨다. 따라서 이승의 사람들은 삼관의 감시를 받고 도움을 받는 존재들이다.

이승에 사는 사람의 입장에서 보면 삼관은 부상이 축조한 삼관당에 모셔져 있는 신격에 지나지 않는다. 목련희에는 나복이 객상을 나갔다가 집으로 돌아오기 전에 마을 입구에 도착해서 익리로 하여금 집으로 먼저 달려가서 삼관신상이 집안에 그대로 모셔져 있는지 보고 오도록 지시하는 대목이 있다.150) 아버지가 생전에 축조하신 삼관신상이 그대로 집에 있으면 그것은 자신이 집을 비운 동안에 어머니가 수선공덕을 계속했다는 증거가 되는 것이다. 즉 삼관의 존재를 불교의 관점에서 성실함의 정도를 재는 잣대로 사용하고 있다. 그러므로 목련희에 등장하는 불교 혹은 종교적인 수행이란 고유한 특정 종교성이 이미 사라진 단계라고 보아야 할 것이다. 나복은 또 창을 하면서 삼관을 삼관성제(三官聖帝)라고 표현하기도 한다.151) 그런데 삼관이 신계에서는 옥황의 명령을 받아서 인간세상으로 내려와 그 역할을 수행하는 존재이다. 그는 유씨가 '개의 허물을 벗고 사람으로 환생(脫犬爲人)'하도록 돕는 존재인 지관이다. 즉 그는 옥황의 명령을 실천하는 수하의 역할을 하는 것이다.152) 옥황상제가 목련희에서 전지전능한 주재자라면 삼관대제는 옥황의 명령을 받아 등장인물들을 돕는 존재 즉 민담에서 이야기하는 조력자의 역할이다.

삼관대제의 아래는 진무대제(眞武大帝)이다. 진무대제는 북방의 민간신앙에서 흔히 수호신으로 알려져 있는데 목련희에서도 부상의 신변을 보호해주는 인물로 등장한다. 강서 도사 목련희에서도 불공드리러 가는 부상을 호위하는 역할을 맡고 있는데 그가 부상의 호위를 맡게 된 이유를 이야기 속에서 밝히고 있다. 즉 목련희를 통해 그의 수호신이라는 성격이 잘 발휘되고 자신이 수호할 대상을 선택하는 능동적인 신격이라는 이미지가 새로 부가된 것이다. 그리고 부상을 선택한 원인을 다음과 같이 밝히고 있다. 왜냐하면 부상은 독실한 불교신도이면서도 도교의 신격인 진무대제의 묘당에 시주하는 것을 항상 잊지 않기 때문이다. 부상의 그와 같은 행위를 기특하게 여긴 옥황이 진무대제에게 항상 부상의 안위를 지켜주도록 명령을 내린다. 그래서 부상이 나오는 장면에서는 언제나 진무대제가 그림자처럼 따른다. 호위를 받는 부상은 당연히 그 사실을 모른다. 목련희에서 부상 혼자 등장하는 장면은 그가 구빈하고 공덕을 드리기 때문에 밋밋하고 지루하다. 그런데 이렇게 진무대제가 등장함으로써 생기를 불어놓고 단조로움을 방지하는 효과가 있다. 그러므로 목련희에 등장하는 인물들도 이야기 전개 혹은 공연상의 필요에 의해서 그럴듯하게 추가했을 수 있다.

진무대제와 같이 사묘에 서있는 신상으로 또 영관(靈官)이 있다. 목련희에서 영관은 진대신(鎭臺神)이며 대령관(擡靈官)으로서 묘 내부에 세워져 있는 목조 신상이다. 무대에서는 배우가 목조 신상을 연기하는데, 신상처럼 분장한 배우가 부동의 자세로 서 있다가 이야기의 전개에 따라 눈썹이나 손발을 몰래몰래 움직인다. 그 모습이 재미있어서 웃음을 자아내는 희극적인 장면으로 연출된다. 사묘에서 우란분회나 나천대초(羅天大醮)를 거행할 때에는 항상 영관이 공연에 수반된다. 목련희에서는 공연장소가 사묘라는 점과 그의 역할이 희극적이라는 점에서 의식에 그를 개입시킨 것으로 보인다. 공연에서 그는 시종일관 감찰신의 직책을 맡고 있으며 이야기 전개에 큰 영향을 주지는 않는다. 이원교(梨園敎)153)의 공연에서는 영관을 '삼천문하 규찰대제(三天門下 糾察大帝)'라고 부른다.

목련희의 성황은 주지하는 대로 지역을 관할하는 신이다. 그는 관할하는 지역의 모든 일을 소상하게 파악하고 있기 때문에 사소한 분쟁이라도 그것을 해결하기 위해서는 그 지역 성황신의 검증을 받아야 정확하다. 하소연을 들어주는 여러 신격들은 하소연의 진실을 가리기 위해 수하를 파견하여 성황에게 자문을 구하는 경우가 비일비재하다. 성황의 존재는 전국의 각 지역마다 성황묘가 있고 그 장소를 중심으로 여러 지역행사가 공연된다는 점에서 목련희 공연과도 밀접한 관련을 가지고 있다. 목련희 공연의 목적은 궁극적으로 구복에 있는데 성황신은 공정한 사복행위를 돕는 관건으로 기능하기 때문이다.

목련희에서는 하권의 〈부상구처(傅相救妻)〉에 그가 등장한다. 다음에 소개되는 장면은 부상이 보고 받은 정보의 사실 여부를 확인해주는 신격으로 목련희의 공간배경인 왕사성을 관할하는 성황신이 등장하는 부분이다.

　　　[부상은 아내 유청제를 구하기 위해 출발했다가 눈물이 앞을 가려 차마 말문을 못 열고 하염없이 주저 앉아있다.]

　　　안에서: 특별한 일이 있는 사람은 위에다가 고하고 별일 없는 사람은 돌아가시오.154)

[이에 부상은 그간의 사정을 아뢰는데 그의 말을 전해들은 좌우에서 사실의 진위를 확인받기 위해 다시 왕사성의 성황신 앞으로 비호장군을 파견한다.]

안에서: 당신이 아뢴 내용을 보니 죽은 사람이라면 슬퍼하고 살아있는 사람이라면 기뻐할 것 같소. 그렇지만 신전 앞에 있는 비호장군을 신속하게 양원으로 보내 왕사성의 성황신으로 하여금 조서를 내리게 해서 이번 일의 진위를 조사하도록 하겠소.[155]

다음으로 토지신을 보자. 토지신과 성황신은 전국 각 지역에 분포되어 어떤 임무를 수행한다는 점은 같다. 그러나 토지신은 성황신의 아래에 있지만 성황신에 소속된 신격이 아니라 천상에 소속되어 명령을 받아 수행한다. 그는 지역을 관할하는 주체는 아니면서 각 지역의 아주 구체적인 사안까지 간여하고 관찰, 기록한다. 목련희에서는 인간의 사소한 일들을 돌아다니면서 기록하는 역할을 담당한다. 강서 도사 목련희에는 유씨가 동생 유가의 유혹에 넘어가서 개훈을 하고 싶어 안달이 난 나머지 나복을 불러, 얼른 장사하러 떠나라고 재촉하는 장면이 나온다. 이 대목에서 토지신이 등장하여 누이와 동생이 나복을 쫓아내려고 꾸미는 계책을 방해하는 역할을 담당한다. 명대 희문 중권의 〈유씨자탄(劉氏自嘆)〉을 보아도 마지막 장면에서 유씨가 뼈를 화원에 묻어 놓고 거짓말을 한 이면의 경위를 밝혀내는 것은 토지신이다.

토지신이 기록한 인간의 선악을 보고 받는 역할을 담당하는 것은 바로 조왕신이다. 그는 토지신과 같이 각 가정의 부엌에서 살면서 그 집 안에서 조사할 수 있는 가족의 모든 선악행위를 천상에 보고하는 기능을 가진다. 토지신은 관할 지역을 돌아다니면서 크고 작은 일들을 기록하는 것이고 조왕신은 그 집에서 일어난 일을 각기 수합하여 보고하는 것이다. 그래서 가족들은 그가 보고하는 자신들의 악행을 감추기 위해 조왕신이 하늘로 올라가지 못하도록 막는다. 즉 선악을 보고하기 위해 승천하는 것으로 알려진 날 조왕신이 앉는 자리에다가 끈끈한 당과(糖菜)를 슬쩍 넣어 두는 것이다. 부엌 신이 당과를 먹느라고 입이 쫙 달라붙어서 가족에 대한 나쁜 정보를 전달하지 못하게 하려는 것이다. 역시 상상으로 만들어낸 존재와 사건들이지만 이와 관련된 습속은 실생활에 깊이 개입되었다. 그래서 그믐날 밤은 잠을 자면 눈썹이 하얗게 된다는 속설이나 벽에도 귀가 있다는 속담들은 목련희와 같은 이야기를 수용하여 만들어진 공연에서 끊임없이 개연성이 배가되고 효력이 증명되는 것이다. 조신을 언급한 도교경전으로는 ≪태상동진안조경(太上洞眞安灶經)≫과 ≪태상영보보사조왕경(太上靈寶補謝竈王經)≫이 있는데 이에 따르면 조신이 토지신보다 지위는 낮다. 하지만 조신은 가정의 소문이 양성되고 전파되는 온상인 부엌을 장악하고 있다는 점에서 가정의 모든 제사에 등장한다. 명대 희문의 중권 〈사명의사(司命議事)〉를 보면 조신은 토지신이 알아낸 유씨의 비리 즉 먹어치운 고기 뼈를 마당에 암매장한 일을 파헤쳐 천상에 보고하는 역할을 맡고 있다.

　지금까지 살펴본 신격들의 위계질서를 살펴보자. 최고의 자리에는 옥황이 있고 그 아래로는 삼관, 진무대제, 성황신, 조왕신, 토지신 등이 있다. 이러한 신들의 명령수행체계는 우연한 기회에 한 귀사로 인해 확연하게 드러나게 된다.156) 그는 위에서 밝힌 대로 여러 경로를 거쳐 보고 된 인간의 선악행위를 보고 받은 옥황의 조처에 따라 해당하는 인간을 잡으러 온 지옥의 부하다. 지옥에서 나온 그는 유씨가 일전에 내뱉었던 말들을 남김없이 전부 알고 있다. 유씨를 만난 그는 전해들은 그녀의 말을 똑같이 반복해서 말한다. 그를 통해 반복되는 자신의 악행을 듣고 화들짝 놀란 유씨가 '지하 명부에서는 뭐든지 일일이 다 알고 있느냐(陰司——知道)'고 반문한다. 그러자 귀사가 답변을 하면서 자신이 그 사실을 알게 된 경위를 그녀에게 설명하는 방식으로 신들의 위계질서는 밝혀진다. 높은 신격의 발언이 아니라 가장 낮은 말단 부하의 입을 빌어 신계의 조직이 드러나는 것이다. 그의 발언에 근거하여 신계 즉 천상과 지하세계의 명령수행체계를 구성하면 다음과 같다.

1. 토지신은 인간계의 크고 작은 사건들을 관찰하고 기록한다.
2. 각 집안의 조왕신에게 토지신이 기록한 내용이 전달된다.
3. 부엌에 살고 있는 조왕신은 그 기록을 넘겨받고 해당 일에 하늘로 올라간다.
4. 하늘로 올라온 조왕신은 옥황에게 그간 일어난 인간의 대소사를 아뢴다.
5. 대소사를 보고 받은 옥황은 그 기록들을 검토하고 개개인의 선악에 따라 그의 수명을 매긴다.
6. 옥황이 매긴 수명을 적은 옥지를 지옥의 염라대왕에게 전달한다.
7. 옥지를 전달받은 염라대왕은 옥황의 지시를 수행하기 위해 지상으로 귀사를 파견한다.
8. 지상으로 파견된 귀사는 염라대왕의 지시대로 해당되는 죄인을 잡아서 지옥으로 데리고 간다.

위의 과정을 역으로 재조합하면 다음과 같다. 한 사람이 잘못을 저지른다. 그러면 토지신이 대소사를 관찰하여 기록해서 조왕신에게 준다. 조왕신은 옥황에게 고한다. 옥황은 수명을 계산하여 염라대왕에서 명령을 하달하고 염라대왕은 귀사를 파견하여 잘못한 사람을 잡아들인다. 명령수행의 공간은 지상에서 천상으로 이동하였다가 다시 천상에서 지하로 명령이 내려가고 그 다음에 지하에서 다시 지상으로 이동한다. 지상의 인간은 지하에서 온 귀사에 의해 지하로 끌려가고 그것은 그가 지상에서 운명을 달리하는 것을 의미한다. 인간의 수명을 결정하는 권한은 천상의 옥황에게 있고 그것을 실천하는 권한은 지하의 염라대왕에게 있다. 인간이 저지른 죄악은 위의 절차에 따라 보고 되고 여러 과정을 거쳐 천벌을 받아 죽게 된다. 체계는 일반 대중의 입장에서 이러한 과정이 정말로 존재할지 모른다는 의구심을 들게 할 정도로 치밀하게 구성되어 있다. 비록 모든 것이 상상력에서 나왔으나 체계에 내재된 강한 개연성은 사후에도 징벌을 당한다는 믿음을 전파시키는 데 효과적이었다. 이러한 체계는 상상력에서 기원한 것이지만 상당히 중국의 관료사회와 닮아 있다.

신격에는 위에서 소개한 대로 명령수행에 간여하고 이야기에 개입하는 신격이 있고 또 이야기 자체에는 그렇게 큰 역할을 하지 않아 보이는 신격이 있다. 이들은 공연에서 대단히 중요한 역할을 하지만 극본으로 보면 별다른 역할이 없는 것처럼 보인다. 대표적인 경우가 바로 종규와 장천사가 될 것이다. 종규는 축귀축역을 목적으로 하는 목련희 공연과 밀접한 관련이 있는 존재이다. 그는 악을 제거하는 능력을 가진 존재로 민간에 잘 알려져 있으며 목련희에는 그의 인기로 인해 포함되어 들어온 것으로 보인다. 장천사는 도교에서 도장을 주관하는 인물로서 목련을 대신하여 우란분재를 거행하면서 공연의 처음을 시작하는 존재로 등장한다. 이러한 두 신격에 대해 구체적으로 살펴보면 다음과 같다.

중국의 민간신앙에서 종규에 대한 믿음은 매우 특별한 의미를 지니고 있다. 종규는 귀신을 잡아먹는 신격이다. 여기에서 그가 잡아들이고 잡아먹는 귀라는 존재는 흔히 알려진 무시무시한 귀신을 의미하지 않는다. 귀란 아마도 질병을 가져오는 병균을 비롯하여 액운을 야기하는 온갖 나쁜 요소들, 흉조라고 여겨지는 모든 존재들 즉 인간의 힘으로는 퇴치하기 어려운 불가항력의 악재를 대변하는 개념일 것이다. 종규에게 이러한 鬼의 퇴치를 부탁하고 구복하는 행사는 '종규벽사(鐘馗辟邪)'라는 이름으로 천지신명에게 제사를 바치는 형태로 거행되고 있다. 제사를 지낼 때마다 사람들은 인간계를 교란하는 악귀를 종규가 제발 완전히 잡아먹게 해달라고 기원한다.

민간의 어떤 공연이든지 종규가 나오면 흥행이 보장된다. 그가 등장하는 장면은 해골과 소귀(小鬼) 등을 수반하기 때문에 저승의 암울한 분위기로 연출된다. 종규의 기능은 이 세상의 惡을 물리치고 정의를 구현하는 것이다. 그러나 그의 형상은 흉악범처럼 고약하고 무시무시하다. 이런 그의 이미지는 갈수록 희화화되는 경향이 있지만 그래도 귀신을 잡아먹어야 하기 때문에 공포감을 유발하는 면면은 계속 유지된다. 그가 등장하는 유명한 절자희인 〈종규가매(鐘馗嫁妹)〉 등 무대극으로도 전해지지만 역시 그의 참된 이미지는 특정 지역에서 벌이는 회(會)와 같은 의식에서 찾아볼 수 있다. 목련희에서도 목련이 지옥에서 모친을 찾아다니다가 8전 지옥에서 아귀들에게 에워싸이는 장면에서 종규가 등장한다. 이때에는 목련이 처한 위급한 상황을 타개해주는 해결사의 이미지를 가지고 있는데 옥졸이 종남산(終南山)으로 달려가 종규 노선생을 모셔와 사건을 해결하는 초빙의 대상이다. 강서 도사본의 경우에는 한 막 전체를 모두 종규의 활약을 보여주는 것으로 기획되었다.

장천사는 원래는 인간으로서 도교의 장씨 문중의 사람들을 가리키는 말이다. 그러나 시대를 거슬러 오면서 그것은 상징적인 개념으로 고유명사가 아닌 의식을 주관하는 사람을 가리키는 보통명사처럼 사용되는 경향을 보인다. 불교의 한 이야기로부터 시작된 목련희는 그 공연을 도사인 장천사가 주관하는 단계로 접어든다. 강서 목련희가 시작하는 장면에서 장천사가 등단한다. 그는 분향(焚香)을 마친 후 백원정(白猿精)을 사로잡으라는 명령을 하달한다. 연이어 닭을 잡아 그 피를 온 무대에 뿌리면서 귀신을 쫓는 도술을 행한다. 피바다가 된 무대에 서서 귀신을 퇴치하는 능력을 가진 道士 장천사는 연출상의 효과는 물론이고 그가 행하는 도술의 효험으로 인해 민간에서 최고의 대우를 받는 존재였다. 연마한 도술과 법력을 사용하여 인간을 괴롭히고 인간이 두려워하는 사마(邪魔)나 요괴(妖怪)를 즉각 처치하는 그의 모습은 그것이 공연이고 의식일지라도 강한 주술적인 분위기로 인해 보는 사람의

혼을 빼어놓기 십상이다. 그가 축적한 의식을 거행하는 도장에서의 힘
은 조정의 권세를 등에 업고 현실적으로 모든 것을 통제할 수 있었던
실제 장천사 집단의 힘을 상징하는 것이다. 정치적인 변동상황에 따라
장천사에게 부여된 실권은 타인에게 양도되고 말았다. 그러나 민간의
의식에서 각인된 그의 강한 이미지는 도장이 열리는 곳에서는 어디나
지속되었고 의식을 주관하는 장천사의 역할은 불교이야기를 기반으로
목련희에서도 어김없이 발휘된 것이다. 천극 목련희 중권의 〈견장금원
(遣將擒猿)〉장면을 보면 장천사가 등장하여 공연을 시작하는 모습이
나오는데 여기에서 그는 정을천사(正乙天師)로 통한다.[157]

제3절 장　치

　　목련희는 이야기와 공연 등을 모두 포함하는 개념으로 이야기를 재
미있게 끌어나가고 설득력을 얻기 위해서 그리고 이야기를 공연으로
무대에서 구현하기 위해서 상당히 많은 세부적인 요소가 포함된다. 여
기에서는 이것을 장치라는 용어로 통일한다. 이러한 장치에는 논쟁과
패러디, 득승두회(得勝頭回), 설자(楔子), 민가, 잡기, 소희 등이 있다.
그런데 이 두 가지가 명확히 구분되지 않고 서로 얽혀 있기 때문에 서
사적 장치와 극적 장치의 구분은 별다른 의미를 지니지 못한다. 그래
서 이 절에서는 양자를 하나의 층위에 놓고 기술할 것이다. 구체적으
로 보면 목련과 어머니, 아버지라는 인물구도, 모친을 구하는 행위 등
과 공간과 시간에 따라 변해도 되는 부분, 백(白)의 일부분과 지역별로
다른 음악과 이야기의 사이사이를 엮어 가는 잡기나 소희 등이 있다.
그리고 이야기를 극으로 만드는 과정에 필요한 음악, 동작, 무대, 미술
등이 있을 것이다. 이 모든 것이 목련희의 장치라는 개념에 포함된다.

　장치는 공연의 총체적인 면모를 규명하는 하나의 틀로서 여기에서는 논쟁이나 인물 혹은 사실의 패러디를 먼저 다루고 공연의 측면을 반영하는 의식과 놀이, 잡기, 동작, 민가, 삽화를 다음으로 소개한다. 그리고 이야기와 밀접한 관련은 없으나 구복행위를 수반하는 목련희의 공연의 특성상 큰 비중을 두고 있는 의례를 장치의 종류에 포함되지만 자체의 하부층위를 두어 서술한다. 모든 요소가 공연을 기획하는 과정에서 중요한 기능을 하지만 문학에 초점을 두고 있는 논문의 성격을 고려하여 이와 같은 순서로 논의한 후 각각의 기능을 점검하면서 결론을 맺는다. 장치에 대한 탐색을 통해 목련희가 지니고 있는 의문인 평범한 효자담이 왜 그렇게 전국적으로 유행할 수 있었는지에 대한 원인을 밝힐 수 있을 것으로 기대한다. 그러한 결론을 도출하기 위해서는 이러한 장치들이 목련희 이외의 기타 백희, 나희를 구성하는 데에도 공통적으로 사용된다는 점을 지적하는 것이 우선일 것이다.

1. 논　쟁

　논쟁은 아무래도 독본으로 상당한 유통망을 구축했던 것으로 보이는 희문에서 가장 쉽게 발견할 수 있다. 논쟁은 서사를 이끌어 나가는 데 있어서 긴장감을 부여하고 독자 혹은 관객이 중요하게 생각하는 사안들을 다루기 때문에 관심을 끄는 좋은 기회이면서 이에 대해 각자의 의견을 정리할 계기를 만들어주는 역할을 한다. 이야기를 서술하는 방식이 공연의 형식에 체제를 맞추면서 논쟁은 인물 간의 백을 통한 대화로 그 전달방식을 전환한다. 목련희를 관람하거나 혹은 극본을 읽는 과정에서 극적 긴장감을 유지시키는 가장 주된 요소 혹은 가독성(可讀性)을 증진시키는 주된 요소는 백의 논쟁부분이다. 이야기는 전달하는 방식에 따라 재미없는 이야기도 재미있게 들릴 수 있는데 이런 역할을 담당한 극적 장치의 하나인 논쟁을 구체적인 사례를 통해 살펴보자.

논쟁이라고 총괄하여 언급한 간단한 용어 안에는 기실 각양각색의 논쟁들이 포함되어 있다. 이 논쟁이 중요한 이유는 주로 유불도에 관한 종교적인 내용이나 신의 존재유무에 관한 내용, 혹은 결혼과 개가에 대한 내용 등 학술적인 것부터 생활에 적용되는 것까지 당시 사람들이 일삼던 토론의 정황을 반영하고 있기 때문이다. 구체적으로 '신멸불멸(神滅不滅)'을 주제로 삼는 유신론/무신론 논쟁이 있고 개가에 대한 찬반론이 있으며 교리문답을 통해 불교교리를 쉽게 받아들이도록 유도하는 대목도 나온다. 그러나 무엇보다 중점적으로 다루는 것은 역시 유불도의 삼교가 충돌하는 부분을 대화로 풀어나가며 합일로 이끄는 대목이다. 이것은 부상 생전에 전개되는 목련희 최초의 논쟁에 해당한다.

논쟁의 양상은 공을 주고받는 행위처럼 떨어뜨릴 수 없는 긴장감의 연속이기 때문에 대화는 팽팽하게 오고간다. 굳이 어떤 존재에 대한 믿음이나 결혼에 대한 생각의 차이가 아닐지라도 삶 속에서 고민하는 모든 문제가 논쟁거리로 변할 수 있어 그 소재는 무궁무진하다. 대화를 기본 수단으로 하는 희곡인 만큼 논쟁을 통한 자연스러운 문답은 전달하고자 하는 내용을 표현하는 효과적인 방법임이 분명하다. 특히 목련희와 같이 표방하는 주제가 효 혹은 충효절의, 권선징악 등 천편일률의 윤리적이고 종교적인 내용일 경우 표현방식에 비중이 점점 가해진다. 지금부터 구체적인 사례와 함께 팽팽한 논쟁의 미학을 살펴본다.

종교논쟁은 목련희가 제작되던 당시에도 논쟁의 좋은 소재였던 것 같다. 〈재승재도(齋僧齋道)〉와 〈유씨재니(劉氏齋尼)〉를 보면 그러한 상황이 적나라하게 투영되고 있다. 전자는 부상과 화상 및 도사가 나란히 출장하여 유불도 삼교에 관한 토론을 시작하는 장면이다. 부상은 비교적 유자를 대변하는 입장이고, 화상은 물론 불교를, 도사는 도교를 대변하는 입장이다. 그들은 삼교논쟁의 형식을 빌려 범종교적인 토론을 실시하는 것처럼 보이지만 사실은 십대 보시에 관한 문답을 통해 불교교리를 전달하고 있다.[158] 후자는 유씨가 비구니에게 시비를 거는 듯한 어조로 불교에 대해 무지몽매함을 드러내면서 믿음에 대해 묻는다. 그런데 목련희의 배경이 워낙 불교를 토대로 하고 있기 때문에 그녀의 불교에 대한 무지는 곧바로 사후세계에 대한 무지로 연결된다. 다음은 비구니와 유씨의 토론이 절정을 이루는 대목이다.

다짜고짜 비구니를 붙들고 '원래 살던 집이 어디냐 출가하기 전에는 이름이 뭐였냐'며 질문을 날리던 유씨는 이제 비구니의 일상생활로 관심을 돌린다. '하루 종일 뭐 하느냐'는 물음에 비구니는 '새벽에 일어나 분향하고 진경을 염한다'고 막 대답을 하는데 성미 급한 유씨가 그녀의 말허리를 뚝 자른다.

유씨　　：염불하면 무슨 소용이 있는데?

비구 갑：맺힌 원을 참회하면 죄를 깨끗이 씻을 수 있답니다. 목탁을 두드려 소리가 퍼지면 온 세상의 풍진이 깨끗하게 씻기니 출가는 참으로 청정한 것이랍니다.

유씨　　：깔깔깔, 부처한테 예불 드린다고 부처가 되겠어? 불경 좀 본다고 하다가 괜히 애만 쓰지.

비구 을：마님, 부처님 말씀 안 들어 보셨습니까, 아미타불, 모두 마음에 달려 있는 것이니 마음으로 깨달은 자는 매번 부처님과 마주치게 되고, 온 마음을 다하는 자는 발걸음마다 연꽃이 피어나는 것이랍니다. 의심을 버리시지요.

유씨　　：그런가, 그럼 한번 불경을 염해볼까.

[갑자기 염불에 흥미를 가지는 것처럼 보이던 유씨가 다시 단박에 질문을 쏟아 붓는다.]

유씨   : 내가 보기엔 세상에 수행하는 사람이 참 적어.

비구 을: 누군가가 수행을 권할 때 실천하지 않으면 세월이 금방 지나
          버려 붙잡기 어렵게 된답니다. 한번 저승으로 가면 당초에
          나쁜 업을 맺었던 것을 매우 후회하게 되죠.

유씨   : 근데 가난하면 수행하기가 어렵겠어.

비구 갑: 가난하면 수행하기 참 좋지요, ……

유씨   : 그렇군요, 그럼 부자는 수행 안 해도 되겠지?

비구 을: ……부자는 수행하기 참 좋지요, ……

유씨   : 그렇구나, 근데 자녀가 없는 사람은 수행 안 해도 되겠네?[159]

유씨의 궁금증이 꼬리에 꼬리를 물고 질문을 만드는 순간에 관객 중
에는 민간종교 중의 하나에 소속된 신자도 있을 것이고 불도 신자도
있었을 것이다. 그러나 다수가 특별한 종교적 믿음이 아닌 신심을 구
복신앙 정도로 간주하였을 것이다. 유씨가 던지는 허를 찌르는 질문에
숨을 죽이고 듣던 사람들은 신자이건 아니건 여부에 관계없이 자신이
평소에 궁금해 하던 점들을 유씨가 대신 질문해주고 그에 대한 대답을
공으로 얻는 효과를 체험했을 것이다. 궁금증의 해결과 더불어 세 여
인의 불같은 논쟁을 감상하는 재미 또한 문화적 욕구를 만족시키기에
부족함이 없어 보인다.

수행하기 싫어서 이것저것 이유를 대는 유씨의 변명은 '아들도 없고
딸도 없는 사람[無男無女]'에 그치지 않고 청춘남녀[童男童女], 자식이
많은 사람[多男多女], 병자[有病之人], 건강한 사람[無病之人], 출가한
종교인[出家之人] 등으로 줄줄이 이어진다. 어떻게 하면 두 비구니들
로부터 수행을 하지 않아도 된다는 말을 들을 수 있을지 고심하던 그
녀는 '그렇다면 우리 남편은 수행 잘 하니까 나는 그의 배우자고……
그러니까 나는 수행을 안 해도 되지 않을까(旣然如此, 貝外修行, 老身
不修也罷)' 하고 살짝 의중을 떠본다. 그렇지만 번번이 논리를 반박하

지 못하고 결국 수긍하고 만다. 수행을 해야 한다는 사실 자체는 이제 성공적으로 유씨에게 받아들여졌다.

유씨와의 논쟁을 통해 수행의 당위성을 설득하는 데 성공한 두 비구니에게 그녀는 이제 구체적인 수행의 방법을 물어보면서 '천천히 수행하는 단계(緩緩修行)'와 '열심히 수행하는 단계(急急修行)'에 대한 이야기를 꺼낸다. 그녀가 이것을 화두로 꺼낸 목적은 물론 수행을 할 때 하더라도 어떻게 해서든지 일이 좀 적고 게으르게 할 수 있는 방법을 찾으려는 데에 있다. 안간힘을 쓰는 유씨에게 비구니는 '그런 질문들은 그만두시고 그 시간에 불경을 읽고 열심히 수행하시면 자연히 이 속세를 벗어나 성의 경지로 들게 된다(自然脫俗離塵, 超凡入聖)'고 말해둔다. 이 대답에 화들짝 놀라는 유씨, 그녀는 정색을 하며 묻는다. '평범한 사람이 일시에 도달할 수 있겠어요(凡胎庸骨, 一時難到)?'

이러한 그녀의 모습은 불교에서 제시하는 초월적이고 추상적인 사후에 대한 관념이 민간에게 전달되는 상황을 적나라하게 보여주는 모델이다. 목련희에서는 그런 그녀의 반응을 순진한 이미지로 부각하고 무지몽매함을 귀엽게 처리함으로써 유씨가 동정 받을 여지를 남겨 둔다. 이 장면은 당시에 목련희를 보는 관객이 같은 궁금증을 가지고 있었고 그러한 다수가 유씨를 통해 동질성을 느끼고 주인공과 일체가 되는 경험을 겪으면서 카타르시스를 느끼게 하는 효과를 거두었을 것이다. 자존심을 내세우거나 눈치를 보지 않고 모르는 것을 대담하게 질문하는 유씨의 성격으로 인해 세월이 갈수록 그녀를 좋아하는 관객들이 늘어나게 된다. 사천과 같은 지역에서는 목련 대신에 그녀의 이름인 ≪유사진≫으로 극본의 이름을 말하기도 한다.

두 비구니는 수행의 정당성이나 수행방법의 옳고 그름과 같은 실천적인 교리를 논하는 단계를 지나 성과 심 그리고 신의 차이에 관한 보다 추상적인 부분을 건드리기 시작한다. 논쟁의 화두가 철학적으로 승화하자 유씨는 맞장구를 치며 지식습득의 희열을 만끽하고 그러한 지적 희열의 절정에서 오늘부터 당장 수행할 것을 약속한다. 아무래도 논쟁부분은 문인의 필치에 의해 재구성되었다는 혐의를 떨칠 수 없는 것이 내용 자체도 논리적이고 철학적인 색채가 가미되어 있는데다가 비구니에 의해 불교로 전도되는 과정에서 벌어지는 지적 만족도 부분도 그 증거로 삼아야 할 것이다. 결과적으로 논쟁을 승리로 이끌었고 전도에 성공한 셈인 두 비구니가 출현한 대목은 목련희의 전반부에 해당된다. 중반부터는 유씨와 금노가 개훈을 범하여 개고기를 먹어대느라 정신이 없어지는 타락의 단계에 접어든다. 열띤 논쟁을 통한 전도는 그 효과는 그리 오래 지속될 수 없었던 모양이다. 이렇게 목련희는 종교서사의 전형적인 루트인 선인－타락－방황－회개－귀의를 따르고 있다. 그러나 중요한 것은 유씨가 겪는 모든 경험을 한 종교 내부의 경전에 얽힌 이야기로 마감하지 않고 그것을 불교가 민간의 삶 속으로 융화하여 흡수되는 과정의 표본으로 사용하고 있다는 점이다.

다음은 혼인과 개가에 관한 의견대립에서 빚어지는 논쟁이다. 논쟁의 주인공들은 조새영과 그의 모친이다. 목련을 배신하고 정공자에게 시집가는 행위를 피하는 새영과 이를 반대하는 계모가 싸우는 대목이다. 이것은 〈구혼핍가(求婚逼嫁)〉의 한 장면인데 모녀의 대립구도 중간에 매파가 가끔 끼어들어 삼자 전을 연출하는 모습을 보인다. 처음에는 매파가 모친을 설득하여 새영을 시집보내라고 종용한다. 다음에는 모친이 딸에게 시집갈 것을 강권하고 마지막에는 다시 매파가 나서서 모친에게 압력을 가한다.

모녀간의 호칭은 어머니는 새영을 아(兒) 또는 아아(我兒)라고 하는데 이것은 유씨가 나복을 부르는 호칭과 동일하다. 새영은 모친을 낭(娘)이라고 부르고 자신을 낮추어 노(奴)라고 말한다. 호칭에 주의하면서 시집가길 거부하는 새영과 과년한 여식을 빨리 시집보내려는 모친의 팽팽한 대결의 볼만한 웃음거리를 살펴보자.

> 매파: 맞아요! 남자가 성장했으면 당연히 장갈 가야 되고 여자도 나이
> 가 찼으면 얼른 시집을 가야죠. 허락하면 하는 거지 뭐하게 어
> 르신 오실 때까지 기다려요? 어르신이 변방에 계셔서 만약 어떤
> 일이 생겨서 한동안 돌아오지 않으신다면, 그래서 공자가 달리
> 배우자를 구하기라도 한다면! 어떻게 이 좋은 기회를 놓쳐요?
> 부인: 매파 말이 맞긴 맞아. 저 딸년은 나이가 찼는데도 도통 의중을
> 모르겠다니까.160)

드디어 딸의 의중을 떠보기로 결심한 계모는 딸의 방으로 건너간다. 그녀는 옛날 목련과 맺었던 인연은 모두 잊으라고 딸을 설득하기 시작한다. 자신은 처음부터 나복이 사윗감으로 맘에 안 들었다고 강조하면서 딸의 의중을 떠보는 것이다. 그러나 새영은 완강하게 유교윤리를 내세우며 모친의 의견에 반박한다. 그리고 부친의 부재중에는 어떤 대소사도 결정할 수 없음을 재차 강조한다. 나복과 그의 부친을 중심으로 가정이 꾸려지고 모친은 의무도 이행하지 못하는 인물로 그려진 점이나 새영의 집에서도 모친은 의사결정권이 전혀 없고 딸에게 개가나 강조하는 인물로 묘사된 점은 목련희가 강한 남성우월주의를 기저에 지니고 있음을 암시한다.

> 새영: 신분에는 높고 낮음의 차이가 있습니다. 그러므로 딸이 어머니
> 의 말씀을 따라야 하는 것은 당연하지요. 내외간에도 구별이 있
> 으니 아내가 지아비의 말을 따르는 것은 당연한 것입니다.161)

위의 발언으로 새영은 자신이 모친의 말씀을 따라야 한다는 사실을 시인하여 모친의 비난을 모면하는 데 성공한다. 그와 동시에 그녀는 어머니를 다시 아버지의 권한 아래에 위치시킴으로써 어머니의 강권을 피하는 대신 궁극적인 결정권은 아버지에게 있다는 논리로 자신이 처

한 곤경을 교묘하게 빠져나간다. 유가의 원칙을 고수하는 딸과 그것은 원칙이고 실제 적용에 있어서는 탄력성을 발휘해야 한다는 어머니의 대립은 서로의 혼인과 개가에 대한 입장이 다른 데에서 기인한다. 모친의 개가 제안은 나쁜 마음에서 비롯하였다기보다는 진심으로 딸의 행복을 바라는 심정으로부터 출발한 것이고, 새영의 고집은 일단 부가에 성명을 알려 줬으니 이제 부가의 귀신이 되어야 한다는 보수성으로 인한 것이다. 소싯적의 정혼언약은 인생사에서 그다지 중요한 일이 아니므로 서둘러 좋은 남자를 만나 시집을 가야 현명하다는 모친의 충고는 인생을 겪은 중년여인의 경험이 딸에 대한 애정에 배어들어 결집된, 인간 본연의 행복을 추구하는 발언이다.

그러나 목련희에서는 인간 본연의 행복에 초점을 두지 않고 종교적인 혹은 인간적인 의무와 당위성에 집착하는 경향이 있다. 새영은 나복에 대한 절개를 접고 다른 사람과 결혼해야 행복하다거나 나복이 어머니에 대한 효의 실천을 포기하고 결혼해야 행복할 것이라는 추측은 아예 불가능하다. 왜냐하면 목련이야기는 죄를 지어 구원받을 사람과 구원할 사람이 있어야 성립되기 때문이다. 목련희의 전체적인 정조는 본능적인 욕망을 추구하거나 그와 같은 방향으로 조언하는 인물은 무지몽매한 악의 세력으로 위치시킨다. 방금 인용했던 논쟁에서도 계모가 바로 그러한 인물로 묘사되고 있다. 대신에 충효절의에 인생을 거는 나복, 새영, 익리, 부상은 선인의 대명사로 추앙된다.

모녀간의 언쟁은 이제 충신과 열녀에 대한 변론의 국면으로 접어든다.

새영: 어머니, 충신은 두 임금을 섬기지 않는 법이고 열녀는 두 지아비를 섬기지 않는 법이지요. 임금은 하늘과 같고 지아비도 하늘과 같으니 그것이 둘이 되면 안되겠지요. 어느 날 스스로 맹세하면, 비로소 열녀요 충신이 될 수 있는 것이라고 말하지 않던가요?

부인: 두 임금을 섬기지 않는 충신이란 이미 벼슬과 녹을 먹은 신하이

고, 두 지아비를 섬기지 않는 열녀란 이미 동침을 한 부인에 해
당되는 말이야. 그러니까 너와는 차원이 완전히 다른 문제가 아
닐까?

부인: 너는 아직 그 사람이랑 만난 적도 없는데 어떻게 초심이 있을
수 있단 말이냐?

새영: 어머니, 지아비를 배신하고 팔자를 고치는 것은 공작에게도 부
끄러운 일이어요.

부인: 공작도 벌써 짝을 지은 경우를 말하지, 너랑 부씨 놈은 생판 모
르는 사이지 않니?

새영: 저랑 그 사람, 이미 혼인 명부에 우리의 이름이 올랐는데 어떻
게 생판 모르는 사람이라고 하겠어요?

부인: 절개를 지키는 것이야 좋은 일이지. 하지만 또 제일 어려운 일
이란다. 지금은 이렇게 말하지만 아마도 끝까지 버티기는 어려
울 걸.162)

완강한 딸의 태도에 약간 세를 잃은 모친은 이쯤에서 수절이라는 것
의 어려움과 부질없음을 과일로 비유하기 시작한다. 절개를 상징하는
식물로 묘사된 매화를 달콤한 복숭아를 가지고 공격하는 이 논쟁은 매
화로 상징되는 절개에 관한 기존의 통념을 재미나게 부수고 있다.

새영: 얼음 속 그루터기에는 뼈를 깎는 수많은 고통이 담겨 있으나 눈
속의 매화에는 한 점 먼지도 없답니다. 그런 것은 고초를 금하
기 어렵지만, 한매를 보면 눈 속에서도 어쩌면 그리 옥처럼 깨
끗하고 얼음처럼 맑은지……

부인: 네가 볼 때는 매화가 옥같이 깨끗하고 얼음같이 맑아 보이겠지
만, 나중에 신맛만 풀풀 날 텐데 어떻게 맛을 조절하겠니, 따로
달디 단 복숭아를 찾아다니고 말지.163)

딸은 매화의 고결함에 자신의 정절을 비유하면서 수절을 주장하는 이상주의자이다. 어머니는 매화의 신맛을 예로 들면서 좋아해 주는 사람도 없는 여자에 그것을 비유한다. 그리고 남자들이란 결국 달콤한 복숭아를 좋아한다는 현실을 딸에게 말해준다. 어머니는 딸이 삶의 행복과 사랑을 깨닫기를 바라지만 딸은 그런 어머니의 말은 안중에도 없다. 윤리와 당위를 좇는 딸과 여자에 대한 남자의 본성을 알려주는 어머니의 논쟁은 본능과 당위에 대해 다시 생각하게 한다. 논쟁에서 매화는 고결한 여인이 아니라 맛이 없어 남자들이 꺼리는 여인을 상징한다. 대신에 달콤한 복숭아야말로 아름다운 여인을 상징하며 이 여인은 남자라면 누구나 좋아할 대상이다. 인생에서 중요한 것은 절개가 아니라 사랑을 받고 사는 것임을 어머니의 입을 통해 딸에게 들려주는 이들의 논쟁을 통해 우리는 민간에서 수없이 회자되었을 대화 내용을 전해 들었다. 이외에도 백아지음(伯牙知音)의 이야기를 소재로 새영이 어머니에게 논박하니 그녀는 대뜸 내가 音은 몰라도 나복은 안다면서 벌써 삭발하고 중이 된 것을 모르느냐면서 나무라는 등 목련희에 등장하는 두 사람의 논변거리는 무궁무진하다.

2. 패러디

목련희에서는 가끔 백을 통해 역사나 경전의 지식이나 윤리적인 사유를 거론하는 경우가 발견된다. 공연이 교훈적이고 계몽적인 역할을 수행하는 도구로 기능한 적이 있다면 이러한 지식 혹은 기타 윤리를 전달하는 것은 중요한 기능일 것이다. 그런데 문제는 이러한 전달이 지식인의 입장에서 보면 기존의 지식을 왜곡할 위험이 우려된다는 점이다. 왜냐하면 역사나 경전의 지식을 공연에 인용할 경우에 인물이나 사건 혹은 연도를 언급하기 마련인데 그 과정에서 해당하는 공연의 성격에 따라 몇몇 사항 혹은 전체적인 주제가 바뀌기 때문이다.

사실 민간의 공연은 대중에게 고전적 지식을 습득시키거나 지배층의 지시사항을 전달하는 것을 목적으로 제작된 것이 아니다. 그것은 대중이 향유하는 놀이문화였고 그것을 통해 관객은 웃음과 울음을 제공받았다. 경전이나 역사서의 인물이나 사건은 그러한 과정에 동원되는 구성요소일 뿐 보는 사람들에게 어떠한 지적인 위세도 과시할 수 없다. 지적인 인물의 이미지는 대중의 요구에 따라 마음껏 희화화되고 왜곡되며 대중의 마음에 들지 않는 사건은 그 결과가 자유자재로 뒤바뀔 수 있다. 공연이 진행되는 과정은 무의식중에라도 지식을 전수 받는 학습 과정일 뿐만 아니라 현실의 부당한 결과를 한번 맘대로 바꾸어 볼 수 있는 가능성이 존재하는, 대리만족의 장이기도 하다. 이러한 場에서 벌어지는 모든 왜곡과 변이와 풍자 등의 바꾸어지는 현상을 여기에서는 패러디라는 용어로 처리할 것이다.

오랜 역사가 지나고 결과를 통해 그 과정을 거슬러 관찰하면 민간의 공연예술이 문맹의 대중을 위한 간접 교육의 기회로 사용된 것처럼 보인다. 실제로 정치적인 용도로 즉 국민의 정서를 통치에 유리하게 바꾸는 경우도 있었을 수도 있다. 그러나 그것은 민간에서 애호되어온 수많은 공연예술이 지녔던 애초의 목표는 아니다. 민간의 공연에서 서적을 통해서나 얻을 수 있는 지식이 차지하는 비중은 그러한 지식들이 사용되어온 횟수에 비해서 생각보다 낮다. 그러한 지식은 공연에 등장하는 인물의 심경을 보다 효과적으로 표현하기 위해 이미 알려진 일화를 비유적으로 사용하거나 혹은 그저 문인인 양하여 글 냄새를 과시하는 인물을 위해 제공된 장치에 지나지 않았다.

목련희에 나오는 이러한 지식의 흔적은 명대 개편본인 ≪권선희문≫을 통해 가장 쉽게 발견된다. 왜냐하면 그것은 다른 극본과 달리 문인 정지진에 의해 개편된 전력을 가지고 있기 때문이다. 그래서 이 극본을 중심으로 원래 고전의 원래 의미가 극본에서 뒤바뀐 현상을 비교할 것이다. 그리고 패러디의 폭은 크지 않지만 일상적으로 자주 인용되는 문구에 대해서도 언급할 것이다.

목련희에서 패러디를 당한 대표적인 인물은 ≪맹자≫에 나오는 유하혜(柳下惠)일 것이다. 그에 관련된 일화는 극본의 중권 〈과흑송림(過黑松林)〉에서 엉뚱한 이미지로 전달되고 있다. 변형된 그의 이미지는 다음과 같다.

> 관음: 군자께옵서 천리를 멀다 하지 않고 오셨으니 무산(巫山)에서 비를 만난 듯 하옵니다. 아무런 인연이 없이 마주친 사람은 아니라는 생각이 드옵나이다.
>
> 나복: 낭자는 말씀이 너무 앞질러 가시네요. 아무런 인연이 없이 마주친 사람이 아니라 인연이 있기에 천리를 달려와 만난 것이겠지요. 낭자, 무산의 운우는 초의 양왕과 신녀가 서로 상봉한 이야기가 아닙니까?
>
> 관음: 맞아요, 맞아요.[164]

화기애애하게 대화를 나누던 나복과 관음이 점화한 미녀의 관계는 갑자기 미녀가 복통이 생긴 척 가장하고 나복에게 자신의 배를 쓸어달라고 하면서 대립적으로 갈라진다. 목련은 미녀의 유혹을 받고도 전혀 동요되지 않는다. 미녀는 그런 그의 행동에 자존심이 상하지만 끈질기게 유혹을 계속한다. 그녀의 말솜씨는 정말 걸작이다.

> 관음: 그냥 손 한번 쓰시면 한 사람의 목숨을 살릴 수 있어요. 이것은 그 불탑을 세우는 일보다 훨씬 더 훌륭한 선업이라고요.
>
> 나복: 남자와 여자는 직접 주고받고 하지 않는 것입니다.
>
> 관음: 남녀가 직접 주고받고 하지 않는 것을 예라고들 하지요. 그러나 형수가 물에 빠졌을 때 손을 뻗어 구해주는 것은 융통성[權]이라고 합니다. 들어보지 못하셨나요? 유하혜는 일전에 여자를 껴

194

안고 날이 밝을 때까지 있었다는데……군자 양반, 이것이 바로
갈아도 갈리지 않는 것이랍니다.[165]

[유하혜를 들먹거리는 낭자에게 나복은 노남자의 이야기를 꺼낸다.]

나복: 귀여운 낭자, 유하혜만 알고 노남자는 모르는구려.
관음: 노남자라니요?
나복: 한 여자가 비바람에 초가가 무너져 노남자에게 도움을 청했답니
　　　다. 그는 문을 닫고 여인을 들이지 않았죠. 그녀도 유하혜 이야
　　　기를 했어요. 그러자 노남자가 이렇게 말했어요. 유하혜는 되지
　　　만 저는 안 됩니다. 얼어 죽을지언정 문을 열어 깨끗한 당신을
　　　오염시킬 수는 없는 법입니다. 제가 만약 이 (더러운) 손으로
　　　당신의 (깨끗한) 몸을 만진다면 그것은 바로 은하수를 더럽히는
　　　것과 같은 (비열한) 행동입니다. 은하수를 끌어 와서 씻긴다 해
　　　도 다시는 깨끗한 상태로 돌아오지 않을까 봐서요.[166]

　원래 ≪좌전≫이나 ≪논어≫, ≪맹자≫ 등에서 유하혜는 왕이 자신
의 청정함을 더럽히도록 용납하지 않는 인물이다.[167] 그러한 그의 이
미지가 목련희에서는 아침까지 여자를 안고 있는 사람으로 바뀐 것이
다. 그리고 미녀의 논리에 설득당하지 않으려는 목련의 변명에서는 다
시 노남자와 관련하여 등장하는데 마찬가지로 여자를 안고 있었던 것
은 기정사실로 간주된다. 그 대신 왕이 자신의 청정함을 더럽히도록
놓아둘 수 없다는 유하혜 일화의 원의가 약간의 변형을 거쳐서 이야기
에 사용된다. 다시 말하면 노남자 자신이 한 여인의 순결함을 더럽힐
수는 없기 때문에 그녀의 부탁을 거절한 것이다. 유하혜 일화의 원래
이미지에는 목련희에 등장하는 유하혜보다는 오히려 노의 남자가 가깝
다. 목련이 노남자의 일화를 거론한 것은 자신도 그의 의견에 동의하
며 그와 같은 행동을 취하겠다는 강한 의지의 표현이다. 목련은 목련

희의 주인공이기 때문에 여자를 안거나 사랑하면 안 된다는 불문율에 속해 있고 이야기 속에서 그의 자제력은 흔들리지 않는 불심의 상징이다.

그렇다면 유하혜의 일화는 민간에 이야기가 전승되는 과정의 어느 단계에서 원의로부터 변형되었을 것이다. 이즈음에서 ≪맹자≫에 나오는 인물에 대한 정보가 수용된 경로에 대한 불확실성을 다시 지적할 필요가 있을 것 같다. 우선 고증을 겸비한 서적의 독서나 혹은 가벼운 독서를 통해 유하혜에 관련된 정보를 극본에 유입하였을 가능성이 있다. 그리고 이미 떠도는 이야기의 형태로 이것을 받아 들였기 때문에 ≪맹자≫라는 서적과 무관하게 변형된 단계에서 극본으로 수용되었을 가능성도 있다. 송대의 수많은 공연예술의 성황을 고려할 적에 그간에 진행되었을 고전의 패러디, 경사 지식의 활용성과에 힘입어 이미 변형된 유하혜 이야기가 유통되고 있었을 가능성이 높아진다.

이에 대해서는 목련희가 수용되는 당시의 상황을 고려할 필요가 있다. 당시의 관객이 ≪맹자≫에 나오는 유하혜의 이야기를 미리 알고 있었으며 목련희를 보고 이것이 패러디되었음을 자각했을 가능성이 있다. 그렇지 않고 원형을 모르기 때문에 유하혜라는 인물의 이미지를 공연에서 본 이미지로 그렸을 수도 있다. 아니면 서적을 보진 않았더라도 유통되는 정보를 통해 유하혜의 진면목에 대한 사전 지식을 가지고 있었고 이것은 그에 대한 변형이라는 것을 짐작하였을 가능성도 크다. 그러나 사전 지식의 객관성 혹은 진실성의 여부는 그 누구도 증명해낼 수 없으며, 다양한 층위의 관객이 다양한 단계의 정보를 가지고 목련희를 접했으리라고 추측할 뿐이다. 과거의 어느 공연부터 혹은 어느 자료부터 유하혜가 패러디되기 시작했는지 단언할 수 없다. 그러나 적어도 만력 10년인 1582년에는 민간의 공연에서 변형된 유하혜를 등장시킨 장면이 관객의 호응을 얻고 있었던 것이다.

목련희에서 사용된 유하혜의 일화는 이미 변형이 완료된 시점에 놓여 있으며 나복의 대사를 통해 그것을 노남자와 연결하고 있다. 그리하여 관음이 점화한 미녀의 유혹을 거절하는 수단으로 비유적으로 사용되었다. 결국 거절하긴 했으나 미녀와 목련의 사이는 종이 한 장을 배 위에 깔고 그 위로 여인의 배를 어루만지자는 수준까지 진행된다. 즉 완강하게 불심을 지키고 파계 상황을 벗어나지만 남녀가 같은 공간에서 밤을 지새우는 장면에서 관객이 기대하는 밀고 당기는 관계는 사실 연출된 것이다. 마지막에 목련은 '오이 밭에서 신발을 고쳐 신지 않으며 자두나무 밑을 지나면서 갓끈을 고쳐 매지 않는다(瓜田不納履, 李下不整冠)'는 경구에 비유하여 자신의 완강한 입장을 밝힌다. 그러나 이 결론이 앞에서 벌어진 남녀간의 실랑이에서 연출된 흥미를 희석시키지 않는다. 오히려 금지된 관계라는 점에서 효과는 더욱 높아지며 목련희가 규정하고 있는 근엄한 목련의 위상을 살리기 위한 유혹으로 작용하고 있다. 그러므로 변형된 유하혜의 이미지를 이 장면에서 사용한 것은 연출에 긍정적인 효과를 가져왔다고 할 수 있다. 이렇게 정보의 단순한 전달이 아닌 패러디의 사용은 민간의 공연에 있어서 흥미를 진작시키는 관건이었을 수 있는 것이다.

이외에도 목련희에서 패러디를 하였거나 그대로 인용하고 있는 고전의 정보들은 상당히 다양하다. 예를 들면 〈조공견녀(曹公見女)〉에 나오는 '삼종사덕(三從四德)'이라든지 〈칠전견불(七殿見佛)〉에 나오는 '삼고초려(三顧草廬)', 그리고 〈십전심모(十殿尋母)〉의 '한유는 부처를 믿지 않고 불골표를 지었다(韓愈不信佛, 作佛骨表)168)'로 시작되는 척불 정책에 대한 정보가 있다. 또 한상자(韓湘子)의 일화가 나오기도 하고 '완섬은 귀신을 믿지 않아서 무귀론을 지었다(阮瞻不信鬼, 作無鬼論)'는 내용도 언급된다. 그리고 '의관토목(衣冠土木)169)'에 관한 패러디 등 다양한 종류의 정보가 있다. 그리고 '일곱 구멍에서 붉은 피를 철철 흘리며(七孔裏鮮血淋淋)'와 같은 표현은 원 잡극 강창170) 등 많은 서적에서 어머니 혹은 아들의 사망 혹은 혼절을 표현하는 전형적인 묘사로 확인되고 있다.

정확히 패러디는 아니지만 문인 취향의 분위기를 드러내고 있는 대목을 짚고 넘어갈 필요가 있을 것이다. 대표적인 것이 바로 시 작품을 연상시키는 표현들인데, 여기에서는 두 가지 정도의 예를 들어볼 것이다.

오직 푸른 산과 맑은 물만 예전과 같아라.
아아 인생이란 마치 아침이슬 같구나.[171)]

가을날 울타리에 국화 향기 맑고도 향그러워라.[172)]

위와 같은 표현은 아마도 문인이 기록하는 과정에서 본인의 기호와 취향에 맞게 윤색한 것으로 추정된다. 그러나 이러한 내용이 민간에서 공연할 적에는 빠져 있었고 극본으로 기록될 때 새로 개입되었다고 단정하기는 어렵다. 왜냐하면 공연을 거의 그대로 필사한 것으로 추정되는 지방희 극본에도 내용은 다르지만 이와 비슷한 詩적인 문구들이 다수 등장하기 때문이다. 민간의 공연에서는 그 문구가 운율과 대구 등 作法에 맞는지 위배되는지에 대한 세부 문제는 중요하지 않았다. 단지 목련희 공연에 문학적인 혹은 문인이 관련된 듯한 학구적인 분위기가 나는 대목이 있을 경우 혹시 그것을 선호하는 관객이 있었으리라고 추측할 따름이다. 만약 관객이 그러한 대목을 '공부'라는 선망의 대상으로서 바라보았다면 그 안에서 우리는 민간의 사유에 녹아든 지적 정보에 대한 시각, 그리고 당시 선호되었던 정보 및 윤리의 성격을 짐작할 수도 있을 것이다. 그러나 문인과 민간이라는 경계를 나누어 어느 요소는 문인 취향이고 어느 요소는 민간적이라고 단언할 필요는 없을 것이다. 민간과 문인이라는 구분 자체가 매우 모호하며 문화물 가운데에는 목련희와 같은 양자 호환이 가능한 제3의 공연예술이 분명히 존재하였을 것이다.

3. 득승두회(得勝頭回)와 설자(楔子)

하나의 공연이 완성되려면 기본이 되는 이야기를 비롯하여, 여러 가지 부수적인 요소를 필요로 하는데, 이렇게 부가된 요소들은 이야기만큼이나 중요한 기능을 가지고 있다. 예를 들면 목련희에서도 목련의 일대기를 다루는 이야기 자체는 매우 간략하다. 그런데 여기에 양무제, 황소, 서유 등 당대 유행하면서도 목련과 모종의 관련이 있는 이야기가 첨가되면서 목련이야기는 전체적인 윤곽을 다시 짜게 된다. 그리고 해당 지역에서 선호되는 음악과 사용되는 방언 및 습속과 같은 기타 요소가 들어가면서 지역의 공연으로서 친근감이 살아난다. 그리하여 단조로운 인물의 일대기를 다루고 있고 주인공들이 종교의 힘으로 소기의 목적을 달성하는 건조한 내용에 생명력이 들어간다. 또 지루한 전개가 되기 쉬운 원재료에 말장난과 같은 논쟁, 노래, 의식, 동작 등이 섞임으로써 탄력과 긴장을 부여한다. 이러한 장치들이 목련희에 들어가는 조합의 방식은 여러 형태로 다양하지만 굳이 구분하면 두 가지 정도로 정리될 수 있다. 이것은 기존의 연구에서 규정한 정목련과 화목련이라는 양분구도와 맥락이 통하는 점이 있는데 여기에서는 득승두회와 설자로부터 설명을 시작한다.

석창유(石昌渝)는 그의 ≪중국소설원류론(中國小說源流論)≫에서 단편소설에 들어있는 득승두회의 존재에 대해 소개한 적이 있다. 그가 득승두회의 표본으로 삼은 것은 바로 宋人 小說로 알려진 ≪착참최녕(錯斬崔寧)≫의 정전 앞부분에 삽입된 짤막한 한문인데 위생(魏生)에 관한 이야기이다. 화본(話本)에 들어있는 입화(入話) 중에 그 내용이 이야기의 성격을 띠고 있을 경우 득승두회 혹은 소사두회(笑耍頭回)라고 지칭해왔다. 그 이야기는 원문과 관련이 있는 경우도 있고 전혀 무관한 이야기인 경우도 있다. ≪착참최녕≫을 예로 들어 보면 어릴 때

등과했으나 아내에게 희언을 했다가 신세를 망쳤다는 위생의 이야기와 원문의 내용은 직접관련이 없다. 괜한 희언으로 재앙을 초래했다는 점에서 보면 위생과 최녕은 같은 실수를 저지른 것이다. 이렇게 전혀 다른 시간과 공간에서 전혀 다른 내용으로 전개되지만 주인공의 성격이나 행동 혹은 어떤 사건의 동기나 결말에 유사한 점이 있을 때 그것을 근거로 전혀 다른 두 이야기를 조합하는 경우가 있다.

이러한 조합은 목련희에서도 곳곳에서 발견된다. 예를 들면 목련희에 들어간 양무제, 악비, 황소, 하인, 동방량, 서유이야기는 목련이야기와 그다지 관련이 있는 것은 아니다. 그러나 각각의 이야기들은 반드시 유사한 점을 가지고 있다. 그래서 목련희의 일부로 들어오게 된 것이다. 예를 들면 양무제의 경우에는 불교를 부흥시키고 고기 먹는 행위를 금지한 황제로서 알려져 있다. 그는 불교계 공연에 항상 등장하는 인물이다. 그런데 목련희는 양무제 대에 활약했던 조부로부터 이야기를 재구성해서 그를 목련희의 일부로 끌어들였다. 불교계 인물이면서 유씨의 죄목인 개훈을 반대하고 소식을 주장했다는 점에서 그리고 자신의 아내를 천도하기 위해 의식을 올렸다는 점에서 양무제는 목련이야기와 연관성을 찾을 수는 있다. 또 동방량의 경우에는 부인 치씨의 순결을 오해하여 부인을 자결하게 한 장본인으로서 목련희에서는 이것을 〈여조(女吊)〉로 화려하게 만들어 내고 있다. 〈여조〉는 목련의 일대기와 별 관계가 없다. 그러나 유씨의 죽음 전후로 공연됨으로써 죽음이라는 주제를 구현하는 볼거리를 제공한다는 점에서는 연관성이 있다.

그 밖에도 〈왕마매계〉, 〈백마헌금〉, 〈아배풍(啞背瘋)〉, 〈효부매신(孝婦賣身)〉과 같은 각종 소희들이 목련희를 구성하는 요소로 기능하였다. 이러한 소희들은 극에 흥미를 부여하고 해학성을 높이는 역할을 담당했다. 소희는 그 지역 방언과 음악을 사용하여 공연되기 때문에 시의성이 있고 관객에서 친근감을 부여하는 데 더없이 좋은 수단이다.

음악만 보더라도 불곡과 도곡이 차지하는 비중이 지역마다 다른 것은 모두 해당 지역에서 인기를 누리고 있는 속곡과 민가의 비중을 고려해서 안배한 것이다. 공연에 사용되는 언어도 해당 지역구성원에게 익숙한 유행어가 자주 사용되었으며 특히 이런 소희에서는 지역의 방언이 주로 사용되었다.

이와 같이 공연 혹은 극본에서 중요한 기능을 하지만 그것들을 따로 분리하여도 목련구모라는 모티프를 방해하지 않는 조합요소를 득승두회로 보고 있다. 이것은 목련희에서 떼어낼 수 없는 구성요소로 보이지만 실은 의도에 따라 조합된 것이다. 목련희를 구성하는 여러 이야기들은 대체로 이렇게 제거하여도 원래의 내용에 큰 영향을 주지 않는 안전한 상태로 내부에 유입되었던 것이다.

한편 설자는 본래 희곡에서 유래한 것으로 원 잡극의 경우 하나의 작품이 4개의 절(折)과 1개의 설자(楔子)로 구성되어 있다고 말한다. 보통은 개장이 전체 이야기의 주제와 사상 및 줄거리를 간략하게 소개하는 역할을 맡았었는데 같은 역할을 소설에서는 장편의 설자가 담당하게 되었다. 가령 ≪수호전≫의 경우 70회본에서는 설자가 가장 마지막을 장식하고 있다. '장천사가 질병을 물리치는 기원을 드리는데, 홍태위는 그것을 요마로 오해하고 도망갔다(張天師祈禳瘟疫, 洪太尉誤走妖魔)'는 대목이 그것이다. 그런데 100회본을 보면 이 대목은 제1회의 처음을 장식하게 된다.

비근한 예로 원대 지치 년간 간행된 ≪삼국지평화(三國志平話)≫의 시작부분을 보면 〈사마중상단옥고사(司馬仲相斷獄故事)〉가 나오는데[173] 이것도 역시 삼국이야기와 직접적인 관련이 없다. 시간적인 배경도 차이가 있으나 이 이야기가 작품의 첫머리에 설정되어 있다. 이 이야기는 첫머리에서 이미 벌어진 일들의 이면을 탐색하여 인과적으로 풀어내는 기능을 담당하고 있다. 설자는 이렇게 원 이야기와 상징적인 연관이 있을 경우에 그 내부로 수용되는 대상을 지칭하며 목련희에서도 발견된다. 보통 개장부분이나 가끔 절 하나를 통째로 할애하여 지금까지의 줄거리를 설명하는 경우가 있는데 이것이 바로 설자 본연의 기능이다. 〈사마중상단옥고사〉가 과거 역사적 인물의 현재적 환생이라는 전설에 근거하였음이 분명하다. 그런데 이것은 바로 황소와 하인이라는 목련의 환생구조와 일맥상통하는 점이 있다. 황소와 하인은 목련의 제2, 제3의 변형인물이다. 목련이 방출한 고혼 중에 인간의 혼은 황소가 거두어들이고 동물의 혼은 하인이 다시 잡아들이기 위해 그들은 이야기에 투입되었다. 황소의 살상과 백정 하인의 살육을 지옥의 영혼을 수거하는 임무를 완수하는 것으로 패러디하여 목련희의 속편 정도로 넣은 것이다. 악비와 서유는 워낙 민간에서 환영받았던 소재이기 때문에 흥행성을 높이기 위해 함께 공연해야 하는 것은 필수적이었을 것이다.

이렇게 볼 때 목련희가 사용하고 있는 전혀 다른 이야기를 조합하는 방식은 일반적으로 서사를 설명하는 방식인 득승두회와 설자라는 기준을 따르고 있음을 알 수 있다. 실제로 전통 시기 공연예술은 이러한 조합의 방식을 연출에 다수 사용하고 있었으니 목련희와 삼국희, 수호희, 서유희에 들어간 각종 장치들이 서로 유사한 부분이 많은 것을 보아도 잘 알 수 있다.

소설과 희곡 모두에 이렇게 득승두회나 설자라는 방식으로 정의된 적이 있는 조합의 방식이 사용되었다는 사실을 통해 우리는 전통 시기의 소설과 희곡이라는 장르 구분에 대해 새로운 시각을 가지게 된다. 이러한 구분은 최근의 산물이고 적어도 목련희 등의 공연예술이 성행할 당시에는 이러한 장르의 구분은 별로 중요한 개념이 아니었다는 것이다. 소설도 희곡도 들려주는 이야기로서 혹은 보여주는 이야기로서 동일한 시대를 풍미했던 문화상품이었다. 그래서 대중에게 애호되는 이야기라면 소설이나 희곡이라는 장르를 구분하지 않고 자유롭게 차용되어 하나의 문화상품을 제작하는 요소로 사용되었을 것이다. 이렇게 제작된 공연상품 혹은 독서상품은 그것의 흥행을 위해서라면 시대감각에 맞는 유행하는 이야기나 장치를 자유롭게 빌려서 재구성하였을 것이다. 그러므로 자유로운 조합방식은 전통시기에 중국인이 이야기를 제작하는 보편적인 경향이었을 가능성도 크다.

단적인 예로 ≪홍루몽(紅樓夢)≫이나 ≪여선외사(女仙外史)≫ 혹은 ≪경화연(鏡花緣)≫을 보면 설자로 추정되는 짤막한 이야기가 들어있다. 그런데 이 설자는 단편에 따로 들어갔던 득승두회와 달리 이미 소설의 유기적인 성분으로 변모되어있다.174) 설자 혹은 득승두회를 단편과 장편으로 나누어 설명하는 것은 별로 적절한 방법이 아니다. 그러나 이야기의 장단에 관계없이 관객의 이해를 돕기 위해 대강의 내용을 미리 설명하거나 설자를 조합하는 방식이 이야기의 제작에 공헌하였음은 분명하다. 이렇게 나중에 들어간 이야기가 이미 본체의 유기조직으로 변모하는 현상도 일부 목련희에 양무제나 황소 등의 일화가 흡수되어 들어간 현상과 맥락이 통한다.

이야기가 첨가된 부분을 구체적으로 살펴보면 ≪불설우란분경≫의 모친이미지는 생전에 죄를 지어 죽은 뒤에 아귀에서 고생하는 사람에 지나지 않는다. 단순한 그녀의 인상이 변문으로 가면 전체 줄거리의 상당부분을 차지하는 주연급 조연으로 부상한다. 우선 그녀가 죄를 짓게 되는 동기와 과정이 소개되고 죽는 순간의 묘사도 다양하다. 지옥에 떨어진 뒤의 상황을 훨씬 자세하게 그리고 있는데 이것은 그녀의 소재가 목련의 행로를 결정하는 요인이며 그녀를 구원하는 것이 목련희의 궁극목표이기 때문으로 추정된다. 하지만 이야기가 시작되는 시점은 이미 나복이 태어난 후로 설정되어 있다. ≪목련삼세보권≫을 보면 나복으로 이름 지어진 원인과 그에 얽힌 탄생설화가 소개되어 있는데 이 단계에서는 이야기의 시점이 나복의 출생이전으로 거슬러 올라가 있다. 호남 고강본의 전목련에도 〈매루생자(埋螻生子)〉에 유씨가 출산하는 부분이 포함되어 있고 사천 목련희는 유씨의 결혼장면으로부터 극이 시작되는 등 본래 존재하지 않던 이야기의 앞부분이 추가됨에 따라 시작되는 시점은 점점 앞으로 당겨지는 것이다.

아버지의 승천이라는 기정사실에 관해서도 막연한 추측을 넘어서서 구체적인 해답을 제시하고 그 해답을 원래 이야기의 일부로 흡수한다. 그래서 아버지가 승천하게 된 원인인 그의 선행은 미리 이야기의 앞부분을 장식하는 장황한 진술로 변모된다. 새영에 관해서도 수절하는 여인상으로 그저 제시되지 않고, 수절하는 동기와 수절한 후에 벌어지는 인생의 변화를 설명한 부분을 추가한다.

이렇게 조합된 이야기는 주요 전달방식인 백을 통해 생각의 차이를 나누고 논쟁하여 타협의 미학으로 가기도 하고 이를 통해 일정량의 지식을 전달하기도 한다. 지식과 정보를 전달하는 백의 기능을 잘 보여주는 대목 즉 신계의 선악 관념에 등급을 매긴 부분을 소개하면 다음과 같다. 이것은 〈뇌공전모(雷公電母)〉에 나오는 십타(十打)의 원칙이다. 이것은 생전에 저지른 잘못의 비중에 따라 번개를 맞는 순서를 뜻한다.

社令 첫 번째 얻어맞을 놈은 효도하지 않고 우애하지 않은 사람이요,
　　　두 번째 얻어맞을 놈은 선량하지 않고 충성하지 않은 사람이요,
　　　세 번째 얻어맞을 놈은 사기를 치고 도둑질하는 사람이요,
　　　네 번째 얻어맞을 놈은 사람들을 기만하고 충실하지 않은 사람이요,
　　　다섯 번째 얻어맞을 놈은 관청에서 비리를 하는 사람이요,
　　　여섯 번째 얻어맞을 놈은 거간꾼으로 공정하게 거래하지 않은 사람이요,
　　　일곱 번째 얻어맞을 놈은 주둥이를 놀려 부추기고 꼬드긴 사람이요,
　　　여덟 번째 얻어맞을 놈은 남의 여자를 넘보는 남자요,
　　　아홉 번째 얻어맞을 놈은 情夫를 가진 부녀자요,
　　　열 번째 얻어맞을 놈은 아이들을 소홀하게 대한 사람이다.
　　　대략 이와 같다.[175]

위의 인용문에 따르면 번개로 천벌을 받는 최초의 항목은 불효이고 그 다음은 불충이다. 다음으로는 사기, 기만, 위법, 공정하지 않음, 유혹, 풍류를 즐김, 부녀자와 아동에게 잘 대하지 않는 순서로 업보에 따라 처벌된다. 천재지변인 번개를 등장시켜 그것을 맞는 순서를 정한 것을 보더라도 당시 선악에 대한 일반적인 인식의 수준을 반영하여 통용되던 가치관임을 알 수 있다.

4. 잡 기

목련희에 대한 연구를 진행하는 과정에서 연구자는 반드시 목련희가 아니더라도 현재 전승되고 있는 경극, 천극 등 지방희나 회(會)와 같은 다양한 공연예술을 관람할 기회가 있었다. 대부분 엄숙한 연극공연을 관람하는 좌석에서는 어김없이 관객들의 졸리고 지루한 표정을 관찰할 수 있었다. 그러나 공연 중에 고난도의 묘기 동작 즉 잡기가 시작되면 졸던 관객들은 갑자기 초롱초롱한 눈으로 숨을 죽이고 집중하는 모습을 보였다. 회와 같이 무대가 여러 군데 설치되고 배우나 의식을 담당하는 도사 등이 동네 어귀를 돌아다니면서 펼치는 공연의 경우에는 그것이 밤을 새우고 장시간 계속되어도 지루해하거나 조는 모습을 찾아보기 어려웠다. 이러한 사실들은 객관적인 자료는 아닐지라도 잡기와 같은 동작이 공연에서 차지하는 비중을 짐작하기에는 충분하다. 특히 목련희의 경우에는 그것을 '이야기가 있는 서커스'라고 불러도 좋을 만큼 잡기가 중요한 비중을 차지한다. 그러나 여기에서는 주로 극본을 중심으로 이야기를 극으로 개편하는 과정에서 들어간 서사적인 장치를 중심으로 기술하기 때문에 낱낱의 동작을 전문적으로 다루지는 않겠다. 목련희에 들어간 잡기는 그것의 흥행에 긍정적으로 작용한 극적 장치의 하나로서 간략하게 언급하기로 한다.

문화의 흥행에 관한 논의에는 어김없이 향유자의 욕망 혹은 대리만족이란 말이 거론되며 최근 들어 성에 관한 담론은 진정한 대중의 욕망을 위한 진지한 탐구인 양 활발하게 유통되고 있다. 사랑과 죽음이라는 불멸의 주제를 해석하는 데 욕망은 훌륭한 수단임에 틀림없지만 중국문화라는 틀로 이 문제를 옮겨오면 특히 목련희로 범주를 축소시킬 경우에는 애정과 죽음을 해석하는 데에 욕망의 문제는 전면에 드러나지 않는다. 왜냐하면 목련희는 어떤 개인의 욕망과 행복을 중요하게 여기지 않고 전형적인 인물들이 등장하여 구복이라는 공동의 목표를 달성하는 형식에 비중이 실려 있기 때문이다. 이 공동의 선을 달성하는 과정에서는 앞에서 언급했듯이 목련과 그 대상 배역을 맡은 새영 혹은 주인공인 어머니까지는 사적 욕망을 절제하는 모습이 엄격하게 요구되었다고 본다. 다시 말하면 모든 인물은 의식을 이루는 일부 요소로서 기능하는 것이지 온전한 인간적 면모와 감정을 중요하게 여기는 개개인으로서 살아가지 않는다. 이러한 맥락에서 볼 때 목련희는 문학이라기보다는 기능성 의식일 가능성이 있다. 그렇게 본다면 의식을 효과적으로 수행하기 위한 필수요소인 고난도의 동작의 존재는 한층 중요해진다.

관객이 집중하는 대목인 절묘한 묘기와 구성진 창은 문맹의 여부에 상관하지 않고 모두 흥미를 가지는 공통요소이다. 목련희와 같이 장기간 지속하는 공연의 경우에는 잡기와 같이 관객의 시선을 끌어당길 극적 장치가 더욱 필요했던 것이다. 관객을 압도하는 절묘한 잡기와 창은 북송의 목련희로부터 지속적으로 공연의 주요부분을 차지해왔다.176) 창과 백이 음악적이거나 문학적인 묘미를 제공한다면 과는 즉각적이고 감각적인 느낌으로 시선을 모으는 것이다. 며칠간 계속되는 공연에 긴장감을 유지시키기 위해서는 배우가 위험한 동작을 구사하고 관객은 상상으로 그 행위에 몸을 맡기도록 유도하는 잡기(雜技)만큼 효과적인 수단이 없는 것이다.

목련희에서는 〈관음생일〉, 〈괴자상요(拐子相邀)〉, 〈행로시금(行路施金)〉, 〈장인쟁석(匠人爭席)〉, 〈삽과편승(插科騙僧)〉 등에서 고난도의 묘기가 연출된다. 그리고 〈삽과편승〉의 경우에는 청대에 피황(皮黃)에서 〈할자광등(瞎子逛燈)〉이라는 다른 이름의 공연으로 유통되어왔다. 이외에도 백원이 나오는 장면이나 유청제가 '내하교'를 건너 지옥으로 끌려가는 여정에는 어김없이 도주하고 추격하는 실랑이가 벌어진다. 특히 무장에 관한 부분을 소개한 장대의 글을 보면, 도색무환(度索舞絙), 번탁번제(翻桌翻梯), 근두청정(筋斗蜻蜓), 등단등구(蹬壇蹬臼), 도색도권(跳索跳圈), 찬화찬검(竄火竄劍) 등의 잡기가 당시에 공연되었음을 소개하였다. 주항부는 이에 대해 타차(打叉), 파도산(爬刀山), 하화해(下火海)로 정리하여 소개하였다.177) 연출 기획의 의도에 따라 초점이 맞춰지는 잡기의 종류가 다르겠지만 목련희의 공연이 절정에 이르는 순간은 유씨가 죽자 귀신들이 우르르 몰려와 그녀의 영혼을 잡아가는 장면일 것이다. 그로부터 지옥에 도착하는 순간까지 귀신이 쫓고 유씨는 도망가고 그러다가 창에 찔리는 순간까지 숨 막히는 추격전이 계속되는 것이다. 그래서 유씨 역할을 맡은 배우는 창을 하는 실력도 좋아야 하지만 그만큼 뛰어난 무공도 중요한 평가기준이 된다.

그런데 공연에서 고난도의 연기력이 요구되는 부분은 목련이야기를 전개하는 데에 내용상 큰 상관이 없는 〈여조〉의 장면이다. 여조는 말 그대로 목매단 여자를 연기하는 것인데 목을 맨 채 장대에 매달려 앞뒤로 흔들리는 동작은 여배우의 생명을 위협하는 일이 많았다. 비록 명배우라 할지라도 공연 도중에 사고로 죽는 경우가 있어서 배우들도 그 역할을 맡기 위해서 투철한 훈련과 용기가 필요했다. 호남성 기극 목련희의 비디오테이프를 토대로 이 장면을 재연해보면178) 여배우는 목을 장대 끝에 걸린 동그란 끈에 넣고 그 끈에만 의지하여 큰 원을 그리며 매달린 상태로 허공에 떠있다. 남자가 아래에 서서 긴 장대를 왔다갔다 흔드는데 이 경우 아무리 턱 근육이 단련된 여배우라 할지라도 위험도는 치명적이다.

배우들의 죽음은 매달린 배우와 장대를 흔드는 사람의 호흡이 맞지 않거나 손으로 끈을 잡을 수 없는 상황에서 끈이 급소를 누르는 등의 실수로 야기되었다. 그러나 귀신희라는 별명을 가진 야밤의 목련희 공연에서는 공포감이 무르익은 상태라서 그녀의 죽음은 지옥으로 떨어진다는 사실을 더욱 실감나게 했고, 공연장 도처에 귀신들이 돌아다니고 있음을 증명하는 결정적인 단서로 여겨졌다. 복건 등지에서는 노련한 배우의 손실과 무고한 인명피해를 막기 위해 여배우 대신 좀더 강한 남자 배우를 기용하고 〈여조〉를 〈남조〉로 개명하거나 아예 여배우 대신 나무 인형으로 그 역할을 맡기고 목우희를 공연하기도 했다. 그러나 이러한 조치들은 명배우를 잃은 뒤에야 마련된 미봉책이었을 뿐 몇몇 배우들이 〈여조〉를 공연하다가 결국 유명을 달리했다.

이외에도 긴 장대 위에 서서 걸어 다니거나 종규로 분하여 어려운 동작을 하면서 웃음을 선사하고, 기름불이 켜진 종지를 이마에 얹고 의자를 사용하여 묘기를 부리거나 여러 명이 집단으로 등장하여 다양한 형태의 기술을 보여주는 등 목련희에 사용되는 잡기는 그 종류가 많았다. 그런데 목련희에 사용되는 잡기는 동 시대의 다른 공연예술에도 어김없이 나온다. 따라서 공연을 기획한 해당 지역 혹은 부근 지역에 뛰어난 잡기단이 몇몇 있어서 그들이 각종 공연예술에 동원되었던 것으로 추정된다.

5. 민 가

공연을 성공으로 이끌어 목련희가 전국적으로 유통되는 기반을 마련한 데에는 논쟁 및 패러디, 잡기와 함께 간과할 수 없는 것이 있다면 창일 것이다. 희곡의 3대 요소가 창과백이라면 여기에서 창은 배우의 빼어난 노래실력을 비롯한 음악적 요소를 통칭하는 개념이다. 창은 해당 지역에서 유행하는 음악을 바탕으로 이루어지는데 목련희는 고강을 기본으로 하고 있다. 민간의 공연이라는 속성상 인구에 회자되는 민가, 속곡 등이 노래가 중간에 들어가 있으며 장면의 성격에 따라 적절한 시사를 창으로 적극 활용하기도 한다. 때로는 문학적이고 때로는 심금을 울리게 하는 노래를 상황에 맞게 기획하여 백과 과로 연출하기 어려운 특수 효과를 내는 것이다. 그 기능을 보면 이야기의 내용을 반복하기도 하고 인물의 심경을 독백으로 처리하거나 두 사람이 정을 주고받는 장면을 생생하게 그려내기도 한다.

목련희를 구성하는 노래를 간추려 보면 당시에 어떤 경향의 민가나 속곡이 관중에게 환영받았고 또 어떤 경향의 지적인 풍취를 연출하는 시사가 즐겨 사용되었는지 알 수 있다. 다음은 〈유씨음연(劉氏飮宴)〉에서 걸인이 노래하는 〈연화락(蓮花落)〉부분이다. 그것은 돈이 효도하고 돈이 복을 내린다는 취지하에 세상의 인간관계를 돈을 기준으로 하여 풍자한 내용이다.

거지: 당시에는 화려하고 부유하여 사치하고 교만하게 살았으나 이제 쫄딱 망해 한숨만 푹푹 나오는구나. 그저 대문이나 돌며 노래를 팔아 근근이 살아가누나. 리리 리엔화 리리엔화루오. 노래 팔아요오, 노래 팔아요오 -.

금노: 소주국(燒酒麯)이요 감주국(甘酒麯)이요?

거지: 유행가로 리연화를 노래한다우.

금노: 이제 봤더니 밥 빌어먹는 이구먼. 노래나 불러봐요.

거지: 거지야 천한 상것이지만 노래하고 장단 맞추는 것은 정말 들을 만하다네. 리리리엔화, 리리리엔화루오.

에, 전당이나 후한에 관한 것은 안 부르고 인간 십불친만 부른다우. 해해리엔화, 해해리엔화루오,

금노: 무엇이 십불친이죠?

거지: 하늘은 친하다고 해도 친한 것이 아니라네. 하늘로 말하자면 인정
머리가 없어. 세상만사가 하늘로부터 정해지는데 어째서 가난하고
부유함은 균등하지 않을까. 리리리엔화, 리리리엔화루오.
에, 땅은 친하다고 해도 친한 것이 아니라네. 땅으로 말하자면 인
정머리가 없어. 장강은 오는 물결이 가는 물결을 재촉하고 한 층
의 황토가 한 층 사람을 덮어버리네. 해해리엔화, 해해리엔화루오.
부모가 친하다고 해도 친한 것이 아니라네. 부모로 말하자면 인정
머리가 없어. 만약에 자식이 부모를 봉양하지 않으면 이러쿵저러
쿵 해대니 편하지가 않네. 리리리엔화 리리리엔화루오.
형제는 친해도 친한 것이 아니라네. 형제로 말하자면 인정머리가
없어. 어릴 때는 형제로 지냈지만 자라서 분가하면 싸움질만 한다
네. 해해리엔화, 해해리엔화루오.
부인은 친해도 친한 것이 아니라네. 부인으로 말하자면 인정머리
가 없어. 남편이 죽으면 제꺽 기름 발라 머리 빗고 다른 놈한테 시
집가네. 리리리엔화, 리리리엔화루오.
아들은 친해도 친한 것이 아니라네. 아들로 말하자면 인정머리가
없어. 부모님 남산 밑에다 묻고 일년에 몇 번이나 성묘 오던가. 해
해리엔화, 해해리엔화루오.
딸년은 친해도 친한 것이 아니라네. 딸로 말하자면 인정머리가 없
어. 시집가서 혼수품이 적으면 가슴을 치며 집을 나오고 말지. 리
리리엔화, 리리리엔화루오.
며느리는 친해도 친한 것이 아니라네. 며느리로 말하면 인정머리
가 없어 시부모님은 며느리를 딸처럼 여겨도 며느리는 시부모님
을 남으로 여기네. 해해리엔화, 해해리엔화루오.
백부와 숙부는 친해도 친한 것이 아니라네. 그들로 말하자면 인정
머리가 없어. 앞에서는 거짓으로 서로 화기애애한 척하지만 등 뒤
에서는 험담이 심하기 그지없다네. 리리리엔화, 리리리엔화루오.
친구는 친해도 친한 것이 아니라네. 친구로 말하자면 인정머리가
없어. 돈과 술이 있으면 형제보다 낫지만 다급해서 찾으면 어디

한사람이나 보이든가. 해해리엔화, 해해리엔화루오.

열 가지 경우 모두 결국 친하지 않은 것이라네. 내가 지금 말하노니 여보 사람들 들어보소. 세상에 만약 사람 사이가 좋다 해도 그것은 돈과 재물이 있어야 친한 관계라네. 리리리엔화, 리리리엔화루오.

금노: 돈과 재물이 있으면 친해지는지 어떻게 아느냐?

거지: 하늘도 돈이 있어야 굽어보시니 돈을 불살라야 복을 받아서 마음을 돌리지.

땅도 돈이 있어야 살펴 주시니 돈을 깔아야 잘 나가게 하지.

해해리엔화, 해해리엔화루오.

부모도 돈이 있어야 친할 수 있으니 좋은 옷과 풍성한 음식에 즐거워하시네.

형제도 돈이 있어야 친할 수 있으니 전답을 쉽게 구할 수 있어서 싸우질 않네.

리리리엔화 리리리엔화루오.

마누라도 돈이 있어야 남편을 공경하고 아들도 돈이 있어야 아버지를 존경하네.

딸도 돈이 있어야 웃으며 시집가고 며느리도 돈이 있어야 성질을 안 낸다네.

해해리엔화, 해해리엔화루오.

숙부, 백부도 돈이 있어야 화기애애하고 친구도 돈이 있어야 마음을 다한다네.

돈이 바로 친 혈육임을 알겠네. 돈이 바로 생명의 뿌리임을 알겠네.

리리리엔화, 리리리엔화루오.

만약에 돈이 있고 또 권세가 있으면 친하지 않던 사람도 친해진다네.

믿지 못하겠지만 보게나. 술자리에서 제일 먼저 술을 권유받는 사람은 돈 있는 사람이라네.

해해리엔화, 해해리엔화루오.
거지: 마님께 감사드립니다. 저에게 이렇게 쌀과 은을 내리시고 천리
객을 잘 돌봐주시니 그 명성 만 리에 전해질 것입니다.[179]

천극 고강≪목련전≫[180]에서 〈과내하교〉부분을 보면 유씨가 자사와
수하에게 끌려가는 대목이 나온다. 내하교를 건너야 하는 그녀 앞에
도사와 니고와 화상이 함께 무대로 올라와 금교를 건너는 장면을 보여
준다. 이들은 모두 ≪불잠(佛賺)≫을 노래하면서 가는데 도사도 니고
및 화상과 함께 불교의 음악인 ≪불잠≫을 구성지게 창한다.

도사: 도사가 세상에서 도를 닦고 또 닦아 정구에 올랐다네. 나무.
금동옥녀가 서로 이끄니 풍류를 즐기지 않았다고 해도 풍류 그
자체라네. 나무아미타불.
니고: 비구니가 세상에서 도를 닦고 또 닦아 자주에 올랐다네. 나무.
붉은 깃발과 푸른 덮개 서로 이끌며 선을 잘 닦으면 어찌 일찍
이 여류가 안 되었겠는가. 나무아미타불.
화상: 승려가 세상에서 도를 닦고 또 닦아 영주에 올랐다네. 나무.
진주 깃대와 보석 덮개 서로 이끌며 바야흐로 인간 세상의 제일
류가 되었네. 나무아미타불.[181]

이외에 〈삼전심모〉에서 인용한 〈십월회태가(十月懷胎歌)〉는 임신 기
간 중에 아이가 형성되는 과정을 들려주고 있는데 개월별로 성장과정
을 노래하고 있다.

1개월에는 하얀 이슬처럼 잉태되어
2개월에는 복숭아꽃처럼 성장한다.
3개월에는 아들인지 딸인지 알 수 있고
4개월에는 전체적으로 꼴이 만들어진다.

5개월에는 근육과 뼈가 생겨나고

6개월에는 머리카락과 털이 나며

7개월에는 오른 손을 움직이고

8개월에는 왼손을 뻗는다.

9개월에는 아이가 세 번 뒤집고

10개월에는 완전히 아이의 모습이 갖추어 진다.[182]

〈연화락〉이나 〈십월회태가〉를 읽어보면 모두 일상적인 소재인 주변의 사람들과 아이를 통해 삶의 이야기를 해나간다. 물론 돈이라는 매체를 통해 주변 사람들과 맺고 있다고 생각하는 친분을 신랄하게 비웃고 있는데 이러한 사고는 오랜 세월이 지난 지금도 공감을 끌어내기에 충분하다. 임신이라는 소재도 오랜 세월 반복되는 사회유지의 생명력이고 또 개월별 아기의 성장이라는 주제도 역시 지금도 변함없이 거론될 정도로 보편성을 지니고 있다. 목련희에는 이 두 가지 노래 이외에도 그때그때 상황에 어울리도록 〈오경조(五更調)〉, 〈십중은(十重恩)〉, 〈관음사(觀音詞)〉 등을 배치하였는데 각각의 노래들은 당시에도 공감과 감동을 끌어내는 데 충분한 호소력을 지니고 있었을 것이다. 이러한 민가와 속곡 등은 동일한 가락을 반복하면서 몇 개의 낱말만 교체하는 방식으로 계속된다. 그런데 현재 민간의 의례를 보아도 의식 중에 사용되는 노래는 이와 동일한 방식으로 가락을 외우고 변하지 않는 부분을 암송한 후에 변화가 필요한 몇 단어만을 바꾼다. 이러한 방식의 노래가 목련희에 다수 포함되어 있는 것은 목련희도 현재 민간에서 공연되는 의례와 비슷한 유형으로 전승되었을 가능성을 시사하는 것이다. 이러한 노래들은 문인 희곡에는 거의 등장하지 않는다. 민간을 대상으로 하는 공연 중에서 소규모의 공연에 자주 사용되었던 것으로 보인다.

6. 의 식

목련희는 외형은 연극이면서 기능은 의식과 같기 때문에 그 안에서 의식이 지니고 있는 비중이 상당히 높은 편이다. 그래서 David Johnson이 편집한 목련희에 관한 연구논문집도 서명을 *Ritual Opera, Operatic Ritual*[183]로 한 것으로 보인다. 실제로 목련희 공연은 그 자체가 의식으로 거행되었기 때문에 그 안에는 크고 작은 의식들이 포함되어 있기 마련이다. 관객은 이러한 의식이 집행되는 것을 지켜보거나 자신이 직접 참여하면서 구귀축역(驅鬼逐疫)하기를 바라고 그 외의 개인적인 염원을 기원한다. 공연은 무더위가 가실 무렵에 주로 거행되었기 때문에 공연이 끝나고 나면 기후는 서늘하고 곡식은 풍요로운 가을을 맞게 된다. 이러한 계절상의 변화도 마치 목련희가 치유의 효과를 지닌 것처럼 느껴지는 데 도움이 되었을 것이다. 여기에서는 연극이 의식이라는 점 그리고 불교의례와 도교의례와 유교의 제사가 한데 어우러진 상황이라는 점을 고려하여 종교적인 기준과 무관하게 제반 의식에 대해 간략히 소개하고자 한다.

1) 천도제

목련희의 성격이 어머니의 영혼을 천도하는 데에 있는 만큼 지금도 우란분재는 천도의 기능을 강하게 보유하고 있다. 그리고 여기에서 파생된 몇 개의 의식도 영혼의 천도라는 궁극적인 기원사항으로부터 시작된 것으로 보인다. 〈수재천부〉부분은 고혼과 야귀를 천도하는 기능을 가진 길고 긴 회로 종결된다. 이것은 목련희의 처음부분으로 목련희의 마지막이 어머니의 영혼을 천도하기 위한 우란분회로 종결되는 것과 좋은 대비가 된다. 그 밖에도 〈관음생일〉에 나오는 관음과 〈부상

촉자(傅相囑子)〉에 나오는 유씨는 주문인 탄치마가리, 나수리, 사파사파(坦哆摩訶唎, 羅口修 唎, 娑婆娑婆)나 불부남치 수리따(不負喃哆 口修 唎哆)를 읊조리면서 의식을 집행한다.

상갑(염하길)남무진허공계일체제보살

남무서방극락세계제보살

남무십방삼계일체제보살.

(경 외우며)암, 달치난치사파가.

암, 수리실리사파가.

암, 서미제서미제사파가.

암, 타나야타나야사파가.

암, 달치난치, 수리실리, 서미제, 타나야, 사파가.

여럿이 왕사성에 표표히 슬픈 바람이 일어나네. 집안의 좋은 남녀들이 배고프고 추워서 도적질을 하는구나. 그 사실이 관아에 알려져서 감옥에서 죽어가는구나.

여기 옥사한 외로운 영혼들이 감로회에 이르렀네.

왕사성에 표표히 슬픈 바람이 일어나네. 집안의 착한 며느리가 시어머니에 구박에 못 이겨 원망하며 황천을 부르짖다가 결국 대들보에 목을 맸구나.

여기 목매 죽은 외로운 영혼들이 감로회에 이르렀네.

왕사성에 표표히 슬픈 바람이 일어나네. 집안의 착한 자식들이 유흥가로 팔려나가네. 지독한 욕지거리에 참다못해 장강에 뛰어드는구나.

여기 물에 빠져죽은 외로운 영혼들이 감로회에 이르렀네.

왕사성에 표표히 슬픈 바람이 일어나네. 고아, 형제 없는 자, 홀아비, 홀어미, 입을 옷과 먹을 음식이 없는 자들이 사방에서 슬피 애걸하다가 큰길에서 엎어져 죽네.

여기 굶어 죽은 외로운 영혼이 감로회에 이르렀네.

왕사성에 표표히 슬픈 바람이 일어나네. 농부가 장원을 짓고
떨감을 베고 밭에 씨를 뿌리다가 호랑이와 독사를 만나 깊은
산 속에서 죽었구나.
여기 몰려 죽은 외로운 영혼이 감로회에 이르렀네.

여럿이 정말 불쌍하구나. 외로운 영혼! 떠도는 혼귀여! 깃발을 높이
걸고 특별히 초대하오니 원컨대 모두모두 불교의 회에 이르러,
추운 자는 옷을 얻어 입고, 배고픈 자는 배불리 먹으시오. 이
런 좋은 인연을 통해 극락왕생 합시다.184)

다음은 혈호(血湖) 의식에 관한 부분이다. 혈호는 원래 여자가 출산
할 때 흘리는 피를 상징하며 이 의식은 난산으로 목숨을 잃은 여자의
영혼을 천도하는 데에 목적이 있다. 보통은 그때 태어난 아들이 이 의
식을 주관하는 경우가 많기 때문에 사후에 십여 년이 흐른 뒤 거행되
기도 한다. 목련희의 〈삼전심모〉를 보면 유씨가 혈호지에 빠져 울부짖
으면서 옥졸에게 여인의 삼대고를 호소하는 대목이 나온다.185) 이 대
목에서 장치부분의 노래에서 소개한 〈십월회태가〉를 부르는데 민남(閩
南)과 민북계의 초도 혈호과의를 거행할 때마다 이 노래가 사용되었
다. 그리고 용암(龍岩) 등지에서는 도사가 도장을 열 때에도 역시 〈십
월회태가〉를 사용한다.
　≪원시천존제도혈호진경(元始天尊濟度血湖眞經)≫186)에 혈호가 나오
는데 그에 따르면 혈호는 핏물이 고여 호수를 이룬 것[積血成湖]이다.
혈호의 내부는 혈지, 혈분, 혈산, 혈해로 구성되어 있으며 남녀를 불문
하고 죄를 지은 자는 이곳으로 가게 된다. 특히 난산으로 인한 과다출
혈로 인해 사망한 부녀자는 이 고통 속에서 절대 헤어날 수 없다. 그
래서 난산으로 사망한 부녀자를 위해 반드시 혈호 초사도장을 올려 주
어야 한다. 이때 거행되는 의식은 목련희에 등장하는 파혈호187)에 해

당하며 구모의 취지와도 성격이 부합된다. 이 의식에서 도사는 도장을 열어 주문을 외우고 혈호 지옥을 깨뜨린다. 그리하여 죽은 여인의 영혼을 초도하는 모든 과정을 '혈호도장'이라 하는데 이것은 민간에서 자주 거행되던 습속으로 전해져온다.

강소 정강현(靖江縣)에 남아 있는 파혈호 의식은 혈호 도장과 같은 의식으로 이러한 성격을 지닌 행사는 복건과 싱가포르 및 대만의 화교 사회에 그 면면이 전해지고 있다.[188] 정강현 등지에서도 역시 부녀자의 월경과 출산 때 흘리는 핏방울이 모여서 지옥의 '혈호지'를 이룬다고 믿는다. 이 지역의 믿음은 사후에 아들이 의식을 주관하는 형태가 아니라 생존하고 있는 부녀자를 위해 그녀가 죽기 전해 의식을 거행하는 방식을 취하고 있다. 즉 부녀자들은 죽으면 혈호지에 빠져서 심한 고통에 시달리게 되기 때문에 이 고통을 피하려면 반드시 '혈호회'를 거행해서 혈호지를 깨뜨려야 한다는 것이다. 이러한 의식은 일반적으로 50세가 지난 폐경기 여성을 위해 실시되며 삼 년 동안 세 번 반복해야한다.[189] 이것은 사후의 평안함을 생전에 보장받을 수 있다는 효력을 가진 의식이었기 때문에 거의 정기적으로 거행되었다. 파지옥 의식이 지옥문을 열어 영혼을 천도한다는 광의의 의미라면 파혈호는 혈호지옥이라는 지옥의 일부를 깨트리는 협의의 의미이다. 그러나 두 의식의 궁극적인 목적은 모두 영혼을 천도하는 것이다.

목련희에서는 목련이 혈호 지옥을 깨뜨릴 적에 신대 아래에다가 면분(面盆)을 가져다 놓는데 이것은 다름 아닌 혈호 지옥을 상징하는 물건이다. 의식을 주관하는 목련이 칼을 들고 한 쌍의 젓가락을 부러뜨리는 행동은 혈호 지옥에 있다고 전해지는 일곱 개의 난간을 부수는 행위의 상징인 것이다. 목련이야기와 파혈호, 파지옥을 연관하여 보면 그것은 일반적인 재와 구별되는 점들이 있다. 예를 들면, 목련희의 파혈호는 어머니가 출산 도중에 타계하신 경우 그녀의 아들이 자라서 돌아가신 어머니의 영혼을 천도하는 의식이다. 이때 아들은 붉은 빛 액체를 마시는데 그 액체는 모친이 출산 때 흘린 피를 상징하고 있다. 아들이 핏물을 마시는 행위는 어머니의 영혼이 빠져서 허우적거리고 있는 혈호의 피를 모두 마심으로써 그녀의 고통을 구원한다는 의미를 지닌다.

명대 목련희 하권의 〈목련괘등〉에는 괘등을 통해 파지옥하는 실제 의식행위가 극본에 그대로 들어와 있다. 목련이 십전지옥을 돌며 어머니를 찾아다니는 여정에서 옥문을 지날 때면 석장으로 문을 타파하고 그 틈에 망혼이 빠져나가는 대목이 있다. 그것은 초도 의식 중에 들어 있는 '타성'이나 '파옥'과 다르지 않다. 초도하는 과정에서 목련이 구유지옥(九幽地獄)과 오방지옥(五方地獄), 그리고 팔문지옥(八門地獄)을 건너는 것은 목련희에서 십전지옥 중에 제9전을 제외한 나머지 아홉 전을 돌면서 아홉 문을 타파하는 과정에 해당한다. 아홉 문을 지나면서 행하는 의식을 초도에서는 구유지옥이나 팔문지옥[190]을 지나는 것으로 대신하며 지옥을 타파할 적에 사용하는 책장(策杖)도 같은 맥락에서 사용하는 물건이다.[191]

실제 민간에서 지내는 장례의식도 '파지옥' 혹은 '타성'이라고 한다. 복건 지역 보전현(莆田縣에서 초제(醮祭)를 드릴 때 행하는 '탑참(塔懺)'이나 객가상례(客家喪禮) 중의 목련救母, 그리고 해남 초도의식에 들어있는 '파옥', 광동 초제에 포함된 '팔문공덕' 등이 모두 목련희의 파獄의식에서 파생되었거나 그와 상관된 행사들이다. 파옥은 불교와 도교에 상관하지 않고 일반 상장제사 때 반드시 거행하는 의식이 되었는데 이와 관련된 적절한 예로 복건 보전현의 장례절차 중에 파지옥의식이 들어가 있는 현상을 들 수 있다.[192]

파지옥 등의 의식은 보통 주인공이 20년여 전에 난산으로 죽은 여인이고 제주는 그녀의 아들이 된다. 아들은 어머니의 영혼을 천도하기 위해 제사를 지낸다. 제사 과정을 살펴보면 종이로 10개의 문을 설치해두고 주사의(主司儀)는 윗면에 오존불(五尊佛)이 그려진 연화형의 모자를 쓰고서 목련역할을 연기하는데 처음 시작부분에서 닭의 목을 비틀고 그곳에서 피를 빼내서 그 피를 바르면서 제사를 시작한다. 주제사는 이 피로 녹색종이에 '삼보령(三寶令)'이라고 쓴 후 지옥요새의 문에다가 붙인다. 이때 송장자는 바로 모친이 자신을 낳다가 돌아가신 그 아들이 되며 그는 무릎을 꿇고 붉은 색의 액체를 완전히 마심으로써 모친의 인자한 사랑에 보답하는 마음을 표현한다. 이 대목은 앞항에서 언급한 혈호지와 상관되는 부분이다. 지옥 십전의 입구로 상정되는 지점에서 석장을 사용해서 땅 위에다가 호부를 그려 넣고 석장 끝을 10개의 종이 문에 쑤셔 넣어 문 앞에 달아놓은 기름등을 깬다. 그리고 망부를 상징하는 존재로 제작한 종이인형을 3층탑으로 데리고 와서 3전과 5전 지옥을 깬 뒤에 다시 지옥요새의 모든 문들을 열어 제친다.

혈호 의식과 관련하여 하나 짚고 넘어가야 할 것은 전장(轉藏) 의식이다. 이것은 7층으로 된 첨탑 아래에다 여인의 망혼을 두고 집안사람이 탑에 연결된 노끈을 끌면서 탑 둘레를 도는 행위를 가리킨다. 식구들은 한번 돌고 나서 길흉을 점치게 되어 있다. 만일 점괘가 길하면 여인의 망혼이 한 층을 올라가는 것이고 점괘가 흉하면 전혀 움직일 수 없다. 식구들이 계속 돌고 점을 쳐서 길한 괘가 나오면 영혼은 한 층씩 계속 오르게 되고 이로부터 혈호지로부터 탈출할 수 있다고 믿는다. 그래서 이 전장 의식은 장시간 계속되는 경우가 많다. 목련희에서 유씨가 옥졸에게 호소하면서 여인의 삼대고를 창하는 대목도 반복적으로 한 단계 한 단계 고통을 호소하는 이와 같은 형식으로 전장 의식에서 반복되는 탑돌이행위와 맥락이 통하는 점이다.

2) 기타 의례

(1) 과교(過橋)

보통 이 의식은 도사가 목련으로 분장을 하고 연기에 들어가는 경우가 많다. 유씨의 역할을 종이인형을 만들어서 대신한다. 도사는 지옥문을 부순 뒤에 호부를 그려 넣고 종이인형을 목욕시킨다. 그런 다음 다시 종이로 만든 인형을 데리고 종이로 만든 내하교를 건넌다. 이 부분은 지옥에서 영혼이 다리를 건너는 것을 상징적으로 표현한 대목이다. 탑 정상에서 옆에서 기다리고 있던 아들의 손에 종이인형을 안겨 주는 동시에 물고기 한 마리를 물 항아리에 넣어 탑에 올려 둔다. 이 물고기가 물 항아리에서 뛰어나온다면 그것은 바로 죽은 사람의 영혼이 혈호에서 탈출했다는 의미가 된다.193)

목련희를 보면 유씨가 금교와 은교를 건너려고 하는데 다리가 차단되어 어쩔 수 없이 내하교를 건너 지옥으로 가는 장면이 나온다. 그녀가 내하교를 건너게 되는 필연성은 과교에 얽힌 선악관으로 설명하고 있는데 작품에 명시된 선악관은 초도의식이 가지고 있는 그것과 완전히 부합된다. 많이 착한 사람은 금교를 지나고 조금 착한 사람은 은교를 지나야 한다. 물론 이 다리를 건넌 사람은 모두 천당에 오르게 된다. 반면에 악한 죄인은 금교나 은교를 지날 수 없고 반드시 내하교를 건너서 지옥으로 가야한다는 논리이다.194)

목련희에서는 선과 악의 경계가 뚜렷하지 않음을 재차 강조한다. 이에 관해서는 약간의 설명이 필요할 것이다. 희문 중권의 〈과골유산〉에 등장하는 귀사는 '선과 악은 분명히 두 개의 영역이지만 그 둘을 가르는 것은 별로 큰 차이가 아니다(善惡分明有兩條, 相差原只在分毫)'라고 말한다. 그의 말은 다음과 같은 의미를 함축하고 있다. 즉 과교의 기준을 삼분하여 선과 악을 기준으로 징벌하는 것은 사실이다. 그러나 인생이란 선에서 악으로 언제든지 바뀔 수 있는 가변성이 크다. 그리고 그 가변성은 매우 순간적으로 발생해서 일순간에 결정되고 말기 때문에 선과 악의 차이는 클지 모르나 경계는 매우 가깝다는 것이다.

또 악의 체벌에 관한 대목에서는 다음과 같은 논리를 전개한다. 현실에서는 선과 악을 가르는 기준이 모호하고 진실이 밝혀지지 않는 경우도 있다. 그러나 사후에는 결코 그러한 일이 발생하지 않으며 비리는 낱낱이 밝혀지고 만다는 것이다.

> 사후 세계의 법도는 그릇되고 굽은 것이 없으니 너희들이 세간에서 행한 일이 어떠한지에 따르지. 네가 세상에서 그렇게 나쁜 짓을 많이 저지르고 살았으니 이제 죽어서 온갖 고통을 다 당하는 것은 순리대로 닥친 필연적인 결과이니 원망이고 불평이고 그만둬라.[195]

(2) 봉금(封禁)

목련희를 공연할 때에는 단 아래에 반드시 도기로 만든 단을 따로 설치해 놓고 그것을 밀봉하는데 이것을 봉금의식이라고 부른다. 봉금에는 두 종류가 있는데 하나는 예인의 혼을 금단에 밀봉하는 과정이고 다른 하나는 사마(邪魔)의 혼을 금단에 넣어 밀봉하는 과정이다. 전자는 예인의 혼을 금단에 숨겨놓음으로써 공연하는 도중에라도 사마가 엄습하여 그를 데려가지 못하도록 막는 방어 차원의 봉금이다. 보통 목련희 공연에 참석하는 모든 예인이 자신의 이름을 달걀에 적어 그 달걀을[196] 금단에 넣는데 다 넣은 뒤에는 도사가 주문을 외우고 법사를 열어 봉금의식을 행한다. 주문이 다 외웠으면 청, 홍, 백, 흑, 황색의 베를 가지고 금단을 밀봉하고 마지막으로 오색실로 완전하게 묶는다. 봉이 완료되면 밀봉된 금단을 무대 밑의 땅바닥에 묻어 놓고 공연이 끝날 때까지 절대 파지 않는다.

공연이 끝나면 금단을 파서 꺼내는데 이것은 개금(開禁)이라고 하고 개금하면 배우 각자가 자신의 달걀을 찾아내서 그 모양을 살핀다. 달걀이 처음과 같이 온전하면 길조로 여기고 표면에 금이 갔거나 깨졌으면 흉조로 여긴다. 이런 의식은 아주 엄격해서 반드시 공연이 끝나야 모양을 살피고 달걀을 먹을 수 있는데 달걀이 깨질까봐 겁을 내는 배우들이 공연 중간에 달걀을 빼내는 경우도 발생한 적이 있지만 대부분 이미 깨진 상태로 발견되는 경우가 많다. 조심히 다루었더라도 워낙 깨지기 쉬운 것이 달걀이기 때문에 봉금하고 땅에 묻을 때 벌써 금이 가는 경우가 많았고 이런 상황을 싫어하는 배우가 많아져서 민국 초에는 봉금의식을 생략하는 경우가 많았다. 사마의 혼을 봉금하는 후자의 경우에도 그 절차나 방식은 일치하지만 이번에는 방어차원이 아니라 감금의 성격이 강하기 때문에 도사는 특별한 주문을 외워서 악한 혼령이 꼼짝하지 못하도록 공포분위기를 조성한다. 이때 외우는 주문은 ≪봉금주(封禁呪)≫로 알려져 있으며 퇴마(退魔)를 위한 주문의 성격을 지닌다.[197]

(3) 영관소대(靈官掃臺)

공연이 끝나면 배우가 영관으로 분장하고 무대에 올라가 무도를 펼치는데 이것을 '도영관(跳靈官)' 혹은 '영관소대'라고 한다. 영관이 오른손에 채찍을 들고 왼손은 영관결 모양[198]을 만든다. 출장하기 전에 채찍 끝에다 노란 연기를 피운 다음에 출장하자마자 내달려 채찍을 세 번 내리쳐 노란 연기가 희대에 쫙 퍼지게 한다. 그 황연 속에서 무도를 펼치는 모습이 인상적이며 하장할 적에도 채찍을 세 번 내리치면서 물러난다. 영관소대의 의미는 '소사귀정(掃邪歸正)'에 있으므로 일반 제례도 이 의식을 포함하는 경우가 많다.

(4) 소배향(燒拜香)

호남 지방은 '소배향'이라는 전통적인 습속을 가지고 있는데 이것은 목련희와 모종의 연관이 있다. 이 의식은 선남신녀가 건강하게 장수하려는 염원을 가지고 집안을 정결하게 하고 '소배향'하는 행사이다.

이것은 삼보 일배로 탐(貪), 진(瞋), 치(癡)의 삼독을 씻어낸다는 상징적인 의미가 있다. 우선 목욕재계하고 집 문에서부터 세 걸음 걷고 무릎 꿇고 일곱 걸음 걷고 절하는 식으로 남악(南岳)까지 오면서 자신의 소원을 비는 의식이다. 이 의식은 목련희에서 나복의 행위를 통해 그대로 재연된다. 〈유씨억자(劉氏憶子)〉에서 익리는 창으로 의식이 거행됨을 알린다. 나복은 절을 하면서 위와 같은 의식을 반복한다. 이것은 그가 집으로 들어오는 의식이기도 하다. 〈모자단원〉에도 이와 비슷한 대목이 나온다.[199]

〈유씨억자〉

익리: (창으로) 부모를 생각하면 괴롭고 슬프다. 그래서 세 번 걸음을 옮기고 한번 절하고 다섯 번 걸음을 옮기고 한번 무릎을 꿇어 어머니를 대신하여 재앙을 물리치는 푸닥거리를 여네.

나복: (놀라 감탄하면서) 그렇기 때문에 세 번 걷고 절하고 돌아와서 어머니를 위해 복을 가져오고 재앙을 없앤다네.

집안사람: (말하길) 저기 멀리 나복 관인께서 세 번 걸음을 옮기고 한번 절을 올리고 돌아오시는 것이 보이네.

이공: (말하길) 세 번 걷고 한번 절하고 누가 오는 겐가?

나복: (창으로) 이렇게 세 번 걷고 한번 절하고 집으로 돌아왔습니다.

유씨: 그가 세 번 걷고 한번 절하는 것은 어머니를 위한 행동이구나.[200]

〈모자단원〉
　나복: 이렇게 세 번 걷고 한번 절하며 집으로 돌아 왔습니다.[201]

7. 삽　화

　목련이야기를 소재로 한 그림은 ≪대목건련명간구모변문병도≫에 함께 첨부되었던 것으로 추정되는 그림과 일본에서 발견된 목련경에 포함된 삽화와 명대 희문에 등재된 삽화 등이 있다. 그런데 변문의 삽화는 발견되지 않았고 일본의 ≪원간목련구모경≫의 삽화는 전해진다.

　이런 삽화와 이야기가 발생한 선후관계에 대해서 여러 논의들이 있어왔는데 변문의 도에 대해서는 먼저 그림이 있었고 그것을 설명하는 과정에서 이야기가 만들어졌다는 의견이 있다. 이와 반대로 먼저 이야기가 유통되었고 그 과정에서 이해를 돕기 위해 그림이 사용되었으며 서적으로 출판되는 경우에는 이것을 삽도로 포함하였다는 의견도 있다. 불교를 연구하는 측에서는 그림을 설명하면서 진행되는 연행이라는 측면에 비중을 둔다. 이 관점은 변문에 병기된 그림을 설명하는 올바른 방법일 수 있다. 그러나 연행의 대본으로 제작되었을지라도 한국과 일본에 유입된 후로는 거의 연행과 분리된 것으로 보이는 목련경과 희문에 삽입된 삽화의 경우에는 독서행위를 보조하는 장치로서 존재하고 있다.

　원간본에는 그림이 이야기의 상단부분에 매 페이지마다 존재하고 있어서 그림을 보면서 이야기를 읽도록 제작되었다. 그에 비해 한국에서 다시 간행한, 동일한 내용의 ≪목련경≫은 중간에 삽화가 들어 있는데 화법이 원간본과 다르다. 또 명대 희문의 삽화 역시 중간에 삽입된 형태로 총 13폭이다. 서로 판형이 다르긴 해도 위의 그림은 모두 이야기를 듣거나 읽는 사람의 상상력을 돕는 기능을 했던 것으로 추정된다.

해당 서적이 연행용이 아니라 독서용으로 유통되었을 경우 이러한 가능성은 훨씬 커진다. 이야기가 독본으로 유통된 경우에 그림은 삽화로 존재한다. 그러나 이야기가 공연으로 유통되는 경우에는 무대가 설치되기 때문에 그림이 그렇게 필요하지 않다. 따라서 그림이 있는 서적은 독본일 가능성이 높다.

목련희의 판본 중에는 ≪신편목련구모권선희문≫과 ≪신출음상목련전전≫에 삽화가 들어있는데 전자는 삽화만 실려 있고 후자는 삽화마다 제목이 정해졌다. 전자는 만력 10년(1582)에 휘주 지역에서 판각되었고 후자는 청 광서 10년(1884)에 판각되었다.[202] 전자의 각공인 황정(黃鋌)은 대대로 판각으로 유명한 황씨 집안 출신으로[203] 흡현(歙縣) 규촌(虯村 or 仇村)에 거주하였다.[204] 당시 각공들의 임금은 매우 낮았으며 임금은 새긴 글자 수를 기준으로 셈하였다. 삽도의 크기에 대한 기준도 매우 엄격하였으며 ≪권선희문≫을 시작으로 소설이나 희곡의 삽화판각이 활성화되었다.[205] 목련희에 나오는 삽화를 일부 소개하면 다음과 같다. 이것은 1582年 황정이 판각한 고석산방본(高石山房本에)에 실린 삽화임을 밝힌다.

愛河橋

제4절 소 결

목련희에 대해 고찰한 결과 창과백을 토대로 인물, 공간, 사건, 그리고 잡기, 민가, 삽화, 논쟁 등이 유기적으로 조직되었음을 확인하였다.

창과백은 극종마다 비중이 조금씩 다른데 호남 진하 목련희의 경우에는 창의 비중이 높고 기극의 경우에는 과의 비중이 높다. 민간에서 공연하는 경우일수록 백에 우스갯소리가 많이 들어간다. 공간을 보면 천상, 지하, 지상으로 삼분할 수 있는데 천상과 지하는 인간계를 끊임없이 기획하며 자신의 관할하에 둔다. 그러므로 지상은 천지의 기획과 구조조정에 의해 운영된다. ≪태평광기(太平廣記)≫나 화본, 잡극, 일부 전기에 표현된 공간도 목련희와 마찬가지로 하늘은 저 높은 상징적인 존재로 남아 있지 않고 끊임없이 인간계를 감시하고 조정한다.

등장인물은 본래 생사의 선을 넘을 경우에 다른 세계로 전이할 수 있다. 전이되는 세계는 개인의 생전의 선악에 따라서 층위가 결정된다. 목련희에 반영된 사후세계는 불교의 공간개념을 기초로 하고 있기 때문에 인물들은 죽은 후에 무덤에서 계속 살아가는 것이 아니라 지옥으로 떨어져 형벌을 받도록 설정되어 있다. 그러나 선악을 평가하는 기준은 불교적인 개념일 때도 있고 유교적인 윤리일 때도 있었다. 가령 목련의 어머니가 개고기를 먹는 것은 중국인의 사고방식을 기준으로 보면 罪가 아니다. 그러나 불교에서는 살생을 금지하고 개훈(開葷)을 금하며 특히 개고기 먹는 것을 금지하고 있기 때문에 목련희에서 그녀는 중죄인이다. 인물들은 자신이 사후에 어떤 세계로 가는지, 예정된 세계가 있는 것인지 전혀 예상할 수 없는 상태에서 악행을 범하게 된다.

전체 인물은 인격과 신격으로 구분된다. 인간은 가족 관계를 구성하면서 상호 갈등과 조화를 통해 사건을 이끌어 간다. 신격은 인간계의 사묘에 사는 신격이 있고 저승을 드나드는 신격이 있다. 그들은 저승의 질서를 관장하면서 이 갈등을 해결해주는 조력자이다. 신격은 현재 사원의 배치도와 마찬가지로 온갖 종교의 신들이 혼거하고 있다. 이것은 목련희가 민간에서 통용되는 신관을 반영하고 있다는 증거이기도 하며 그것이 민간의 공연예술로 통용되었던 역사를 보여주는 근거이기도 하다. 신격과 인간은 공간적으로는 동일공간을 점유하지만 실제로 생활하는 의미영역은 다르다. 서로 격절되어 있어서 신들은 인간을 보지만 인간은 그들을 보지 못한다. 그리고 신상으로 움직일 경우에는 인간의 시선이 있을 때는 움직이지 않고 인간이 보지 않을 때는 신상의 형태로도 움직인다. 이러한 격절은 이승에서만 벌어지며 인간이 지하로 가거나 천상으로 갈 경우에는 이러한 현상이 일어나지 않는다.

장치는 서사적인 장치와 극적 장치를 함께 논의하였는데 장기간 전승되는 과정에서 부가된 요소도 있고 원래부터 내재해온 요소도 있었다. 각각은 목련희의 공연과 기록에 역동성과 서사적 논리성을 부가하는 데 활용되어왔다. 목련구모라는 전형적인 모티프를 다양하고 흥미로운 대상으로 개편되는 과정에는 시대별로 애호되는 각종 공연상품 및 독서상품이 요구되었다. 공연상품으로 가장 애호되었던 것은 단연 잡기로서 목련희를 비롯한 전통 공연예술이 서사적인 서커스의 모습을 띠는 이유도 고난도의 잡기가 많이 사용되었기 때문이다. 글을 모르는 민간을 대상으로 하는 행사인 만큼 잡기의 중요성은 날로 확대되었고 이와 함께 노래, 즉 구성진 창이나 민가도 표현방식으로 인기를 끌었다. 이외에도 지역별로 방언을 사용한 토속적인 우스개가 담긴 소희를 통해 관객의 주의를 집중시키기도 했다. 이러한 첨가요소들은 비단 목련희를 제작하는 데 사용되었을 뿐만 아니라 기타 연희를 제작하는 데에도 유사한 형태로 기능하였다. 이것이 바로 어느 지역의 어느 공연이든지 대부분 잡기가 나오고 창을 하고 소희가 들어가서 주의해서 보지 않으면 모두 비슷하게 여겨지는 이유이다. 목련희는 이와 같이 하나의 이야기를 공연과 기록으로 만드는 과정에서 요구되는 여러 요소의 첨가와 변형을 보여주는 모델이라 할 수 있다. 한편 가독성을 증가시키는 요소들로는 논리적인 언변을 기반으로 하면서도 유머감각이 있는 논쟁 및 패러디를 예로 들었다. 그리고 극정을 상상하는 데 도움이 되는 삽화 및 음악도 시각적이고 청각적인 효과를 주는 주요한 요소이다. 정장에 대한 기준이 엄격해지고 출판사가 활성화되는 명·청 시기에 이러한 요소에 대한 연구도 활발히 개진되었다. 이러한 요소들의 상호 작용으로 인해 목련희 독본은 공연과는 또 다른 각도에서 여전히 속도감 있는 독서를 가능하게 한다.

이 장에서는 목련이야기라는 원재료가 목련희에 활용되는 과정에서 제작상 어떤 요소들을 부가하였는지, 그리고 공연 혹은 기록의 성격을 변모시킨 요소들은 구체적으로 어떤 것인지 살펴보았다. 그 결과 목련희는 단순히 효나 지옥으로 도배된 불교이야기가 아니라 관객의 반응 및 극적 서사적 고려를 거쳐 치밀하게 조직된 공연예술임을 알 수 있었다. 따라서 목련희는 별다른 흥행 이유도 없이 종교적인 힘만으로 장기간 광범위하게 유통되었던 불교 연극이 아니라, 대중의 애호를 수용하면서 원 이야기를 끊임없이 변화시키고 공연의 경험을 토대로 축적된 노하우를 지역별로 시기별로 지속적으로 반영시켜온 현장예술이다. 그러므로 목련희의 내적인 자생력과 지속력은 바로 시의에 맞게 구성요소를 적절하게 변용하고 재정비해온 전파과정에 있는 것이다.

제4장 목련희의 공연과 기록

목련이야기가 언제부터 공연되기 시작했는지 그 시기는 명확하지 않지만 연극의 외형을 갖춘 것은 송대로 추정된다.[206] 이 장에서는 발견되는 공연기록을 통해 공연주체와 공연의도, 그리고 관객의 반응과 같은 문제들을 유추한다. 변문 이후에는 공연과 극본의 두 가지 성향의 자료가 발견된다. 극본 자료는 앞에서 언급한 바와 같이 1582년 명 만력 10년의 《목련구모권선희문》이 출판된 최초의 서적이다. 이후로 극본을 출판하는 작업이 꾸준히 지속되어 왔다. 이 자료를 통해 공연이 어떻게 지속이 되었고 구체적으로 어떠했는지 그리고 공연에 대한 기록과 출판 자체에 대한 주석이 어떻게 이루어졌는지에 짐작할 수 있을 것이다. 극본이 출판된 배경에는 무슨 원인이 있었고 당시 문인들은 극본을 기록하는 일에 대해 어떤 태도를 보였는지도 함께 살핀다.

문자로 목련희를 기록한 것은 극본 이외에 보권(寶卷)의 형태로도 많이 만들어졌다. 극본은 공연을 토대로 하여 독서용으로 혹은 희반의 참조용으로 제작되었고, 보권은 보다 종교적인 목적 즉 그것을 기록하면 공덕을 쌓는다는 믿음을 통해 확산된 것으로 보인다. 극본은 해당 지역의 문인이나 희반이 출판하는 장소에 의뢰하여 제작했으나, 보권은 사찰의 사경생(寫經生)과 신도들이 필사본을 만들거나 사찰에서 운용하는 서방을 통해 기록물을 만들었다. 공연은 오랜 세월이 흐른 뒤에는 그에 대한 정보를 문자기록을 통해서 얻을 수밖에 없다. 그러므로 목련희의 기록 자료를 통해 공연문화의 흔적을 탐색하는 작업은 현재 공연상황을 참조하는 것만큼 중요할 것이다.

이 장에서는 목련희의 공연 및 기록에 대해 살펴보기 위해 우선 공연의 상황을 시기 및 지역별로 살피고 공연을 담당한 사람들과 그들이 기획한 공연의 의도 그리고 관객이 보여준 반응을 고찰할 것이다. 기록에 관해서도 마찬가지로 기록된 상황을 정리하고 기록을 담당했던 출판사 및 개인의 이름을 나열하고 후원계층의 역할에 관해서도 언급할 것이다. 그리고 공연을 굳이 기록으로 제작하였던 과정에서 개입된 의도와 그에 대한 독자의 반응을 살필 것이다.

제1절 공　연

목련희는 원래 우란분재와 같은 의례로서 공연이 시작되었다. 이것은 사실은 불교의 의식이기 때문에 본격적인 희곡의 공연이라고 하기는 어렵다. 실제로 여기에는 오늘날 우리가 목련이라고 부르는 어떤 이야기가 게재되었던 것은 아니다. 이야기가 게재된 것은 돈황 변문에서 확인되고 이때 이야기가 게재된 사실은 공연을 전제로 했을 것이라고 가정할 수 있다. 이것이 연극의 형태로 공연된 것은 대개 북송 때라고 생각된다. 왜냐하면 북송에는 ≪동경몽화록≫이 공연사실을 기록하고 있기 때문이다. 이 절에서는 북송 때부터 연극 형태로 거행되는 공연이 시작된 이래로 지금까지 어떠한 모습을 전승되어왔는지, 그리고 북송 이전의 모습은 어떠했는지 살펴본다.

서진 시기에 우란분재를 거행할 당시에 설경하면서 기타 공연예술을 첨가하였는지 설경만 하였는지는 정확히 알 수 없다. 재를 모신 것은 분명한데 그 행사를 희곡의 형태로 연출하였는지 화상 1인이 간단하게 행사를 준비했는지에 대해서는 단언하기는 어렵다. 만약 희곡의 형태로 연출하였다면 이야기가 전제되어야 하고 배우에 대한 기록이 있어야 한다. 앞서 언급했듯이 목련이 나오는 불경이 세간에 유행되는 이야기의 꼴을 갖춘 것은 변문 정도의 단계에 가능했다. 그렇다면 목련희에 대한 자세한 정보를 말해주는 북송 시기의 공연형태가 출현한 시기를 소급할 경우 변문이 기록된 당대 정도로 거슬러 올라갈 수 있다. 그 이전 시기에 대한 정보는 아직 발견되지 않았다.

목련희의 기본적인 기능은 바로 우란분재를 모시는 데에 있다. 공연은 우란분재를 지내는 사람들에게 종교적인 의미를 제공하는 것이 일차적인 의무이다. 하지만 이야기를 통해 종교성을 전파하는 과정에서 보다 세련된 서사적 논리가 부수적으로 갖추어졌을 가능성이 크다. 점점 시간이 지나면서 평소에 중요했던 우란분재의 의미는 점점 퇴색하고 공연 자체가 중심의 자리에 놓이게 된다. 즉 시작점은 우란분재였는데 목련이야기가 삽입되고 말해지면서 목련희에서 이야기의 비중이 커진 것이다. 우란분재가 가지고 있는 본연의 기능으로 인해 목련희는 여전히 기복적인 요소를 강하게 풍기는 공연으로 남는다. 제의로서의 기능을 보유한 채로 논리적으로 서사를 이끄는 점이야말로 목련희가 다른 문화상품으로서의 공연과는 달리 오늘날까지 끈질긴 생명력을 가진 근원일 것이다. 이 절에서는 공연과 관련된 점들에 유념하면서 각 상황 및 담당자, 목적, 반응에 관해 순차적으로 기술한다.

1. 공연실황

1) 시기별 공연실황

목련희는 대희, 잡극, 전기, 각종 지방희 등 다양한 형태로 전승된다. 처음에는 간단한 구술의 형태로 출발하였으며 북송과 원금을 거쳐 명·청 시기에 매우 활발하게 유통된다. 청 말, 민 초에 이르면 점차 공연의 규모가 커지면서 거의 전국적으로 거행되는 행사로 격상된다. 이러한 공연은 적어도 문화대혁명 이전에는 제대로 명맥을 유지하였

234

다.

　목련희의 공연은 다음과 같은 단계별 구분이 가능하다. 첫째는 변문이 나타나기 전에 불교의례로 행해진 우란분재의 단계이다. 둘째는 변문의 형태로 의례이면서도 서사전달의 기능이 강화된 단계이다. 셋째는 연대본희(連臺本戱) 형태로 장기 공연되는 단계이다. 시기적으로 첫째 단계에 관한 자료로는 목련희가 형성되어가던 위진 남북조 시기의 몇몇 기록이 남아 있다. 그에 따르면 이 시기에는 목련희의 원형이라고 할 수 있는 우란분재가 목련의 주관하에 거행되었다고 한다. 양(梁)의 종름(宗懍)이 남긴 기록을 다음에 소개한다.

> 7월 15일에 중과 여승 및 도사와 속인들이 모두 우란분을 만들어 여러 부처를 공양한다. 이런 행위는 내가 살펴보건대 ≪우란분경≫에 '7대 조상을 위한 공덕을 쌓고저, 깃발과 꽃, 노래와 북, 과실을 갖추어서 바친다' 하였으니 대저 여기에서 나온 것이다.[207]

　위의 자료에 근거하면 7월 15일에 실제로 우란분재를 거행한다. 행사 중에는 노래하고 북 치고 꽃과 과일을 바치기 때문에 공연이면서 또 제사이기도 하다. 종름은 일전에 불경을 읽었기 때문에 목련이야기의 대강을 익히 알고 있었다. 그리고 실제 공연을 보면서 불경의 이야기가 서적 내에만 존재하는 것이 아니라 의례로 실행된다는 것을 확인했다. 이것은 사원에서 문맹의 신도를 대상으로 불경을 설법하기 위한 공연이었을 가능성이 크다. 당시 공연예술을 펼칠 장소를 주로 사원에서 제공했기 때문에 사찰이 거의 무대나 광장으로 사용되고 있었다. 그러므로 목련경을 설법하는 행위도 그러한 영향을 받아 보다 세련된 공연형태를 구비하였다고 본다.

　종름보다 후대의 인물인 안지추(顔之推)도 우란분재에 대해 기록하였다. 그는 우란분재를 효자의 제사로 규정하고 권장하였는데 다음에 내용을 소개한다.

> 사시에 제사를 올리는 것은 주공과 공자께서 가르치신 바로 사람들
> 이 자신의 부모를 죽은 자로 여기지 않고 효도를 잊지 않게 함이다.
> 그러나 불경에서 그것을 찾아보면 아무런 도움이 되지 않는다. 희생을
> 죽여서 제사를 지내면 죄업을 도리어 쌓게 되기 때문이다. 하늘같은
> 부모의 공덕에 보답하고 부모가 연로하심을 슬퍼하는 마음을 달래고자
> 하면 간혹 재를 올리되 7월 15일 우란분재가 될 적에 너희들에게 그것
> 을 바라노라.[208]

이 글에 근거하면 안지추는 우란분재와 효도를 연관지어 이야기하고
있다. 앞에서 종름은 우란분재가 불경에서만 접하는 것이 아니라 실제
로 공연된다는 점에 착안하여 서적의 정보가 실현되고 있는 현장을 소
개하였다. 이에 비해 안지추는 효도를 실천하는 제사의 방식으로 우란
분재를 보고 있다. 즉 행사 현장의 존재여부가 아니라 그것의 의미와
기능에 대해 지적하면서 권장하는 취지이다.

또 목련희와 관련된 유적지가 발견(?)되었는데 그에 관한 북위(北
魏) 양현지(楊衒之)의 글을 보자.

> 여기서 북쪽으로 일주일을 걸으면 굴의 북쪽 1리 되는 지점에 목련
> 동굴이 있다. 쫙 펼쳐진 권좌를 둘러보면 부처의 영상이 드러나는데
> 산굴로 들어와서 열다섯 걸음 되는 지점에 있다. 사방의 네 면이 각기
> 굴을 향하고 있다. 멀리서 바라보면 여러 상들이 환하게 보이는데 가
> 까이 가서 보면 깜깜해서 아무 것도 안 보인다. 손으로 문질러 보면
> 그저 돌로 된 벽일 뿐이다. 점점 뒤로 물러서면 그 상이 비로소 나타
> 난다. 용안이 매우 특별한 것이 흔히 볼 수 없는 보기 드문 형상을 하
> 고 있다. 굴 앞에는 사각형의 돌이 있는데 돌 위에 부처의 발자국이
> 남아 있다. 굴에서 서남쪽으로 백여 걸음 가면 부처께서 옷을 빠시던

곳이 나온다.[209]

한편 이 시기의 ≪법원주림(法苑珠林)≫을 보면 장안의 유명한 사찰인 서명사와 자은사 등지에서 해마다 우란분재를 거행했다는 기록이 나온다.

> 국가의 대사찰이란 장안의 서명사와 자은사 등을 말하는데……(황실)에서는 매년 분(盆)에 여러 가지 곡식이며 과일 등을 담아서 이곳에 시주하였다. 그리고 재를 올리는 날에는 음악인이나 분을 보낸 관인 등 참여하려는 사람이 하나 둘이 아니었다.[210]

위의 정보들을 토대로 다음과 같이 추정해본다. 당시 우란분재는 불교사찰에서 거행되는 의례이다. 그런데 이것은 단순한 종교적인 의례가 아니라 세간의 관심을 끄는 행사였다. ≪법원주림≫을 보면 이는 황실의 후원을 받을 정도로 공인된 행사로서 예술인과 관리들이 사찰에 줄지어 들어와 참여할 정도로 성황리에 거행된 공연이었다. 7세기 말에 양형(楊炯)은 황제와 함께 지켜본 우란분재에 관해 장황하고 미려한 부를 지어 올리기도 한다.[211]

당대에는 목련이야기 혹은 우란분재의 외형이 목련변으로 많이 유통된다. 목련변은 고립된 문화물이 아니라 당시 사람들에게 회자(膾炙)되고 유통되는 대상이었다. 이러한 상황을 알려주는 자료로는 당대 시인 장호(張祜)가 백거이(白居易)와 담소를 나누는 장면이 있다. 백거이가 장호의 시를 기억하면서 관두시(款頭詩)를 언급하자 장호는 백거이의 〈장한가(長恨歌)〉를 목련변을 통해 비유한다. 목련변의 주제가 어머니를 찾아 환생시키는 것이므로 장호는 이것을 양귀비를 찾는 현종의 심경에 비유하는 기지를 보인 것이다. 장호가 예로 든 장한가의 일부는 '위로 벽락을 다 둘러보고 아래로 황천을 다 둘러보아도 모두 아득하여 보이지 않네(上窮碧落下黃泉, 兩處茫茫皆不見)'이다.212) 이 부분은 귀비를 열심히 찾는 현종의 심경을 도사가 노래한 것으로 장호는 이것을 목련의 구모행위와 연관지었다.

송대에도 우란분재에 관한 소개가 전해진다. 최초의 공연 기록으로 거론되는 《동경몽화록》을 보면 북송 때 대도에서 벌어진 잡극 《목련구모》의 공연상황이 실려 있다.

7월 15일 중원절. 며칠 전부터 저자거리에는 제기며 신발, 머리두건, 모자, 금물소 허리띠, 색동옷 등을 종이 가판대에 담아서 돌아다니며 팔았다. 반루와 주의 동서 와자 역시 칠월 칠석과 같았다. 사람이 많이 모여든 곳에서는 역시 모두 과일이나 씨앗, 장식한 과일을 팔았고 또 《존승목련경》을 찍어 팔았다. 또 높이가 15척 대나무를 삼각으로 쪼개서 그 위 부분을 등잔모양으로 짰는데 그것을 우란분이라고 했다. 그 위에다가 의복과 저승길 노잣돈을 올리고 불사른다. 구사의 배우들은 칠석이 되면 잡극 목련구모를 공연하기 시작해서 보름날 공연을 마쳤는데 끝 무렵에는 구경꾼이 두 배로 늘어났다. 중원절 하루 전날이 되면 찐 잎을 파는데 이것은 제사를 모실 때 상위에 까는 용도였다. 또 삼베 홈통집으로 만든 귀신형상을 파는데 그것을 상다리에 매어 놓는 것은 조상신께 수확을 알리는 의미이다. 또 맨드라미를 파는데 그것을 세수화라고 한다. 15일이 되면 조상신께 소식을 공양해야 하고 날이 밝으면 비로소 제삿밥을 팔 수 있다. 제삿밥은 집집마다 문을 돌아다니면서 제삿밥 팔아요! 하고 외치면서 파는데 이것은 바로 제사가 모두 종료되었음을 알리는 것이다. 또 전명채, 화화유병, 준함, 사함 등을 팔았다. 성 밖에 새로운 분묘가 생겼으면 찾아가서 성묘한다. 금중에서도 역시 거마를 내와서 도관으로 나아가 분묘에 성묘하도록 했다. 본원 관급사부의 여러 길에서 대회를 개최하는데 산더미 같은 지전을 불살라 군진에서 사망한 자들의 영혼을 천도하기 위해 고혼을 위로하는 도장이 열렸다.213)

위의 인용문을 보면 대도의 각처에서 고혼을 위로하는 행사가 다발적으로 거행되고 있다. 여기에서 목련희는 각종 제사와 성묘 등을 포함하는 개념이다. 여기에서는 서로 다른 행위로 보일 수 있다. 그러나 일정시간이 지나면 여러 요소들은 결국에는 하나의 목련희에 통합된다. 일주일 내내 연극이 공연되고 주위를 정결하게 단속하고 성묘하는 여러 행위를 규합하여 동일한 공간에 거주하는 사람들이 공동으로 거행하는 의식의 형태를 띤다. 공연의 상황을 재구성하면 다음과 같다. 중원절이면 곳곳에서 영혼을 천도하는 의식을 준비하고 거행한다. 이미 일주일 전부터 저자거리가 시끌벅적하도록 제사용품을 판매해왔고 희반도 공연을 시작했다. 7월 15일 당일에 거행하는 것은 제사의식이지만 이 의식을 포함하는 몇날 며칠의 모든 과정이 목련희에 포함된다. 공연은 대략 7일간 계속되고 마지막 날에는 구경꾼이 처음 시작할 때보다 배로 많아진다. 행사일인 중원절이 되기 전에 미리 제수용품들을 판매한다. 소식을 조상신에게 공양하고 젯밥을 팔기 시작한다고 크게 알리고 새로 만든 분묘로 가서 성묘한 후에 지전을 불태우면서 고혼의 명복을 빌면 목련희가 막을 내린다. 공연기간에 장터에서 ≪존승목련경≫을 인매하면 불티나듯 팔려나갔다. 젯밥을 팔기를 외치고 나면 실질적으로 의식이 종결되는데, 이때 각 군에서도 전사한 고혼을 구원하기 위해 비슷한 성격의 도장을 연다.

이때의 공연은 잡기가 상당히 많이 가미된 대규모 행사로 추정된다. 이러한 행사가 북송 대에 갑자기 생겨난 것은 결코 아니다. 당시 사원을 중심으로 여러 행사들이 거행되었고 유명한 공연장소는 사교의 장으로 활용되었을 것이다. 공연의 초창기에 무대로 사용되던 곳도 사원이 많았으며 민간에서는 허술하게 세워진 초대를 사용하였다. 이러한 사회적 정황을 보더라도 목련희가 사찰에서 공연된 경험이 있으며 궁정에서도 거행되었을 가능성이 있다. 행사는 이미 고유한 불교문화라기보다는 대중적인 공연예술 혹은 단체로 모시는 제사의식으로 변모된 것이다.

다음은 우영(遇榮)이 황실 내에서 거행된 우란분재를 보고 그에 관해 소개한 내용이다.

> 송 태조 건륭 3년, ……7월 15일, ……장춘전에서 우란분재를 여니 온갖 기묘한 이치가 다 모였다. 부왕의 영혼이 신선의 수레를 타고 오르시도록 빌고 온 천하에 넓은 은혜가 퍼지도록 간절히 기원한다. 황조의 기이한 일들은 오래전부터 전해져 왔는데 지금은 있지 아니하다.[214]

위 글에서는 북송 태조 재임기간에 열린 우란분재를 인용하여 '기이한 일'의 사라짐을 지적하고 있다. 우영에 따르면 우란분재를 거행하는 목적은 승하하신 부왕의 영혼을 천도하고 그 음덕으로 후손이 평안하기를 기원하는 데에 있다. 이는 현재 불가에서 말하는 천도재의 기능과도 일맥상통한다. 여기에서 짐작할 수 있는 점은 이전에는 황실의 보조를 받아 외부 사찰에서 거행되던 우란분재가 이제 황실 내에게 거행된다는 것이다. 그리고 우란분재를 조상숭배 관념을 바탕으로 하여 돌아가신 조상의 영혼을 좋은 장소로 천도하고 그를 통해 가내의 평안을 기원한다는 점에서 제사극의 면모를 강하게 보여준다는 점이다.

남송의 기록은 한층 구체적이고 상세하다. 다음은 남송의 문인 육유(陸游)가 쓴 글이다.

> 우리 고향의 늦더위는 7월 중순을 넘지 않는다. 사람들은 망일에 소찬을 마련해서 선조에게 제사를 지낸다. 그때 대나무로 사발모양을 짜고 그 안에다 지전을 가득 담은 뒤에 대나무 사발을 불살라 그 나아가는 방향을 보고 앞으로의 기후를 점치는 순서가 있다. 방향이 북쪽을 향하면 겨울에 추울 것이고 그것이 남쪽을 향하면 겨울에 따뜻할 것이다. 만약에 동쪽을 향한다면 춥지도 덥지도 않은 적당한 겨울이 될 것이라고 믿는데, 이 대나무사발을 우란분이라고 부른단다. 죄다 촌마을

에 사는 할아버지나 할머니가 들려준 말이다. 또 '우란분이 거꾸로 뒤
집어지면 강한 추위가 몰려올 징조'라고들 한다. 다음은 안원헌이 지은
시이다.

> 빠알간 하이얀 들완두 떨어지고,
> 붉고 노오란 무궁화마저 그 찬연한 미 스러졌네.
> 집안사람들은 무더위가 걱정이 돼서
> 날을 손꼽으며 우란분재를 기다리고 있구나.

이것은 아마도 사람들이 하는 말을 장난삼아 지은 것일 따름이다.[215]

이 육유의 글을 보면 우란분재를 지내는 목적과 시간적 배경이 분명
하게 드러난다. 그래서 이것은 더운 7월 보름에 의식을 치름으로써 다
가오는 겨울이 혹독하게 추울 것인지 아니면 따뜻하게 지나갈 것인지
를 점치는 의식이었다. 이렇게 되면 과거의 천도라는 개념 그리고 안
지추가 말한 효자라는 개념 이외에 또 다른 개념이 우란분재에 부여된
셈이다. 이렇게 대나무로 사발 모양을 만들고 안에다 지전을 가득 담
은 뒤 그것을 불살라서 앞으로의 기후를 점치는 의식행사로 변모된 것
이다. 이것이 어떻게 가능하냐 하면 원래 우란분이 가지는 의미인 도
현(倒懸)이 거꾸로 매달리는 어머니의 고통을 대변하는 용어였지만 여
기에서는 좋지 않은 점괘인 혹한으로 그 의미가 인신(引伸)된 것이다.
그래서 실제로 극에서는 고통을 의미하는데 여기서는 오히려 상징으로
사용된 것이다. 우란분이 도현되는 상태는 막아야 할 부정적인 요소인
혹한이고 이 부정성을 퇴치하기 위해서 치르는 여러 행위가 바로 우란
분재에 해당하는 것이다. 이는 도현의 상황을 해결한다는 점에서 모친
이 당하는 고통을 구제한다는 본연의 목적과 서로 통한다. 그러므로
도현의 형벌이 이 지역에서 혹한의 고통으로 전이된 현상은 재본연의

종교적 기능을 위배하지 않는다는 점에서 성공적이다. 위에 인용된 시를 보면 우란분재는 들 완두나 무궁화 같은 여름 식물이 생명을 다할 즈음에 역시 무더위로 지친 집안 식솔들에게 생생한 활력을 제공하는 방편으로서 기능한다. 기후를 점치는 등 구체적인 면면에 대해서는 언급하지 않았으나 더위로 생명체가 시들어 갈 적에 재충전을 위해 벌이는 주술적 행사의 성격은 분명히 드러난다.

육유는 우란분재에 대한 정보를 주고 있으면서도 실제 행사에 대해서는 회의적인 모습을 보인다. '죄다 촌마을에 사는 할아버지나 할머니가 들려준 말(盖里俗老嫗輩之言也)'이라고 폄하하고 인용한 詩에 대해서도 '이것은 아마도 사람들이 하는 말을 장난삼아 지은 것일 따름(盖亦戱述俗語耳)'이라고 폄하하였다. 육유가 이런 정도의 정보를 자신의 글에 인용하면서 이렇게 폄하한 이유는 분명하지 않다. 아마도 자신의 고향에서 거행하던 우란분재 자체는 인정하면서도 문인으로서의 가치로서는 전혀 인정하지 않고 하나의 민간습속으로 치부해버린 듯하다. 그런데 육유의 글을 보면 그가 고향인 절강성 산음현에서 접했던 목련희는 주술성이 강한 연행으로서 지전을 불태워 기후를 점치는 그 행위가 포함되었다는 것을 보여준다. 그리고 시기적으로는 더위가 끝날 무렵에 거행되었으며 허약해진 심신을 환기시키는 기능을 가졌다는 것도 알려준다. 그렇게 보면 앞에서 말한 우란분재의 성격인 천도제, 효자의 제사, 황실에서의 제례, 목련변 등등의 자료를 보면 우란분재의 의미가 보는 사람에 따라서 혹은 공연장소에 따라서 시시각각으로 달라질 수 있다는 것을 보여준다.

이렇게 의식의 성격을 지닌 목련희는 원대에도 여전히 존재하였을 것으로 추정된다. 그러나 원대에는 이 시기의 공연을 증언한 사람이 없다. 이 시기에는 잡극이 성행했고 이 잡극의 목록을 만드는 것이 큰 일로 여겨졌다. 목련과 관련된 잡극으로는 ≪행효도목련구모≫와 ≪목련입명(目蓮入冥)≫이 목록만 남아있다.216) 다시 말하면 이 시기에 목련과 관련된 극본이 있었거나 공연되었다는 제목이 남은 것이다. 또 원대에 ≪목련구모출리지옥승천보권≫이 출판되었다는 기록이 있는 것으로 보아 공연이 있었다는 것을 확증할 수 있다. 다만 이 보권의 성서시기에 관해서는 전문가들의 이견이 많기 때문에 시기는 확신할 수 없다.

명대에도 목련희가 지속적으로 공연되었으리라는 것은 의심의 여지가 없다. 이 시기의 공연에 관한 정보를 주는 자료 가운데 숭정 년간의 상황을 기록한 석비 한 대목을 소개한다.

포흥의 고사는 온 저자거리가 예불하는 성지이다. 해마다 중원절이 되면 경내에서 우란분회를 열어 객사한 망혼을 초도한다. 초도행사를 통해 천계를 윤회해서 다시 살아나게 함으로써 고혼으로 떠도는 것을 면하게 하는 것인데 천한 사람이라도 선성을 쌓아서 인과가 원만하게 되는 날이다. 치씨의 깃발을 높이 걸고 ≪사십팔본 목련희≫를 연창할 것을 기약하는데 그 내용은 충효절의로서 선한 인연을 널리 권하는 것이다.[217]

위의 글도 우란분재를 지내는 기록인데 여기에서는 다른 공연기록과 달리 ≪48본 목련희≫로서 공연했던 대상을 밝혔다. 그리고 이 공연에 대한 평가를 내리는 부분에서도 충효절의과 선한 인연을 중심용어로 사용하고 있다.

다음으로 명 말, 청 초의 상황을 소개하기 위해 서주생(西周生)의 ≪성세인연전(醒世姻緣傳)≫의 한 대목을 예로 든다.

9월에 마침 소주에 한 희반이 조정에서 시어를 지낸 적이 있는 향신의 편지를 가져와서 조지현에게 자신들을 돌봐 달라고 부탁했다. 조지현은 그 서신을 읽은 뒤에 심부름꾼을 보내서 이 희반 사람들을 사찰로 데려와 쉬게 하고 아전들로 하여금 돌아가면서 그들의 식사를 담당하도록 하였다. 이틀을 쉰 뒤에 매일 술자리를 열어서 향신과 거인과 감생을 초청하여 모두들 새로 도착한 배우들의 연기를 감상하게 했다. 또 큰 사찰에서 높은 무대를 쌓고 ≪목련구모기≫를 창했는데 여러 백성들과 함께 즐기면서 감상하였다. 그 공연은 반달 동안이나 계속된 후에야 겨우 막을 내렸다.[218]

청대의 공연에 관해서는 장대(張岱)가 비교적 상세하게 기록하고 있다. 장대가 기록한 공연은 잡기가 상당히 많은데 내용을 소개하면 다음과 같다.[219]

여온숙은 무장을 공연하기 위해 높은 무대를 세우고 휘주 지역의 정양희자를 선별하여 공연을 맡겼다. 해당 극단은 뛰어나서 무공에 능한 사람이 삼사십 명이나 되고 ≪목련≫을 공연했다. 그들은 대개 3일 밤낮으로 공연을 펼쳤는데 사방에 여성 전용좌석이 110좌나 마련되었다. 이것은 아마도 사람들이 하는 말을 장난삼아 지은 것일 따름이다. 잡기를 보면 도색무환, 번탁번제, 근두청정, 등단등구, 도색도권, 찬화찬검 등을 했는데 크게 정리에 어긋났다. 이것은 천지신지와 우두마면, 귀모상문, 야차라찰 및 거마정확, 도산한빙, 검수삼라, 철성혈해 등 지옥의 상황은 모두가 오도자의 ≪지옥변상≫과 같았다. 그때 소비한 지찰이 수만 전에 달했고 사람들은 덜덜 떨었으며 등불 아래는 모두 귀신의 낯빛이었다. ≪초오방악귀≫, ≪유씨도붕≫ 등의 장면에서는 수많은 사람이 일제히 소리를 질러댔다. 그래서 웅태수는 갑자기 해구가 침입한 줄 알고 놀라서 호위병을 보내 정탐하게 했다. 여온숙이 직접 가서 보고를 함으로써 태수가 안심을 했다.

대가 완성된 뒤에 여온숙이 가서 붓을 휘둘러 대련 2구를 지었다.

인과는 유명에서 증험되는 것이니 보게나. 선한 것과 악한 것은 그 모습에 따라서 업보를 받는 것이니 결국 누가 도망칠 수 있겠는가.

불도는 밤낮으로 통하는 것이니 어쨌거나 태어나고 죽으면서 성도 바뀌고 이름도 바뀌어 지는 것이니 결국 마지막까지도 이 사람은 여전히 남아있구나.

귀신으로 분장하면 어리석은 사람들이 마음속으로 놀라니 정말로 이렇게 될까봐 두려워한다.

불조가 되는 것을 총명하다는 사람들은 경시하지만 결국 죽을 때가 되면 또 어쩌려고 그러나? 이것은 진실로 연희로써 불법을 설한 것이다.

다음에 나오는 건륭 년간의 자료는 ≪청천현지(淸泉縣志)≫의 중원절 조항에 실린 것이다. 이를 통해 우리는 당시 형양(衡陽) 지역의 목련희 공연에 관한 정보를 얻을 수 있다.

그날 밤 다시 성대하게 제상을 차려서 수제를 지냈다. 제사를 모시고 난 뒤에는 문 앞에서 명전을 불살랐다. 또 혹 탑을 사용하여 우란회를 여는데 입에서 불을 뿜고 강물에 연등을 띄웠으며, 저자거리에서는 ≪목련≫과 ≪관음≫ 등을 공연하느라 분주하기 그지없었다.[220]

또 다른 기록을 보면 가경 6년인 1802년에는 이런 상황이 벌어졌던 것으로 보인다.

대도신[221]에서 목련도 함께 연기를 하는데 그래야 금령으로부터 오히려 안전하다. '제갈의 우물'가에 가서 들여다보며 올해가 작년보다 나아지기만을 기원한다. 면주 부근의 벽수, 서산관에서 각기 희회가 있는데 그곳은 성으로부터 가까워서 사람들이 구름같이 모여든다. 이 지역에서는 목련희를 '매번 반드시 한 달이나 보름은 공연해야지 효력이 있다'고들 한다.[222]

이 인용문에서는 청대의 목련희의 공연상황을 기술하고 있는데, 실제로 이 시기에는 정책적으로 희곡의 상연을 금지시키는 경우가 많았다. 사묘에 부녀자와 관원의 입장을 금지시키고, 승려가 연희하는 것을 금지했으며 야희나 영신새회 등에 대해 여러 가지 이유로 공연을 금지했던 것이다. 목련희도 금지대상이었고 실제로 청 소흥 사야전초비본(師爺傳鈔秘本) ≪시유집록(示諭集錄)≫을 보면 지방법령으로 목련희의 공연을 금했던 기록이 발견된다.[223] 그런데 위의 인용문을 보면 금령을 피할 수 있는 비법이 있었으며 심지어 그러한 금령을 피하면서까지 목련희의 공연이 진행되고 있었던 것을 알 수 있다.

1814년에는 한 거인이 목련희를 소재로 하여 유씨에 관해 다음과 같은 대련을 지었다고 한다. 이 대련은 연극을 할 때 양쪽에 걸어 놓았던 것이므로 대련의 존재는 공연이 있었음을 증명하는 자료이다.

가경 18년에 거인 유유신이 내강의 희대에 목련희의 대련을 지었다.

혈하의 고통스런 바다에 떨어졌는데, 하찮은 고기와 생선쪼가리를 먹었기 때문이니 유씨는 정말 억울할 것이네!

이것은 어찌 염마왕이 잠든 것이 아니랴. 이번 판결은 반드시 처음부터 죄과를 물어야 하나니 지옥으로 갈 것인지 천당으로 갈 것인지를.

홀연히 자주색 구름이 달을 밟고 나타나니, 바로 불과의 영험이로다!

어진 사람과 효자에게 묻노니, 이런 일이 어디에서 발생한 것인가? 유씨를 위해 원통함을 고하고 판결을 번복하기를 청하노라.[224]

이외에도 남릉왕(南陵王) 성로(成潞)의 시 ≪남릉잡영(南陵雜咏)≫에서는 목련희가 도광년간에 공연되고 있었음을 보여주고 있다. 장소는 안휘 기문현이고 시기는 역시 중원절을 배경으로 하고 있다.[225] 이

246

와 비슷한 시기인 도광 년간에 복건 지역에서 목련희를 공연하는 습속을 소개한 글이 있다. 다음은 시홍보(施鴻保)의 ≪민잡기(閩雜記)≫에 실린 곽백양(郭白陽)의 초본 「보유(補遺)」다.

> 고향에서는 7월에 외로운 영혼을 위해 제사를 모시는데 그것을 '란분회'라고 한다. 이는 우란분의 명칭을 계승한 것이다. 민 지방에서는 '보도'라고 하는데 각 군들에서 다 그렇게 부른다. ……흥화 등지에서는 넓은 공간에 희대를 쌓는데 양쪽에는 관람할 수 있도록 누각을 세우고 무대의 맞은편은 높고 탁 트인 곳을 설치하여 각 사신을 맞이한다. ……희대 위에서는 또한 날마다 연극을 공연하는데 보름이 되면 ≪목련≫을 공연한다.[226]

이 인용문을 보면 고향에서 고혼을 위해 제사를 지낸다. 이 의식은 우란분인데 그것을 란분회 혹은 보도라고도 한다. 제사를 시작한 시기는 게재하지 않았으나 본격적으로 목련희가 공연되는 날이 바로 칠월 보름인 우란분절임을 알 수 있다.

다음은 동치와 선통 년간의 공연 기록이다. 특히 이 글에서는 '의식 기능'이나 '관중이 미친 듯[觀者若狂]'이란 묘사를 통해 관중의 공연에 대한 반응을 포착할 수 있다는 점에서 중요하다. 관련 자료로는 동치 년간의 보전 사람 곽전령(郭籛齡)의 ≪산민수필(山民隨筆)≫과 선통 년간 부숭구(傅崇榘)의 ≪성도통람(成都通覽)≫이 발견된다. 그 내용은 다음과 같다.

> 내가 보 지역에 있을 적에 병사들 사이에 전염병이 심하게 돌았는데 다들 배우들을 모아서 ≪목련≫을 공연하게 했다. 세속에서는 목련희를 연출하면 '질병이나 불운한 일을 없앨 수 있다고 하기' 때문이었다.[227]

선통 원년에 부숭구의 ≪성도통람≫을 보면 북문 밖 동악묘에서 해마다 항상 ≪목련구모≫를 공연하는데 타차희를 하면 관객은 다들 미친 듯이 열광했다. 사람들은 목련희를 공연하지 않으면 결코 정갈하거나 길할 수 없다고 믿고 있다.[228]

민국 초에는 의빈(宜賓) 동문 성황묘에서 연출기간이 1년에 달하는 최장의 목련희 공연이 개최된 적이 있다. 이외에 지역별로 다소 차이를 보이지만 장기 공연은 10년에 한 번 정도 대규모로 거행되었다. 1930년에 용봉반(龍鳳班)이 풍도현(酆都縣)에서 〈방창착한(放猖捉寒)〉을 공연했고 1932년에는 노예인 유운심(流云深)이 휴녕현(休寧縣)에서 그 지역 도사 및 희반과 함께 목련 '타뢰대(打擂臺)'를 창하였다. 1933년에는 사천 성도에서 신우신(新又新) 희반이 한달 넘게 지속되는 공연을 했다. 그리고 1935년에는 귀주에서 천극반이 목련대희를 공연하였다. 1947년에 사천 악산(樂山)에서 이덕과사(怡德科社)가 ≪목련전≫을 공연하였다. 그리고 1957년에는 사천 지역에서 한 달간 공연을 한 적이 있는데 모두 4본 40장으로 구성된 공연이었다. 당시 공연일자와 극목을 소개하면 다음과 같다.[229]

7. 20-7. 31　　　　1本 ≪유씨사낭대개오훈(劉氏四娘大開五葷)≫ 14場
8. 2-8. 12/8. 15　　2本 ≪화소규화수(火燒葵花樹)≫ 14場
8. 16-8. 21　　　　3本 ≪유씨사낭회살(劉氏四娘回煞)≫ 7場
8. 29-9. 1　　　　　4本 ≪목련구모≫ 5場

그리고 1960년 초에 절강성의 소극단이 북경에서 ≪여조≫를 연출하였는데 당시 관객들에게 매우 호평을 받았다. 그러나 문화대혁명이 발생하자 당시 호평을 받았던 공연이 심한 비판의 대상으로 돌변하게 된다. 이것을 마지막으로 목련희는 공식적인 공연이 정지된 것으로 알려진다.[230]

당대의 억불정책과 청대의 민간결사 탄압정책 등 여러 차례의 금령에도 불구하고[231] 여전히 유행되었던 목련희는 1966년 문화대혁명이라는 큰 장애에 부딪히면서 다른 전통문화와 함께 큰 타격을 입고 허무하게 사라져 갔다. 그래서 지금은 우란분재를 알지 못하는 중국 사람이 대부분인 실정이 되었다.

그렇지만 문화대혁명의 간섭이 아무리 심했어도 정부의 시책이 잘 전달되지 않는 지역에서는 목련희가 소규모의 공연으로 명맥을 유지하고 있었다.[232] 이와 같은 지역에서는 나희과 같은 형태로 목련희가 공연되고 있었다. 이러한 정도로만 명맥이 유지되다가 목련희는 문화대혁명의 열기가 가시고 개혁개방이 되면서 다시 모습을 드러내게 되었다. 즉 전통문화 보존 차원에서 실시된 학술적인 재연을 위해서 1980년대부터는 연대본희의 공연이 이루어지게 된 것이다. 1984년에 호남성 기양(祁陽)에서 학회를 개최하면서 30년간 전통이 단절되어 왔던 기극 목련전[錄相本]을 연구목적으로 학회 때 재연하게 했다. 그리고 소극(紹劇) 목련희 〈여조〉와 〈남조〉 비디오테이프가 공개되었다. 그리고 1987년에도 내부 공연을 했는데 미국 버클리 대학의 David Johnson의 주관하에 개최된 학회에서 북방 곤극원의 배우 홍설비(洪雪飛), 한건성(韓建成), 전정(專程)이 ≪목련구모≫ 중 〈니고사범(尼姑思凡)〉과 〈화상하산(和尙下山)〉을 재연하였다. 중국 희곡 연구소의 설약린(薛若隣) 소장이 제공한 기극 비디오테이프도 함께 관람되었다. 그리고 구곤량(邱坤良)이 제공한 대만 중남 북부의 상례에서 목련법사에 속하는 〈삼장취경(三藏取經)〉, 〈과화염산(過火焰山)〉, 그리고 〈과귀문관(過鬼門關)〉은 선택적으로 관람되었다. 1988년에는 안휘 기문에서 개최된 「정지진 학회」에서는 다나까 잇세이가 가져온 싱가포르 보선 동향회 목련희 슬라이드 필름과 왕조건(王兆乾)의 귀지(貴池) 나희 테이프를 공개하였다.

역시 학회를 위한 연출이었지만 정지진의 고향에 있는 사묘를 무대로 하여 공연이 재연되었는데 그것은 기문현 율목촌(栗木村) 농민들이 공연한 목련희의 〈니고하산〉, 〈오전〉, 그리고 〈도경도모(挑經挑母)〉들이다. 1989에 호남 회화의 학회에서는 16장의 진하 고강 목련희를 공연하고 비디오를 제작했으며 1991년 복건 천주에서는 목우 목련희를 관람한 것으로 전해진다. 이렇게 연구목적으로 재연된 공연은 의식성을 상실했을 수 있지만 역시 가전으로 전해져온 전통시기 희곡의 면면을 고찰하는 데에 귀중한 자료임에 틀림없다. 현대에 들어서도 사천 지역에서 장기간 목련희를 공연한 적이 있다. 그러나 그 공연은 완전히 현대적인 분위기로 각색된 공연이었다.[233] 그 이후로는 각지에서 소규모의 목련희가 간간이 공연되고 있다. 연구자는 2000년 8월 사천의 노주(蘆洲) 지역에서 이틀 동안 〈화폭규화(火暴葵花)〉, 〈유씨회살〉, 〈과내하교〉 등을 관람하였다.

　　지금까지의 공연기록을 정리해보면 다음과 같은 몇 가지의 공통적인 항목이 발견된다. 첫째 공연 시기는 주로 음력 7월 15일 우란분절에 거행되었지만 이외에도 관혼상제 때에 목련희를 공연한 것으로 전해진다. 둘째 장소를 보면 제·량에 이어 당대에는 사원에서 우란분재가 정기적으로 행해겼고 황실의 후원을 받는 사례가 많았다. 북송에서도 7월 15일(중원절)이 되면 성황리에 절기를 보내는 분위기가 무르익었으며 그때 잡극 《목련구모》를 여러 날 공연하였다. 근처 저자에서는 《목련경》을 인매했었다. 남송에서도 우란분재를 거행하는 일이 개인 가정에서도 정기적인 행사로 자리가 잡혔고 그 행사를 통해 가내는 새로운 활력을 얻는다고 믿었다. 원대에는 구체적으로 상황을 설명하는 더 이상의 기록은 발견되지 않았으나 잡극 형태로 목련희가 공연되었다는 사실은 극목을 통해서 확인할 수 있다. 명 초에는 소주의 한 희반이 반 달간 목련희를 공연했다는 기록이 남아 있다.[234] 이런 공연의 기록을 보면 초기에는 천도제인 우란분재로 시작되었고 남송 때에는 이것이 점복을 중심으로 하는 행사의 성격을 띠기도 한다. 원대에는 잡극의 형태로 공연되기 시작했고 명대에는 보름간 공연하기도 하는 의례와 주술과 오락거리를 제공하는 큰 행사가 되었다. 청대에는 주술적인 의미와 오락적인 기능을 가진 지역공동체 행사로 정착하였고 또 연대본희인 궁정희본이 제작되었다. 민국 시기에는 주로 절자희로 공연되었으나 특별한 행사로서 1년에 걸쳐 공연한 경우도 있었다.

2) 지역별 공연실황

오늘날 목련희는 사실 중국의 여러 지역에서 공연되는 행사이고 각 지역에서는 지역적인 특색을 살려 그것을 개편하여 공연한다. 전승 자체는 남방에서 주로 거행되었을 가능성이 제기될 수 있지만 실제로 그에 대한 기록은 없다. 최초의 공연된 지역은 북방인 대도를 배경으로 하고 있다. 한편 목련희는 중국에서만 있었던 것이 아니라 한국에서도 있었다.[235] 몇몇 기록 자료와 현장조사를 통해서 습득한 희반의 자료를 참조하여 지역별로 현재의 공연상황을 파악해보자.

먼저 안휘성은 목련희의 극본이 가장 먼저 출현했다는 중요한 의미를 지니고 있다. 그 지역사람들은 휘주 지역이 정지진의 고향이며 이곳에서 극본이 제작되었다는 이유로 '목련희 발원지'라고 새긴 비석을 새워두었다. 명대에 극본이 제작될 당시 휘주 지역은 다음과 같은 특징을 지니고 있었다.

1. 상인, 그중에서도 객상이 주민의 70%를 차지했다.
2. 석각 공예가 매우 발달하였다.
3. 주자의 영향이 전 지역을 휩쓸었다.
4. 여느 남방 지역과 마찬가지로 공연 등 의식행사가 많았다.
5. 지형적으로는 첩첩 산중이다.

6. 종교적으로는 불교와 도교가 함께 성행하였으며 각각의 성지가 존
   재했다.
7. 문화적으로 환남 즉 안휘의 남부 지역이 문화의 중심지였다.

현재 이 지역에는 현 단위와 촌 단위에 소속된 목련희 희반 몇 개가
현재까지도 남아 있다. 예를 들면 기문현의 약갱촌(箬坑村) 소속 마산
반(馬山班), 팽룡현(彭龍縣) 소속 역계반(瀝溪班), 저구촌(渚口村) 소
속 초계반(樵溪班) 등이 남아 있다. 석대현에는 명말에 주로 활동하였
던 난관향(蘭關鄉)의 대우갱반(大宇坑班)이 남아 있다. 구성원은 모두
단일 성씨인 이로 국한되기 때문에 기타 성씨에게는 입단이 허락되지
않는다. 이 극단은 명대 희문을 제작한 정지진에게 사숙한 3대 이청태
(李淸太)가 처음 조직하였다고 한다.236) 석대현에는 이외에도 대연향
(大演鄉)의 고전반(高田班)과 섬계향(剡溪鄉)의 동락반(同樂班)이 소
속되어 있다. 특히 흡현 지역에는 지금도 촌 단위의 목련희 희반이 두
개 남아 있다. 이렇게 희반이 남아 있는 지역들은 현재도 차량의 진입
이 어려울 만큼 궁벽한 산골이다. 아마도 이러한 요인이 문화대혁명
기간에도 공연을 계속할 수 있었던 원인이라고 본다. 안휘성은 학회
차원에서 재연을 위해 기획하지 않더라도 주민들을 중심으로 공연이
거행되어왔다. 한편 흡현 시내에서 다소 떨어진 장해촌(長陔村)의 소
갱반(韶坑班)은 서(徐)씨 성을 가진 사람들로 구성되어 있다. 이 희반
에는 잡사(雜耍)에 능한 배우가 많았으며 1979년에 3일 동안 목련희를
공연한 적이 있다. 또 장표촌(長標村)의 권선반(勸善班)은 왕씨 성을
가진 사람들로 구성되어 있다. 이들도 잡사를 잘하는 것으로 알려져
있으며 1980년에 하루 동안 목련희를 공연한 적이 있다. 한편 정덕현
(旌德縣)에는 교정탕촌(喬亭湯村)의 소아과반(小兒科班), 이귀홍반(李
貴紅班), 소령촌(小嶺村)의 신복반(新福班), 교지사천(橋墀仕川)의 의
순반(義順班), 그리고 경원촌(慶源村)의 무귀희반(舞鬼戲班)이 주요한

극단으로 알려져 있는데 잡기 혹은 음악 방면 등의 특수성을 지니고 있었다.

이 지역의 희반은 배우의 명단이 잘 정리되어 있는데 그중에 고경초(高慶樵)가 조사한 장표 목련권선반의 구성원을 소개하면 다음과 같다.[237]

1) 1대 사부(師傅)는 절강 사람이었으나 이름이 전하지 않는다. 班主는 王有夏(大花), 編劇은 王孔嘉(丑角), 王廣順(夫劉氏), 王執中(外傳相), 王進財(生羅卜), 王天壽(末益利), 王佑生(司鼓), 王金山 등.

2) 2대 사부 王執中, 1943년에 40일간 연습한 후에 희반을 둘로 나누어 공연을 다니기 시작했다. 1반의 班主는 王明正, 2반의 班主는 王佑生(丑角)이 맡았다. 王春成(旦觀音), 王煥浦(外傳相), 邵金玉(夫劉氏), 王利漢(生羅卜), 王穩進(占金支), 王廣成(大花), 邵天賜, 王佛江, 王佛秀, 王有年, 王天賜, 王開基, 王榮回(末益利), 王加順(老尼).

3) 3대 사부 王佑生, 1952년부터 시작되었고 班主와 司鼓를 겸직하였다. 王開基(丑), 王開昶(生羅卜), 王澤民(大花), 王政財(小花), 王元祝(外傳相), 王連喜(夫劉氏), 王榮回(末益利), 王金桃(占金支), 王開順(二花), 王春成(旦觀音), 王加順(老尼).

4) 4대 사부 王佑生 1980년부터 시작되었고 처음에는 師傅를 王榮回가 맡았다가 그가 죽고 나서 王春澤이 계승하였다. 邵樹金(大花), 王繼新, 邵金來, 王景餘, 王三順 등.

복건 지역은 보전현과 선유현(仙遊縣)을 중심으로 ≪목련 연대 보선희≫를 공연했는데 이 지역은 도교적인 색채가 강하다. 이 지역에서는 지금도 장례의식을 목련희로 대신하는 경우가 있는데 이러한 의식희를 보통 화상희 또는 법사희라고 칭한다. 이러한 법사희 등은 그 흔적이 광동, 대만, 홍콩, 싱가포르와 같은 화교사회에서 발견되는데 이것은 아마도 복건 지역과 지리적으로 근접하기 때문일 것으로 추정된다. 복건의 대표적인 보선희 목련희는 종합적인 연대본희지만 그 외에 소규모로 거행되는 의례에는 절자희인 〈괘등〉이나 〈파옥〉이 사용되고 있다. 이러한 의식은 공연시간도 짧고 삶 속의 제사로 흡수되었기 때문인지 최근까지 의식의 형태로 지속적으로 전승되고 있다. 이에 관해서는 주로 다나까 잇세이 등이 현지 조사 작업을 벌이고 있다.[238]

절강 지역에서는 소흥 목련희로 유명한데 악귀를 쫓는 평안신희(平安神戲)의 성격이 강하며 매우 시끌벅적하다는 점에서는 예외가 아니다. 노신이 그의 소설 〈사희(社戲)〉에서 부정적으로 묘사했던 민간연극의 정경도 바로 이러한 장면이었다. 이 지역의 희반은 여름에는 순회공연을 다녔고 가을에는 해산하여 귀향하는 방식으로 운영되었다. 건덕현(建德縣)에서는 4대 귀절인 동악묘, 중원절, 십월조, 그리고 동지에 고정적으로 목련희를 공연하였는데 그 외에도 도장을 열적에는 역시 목련희를 공연하였다. 역시 귀절로 불리는 청명절에는 오히려 목련희 공연에 대한 기록은 발견되지 않는다.

강소 지역은 소주 이남 지역에서는 3일용과 1일용 목련희가 성행했다. 공연기간의 차이는 공연비용을 조달하는 능력에 의해 좌우되었다. 그래서 후원금이 충분할 경우에는 특별히 3일간 공연할 수 있었고 경제적으로 궁핍하면 하루 만에 공연을 마쳤다고 한다. 중추절 저녁 무렵 해가 지면 공연을 시작하여 다음날인 16일 아침에 해가 뜨기 전에 마치기 때문에 '양두홍(兩頭紅)'이라고도 한다.

사천 지역은 목련희를 ≪유씨사낭≫이라고 하는데 이것은 목련의 어머니에게 유청제라는 이름이 주어지고 어머니에 대한 비중이 높아지면서 생겨난 별칭이다. 청 말, 민 초에 사천 성도의 북문 밖에 위치한 동악묘에서는 매년 ≪목련구모≫를 공연하였는데 연극이라기보다는 공연을 하지 않으면 '필불청길(必不淸吉)'하기 때문에 실시된 의례였다.[239] 이 지역에서는 1993년을 목련희의 해로 지정하고 1년 내내 공연한 적

254

이 있으며 목련희 연구자의 수도 가장 많다.

호남 지역은 대표적인 지방희인 기극, 진하희, 상극에 모두 목련희가 포함되어 있다. 기극은 불교적인 색채가 강하고 잡기와 무공이 다수 포함되어 흥미진진한 반면에 진하희는 창이 매우 뛰어난 데 비해 무공 장면은 많지 않다. 상극 ≪목련기≫는 직접 공연을 관람한 적은 없으며 주로 장사(長沙)와 상담(湘潭) 지역을 중심으로 공연되었다고 한다.240)

강서 지역은 익양강의 근원지로서 익강 ≪목련기≫를 공연해왔다. 이 지역의 북부는 환남과 강소의 동남 하단을 연결하는 희반의 순회공연 노선상에 포함된다. 경덕진(景德鎭)에서 약간 남쪽에 위치한 익양과 귀계현(貴溪縣)에서 특히 목련희 공연이 많았던 것으로 전해진다. 지역적으로 멀리 떨어진 귀주 지역의 진녕(鎭寧)에서도 ≪정충전≫과 함께 ≪목련구모≫가 공연되었으며 산서 지역의 영신새사에 관한 자료에도 목련희의 공연이 언급되고 있는 것으로 보아 전파 지역은 예상보다 광범위했던 것으로 추정된다.

북방 지역에서는 목련희가 다양한 형태로 공연이 된 것으로 보인다. 구체적으로 보면 대무, 대희, 완본과 잡극 등이 있는데 그중에서 대희로는 공잔대희(供盞隊戲) ≪목련구모≫와 아대희(啞隊戲) ≪청제유씨유지옥≫이 발견되었다. 영신새사가 일 년에 한 번씩 거행하는 정기적인 행사이므로 여기에 수반되어 공연되었던 목련희도 마찬가지로 정기적으로 거행되었다.241) 다만 남희 목련희와 이러한 대희 목련희는 구별할 필요가 있다. 남희 목련희는 명대 희문으로 맥락이 이어지는 희곡극본과 같은 성격이고 대희 목련희는 종교의식에 사용되기 때문에 다분히 주술적인 성향이 강한 것이다.

목련희의 공연에서 희반은 다음과 같이 구성되었다. 첫째 배우들이 전체를 담당하지만 반드시 종교인이 한 사람 참가해야 했다. 희반에서는 사람을 보내 예우를 갖추어 종교인을 모셔왔는데 그가 오지 못할 경우에는 희반의 배우가 그 역할을 대신하기도 했다. 이것이 목련희 공연 담당자의 기본적인 구도이다. 비록 목련희는 희반에 의해 공연되지만 관객이 일반적으로 구경만 하는 사람이 아니라 적극적인 참여자인 공연이다. 따라서 배우와 관객은 다같이 공연을 생산하고 다같이 수혜를 받는 소비자였다. 그래서 공연을 담당했던 계층 그리고 그것을 소비했던 계층은 모두 지역사회의 주민이었다. 공연된 지역은 대개는 궁벽한 산골이었고 그래서 지역주민도 대개는 민간인이었다.

그래도 희반의 존재는 분명하지만 희반 중에서 구성원의 명칭이 정확하게 남아 있는 경우는 많지 않다. 다음은 출신 지역을 알 수 있는 배우의 이름을 정리한 것이다.

1. 謝昌祿, 姚遠牧, 鳳壯熙 — 安徽 南陵縣 출신.
2. 蘇天年, 熊靠天, 楊光榮 — 安徽 東至縣 출신. 高腔 '五福班'의 老藝人. 高腔 目連救母 手抄本 구술 시에 花鼓戲 藝人 遲秀雲이 연출담당.
3. 葛長水, 曹鳳玲 朱承德 朱心田 — 安徽 靑陽縣 출신.
4. 湯學義 李文喜 — 安徽 旌德縣 출신.
5. 吳孫滾, 陳天恩, 王榮華 — 福建 興化七子班 소속이며 提線 木偶戲本 제작팀이다.
6. 名鼓師 劉道生 — 湖南 출신으로 目連傳을 手抄함.
7. 羅金梁 — 湖南 출신의 祁劇 老藝人.
   劉道生의 手抄本에 근거하여 邵陽 木刻本을 제작한다.
8. 周昆玉 — 祁劇 老藝人으로 극본을 제작한다.
9. 胡裕華(男旦), 蔡慰民(鼓師), 李正芳(小生), 熊再新(小花臉)
   — 舞臺美術과 編劇을 담당한 許音逐와 함께 1957년 重慶市 川劇院 二團에서 川劇≪目連傳≫을 교감하는 작업에 참가한 적이 있다.
10. 張金元 — 浙江 출신. 淸 光緖 년간에 7일간 花目連을 공연한 적이 있는 배우로 그가 남긴 연출대본은 文革 때 대부분 소실되었고 현재는 5齣만 전해진다.
11. 丁之天 — 浙江 출신으로 淸 嘉慶년간에 〈破血湖〉의 手抄本을 제작

하였다.

12. 丁榮喜 - 丁之天의 손자로 觀音戲連 手抄本을 제작하였다.

13. 童金本 - 浙江 淳安縣 湖口鄕 출신으로 〈拷打盆利〉의 手抄本을 제작하였다.

14. 程紹炯, 程渭彬 - 馬金村에서 〈大佛登殿〉을 녹취하여 정리하는 작업을 실시하였다.

목련희는 외부로 떠나거나 돌아오는 사람이 많을 경우에는 그들이 떠나고 돌아올 적마다 공연을 해야 했는데 당시 지역에 거주하던 계층에서 주체적으로 공연의 여러 준비를 담당한 것으로 보인다. 구성원의 계층은 주로 농번기에는 농업에 종사하고 농한기에 연습과 공연을 실행하는 농민들이 많았다. 이들로 구성된 비전문적인 극단이 지역적으로 거행되는 공연의 대부분을 담당한 것으로 전해진다. 이들 반직업 연원은 성씨에 따라 군집을 이루고 사는 종족사회의 특성상 같은 성을 가진 문중에서 하나의 역할을 맡아서 대대로 공연에 종사하는 경향을 보인다.

목련희와 같은 민간의 공연예술을 담당하는 희반은 대부분 단일한 성씨로 구성된 가반이었다. 이러한 경향은 목련희의 공연이 많았던 사천과 복건, 호남 지역에서도 동일하게 적용된다. 목련희의 공연이 어떻게 구체적으로 준비되었는지는 알 수 없다. 막연하게 불교가 성행할 당시에 설경의 형태로 행해지던 목련이야기를 접한 사람이 그것을 주변에 전달하고 전달하는 과정에서 새로운 변화를 추구하여 당시 환영받는 형태로 개편해 나갔으리라고 추측해볼 수 있다. 지역별로 환영받는 연행의 형태가 정해져 있고 그 형태 내부에 목련고사를 첨가하거나 형태 즉 언어와 곡조 및 기타 외적인 요인을 따르고 내용은 목련고사로 대체하는 방식을 통해 지방희 목련구모가 완성되었을 것이다. 그래서 지방희 목련구모는 각 지역의 특색을 감안한 형태로 기극 목련희,

진하희 목련희, 천극 목련희 등으로 완성되었을 것으로 본다. 공연은 대체로 대규모의 행사 때 수요가 있었고 목련희가 표방하는 효 사상과 지옥이 주는 공포감 그리고 지역방언으로 연출되는 백의 오락성, 무공의 아슬아슬함 등이 어우러져서 갈수록 인기가 상승했던 것으로 보인다.

공연에 대한 수요를 보면 지역공동체의 정기적인 행사 예를 들면 봄 가을의 사희와 같은 행사를 위한 경우가 가장 많다. 그 다음에는 비정기적 행사 예를 들면 기우제, 고혼재와 같이 악을 제거하여 구성원의 평화와 안녕을 보장하는 의식으로 사용되는 경우가 많았다. 명대부터는 이 공연이 관혼상제 등의 가례를 대신하는 경우도 있어서 연극의 형태로 의례를 거행하게 되었다. 이때에는 배우 중에 한 사람을 실제 종교인이 대신하기도 하고 반대로 배우가 종교인의 역할을 대신하여 의례를 주관하기도 했다. 이와 같이 일반 가정에서 장례 혹은 혼례, 출산 등에 희반을 불러 공연을 의뢰하는 경우에도 동네 사람들이 다 참석하였으니 두 공연 모두 궁극적인 목적은 위에서 제기한 조상숭배에서 유래하여 그 음덕에 힘입어 공동체의 안녕과 평화를 기원한다는 데에서 크게 벗어나지 않았다.

2. 공연목적

앞에서 공연상황을 살펴본 결과 목련희는 단일한 하나의 명칭이지만 그것은 지역별로 혹은 시대적으로 여러 가지 성격과 기능을 지니고 있었다. 그러므로 다양한 성격과 기능에 따라 그것을 공연하는 의도도 달랐을 것이다. 예를 들면 궁정희로 목련희를 공연하는 경우에는 그것이 궁정의례의 분위기와 어울려야 한다. 그러므로 충효를 강조해야 하고 규모가 성대할 필요가 있으며 내용은 주로 교화에 도움이 되는 것으로 채워질 필요가 있다. 황실에서는 대규모의 공연을 필요로 하는 어떤 사건이 있을 적에 그 사건을 기념하기 위한 연회 자리에 목련희의 공연을 마련했을 가능성이 있다. 혹은 천단에서 정기적인 제사를 지낼 적에 그것을 목련희와 함께 거행했을 가능성도 있다.

반면에 민간의 제사를 대신하는 의식인 경우에는 잦은 재액과 횡사 등 흉조를 막기 위한 액막이로서 목련희를 공연했을 것이다. 이와 같은 경우에는 관객이 지니고 있는 흉을 제거하고 길을 받아들이려는 마음과 그것을 통해 공동체의 안위를 도모하고 병자를 치유하려는 기원을 해결하는 데에 공연의 목적이 자리하고 있었다. 또 무대극으로 공연되는 절자희의 경우에는 어느 가정의 생일 혹은 결혼과 같은 의식의 성격에 어울리도록 목련희의 특정한 대목을 가져와서 그날 행사에 구색을 맞추었을 것이다. 한편 사원에서는 우란분재를 거행하는 중원절에 당일의 행사 규모를 확대하려는 목적으로 목련희를 필요로 했을 것이다. 즉 건조한 의례에 흥행이 보장되는 오락적인 분위기를 연출함으로써 그날 모인 많은 신자들에게 흥미로운 우란분재를 제공하려는 의도였을 것이다. 이와 같이 여러 다양한 목적을 가진 여러 다양한 장소에서 목련희가 거행되었기 때문에 그것을 기획하는 방식과 기획된 결과물이 다양한 성격을 지니게 된 것이다. 여기에서는 이렇게 차이를 보이는 현상을 토대로 각 공연을 기획한 목적을 고찰한다.

목련희는 공연기록을 살펴보면 원래 불교의례인 천도제에서 출발했다가 변문 등의 설창으로 진행되었고 그 이후에 이야기와 잡기가 들어가면서 대규모의 공연으로 바뀌었다. 그래서 목련희가 중심 내용이 되고 기존의 의례인 우란분재는 부수적인 위치로 밀려나는 상황이 조성되었다. 목련희가 공연을 통해 변모해온 과정을 도식화해보면 그것은 서진 무렵에 불교를 통해 초기의 모습을 형성하였다가 대중이 모인 자리에서 공연되면서 연극의 형태로 진행되는 놀이문화로서 청 말까지 지속되어 왔다. 그런데 이렇게 도식화된 공연의 역사 이면에는 도교나

기타 소규모 지역사회를 기반으로 여러 형태로 거행되어온 다양한 목
련희의 모습이 상당히 광범위하게 포함되어 있다.

특기할 사항으로는 이야기가 연극공연으로 변하면서 이야기의 변화
에서 언급되었던 족보가 양무제로까지 소급된다. 이것은 극본상의 변
화라기보다는 북송 시기부터 공연기간이 7일에서 15일로 늘어나면서
공연상의 문제로 빚어진 결과일 것이다. 예를 들면 복건 지역의 보선
희 목련을 보면 증조부 부천두의 생애를 양대에서 시작하였기 때문에
그의 4대 후손으로 설정된 나복도 그로부터 백여 년 안에 태어난 인물
로 설정되어야 한다. 물론 목련은 3세기 말 서진의 불경에 이미 언급
된 적이 있는 고대의 존재이지만 중국으로 유입된 후에 다시 구성된
목련이야기의 중국인 주인공인 나복은 그의 4대 조부가 양대에 활동한
인물이다. 나복이 살았던 시대배경을 그 시점을 기준으로 하여 추산한
다면 그가 당대에 태어나서 살았던 사람일 가능성이 높아진다. 그렇다
면 지방희에서 설정된 나복 가문의 역사는 그 골격이 당대 혹은 그 이
후에 결정되었고 이후로는 자잘한 극적 혹은 사적 장치를 더하고 빼는
작업만 이루어졌을 것으로 추정할 수 있다. 그 이전에도 목련이야기는
있었고 우란분재는 지속적으로 거행되어 왔는데 유독 목련이야기의 배
경이 양대로 설정된 이면에는 위와 같은 공연과 관련된 원인들이 숨어
있는 것이다.

한편 앞에서 명대에는 목련희가 공연될 때 ≪서유기≫와 함께 공연
되었다는 것을 언급한 일이 있다. 그런데 앞에서 이야기한 정지진의
극본이나 청대의 궁정희에는 이러한 기록이 없다. 현재 연대를 알 수
없는 안휘성의 목련희 극본에는 ≪서유기≫가 들어가 있다. ≪서유기
≫와 목련희의 관계를 지니는 것을 극본의 유전상황에서도 암시를 받
을 수 있다. ≪서유기≫가 유행한 곳 혹은 저자로 알려진 오승은(吳承
恩)의 고향이 안휘성 인근 지역 정확히 강소성 회안(淮安)이었고 정지
진이 1582년에 목련희의 극본을 간행한 장소도 안휘성이다. 그러므로

지역적인 공통성이 있을지도 모른다. 다만 안휘성에서 현재 발견된 극본에는 ≪서유기≫가 들어 있으나 1582년에는 ≪서유기≫가 들어 있지 않다.242) 그러나 목련희에 서유기가 들어간 것은 어떤 친연성을 암시한다. 양자간에 어떤 공통점이 있었기 때문에 당시 사람들이 두 가지를 함께 공연했고 그러한 상황이 안휘성에서 기록된 극본으로 등장한 것이다. ≪서유기≫는 이역으로 떠나면서 이야기가 시작되고 목련희는 지옥으로 떠나면서 이야기가 시작되는 것과 지하세계의 구체적인 상황은 다르지만 그 세계가 존재한다는 점에서 공통된다. 그리고 승려와 원숭이가 서천 혹은 명부와 같은 먼 세계로 떠난다는 별리의 설정도 일치한다. 그래서 안휘성에서는 다른 지역과는 달리 ≪서유기≫를 함께 공연되었던 것이다.

만력 년간에 서유이야기가 대거 유통되었으므로243) 그로 인해 뒤에 제작된 목련희에도 서유에 해당하는 대목이 들어왔을 가능성도 크다. 혹은 전승의 역사가 오랜 목련이야기가 서유이야기의 형성에 도움을 주었을 가능성도 존재한다. 이에 대하여 진방영은 ≪삼장취경≫ 이전의 '당태종유지부고사(唐太宗遊地府故事)'를 인자로 하는 유명계에 관련된 부분에 관해서 이것은 목련변문의 요소가 ≪서유기≫에 포함된 것이라고 했다. 그리고 유지부 다음의 〈유전진과(劉全進瓜)〉부분은 목련희의 동방량 이야기를 소재로 삼았다고 했다.244) 주항부는 오히려 목련보권의 창사 가운데 하인과 왕도인, 호랑이가 등장하는 부분이 ≪서유기≫에서 편입되었다고 했다.245) 이런 논의를 볼 때 목련희와 ≪서유기≫가 함께 공연될 정도의 친연성을 가지고 있다는 것은 사실이지만 그것이 어느 정도로 결정적인 것이었는지는 밝혀진 바 없다.

목련희는 이와 같은 다양한 의도에 따라 기획의 세부사항이 수시로 바뀌어왔다. 가령 도사가 주관할 경우 파혈호 의식을 하는 도장에 초점을 두었다. 또는 양무제를 이야기에 끌어 들여야 할 경우에는 나복의 조상 부천두로 시대배경을 소급했다. 이러한 족보는 전목련이라는 이름으로 기존의 목련이야기에 추가되었다. 이와 같이 탄력적으로 이야기를 바꾸거나 새로운 이야기를 부가하는 과정을 통해 목련희는 장기간 유통될 수 있는 힘을 매번 새롭게 구축했던 것이다.

3. 관객의 반응[246)]

목련희의 관객은 두 부류로 구분이 된다. 한 부류는 공연에 열심히 참여했던 지역구성원들이고 다른 한 부류는 공연도 제대로 보지 않았으면서 이에 대해 혹평을 늘어놓았던 문인들이다. 먼저 참여자들이 보인 긍정적인 반응을 기술하고 다음으로 문인들이 공연장 외부에서 보인 부정적인 반응을 소개하고자 한다.

목련희가 구복적인 성격을 가지고 있었기 때문에 관객들은 단순히 공연을 보러 오는 것이 아니라 각자 자신의 소원을 들고 와서 행사에 참여하곤 했다. 어떤 사람은 아들을 낳게 해달라고 빌기 위해서 왔고 어떤 사람은 비명횡사 혹은 객사, 익사, 액사한 가족의 영혼을 달래려고 온다. 또 어떤 사람은 돌아가신 어머니가 피바다에서 고통 받는 것을 구원하려고 온다. 어떤 사람은 정말로 공연장에 귀신이 출몰하는지 확인하러 온다. 누구는 여배우가 얼마나 절색인지 또 오늘밤 그녀가 공연하다가 귀신에 잡혀가지 않는지 보려고 온다. 누구들은 소속된 지역이 올해도 물난리가 없고 별 탈 없이 지나도록 빌러 온다. 가난한 사람은 배불리 먹으려고 오고 헐벗은 사람은 옷을 얻어 입으려고 온다. 이렇게 다양한 목적으로 가지고 오는 사람들이기 때문에 이 관객들은 궁정희와 같은 격조 높은 연극을 보는 사람들과는 달랐을 것이다. 같은 장소에 모여서 몇 날 며칠을 밤을 지새우면서 제사를 지냈기 때문에 그냥 보고 돌아가는 것이 아니라 시공을 공유했던 관객들 사이에는 일종의 연대의식이 형성되었고 그러한 기능으로 인해 지역공동체 행사로 성장해간 것이다.

그런 의미에서 관객은 단순한 관람자가 아니고 참여자의 역할을 한다. 목련희를 공연하면서 관혼상제와 같은 인륜대사가 나올 때마다 그것을 보러온 관객들은 결혼식에는 축의금을 내고 장례식에는 조의금을 내며 아들이 태어나면 상당한 선물을 제공했다. 그러므로 이것은 다른 희곡이 소비자의 입장에서 일정한 금액을 지불하고 박수를 치거나 웃고 울다가 가면 그만인 상황과 완전히 다르다. 목련희의 관객도 물론 즐거운 대사나 동작을 보고 포복절도하거나 슬픈 노래 가락에 눈시울을 적신다. 그러나 그들은 자신의 고민이나 자신 혹은 가족과 직접 결부된 문제에 대해 기원하고 복을 받아가기 위해 온 사람들이다. 그래서 배우의 죽음이나 출산은 무대 위의 피상적인 현상이 아니라 자신의 일이고 주변의 일이다. 그들은 배우의 동작을 자신의 일로 여기고 참여했으며 배우와 함께 복을 기원하는 존재이지 저 멀리 떨어진 구경꾼이 아니었다.

실제로 관객들이 복을 기원하는 내용에는 아들을 낳고 싶어 하는 부녀자가 가장 많았다. 임산부는 공연에 올 수 없을 정도로 위험하고 무서운 목련희였으나 아들을 기원하는 여자들은 언제나 공연의 맨 앞줄에 앉았다. 그녀들은 아들을 낳는 데 성공한 유씨를 숭배했으며 그녀가 먹은 무를 사먹기 위해 앞 다투어 무대로 나아갔다. 나복이라는 이름과 그에 얽힌 탄생설화는 이러한 기원에서 시작되어 목련희에 사용되는 무는 아들을 낳게 하는 마술의 야채라는 이상한 믿음까지 만들어 냈다. 나복이라는 발음이 중국어의 무를 뜻하는 단어를 연상시키기 때문에 이렇게 명명되었고 그의 이름으로 인해서 공연에서 무는 주요한 소도구로 활용되어 아들을 낳게 하는 신앙의 표상으로 간주되기도 한다. 목련희에 관음낭낭이 등장하는 것도 사당의 그 신상 앞에 헌물이 수북하게 쌓이는 것도 이와 같은 송자기원(送子祈願)에 관한 믿음에서 비롯된 현상이다. 아들을 점지해주는 기능을 가진 관음낭낭의 인기가 상당히 높다. 목련이야기에 어느 시점에서 나복의 탄생설화가 개입되는 것도 이러한 남아 출산에 대한 열망이 반영된 것으로 해석할 수 있다. 강서 도사 목련희에서는 삼관이 맡은 역할이 아들이 없어 고민하는 부상에게 아들 나복을 점지해주는 삼신할머니로 둔갑되기도 한다.

목련희 공연의 전체적인 분위기는 귀신이 휘돌아다니는 공포분위기에 있었다. 주요한 장면은 지상에서 어떤 죄를 지을 경우에 지옥으로 어떻게 가게 되고 어떤 벌을 받는지에 관한 체벌정보를 알려주는 것들이다. 이것은 관객들에게는 공포분위기를 경험하는 것 이외에도 상당한 윤리적인 교화의 효과가 있었을 것이다. 그래서 관객들은 여기에 와서는 일시적일지라도 죄를 짓지 않아야겠다는 회개하는 마음이 생기도록 하는 효과가 있는 것이다. 이것은 종교적인 모임들이 지니고 있는 교화의 효능과 맥락이 닿는다. 그래서 목련희에 참여했던 사람들은 그 후로 잘못을 저지르지 말고 착하게 살아야겠다는 선심을 되살리는 윤리적인 교화를 체험했던 것이다.

실제로 목련희가 효과적으로 거행되기 위해 가장 요구되는 것은 바로 관객을 긴장하게 하는 주술적인 분위기였다. 공연 중에 한두 명의 배우나 관객이 죽거나 정신이 나갔으며 신위가 무너졌고 갑자고 불이 꺼지는 등의 초자연적인 현상이 발생하였고 이러한 현상은 관객들이 공포감을 배로 느끼게 만들었다. 실제로 공연에서 발생했던 주술적인 현상들과 그것의 효험을 맹신했던 관객의 사례를 소개하면 다음과 같다.[247]

1. 사람들은 유씨가 흘린 땀이 보통 사람들의 학질을 치료하는데 명약이라고 믿었다. 유씨는 지옥으로 끌려가는 과정에서 귀사를 피해 필사적으로 도망가다가 엄청나게 땀을 흘리게 되어 있다. 이때 무대에 보조자를 한 명 올라가게 해서 그녀의 땀을 거친 종이로 꽉 눌러 묻혀 오게 했다. 사람들은 그 땀 묻은 종이를 사기 위해 기꺼이 돈을 지불했다.

2. 사람들은 목련이 지옥에 들어가서 모친 유씨를 구해내기 위해 그 이름을 고할 적에 자신의 조상의 이름을 대면 함께 구원된다고 믿었다. 그래서 명복을 빌려는 조상의 이름을 적어서 무대 위로 올렸다. 목련을 연기하는 배우는 유청제의 이름을 고하는 장면에서 이미 접수되어 있는 이름들을 함께 낭독했는데 보통은 300여 명의 이름이 올라왔다. 이렇게 관객이 부탁한 조상들의 이름을 큰 소리로 낭독하는 데에 4시간 정도가 소요되었다. 그러나 조상의 이름이 낭독되는 것을 들은 관객은 그들의 영혼이 천도되었음을 확신하고 목련희 공연이 정말 효험 있는 의식이라고 생각했다.

3. 사람들은 임신 초기의 산부가 목련희를 보면 반드시 아이가 유산된다고 믿었다. 그래서 그들을 오지 못하게 했다. 일반 관객들도 공연 도중에 집으로 돌아가면 귀신이 그의 뒤를 밟기 때문에 반드시 해를 당한다고 믿었다. 해를 입게 되는 것은 공연 도중에 졸아도 마찬가지라고 생각했다. 그래서 장시간 계속되는 공연에도 관객은 살아남기 위해 늘 긴장을 유지하고 있어야 했는데 그래도 공연 때마다 한두 명의 관객이 죽거나 기절했다. 그래서 목련희를 보러 오는 관객들은 입구에서 낯빛으로 관상을 본 후에 입장이 허가되었으니, 원래 몸이 약한 편인 사람이나 체격은 멀쩡해도 어두운 기운이 얼굴에 드러나면 공연장에 들어오지 못했다. 입장하지 못하는 사람이나 그들을 지켜보는 사람 모두 정기가 부족한 사람이 괜히 목련희 공연을 보면 필시 귀신들리기 십상이라고 생각했다.

4. 사람들은 문태사가 주문을 외우는 행위가 귀신을 퇴치하는 데 효험이 있다고 믿었다. 문태사는 이렇게 제사에서 신격을 대신하는 인물이었기 때문에 반드시 소식을 하도록 엄격하게 규정했다. 소식(素食)은 물론이고 도박과 같은 불순한 행위도 용납될 수 없었다. 만약에 그가 그런 일을 저지르면 자신을 포함한 지역사회에 반드시 재앙이 생긴다고 믿었다. 공연 중에 문태사의 얼굴에 금가루를 뿌리는 의식이 있는데 이때 사용된 금가루는 한 알에 3원이나 4원에 판매되었다. 문태사가 법술을 시행하면서 혹시 더듬거리는 경우에는 집

에 꼭 안 좋은 일이 일어났다. 집에 안 좋은 일이 일어난 경우에는 해당 집안의 식구들이 전부 문태사에게 달려와서 재앙을 줄이는 액막이를 열어달라고 빌었다.

5. 목련희를 공연하는 무대의 아래에는 오창신의 신위가 모셔졌다. 공연을 하는 도중에 무대 밑에 모셔둔 다섯 신위 중에 한 개라고 넘어지는 경우에는 관객 가운데에서 정신이 돌거나 말을 못하게 되는 일이 발생한다. 그런 일이 일어나면 주관하는 사람이 바로 법술로 치료했고 대부분의 경우 다시 말을 하게 되거나 정신이 제대로 돌아왔다. 그러나 의식의 주관자는 이러한 수고의 대가로 10원이나 20원 정도의 치료비를 받았다.

6. 이것은 특히 호남 지역의 진하 목련희 공연에서 자주 보이는 사례인데 공연을 시작하기 전에 사람들은 계란 표면에 자신의 이름을 적어서 도관에 넣어두었다. 이것을 봉금의식이라고 하는데 이름을 써서 봉해둔 계란은 공연이 완전히 끝날 때까지 열어 볼 수 없다. 3일 혹은 7일 혹은 한달 등의 후에 공연이 끝나면 사람들은 넣어두었던 계란을 꺼내 그것이 금간 문양을 보고 해당하는 사람의 길흉을 점친다. 성미가 급한 경우에는 도중에 몰래 열어 보고 잘못 깨진 것 같으면 다른 것으로 바꿔놓기도 했는데 물론 금지된 행위였다. 이때 계란은 자신의 영혼을 상징하며 영혼을 관에 넣어 가두고 봉금한다는 의미를 지니고 있다.

7. 공연 중에는 여자 배우가 죽는 경우가 많았다. 주로 〈여조〉 장면에서 고난도의 목매는 묘기를 공연하다가 실수로 죽는 것이었는데 사람들은 귀신이 그녀를 잡아간 것이라고 믿었다. 아무리 공연이라고 목매어 죽는 역을 맡았기 때문에 저승의 귀신이 진짜 죽는 것인 줄 알고 잡아갔다는 것이다. 연기하기 어려운 대목이기 때문에 이 역할을 여자 배우 대신 남자 배우가 맡도록 해서 〈남조〉라고도 했다. 그러나 남자가 하는 경우는 매우 적었다. 이렇게 명 여자 배우가 죽는 일이 많아지자 희반과 지역구성원들이 의견을 모아서 그 역할을 나무인형으로 대신하자고 결의한 지역도 있는데 복건성의 천주 지

역이 이에 해당한다.

위의 사례들을 보면 목련희가 정말로 제의의 성향을 강하게 지니고 있다. 공연 도중에 점을 치고 관객이 쓰러지고 배우가 죽는 것은 모두 공연 외적인 주술성에 해당한다. 공연 자체의 주술적인 장면을 찾아보면 지옥을 순회할 적에 등장하는 혈호부분이 될 것이다. 관객 가운데에는 자신을 출산하다가 돌아가신 어머니의 영혼을 천도하려는 아들이 많았다. 이러한 아들이 제주가 되어 의식을 거행할 경우 그것은 파혈호 의식을 중심으로 하는 목련희가 진행되었다. 목련희에서 유씨가 떨어진 지옥을 표상하는 동시에 후대에 파혈호 의식이 거행될 때마다 등장하는 혈호는 원래 부녀자가 출산 혹은 월경을 통해 흘린 피가 모인 곳이다. 그런데 이것이 무대에서 가시화되고 나면 붉은 천 한 장이 펄럭거릴 뿐이다. 물론 그 천은 혈호를 상징하고 있으며 천 사이사이로 칼을 찬 귀신이 왔다 갔다 하면서 공포분위기를 돋구기는 한다. 그러나 관객은 '입혈호지옥, 타파혈호(入血湖地獄, 打破血湖)'라는 문자와 펄럭이는 붉은 천을 보면서 상상력으로 혈호 지옥을 깨부수는 데 동참한다. 즉 연극공연이 의식을 집전하는 행위와 만나면서 문학적이면서 주술적인 공연예술을 만들어낸 것이다.

이러한 목련희의 주술성과 관련하여 제 4장 제 1절 공연부분에서 인용한 곽전령(郭錢齡)의 글에 드러난 공연의 목적을 떠올릴 필요가 있다. 그는 《산민수필》에서 목련희는 효과가 있는 공연이므로 그것을 공연해야 재액이 사라진다고 말했다.248) 실제로 목련희 공연이 그의 말처럼 전염병을 퇴치하는 기능을 보유한 것은 아니다. 그러나 당시 사람들의 의식에서 그러한 기능적인 효과가 있는 행사로 간주되었고 사실은 이와 같은 인식이야말로 문화적인 힘이 발산되는 근거이다. 관객들의 믿음과 반응이야말로 공연을 더욱 주술적으로 만들어간 힘이자 공연을 지속적으로 거행되게 한 동력이기 때문이다.

최근에 영신새회과 같이 민간에서 연행되는 행사들을 보면 제사라기에는 전혀 엄숙하거나 경건한 맛이 없고 연극이라고 하기에는 강한 의식성을 지니고 있다. 공연하는 사람들도 제사를 모시는 분위기보다는 거의 타성에 젖은 직업정신으로 창을 하고 과(科)를 해낸다. 그렇다고 완벽하게 놀이라는 개념을 가지고 사람들을 웃기고 보여주는 데에 정신을 들이지도 않는다. 어쩌면 전통 시기에는 이러한 의식에 대한 효과가 맹신되었고 그러한 상황에서 공연을 하기만 하면 돈이 들어왔기 때문에 더욱 적극적으로 참여했을지도 모른다. 실제로 2001년 2월 연구자가 참관했던 성황당 옆의 사묘에서 거행되었던 동자희(童子戲)를 보면 그것은 시종일관 엄숙하지도 않고 시종일관 오락적이지도 않았다.[249] 그러면서도 필요한 경우에는 진지하게 그리고 특정한 장면에서는 온갖 묘기실력을 발휘하면서 남녀 도사 및 보조도사들이 공연을 이끌어나갔다. 도사들은 한창 민간공연이 활성화될 당시에는 공연을 전직으로 하였으나 최근에는 호구지책을 해결하기 위해 부업으로 공연하는 경우가 많아졌다고 한다. 그러나 공연은 여전히 주술적인 면과 오락적인 면을 공유하고 있었고 그것을 구경하는 지역구성원들도 강한 동질성은 아닐지라도 배우와 관객이라는 지배적인 관계에서 벗어나 모두가 같은 공간에서 같은 시간을 공유하면서 의식을 거행한다는 느낌을 받았다.

그런데 과거에 목련희의 관객에 문인들은 거의 포함되지 않았다. 그들은 여러 가지 이유를 대면서 공연장에 들어오기를 꺼렸다. 왜냐하면 청대에는 특히 가경 연간에는 관리의 신분으로 사묘에서 열리는 연희를 몰래 보러가거나 무대에서 공연을 하고 또는 배우를 육성하거나 극본을 소장하는 행위 등을 법으로 금지했기 때문이었다.[250] 하지만 목련희를 대강은 보았고 그에 대해 악평을 남겼다. 그러한 문인으로는 명대의 여천성(呂天成)과 기표가(祁彪佳) 그리고 청대의 반기형(潘其炯)을 들 수 있는데 구체적인 혹평을 다음에 소개한다.

1. 여천성: ≪목련≫과 ≪묘상≫을 민간에서 공연하는데 창사가 비루해서 봐 줄 수가 없다.[251]

2. 기표가: 전부 음조도 모른 채 거지나 봉사흉내를 내며 마을을 돌아다니는데 악다구니를 쓴다. 아이고! 백성을 더욱 어리석게 만들고 부처를 아첨하고 왜곡하는 내용이 다해서 109절이나 된다니 앞으로도 3일 밤은 족히 내리 공연할 것인데 벌써 온 마을이 떠나갈 듯이 시끌벅적 하구나.[252]

3. 반기형: 연극공연이 순박한 풍조는 아닌데 이른바 ≪목련≫과 같이 비루한 것에 이르면 그러한 것은 더욱 사람의 마음을 심하게 미혹시킨다. 연극관람이 규각의 점잖은 행위는 아닐 것이다. 넓은 들판에서 서로 희롱하면서 깔깔 웃고 다니면 점점 더 풍화를 위반하게 된다. 옛날에 초나라 사람들은 일찍부터 귀신을 믿고 그랬다고 한다. 당시 초 지역이 지금 상에 해당하는데 그들도 흥얼거리는 것을 굉장히 좋아하는 것 같다. 그래서 귀신과 노래를 합쳐서 하나로 만들었으니 ≪목련≫이나 ≪관음≫같은 잡극이 나왔다. 그런 공연에서는 늙은이나 젊은이나 벌떡벌떡 뛰어 다니고 남자든 여자든 상관없이 한데 섞여서 논다. 풍속이 어지럽기 짝이 없으니 전국적으로 이렇게 미쳐 돌아가게 된 지도 이미 수십 년은 족히 흘렀을 것이다.[253]

2000년 8월에 사천성 노주현의 현지답사 과정에서 관람하였던 목련희는 이미 무대극으로 변한 절자희로 공연되었다. 목련으로 분한 배우가 나오는 대목이었는데 꾸벅꾸벅 조는 관중도 있었고 보통은 차를 마시면서 떠들어대는 등 무대에 집중하지 않고 있었다. 그런데 갑자기 유씨가 무대에 올라 창을 한 곡조 뽑아 올리자 객석은 매우 조용해졌다. 이전에 목련이 창을 하지 않았던 것은 아니다. 귀를 기울이던 관객들은 그녀가 고난도의 잡기를 통해 쫓고 쫓기는 장면을 연기하자 숨소리도 들리지 않을 정도로 고요하게 무대를 응시하기 시작했다. 유씨가 소귀에게 쫓기다가 창에 찔리기라도 하면 어떤 관객은 일어나서 발을 구르며 안타까워하고 어떤 관객은 무대를 향해 마구 소리를 질러대기도 했다.

　물론 이것은 특정 지역의 현대화된 목련희 공연이라는 점에서 자료로서 객관성이 보장되지 않을 수도 있다. 그러나 목련과 유씨의 연기에 대한 반응이 현재까지도 이렇게 다르게 나타난다면 과거의 관객은 더 민감하게 반응했을 수 있다. 게다가 해당 희반에서는 공연을 기획하는 과정에서 목련을 연기할 배우는 한 사람만 배치하고 유씨를 연기할 배우는 두 사람을 배치해 두었다. 왜냐하면 한 사람의 유씨는 창을 잘하는 배우이고 다른 한 사람의 유씨는 잡기를 잘 하는 배우이기 때문이었다. 이러한 정황을 보더라도 공연을 흥행으로 이끄는 관건은 이미 목련보다는 유씨로 옮겨갔음을 알 수 있다. 사실 목련희뿐만 아니라 고전 희곡의 흥행 여부에 영향을 미치는 요소는 극적 서사성 혹은 논리성보다는 여배우의 외모나 연기력이라는 사실은 부정하기 어렵다.

제2절 기　록

1. 기록 자료의 간행

　목련희와 관련된 기록의 형태는 과거로부터 현재까지 수많은 변화를 거쳤다. 초기에는 우란분재와 관련된 불경이 있고 초본의 형태로 된 보권과 변문이 있다. 역시 초본의 형태로 된 희문이나 지방희 극본이 있다. 이러한 판본은 나중에 서적으로 출판되기도 한다.

목련희에 관계되는 최초의 텍스트는 289년 ≪불설우란분경≫이다. 이 서적을 중국어로 한역한 사람은 서진 시기의 축법호(竺法護)로 알려져 있다. 그는 월씨교민(月氏僑民)으로 당시 서역으로 가는 길목인 돈황에 거주했으며 스승 축고좌(竺高座)가 그를 데리고 서역에 유학시켰다고 한다. 36개국의 언어에 능통했으며 태시 2년(266)에 귀국하여 향후 40년 동안 불경 번역에 종사한 인물이다.[254] 이 불경이 나온 이후에도 목련희와 관계되는 불경은 꾸준히 쓰여 졌다. 불경에서 목련을 다룬 경우는 다음과 같다. ≪경율이상≫의 〈보은봉분경(報恩奉盆經)〉을 비롯한 몇몇 항목[255]과 ≪찬집백연경(撰集百緣經)≫, ≪잡비유경≫의 〈불오백제자자설본기경마가목건련품제삼(佛五百弟子自說本起經摩訶目犍連品第三)〉, ≪불설목련소문불≫ 1권, 송 법천이 한역한 ≪불설목련오백문경략해≫ 2권, 명 성기(性祇)가 술한 ≪불설목련오백문계율중경중사경석(佛說目連五百問戒律中輕重事經釋)≫ 2권, 〈목련교이제자연(目連敎二弟子緣)〉 권7의 〈대장엄논경(大庄嚴論經)〉, 〈목건련온(目乾連蘊)〉 권1의 〈아비달마식신족론(阿毗達磨識身足論)〉 등이다. 최초에 불경이 나온 3세기로부터 다음의 자료인 목련변문이 나오기 전까지 그 사이에 불경 및 변문 형태의 서적은 지속적으로 간행되는데 다음에 목록을 소개한다.[256]

1. 西晉 竺法護 譯, ≪佛說盂蘭盆經≫
2. 西晉 竺法護 譯, ≪舍利佛目連遊諸國經≫ 1卷
3. 宋 法天 譯, ≪目連所問經≫
4. 梁 僧旻・寶唱等撰, ≪經律異相≫ 第14卷
5. 梁 僧祐, ≪弊魔試目連經≫ 1卷
6. 隋 瞿曇法智 譯, ≪業報差別經≫ 1卷
7. 唐 慧淨 ≪盂蘭盆經講述≫ 1卷
8. 唐 宗密 ≪盂蘭盆經疏≫ 1卷

　9. 唐 釋 聖月 《彌勒會見記》
10. 唐 寶叉難陀 譯 《地裝菩薩本願經》 2卷,
11. 南宋 《佛說目連救母經》, 日本京都寺 所藏 說經本
12. 宋 元照 《盂蘭盆經疏新記》 2卷
13. 宋 日新 《盂蘭盆經疏鈔餘義》 1卷
14. 明 智旭 《盂蘭盆經新疏》 1卷
15. 淸 靈耀 《盂蘭盆經折中疏》 1卷
16. 淸 元奇 《盂蘭盆經略疏》 1권

정확한 연대를 규명하기 어려운 불경은 다음과 같다.

1. 《父母恩難報經》 1권
2. 《孝子報恩經》 1권
3. 《佛說三世因果經》
4. 《佛說報恩奉盆經》
5. 《淨土盂蘭盆經》
6. 《鬼問目連經》 1卷
7. 《慈悲道場懺法》 10卷(梁皇懺法)

　불경이 아니면서 목련희와 관계된 두 번째 유형의 텍스트는 목련변문이다. 이것은 초본이며 필사연도가 명기된 것은 921년에 쓰인 변문이다. 이 서적의 말미에 '정명 칠년 4월 16일 정토사 학랑 설안준 씀'이라는 표기가 있다. 그래서 이것이 오대 후량 시기 돈황의 정토사에 머물고 있던 학랑 설안준이라는 사람이 작성한 필사본임을 알 수 있다. 이 외에도 목련 변문은 11종의 판본이 발견되었는데 그중에 목련변문으로 제작된 것만 9종이 있다. 그러나 제목과 내용에 차이가 있는 것은 《목련연기》와 《대목건련명간구모변문병도일서》, 그리고 목련변문 세 가지뿐이다.257) 변문이 초본의 형태로 나온 것으로 보아 송 원대에도 초본을 제작하는 전통이 있었을 것이다. 그러나 확실하게 연도가 명기된 초본은 발견되지 않았다. 변문 이후의 기록 중에서 불경 혹은 설창대본으로 추정되는 서적의 목록은 다음과 같다. 이들 서적 중에는 한국 및 일본과 유통과정에서 연관이 있는 경우도 발견된다.[258)]

1. 元刊本 《佛說救母經》: 1251년 가을 10월 22일에 제작되었고 1304년에 중국 廣州에서 판매되었으며 그것을 구입한 일본 승려에 의해 1346년에 일본에서 重刊되었다.[259)]
2. 《目連救母出離地獄昇天寶卷》: 元明間 내몽고 황실 소장본.
3. 明 智旭 《盂蘭盆經新疏》 1卷.
4. 淸 靈耀 《盂蘭盆經折中疏》 1卷.
5. 淸 元奇 《盂蘭盆經略疏》 1권.

명대는 소위 목련희와 관련된 극본이 본격적으로 만들어지고 또 이 것이 출간되었다는 점에서 중요한 시기이다. 출간된 극본 중에 대표적인 것은 《신편목련구모권선희문》이다. 이 극본은 부춘당 간본으로 정지진 편이다. 만력 10년(1582)에 목각한 괴가 현재 안휘성 기문현 박물관에 소장되어 있다. 이 밖에도 동일한 극본을 사천 지역에서 재간한 《음주목련금본전전》 혹은 《신각음주권선목련구모행효희문》은 하육재본(何育齋本)으로 역시 고강이며 《금본목련》이라고도 불린다. 이 책은 총 3권으로 되어 있고 사천 강진(江津) 경고당(敬古堂) 하육재수기(何育齋壽記) 휴각(鑴刻)이다. 또 권두에는 '신안 정지진 편집, 진읍 하육재 산정 병간(新安鄭之珍編輯, 津邑何育齋刪定幷刊)'이라고 명기되어 있다. 이 서적은 총 176괴이며 상권은 50괴, 도판은 18괴, 중권은 47괴, 도판은 20괴, 하권은 53괴, 도판은 20괴로 구성되어 있다. 이 가운데 서(敍)/서(序)/기(記)/발(跋)은 따로 판을 만들어 인쇄하였다. 또 명 가정과 만력 연간에 복건, 강서, 강소 등지에서 출간된 각종 희곡선집에는 목련희의 일부가 포함되어 있다.[260) 이들은 주로 절자희로 공연되었던 것으로 보이는데 자주 실린 순서대로 보면 〈니고하산〉이 가장 많다. 이러한 절자희는 혼례, 장례 등 행사의 성격에 맞추어 선택적으로 공연되는 현상을 보인다. 이 중에서 특히 비구와 비구니의 연애담인 〈하산〉이 가장 애호되었고 이것은 목련희와 무관하게 일반 공연으로 지금까지 상연되고 있다. 그리고 다음은 〈화원발서〉가 많고 그 다음에는 〈육전심모〉가 많다. 목련희를 수록한 희곡선집과 수록된 극목은 다음과 같다.

1. ≪風月錦囊≫・≪詞林一枝≫: 〈尼姑下山〉
2. ≪八能奏錦≫: 〈尼姑下山〉・〈元旦上壽〉・〈目連賀正〉
3. ≪歌林拾翠≫: 〈花園發誓〉・〈訴三大苦〉・〈六殿見母〉
4. ≪樂府菁華≫: 〈尼姑下山〉・〈僧尼調戲〉
5. ≪徽池雅調≫: 〈劉回(四眞)花園發咒〉
6. ≪大明春≫: 〈羅卜思親描容〉・〈羅卜祭尊母親〉
7. ≪群音類選≫: 〈尼姑下山〉・〈和尙下山〉・〈挑經挑母〉・〈六殿見母〉
8. ≪歌林拾翠二集≫: 〈花園發誓〉・〈訴三大苦〉・〈六殿見母〉

명 말, 청 초에는 양몽리(楊夢鯉)의 ≪의산당집(意山堂集)≫이라는 희곡선집이 간행되었는데 이곳에는 명대 곡보나 궁보에 없는 〈목련존자〉라는 절이 들어 있다. 이와 달리 명대의 희문과 같이 전체 내용을 담고 있는 연대본희로는 청 궁정희 ≪권선금과≫가 있다. 이 극본은 장조(張照)가 편한 것으로 알려져 있다. 장조는 여러 희곡을 개편하였는데 그가 목련희를 개편한 것은 ≪권선금과≫로 출간되었고 목련희와 함께 거론되는 서유기를 개편한 것은 ≪승평보벌(昇平寶筏)≫로 알려져 있다. ≪권선금과≫는 총 240척으로 되어 있으며 오색으로 인쇄된 고본으로 중국에 남아 있는 희곡극본 중에서 가장 길이가 긴 극본으로 알려져 있다.

청대에는 이러한 극본 이외에도 보권이 많이 나왔는데 그중에는 목련과 관련된 작품이 약 16종이 있다. 그와 관련된 목록을 소개하면 다음과 같다.[261]

1. ≪唐王游地府李翠蓮還魂寶卷≫ 2권. 淸 嘉慶 2年(1799) 南京 榮盛堂書局 重刊本으로 傅惜華가 소장하고 있다.

2. ≪地藏菩薩執掌幽冥寶卷≫ 명간본. 道光 14년(1834) 北京 五雲堂書坊 刊刻 黃育梗 ≪破邪詳辯≫, 1934년 ≪文學≫ 2卷 6號 向達의 〈明淸之際之寶卷文學與白蓮敎〉, 〈寶卷總錄〉, ≪彈詞寶卷書目≫, ≪文學遺産≫(1957) 增刊 제4집 李世瑜 ≪寶卷新硏≫, ≪寶卷綜錄≫에 목록이 기재되어 있다.

3. ≪香山寶卷≫ 道光 30년(1850)간본으로 胡士瑩이 소장하고 있다.

4. ≪目連寶卷≫ 1권 ≪寶卷綜錄≫에 목록이 기재되어 있다. 光緖 3년(1877) 杭州 瑪瑙寺經房 刊本이 전해지는데 상해도서관에 소장되어 있다. 安徽省圖書館 古籍部에도 소장되어 있다.

5. ≪目連三世寶卷≫ 3권 光緖 2년(1878) 鎭江 寶善堂 善書局 간본으로 상해도서관과 傅惜華가 소장하고 있다.

6. ≪目連救母幽冥寶傳≫ 2권 光緖 7년(1881) 간본으로 중국희곡연구에 소장되어 있다. ≪寶卷綜錄≫에 목록이 기재되어 있다.

7. ≪報恩因果寶卷≫ 光緖 12년 간본으로 胡士瑩의 ≪彈詞寶卷書目≫(증정본)과 1984년 상해고적출판사 판본 그리고 ≪寶卷綜錄≫에서 찾을 수 있다.

8. ≪目連救母幽冥寶傳≫ 1권. 光緖 18년(1892) 張俊卿 중간본으로 趙景深이 소장하고 있다.

9. ≪普陀觀音寶卷≫ 1권. 光緖 20年(1894) 蘇州 瑪瑙經房 重刊本으로 현재 북경도서관과 중국과학원도서관 그리고 중국희곡연구소에 소장되어 있으며 개인적으로는 傅惜華와 趙景深이 소장하고 있다.

10. ≪勸世二十四孝寶卷≫ 光緖 25년 항주 慧空經房 간본이 있는데 胡

士瑩이 소장하고 있다.

11. ≪普陀觀音寶卷≫ 1권. 1900년 彭門徐氏 간본으로 張德方의 〈勸世文〉이 부록으로 실려 있다.

12. ≪地藏寶卷≫ 1권. 常州 孔湧興書局 간본으로 상해도서관에 소장되어 있으며 趙景深도 소장하고 있다.

13. ≪泰山東嶽十王寶卷≫ 1904년 간본으로 胡士瑩이 소장하고 있다.

14. ≪香山寶卷開歌偈文≫ 3권 1911년 吳梓皐 초본으로 李世瑜가 소장하고 있다.

15. ≪善才龍女寶卷≫ 1권 상해 翼化堂 善書局 간본으로 복단대학에 소장되어 있으며 趙景深 소장본도 있다.

16. ≪三世修道黃氏寶卷≫ 1권. 상해 文益書局 석인본으로 중국 희곡 연구소에 소장되어 있다.

이외에 동 시대에 출간된 목련희 극본이나 설경 저본 역시 다수 전승되고 있으며 분량이 적은 극본은 공연을 전제로 제작된 단본이거나 공연을 보고 한 부분만 필사하여 남긴 것이고, 그 외에 대부분의 극본은 공연과 무관한 독본으로 유통되었다고 본다.

한편 목련희는 위와 같은 공식적인 텍스트 이외에도 지방희를 통해서 많이 공연이 되었고 지방희에도 극본이 있었다고 생각된다. 언제부터 이 극본이 유행했는지는 모르지만 1950년을 전후로 해서 이 극본들이 수합되어 영인본으로 출판되기 시작했다. 이 극본들은 대부분 필사본이고 내용에서도 약간 차이가 있으며 연대를 전혀 알 수 없다. 그 목록과 제작경위를 보면 다음과 같다.

1. ≪目連救母演出本≫ 8본. 사천 中江縣 天順班 李菁林 소장본. 光緒 癸未年에 기록한 것으로 추정되며 1991년에 발견되었다.

2. ≪湯村托 目連本≫ 旌德縣 喬亭鄕 湯村托 목련희반이 광서 년간 (1875-1908)에 시작해서 1952년 전후로 끊이지 않고 연출했으며,

1930년대 가장 유명했던 이귀홍 희반이 공연을 담당했다. 그러나 희반 내부의 文字 기록본은 없었다.

3. ≪目連卷全集≫ 1권 광서 3년(1877) 항주 瑪瑙寺經房 중간본. 상해도서관, 복단대학, 趙景深藏本, ≪家藏寶卷編目≫, ≪寶卷綜錄≫에 목록이 있다.

4. ≪救母記≫ 광서 9년(1883) 紹興抄本, 1책, 趙景深 소장본.

5. ≪目連救母≫ 韶坑本 光緒 25년(1899) 초본＝勸善記 5본 123척, 안휘성 歙縣 長陔鄉 韶坑 목련희반에서 소장하고 있다가 현재는 高慶樵가 소장하고 있으며 다음과 같이 구성되어 있다: 1본 梁武帝/2본 勸善記/3본 罰惡記/4본 解司記/5본 西遊記.

6. 徽州 ≪目連救母≫ 長標本으로 총 13본으로 구성되어 있다. 광서 28년 1902년 초본으로 ≪권선기≫라고도 불린다. 標下에 '醒世主人悟眞子編於勸善樓'라는 표기가 있다.

7. ≪益州 王龍宣 抄本≫ 資中劇團收藏.

8. 川劇 ≪目連傳≫ 江湖本 演唱條綱 條綱本. 十本半. 청 광서 32년, 鄭紫儒 초본, 천극 노예인 許昏遂 소장. 1957년 중경시 천극원조직 목련전 감정연출 시에 중경시 희곡공작위원회에서 유인본을 각한 것이다. 許昏遂 소장본은 목련극목 10본이 들어 있고 나중에 중경 희공회에서 李正芳 구술본 ≪降菖蒲≫를 보충했다. 白花島 雙鸞飄, 灌湖城, 反臺城, 三家店, 降二星, 降白螺, 燒葵花, 盂蘭會, 부록 降菖蒲＝桃花塢.

9. 싱가포르 ≪보선목련희≫ 청 말, 민 초의 초본, 6본 70척. 싱가폴 馬達拉律興安天后宮 보선동향회 소장.

10. 秘本≪目連救母全傳≫ 곤강 1919년 상해 馬啓新書局 석인본. 간본은 ≪繪圖目連救母全傳≫＝≪新編純粹崑腔第一曲譜秘本, 全圖目連救母≫. 4권 100절, 도 40폭, 胡忌 소장.

11. ≪目連傳≫ 상하본, 劉道生의 수초본에 근거하여 기극 노예인 羅金梁이 소장한 1919본의 邵陽 목각본. 기극 노예인 周昆玉이 소장한 手抄 旦行(劉氏)邊本도 참조했다. 문억선이 교감하여 부인하였다.

12. ≪청양강 목련희≫ 蒲同本 1919년 수초본, 214척, 7본 목련희전단, 잔본은 강서성 湖口縣 희극창작연구실 소장.

13. ≪新福托 목련희≫ 1본. 광서 년간에 시작된 旌德縣 雲樂鄕 呂家村 新福托 목련희반을 통해 만들어졌다. 원래 문자 기록본이 없이 구두전승으로 전해져 왔으나 1924년 舒華瑤가 기록한 잔본 14척을 기록하여 이것만 전해진다.

14. ≪남릉 목련희≫ 周組喬本 1935년 여름, 周組喬 수초본, 3본 115齣. 남릉본과 거의 같다.

15. ≪郞溪 定埠本≫ 양강 24척. 현재 판본은 1956년 이전에 廖씨 성을 가진 도인이 보존했다는 연출본이다. 1936년에 呂樂天이 초사하였는데, 그는 陳忠美선생의 위탁으로 초사하게 되었음을 발문에 밝히고 있다.

16. 浙江 ≪救母記≫ 調腔. 前良本 浙江 新昌 前良 1937년 초본, 인의 예지신의 5본.

17. 江蘇 ≪目連≫(陽腔) 초륜 초본, 1986년 징집, 3본 6책 108척. 1939년 宋渭川이 정리하였고 승 超倫이 초사하였다.

18. 湘劇 高腔 ≪목련기≫ 1본 3권, 1948년.

19. 提線 木偶 ≪目連傀儡≫(泉腔) 目連嘉禮, ≪서유기≫의 이세민유지부, 삼장취경과 목련구모의 3본으로 조성된 것. 대본은 척으로 구분하지 않고 극 전개의 간헐성에 따라 단락으로 나눈다. 이것을 투라고 하며 3본은 7일 밤낮으로 공연한다. 목련구모 수초본은 4책으로 천주 목우희극단 자료실에 소장됨. 원본은 문혁 때 사라졌고 현재 판본은 1949년 晉江縣의 전초본이다. 목련구모의 곡본은 1987년 吳孫滾, 陳天恩, 王榮華 구술하고 蔡俊抄가 기록하고 정리하였다. 천주지방희곡연구사, 천주목우극단편인본.

20. ≪목련희≫(서로난탄) 5본. 명 말, 청 초의 秦隴 향토나희로 목련희가 秧歌社火로 들어간 것으로 보인다.

21. 湘劇≪思凡≫(常德 高腔) ≪중남희곡선≫(중남인민문학출판사)에 기재되었다.

278

22. 江蘇 高淳≪양강 목련희≫(校注本) 3권 110척. 江蘇聖 高淳縣에서
    1957년 발굴하였다. 발굴자는 陳方振, 邵時仁이고, 기록자는 陶湧
    泉, 趙善昌, 교주는 丁修詢이 담당했다.

23. 旌德 義順托 ≪목련구모≫ 53齣 旌德縣의 義順托목련희班에서 제
    작되었으며 문자본은 원래 없었다.

24. 高腔≪목련전≫ 江津何育齋冊定,≪川劇傳統劇本彙編≫ 제10집(사
    천인민출판사, 1958. 성도)에 기재되었으며, 청 광서 10년(1884)
    敬古堂何育齋壽記刊印本≪音註目連金本全傳≫과 청 광서 29년
    (1903)을 교감한 극본이다. 益州 王龍宣 초본으로 자중극단 소장.

25. ≪구모기≫(高腔 紹劇本) 齋堂本을 기초로 노예인의 구술로 완성
    한 오래된 극목. 32척, 1962년 中國戲劇家協會浙江分會, 紹興縣紹
    劇搜集小組 편 118척.

26. 詞明戲 ≪목련≫ 4권 극본은 문혁 때 사라지고 현재는 目連撮要,
    目連首卷, 目連救母(2종), 目連五書靑螺(상하권) 초본 6책/目連撮
    要(본희)의 원본은 청대의 초본, 1963년에 중초했고 詞明戲 중의
    유일하게 척목을 표명한 초본이다. 복건성예술연구소 소장으로 9
    척이다/目連首卷(本戲) 1963년 重抄本, 1책으로 척을 나누지 않는
    다/目連救母(본희, 2종)/目連五書靑螺, 역시 1963년 초본이고 ≪
    부천두≫와 내용이 다르다.

27. ≪48본목련희≫ 連臺戲場次, 高腔 轉抄本, 川劇 48본 목련희齣目
    (場次), 連臺戲場次에 완정한 저록이 실렸다. 場次는 16開稿箋抄
    本, 50면. '抄自李樹成老本'이라고 標함. '戲工會圖書'條形印금이 있
    다. 약 1963-65년간 重慶市戲曲工作委員會 王向辰이 李樹成 老本
    에 근거하여 기록했다. 현재 重慶市川劇研究所資料室 所藏/大伐猖,
    佛兒卷, 西遊記, 觀音, 封神, 東窓, 臺城, 目連.

28. 辰河高腔 ≪목련희≫ 梁武帝, 目連, 香山, 封神, 金牌의 5대 高腔
    連臺本戲를 포함한다. 초기 辰河目連劇本은 洪江傳大德堂 木刻板
    ≪目連救母勸善戲文≫을 들 수 있다.

29. ≪梁傳≫ 辰河戲 名鼓師 石玉松(1901-1984)의 기억에 따라 梁傳 3

본을 筆錄하였다.

30. ≪香山≫＝觀音＝南游記 전기 ≪향산기≫는 孤本戱曲叢刊에 따라 영인한 것이고 만력 간의 ≪南海觀音全傳≫은 4권 26회이다. 春風文藝出版社 1987년 9월판은 觀音菩薩全書라고 했으며 모두 莊王의 딸 妙善이 출가하여 고생 끝에 향산 紫竹林에서 득도하여 관세음보살이 되는 이야기이다. 청 張大復의 海潮音 전기도 향산기라고 하며 제재가 같다. 상극 고강 등에도 ≪남유기≫가 있다.

31. 기극 ≪목련외전≫ 1본, 잔, 전목련 고인이 된 名鼓師 劉道生 수초잔본. 36장. 전목련은 기양 노본과 다르다. 1984년 호남성 희곡연구소 편인, 호남희곡전통극본 56집.

32. 上虞 ≪啞目連≫ 上虞 연출본 속칭 啞魁戱＝紹興方言 柯劉氏, 전극에 대사, 창사가 없이 신단, 수세, 표정, 무도 및 기예에 의지하는데 그것은 鑼鼓와 目連號를 따르되 유씨가 죄를 얻어 오귀에게 잡혀 지옥에 떨어지는 것을 부연한다. 소흥 방언으로는 柯劉氏라고 한다. 1985년 9월 절강 上虞縣 문화국 重新小組織 노예인이 排練하고 녹화했다.

33. 梓潼陽戱 ≪目連僧游六殿≫ 이에 관해서는 陳德忠의 논문을 참조.262)

34. 江西 弋陽腔 ≪목련구모≫(贛劇本) 최초에는 4본, 전형적인 익양강 목련전은 7본 188척의 연대본희. 강서 波陽縣에서 발견된 청 동치 년간(1871)의 수초본이 바로 7본이다. 강서 공극단이 1982년 2월 동치본에 근거하여 연인하였고 이 극단과 강서 湖口縣 희극창작연구실 등에 소장되어 있다.

35. 남릉본 ≪목련≫ 수초본으로 3권 151척, 1957년 봄 남릉현 신화서점에서 구매. 1957년 남릉현 인민정부 문교과에서 각인함. 나복묘용(단척) 1957년 남릉 수초본에서 묘용과 괘용을 포함하고 있으며 蕪瑚 문화국에서 교정하였다.

이외에도 목련희와 관련된 다른 텍스트 기록들이 있다. ≪보모혈분경≫ 1권은 무선당서국간본(務善堂書局刊本)이고 권말에 연화악곡이 들어있다. 부석화가 소장하고 있으며 1961년에 중화서국의 이세유가 ≪보권종록≫에 기재했고 부석화가 책을 소장하고 있다. 이 책도 목련구모의 모티프를 다루고 있으며 간본이지만 어디에서 언제 간행되었는지 그 연대를 알 수 없다. 민간공연의 대본이었을 가능성만 추측되고 있다. ≪납유갑(拉劉甲)≫이라는 방자가 있는데 예동조(豫東調)이다. 여기에서 유갑은 목련희에서 유청제의 동생인 유가를 가리킨다. 예동의 민간 연출본 ≪목련구모≫ 중의 1척에 해당된다. 그 내용은 유갑이 유씨를 개훈시켜 결국 염왕이 이 일을 판결하는 것으로 되어 있다. 1984년 12월 양한년(楊漢年)이 구술한 것을 이부군(李富君)이 기록했다. 청 말, 민 초에 예동손조등천식유갑(豫東孫照登擅飾劉甲)을 하였고 1956년에는 상구(商丘) 지구 희곡 회연 때에 이 척을 연출하였다. 또 ≪백원개로≫는 요고잡희(鐃鼓雜戲)로 본과 척의 구분 없이 ≪산서지방희곡회편(山西地方戲曲匯編)≫ 제1집 〈뇨고잡희전집(鐃鼓雜戲專輯)〉(1883, pp.494-559)에 기재되어 있다.

이렇게 볼 때 목련희에 관련된 텍스트는 처음에 불경으로 유통되었다가 변문의 형태를 취하면서 목련이야기의 형식과 내용에 다양한 변화가 발생하였다. 그리고 이러한 텍스트의 변화를 통해서 우리는 종교적인 목적으로 시작된 목련이야기의 공연이 불교의 범위를 벗어나서 일종의 민간오락문화로 발전하고 또 희곡으로도 공연되었었다는 것을 알 수 있었다. 결국은 민간의 공연이 전국적으로 유통된 상황에서 문인들도 관심을 가지기 시작했을 것이고 이것이 궁정희로 상승했다는 사실은 그것이 희곡적인 장점을 상당히 확보할 정도로 공연이 발전한 결과로 추정된다.

한편 목련희의 요소들은 다른 종류의 희곡에서도 부분적으로 언급이 되었다. 우선 명대의 대희에서 목련희의 등장인물이 출현하는 희곡의 관련 자료를 보면 다음과 같다.

1. 《土地詞》: 明 萬曆 2년(1574) 《迎神賽社禮節傳簿四十曲宮調》,[263] 〈二十八宿值日開後·斗木解(獬)〉의 第四盞의 盞隊戲이다.

2. 《鍾馗(道)顯聖》: 마찬가지로 明 萬曆 2년(1574) 迎神賽社禮節傳簿四十曲宮調, 二十八宿值日開後·斗木解(獬)의 第四盞의 盞隊戲이다.

3 《岳飛征南》: 〈斗木獬〉 중의 잡극이다.

4. 《玄壇伏虎》

5. 《唐僧西天取經》: 正隊舞戲. 후대의 啞隊戲의 角色排場單에도 목록이 있다.

6. 《神殺忤逆子》

7. 《目連救母》

8. 《涇河龍王難神課先生》: 啞隊戲의 角色排場單 25항목 중에 13번째에 기재되어 있다.

9. 《唐僧西天取經》: 啞隊戲의 14번째에 기재되어 있다.

10. 《武王代(伐)紂》

11. 《靑鐵(提)劉氏遊地獄》

이외에도 명의 희문이나 산곡 중에 목련희의 요소가 들어가 있는 작품의 목록은 다음과 같다.

1. 《破黃巢》: 無名氏의 傳標目은 康熙 末 혹은 雍正 初(1721-1726)의 것으로 추정된다. 《梨園新調雍熙樂府》 六種에 기재되어 있다. 標注를 보면 〈書會新編〉으로 되어 있다.

2. 傳奇 《目連救母》: 淸 支豐宜의 《曲目新編》, 〈明人傳奇〉에 劇目이 기재되었다. 淸 李斗 《揚州畫舫錄》에도 기재되어 있다. 여기에 는 阮大鋮의 《子箋》 5種에 대한 소개가 첨부되었다.[264]

3. 《唐僧西遊記》 1) 南詞敍錄의 本朝에 있다.

2) 陳光龍 著. 明 祁彪佳(1602-1645)의 遠山堂曲品의 具品에 '西遊'目이 있다.

3) 淸 ≪曲海總目提要≫에 들어 있는데 夏均正 著로 되어 있다.

4. ≪進瓜記≫: 王崑玉의 ≪曲品·具品≫에 기재되어 있다. ≪曲品≫에서는 ≪西遊記≫에서 나온 1段으로 보았다. 淸 張彝宣이 개편한 傳奇〈釣魚船〉31齣에 劉全과 翠連이야기가 나오며, 淸 高奕 ≪新傳奇品≫에도 기재되어 있다.

5. ≪金牌記≫: 陳衷脈 作. 이 작품에 대한 評文은 다음과 같다. '天啓時, 上設地坑於懋勤殿, 御宴演戲. 嘗演金牌記, 至風魔和尙罵秦檜, 魏忠賢趨匿壁後, 不欲正視.'

6. ≪精忠記≫: 姚茂良 著, 萬曆 金陵 富春堂刊本, 明末 汲古閣≪六十種曲≫ 刊本.

7. ≪鵝毛雪≫: 單齣. 徐霖(1462-1538) 繡襦記 28齣〈敎唱蓮花〉로 극본은 汲古閣 60種曲 第4套에 있다. 나중에 ≪綴白裘≫에 편입되었다.

8. ≪精忠旗≫: 李梅實 原著, 馮夢龍 改編. 全劇이 37齣으로 구성되어 있다. 馮夢龍은 ≪精忠記≫의 俚而失實함을 보충하여 西陵 李梅實이 ≪正史本傳≫을 따른 것에 ≪湯陰廟記≫를 참고로 하여 新劇을 편성한 후 ≪精忠旗≫라고 했다. 明 墨憨齋刊本, 墨憨齋新曲十種本, 古本戲曲叢刊二集本(墨憨齋本影印本)이 있다. 彙考에 따르면 馮夢龍이 극본을 윤색하고 律에 湖中遇鬼와 嶽廟進香 두 齣을 더했다고 한다.

9. ≪龍華會≫: 王翔千 作. 趙景深의 ≪明淸傳奇鉤沉≫에 佚曲 2支가 있다. 淸 ≪傳奇彙考≫의 標目에도 목록이 있다. ≪彙考≫에 따르면 龍華會가 ≪彌勒下生經≫에서 나온 것으로 그 내용은 龍瑞와 華貞香이 함께 三寶에 귀의하고 救母하러 幽冥에 가서 見佛解脫하는 이야기이다.

10. ≪香山記≫: ≪觀世音修行香山記≫라고도 하며, ≪曲品·雜調≫에 목록이 있다. 萬曆 富春堂刊本, 古本戲曲叢刊 2集本(富春堂影印本). 淸 高奕≪新傳奇品≫에서는 張彝宣의 이름으로 ≪海潮音≫이 있다. 觀音과 관련된 ≪香山寶卷觀音大士修道因緣≫에 근거하여

편찬하였다고 하며, 줄거리는 ≪香山記≫와 다르다.

11. ≪妙相記≫: 金懷玉 編, 萬曆 富春堂 刊本. 呂天成 ≪曲品≫의 〈新傳奇品〉에 따르면, 이것을 ≪賽目連≫으로 부르며, 공연이 있으면 고을이 떠들썩했다고 한다. 祁彪佳의 ≪遠山堂曲品≫의 〈具品〉에 따르면, 因果에 관한 공연이라고 되어 있다. 高奕의 ≪新傳奇品≫의 부록인 〈古人傳奇總目〉에는 ≪妙相≫이 목련에 관한 이야기라고 되어 있다. 康熙 末 雍正 初의 ≪傳奇匯考≫標目의 明·88에 金懷玉란을 보면 ≪妙相≫은 俗稱 ≪賽目連≫이라고 한다. 이것은 지금 공연하는 ≪王世女三世修≫라고 되어 있다. 周貽白의 ≪中國戲劇史長編≫의 부록≪中國戲劇本事取材之沿襲≫표를 보면 ≪妙相記≫는 목련에 관한 이야기이고 그 來源은 元明雜劇≪行孝道目連救母≫라고 되어 있다. 1982년판 周貽白의 ≪戲曲論文選≫에서도 이 책을 p.258의 「目連欄」에 포함시켰다.

12. ≪昇天記/昇仙記/昇仙傳≫: 黃文華 選, ≪鼎鐫昆池新調樂府八能奏錦≫(6卷) 萬曆新歲刊本에 실려 있다. 靑木正兒는 그의 ≪中國近世戲曲史≫ 符錄 4 〈曲學書目擧要補〉에 내용을 제시했다. ≪昇仙記≫의 주에는 '尼姑下山, 缺'이라고 하였고, ≪昇天記≫의 주에는 '元旦上壽, 目連賀正'이라고 되어 있다. 原題를 ≪昇仙記≫라고도 하고 黃粹吾 編인데, ≪遠山堂曲品≫의 〈能品〉에서는 劇名들이 비슷해서 ≪昇天記≫ 혹은 ≪昇仙傳≫ 등으로 불린다고 했다. 그런데 ≪昇仙傳≫은 錦窩老人 篇으로 ≪遠山堂曲品≫의 〈雜調〉에서는 ≪湘子經≫ 三經의 別册本이 ≪昇仙≫이라고 했다. 明初에 ≪韓相子昇仙記≫가 있었다는 淸 姚燮은 그의 ≪今樂考證≫의 〈國朝院本〉에 실었다. ≪綴白裘≫ 6集 〈梆子腔〉에도 雜劇에 〈途嘆〉, 〈問路〉, 〈雪擁〉, 〈點化〉 4折을 실었다. ≪明代徽調戲曲散齣輯佚≫[265] 에도 ≪昇仙記≫의 〈文公馬死金盡〉 1折이 들어 있다.

13. 散曲 〈尼姑下山〉: 嘉靖 연간에 重刊한≪新刊耀目冠場擢奇風月錦囊正兩科專集≫의 續補專科에 극본이 실렸다

14. 散曲 〈小尼姑〉: 萬曆 胡文煥이 편집한 ≪格致叢書≫에 수록되었고

≪群音類選≫에서는 官腔, 淸腔, 北腔, 諸腔의 4가지로 구분했다. 元明雜劇, 傳奇의 單折(齣) 및 散曲을 선별했다. 그중에 〈尼姑下山〉은 鄭本이고 〈小尼姑〉는 다른 목록에 있는데 둘 다 諸腔에 속한다.

15. 靑陽腔 〈尼姑下山〉: 黃文華와 郗繡甫가 選輯한 ≪新刻京板靑陽時調詞林一枝≫에 극본이 있다. 葉志元이 刻印했다.

16. 滾調 〈尼姑下山〉: 戲曲單齣 選集인 ≪鼎刻時興滾調歌令玉谷調簧≫의 6卷에 실려 있으며, 吉州景居士 編選이다. 萬曆 38年(1610)에 刊刻되었으며 ≪思婚記≫欄에 〈尼姑下山〉이 포함되었다.

목련희와 관련된 명 잡극의 목록은 다음과 같다.

1. ≪目連入冥雜劇≫: 無名人作. 沈德符의 ≪顧曲雜言≫을 참조.
2. ≪僧尼共犯≫: 海浮山堂, 脈望館, 孤本元明雜劇.

청 전기 중에서 목련희와 관련된 공연의 목록을 보면 다음과 같다.

1. ≪牛頭山≫: 2卷 25齣. 李玉 作으로 ≪新傳奇品≫ 등에 보인다. 그리고 抄本과 ≪古本戲曲叢刊本≫이 있다. 내용은 岳飛父子가 왕을 구하는 牛頭山 大戰을 다루고 있다.
2. ≪龍虎嘯≫: 兀述이 龍이고 岳飛가 虎가 되어 牛頭山에서 大戰을 벌이는 내용이다.
3. ≪奪秋魁≫: 22齣. 岳飛가 군사를 일으켜 秋魁를 奪取하는 내용이다.
4. ≪昇平寶筏≫: 蓮花會로, 張照가 개편하였으며, 王國維의 ≪曲錄≫에 실려 있다. 吳昌齡의元 雜劇 ≪唐三藏西天取經≫ 및 楊納의 雜劇 ≪西遊記≫와 관련이 있다.
5. ≪勸善金科≫: 北京 首都圖書館 所藏. 張照[266]가 개편하였으며, 王國維의 ≪曲錄≫에 실려 있다. ≪彙考≫에 기재된 이에 관한 정보는

다음과 같다: 목련희는 세모에 공연되었다. 공연 도중에 귀신들이 대거 나오는 것은 좋지 않은 징조를 뿌리째 뽑는다(祓除不祥)는 의미로 해석해야 한다. 원래 ≪目蓮記≫에서 나왔고 본래는 ≪大藏盂蘭盆經≫이라고 한다. 西域의 大目犍連 事跡이 唐末의 사건으로 바뀌었다. 등장인물 중에 顔魯公과 段司農 등이 추가되었다. 공연은 忠孝를 선양하는 데에 그 목적을 두고 있다. 10本 23出의 賓白을 보면 嘉慶 年間에 宮庭戱 연출은 康熙 年間의 연출규모에 비해 훨씬 성대하게 거행되었다. ≪淸稗類鈔≫에 따르면, 이 공연에는 活馬, 活象, 活虎가 사용되었다고 한다. 부록에 ≪梅蘭芳損贈本≫이 들어 있다.

6. ≪封神榜≫: 乾隆 昇平署 抄本은 4本 4卷이다.

7. ≪罵雞王奶奶住在街西·回雞罵雞聽知≫: 淸 雜曲으로 王廷紹 編의 俗曲≪霓裳續譜≫의 卷7 〈雜曲·數岔〉에 기재되었다. 목련희의 〈王婆罵雞〉와 내용이 다르며 오히려 民間의 小戱에 가깝다. ≪昇平署岔曲≫과 ≪明淸民歌時調集≫ 下卷에도 실려 있다.

8. ≪如是觀≫: 2卷 30齣. 張彝宣 著. ≪倒精忠≫ 혹은 ≪翻精忠≫과 같다. 鈔本이 있고 ≪古本戱曲叢刊≫ 3集本이 있다. ≪彙考≫에 따르면, 明 姚茂良의 ≪精忠記≫에 나오는 岳飛의 죽음을 翻案하면서 秦檜를 이긴 것으로 서술하였다고 한다. 崑曲에도 몇 개의 齣이 발견되고, ≪綴白裘≫ 6集 卷2에는 ≪倒精忠≫의 〈交印〉과 〈刺字〉 두 齣이 들어 있다.

앞에서 기록 자체가 불경, 변문, 초본, 간본으로 가면서 희곡의 단계로 갔음을 지적하였다. 그리고 여기에서는 절자희, 명대 희문, 청대 전기에서 목련희가 부분적으로 인용된 문제를 이야기해보았다. 이런 기록 자료들을 종합해볼 때 목련희의 내용은 단순히 목련희의 공연에서만 사용된 것이 아니고 다른 희곡들에도 상당히 많이 인용되었다. 이것은 매우 중국적인 특징이라고 할 수 있다. 왜냐하면 서양에서는 하나의 희곡에 다른 희곡의 요소나 장면을 불러들인 적이 거의 없다. 그런데 중국 희곡의 특징은 다른 것을 불러다가 여기에서 구현하는 특징을 가지고 있었고 목련희는 이러한 경향이 자주 발생하는 공연이다. 명·청 전기에 목련희가 자주 등장하는 데에는 다음과 같은 의미를 지니고 있다고 볼 수 있다. 첫째는 이 시기의 작가들이 통속적인 소재를 많이 구하는 입장에 있었다. 특히 통속적인 관중을 대상으로 하기 때문에 그 사람들에게 익히 알려진 소재나 대상을 채택해야 하는 입장에 있었다고 본다. 그런데 목련희는 다른 희곡에 비해 자주 공연되었고 광범위하게 공연되어서 대중적인 인지도가 높았다. 그래서 당시 희곡 작가들이 일종의 배경으로서 혹은 보조적인 소재로서 채택하기에 적합한 성격을 띠고 있었기 때문에 명·청 전기에 목련희의 요소가 인용되는 현상을 보인 것이다. 이것은 아마도 중국 희곡을 창작하는 과정에서 지적해야 할 중요한 특징일 것이다.

2. 기록 담당자

지금까지 언급한 텍스트들을 과연 어떤 사람이 실제로 기록했는지에 관해서는 구체적인 자료가 없다. 남아 있는 소량의 자료를 가지고 이 문제를 점검하면 목련희가 지니는 특수한 문화적 의미가 상당히 중요하게 떠오를 수 있을 것 같다. 목련희의 기록문헌 중에 가장 최초의 이야기의 문자기록이라고 할 수 있는 것은 돈황에서 발견된 변문이다. 이것은 아마도 사경생에 의해 쓰여 졌을 것이다. 그는 전문적인 창작자는 아니었고 공연이나 누군가가 한 이야기를 듣고 글로 옮기는 작업자에 불과했을 것이다. 두 번째로 중요한 사람은 정지진이다. 그는 극본을 간행한 인물인데 그의 배경을 보면 목련희가 지니는 특성을 파악할 수 있다. 세 번째는 희반의 사람들이다. 이들은 자기들이 직접 공연을 하면서 극본을 썼던 사람이다. 이들은 실제적인 필요에 의해 극본을 썼을 가능성이 많다. 네 번째는 신분을 알 수 없는 사람들이 남긴 필사본이고 대부분 지방희로 남아 있다. 다섯째는 궁정희를 쓴 장조인데 그는 유일하게 고위 관료로서 목련희를 쓴 예외적인 인물이다.

정지진은 수재 즉 향시에는 합격하였으나 아직 거인(擧人)이 되지 못한 생원정도에 해당했다.267) 그는 문인은 아니지만 극본에 실린 그에 대한 서문을 보면268) 그의 고향인 안휘성의 남부인 환남 지역의 청계현269) 일대에서는 식자로 알려졌던 것으로 추정된다. 서문에서는 그가 박식하고 글 읽기를 좋아하는 사람이었다는 정보는 실려 있으나 목련희와 같은 공연을 즐겨 보았다는 정보는 없다. 그가 어떤 목적으로 극본을 썼는지는 미지수로 남아 있다. 그가 살고 있었던 청계현에서 극본이 나왔고 당시 판각에 사용했던 괴는 앞서 언급한 대로 안휘성 박물관에 소장되어 있다.

정지진의 극본을 보면 그는 문인 지향적인 기호를 가지고 있었다. 예를 들어 원래 목련희에 없던 문인들에게 부합할 수 있는 요소들인 전아한 음악과 언어, 학술적인 토론 및 대의명분 등이 가미된 것은 그의 역량이다. 그의 극본에서는 공연이 지니고 있는 주술적이고 축제와 같은 성격은 거의 배제된 대신에 시를 짓는 즐거움을 말하거나 유불도 삼교론을 토론하거나 충효절의를 표방하는 부분이 많이 나온다.

정지진은 극본을 쓴 인물이지만 이것이 판각되는 과정에도 부분적으로는 관련이 되어 있을 것으로 추정된다. 당시에 판각은 상당히 중요한 작업이었고 그래서 휘주 지역에는 판각으로 유명한 가문의 계보들이 있었다. 그중에 최고의 가문은 오씨(吳氏)라고들 하는데 목련희의 극본을 제작한 각공은 오씨가 아니고 황정이었다. 그러나 그도 안휘성 흡현에서 대대로 각공을 해왔다는 사실은 황씨족보를 통해 확인할 수 있다. 우리는 정지진과 각공인 황정 사이에 어느 정도의 관계가 있었는지는 알 수 없다. 다만 정지진이 정식 문인으로 올라가지 않았고 황정도 전문적인 기술을 가진 각공이었기 때문에 서로가 어떤 협조를 했을 것으로 추정할 뿐이다.

장조는 건륭 년간(1736-1796)에 형부상서를 역임하여 악부를 관리하는 임무를 담당했다. 여러 희곡을 궁정희로 개편한 사람이고 그중에서도 목련희를 ≪권선금과≫로 개편한 사람인데 더 이상의 자료는 없다.

또 각 지방희를 공연하던 배우들이 작성한 초본이 있는데 그것을 작성한 배우의 명단은 다음과 같다.

于升	吳梓皋	吳鳳翔	百本張(子弟書)
金萃麟	陸榮卿(1918)	許少卿(1928)	李祖庚(山東梆子)(1957)
益州 王龍宣			

목련희 관련 필사본은 필사 연도와 필사자의 이름을 명기하지 않은 필사본이 많았다. 보권의 경우에는 간본보다는 주로 필사본으로 유통되었던 것으로 추정될 정도로 초본이 많이 남아 있다. 위의 명단은 그중에 필사자의 명칭이 기재된 서적을 참조하여 필사를 담당한 사람을 정리한 것이다. 이들 자료는 개편과정에서 일어날 수 있는 개편자의 윤색과 교정과 같은 변화 이전의 단계를 볼 수 있다는 점에서 중요성을 지닌다.

이런 자료들을 보면 장조를 제외한 모든 기록 담당자는 문인이 아니다. 그래서 목련희가 민간에서 공연되고 있는 실수요자들이 극본이나 초본을 만들었을 것으로 추정된다. 그런데 이 목련희가 극본이 나온 다음부터는 상당히 많은 출판사들이 이것을 간행했다. 그런데 이 간행 작업은 안휘성과 그 인접 지역에서 주로 이루어졌다. 출판사의 목록을 보면 다음과 같다.

 1. 明 海浮山堂
 2. 明 脈望館
 3. 明 遠山堂
 4. 明 書林詹氏 進賢堂
 5. 明 書林三槐堂[270] 王會元
 6. 明 吉州景居士 編選
 7. 明 福建書林(葉志元, 燕石居主人, 金魁)
 8. 明 愛日堂 蔡正河 梓行
 9. 明 高石山房
10. 明 富春堂[271]
11. 明 經國堂
12. 淸 天津 紅陽敎普蔭堂
13. 淸 北京 五雲堂書坊
14. 淸 上海 翼化堂善書局
15. 淸 上海 上海書局 石印
16. 民 上海 劉德記書局 石印
17. 民 上海 椿陰書莊 石印
18. 民 上海 惜陰書局 石印
19. 民 上海 文益書局 石印
20. 民 上海 宏大善書局 石印
21. 民 上海 槐陰山房
22. 民 上海 新華書局 鉛印
23. 民 上海 大觀書局 影印
24. ? 浙江 杭州 中瓦子 張家書鋪[272]
25. 淸 浙江 杭州 慧空經房
26. 淸 浙江 杭州 瑪瑙寺經房
27. 民 浙江 紹興 尙德齋書莊 刊本
28. 淸 江蘇 蘇州 瑪瑙經房 重刊本
29. 淸 江蘇 蘇州 得見齋書莊 刊本

30. 淸 江蘇 鎭江 寶善堂 善書局
31. 淸 江蘇 常州 培本堂善書局 刊本
32. 淸 江蘇 常州 孔湧興書局 刊本
33. 淸 江蘇 金陵(南京) 奎璧齋
34. 淸 江蘇 南京 榮盛堂書局
35. 淸 江蘇 南京 一得齋書莊
36. 淸 河南 鄭州 聚文堂 刊本
37. 淸 世家堂 刊本 同治10년(1871)
38. 淸 敬古堂 何育齋 壽記 刊印本
39. 淸 張俊卿
40. 淸 東甌郭文元堂 刊本
41. 淸 彭門徐氏 刊本
42. 淸 輔善壇 重刊本
43. 淸 培葽堂 刊刻
44. 民國 天竺 普明禪師 編
45. 民國 務善堂書局

그중에서도 맥망관이나 삼괴당, 부춘당 등은 당대의 다량의 책을 출판했던 유명한 출판사이다. 그런데 이 출판사들은 주로 안휘, 복건, 상해, 강소, 절강 등을 중심으로 하는 남방 지역에 국한되었지 산서나 하북 등지에서는 목련희에 관한 책이 출판되지 않았다. 아마도 이것은 목련희라는 테마에 대한 선호도가 북방보다는 남방에서 더 높았던 결과가 아닌가 생각된다.

기록 담당자에 포함되는 또 하나의 계층으로는 각공이 있다. 목련희 극본의 개편자인 정지진과 그것을 판각했던 황정의 관계가 정확히 어떠하였는지는 알 수 없다. 민간에서 공연이 활발하게 이루어지고 있던 목련희를 독본으로 제작하려는 의견을 제시한 사람이 누구였으며 그에 입각해서 극본을 제작한 후에 그것을 목각하는 공정시스템이 어떤 방식으로 움직였는가에 대해서는 참조할 만한 자료가 거의 없다. 여전히 문인은 지식인이고 각공은 기능인이라서 지식인의 요구를 기능인이 실천하는 데에 아무런 문제가 없었던 것인지 아니면 각공이 문인보다 사회적인 지명도가 높아서 부탁하는 자세로 판각작업을 맡긴 것인지 밝혀지지 않은 상태다. 이 두 계층 간의 사회적 신분질서는 구체적인 사례를 통해 짐작하는 정도에 그쳐야 될 것이다.

기문현의 마왈관(馬曰琯), 마왈로(馬曰璐) 형제는 강건 때 양주에서 염업에 종사하면서 장서를 많이 모았고 또 판각작업을 했던 것으로 전해진다. 이들 형제의 판각본은 마판이라고 이름이 나기 시작했는데 이 마판에도 목련희는 포함되지 않는다. 휴녕현(休寧縣)의 왕정눌(汪廷訥)도 만력 년간에 염운사(鹽運使)로 부임하여 상당한 량의 부를 축적한 것으로 알려져 있다. 그는 남경으로 이주하여 환취당(環翠堂) 서방을 열고 많은 양의 각서작업을 하였다. 청대 흡현사람이었던 정몽성(程夢星)도 양주에서 염상으로 활동하였는데 구매한 장서가 5만여 권에 달했고 사방의 명사를 불러 토론을 벌이는 것을 소일거리로 삼고 있었다. 이외에 흡현의 경학대사(經學大師) 정요전(程瑤田)의 경우에도 30년 동안 판각작업에 종사하였던 것으로 미루어 이 지역에서 책을 새긴다는 일이 어느 정도 유행이었고 사람들이 그 작업에 얼마나 혼신의 힘을 기울였는지 짐작해볼 수 있을 것이다.

흡현의 왕오봉(汪梧鳳)은 집에 불소원(不疏園)을 짓고 장서를 모으기 시작했다. 그곳에 강영(江永), 대진(戴震), 정요전, 왕조룡(王肇龍)이 살면서 책을 읽었다고 전해지며 대진은 불소원에서 《경고(經考)》와 《굴원부주(屈原賦注)》를 판각했다. 출판의 황금기였던 명·청 시기에 휘주 지역에서 판각된 서적의 통계를 내기는 어렵겠지만 적어도, 목련희의 극본이 왜 최초로 휘주 지역에서 출판되었는지에 대한 기본 배경은 짐작할 수 있게 되었다. 판각하는 작업을 일생의 사명으로 여겼던 청대 지부족재(知不足齋)의 주인 포정박(鮑廷博)은 염상세가 출신으로 부친의 영향으로 어릴 적부터 고적을 판각하는 데 뜻을 두었다. 건륭 년간에 청의 조정에서 사고전서 관을 세우고 천하의 유서를 수집하였던 그 당시에 포정박은 자신이 소장하고 있는 600여 종의 정본 가운데 송원의 고본이나 선본을 많이 소장해고 있었다. 그는 이 서적들을 조정에 상납하였다고 한다. 이는 당시에 각서의 엄정한 태도가 중요하게 여겨졌으며 판각은 돈을 목적으로 하는 영리활동이 아니라 자신의 이름을 남기려는 명예로운 활동으로 인식되었음을 알려준다. 당시 각서 사대가로 알려진 왕(汪), 포(鮑), 범(范), 마(馬)씨273) 가운데 절강 영파(寧波) 사람인 천일각(天一閣) 주인 범씨를 제외한 나머지는 세 사람이 모두 휘상이었던 점을 보더라도 휘주 지역의 판각사업이 누렸던 인기의 정도는 쉽게 짐작할 수 있다.

판각작업을 했다는 기록이 현재 전해지는 인물은 신분상 어쩔 수 없이 문인인 경우가 많을 것이다. 그 외에 판각을 많이 하였던 민간인들은 이름이 남아 있는 경우도 드물고 이름이 새겨져 있어도 그에 대한 어떠한 다른 정보도 없다. 그래서 자료연구를 통해 판각계층의 상황을 알아보기는 쉽지 않다. 그러나 각공이 기능공이란 이유로 문인보다 낮은 지위이고 그래서 판각에서 그들의 위치가 주문을 받아 제작하는 것에 지나지 않았다고는 단언하기는 어렵다. 각공도 새기는 서적에 대해 관심이 있었으며 어떤 경우에는 사명감을 가지고 새겼을 가능성도 있다는 점을 주목해야 한다.

3. 기록의 목적

공연과 기록을 분리하여 논의하는 이유는 공연의 의도와 기록의 의도에 상당한 다른 점이 있다고 보기 때문이다. 공연이 보여주는 구복이나 축귀축역의 기능이 기록에서는 거의 드러나지 않는다. 반면에 기록은 오히려 그 서문 및 평어들을 보더라도 '충효절의를 갖추고 있어서 세상의 교화에 도움을 주는' 역할을 맡고 있다. 그렇기 때문에 기록은 공연과는 달리 특정한 의도를 가지고 제작되었을 것이다. 여기에서는 그 요인을 찾아내는 데에 중점을 두고자 한다.

최초의 이야기 텍스트인 돈황변문을 보면 ≪불설우란분경≫ 자체에서 상당히 거리가 있다. 그렇다면 이것은 어떤 기록의 필요가 있어서 만들어진 것이 아닌지 하는 추정이 가능하다. 특히 돈황 지역에 목련변문만이 아니라 많은 필사본이 저장되었던 사실로 보아 돈황의 석굴이라는 것이 어떤 수요에 부응하는 필사본을 공급하는 기지였을 가능성이 있다. 그러나 여기에 대해서 더 이상 돈황학에서 밝혀진 사실은 없다. 그러나 돈황 지역이 서역으로부터 문물을 수입하거나 서역으로 수출하는 관문이었다는 역사적 배경을 고려해보면 이러한 서적들은 서역으로 가져가기 위한 목적으로 제작되었거나 아니면 서역에서 다른 서적을 가져와서 필사하는 작업을 통해 제작된 것으로 추정된다.

어떤 이유인지는 모르지만 이렇게 필사된 텍스트는 불경과는 달리 상당한 부분이 서사적 상상력으로 채워졌다.[274] 어쩌면 이러한 변문이나 보권 등은 '그것을 필사하면 공덕을 쌓는다'는 신도들의 믿음을 등에 업고 다량으로 필사되었을지도 모른다. 또한 필사하는 과정에서 이야기가 첨가되는 과정은 이야기를 만들고 만들어진 이야기는 또 다른 이야기를 만들기 시작하여, 원래의 불경에 많은 내용이 첨가되기 시작한다. 따라서 변문 그 자체는 종교적인 핵심적 이념 자체는 가지고 있지만 이야기의 수요를 가지고 있는 사람들을 위해 필사한 것일 가능성이 크다.

앞서 언급한 ≪원간불설구모경≫과 ≪목련구모출리지옥승천보권≫은 중국에는 남아 있지 않고 한국과 일본에만 남아 있다. 결국 이것은 직접 공연하기 여의치 않은 상황에서 특별한 이야기인 목련에 관심을 가진 사람들이 만들었을 가능성이 크다. 그래서 한국과 일본은 목련희의 공연은 없었던 것으로 보기 때문에 여기에 관심을 가진 일부 수요자들을 위해서 이 서적이 수입되었던 것으로 보인다. 어쩌면 이것은 중국에서는 필사본이 필요 없는 경우에 공연이 없는 국가의 외부독자를 위해 필사하였을 가능성도 있다. 그런데 보권의 개장과 하장에 실린 시를 보면 여느 희곡과 같이 내용을 요약한 것이 아니다. 그것은 설법하는 장소의 분위기와 관객에게 요구되는 마음가짐을 환기하는 기능을 한다. 즉 공연공간과 관람자에 관한 지침의 역할이다. 게다가 보권은 그것을 필사하면 공덕을 쌓는다는 믿음으로 인해 필사하는 사람은 정성을 다해 한 글자도 빠짐없이 베꼈다고 한다. 이러한 정성은 변문을 필사하거나 희곡을 공연하는 데까지 영향을 주었다. 그래서 관객까지도 어느 배우가 한 글자라도 빠뜨리고 연기하면 기원하는 사항들이 무산되고 공덕이 허물어지는 것으로 여겼다. 이렇게 목련이야기는 다양한 표현 형태로 전승되었음에도 불구하고 모두 강한 종교성을 지니고 있었다.

명·청 시기에 공연이 성행하면서 한편으로 읽는 희곡을 쓰는 사람이 많아진 것은 주지의 사실이다. 어쩌면 정지진도 그런 흐름에 있었을 수 있다. 극본을 통해서 그가 기복적인 요소를 제한하고 그보다는 문인의 기호에 맞게 충효절의와 같은 대의명분을 더 많이 집어넣은 흔적이 발견된다. 정지진은 민간희로서의 목련희에서 문인문화로 상승할 수 있는 요소를 발견했고 이것을 고급문화의 한 부분으로 편입시키려고 시도했던 것으로 보인다. 그러나 이러한 노력은 결과적으로 별로 성공하였다고 볼 수 없다. 그러나 이와 같은 시도를 했던 문인들이 날로 늘어났으니, 왕양명(王陽明)도 목련희에 대해 '충효절의의 뜻이 살아 있다는 점에서 ≪서상기≫보다 우수하다'고 평가했다. 이외에도 민간의 요소를 활용하여 문인의 반열에 들게 하려는 시도가 간간이 일어난다. 이런 사례들을 보면 당시 문인의 일부가 목련희에서 교화에 도움이 될 만한 요소를 발견했고 그것을 활용하려고 했음을 알 수 있다.

정지진의 극본에는 대련하는 시작이나 유신무신 논쟁 혹은 시와 사와 곡을 삽입한 것은 바로 문인의 읽는 희곡작품으로 개작하려는 시도로 보인다.

정지진의 극본인 ≪권선기≫가 제작된 시점은 음력 5월이다. 윤달을 계산한다고 해도 우란분절이 오기 전에 미리 출간되었다. 이 극본은 출판된 즉시 각지에 성행하던 목련전문 희반을 통해 구매되었고 극단은 극본을 가지고 공연을 좀더 전아하게 만들었다. 물론 극본이 발간되던 당시에는 공연이 활발하게 유통되고 있었다. 극본은 이러한 공연의 경험을 토대로 등장한 것이며 이렇게 제작된 극본이 다시 기존의 공연을 아화하는 순환과정이 반복되면서 지금의 목련희가 완성된 것으로 본다. 목련희는 이후로 마을마다 사당마다 틈만 나면 거행하게 되어 '가는 데마다 공연장과 마주치게 된다(處處相逢是戲場)'고 할 정도로 한층 번창의 길에 접어들었다.275)

청대에 들어오면 희곡에 대한 탄압이 더욱 심해진다. 당시 조정의 문예를 속박하는 권한을 남용하는 폐해가 속출하였는데 주원장(朱元璋)이 ≪비파기(琵琶記)≫를 예로 들면서 문예의 의무를 강조하기 시작한 이후 영락 년간이 지나면서 검열이 점점 심해졌다.276) 청대에는 법령으로 잡극 공연에 대해 다음과 같은 제한을 두고 있다.

모든 배우들은 잡극과 희문을 공연할 때 절대로 역대 제왕과 후비 혹은 성현이나 충신, 열사를 연기해서는 안 된다. 이를 어기면 곧장 백대를 칠 것이다. 관민의 집안에서 꾸미고 연기를 해도 같은 죄 값을 물을 것이다. 신선도에서 절개를 지키는 부부 혹은 효자나 효손 등 사람들에게 선을 권장하는 내용을 연기하는 경우는 이 금령에 포함되지 않는다.277)

위의 법령을 보면 충신이나 열사 혹은 제왕이나 후비가 나오지 않는 목련희는 금지대상이 아니다. 게다가 목련희와 같이 효자가 나와서 권선하는 경우에는 금령의 대상이 되지 않는다고 명기하고 있다. 목련희와 같이 공연하는 이유가 축제처럼 먹고 마시고 노는 데에 있고 그 공연은 귀신을 물리치는 효과가 있다고 믿어지는 경우에도 위의 법령은 피해갈 수 있는 것이다. 이렇게 금령을 피해가던 목련희도 청 중엽부터는 쇠락의 길로 접어들었다. 그래서 공연을 못하게 된 민간에서조차 이제는 필사본에 대한 요구가 높아졌을 가능성이 있다. 이로 인해 독자층의 범위가 더욱 두터워지는 결과를 가져왔다고 본다.

4. 독자의 반응

목련희의 기록 자료를 읽었을 독자에 대한 정보는 거의 남아 있지 않다. 몇몇 문인들의 짤막한 평어가 있으나 자세한 정황을 알기에는 부족하다.[278] 그들이 비평을 하기 위해 사용한 대상이 어떤 공연인지 또 어떤 극본인지 알 수 없다. 우선 목련희의 독자는 식자층으로 범위가 좁혀질 수밖에 없다. 그들은 목련희 이외에 다른 독본으로서 유통되던 희문을 읽은 경험이 있는 독자였을 가능성이 크다.

우선 제4장 제1절의 공연상황에서 소개한 적이 있는 장호와 백거이의 대화를 보면 그 두 사람은 이미 목련변의 존재를 알고 있다. 그러나 그들의 정보가 공연으로부터 온 것인지 변문텍스트로부터 온 것인지는 드러나지 않는다. 명대의 여천성과 기표가, 그리고 청대의 반기형이 남긴 평어들은 모두 공연을 토대로 한 것이다.[279] 공연에 대한 반응을 보인 문인들이 대체로 악평을 남긴 데 반해 희문에 게재된 글들은 호평에 치중되어 있다. 현재까지 남아 있는 목련희에 대한 평을 남긴 사람을 소개하면 다음과 같다.

  1. ≪권선기≫의 서를 쓴 葉宗春.

  2. ≪권선기≫의 서를 쓴 陳昭祥.

  3. 〈정산인의 ≪목련권선기≫를 읽고〉를 쓴 倪道賢 惟德甫.

  4. ≪권선기≫의 평을 쓴 陳瀾汝.

  5. 하권 마지막의 평어를 쓴 葉極沙.

이들은 하나같이 정지진의 ≪권선기≫가 충효절의로 교화에 보탬이 되는 글이라고 말한다. 그러므로 개편자인 정지진은 박식하고도 표현력이 뛰어나서 인과응보와 권선징악의 일을 잘 표현한 사람이라는 입장이다. 진란여(陳瀾汝)는 '다들 목련구모이야기를 이상하고 괴이하다고들 하지만 제대로 보면 권선의 대표로서 모든 유교적인 윤리가 포함되었음'을 강조한다. 그래서 '지옥에 가면 벌을 받고 천당에 가면 행복을 누리도록 하는 것은, 밤에 무대를 만들어 귀신이 나오게 하는 공연이나 낮에 신선이 되어 오르는 공연이나 똑같다'면서 목련희를 변호하는 입장을 취한다.[280] 섭아사(葉極沙)는 이 공연이 3일 밤이 지나고 끝났음을 알리면서 어찌 특별히 '이원의 절향'일 따름이겠느냐고 한다.[281]

공연에 대해서는 악평을 하면서도[282] 극본에 대해서는 호평을 하는 문인들의 견해를 살펴보면 이것은 원래의 이미지에 크게 상관하지 않고 편의대로 해석된 혐의가 있다. 다시 말해서 목련희가 민간에서 어떤 의미를 가지고 있는지의 여부에 상관없이 문인들이 자신의 입장에서 해석한 결과인 것이다. 정지진은 민간에 유통되는 모티프를 재단해서 문인 사회에 소개하였고 문인들은 그에 의해 재단된 형태를 통해서 목련희를 이해하였다.

문인 중에 그나마 평어를 남긴 사람도 소수에 불과하다. 그러므로 극본이 문인들 사이에 널리 유통되었다고 할 수는 없다. 민간계층에서도 그것을 많이 구매하여 구독하였다고는 보기 어렵다. 창과 백으로 이루어진 극본의 창도 문언이면서 그렇게 어렵지는 않고 백도 구어의 표현이지만 그래도 민간에서 독서행위를 통해 이것이 읽어내기란 결코 쉬운 일이 아니었을 것이다. 극본이 민간계층에 크게 호소력을 일으키기는 문자언어의 문제로 인해 쉽지 않은 일이다. 게다가 극본의 유통망도 희반의 조직력을 제외하면 전국적으로 분포된 것이 아니라 지방별로 형성된 경우가 많았다. 출판사에 대한 자료를 토대로 해보면 극본의 제작과 유통은 거의 안휘성 및 강소성 등의 일부 강남 지역과 복건성을 중심으로 이루어졌던 것으로 보인다. 그렇기 때문에 극본이 나왔지만 사실 이것은 특수한 계층의 사람들이 보았을 가능성이 크다. 혹은 목련희를 직접 공연했던 희반들이 이것을 보조 자료로 참조하였을 가능성도 있다. 왜냐하면 가전으로 이것을 전승하여온 희반에서는 아무래도 시간이 흐르면서 변질된 부분을 이러한 극본을 통해 보충하려고 노력했었을 것이기 때문이다.

제3절 후원계층

목련희가 대규모로 공연되고 극본으로 출판된 배경에는 그것이 유행하였다는 사실보다 훨씬 중요한 배경이 있었다고 본다. 왜냐하면 공연을 준비하는 데에 상당한 자본금이 필요함은 주지의 사실이고, 극본을 제작하기 위해서는 더 큰 규모의 자금이 필요하기 때문이다. 더구나 극본을 제작한다고 해서 출판에 투자한 자금이 즉시 회수된다는 보장도 없는 출판이었다. 공연 담당자, 공연 내용, 기록 담당자, 기록 내용, 공연과 기록에 대한 수요와 갈망 등이 확보된 상태일지라도 그것을 추진할 자본금이 있어야 모든 것이 제 기능을 할 수 있다. 그러므로 문화 방면에 성과를 낼 수 있는지의 여부는 해당 사업에 투자되는 자본금에 의해 결정된다고 해도 과언이 아니다. 더욱이 장기간 전국적으로 거행되었던 목련희의 공연 혹은 출판사업에서 후원금은 필수요건이다.

그런데 이에 관해 조사를 하다보니 재미있는 사실을 발견하게 되었다. 목련희에 등장하는 인물 중에는 중국사회에서 천민으로 분류되는 상인, 그것도 객상이 많이 등장하였다. 다른 희곡작품에서처럼 문인이나 재자가인 혹은 역사적 영웅이 등장하지 않고 사회적인 위상이 낮고 지명도가 없는 상인이 등장한다는 점은 이것이 공연되거나 극본으로 제작되는 과정에서 후원계층이 누구인지에 대한 힌트를 준다.

반면 문인들이 여기에 종사하였을 가능성은 상대적으로 감소된다. 심지어 대희가 된 다음에도 궁정희로 공연된 몇 가지 경우를 제외하고는 문인연극으로 완전히 정착하지 않았다. 그러므로 이 특수한 공연에 자금을 댄 계층은 문인보다는 상인일 가능성이 높다. 목련희의 성립과정 및 후원계층으로 추정되는 상인의 역할을 점검하는 것은 이러한 배경을 해석하기 위한 선행 작업이다.

추측컨대 상인은 상당한 자금을 가지고 있었으면서도 사회적인 위상을 인정받지 못하는 집단이었기 때문에 그들에게 내재한 문화적인 갈등과 욕구를 배출할 만한 통로가 필요했을 것이다. 그들이 이에 필요한 배출구를 문인문화에서 찾았을 리 만무하다. 그들은 보다 익숙한 민간문화에서 적절한 배출구를 찾으려고 했다. 같은 민간문화라도 자신의 사회적 신분 혹은 자신의 기본 욕구나 관심사와 관련이 있는 부분을 특히 중점적으로 애호했을 가능성이 크다. 그렇다면 목련희에서 주인공이 전부 상인이라는 점과 상인계층이 공연 및 극본제작을 후원했을 개연성은 충분히 짐작이 가는 바이다.

상인이 문화사업에 관심을 두었고 서적의 판각작업에 깊이 간여하였다는 사실을 통해 이들의 활약상을 추정해볼 차례이다. 상인이 문화사업에 투자했던 이유를 경제적인 이익과 연결짓는 것이 가장 자연스러워 보인다. 그러나 몇몇 자료를 검토한 결과 상인이 서적을 판각하는 행위나 연출 및 관람에 참여하는 행위에 대해 상당한 의미를 부여하였음을 확인하였다. 상인들이 직접 목련희의 극본을 읽은 독후감이나 평어와 같은 직접자료가 없더라도 그들의 문화사업에 대한 태도를 짐작하기란 어려운 일이 아니다.

목련희는 공연과 기록 과정에서 상인의 존재를 주목하는 이유를 다음에 다시 정리해본다. 첫째 등장인물의 가계도가 전부 상인의 집안으로 설정되어 있다. 예를 들어 증조부 부천두는 부유한 상인으로서 황실의 경제적인 후원자였다. 나복의 부친 부상도 객상이었고 아들 나복도 동일한 직업을 가지고 있다. 삼촌 유가는 고리대금업을 하고 있을 정도로 상인의 가정을 배경으로 이야기가 전개된다. 심지어 목련의 제2환생체인 하인마저도 고기를 팔아 생계를 꾸리는 백정이다. 목련희의 곳곳에 물건을 사고파는 거래행위가 등장하며 나복이 직접 거래하는 장면도 나온다. 하지만 전체적인 초점은 상인의 직업 자체보다는 장사가 잘 되는 이유가 바로 관음의 은덕과 후광 덕분이라는 점에 맞춰진다. 그렇다면 후원계층에 보다 근접하기 위해 목련희문의 실제 등장인물인 휘주 지역의 상인, 즉 염상에 대해 우선 알아보기로 한다.

1. 휘주상인

목련희의 극본이 편찬된 휘주는 공교롭게도 상인이 유명하다. 중국의 상인이 산서상인과 휘주상인, 상해상인 등 활동하는 지역에 따라 몇 개의 군으로 분류됨은 주지의 사실이다. 이 중에 휘주상인은 주로 염상(鹽商)이 많았으며 양주 등지에서 활동하는 객상이 대부분이었다. 이들은 문화사업에 투자를 아끼지 않았던 것으로 유명하다.[283] 이러한 투자사업을 통해 당대의 문인 및 고관들과 교류함으로써 지명도를 높이고 시장경쟁력을 확보하려 했다.[284] 일례로 강소나 절강 지역에 진출한 휘주의 상인은 먼저 주자의 사당을 세우고 이 지역을 거점으로 상업활동을 시작했다. 사당을 축조한 후에 호운을 기원하는 제사를 지냄으로써 기복했음은 물론이고 사당을 상업과 사교 및 오락문화의 장소로 활용한 것으로 알려진다. 이곳에는 상인과 교류하는 문인, 고관, 전문적인 각공, 희반의 배우 등 다양한 계층이 다양한 목적으로 모여들었다. 그러므로 이 장소는 인맥을 형성하는 사교의 장이자 모든 오락과 여흥 및 감동을 제공하는 문화의 장이었고 동시에 사업이 성공하기를 기원하는 종교적 행사가 벌어지는 곳이었다. 복합적인 문화공간에는 흔히 희반이 초청되었는데 당시 공연된 연극 중에 기복행사이면서도 오락성이 강한 목련희가 포함되었다고 본다.

주자의 사당을 세우고 상업을 시작했다는 언급을 통해 우리는 휘주 지역이 남송 시기 주자의 주요 활동 지역이었던 점을 떠올려야 한다. 숭유(崇儒) 풍속이 유난히 강했기 때문에[285] 유학을 공부하는 문인과 이익을 좇는 상인 간에는 매우 복잡한 갈등관계가 형성된 지역이었다. 휘주상인은 후세에게 학문을 하게 하려는 의지가 대단했고 이러한 의지는 앞서 언급한 사교의 공간인 사당에 학술적인 분위기를 형성하는 형태로 표현된다.[286] 이들은 학술문화사업의 주요 후원 세력의 위치를 확보했으며 자신의 재력으로 후손을 다시 공부시키기 위해 노력했다.

일부의 상인은 출판사업에 간여하기 시작하는데 실제로 상인이 작자로서 작품을 짓거나 출판사를 경영하면서 서적의 출판을 담당하거나 공연예술의 비용을 지원하는 경제적인 후원자로 활약하는 경우가 간간이 발견된다.[287] 흡현 풍남(豊南) 사람 오씨는 벼슬이 광록서승(光祿署丞)에 이르렀으며 소금 전매를 담당하는 염상이었다. 오씨는 경서나 역사서 위주로 판각을 하였기 때문에 희곡이나 소설은 그의 서재에서 발견되지 않는다. 이 지역은 예로부터 ≪장자≫와 ≪이소(離騷)≫와 같은 서적이 정교하게 판각된 것으로 알려져 있다.[288]

상인에 관해 여영시(余英時)가 이와 같은 모순적인 내면을 '주관세계'라고 명명하고 가치관을 포괄적으로 다룬 적이 연구를 진행했다.[289]

이것은 상인의 문화사업에 대한 영향력을 추적하는 이 연구의 작업에 시사하는 바가 있으나 그것을 해석하는 과정은 많이 다르다. 가령 전통 시기 출세라는 개념이 보여주는 편협함으로 인해 다양한 직업에 대한 인식이 늦게 등장하였고, 모든 사람의 인생 목표가 과거급제라는 하나의 성공으로 귀결되었으며 이것이 바로 중국에 선진자본의 유입이 늦어진 이유라고 주장한다. '수신제가치국평천하'에 입각하면 출세의 방식은 실제로 과거에 합격하여 관직을 얻어야만 실현된다. 과거급제는 출세를 의미하는 동시에 효도의 첩경을 의미한다. 이러한 논리에 빠지면 유도를 버리고 이익을 위해 상인이 되는 것은 충효절의에 위배되는 외도이다. 이익보다 명예를 중시하는 사회에서 이익을 추구하는 것은 죄악이고 배신이다.

　명·청 시기에 장사로 거부가 된 상인의 비율이 날로 높아지면서 지역사회에서 상인이 차지하는 위상은 날로 높아진다. 생활의 궁핍과 관념적 이상이 충돌하면서 가치관이 흔들리기 시작하고 그 결과 안빈낙도에 대해 회의하는 숫자는 날로 증가한다. 출세에 대한 새로운 가능성이 정립되기 시작하는 것이다. 평생을 독서로 일관하면서 근면하게 살아도 과거에 급제하지 못한 채 평생 근근이 연명하는 문인이 증가하면서 경제적으로 무능한 상황에 대한 회의는 날로 강해진다. 과거를 공부한다는 허울의 실상은 결국 실업자이고 이러한 무직의 문인은 지역 교육이나 문화 발전에 기여하는 방식으로 치생의 방책을 도모하기 시작한다. 명·청 시기에 과거에 급제할 가능성이 전무한 상태에서 소설이나 희곡 등이 흥행하였던 이면에는 무직 문인이라는 다수의 계층이 존재하고 있었다.

　당시 이 지역에서 문인이 상인이 되는 사례는 '기유취가(棄儒就賈)'라는 말이 회자될 정도로 많았다. 신안(新安) 지역의 방상영(方尙瑛)(1629-1662)도 그러한 인물의 하나다.[290] 먹고사는 문제가 도를 닦는 것보다 중시되면서 상인이 되는 것보다 부모와 자식을 일터로 내몰

고도 자신은 독서만 하는 이기적인 행위가 훨씬 불효한 것임을 인식한
다. 진확(陳確)(1604-1677)의 의견을 들어 보자.

> 학문의 길에는 특별한 뭔가가 있는 것이 아니다. 나라가 있는 사람
> 은 나라를 지키고 가정이 있으면 가정을 지키고 선비는 자신을 지키면
> 되는 것이다. 이른바 선비의 몸은 자기 몸 하나가 아니다. 대저 부모형
> 제, 처자식이 있는 선비는 그 사람들이 모두 그와 직접 관계된다. 위로
> 는 부모를 섬기고 아래로는 가족을 부양하는 것이 결코 다른 사람에게
> 요구할 수 없다면 부지런히 아껴서 생계를 마련하는 것이야말로 진실
> 로 학문하는 사람의 본업이다……진확 본인은 일찍이 독서와 생계마련
> 을 한 쌍으로 여겨서 두 가지 것이 정말로 배우는 사람의 본업이라고
> 말했었다. 그러나 생계를 꾸리는 것이 독서보다 더욱 절실하다. 배움에
> 진실로 뜻을 둔 사람이라면 반드시 독서를 잘 할 수 있고 생계를 잘
> 꾸릴 수 있어야 한다. 천하에 어찌 무식한 성현이 있으며 가정을 망친
> 성현이 있으랴! 어찌 배움을 통해서 성현과 같은 사람이 되려고 하는
> 데 부모와 처자식도 부양할 수 없어서 남들이 부양해주기를 기다리는
> 자가 있단 말인가! 노재의 이 말씀은 오로지 학문하는 사람을 위한 발
> 언이다. 그러므로 그 말 자체에 나쁜 뜻이 없다는 것은 알지만 요즘
> 그 말을 실천하는 사람들 중에는 간혹 우를 범하는 경우가 있다.[291]

진확은 이 글에서 학문이 먹고사는 문제를 해결할 수 있다고 믿어
왔지만 가족마저 부양할 수 없는 지경에 이르렀음을 지적했다. 천리와
인욕을 하나의 선상에 놓고 생계와 독서의 가치를 전복한 것도 당시로
서는 신선한 충격이었을 것이다.[292]

역시 독서인에서 상인으로 전향한 인물로 방린(方麟)이 있다. 1525
년 왕양명이 그를 위해 지은 〈절암방공묘표(節菴方公墓表)〉에,[293] 방
린은 '선비로 시작했으나 학문의 길을 떠났다'. 사람들이 그런 그를 비
난했지만 그는 껄껄 웃으며 이렇게 말했다. '그대는 선비가 상인이 되

지 못하고 또 상인이 선비가 되지 못하는 것을 어찌 아는가? 사민은 직업은 다르지만 내재하는 도는 같으니 맡은 일에 마음을 다하는 것은 한 가지라네.' 상인이 많이 배출된 휘주 왕씨의 ≪왕씨통종세보(汪氏統宗世譜)≫에도 비슷한 의견이 게재되어 있다.294) 방린과 같이 유가를 주축으로 하면서도 상인으로 전향한 '선비이면서 상인이고 상인이면서 선비인 사람'의 수는 이후로도 꾸준히 증가한다.295) 왕양명은 방린을 위해 비문을 지었고 귀유광(歸有光)도 신안 상인인 정거(程居)를 위해 비문을 지었으며, 이몽양(李夢陽)(1472-1529)은 왕문현(王文顯)을 위해 〈명고왕문현묘지명(明故王文顯墓志銘)〉을 지었다. 이것은 문인과 상인의 관계가 가까웠음을 시사하는 사례들이다.

　문인 중에는 상인에 대해 우호적인 사람이 날로 늘었다. 예를 들면 왕도곤(汪道昆)(1525-93)은 신안상인으로 유명한 오씨, 황씨, 정씨, 방씨와 인척관계였으며 상인의 입장을 대변하는 글은 거의 도맡아 썼던 것으로 전해진다. 그러한 글 중의 하나를 소개한다.

　　장강 이남의 신안 지역은 문물이 매우 풍부해서 사람들이 학자가 되지 않으면 다들 장사꾼이 되었으니 그들은 학자와 상인 역할을 세대에 따라 번갈아 가면서 맡았다. 요컨대 무역상이 어찌 훌륭한 학자에 위배되겠는가?296)

　이미 명대 말엽에 이러한 상황은 심각하게 대두되었으니 태주학파(泰州學派) 하심은(何心隱)(1517-1579)은 〈답작주(答作主)〉에서 '상인은 농사꾼과 공인보다는 크고 선비는 상인보다 크며, 성현은 선비보다도 크다297)'고 했다. 문인 이유정(李維楨)이 받은 섬서(陝西) 상인 왕래빙(王來聘)의 편지를 소개하면 다음과 같다.298)

사농공상 중에서 사가 가장 존귀한 것입니다. 그러나 이루어놓은 것이
없으면 아무리 사라고 해도 농민이나 장사하는 사람만 못한 법입니다.

　돈을 번 상인이 성과도 없는 문인보다 낫다는 당시로서는 도전적인
인식은 이미 사회에 만연하고 있었다. 한방기(韓邦奇)가 소개한 산서
상인 석명(釋名)(1481-1523)의 비문에도 사를 높이는 사농공상이라는
관념에 대한 비슷한 불만이 들어 있다.
　청대에도 상인의 역할이나 사회적 영향력은 증대되었다. 예를 들면
문인 귀장(歸莊)(1613-1673)은 상인인 엄순공(嚴舜工)을 위해서 〈전연
재기(傳硯齋記)〉를 지었는데 엄순공도 '기유취고'하여 상인이 된 인물
이다.

　　사의 아들은 언제나 사이고 상인의 아들은 언제나 상인이다. 엄순공
　의 선조 중에는 사도 있고 상도 있다. 엄순공은 한 몸으로 사와 상 두
　가지를 겸하였다. 그러나 내가 엄순공을 위해서 어떤 전략을 제시한다
　면 그것은 당연히 '장사하는 데에 온 힘을 다 쏟아 붓고 자손들한테
　절대 사가 되지 말라고 권고하라'는 것이 될 것이다. 대저 지금 세상에
　서 사의 비천해진 정도는 너무 심하다.[299)

　당시 상인 중에 주이존(朱彝尊)이 비문을 지어준 주군(周君)[300)]과
범로(范路),[301)] 그리고 요내(姚鼐)가 소개한 흡현 포군(鮑君)[302)]의 사
례를 참조하더라도 '휴녕현과 흡현에서는 상인에 비해 문인의 지위가
훨씬 낮았다. 그래서 구장이 육적을 대신하는 상황이 계속되었다.'[303)]
숭정본(崇禎本) ≪박안경기(拍案驚奇)≫에는 휘주에서 상업이 어떤 지
위에 있었는지 단적으로 알려주는 대목이 있다.

> 휘주 지역의 일반적인 인식으로 보면 장사하는 것이 최고의 생업으로 간주된다. 과거에 급제하는 것은 도리어 장사하는 것보다 뒤에 놓여 있다.[304]

다음에 소개한 산서 지역의 순무(巡撫)인 유어의(劉於義)가 옹정 황제에게 아뢰는 말과 그에 대한 옹정의 답변을 들어보면 이에 대한 확신이 생긴다. 먼저 유어의의 상소를 읽어보자.

> 그러나 산우 지역에서는 이윤을 내는 것을 명예를 남기는 것보다 훨씬 중요하게 여기는 관념이 대대로 전해지고 있습니다. 자손이 우수하고 뛰어난 집안에서는 자식들을 무역 일을 하게 하는 경우가 제일 많습니다. 그 다음으로는 서리를 맡기는 것으로 알고 있습니다. 중간도 안 되는 재주를 가진 자식들이나 공부를 해서 과거에 응시하게 하니, 진실로 사풍은 땅에 떨어져 비천한 지경에 이르렀습니다.

이에 대해 옹정은 다음과 같이 대답하였다.

> 산우 지역은 아마도 장사하는 사람이 제일 우위를 점하고 있고 그 다음은 기꺼이 힘써 농사짓는 사람이고 그 다음은 군대에 들어가고자 하는 사람이고 가장 낮은 사람이어야 비로소 책을 읽도록 시킨다는 것은 짐도 모두 알고 있는 바요. 그 지역의 인식이 그와 같다니 정말 우스운 일이요.[305]

내용상으로 유어의는 사풍의 비천해진 사실을 통탄하는 상소문을 올렸고 이에 대해 옹정 황제가 장단을 맞춰 주었다. 중요한 것은 황제의 입으로 문인의 지위가 격하되고 상인이 부를 상징하는 상황을 인정했다는 점이다.

2. 상인자본과 목련희

이 항에서는 목련희가 공연되고 극본이 출간된 지역인 휘주상인을 중심으로 상인자본과 놀이문화의 형성에 관해 살핀다.

상인은 불교와 같이 기복적인 신앙이 자신의 사업에 호운을 가져오리라는 믿음으로 인해 종교적인 측면에 투자하는 경우가 많았다. 그러한 투자는 불교 자체에 대한 애호라기보다는 치유나 주술과 같은 구복효과를 보장받으려는 심리에서 나온 것으로 해석된다. 목련희 등 기복효과가 강한 종교행사에는 이와 같은 성격의 후원자가 존재했고 이들은 공연과 기록작업에 직접적으로 혹은 간접적으로 간여하면서 영향력을 미쳤다. 목련희가 연극으로 공연된 최초의 기록인 ≪동경몽화록≫에도 상인이 이에 간여하였다는 사실이 나타난다.

목련희가 상인의 후원금에 의존하여 공연 혹은 기록되었을지라도 여기에는 기타 가반과 구별되는 중요한 차이가 존재한다. 후원자가 제공한 자금력은 후원자 개인의 문화욕구를 충족하는 사적인 용도로 사용되지 않았고 지역의 행사를 거행하는 데에 사용되었다. 왜냐하면 목련희는 문화욕구를 충족시키는 순전한 오락물이 아니라 후원자와 공연 담당자, 관람자가 공조하는 정기적인 기원 의식이기 때문이다. 목련희가 사적인 애호상품이 아니라 집단의 의식이라는 점은 후원자가 문화사업에 투자하는 명분을 마련하는 데 유리하다. 게다가 목련희는 매년 정기공연이 있고 그 사이에 재난의 위기가 있을 때마다 비정기적인 공연이 요구된다는 점에서 지속적인 수요가 보장되는 행사이다. 그러므로 후원자의 입장에서 보면 투자하기 좋은 요건을 구비했다고 할 수 있다.

일반적으로 ≪금병매≫나 ≪옥당춘(玉堂春)≫ 등의 기타 문학작품에 등장하는 상인의 이미지를 보면 돈은 많지만 멍청하고 욕망에 휩싸인

308

어리석은 인간이다. 돈과 권력으로 매관매직을 일삼고 부패한 관리와 작당하거나 성욕을 조절하지 못해서 가산을 탕진하는 경우가 많다. 작품 속의 상인은 자신의 과오를 반성하고 잘 살지 못한 인생에 대해 회의하면서 결국 돈이나 권력, 욕망의 헛되고 헛됨을 깨닫는 반성하는 역할을 담당한다. 반면에 문인은 가난하지만 효심이 강하고 자애로우며 총명한 모습을 하고 있다. 이에 대해 이야기를 기록하는 계층이 문인이고 이들은 과거를 통해 출세한다는 자존심과 긍지가 강했기 때문에 이러한 압력이 상인의 이미지에 대한 왜곡으로 이어졌다는 혐의를 제기해본다. 실제로 관리나 상인이 문인에 비해 부정부패를 행할 기회가 많았고 그러한 경향이 작품에 은연중에 반영되었다고 할 수도 있다. 어떤 이유에서이든 간에 기타 작품에서 상인은 부정적인 모습인 반면에 목련희에서는 독실한 불교신자이자 현명하고 장사를 잘하며 효자이고 재물을 환원하는 방법으로 지역주민을 구휼하는 훌륭한 이미지로 그려진다. 이것은 상인계층이 목련희의 공연과 기록작업에 후원세력이었기 때문에 후천적으로 작성되었다고 해석할 수도 있고, 이러한 긍정적인 이미지로 인해 상인의 후원도가 높았다고 해석할 수도 있다.

청초의 상인 당견(唐甄)(1630-1704)은 다음과 같은 글을 남기고 있다.

> 만약 벼슬을 해서 녹을 받거나 공경이 예우해서 주선해주거나 그 다음으로는 농사와 장사로 얻은 것이 아니라면 재물은 구할 도리가 없게 된다. 그 밖에 다른 방법으로 재물을 구하려고 한다면 당연히 소인이 된다. 나는 장사로 먹고사는데 사람들은 장사가 몸을 욕되게 하는 일이라고 하지만 자신의 몸을 욕되게 하지 않는 방법은 모른다.[306]

위의 글을 보면 당견은 인생에 대해 탄력적인 태도를 가지고 있으며 재물을 모으는 원리를 꿰뚫고 있다. 장사 자체가 나쁜 것이 아님을 천명하면서 상업에 대한 타인의 부정적인 시각에 대해서 지적한다. 재물을 모으려고 애쓰고 비굴하게 구는 소인의 도리를 마치 상인의 도리처럼 말하지만 돈을 벌면서도 돈에 연연하지 않는다면 대상의 도에 이를 수 있다. 중요한 것은 어떤 직업을 가지고 있는지가 아니라 그 직업을 어떻게 수행하느냐에 있다는 당찬 주장이다.

상인들은 늘 유도로의 회귀에 대해 고민하는 모습을 보인다. 이미 재력을 축적하였고 사회적인 영향력도 상당하지만 과거에 급제하여 출세하는 것에 대해서 열등감을 지니고 산다. 학자로 살아가야 하는데 상인으로 살아왔다는 심적 부담감과 그에 대해 고민하는 모습은 상인계층이 사회에 기여하는 부분이 많고 또 그만큼 사회적 지위도 상승했던 명·청 시기에도 여전히 발견된다. 그들은 상인의 도리를 정립할 때에도 유교의 지침을 토대로 만들었다. 과거에 매관매직이 성행했던 것도 궁극적으로는 정도로 간주되는 길을 어떻게든 취득하려는 반증으로 해석된다. 대량(戴良)이 지은 〈현일처사하군묘지명(玄逸處士夏君墓志銘)〉에도 하영달(夏榮達)(1314-1361)이 경험했던 이러한 심적 갈등이 묻어난다. 생활이 어려워 어쩔 수 없이 화식을 했던 하영달은 원래 문인이었다. 생계를 위해 장사를 하지만 속으로는 여전히 사대부의 길에 대한 미련이 남았고 그래서 벼슬을 한 문인들을 집으로 초대하여 자신도 즐겨 이야기를 듣고 자식들도 유학을 배우게 했다고 한다.[307] 상인들 가운데에는 이와 같은 생각을 가진 사람이 많았으며 그들은 장사하느라 바쁜 중에도 밤을 도와 반드시 경서를 암송하고서야 비로소 잠자리에 들려고 노력했다.

휘주상인이 보여준 위와 같은 성향은 휘주에서 목련희 극본이 출판되는 일단의 작업에 영향을 미쳤다. 상인은 과거에 급제하고 관직을 얻지 못한 데 대한 불편함을 문화 사업에 대한 투자로 과시하였고 그러한 투자의 힘으로 목련희 등 문화상품이 제작되었다. 장장 104척에 달하는 목련희의 극본이 명대에 목각본으로 제작되었고 이전이나 이후로 계속 해마다 혹은 사건이 발생할 때마다 수시로 목련희가 거행되었다는 사실은 결코 평범하지 않다. 목각괴를 제작하기 위해 드는 비용과 인력 그리고 행사를 거행하는 데에 드는 비용과 인력과 시간을 충당할 여력이 있을 경우에만 그러한 작업들이 가능하다. 그렇다면 목련희는 특별히 인기를 끌 만한 어떤 요인이 있었고 그것을 유지할 만한 경제적인 여유가 있었다. 상인이 그 행사를 후원을 했다면 그들은 유독 목련희에 대해 많은 후원을 했던 이유가 분명히 있는 것이다.

목련희는 연극공연이라기보다는 장기간 계속되는 의식의 성격을 띠고 있었기 때문에 공연 자체가 상당한 자금을 필요로 한다. 두말 할 것도 없이 며칠 씩 계속되는 대규모의 행사이고 또 구복적이고 주술적인 성격이 강하다. 주인공은 객상 출신이고 그는 모범적인 행동만 하는 상인이다. 소재로 하기 때문에 후원대상으로 자주 선정된 것으로 보인다. 일반적으로 목련희 공연은 해당 지역의 부상으로부터 후원 받은 자금을 가지고 행사를 준비했다. 부상이 많은 지역에서는 그들의 후원자금을 가지고 농민으로 구성된 비전문 희반이 노동력을 내어 공연하거나 혹은 전문 희반을 초빙하여 공연을 시켰다. 이외에도 부상의 집안에서 성장하였거나 거주하고 있는 무예에 능한 가솔들이 공연에 투입될 수도 있다. 이것은 각 부상의 개인적 성향에 따라 결정되는 사항으로 만약에 지역의 문화행사에 관심이 있고 그에 대한 후원을 아끼지 않는 경우에는 가반에서 빼어난 창 혹은 춤 실력을 가진 배우를 공연에 보냈다. 그러나 고관 문인으로서 민간의 공연을 멀리하는 경우가 많았기 때문에 상인이 좋은 가반을 보유하고 있더라도 그의 가반을 지역공동체 행사에 투입하는 사례는 별로 없었다.

상인들은 공연이 진행될 때에는 그 공연을 즐기는 사람이었다. 그들은 자신이 창작을 하거나 공연을 직접 진행하는 위치는 아니었을지라도 적어도 소비자의 역할은 하는 것이다. 공연이 벌어지면 그에 대한 비용을 지원하는 동시에 자신들이 그것을 관람하고 스스로 공연에 참여했다. 특히 목련희 공연에는 고급 문인들은 많이 오지 않았겠지만 상인들은 주요한 관객이었을 가능성이 크다. 또 그들 중에는 장서가도 많아서 실제로 목련희의 극본이 출간되었을 때는 또 그것을 소비하는 주요 계층 중의 일부였다고 본다. 또한 그들은 일반적으로 관람만 하는 관객이 아니라 상당히 적극적인 고급 관람자였다. 자신의 학식을 드러내기 위해서였는지는 모르지만 글자를 깨우친 상인 중에는 지역사회에서 구성원들이 모인 자리에서 공연 중에 배우가 대사를 틀리게 말하면 큰 소리로 고쳐주는 사람도 있었다. 이들은 상인이 아니면 문인이었을 것인데 목련희를 관람한 문인이 상대적으로 적었던 것을 고려하면 이러한 고급 관람자는 주로 상인이었을 가능성이 높다.

상인은 유가에 대한 집착을 버리진 못했으나 자신들이 다시 유가로 돌아갈 수 없다는 것을 알고 있었을 것이다. 각종 문화사업에 대한 투자는 넘을 수 없는 벽을 우회하기 위한 일종의 대안이었을지 모른다. 그들의 투자가 반드시 목련희에 국한되었던 것은 아니었고 다른 문화사업에도 많은 관심을 표명했다. 그러나 유독 목련희가 상인계층에게 매력적이었던 이유를 몇 가지 발견할 수 있다. 첫째 목련희에서는 바람직한 상인의 상을 제시하고 그의 선행을 널리 알린다. 이것은 상인의 입장에서 보면 자신들의 사회적 지위에 대한 열등감을 상쇄하는 데 유리한 근거일 수 있다. 둘째는 목련희가 일부 계층만 향유하는 대상이 아니고 광범위한 계층을 포괄하는 대중적인 문화행위라는 점이다. 그래서 장사를 하고 지명도를 중시하는 상인들이 투자할 만한 대상으로서 가치가 충분하다. 그들은 목련희를 계기로 자신의 지명도를 높이고 여러 사람들과 교류할 수 있는 동시에 민간계층까지도 자신의 영향력의 범위 내로 끌어들일 수 있는 것이다.

상인은 사업을 한다는 행위의 속성으로 인해서 점복이나 주술에 기대는 경향이 있었다. 목련희는 사실상 기복신앙을 그대로 구현한 것이기 때문에 상인들은 한편으로는 연극을 공연하면서 실질적으로 점복을 시행할 수도 있었고 기복할 수도 있었다. 그래서 상인들에게 목련희는 다목적의 투자대상이었을 수 있다. 이렇게 목련희에 대한 상인의 전폭적인 지지는 바로 목련희가 지니고 있는 민간신앙으로서의 기복적인 성격으로 인해 가능했던 것이다. 이와 같이 목련희는 사원의 행사를 지지하고 경제적으로 후원하였던 상인계층으로 인해 파급력을 확보했으며 상인들은 목련희를 통해서 소기의 목적을 이룰 수 있었다.

극본을 보면 상인들이 관심을 가질 만한 부분들이 나온다. 나복이 집을 떠나 객상을 나갔다가 거래에 성공하는 장면이 있다. 사실 그 장면은 관음의 비호하에 이루어진 것이었는데 그들이 벌이는 거래 장면에 대해 상인은 그들이 전문이므로 당연히 관심을 표명했을 것이다. 또 자신들이 거래를 할 적에도 공연처럼 관음이 비호해주길 바라는 어떤 기대심리가 있었다고 본다. 그리고 또 개훈에 필요한 고기를 사기 위해 하인이 거간꾼들과 흥정하는 장면도 나온다. 이러한 내용은 극본에서 〈견매희생(遣買犧牲)〉과 〈초재매화(招財買貨)〉 부분에 해당되는데 먼저 〈견매희생〉을 소개한다. 이 장면은 드디어 개훈하기로 결심한 유청제가 하인 안동을 시켜 희생으로 사용할 고기를 사오게 하는 부분이다.

안동: 쇤네 소고기를 좀 사려고 합니다. 잘 좀 해주십쇼.[308]

안동: 장사를 하려면 시가대로 가격을 매겨야지 당신처럼 허황되게 가격을 말하면 어쩐답니까?

매인: 너는 도리어 깎아달라고 하면서 도리어 나한테 엉터리로 값을 불렀다는 거냐?

안동: 쇤네가 감히 값을 깎으려는 것이 아니고요, 중개인을 통해서 거래할 적에는 물건이 나쁘면 안 사는 법이예요.

매인: 손해 보고는 못 팔아!

아인: 당신 기왕 살 것이면 물건 나쁘다는 말은 고만 하고 당신은 기왕에 팔 것이면 손해 본다는 말은 그만 두쇼. 있고 없는 것을 따져서 서로 돕는 것은 좋은 일이요.

> 매인: 시장에서 가격이야 옛날부터 두 가지로는 안 되는 법인데 비록
> 5척짜리 市童도 서로 속이지 않는 법이요. 이익이 안 남는 건
> 괜찮은데 본전 깎아먹는 것은 못 참겠소. 만약에 본전을 밑지라
> 고 한다면 그렇게 하기는 어렵겠으니, 중개인께서 잘 헤아려서
> 해 주시고 대충 하지 마십시오.309)

거래는 은자 열두 냥에 성립되었고 안동이 세간의 만물은 다 돈만
있으면 살 수 있다는 물질만능주의를 내비치자, 아인은 이에 응수하여
'사람이 너무 평평하면 말이 없고 물이 너무 평평하면 흐르지 않는다'
는 말을 인용하여 돈의 유통원리에 대해 잠시 설교를 늘어놓는다. 다
음은 중개인 아인과 장사 매인이 물건을 판 후에 이윤 분배를 하면서
글자를 가지고 장난하는 대화 한 토막이다.

> 아인: 보통은 한 냥당 세 푼이면 되는데 지금 원가가 좀 세서 한 냥당
> 일전은 받아야겠소.
> 매인: 당신 날 속이는 거요?
> 아인: 속이는 게 아니라 원가가 한참 높다니깐, 너무 욕심내지 마쇼.
> 매인: 나도 당신 것을 욕심내는 게 아니요.
> 아인: 탐(貪) 자 하고 빈(貧) 자는 한 끗 차이요.
> 매인: 당신 그 아(牙) 자도 밑에 다리만 비틀면 바로 무(无) 자요.
> 아인: 그래그래, 맞소이다. 탐과 빈이 비슷하다고 한다면 아 자도 다리
> 를 틀면 무가 되는 거 아니겠소.
> 매인: 세상일이야 다 미리 정해져 있는 거라고 하더이다. 그러니 봄바
> 람에 술이나 한 병 쫙 들이키고 취해 봅시다 그려.310)

위에서 인용한 대목은 구매자와 판매자 사이에 중개인이 들어 거래
를 돕고 매각한 후에는 다시 판매자와 중개인이 흥정을 하여 거래를
마감하는 구조로 되어 있다. 실제적인 거래를 마친 그들은 이제 술 한

잔 들이키면서 세상사를 달관한 신선의 경지로 가려고 한다. 돈 한 냥에 3분으로 계산할 것인지 1전으로 계산할 것인지를 다투던 그들은 갑자기 탐욕이나 가난이나, 중개인의 아 자나 무 자가 다 한가지라고 말해버린다. 인생무상의 달관하는 경지로 든 그들은 급기야 만물 예정설로 가더니 무슨 일이든 뛰어넘으려고 해봤자 무용한 세상이다. 그러니 봄바람도 솔솔 부는데 술이나 한잔 쭉 마시고 취해보자고 한다. 거래가 끝나고 갑자기 변하는 두 사람을 통해 우리는 비록 몇 푼의 이익에 목숨 거는 직업이지만 그래도 돈에 예속되지 말고 달관해야 한다는 전언을 읽는다. 당시 사회적인 정조가 상인도 여유를 찾아야 한다는 쪽이었고 그래서 이 장면은 관객에 섞여 있을 상인들에게 상당히 호의적으로 받아들여졌을 가능성이 있다. 상인에 대한 호의적인 묘사는 상인들에게 목련희에 대한 투자동기를 은연중에 촉발시켰을 것이고 목련희의 제작에 이들이 점점 간여하게 되는 결과를 가져왔다고 본다.

다음은 〈초재매화〉 부분이다. 이 장면은 장사하러 떠난 나복을 예정보다 서둘러 집으로 돌려보내기 위해 관음이 전략을 실행하는 상황이다.

상인: 듣자 하니 부관인께서 여기 좋은 물건을 가지고 오셨다고 하던데요. 그래서 이번에 특별히 구매하러 왔습니다.

점주: 네에, 그럼 나와서 두 분 말씀 나누시라고 합죠.

나복: 천리 꿈길에서 막 깨어나 보니 새벽 서리가 몹시도 차구나. 주인장이 저렇게 불러 대니 무슨 할 말이 있는 모양이야.

가인: 물건 주인이 가격을 부르는 대로 은 얼마에 해당되는지를 헤아려 봐서 지불하면 그만이지.

상인: 운 좋게도 부관인을 만났는데 이렇게 젊고 잘생기셨군요. 감히 초청하건대 화루에 가서 한번 노실까요?

나복: 삼갈 일은 여색에 있다고 했소. 허튼 짓 할 수 없소.

가인: 그러시면 감히 초청하건대 술집에 가서 한번 회포를 풀어볼까요?

나복: 저는 주량이 적어서 술은 좀 그렇군요.

가인: 알고 보니 그러시군요. 이렇게 젊고 속이 꽉 찬 분은 객상 중에
　　　는 거의 없더라구요.
점주: 후당으로들 드시지요. 은자를 받았으니 오늘밤은 좀 쉬시고 내
　　　일 출발하시죠.

점주: 인과 의는 수천 금의 가치라네.
나복: 돈과 재물이 많아도 하찮은 것.
상인: 돈은 사는 사람이 내고,
가인: 가격을 부르는 것은 거간꾼이라네.311)

　이 단락에서는 안동과 매인의 경우에서처럼 실질적인 가격 흥정은
이루어지지 않으나 물건이 있으면 찾아가서 구매하는 정경을 보여준
다. 모든 상황은 관음의 전략에 의해 기획되고 조정되는데 이러한 그
의 기획과정은 인간세상에서 바로 관음의 자비로 여기는 일들이다. 관
음은 한산과 습득을 시켜서 나복이 확보하고 있는 물건을 전부 사들이
게 한다. 집에서 어머니가 이미 개훈을 했기 때문에 아들을 빨리 보내
서 그 진상을 목격시키려는 설정이다.
　등장인물은 나복을 포함하여 상인 위주로 구성된다. 그중에는 한산
과 습득이 변신한 상인과 가인이 들어 있다. 그들은 처음에 唱을 통해
자신들이 원래 누구인지 정체를 밝히지만 그것은 관객들만 들을 수 있
다. 그들의 창을 들어 보면 한산은 원래 봉두적족선(蓬頭赤足仙)으로
서 오는 해가 가는 해보다 낫기를 기원하는 사람들에게 복을 내리는
신격이다. 습득은 원래 초재리시선(招財利市仙)으로 재물과 이익이 샘
처럼 솟아나게 하는 신격이다. 그러므로 장사가 잘 되기를 기원하고
이익이 많이 남기를 기원하는 상인들이 가장 필요로 하는 대상에 해당
된다.
　이 대목에서도 상인과 가인으로 변신한 한산과 습득이 나복을 유혹

하는 장면이 나온다. 그에게 여자가 있는 집이나 아니면 술집이라도 가자고 거듭 청한다. 당시 나복은 출가하기 전의 불교신자이자 객상의 신분이다. 이 장면에서는 거래하는 수완이나 실질적인 거래내용을 다루기보다는 나복의 믿음을 시험하는 데 치중한다. 이 장면은 주색과 여색을 미끼로 신앙심을 검증하는 절차인 동시에 당시 상인들이 계약할 적에 흔히 선택하는 장소에 대한 정보를 준다. 결국은 마지막의 시를 통해 인의가 중요하고 돈이나 재물은 헛될 따름임을, 그리고 지금은 돈을 버는 데 급급하지만 사실은 그것으로부터 초탈하고 싶은 심정임을 노래한다.

목련희의 후원계층이 반드시 상인에 국한된다고 말할 수는 없다. 왜냐하면 사원의 목련희는 황실의 지원이나 고관대작의 후원을 받았고 지역행사로서 민간의 사당에서 행해지는 경우에는 지역 유지나 주민의 봉헌자금을 사용해서 공연을 했기 때문이다. 이 글에서 황실, 고관 및 주민의 봉헌에 관해 다루지 않고 상인에 국한하여 논의를 전개한 데에는 다음과 같은 이유가 있다. 목련희의 전 과정에는 몇 가지 계기가 존재하고 있는데 그중에 공연과 기록을 폭발적으로 유행시킨 것은 명·청 시기에 해당된다. 이전에 황실의 후원을 받았던 사원의 공연이나 이후 주민의 봉헌자금 위주로 진행되었던 민간의 목련희는 장기간 지속되었다. 그러나 공연과 기록이 폭발적으로 흥행하게 된 배경에는 집중적인 후원세력과 자금력 및 담당자의 확대와 같은 요인들이 작용하였다. 면면히 전승되어온 목련희를 전국적인 대규모의 행사로 증폭시켰던 계기가 바로 상인세력과 밀접하게 연관되기 때문에 이를 중심으로 논의한 것임을 밝힌다.

제4절 소　결

　지금까지 불경으로 처음 소개된 후에 종교적인 의미와 희곡적인 의미를 겸비한 상태에서 공연과 기록으로 다양하게 표현된 목련희의 형성 및 전승 과정에 대해 살펴보았다.

　공연을 보면 불교적인 의미는 퇴색되고 희곡적인 의미에 민간종교가 혼입되어 기복행사나 기복의례로 나아갔다. 기술 면에서 보면 처음에는 비전문적인 공연이었으나 점차 희반에 의해서 전문적으로 연출되었고 오락적인 면이 많이 가미되었다. 공연하는 사람은 지역주민이고 공연의 목적도 민간의 여느 기복행사처럼, 좋은 것을 받아들이고 나쁜 것을 제거하는 것이었기 때문에 관객은 기복적인 효과나 당시의 분위기에 많이 좌우되었다.

　기록을 보면 1582년에 정지진이 목련희를 극본으로 제작하였고 이후로 많은 극본들이 나왔다. 극본에서는 공연의 원래 의미인 기복의 요소보다는 문인문화로의 지향으로 보이는 충효절의가 오히려 강조되었다. 문인 중에는 극본을 읽은 사람들이 생겨났으며 이들은 극본에 대해 호평을 남겼는데 이것은 공연에 대해서는 혹평으로 일관했던 현상과 대조적이다. 이러한 비평의 정조가 보여주는 차이를 통해 우리는 목련희에 대한 공연을 위시한 여러 행사와 문자로 기록된 극본의 차이를 다시 확인하게 된다. 극본은 민간의 행사로서 거행되는 목련희가 보여주는 주술적이고 미신적이며 시끄러운 면보다는 이야기 자체의 논리적인 전개와 문학적인 구성력을 중심으로 제작되었다. 무엇보다 중요한 것은 교화에 도움이 되는 윤리적인 면들을 강조하고 충효절의를 표방한다는 데에서 찾아야 한다.

　극본에 문학적인 수식이 가미된 현상이나 시종 충효절의로 일관하고 있는 외피에 대해 목련희라는 문화현상의 본질인 의식성이 제거된 것으로 성급하게 단정해서는 안 된다. 극본이 포섭한 독자들은 공연이 겨냥한 관객과 달랐고 그래서 각각의 기호를 고려하여 목련희의 표현 방식을 수정한 것에 지나지 않는다. 그것은 남녀가 동일한 장소에서 여러 날 밤을 지새우는 공연에 참석하지 않았던 계층을 위해 목련희가 어떤 내용이고 어떤 문학적 묘미를 지니고 있고 어떤 긍정적인 윤리의식을 담보하고 있는지 보여주기 위해 제작된 편의상의 독본이었다. 물론 그 과정에는 여러 의도들이 개입되었으나 극본을 만든 경험은 목련희 자체에 오히려 이야기의 전개방식을 연구할 기회를 제공한 셈이다. 그래서 결과적으로 보면 서사적인 구성이 탄탄한 희곡으로 변신할 계기가 된다. 극본이 만들어지고 유포되는 과정과는 별도로 이전의 공연은 여전히 그대로 지속되고 있었으므로 극본의 제작은 전체적으로 보면 목련희라는 큰 줄기에서 파생된 곁가지에 지나지 않는다. 목련희를 바라보는 시선은 이와 같이 기존의 천도제로서의 목련희가 극본이건 연극이건 다른 곁가지의 영향으로 사라진 것이 아니라 늘 해당 지역의 구복을 기원하는 의식을 도맡아 왔다는 사실에 집중되어야 한다.

공연현장에서 관찰되는 관객들의 반응과 극본의 전언은 완전히 다른데도 불구하고 서로 공존하면서 하나의 공연을 이루는 묘미는 목련희가 보여주는 커다란 매력이다. 그리고 이러한 점은 목련희의 특성을 파악하는 데에 상당히 중요한 요소로 작용하고 있다. 작은 공연이 대중을 상대로 하는 놀이문화로서 손색이 없는 요소들을 구비하고 또 그것이 문인들에게도 다가갈 수 있는 독본의 형태로도 존재해왔다. 놀이문화로 변하는 과정에서는 공연되는 시기와 장소에 따라서 지역 혹은 시대의 특성에 부합되는 오락적인 요소들이 탄력적으로 차용되었다. 그리고 극본을 만드는 과정에서는 윤리적인 대의명분이 들어갔고 불교적인 개념들을 정리하기 시작했으며 당시 중국사회를 구성하는 족보에 의한 사회적인 신분질서를 존중하여 목련희의 구성인물들을 족보에 맞춰 증원시켜 갔다. 윤리의식이 들어가고 족보에 맞춰 인물이 증가한 것도 인도에서 들어온 이문화를 수용하여 이야기하고 이야기를 공연하는 장기간의 과정을 통해 중국의 문화로 만드는 방법의 일환이었다. 그러므로 이런 과정은 중국인이 다른 문화권의 사유방식을 자신의 방식으로 수용하는 패턴을 볼 수 있는 부분이다.

명·청 시기에 들어오면서 대규모의 공연이 많아지고 출판도 흥성하였는데 여기에서는 상당한 자본이 필요했다. 공연과 출판을 후원한 계층이 상인일 가능성에 대해서 여러 방면으로 추정할 수 있다. 가령 이야기의 배경이 상인의 가문으로 설정된 점과 상인의 이미지가 우호적으로 서술된 점이다. 극본이 제작될 당시 상인은 경제적으로 여유 있는 계층이었으나 사회적인 인지도는 여전히 낮았다. 낮은 사회적인 신분에 대한 인식을 벗어나서 신분상승을 이루려는 열망은 상인으로 하여금 고관대작들과 교류하게 했고 그들이 문화적인 부분에 투자했던 일단의 작업도 이러한 문화적 갈등의 해소를 위한 방법의 모색이라는 맥락에서 해석된다. 즉 일종의 자기만족을 위한 목적과 그 위에 기복의 소망이 더해진 행위인 것이다. 한편으로 상인은 이에 대해 자본금의 회수, 이윤의 추구라는 목적을 위해 투자했을 가능성도 있다. 실제로 명대 출판사업은 문인에서 독서물을 제공한다는 사명감보다는 출판사의 이익을 내기 위해 다량으로 행해진 것이 사실이다.[312] 다른 가능성으로는 상인이 문화사업에 투자함으로서 같은 상인집단 간에 공동체를 형성하였고 이를 기반으로 상업에 긍정적인 효과를 가져왔다는 점을 들 수 있다.

만약에 이런 후원이 없었더라면 목련희는 과연 지금 어떤 모습일 것인가. 만약에 그러한 자본금이나 후원세력이 없었더라면 일찍부터 공연이 정지되었을 것이라고 연구자는 생각한다. 그것이 장기간 지속될 수 있었고 최장편의 극본을 출판할 수 있었던 이면에는 이렇게 상인계층의 재정적 후원이 자리하고 있는 것이다. 그래서 목련희는 문화상품으로서 일방적으로 제공되는 연극공연과 다를 수 있었고 지역사회 전체를 아우르는 문화행사일 수 있었다. 그것은 다른 희곡이 지니지 않는 전통적인 가치관과 사유방식이 유지되어온 상황을 보여주고 또 제작된 과정에도 사회적인 상황과 관련된 많은 특색을 지니고 있다. 목련희가 이렇게 기록극본을 만드는 과정에서 여러 공연과 다른 형태로 유통되면서 당시 사회의 서로 다른 인식을 반영하는 것도 중요한 문화적 의미이다. 그래서 이것은 목련희라는 전체가 부분적으로는 문인문화에 투영되었지만 철저하게 저층문화의 한 부분임을 역설한다. 공연하는 사람도 저층이고 그것을 향유하는 사람도 저층이며 심지어 그에 대해 후원하는 사람도 저층이다. 역대로 중국 문화에서 저층의 문화에 대해 이렇게 구체적이고 자세하게 조직적으로 보여줄 수 있는 사례는 목련희가 거의 유일한 대상이다.

제5장 결　론

　지금까지 이 연구에서는 목련희의 내용이 변화해 온 과정과 그것을 구성하고 있는 요소들 그리고 공연과 극본 출판에 관해 살펴보았다. 이 작업은 개별적으로는 텍스트와 공연요소 그리고 공연과 극본의 상황을 고찰한 것이면서 전체적으로는 목련희를 희곡으로만 보지 않고 하나의 문화적인 현상으로 이해하기 위한 시도였다.

　먼저 제2장에서는 목련이라는 작은 모티프, 다시 말해서 저승에 떨어진 어머니를 구하는 효자 목련의 이야기가 변문과 극본의 과정을 거치면서 점차 복잡한 이야기로 전개되는 과정을 살펴보았다. 이러한 과정을 통해 주인공의 계보 및 순례 등의 모티프가 추가되면서 극본으로 인정받을 만한 구조를 갖춘 목련이야기가 완성된다.

　제3장에서는 목련이야기가 처음에는 연극공연을 염두에 두고 제작된 것이 아니었으나 나중에 극화하는 데 필요한 각종 장치를 더하면서 연극으로 조직되는 모습을 살펴보았다. 제4장에서는 목련희의 공연과 기록에 대한 점검작업을 통해 전문적인 극단에 의해 공연되는 경우보다 지역사회의 문화활동으로서 거행되는 경우가 많았다는 것을 확인하였다. 그리고 기록에 관해서는 목련희가 문인에 의해 채택되면서 극본으로 제작되었던 경로를 살폈다. 공연과 기록의 상호관계에 대해서는 극본과 무관하게 공연이 진행되는 상황과 그로 인해 발생할 수 있는 변수들을 중점적으로 다루었다.

　위의 작업을 통해 목련희가 기존의 희곡사에서 언급된 논의로는 전모를 파악할 수 없는 복합적인 존재임이 밝혀졌다. 목련희는 후대에 장기간 전승되면서 연극으로 공연되었으나 전승되던 초기에는 연극의 형태를 띠지 않았다. 그리고 연극으로 공연된 모습도 전문 극단에 의

322

한 무대극이라기보다는 한 공동체가 공유하는 제의 및 놀이문화로서의 성향이 강했다. 그러므로 목련희를 희곡의 각도에서만 접근할 경우 왜 그것이 제의이고 놀이문화인지 또 장기 전승의 원인은 무엇인지와 같은 연구의 핵심사안을 설명할 수 없다.

목련희가 어떠한 형태인지 공연의 외형을 중심으로 다음과 같이 재구성해본다.

몇 사람이 함께 서서 노래를 부르고 재주도 넘고 우스개 소리도 한다. 그들 주변에 사람들이 많이 모여 있다. 만약에 그들이 부르는 노래가 무엇인지 물어본다면 그것은 민가이고 무슨 재주를 넘는지 물어본다면 그것은 잡기이고 그들이 주고받는 우스개 소리가 무엇인가 물어본다면 그것은 소희의 일부이다. 문제는 이러한 요소가 각각 따로 공연되지 않고 동시에 이루어진다는 데에 있다. 이렇게 노래하고 재주부리고 우스개 소리를 통해 전달하는 내용을 들어 보았더니 어떤 때는 싸우기도 하고 어떤 때는 사랑도 나누고 아기도 낳고 도망도 가고 죽기도 한다. 바로 여러 가지 인생의 모습을 그려내고 있었다. 그들에게 왜 이런 행위를 하는지 물어보았더니 여기에 참여하면 고혼이 천도되어 전염병도 돌지 않고 재난도 사라져서 한 해가 편히 지나간다고 알려준다. 다시 말해서 그들은 단순히 관객을 웃기기 위해 그런 행동을 하는 것이 아니었다. 그들이 사용하는 주요한 표현형식을 보았더니 결과적으로 연극의 노래하고(창) 동작하고(과) 말하는(백) 요소들이다. 곧 끝날 것이라고 생각했으나 기대와 달리 해가 지고 밤에야 시작된 공연은 다음 날 아침에 해가 뜨려는 순간에야 막을 내렸다. 연극이라기보다는 굿이랑 꼭 같다. 이제야 끝났나보다 싶었는데 다음날 해질녘에 다시 시작한다고 했다. 이것이 바로 목련희의 모습이다.

위 공연의 모습은 목련희를 토대로 구축한 것이지만 실제로 이런 경향으로 진행되는 공연들은 중국 각지에 상당히 많을 것이다. 예를 들면 고난도의 묘기를 보여주고 구성진 창을 하며 무엇인가를 기원하는 의식은 나희 등 민간에서 쉽게 접할 수 있는 공연일 것이다. 그러므로 목련희의 총체적인 모습은 촌 혹은 현 단위의 지역에서 일상적으로 이루어지는 놀이문화와 상당부분 유사한 형태를 띠고 있을 것으로 보인다. 다만 지역단위의 놀이문화와 목련희가 다른 점이 있다면 그것은 근간이 되는 모티프를 들 수 있다. 그리고 조합되는 묘기와 창, 소희 등에 약간의 차이가 있을 수 있다. 그러나 비슷한 모습의 놀이 혹은 공연이 지역별로 존재하면서 해당하는 절기마다 공연되었을 가능성이 크다. 목련희를 포함하는 이런 놀이문화는 20세기 초에도 다수 전승되고 있었던 것으로 전해지지만 지금은 겨우 남아 있거나 사라진 상황이다.

이러한 공연들은 기본적인 구성요소를 보면 서로 크게 다르지 않다. 그러나 모티프에 따라서 명칭과 전개방식에 분명한 차이를 보인다. 모티프가 목련이야기인 경우에는 목련희라는 이름으로 공연될 것이고 모티프가 다른 이야기일 경우에는 또 다른 이름으로 공연될 것이다. 당연한 진술을 새삼스럽게 꺼내는 이유는 이야기부분을 제외한 창이나 과의 부분만을 보면 다수의 공연예술이 서로 비슷한 형태를 띠고 있기 때문이다. 가령 현재 전승되는 안휘성 흡현의 수룡회(水龍會)나 강소성 남통현의 동자희도 주로 밤 시간대까지 공연되며 잡기와 같은 여러 동작이 들어가고 계속 창이 이어지며 중간에 우스갯소리가 가미되어 있다. 행사의 목적도 목련희와 마찬가지로 기복신앙, 축귀축역의 구현에 있기 때문에 현장에서 닭을 잡아 피를 무대에 뿌리는 동작 등이 포함된다. 이렇게 볼 때 중국의 각 지역에는 공연의 모습과 목적이 서로 크게 다르지 않으면서 근간이 되는 이야기나 이야기의 조합방식 등이 다른 공연물이 다수 제작되어 전승되었다고 할 수 있을 것이다.

희곡사에서는 이러한 공연예술을 중점적으로 다루지 않는다. 그것을 다루기 위해서는 하나의 모티프가 발생하는 시점으로부터 공연되고 극본으로 제작되는 全 과정을 추적할 수 있는 자료가 요구된다. 그러나 대다수의 공연이 극본으로 제작된 적도 없고 일관된 모티프를 축으로 하는 장기간의 전승과정을 보여줄 증거도 보유하고 있지 않은 실정이다. 그래서 이런 공연들은 희곡사와 같이 정확한 확증을 필요로 하는 전문적인 연구의 대상이 되기에 부적합했을 것이다. 연구자의 시각에서 보면 이러한 공연예술이 비록 전모를 밝힐 만한 자료를 지니고 있지 못하더라도 향유자의 입장에서 보면 그것은 삶의 대소사에 간여하고 해결하는 필수적인 존재일 것이다. 그것은 희곡처럼 노래하고 묘기하고 대화하는, 저변의 기층세력의 수요를 만족시키는 의식으로서 꾸준히 전승되어온 것이다. 그러므로 이러한 관찰을 통해서 우리는 이른바 중국의 희곡과 놀이문화, 제의, 기복신앙 등등이 혼재되어 있는 문화적 현상의 존재에 대해 좀더 주목할 수 있고 그러한 작업을 가능하게 하는 주체가 바로 목련희다. 만약에 목련희를 통해 이에 대한 제반의 현상들을 점검할 수 있다면 기록 자료가 충분하지 않은 다른 분야에 대해서도 같은 방식을 통해 접근할 수 있을 것이다.

위에서 언급한 바와 같이 중국에는 지역단위의 놀이문화라 할 수 있는 다양한 공연이 존재했었지만 현재는 목련희 등 몇몇 행사만이 과거의 모습을 짐작할 정도로 남아 있을 뿐이다. 이러한 상실의 배경에는 문화대혁명으로 인한 문화의 훼손 및 과학의 발달로 인해 전통문화의 신빙성이 의심받는 등의 몇 가지 원인이 있을 것이다. 그러나 이 연구에서는 그러한 원인보다는 목련희가 장기 전승에 성공할 수 있었던 비결에 초점을 맞추고 있다. 장기 전승을 위해서는 기본적으로는 꾸준히 공연될 수 있는 내적인 매력을 지녔을 것이고 또 공연을 가능하게 하는 공연 외적인 조건도 구비되었을 것이다. 특히 목련희가 문인에 의해서 극본으로 제작된 적이 있기 때문에 문자로 기록된 서적이 발산하는 전파의 힘도 장기 전승에 도움이 되었을 것이다. 이에 비해 다른 공연은 문자로 기록될 기회를 얻지 못했고 또 공연에 대한 수요나 후원과 같은 외부적인 상황도 미흡했기 때문에 자연스럽게 소실되었다고

본다. 목련희는 지금도 공연이 되고 있고 과거 16세기에는 전기 극본
이 출판되었으며 청대에는 궁정대희로서 개작되어 공연된 적이 있다.
희곡사에서는 바로 이 전기 극본과 궁정대희에 관해서만 다룬다. 그러
나 민간에서 공연이 지속되어온 배경에는 그들의 호응이 많았고 지지
율이 높았으며 상인계층이 부분적으로 자본을 투입하여 후원했다는 등
의 여러 가능성이 내재되어 있다.

  잠시 서술시각의 문제로 돌아가 보면 희곡사에서는 극본을 중심으로
공연예술에 접근하는 방식이 일반적이다. 다루는 내용도 극본에 나타
난 대강과 그로부터 추론할 수 있는 연극적인 효과에 집중되어 있다.
희곡사에서 목련희가 그나마 언급이라도 될 수 있었던 것은 전기 극본
이 남아 있었기 때문일 것이다. 그런데 극본이 목련희라는 문화 전체
에서 차지하는 비중을 보면 지극히 미미하다. 극본은 목련희가 장기
전승될 수 있도록 힘을 실어준 주요한 존재는 아니다. 실제 목련희는
민간에서 공연의 형태로 꾸준히 지속되어온 문화이고 극본은 이렇게
지속되는 목련문화 중의 일부를 절단하여 독서상품으로 제작한 것이
다. 그러므로 목련희를 연구하기 위해 극본만 보아서는 안 될 것이다.
희곡사에서는 이러한 공연과 극본의 문제 혹은 연극적인 효과와 제의
로서의 효능을 분리해서 보는 경향이 있어서 하나의 대상을 총체적으
로 바라보는 데 상당한 어려움이 있다. 따라서 희곡사에서 주로 다루
는 기준을 통해서만 목련희에 접근할 경우 그것의 진정한 본질과 문화
적 의미를 파악하기는 점점 어려워질 것이다.

  목련희가 전승되어온 모든 경로 중에서 희곡사에서 주로 거론되는
부분은 전기 극본으로 제작된 단계와 궁정대희로 승격된 단계에 해당
된다. 이 단계는 전체적인 과정 중에 일부분에 지나지 않지만 결국은
이전의 경험이 축적된 이후에 만들어진 후기의 모습을 하고 있다. 그
래서 서사적인 구성력이 뛰어나고 문사가 보다 유려해졌으며 내용상으
로도 교화에 도움이 된다. 그러나 이러한 모습은 목련희의 실체를 들

여다보는 데에 별 도움을 주지 않는다. 그렇다면 목련희의 자체적인 전승과정은 어떠한 형태로 정리되는지 알아본다.

(1) 처음에는 이야기가 없는 잡기, 소희, 나희 등의 공연이 있었다.

(2) 여기에 목련모티프가 들어오면서 우란분재를 구성한다.

(3) 공연이 여러 차례 거듭되면서 내용부분이 점점 늘어난다.

(4) 늘어난 내용을 문자언어로 기록하면서 구조는 한층 복잡해진다.

(5) 이것이 변문으로 기록된다.

(6) 처음의 공연에 비해 확장된 내용을 토대로 공연은 계속된다.

(7) 공연이 지속되면서 그중에 일부를 간추려 다시 극본을 제작한다.

(8) 극본이 만들어진 후에는 문자기록의 영향력으로 공연에도 서사적인 구성력이 배가된다.

(9) 이렇게 축적된 공연과 기록의 경험을 바탕으로 목련희는 이제 민간대희, 절자희 혹은 궁정대희 등 다양한 형식을 통한 여러 가지 흐름으로 표현된다.

위에 소개한 과정을 보면 민간 문화가 자체적으로 유통되고 있었고 그것은 처음부터 끝까지 일관된 흐름으로 존재한다. 그러한 상황에서 문인이 문자로 그 흐름의 일부를 무대공연으로 개작하기도 하고 그것을 토대로 다시 궁정희로 만들기도 했다. 다시 말해서 민간 문화가 부분적으로 문인의 문화로 흡수되어 활용된 사례라고 할 수 있을 것이다. 희곡사에서 주목하는 정점은 이러한 절자희나 궁정대희로 표현된 단계에 해당된다. 희곡사에서 작품으로 인정하는 기준을 고려해 볼 때 목련희를 논의할 수 있는 근거는 민간의 공연보다는 절자희 쪽에 더 가까울 것이다. 즉 희곡사에서는 목련희의 전승 역사에서 맨 마지막부분만을 보고 또 그것을 발전된 단계라고 정의한다. 그러나 목련희의 전승사에서 정채라고 할 수 있는 부분은 오히려 그 전 단계이다. 왜냐하면 윤색과 각색을 하기 전의 모습에만 기존의 공연 의도나 공연의 효과 등이 아직 살아 있기 때문이다. '고혼이 천도되어 전염병도 돌지 않고 재난도 사라져서 한 해가 편히 지나간다'는 관객의 믿음, 그 믿음이야말로 공연의 존재 근거이며 진정한 목련희의 실체요 본질이다.

목련희는 평안한 한 해가 되기를 기원하는 기복신앙으로부터 시작되었고 그러한 신앙으로 모인 자리에서 발생한 대중문화이다. 그러므로 놀이와 같은 오락적인 성향을 띠는 것은 대중을 대상으로 하는 공연의 자연스러운 성향으로 보아야 한다. 전승이 거듭될수록 신앙이나 믿음과 같은 애초의 결속력이 약화되고 재미를 추구하고 흥행에 집착하는 경향을 보이지만 그렇다고 해서 공연의 본질이 달라진 것은 아니라고 본다. 배우의 명수나 무대의 위치, 척이나 절과 같은 세부사항이 엄격해지고 표현방식이 정형화된 것은 시대에 따라 유행하는 공연형식이 변화하는 추세에 영향을 받은 결과일 것이다. 그래서 목련희를 바라보는 시각은 다양하고 복잡한 외형연구보다는 왜 그 행사가 정기적으로 혹은 비정기적으로 수요가 있었는지, 그것을 거행하면 어떤 효과가 발생하는지에 대한 내면연구에 두어야 한다.

목련희의 전승과정을 다시 보면 공연에 이야기가 들어가고 공연을 소재로 한 문자기록이 나오지만 공연은 여전히 기복하는 놀이문화로 계속되고 그중의 일부는 연극의 형태로 각색된다. 희곡사에서 다룬 작품 중에는 어쩌면 이와 같은 방식으로 전승되다가 최종적으로 연극으로 완성된 경우가 있을 지도 모른다. ≪서상기≫의 경우에는 먼저 이야기가 있었고 여기에 공연의 요소가 가미되면서 점차 무대예술로 발전하여 현재의 모습이 형성된 것으로 알려져 있다. 실제로 중국희곡의 많은 작품들이 이렇게 이야기를 토대로 하여 연극으로 만들어졌다. 그런데 목련희는 이 단락의 처음에 제시한 바와 같이 의식 형태의 공연이 먼저 있었고 전승과정도 공연을 위주로 전개되었다. 민간 공연 중에 목련희와 같이 기원효과를 지닌 수많은 희 혹은 회로 불리는 행사들이 존재하는 점을 고려한다면 ≪서상기≫ 등이 대표하는 흐름보다는 목련희 등이 대표하는 흐름이 중국의 희곡을 형성하는 전 과정을 더 면밀히 보여주는 사례로 보인다.

희곡사에서는 희곡작품의 내면세계에 대해 피상적으로 관찰하는 경향이 있다. 그래서 희곡의 형성과정에 대해서도 일반적으로 제의에서 연극으로 진화되었다거나 원시적인 희곡에서 예술적인 무대극으로 발전되었다는 개념을 적용한다. 그런데 목련희를 보면 제의에서 진화하여 예술극을 이루었다는 설명이 그다지 잘 적용되지 않는다. 왜냐하면 그것은 외형이 잡극이고 전기이지만 여전히 제의이며 종교적인 효과에 존재근거를 두고 있기 때문이다. 사실 종교, 제의, 민간신앙과 같은 요소를 저변에 지니고 있지 않는 희곡은 그 생명력이 길다고 할 수 없다. 오락적인 욕구를 채우기 위해 또 예술에 대한 문화적 욕망을 충족하기 위해 끊임없이 공연이 이루어지지만 그것은 잠시이고 단기적이다. 그러한 공연과 목련희와 같은 공연을 같은 층위에 놓고 논할 수 있는지 확신이 서지 않을 정도로 양자는 같은 외형을 지닌 다른 실체로 보인다. 이 연구에서는 목련희 장기 전승의 원인을 말하면서 계속 제의, 기복신앙을 이야기해왔다. 제의와 연극이 무관한 관계라면 제의나 기복신앙의 요소가 연극에 개입할 이유가 전혀 없다. 그러나 제의 기원설을 이야기하듯이 출발점에서는 그런 요소가 있었다고 한다. 그렇다면 중국의 대다수의 희곡이 동일한 과정을 통해 만들어졌는데 희곡사에서 너무 도식적으로 무대예술로 승화된 상태의 작품만 다루었던 것은 아닌지 의심이 생긴다. 그러므로 목련희의 전모를 살피는 작업을 통해 양자의 관계에 대한 의심을 발전시켜 논의를 진전해가야 할 것이다.

위에 소개한 목련희의 전승과정에서 처음에는 이야기가 없는 공연으로 시작되었다고 했는데 여기에서 말하는 공연은 잡기, 소희, 창 등을 오래전부터 중국 사회에서 향유되던 요소를 지칭한다. 시기적으로 보면 한대에 이미 잡기나 소희나 창이 유통되었을 가능성이 크고 나희 혹은 백희의 전통을 보더라도 이런 공연들은 아무리 늦어도 한대 후반부터는 존재했을 것이다.313) 중국인도 고래로 놀이문화를 즐겨왔지만 이국의 놀이문화에 대해서도 신선하게 느끼고 그것을 수용하는 감각을 볼 수 있다. 그들이 이문화를 수용하는 속성을 보면 즐겨 받아들이되 그 자체를 신기한 대상으로 남겨 두지 않는다. 한번 유입된 이문화는 그 형태가 이야기이건 공연이건 간에 반드시 중국적인 성향으로 바뀌는 것 같다. 목련이야기도 주지하듯이 인도에서 유입된 만큼 Maudgalayana가 중국으로 들어와 목련대희를 형성하는 과정을 통해 중국인이 이문화를 수용하는 태도를 관찰할 수 있는 것이다.

이야기가 목련희에 가미되면서 그것은 각각 산발적으로 공연되는 소희, 잡기 등에 하나의 축을 제공하는 역할을 맡는다. 처음부터 이야기가 존재했던 것은 아니지만 중간에 이야기가 들어감으로써 기존의 공연에 새로운 생명력을 불어 넣어주고 하나의 긴 전통을 만들어주는 기폭제가 되었을 것이다. 이야기는 그런 역할을 하는 것으로 보아야 하며 이야기 때문에 공연이 시작되었다고 보기는 어렵다. 이런 방식으로 공연에 개입하는 이야기는 목련희뿐만이 아니라 맹강녀희(孟姜女戲) 등 여러 가지가 있겠지만 이에 대한 개론이 나오지 않는 원인은 극본 등 전승과정을 일목요연하게 보여주는 자료가 완비되어 있지 않기 때문으로 추정된다. 이렇게 이야기를 축으로 하여 조직이 정비되면서 짜여진 공연은 목련희의 추형단계에 해당된다. 소희, 잡기, 창 등이 하나의 일관된 흐름으로 연결되어 공연을 형성하는 과정을 통해 만들어진 이 공연은 흥행 면에서는 상당히 도움이 되었던 것으로 보인다. 그러나 이러한 작업이 단순히 흥행을 위해서 혹은 재미있게 만들기 위해 실시된 것은 아닐 것이다. 그것은 제의나 기복신앙을 구현하기 위해 채택된 방식이며 조직력의 근간이었을 수 있다. 자국의 놀이문화이건 서역에서 들어온 이문화이건 간에 제의를 보다 효과적으로 구현할 가능성만 있다면 그것은 선택적으로 수용되어 중국의 목련희를 생산하는 장치로 사용되었던 것이다.

서역이나 인도적인 풍취가 유입되고 또 이야기를 통해서 느슨한 구조의 백희들이 조밀한 구조로 바뀌는 과정에서도 각종 영향관계가 발생했던 것으로 보인다. 목련희는 이야기가 들어가면서 기존에 유통되던 다양한 공연 위에 특정 이야기가 가미되고 그로 인해 구성력을 탄탄하게 정비하게 되는 사례에 해당된다. 처음에는 서너 가지 요소가 느슨하게 얽혀 있던 불투명한 공연의 조직이 특정 이야기의 출현으로 인해 긴밀한 조직력을 확보하는 것이다. 이렇게 조직화된 공연은 이후로 점점 다양한 변화를 겪으면서 그것의 외형을 형성했던 것으로 추정된다. 그러므로 목련희는 인도의 모티프가 중국으로 들어와 장기 전승되면서 토착화하는 과정에서 발생한 공연 및 기록 등을 포함하는 문화 현상이라고 할 수 있을 것이다.

일반적으로 목련희를 불교 연극이라고 말하는데 연구자가 보기에는 불교 연극이라고 단순하게 정의할 것이 아니다. 왜냐하면 이것은 불교적인 모티프를 받아 들여 중국의 전통 공연을 형성해간 것이지 그 자체가 불교 연극인 것은 아니다. 목련이야기가 인도로부터 들어오면서 창과백의 세 가지의 요소와 배경으로서의 제의나 민간신앙이 총체적인 모습으로 조직되었다. 독립적이고 느슨한 개념들이 목련 모티프를 매개체로 하여 융합된 것이다. 그 과정에서 조직력이 강화되었고 이렇게 강화된 조직들이 모여서 더욱 거대한 현상을 이루었을 것이다. 이러한 현상에 가속도가 붙으면서 과거 한대에는 산재하던 제의나 민간신앙 혹은 기복염원이 표면으로 부상하고 이를 통해 놀이문화의 추형이 성립되는 것이다. 이러한 추형이 등장하면서 사람들은 단순히 기복을 위하는 행위 자체에 만족하지 않고 더욱 복잡하고 재미있는 이야기를 요구하는 습관이 붙게 된다.

이야기는 도식화된 하나의 문화현상의 내부로 들어온 후에 급속도로 증식되기 시작했을 것이다. 이야기의 증식은 특정 작자에 의해 의도적으로 진행되지 않고 관객의 수용 반응에 따라 진행되었을 것이다. 이것은 목련희를 비롯하여 공연을 기반으로 성장해온 문화현상의 발생과 증식을 설명하는 데 적절해 보인다. 공연이 선행하는 상태에서 새로운 이야기가 들어오면서 공연은 이야기를 구현하는 수단이 된다. 이에 대해 이야기가 유통할 자체적인 수단을 찾았다고 할 수도 있고 공연이 이야기를 매체로 하여 대규모의 유통경로를 확보했다고 할 수도 있을 것이다. 중요한 것은 양자가 상호 영향관계를 통해 긍정적인 결과를 촉발하였다는 데에 있다. 이렇게 해서 목련희는 제의 자체가 아니라 제의의 성격을 지니는 이야기의 구현방식이라는 새로운 형태의 생명력을 지니게 된다. 장기간 지속되어 온 공연은 전승과정의 후반부로 가면서 남송 이후 무대예술의 영향으로 인해 전기의 형태로 제작된다.

만약에 목련희가 위에서 제시한 과정을 거쳐서 전기로 제작된 것이라면 희곡사에서 주로 언급되는 다른 연극작품들도 비슷한 과정을 겪었을 가능성이 있다. 대부분의 희곡이 창과백 삼 요소로 구성되어 있고 잡기가 나오고 소희가 나온다는 사실을 거꾸로 뒤집어 목련희와 같은 전통 유산의 일부가 희곡사로 편입된 것이라고 주장할 수 있을 것이다. 그러므로 희곡은 결국 선행하는 공연이 있었고 나중에 특정 이야기, 예를 들면 ≪서상기≫ 등을 이루는 감동을 주는 이야기가 개입되면서 결국 무대예술로 정착되었다고 추정하는 것이다. 목련희는 바로 그런 가능성을 보여주는 사례라고 본다.

위에서 목련희에는 보다 의식의 측면 즉 종교적인 성향이 출발부터 지금까지 강하게 내재되어 있음을 지적했었다. 만약에 '연극의 제의 기원설'에 치우치게 되면 모든 문화는 제의에서 나왔다는 일반론에 이르게 된다. 그러면 목련희는 제의에서 시작되어 제의적인 면을 탈피하지 못한 미분화된 추형으로 격하될 수밖에 없다. 사실 이러한 논리가 지금까지 목련희를 포함하여 나희, 백희 등 대다수의 민간 공연을 설명해온 방식이다. 그러나 대상을 포괄적으로 이해하고 보다 본질에 가깝게 보기 위해서는 기원이나 진화, 발전의 논리를 버릴 필요가 있다. 그리고 한 개체 안에 제의나 공연, 놀이와 같은 모든 개념이 복합적으로 공존하는 문화적 정체(整體)로서 대상을 바라보아야 한다. 목련희의 경우에도 그것을 여타의 민간 공연과 함께 복합적으로 해석할 때 비로소 희곡사에서 논의되고 있고 앞으로 더욱 논의되어야 하는 민감한 문제들에 대한 해답을 발견할 수 있을 것이다. 그러므로 공연과 기록이 모두 전승되고 의식과 연극의 측면이 공존하는 목련희는 희곡의 본질을 거론하지 않고 외부적인 변화로 전승과정을 정리해온 희곡사에 또 다른 시각을 제시할 수 있는 좋은 사례인 것이다.

지금까지 희곡사에서는 중국의 희곡을 예술적인 혹은 문학적인 공연 전통의 관점에서 서술해왔다. 그러나 목련희를 연구할수록 중국의 희곡에는 다음의 측면이 하나 더 존재하는 것으로 추정된다. 즉 목련희와 같은 종교적인 공연전통이 그것인데 기존의 희곡사에서 이에 대해 진지하게 다루고 있지 않다. 그래서 여전히 송원 남희, 원 잡극, 명·청 전기로 이어지는 흐름이 희곡사 논의의 주류로 기술되고 있는 실정이다. 그런데 남희나 잡극 혹은 전기와 같이 일정한 외형을 구비한 희곡은 후대에야 비로소 나타나는 현상으로 보아야 할 것이다. 이 현상이 현재 목련희를 정의하는 문학적 상징으로 여전히 통용되고 있으며 목련문화의 전체적인 모습을 형성하는 중요한 부분임은 분명하다. 그러나 연극의 측면만으로 목련희라는 전체 현상을 설명하기 힘든 문제에 대해서는 지금도 간과하고 있다.

종교적인 공연 전통은 민간의 의식으로서의 거행되는 목련희 등을 지칭하는 개념이다. 예로부터 황실이나 민간에서는 귀신을 몰아내려는 의도로 행해지는 공연들이 있었다. 이것은 제사와 같은 성격의 행사로서 해당하는 절기마다 불을 피워 잡귀를 몰아내고 지역을 정결하게 치우는 등 의식의 과정이 간단하지 않다. 이에 대해 나례 혹은 구나, 나희라고 통칭하는 경향을 보이는데 거행하는 목적은 모두 축귀 축역을 넘어서지 않는다. 그런데 이들 공연이 목련희와 다른 점이 있다면 그것은 목련희가 보다 구체적인 의식이며 구체적인 스토리를 가지고 있다는 것이다. 즉 목련이야기가 들어오면서 느슨하게 묶여져 있는 민간신앙이 구체화한 것이다. 사실 그것이 반드시 목련 모티프이어야 한다는 규정은 없었을 것이다. 처음에는 많은 모티프 중에서 선택된 하나의 모티프일 뿐이었으나 점점 민간신앙을 구체적인 의식으로 발전시키고 그것을 예술로 승화시키기도 하는 역할을 맡았을 따름이다. 그러므로 목련희는 나희의 액막이, 기원을 토대로 기타 여러 요소들을 섭렵하는 과정에서 새로 만들어진 문화상품이다. 인도에서 유입된 이야기와 기존의 소희, 잡기, 민가, 나희 등 다양한 컨텐츠를 활용하면서 완성된 중국적인 목련희의 모습인 것이다.

다음은 목련희가 하나의 문화를 형성하면서 장기 전승될 수 있었던 원인을 추정하는 순서이다. 첫째 보편적인 믿음, 신앙에 기댄 유통방식을 들 수 있다. 둘째 흥행, 재미, 오락성 등 흥미를 유발하는 장치들을 재구성한 조직력을 들 수 있다. 셋째 정치적 의미, 수익성과 같은 문화산업의 자본에 관한 문제를 들 수 있다.

첫째 보편적인 민간신앙은 고래로 중국 사람들이 귀신을 쫓고 장수하기를 바라고 액운을 물리치는 기원의식에 담긴 믿음을 가리킨다. 저변에 내재된 이러한 신앙을 어떤 방식으로든지 구현해내고 효과를 보았다고 느끼게 하는 힘이 바로 목련희의 장점이었고 그렇기 때문에 이 행사는 지속될 수 있었다고 본다. 이에 대한 심리의 근간에는 제대로 거행하지 않으면 발생하리라고 믿고 있는 흉조, 악귀, 재앙에 대한 공포심이 작용한다. 그래서 돈이 부족하다고 행사를 단기간에 마치거나 정성을 들이지 않을 경우 배우나 관객이 죽어나가고 전염병이 돌고 익사, 액사, 비명횡사가 발생한다고 믿는다. 이 공연은 보는 것이 아니라다 함께 지내는 행사 즉 굿인 것이다. 별 탈 없이 한해를 무사하게 넘기려면 가능한 한 성대하게 지내야 하므로 최고의 음식과 최상의 공연

장소, 그리고 목욕재계하고 금욕한 최상의 참여자들을 갖추어야 효과를 본다. 그것은 완벽하게 제사를 준비하는 마음가짐과 일치한다. 초자연적인 현상에 대한 기원과 주술성에 대한 믿음을 목련희와 같은 공연문화가 집결하면서 보다 삶에 친밀한 구복의식으로 거듭난 것이다. 이러한 기원행위의 저변에 깔린, 유불도로 규정되지 않는 보편적인 염원을 목련희의 주요한 사유의식으로 보아야 할 것이다. 같은 맥락에서 희곡으로 애매하게 포괄된 중국 민간의 수많은 의식행위 역시 이러한 보편적인 염원을 만족시키려는 과정에서 하나둘씩 생성된 것들이다.

이러한 의식은 보통 장례 및 결혼을 대신하는 경우가 많다. 시대별로 지역별로 각종 의식의 규모나 세세한 면은 차이가 있더라도 조상의 영혼을 천도하고 공동체의 평화를 구현한다는 종교 사회적 지향은 일치한다. 대부분의 공연은 일방적으로 공연자가 관객에게 내용을 제공하는 문화상품이 아니다. 공연하는 사람은 내용을 제공하지만 관객은 참여를 통해 그로부터 감정의 정화를 느끼거나 주술적인 희망을 기원하는 일종의 무당굿 같은 면이 많다. 이런 공연의 본질을 제대로 파악하기 위해서는 문학적인 측면에 국한된 연구로는 접근이 힘들다. 즉 이것은 한 차례 문학적인 연극 형태로 표현된 경험은 있더라도 그것은 단면이므로 이것을 문학적인 승격으로 해석해서는 안 된다. 오히려 발생부터 지녀온 기복적이고 주술적인 염원인, 납길의 소망에 집중해야 한다. 그래서 지역마다 존재하는 의식이면서 연극인 행사들이 관객과 호흡하면서 상호교감을 통해 형성된 공연이고 그러한 형성과정은 모두 일정한 양상을 보인다는 사실로 나아가야 한다.

목련희만 해도 더위로 인해 각종 전염병이 발생하여 마을 사람들이 죽어나갈 경우에 그러한 전염병을 유발한 재액 즉 귀신으로 대상화된 바이러스를 퇴치하기 위해 벌이는 의술행사로서의 기능도 있다. 대대적으로 함께 마을의 구석구석과 사당을 청소하는 공연의 준비과정이나 공연 후에도 사용했던 물품을 태우는 행위, 관객의 몸을 씻기는 행위

등은 표면적으로는 드러나지 않지만 분명히 위생상의 이유도 있는 것이다. 병을 퇴치하는 효과가 있다는 영험한 의식에 대해 당시에는 법사의 초능력으로 해석하였다. 그러나 사실은 청결과 방역, 그리고 무엇보다도 잘 먹어서 체력을 회복한 결과였을 수 있다. 의식은 갈수록 대규모의 마을행사로 승격되었고 그 안에는 각종 볼거리와 들을 거리가 더해져서 며칠씩 계속되는 축제로 변모해갔다.

또 죽음이 닥쳤을 때 공연을 한 이면에는 한 공간을 공유하는 구성원의 죽음으로 인해 주변의 사람들이 약해지거나 동요하지 않기 위해 집단적으로 모여서 죽음을 이해하는 방식이라는 문화적 의미가 숨어 있다. 사람이 자결하면 그 영혼이 어떻게 되는지 무지한 상태에서 두려움만 남아 있는 구성원을 모아서 망자의 영혼을 다함께 좋은 곳으로 보냈으니 이제 마음을 놓아도 된다는 전언을 전달하는 것이다. 그 안에는 다음에 이어질 수도 있는 연쇄적인 사건을 방지하려는 의도도 내재되어 있다. 뜻밖의 죽음 앞에서 나약해지기 쉬운 심신을 공연을 통해 반복함으로써 집단적으로 극복하는 행위는 전통 시기 중국인들이 집단생활 속에서 만들어낸 자가 치유법으로서, 개인적으로는 심신을 치유하고 집단적으로는 통합을 가져오는 효과가 있었다. 그러므로 이것의 진정한 문화적 의미는 삶 속의 난점을 해결하고 경사를 함께 하는 오랜 주술성에서 찾아야 한다.

둘째는 흥행성에 관한 문제이다. 믿음으로 공연의 수요를 확보한 상태에서 그러한 수요를 유지하기 위해서는 역시 관객이 재미있다고 느끼게 만들어야 할 것이다. 목련희는 시중에 유통되는 여러 공연요소 중에 흥행성이 검증된 장치를 수집하여 재구성하는 작업을 통해 이러한 오락성에 대한 요구에 부응했던 것으로 보인다. 우선은 목련희라는 모티프 자체가 죽지 않은 사람이 사후세계를 여행한다는 점에서 흥미를 유발시켰을 것이다. 거기에 지루하지 않도록 고난도의 묘기를 보여줌으로써 내내 관객을 긴장시키는 데 성공하였다.

　연구자는 앞에서도 목련희를 '이야기가 있는 서커스'라고 정의한 적이 있다. 목련희는 서커스라는 말이 어울릴 정도로 잡기가 많이 나오며 그러한 동작은 문맹의 관객들을 긴장시키는 데 매우 효과적이었을 것이다. 공감을 자아내는 데에는 배우의 연기력이나 빼어난 창이 효과적이었겠지만 장시간의 공연을 흥미진진하게 이끈 동력은 몸을 던져 혼신을 다하는 잡기의 기능이었을 것이다. 잡기는 인간이 집단생활을 하면서 문화라는 것을 처음 시작하면서 이미 시작되었을 것이고 교묘하고 신기한 동작들은 관객의 집중과 주의를 끌면서 시선을 잡아두는 최상의 수단일 수밖에 없다. 주목해야 할 점은 그것의 효용이 아니라 목련이야기가 전해지기도 전에 중국인이 향유하였던 놀이문화인 잡기가 목련희의 관건으로 사용되었다는 점이다. 이것은 비단 잡기의 문제만이 아니라 목련희를 구성하는 요소들이 대부분 공통적으로 지니는 특성이다. 사실은 이야기 때문에 공연이 생긴 것인가 아니면 공연 때문에 이야기가 생긴 것인가 하는 고민이 목련희의 전승과정을 보면 해결될 가능성이 보인다.

　이것은 목련희에 대한 두 가지의 해석법과 관련이 있다. 즉 목련이야기가 인도에서 수입된 후에 공연을 재미있게 하기 위해서 잡기나 소희와 같은 중국적인 요소를 첨가한 것이라는 의견이이다. 반대로 말하면 고래로 향유되어온 민간의 공연에 목련이야기라는 새로운 모티프가 추가되어 공연이 더욱 재미있어졌다는 의견이다. 이 연구에서는 정확히 단언한 적은 없지만 후자의 의견을 지지하는 경향을 보여 왔다. 왜냐하면 목련희는 목련이 대단해서 혹은 목련이야기가 역작이어서라는 내용상의 우수성으로 인해 오랫동안 유통되어 온 것이 아니기 때문이다. 유통을 성공으로 이끈 핵심은 유행하는 공연에서 인기를 얻은 요소에 달려 있다. 예를 들면 소희가 보여주는 웃음을 자아내는 장면, 잡기가 보여주는 땀을 쥐게 하는 묘기, 창이 들려주는 감동적인 감정이입의 효과와 같은 보조요소들이 목련희 흥행의 관건일 것이다.

셋째는 목련희가 정치적인 고려와 이해관계에도 부합되고 또 영리성이 보장되어 경제적인 수익성이 있다는 점을 들 수 있다. 앞에서 언급한 두 가지 요소로 인해 목련희는 이미 관객의 수요에 어느 정도 부응할 수 있었는데 다수의 관객을 확보하여 일정기간 모아둔다는 점에서 이것은 어느 정도 정치권의 주목을 받았을 가능성이 있다. 동시에 상인 등이 투자를 아끼지 않는 문화상품의 하나로 변모했으며 투자를 통해 상당한 영리를 보장받을 수 있는 대상으로 부각되었다. '돈이 떨어지면 목련희를 공연하라'는 희반의 유행어가 허언이었을 리는 없다. 충효를 교육하는 장이면서 대중에게 흡인력을 지닌 공연은 그 지역 정치인들에게 극복하거나 타협해야 할 대상이었을 수 있다. 공연기간 동안 사람들이 본업에 종사하지 않은 채 동일한 장소에 머물러 있었으며 공연에 필요한 물품, 관객이 소비하는 음식 등의 물질적인 소비는 계속되었으므로 사회질서 유지의 측면에서나 지역 생산성의 문제에 영향을 끼치지 않을 수 없는 행사인 것이다. 목련희가 궁정희로 개작되어 이화원의 3층 무대에서 공연된 일이나 고관대작이 방문할 때마다 목련희 전문희반이 초청되었던 일은 이 행사가 비록 일반 민간인 위주로 조직되고 공연되는 행사였으나 그 영향력은 생각보다 컸음을 암시한다.

이렇게 볼 때 공연에서 목련이야기가 지니는 비중은 갑자기 매우 가벼워진다. 그 안에는 이야기 이외에도 유수한 전통놀이와 전통의식이 융화되어 있으며 이러한 의식과 놀이가 전해주는 동질성, 친근감이야말로 목련희를 전국적으로 유통하게 만든 근원적인 핵심일 것이다. 중국에서 대중문예 즉 대중을 위한 공연예술은 공연자가 수용자에게 일방적으로 주는 공연이 아니었을 것이다. 그것은 다같이 어울려서 공연하고 다같이 아이디어를 공유하는 형태로서 대중적인 오락물 혹은 종교적인 주술적인 행사에 해당된다. 만약에 이러한 복합적인 문화활동의 실체를 밝혀질 수 있다면 우리는 지금 희곡사에서 거론되는 작품들이 그런 배경을 통해서 나왔음을 검증할 수 있을 것이다. 그리고 희곡사에서 간과되었던 많은 부분들 즉 희곡에서 노래가 강조되는 원인과 항상 행복한 결말로 마무리되는 원인, 그리고 슬픈 상황에서 갑자기 잡기가 들어가면서 공연에 힘이 실리는 등 상식적으로 납득되지 않는 여러 문제점을 해결할 수 있는 관점을 제공할 것이다.

지금까지 논의해 온 문제 이외에 한 가지를 더 추가한다면 소희에서 대희로의 가는 과정이 있다. 목련희를 보면 희곡사에서는 대희라는 것이 원래 있었던 것인지 아니면 고의로 제작된 것인지 만약에 고의로 제작되었다면 어떤 경로로 완성된 것인지 궁금해질 때가 있다. 목련희의 형성과정을 보면 결국은 소희에서 대희로 가는 구체적인 경로가 드러난다. 목련대희를 구성하고 있는 수많은 요소들, 다양한 여러 가지 이야기들과 이외의 장치들이 조합되는 방식이나 연출되는 순서는 모두 각각의 원인이 있을 것이다. 목련희에 서유이야기가 나오고 양무제 이야기로 시작되며 동방량의 부인이 성씨는 바꾸어도 기어이 나와서 목을 매는 데에는 모두 이유가 있는 것이다. 대희가 희곡사에서 중요하다면 그러한 대희는 소희들의 전통을 통해서 경험을 축적함으로써 성장되었지 갑자기 발생하지는 않았을 것이다. 목련희는 소희에서 대희로 가는 과정에서 자국의 요소는 물론 외래적인 모티프까지 수많은 내용과 형식을 수용하여 그것을 대희로 만들어 가는 모습을 보여준다. 그래서 목련희의 전승과정을 보면 초보적인 희곡에서 최근의 희곡까지 변화하는 양상이 드러난다. 그렇다면 우리가 희곡에서 고찰해야 할 상황은 단순히 한 작품에 국한되기보다는 그것이 만들어지는 과정과 제작에 영향을 준 주변 배경까지 포괄하게 된다.

이 연구에서는 하나의 문화현상을 구축하고 전승해온 저변의 전통에 대해 목련희라는 하나의 모델 모티프를 통해서 살펴보았다. 어떤 방식으로 목련희를 설명하더라도 변하지 않는 점은 목련희는 원래 공연이 있었고 거기에 이야기가 가미되면서 그것을 기폭제로 하여 그 안에 여러 가지 다양한 중국의 공연예술을 수용하고 흡수하여 대희를 만들어

냈다는 사실이다. 여러 소희 등이 적절하게 조직되면서 종합적인 목련대희가 형성되는 과정은 기록 자료가 존재하지 않는 중국의 여러 연희가 형성되는 과정을 설명하는 대표적인 사례이다. 그러므로 남희, 잡극, 전기 등은 형성과정에 포함되는 외형상의 변화일 뿐, 그것은 결국 목련대희라는 흐름을 구성하는 일면에 지나지 않는다. 목련희가 보여주는 이러한 관점은 희곡사에 존재하는 보편적인 문제에 대한 해답을 제시한다. 예를 들면 공연과 극본의 문제, 놀이문화와 연극 및 제의의 문제, 쉽게 연결되지 않는 남희, 잡극, 전기의 연관관계 등이다.

이 연구의 연구를 통해 발견한 몇 가지 사실을 제시하면 다음과 같다.

첫째 목련희에 있어서 공연은 극본보다 선행한다. 그리고 극본은 공연을 그대로 대변하지 않는 독본이다. 대희라는 큰 흐름에서 전기는 한 시대에 유행하던 형식으로 목련희를 표현한 일부분이고 그 일부분의 전기를 다시 윤리적으로 문학적으로 윤색한 것이 명대 희문이다. 이것을 중국 희곡에 조심스럽게 투영하여 보면 희곡사에서 중요하게 설명하는 수많은 명·청 전기 작품은 그 명칭을 지닌 모든 공연을 통칭하는 개념이 아니라 일부만을 발췌한 모습일 가능성이 있다. 공연이 사라져 확인할 길이 없지만 원 잡극에 기재된 대로 공연이 되지 않았을 가능성도 크다. 전승되는 극본이 공연을 어느 정도 반영하는지에 대한 근원적인 의문을 강하게 품어야 한다.

둘째 목련희에 있어서 제의와 연극은 공존한다. 목련이야기는 결코 이야기가 분리되어 자체 문학으로 승화되지 않았다. 그것은 언제나 제의를 위한 목적으로 사용되었고 중간에 아무리 다양한 놀이요소를 삽입하더라도 처음과 끝은 영혼을 천도하는 우란분재를 실천하는 것으로 마무리하였다. 그래서 목련희는 제의와 연극과 놀이의 모습이 공존하는 정체인 것이다. 좀더 복잡한 문제를 심층 취재해 보면 이러한 문화상품의 형성과정에는 문인과 상인이라는 두 계층이 간여하고 있다. 즉 돈을 대는 계층인 상인과 내용을 조직하여 개발하는 계층인 문인의 합작을 바탕으로 뛰어난 기량을 가진 배우와 적극적인 참여자인 관객이 혼연일체되어 상품 목련희를 제작한 것이다. 이러한 목련희의 형성과정은 중국에서 종교적인 성향을 풍기면서 결국은 놀이문화로서의 면면을 강하게 지니는 비슷한 유형의 문화상품들이 만들어지는 과정을 대변한다. 문화자본의 개입문제는 그것이 상인의 이윤추구에서 나온 발상이건 자기의 문화적 대리만족을 위한 발상이건 간에 지역의 공연 및 출판문화를 조성하는 주요 동력이라는 점에는 이견이 없다.

셋째 목련희는 불교 연극이 아니다. 목련이야기 자체는 불교적인 모티프임이 분명하더라도 중국인이 그것을 수용할 적에 이데올로기로 받아들이지 않고 보편적인 민간신앙에 녹여서 스며들게 받아들였다. 중국인들이 외래종교 자체를 받아들이는 자세와 민간습속에서 외래적인 모티프를 수용하는 자세에는 분명히 차이가 있다. 이것이 중국인이 이문화를 받아들이는 형식이었다. 희곡사에서 이것을 불교 연극이라고 정의하는 것은 지나치게 단순한 언급이다.

지금까지 이야기해온 것처럼 민간의 공연예술을 통해 연극이 발전한 것이라면 민간의 공연들은 대부분이 희곡이라는 장르 이상의 의미를 가지고 있을 것이다. 그것은 어쩌면 더 큰 개체일 수 있다. 그래서 큰 개체인 목련희도 희곡의 관점으로만 바라볼 수는 없었던 것이다. 이러한 사실들을 발견하면서 연구자는 중국인이 희곡을 대하는 태도 자체가 우리가 지금 알고 있는 것과는 전혀 다른 모습으로 존재한다는 결론에 이르렀다. 이러한 염원을 담은 수많은 행사들은 기록되지 않았을 뿐이지 사실은 오랫동안 인간의 삶에 간여하면서 전승되어 왔고 지금도 전승되고 있다. 이 현상을 지금까지 희곡사에서 간과해온 데에는 이러한 현상이 공연만 겨우 전해지고 문자 기록이 아예 없기 때문에 자료 확보가 어렵다는 이유가 가장 클 것이다. 그러나 연구과정에서 연구자는, 처음에는 기원의식으로 시작되었으나 공연예술의 발달과 맥을 같이 해오는 과정에서 외형만 연극의 형태를 띠게 된, 목련희와 같은 공연이 현재 알려진 것보다 다수 존재한다는 것을 확인하였다. 지금은 희곡 혹은 제사극이라는 말로 애매하게 표현한 수많은 의식들이 서둘러 연구됨으로써 이러한 유형의 공연들이 보여주는 동일한 전승패턴이 밝혀지기를 기대한다. 이 연구에서 목련희를 문화현상으로 상정하였듯이 중국의 기타 공연예술을 문화적인 현상으로 보고 그로부터 희곡사를 추출해내는 노력이 절실히 요구된다.

참고문헌

Ⅰ. 인용자료

1. 원전류

晉 竺法護 譯, ≪佛說盂蘭盆經≫.

宋 法天 譯, ≪目連所問經≫.

梁 僧旻·寶唱等 撰, ≪經律異相≫ 第14卷.

西晉 竺法護 譯, ≪舍利佛目連遊諸國經≫ 1卷.

後梁 ≪大目建連冥間救母變文≫ 921年 筆寫本.

≪鬼問目連經≫ 1卷.

≪慈悲道場懺法≫ 10卷(梁皇懺法).

明 鄭之珍 編, ≪新編目連救母勸善戲文≫, 高石山房本, 1582.

淸 張照 編, ≪勸善金科≫, 古本戲曲叢刊影印本.

淸 ≪河西寶卷≫.

李民樹 譯, ≪目連經≫, 乙酉文化史, 1973.

2. 단행본

Qitao Guo, *RITUAL OPERA MERCANTILE LINEAGE: The Confucian Transformation of Popular Culture in Late Imperial China*, Stanford University Press. 2005.

─────, *Exorcism and Money: The Symbolic World of the*

344

Five-Fury Spirits in Late Imperial China, 2003.

Alan Cole, *Mothers and sons in Chinese Buddhism*, Stanford University Press, 1998.

David Johnson, *Ritual Opera Operatic Ritual, "Mu-lien Rescues His Mother" in Chinese Popular Culture*, University of California, Berkely. 1989.

關德東, 周中明 編, ≪子弟書叢鈔≫ 上下, 上海: 上海古籍出版社, 1984.

金耀基, ≪儒家倫理與經濟發展－韋伯學說的重探≫, 金耀基社會文選, 臺北: 幼獅文化事業公司, 1985.

金　澤, ≪中國民間信仰≫, 浙江敎育出版社, 1989.

凌翼云, ≪目連戲與佛敎≫, 廣東高等敎育出版社, 1998.

大木康, ≪明末のはぐれ知識人－馮夢龍と蘇州文化≫, 講談社, 1995.

杜建華, ≪巴蜀目連戲劇文化槪論≫, 文化藝術出版社, 1993.

茆耕茹 編, ≪目連資料編目槪略≫, 民俗曲藝叢書, 1993.

茆耕茹 編, ≪安徽目連戲資料集≫, 民俗曲藝叢書, 1997.

史在東, ≪盂蘭盆齋와 目連傳承의 文化史≫, 2000.

蕭登福, ≪漢魏六朝佛道兩敎之天堂地獄說≫, 學生書局印行, 1988.

王古魯 編, ≪明代徽調戲曲散齣執佚≫, 古典文學出版社, 1957.

廖奔, 劉彥君, 《中國戲曲發展史》 全4卷, 山西敎育出版社, 2000.

劉　禎, ≪中國民間目連文化≫, 「中國傳統文化研究叢書」, 巴蜀書社, 1997.

劉　禎, ≪莆仙戲≪目連救母≫≫, 「民俗曲藝叢書」, 1994.

劉峻驤, ≪中國雜技史≫, 文化藝術出版社, 1998.

李養正, ≪道敎槪說≫, 中華書局, 1991.

張　庚, 郭漢城 主編, ≪中國戲曲通史≫, 北京: 中國戲劇出版社, 1992.

莊宏誼, ≪明代道敎正一派≫, 「道敎研究叢書」, 臺灣學生書局印行, 1986.

張紫晨, ≪中國民間小戲≫, 浙江敎育出版社, 1989.

張海鵬, 王廷元 主編, ≪明淸徽商資料選集≫, 安徽: 黃山書社刊行, 1985.

――――――――――, ≪徽州商人≫, 安徽: 安徽人民出版社, 1995.

朱恒夫, ≪目連戲硏究≫, 天津: 南開大學出版社, 1995.

陳芳英, ≪目連救母故事之演進及其有關文學之硏究≫, 國立臺灣大學文史叢刊, 1983.

≪目連戲學術座談會論文選≫, 長沙, 1984.

≪目連戲硏究文集≫, 合肥, 1988.

≪辰河目連戲論文集≫, 懷化, 1989.

≪四川目連戲資料論文集≫, 重慶, 1990.

≪福建南戲暨目連戲論文集≫. 福州, 1990.

≪福建目連戲硏究文集≫, 1991.

≪川劇目連戲綿陽資料集≫, 1993.

≪目連戲硏究論文集≫, 湖南, 1993.

≪目連戲專輯 上/下≫, ≪民俗曲藝≫ 第77/78期, 1993.

≪目連戲劇本專輯≫, 民俗曲藝 第87期, 1994.

≪中國祭祀儀式與儀式戲劇硏討會論文集≫, ≪民俗曲藝≫ 第92期, 1994.

≪目連戲論文集≫, ≪民俗曲藝≫ 第 93期, 1995.

≪善本戲曲叢刊≫ 01, 劉君錫, 〈樂府菁華〉, 學生書局印行, 1984.

≪善本戲曲叢刊≫ 04, 黃文華, 〈詞林一枝〉, 學生書局印行, 1984.

≪善本戲曲叢刊≫ 05, 黃文華, 〈八能奏錦〉, 學生書局印行, 1984.

≪善本戲曲叢刊≫ 06, 程萬里, 〈大明春〉, 學生書局印行, 1984.

≪善本戲曲叢刊≫ 07, 熊稔寰, 〈徽池雅調〉, 學生書局印行, 1984.

≪善本戲曲叢刊≫ 36, 無名氏, 〈歌林拾翠〉, 學生書局印行, 1984.

≪善本戲曲叢刊≫ 36, 無名氏, 〈歌林拾翠二集〉, 學生書局印行, 1984.

≪善本戲曲叢刊≫ 36, 胡文煥, 〈群音類選〉, 學生書局印行, 1984.

≪善本戲曲叢刊≫ 37, 徐文昭, 〈風月錦囊〉, 學生書局印行, 1984.

3. 논문류

Qitao Guo, "Huizhou Mulian Operas: Conveying Confucian Ethics with 'Demons and Gods'"(Unversity of California, Berkely, 1994).

張一彿, 〈目連戲文與≪西遊記≫雜劇〉, 上海: ≪大美晚報≫ 附刊 〈上海俗文學〉, 1945.

歐陽友徽, 〈原型－不孝的印度目連〉, ≪中華戲曲≫ 17輯, 1994.

劉　禎, 〈≪王婆罵鷄≫與中國民間文化〉, ≪民俗曲藝≫ 101輯.

劉　禎, 〈≪勸善金科≫: 民間本與詩贊系戲曲〉, ≪中華戲曲≫ 17輯, 1994.

劉　禎, 〈京劇≪目連救母≫〉, ≪民族藝術≫, 1996. 3.

劉　禎, 〈母親與罪人－劉氏形象文化意蘊〉, ≪四川戲劇≫, 1992. 6.

李　玫, 〈目連戲中的"惡"與"懲惡"論析〉, ≪戲劇藝術≫, 1992. 3.

顧樂眞, 〈戲曲中的殘疾人與≪啞背瘋≫之殘缺美〉, ≪中國四川目連戲國際學術研討會論文≫, 綿陽, 1993. 3.

李闇人, 〈人生的儀式－辰河高腔目連戲初探〉, ≪目連戲論文集≫, 1989. 10.

李豐楙, 〈臺灣中南部道敎拔度儀中目連戲曲初探〉, 臺灣 ≪民俗曲藝≫ 77/78輯, 1992.

李懷蓀 整理, 〈石玉松與目連戲〉, ≪目連戲論文集≫, 懷化, 1989. 10.

李懷蓀, 〈古老戲曲的活化石－辰河高腔目連戲探索之一〉, ≪目連戲論文集≫, 1989. 10. 懷化.

張　九, 〈目連爲湖南常澧人的硏討〉, ≪目連戲研究論文集≫, 1993.

張國基, 〈高淳陽腔目連戲音樂〉, ≪目連戲研究文集≫, 合肥, 1988. 10.

張國基, 〈高淳陽腔與南陵陽腔廣調〉, ≪目連戲論文集≫, ≪民俗曲藝≫ 93期, 1995.

張守淸,〈目連戲的時代精神論析〉,《川劇目連戲綿陽資料集》, 1993. 6.

張守淸,〈女中英杰－劉氏四娘形象論析〉, 《中國四川目連戲國際學術硏討會論文》, 綿陽, 1993. 3.

長　映,〈辰河戲《目連傳》的鬼神〉,《目連戲論文集》, 1989. 10.

蔣　瑩,〈川東木偶戲中的搬目連〉,《四川戲劇》, 1993.

張泉佛,〈目連戲曲藝術形態淺識〉,《中華戲曲》 18輯, 1996.

張泉佛,〈閩劇藏本《目連救母》(中集)〉,《福建目連戲研究文集》, 1991.

張泉佛,〈泉州提線木偶戲《目連救母》〉,《福建目連戲研究文集》, 1991.

張泉佛,〈打成戲《目連救母》〉,《福建目連戲研究文集》, 1991.

張椿錫,〈目連說話 중 羅卜故事의 轉變과 그 原形〉,《中國語文學》 第30輯 別刷, 嶺南中國語文學會, 1997. 12.

張椿錫,〈目連說話 중의 冥界 新探〉(《東西文化交流》 第 2輯, 韓國敦煌學會, 도서출판 청강, 1999. 2.

田　語,〈川劇目連的傳演及劇目述略〉,《重慶文化通信》, 1990. 2.

田仲一成,〈廣東鄉村里的目連破獄儀式－八門功德〉,《中華戲曲》 17輯, 1994/ 《中國四川目連戲國際學術硏討會論文》, 綿陽, 1993. 3.

朱恒夫,〈目連, 劉氏, 劉賈形象論〉,《江蘇敎育學院學報》詞話版, 1992. 3.

朱恒夫,〈目連故事在講唱文學中之流變考〉,《文獻》, 1993. 2.

朱恒夫,〈目連變文: 目連戲與唐僧取經故事關係初探〉,《明淸小說研究》, 1991. 2.

曾金錚,〈梨園戲探源〉,《福建南戲暨目連戲論文集》, 1990. 11.

曾維新,〈目連戲始祖鄭之珍〉,《中國文物報》, 1992.

池田澄達,〈盂蘭盆經に就いて〉,《宗敎研究》 3-4, 1926.

陳　翹,〈莆仙戲《目連》〉,《福建目連戲研究文集》, 1991.

陳　翹,〈詞明戲《目連》〉,《福建目連戲研究文集》, 1991.

陳　翹,〈上杭木偶高腔中的《目連》〉,《福建目連戲研究文集》, 1991.

陳　翹,〈宗敎法事中的《目連》〉,《福建目連戲研究文集》, 1991.

陳　翹,〈打成戲≪目連救母≫簡介〉, ≪福建目連戲研究文集≫, 1991.

陳紀聯,〈莆仙目連戲摭拾〉, ≪福建目連戲研究文集≫, 1991.

陳紀聯, 〈莆仙戲≪目連≫的特色及淵源初探〉, ≪福建南戲暨目連戲論文集≫,
　　　　1990.

陳　雷,〈道敎, 民俗與師公戲〉, ≪福建南戲暨目連戲論文集≫, 1990.

陳　多,〈"目連戲"和南北朝的"雙人儺"〉, ≪中華戲曲≫ 16輯, 1995.

陳　多,〈鄭之珍所据"陳編"臆說〉, ≪中華戲曲≫ 17輯, 1994.

華綠莘,〈莆仙戲≪目連≫的舞臺藝術魅力〉, ≪福建南戲暨目連戲論文集≫, 1990. 11.

黃勤灼,〈≪目連≫與佛敎中國化初探〉, ≪福建南戲暨目連戲論文集≫, 1990. 11.

黃文虎, 〈高淳目連戲"兩頭紅本"漫議〉, ≪中國四川目連戲國際學術研討會論
　　　　文集≫, 綿陽, 1993. 3.

黃文虎,〈高淳陽腔目連戲初探〉, ≪目連戲研究文集≫, 合肥, 1988. 10.

皇甫重慶,〈觀衆對戲劇的參與－以儺戲爲例〉, ≪戲曲研究≫ 37輯, 1991.

黃竹三, 〈試論"花目連"〉, ≪中國南戲暨目連戲國際學術研討會論文≫, 泉州,
　　　　1991. 3.

侯碩平,〈晩淸時期江南城市目連戲〉, 臺灣≪民俗曲藝≫ 77/78輯, 1992.

揮　之,〈張照和≪勸善金科≫〉, ≪目連戲研究論文集≫, 1993.

Ⅱ. 관련 자료

1. 원전류

唐 宗密 ≪盂蘭盆經疏≫ 1卷

梁 僧祐, ≪弊魔試目連經≫ 1卷

隋 瞿曇法智 譯, ≪業報差別經≫ 1卷

唐 慧淨 ≪盂蘭盆經講述≫ 1卷

唐 釋 聖月 ≪彌勒會見記≫

宋 元照 ≪盂蘭盆經疏新記≫ 2卷

宋 日新 ≪盂蘭盆經疏鈔餘義≫ 1卷

南　宋 ≪佛說目連救母經≫, 日本京都寺 所藏 說經本

明 智旭 ≪盂蘭盆經新疏≫ 1卷

淸 靈耀 ≪盂蘭盆經折中疏≫ 1卷

淸 元奇 ≪盂蘭盆經略疏≫ 1권

≪父母恩難報經≫

≪孝子報恩經≫

≪佛說報恩奉盆經≫

≪淨土盂蘭盆經≫

≪地藏菩薩本願經≫ 2卷, 唐 寶叉難陀 譯

≪佛說三世因果經≫

2. 단행본

James Waston & Evelyn S. Rawski, *Death Ritual in Late Imperial and Modern China*, Berkeley: University of California Press, 1988.

John Lagerwey, *Taoist Ritual in Chinese Society and History*, Macmillan Publishing Company, 1987.

Johnson Nathan Rawski, *Popular Culture in Late Imperial China*, 1985.

Keir Elam, *The Semiotics of Theatre And Drama*, Routledge, 1980.

Kenneth Dean, *Taoist Ritual and Popular Cults of Southeast China*, Princeton, 1993.

350

Piet van der Loon, ≪明刊閩南戲曲弦管選本三種≫, 北京: 中國戲劇出版社, 1995. 10.

Stephan. F. Teiser, *The Ghost Festival in Medival China*, Princeton, 1988.

V. Tuner, *The Ritual Process: Structure and Anti-structure*, Itaca: Cornell University Press, 1969.

Victor H. Mair, *Tang Transformation Text(變文)*, Council on East Asian Studies, Havard University, 1989.

Victor W. Turner, *From Ritual to Theatre: The Human seriousness of Play*, 1982.

Waley, A., *Ballades and Stories from Tun-Huang*, George Allen & Unwin ltd., 1960.

Weber, Max, 趙璣濬 譯, ≪社會經濟史(Wirtschaftsgeschichte: Abrics der universalen Sozial-und Wirtschaftsgeschichte Aufl)≫, 서울: 三省出版社, 1983.

康學偉, ≪先秦孝道硏究≫, 文津出版社, 1992.

金光照光, 〈敦煌の變文〉, 大藏出版株式會社, 昭和 46年.

曲六乙 等編, ≪巫禮, 儺俗與民間戲劇≫, 北京: 中國戲劇出版社, 1999.

譚　帆, ≪優伶史≫, 上海文藝出版社, 1995.

唐善純, ≪中國的神秘文化≫, 河海大學出版社, 1992.

傅衣凌, ≪明淸時代商人及商業資本≫, 北京: 人民出版社, 1956.

徐朔方 箋校≪湯顯祖集≫, 卷 34, 1962.

葉明生 著, ≪中國儺戲.儺文化專輯≫ 上.下 民俗曲藝 69/70輯.

王安祈 著, ≪明代傳奇之劇場及其藝術≫, 臺北: 臺灣學生書局, 1986.

王安祈 著, ≪傳統戲曲的現代表現≫, 臺北: 里仁書局, 1996.

王秋桂, 葉明生主編, ≪福建民間儀式與戲劇專輯≫, ≪民俗曲藝≫ 第122/123 期, 臺北, 2000.

吳　超, ≪中國民歌≫, 浙江敎育出版社, 1989. 林　崗, ≪明淸之除小說平點學之硏究≫, 北京大學出版社, 1999.

林慶熙　等編, ≪福建戲史錄≫, 福州:福建人民出版社, 1988. 錢南揚, ≪戲文槪論≫, 上海古籍出版社, 1981.

田中正俊, 배손근 역, ≪中國近代經濟史硏究序說≫, 서울: 인간사, 1983.

趙景深　胡忌　選注 ≪明淸傳奇選≫, 中國靑年出版社, 1981.

趙景深, ≪曲論初探≫, 1980.

陳芳　著, ≪晚淸古典戲劇的歷史意義≫, 臺北: 臺灣學生書局, 1988.

澤田瑞穗, ≪中國の民間信仰≫, 新榮堂十社陵印刷, 1982.

許滌新　吳承明　主編, ≪中國資本主義發達史≫, 北京: 人民出版社, 1985.

3. 논문류

James C. H. Hsu, "Unwanted Children and Parents", *Sages and Filial Sons*, Hong Kong: The Chinese University Press, 1991, Edited by Julia Ching & R. W. L. Guisso.

郭漢城, 〈重看紹興目連戲〉, ≪光明日報≫, 1961. 10. 31/≪戲曲劇目論集≫, 上海: 上海文藝出版社, 1981. pp.314-317.

金耀基, 〈儒家倫理與經濟發展－韋伯學說的重探〉, ≪金耀基社會文選≫, 臺北: 幼獅文化事業公司, 1985.

大木康, 〈明末江南における出版文化の硏究〉, ≪廣島大學文學部紀要≫ 第50卷 特輯號, 1991.

船山徹, 〈目連間戒律中五百輕重事の原形と變遷〉, 京都大學文學部紀要.

劉錫林, 〈妙在不語中〉, ≪戲劇電影報≫, 中國戲劇家協會, 北京分會　合編, 1988. 4. 10. 第3版.

蔣星煜, 〈魯迅與亂彈, 調腔, 目連戲〉, ≪中國戲曲史鈎沈≫附錄, 中州書畵社, 1982. 井上進, 〈藏書と讀書〉, ≪東方學報≫ 62號, 1990. pp.415-429.

中野美代子,〈十八羅漢, 梁武帝, 目連戲と初期西遊記－泉州開元寺東西塔浮彫考〉,《日中比較文化》 第1號, 1991.

陳　山,〈目連救母的演出〉,《人民日報》, 1956. 11. 22/23 第8版.

胡　適,〈讀大目建連冥間救母〉,《胡適古典文學研究論集》, 上海古籍出版社, 1988.

黃錫鈞,〈龍騰虎躍話'打城'〉,《南戲遺響》, 中國戲劇出版社, 1991, pp.216-228.

David Johnson,〈《目連寶傳/幽冥寶傳》－關于《目連救母》主題的一種寶卷〉,《中國南戲暨目連戲國際學術研討會發表論文集》, 泉州, 1991. 3.

P. Steven Sangren, "Gods and his Family: No-cha, Miao-Shan, and Mu-lien",《民間信仰與中國文化國際研討會論文集》, 1993.

Piet van der Loon,〈關于漳泉目連戲〉,《民俗曲藝》 77/78輯. 1992.

柯　琳,〈湖南省鳳凰縣苗民"還儺愿"儀式調查報告〉,《中華戲曲》 17輯, 1994.

柯如寬,〈莆仙戲《目連救母》上集注後記〉,《福建南戲暨目連戲論文集》. 1990. 11.

柯如寬,〈仙游目連戲瑣談〉,《福建目連戲研究文集》, 1991.

柯子銘,〈目連戲演變初探〉,《福建南戲暨目連戲論文集》, 1990. 11.

柯子銘,〈關于莆仙戲《目連》〉,《南戲學術討論會論文集》,1988.

柯子銘,〈目連戲演變再探〉,《中國四川目連戲國際學術研討會論文集》, 綿陽, 1993. 3.

柯子銘,〈莆仙《目連》與其他《目連》之比較〉,《福建戲劇》. 1990.

柯子銘,〈泉州傀儡目連的獨特性與考源淺析〉,《福建目連戲研究文集》, 1991.

敬永林 整理,〈射洪縣"目連故里"的傳說與目連戲〉,《四川戲劇》, 1993.

曲六乙,〈目連戲的演變與儺文化的浸透〉,《文藝研究》, 1992. 1.

曲六乙,〈一次令人難忘的國際盛會: 中國南戲暨目連戲國際學術研討會掠影〉,《福建藝術》. 1991.

關德東,〈降魔變押座文與目連緣起〉,《文藝復興》「中國文學研究專號」, 1948.

喬淑萍, 〈目連戲研究論文索引(1991-1992)〉, ≪中華戲曲≫ 16輯. 1995.

歐陽友徽, 〈關于≪目連≫中的臺下戲〉, ≪戲劇≫, 1990. 3.

歐陽友徽, 〈大打飛叉－祁劇≪目連傳≫的表連特色〉, ≪戲曲研究≫ 37輯, 1991.

歐陽友徽, 〈目連戲的變態心理外化〉, ≪戲劇≫, 1992. 2.

歐陽友徽, 〈目連戲的啞劇藝術〉, ≪戲劇藝術≫, 1990. 2.

歐陽友徽, 〈目連戲的兩種戲路〉, ≪劇海≫, 1990. 6.

歐陽友徽, 〈目連戲中的反宗敎儀式〉, ≪劇海≫, 1993. 1.

歐陽友徽, 〈白猿, 哈奴曼, 孫悟空〉, ≪目連戲研究論文集≫, 1993.

歐陽友徽, 〈宋元遺珠－讀鐃鼓雜戲≪白猿開路≫札記〉, ≪中華戲曲≫ 15輯,
　　　　1993. 歐陽友徽, 〈因果報應和目連戲的結構模式〉, ≪劇海≫, 1992. 1.

歐陽友徽, 〈地藏王和女目連芻議〉, ≪四川戲劇≫, 1993. 1.

宮次男, 〈目連救母說話との繪畵－目連救母經會の出現に取きて〉, ≪美術研
　　　　究≫ 第245號, 1968. pp.255: 1-12, 3版.

宮　平, 〈≪目連救母≫劇本簡析〉, ≪四川戲劇≫, 1991. 5.

金岡照光, 〈ぱり藏本目連變文三種附注〉, ≪大倉山學院紀要≫ 第3輯 pp.169-
　　　　193, 1959.

金岡照光, 〈目連變文〉, 「中國の名著」, 東京: Keiso shobo, 1961.

金岡照光, 〈中國民間いおける目連說話の性格〉, ≪佛敎史學≫ 7卷 第4號,
　　　　1959. 2.

Kenneth Dean, 陳紫譯, 〈福建戲劇和喪葬風俗中的雷有聲和目連(摘譯)〉,
　　　　≪福建目連戲研究文集≫, 1991.

紀根垠, 〈山東流傳的目連戲文〉, ≪中國南戲暨目連戲國際學術研討會論文≫,
　　　　泉州, 1991. 3.

吉川良和, 〈關于在日本發現的元刊≪佛說目連救母經≫〉, ≪戲曲研究≫ 37輯,
　　　　1991.

吉川良和, 〈日本盂蘭盆會巫歌中現存的目連故事〉, ≪中華戲曲≫ 17輯, 1994.

金　式,〈惡人趨于市, 諸藝匯于劇, 宗敎附于政〉,《目連戲研究論文集》, 1993.

金學主,〈目連救母故事在朝鮮〉,《中國南戲暨目連戲國際學術硏討會論文》, 泉州, 1991. 3.

金漢川,〈目連戲－一个歷史文化現象〉,《戲曲研究》 37輯, 1991.

羅金梁,〈祁劇目連戲的音樂〉,《目連戲學術座談會論文選》, 1985.

路應昆,〈目連戲音樂演進概說〉,《中國四川目連戲國際學術硏討會論文》, 綿陽, 1993. 3.

盧天生,〈試論南戲與大腔戲〉,《福建南戲暨目連戲論文集》. 1990. 11.

雷維新,〈淺議《勸善記》之誕生兼其它〉,《目連戲研究文集》, 合肥, 1988.

賴慧玲,〈明傳奇宗敎角色的戲劇功能〉, 臺灣:「儀式, 戲曲與民俗學術硏討會」, 2000. 6. 5.

凌翼云,〈《梁傳》初探〉,《目連戲研究論文集》, 1993.

凌翼云,〈祁劇高腔目連戲里的狗兒〉,《劇海》, 1991. 6.

凌翼云,〈目連戲－佛敎文化與中國文化的融合〉,《戲曲研究》 37輯, 1991.

段　明,〈《地藏菩薩本願經》系目連之近源〉,《渝州藝譚》, 1993. 2.

段　明,〈《地藏菩薩本願經》演化爲目連戲的契合点〉,《四川戲劇》, 1993.

唐碧光,〈祁劇高腔《目連》創腔經驗的深遠影響〉,《目連戲學術座談會論文選》, 1985.

唐永嘯,〈目連戲的'懲惡'不是它的終級關懷〉,《川劇目連戲綿陽資料集》, 1993. 6.

唐永嘯,〈 川劇目連戲藝術創造動因二議〉,《四川戲劇》, 1993. 3.

戴　云,〈簡論張照及《勸善金科》〉,《戲曲藝術》, 1995. 3.

戴　云,〈談湘劇《大目健連》〉,《中華戲曲》 17輯. 1994.

戴　云,〈目連戲劇本簡目〉,《民族藝術》, 1996.

戴　云,〈一部珍貴的目連戲演出本－談影卷《忠孝節義》〉,《戲曲研究》 52輯.

杜建華,〈兼容百藝獨創一格－試談川劇目連戲的藝術特色〉,《戲曲藝術》, 1990. 3.

杜建華,〈目連戲舞臺美術初探－以川劇目連戲爲例〉,《舞臺美術》, 1992.

杜建華, 〈試論川劇目連戲的思想蘊涵及其文化價値〉, ≪四川戲劇≫, 1990. 4.

杜建華, 〈以神娛人 – 目連戲在民間祭祀戲劇中的演變〉, ≪中國四川目連戲國際學術研討會論文集≫, 綿陽, 1993. 3.

杜建華, 〈一種獨特而珍貴的川劇目連戲演出本〉, ≪四川戲劇≫, 1991. 4.

杜建華, 〈川劇目連戲演出的規制和習俗〉, ≪文藝研究≫, 1993. 4.

杜建華, 〈川北慶壇儀式與目連戲〉, ≪四川戲劇≫, 1993. 2.

杜建華, 〈川北閩南目連文化比較研究中的一个難解之謎 –‘目連故里’的傳說, 莆仙戲≪傳天斗≫與 ≪目連救母幽冥寶傳≫〉, ≪藝苑求索≫, 1992. 2.

杜建華, 〈波詭云譎, 蔚爲大觀 – 從一次盛大的川劇目連戲演出活動談起〉, ≪戲曲研究≫ 37輯, 1991.

杜建華, 〈巴蜀傳統文化與四川目連戲的演變〉, ≪四川戲劇≫, 1992. 4.

麻國鈞, 〈淺論目連戲‘封禁’的文化內涵〉, ≪中華戲曲≫ 17輯, 1994.

毛禮鎂, 〈江西南戲≪目連≫考〉, ≪目連戲研究文集≫, 1988. 10. 合肥.

毛禮鎂, 〈江西道士演出目連戲〉, ≪劇海≫, 1991. 6.

毛禮鎂, 〈江西宗教戲曲≪目連救母≫研究〉, 臺灣: 「儀式, 戲曲與民俗學術研討會」發表論文, 2000. 6. 5.

毛禮鎂, 〈高腔≪目連戲≫中的梁武帝〉, ≪民族藝術≫, 1991. 1.

毛禮鎂, 〈高淳陽腔目連戲辨〉, ≪藝術百家≫, 1991. 2.

毛禮鎂, 〈莆仙戲≪目連傳≫考〉, ≪福建目連戲研究文集≫, 1991.

毛禮鎂, 〈弋陽腔的目連戲〉, ≪目連戲學術座談會論文選≫. 1985/≪民俗曲藝≫ 77/78輯, 1992.

茆耕茹, 〈論≪勸善記≫與南本≪目連戲≫的主旨〉, 臺灣 ≪民俗曲藝≫ 77/78輯, 1992.

茆耕茹, 〈目連作品, 論文編目槪略(增訂稿)〉, ≪目連戲研究文集≫, 合肥, 1988.

茆耕茹, 〈目連戲臺本(版本)與出目〉, ≪目連戲研究文集≫, 合肥, 1988.

茆耕茹,〈湖西"目連戲"的形成與分布〉,《目連戲論文集》,《民俗曲藝》 93
　　期, 1995.

繆咏禾,《明代出版史稿》, 江蘇人民出版社, 2000.

文憶萱,〈"前目連"引起的思考〉,《劇海》, 1993. 1.

文憶萱,〈《勸善記》與湖南目連戲〉,《目連戲研究論文集》,湖南省 藝術研究
　　所 編, 1993.

文憶萱,〈對目連戲的再認識〉,《目連戲學術座談會論文選》, 湖南, 1985.

文憶萱,〈鄭之珍的《勸善記》探微〉,《戲曲研究》 37輯, 1991.

方曉慧, 向傳統戲曲藝術中學導演－重排目連戲的認識, 目連戲研究論文集, 1993.

謝麟生,《目連三世的傳說》, 1937. 2. 徽州日報 附刊.

謝湧濤,〈紹劇《女弔》的扮相, 表演及其他〉,《藝術百家》, 1996. 1.

常丹琦,〈宋代說話藝術與《佛說目連救母經》探討〉,《戲曲研究》41輯.

徐宏圖,〈浙江目連戲概述〉,《目連戲研究文集》, 1988. 10. 合肥.

徐宏圖,〈中國目連戲非傳自印度辨〉,《中華戲曲》 17輯. 1994.

徐斯年,〈漫談紹興目連戲〉,《目連戲學術座談會論文選》, 湖南省戲曲研究所
　　編, 1985.

石生朝,〈古老南曲之謳〉,《目連戲學術座談會論文選》, 1985.

石生朝,〈目連戲高腔曲牌的曲詞體裁〉,《目連戲研究論文集》, 1993.

石　俊,〈劉青提的'惡'是在屈從抑壓中所引起的對抗性的情緒狀態〉,《川劇目
　　連戲綿陽資料集》, 1993.

薛若隣,〈涵蓋多元思想, 包容多種藝術－論目連戲兼及海內外的研討情況〉,臺
　　灣《民俗曲藝》 77/78輯, 1992.

薛若隣,〈目連戲〉,王秋桂 主編, 國立清華大學人文社會學院思想文化史研究室
　　發行, 1995.

蘇國榮,〈從川劇目連戲看北雜劇的演出形式〉,《中國四川目連戲國際學術研
　　討會論文集》, 綿陽, 1993. 3.

蕭 賽 等, 〈論≪地藏經≫到≪目連戲≫的中國化〉, ≪四川戲劇≫, 1990. 2.

蕭 賽, 〈鬼文化的活化石 -‘目連戲’, 龍門陣〉, 1991. 3.

蕭 賽, 〈論≪目連戲≫新演法〉, ≪中國四川目連戲國際學術硏討會論文集≫, 綿陽, 1993. 3.

蕭 賽, 〈新編目連戲的藝術猜想〉, ≪川劇目連戲綿陽資料集≫, 1993. 6.

蕭賽谷雨, 〈談目連戲〉(提要), 『俗文學70年』 pp.268-273.

蕭賽谷雨, 〈目連戲的俗文化特徵和硏究價値〉, ≪四川戲劇≫, 1993.

宋 輝, 〈背叛之風: 人性的啓悟 - 川西北本≪目連救母≫ 第五本的人性內涵〉, ≪四川戲劇≫, 1992.

施文楠, 〈≪目連戲≫一文里紹介〉, ≪江淮戲曲譜≫, 安徽文化出版社, 1985.

施文楠, 〈關于目連戲聲腔的議論〉, ≪目連戲硏究文集≫, 合肥, 1988. 10.

施文楠, 〈國內外目連戲硏究簡況及其‘音樂聲腔變遷’硏究的趨勢〉, ≪戲曲硏究月刊≫, 1993. 10.

施文楠, 〈漫談南陵目連戲 - 兼探目連戲‘陽腔’源流〉, 臺灣 ≪民俗曲藝≫ 77/78輯, 1992.

施文楠, 〈目連戲與“未來戲曲”之初探〉, ≪中國四川目連戲國際學術硏討會論文集≫, 綿陽, 1993. 3.

施文楠, 〈目連戲與宗敎, 風俗考析〉, ≪戲曲硏究≫ 37輯, 1991.

沈繼生, 〈“目連傀儡”中的目連戲〉, ≪目連戲學術座談會論文選≫, 1985.

沈繼生, 〈漳州宋代古劇淵源略考〉, ≪福建南戲暨目連戲論文集≫, 1990. 11.

沈繼生, 〈泉州法事戲與≪目連救母≫〉, ≪福建目連戲硏究文集≫, 1991.

岩本裕, 〈目連救母傳說考〉, ≪國語國文≫, 1966. 9.

岩本裕, 〈緣起の文學〉, 〈東方學〉 30: 92-101, 1965. 7.

岩本裕, 〈地獄めぐりの文學〉, ≪佛敎說話硏究≫, Vol. Ⅳ. 東京. 1979.

楊孟衡, 〈目連三段論 - 兼談古賽目連之歷史地位〉, ≪民俗曲藝≫ 86輯.

梁文凌, 〈祁劇目連地方化后在審美上的拓展〉, ≪目連戲硏究文集≫, 合肥,

1988. 10.

楊美煊,〈從佛敎史角度探索目連戲源流〉,《福建南戲暨目連戲論文集》, 1990. 11.

嚴樹培,〈故園六十二年前－宜賓搬目連盛況〉,《四川戲劇》, 1992. 5.

嚴樹培,〈敍府民國年間的一次搬目連始末〉,《四川戲劇》, 1993.

黎建明,〈目連戲唱腔音樂淺析〉,《目連戲研究論文集》, 1993.

黎建明‧石生潮,〈目連戲音樂談〉,《戲曲研究》 37輯, 1991.

黎建明‧石生朝,〈湘劇《目連》高腔遺晌管窺〉,《目連戲學術座談會論文選》,
    1985.

黎本初,〈目連戲是文藝民族化地方化的奇花〉,《中國四川目連戲國際學術研討會
    論文》, 綿陽, 1993. 3.

黎 蘠,〈敦煌吐魯番學中的目連與目連戲〉,《戲曲研究》 37輯, 1991.

葉明生,〈簡論目連文化〉,《渝州藝譚》, 1993. 4.

葉明生,〈論莆仙戲《目連》與宋元《目連傳》〉,《福建南戲暨目連戲論文集》,
    1990. 11.

葉明生,〈目連戲與儺文化形態關係初探〉,《戲曲研究》 37輯, 1991.

葉明生,〈福建目連戲簡述〉,《福建目連戲研究文集》, 1991.

葉明生,〈儀式與戲曲－民俗學的考察〉, 臺灣「儀式, 戲曲與民俗學術研討會」,
    2000. 6. 5.

葉漢鰲,〈日本民俗藝能中的地獄劇與中國的目連戲〉,《民族藝術》, 1994. 1.

倪國華,〈鄭之珍籍貫及生卒年代考〉, 臺灣《民俗曲藝》 77/78輯, 1992.

吳建之,〈明刻本新編目連救母勸善戲文〉,《目連戲論文集》,《民俗曲藝》
    93期, 1995.

吳建之,〈鄭之珍《勸善記》成因初探〉,《徽州社會科學》, 1995. 3/4 合期.

吳乾浩,〈喜看新編目連劇－新編《目連救母》讀後〉,《劇本》, 1991. 3.

吳 戈,〈略論儺戲與目連戲〉,《民族藝術》, 1994. 1.

吳秀玲,〈論晉東南古賽演戲的儀式性因素〉, 臺灣「儀式, 戲曲與民俗學術研討

會」, 2000. 6. 5.

吳毓華, 〈目連戲的文化價値〉, ≪渝州藝譚≫, 1993. 4.

吳毓華, 〈清代地方戲的美學生機〉, ≪中華戲曲≫ 17輯, 1994.

吳宗澤, 〈中國古典戲曲'宮調'理論之見證 – 辰河高腔目連戲音樂研究〉, ≪目連戲論文集≫, 1989.

吳宗澤, 〈辰河戲≪目連傳≫高腔宮調〉, ≪目連戲研究論文集≫, 1993.

溫余波, 〈四川目連戲面面觀〉, ≪目連戲研究文集≫, 合肥, 1988. 10.

溫余波, 〈川劇"資陽河"搬目連實況憶述〉, ≪四川戲劇≫, 1993.

汪同元, 〈安慶地區高腔中的目連戲〉, ≪目連戲論文集≫, ≪民俗曲藝≫ 93期, 1995.

王　林, 〈目連救母 – 英雄史詩在華夏的再造與再傳〉, ≪目連戲研究論文集≫, 1993.

王安祈, 〈川劇王魁戲與目連戲的關係〉, 臺灣≪民俗曲藝≫ 77/78輯, 1992.

王　躍, 〈"川目連"研究的新資料 – ≪目連戲場口≫校註〉, ≪渝州藝譚≫, 1993.

王　躍, 〈江西陽戲還陰戲中的目連戲≪梅花≫四壇〉, ≪四川戲劇≫, 1993.

王　躍, 〈祁劇目連傳的鑒定演出〉, ≪四川戲劇≫, 1991. 2.

王　躍, 〈記川劇≪目連傳≫的鑒定演出〉, ≪四川戲劇≫, 1991. 2.

王　躍, 〈目連戲源頭淺見〉, ≪渝州藝譚≫, 1993. 4.

王　躍, 〈源遠流長, 兼收幷蓄 – 淺析"川目連"劇目及戲路的成因〉, ≪渝州藝譚≫, 1993. 3.

王　躍, 〈陰戲中的目連 – 劉洁銀 '陰戲' 抄本及演出特色〉, ≪渝州藝譚≫, 1993. 2.

王　躍, 〈川劇"花目連"辨析〉, ≪四川戲劇≫, 1990. 3.

王　躍, 〈川劇目連戲演出習俗述略〉, ≪重慶文化通信≫, 1990. 2.

王　躍, 〈川劇花目連的搬演形式和演出特色〉, ≪四川戲劇≫, 1993.

王恩方, 〈目連救母(第5本)〉, ≪四川戲劇≫, 1991.

王定歐, 〈≪劉氏四娘≫與傳統劇目的改編〉, ≪成都藝術≫, 1995. 4.

王定歐, 〈目連文化與地方民俗的融合演進－一種耐人尋味的獨特的文化現象〉, ≪四川戲曲≫, 1993.

王定歐, 〈四川目連傳說與目連戲〉, ≪藝術百家≫, 1995. 3.

王定歐, 〈試論四川目連戲的開發價值〉, ≪民族藝術≫, 1995. 2.

王定歐, 〈試論四川目連戲的形態特徵〉, ≪渝州藝譚≫, 1996. 1.

王定歐, 〈試析四川目連戲的演進法則〉, ≪戲曲研究≫ 52輯.

王定歐, 〈試析四川目連戲的地域特色〉, ≪中國四川目連戲國際學術研討會論文集≫, 綿陽, 1993. 3.

王定歐, 〈試析四川目連戲的平民意識(上/下)〉, ≪戲曲藝術≫, 1995. 1/2.

王廷信・黃竹三, 〈試論"目連文化"〉, ≪民族藝術≫, 1993. 4.

王天麟, 〈桃園縣楊梅鎮顯瑞壇拔度齋儀中的目連戲〉, ≪民俗曲藝≫ 86輯.

王效倚, 〈我國封建社會的歷史畫卷－淺談目連戲〉, ≪目連戲研究文集≫, 合肥, 1988. 10.

姚光普, 〈淺談目連戲與儺〉, ≪川劇目連戲綿陽資料集≫, 1993. 6.

寥 奔, 〈目連始末〉, ≪目連戲論文集≫, ≪民俗曲藝≫ 93期, 1995.

寥 奔, 〈目連戲文系統及雙下山故事源流考〉, ≪目連戲論文集≫, ≪民俗曲藝≫ 93期, 1995.

寥 奔, 〈瓦肆句欄考〉, ≪中華戲曲≫ 17輯, 1994.

姚遠牧, 〈南陵目連戲宗述〉, ≪目連戲研究文集≫, 合肥, 1988. 10.

寥全京, 〈目連戲在歷史時空中的流變〉, 中國四川目連戲國際學術研討會論文, 綿陽, 1993. 3.

容世誠・張學權, 〈南洋興化的目連戲與超度儀式〉, ≪民俗曲藝≫ 92輯.

牛國玲, 〈目連戲對中國古典悲劇的貢獻〉, ≪中國南戲暨目連戲國際學術研討會論文≫, 泉州, 1991. 3.

于 一, 〈'目連故里'考〉, ≪目連戲研究文集≫, 1988. 10. 合肥/臺灣≪民俗曲藝≫ 77/78輯, 1992.

于　一,〈民俗, 目連戲生存的社會基礎〉,《四川戲劇》, 1993.

于　一,〈川目連識〉,《中華戲曲》 17輯, 1994.

魏慕文,〈徽州目連戲音樂初探〉,《目連戲研究文集》, 合肥, 1988.

劉念玆,〈目連戲旨引義〉,《四川戲劇》, 1992. 1.

流　沙·毛禮鎂,〈高淳陽腔目連戲辨〉, 臺灣《民俗曲藝》 77/78輯, 1992.

劉　祥,〈目連戲人物的離經叛道〉,《目連戲研究論文集》, 1993.

劉湘如,〈論南戲與里巷歌謠〉,《福建南戲暨目連戲論文集》, 1990. 11.

劉錫林,〈論目連戲的宗敎劇特色論〉,《目連戲研究文集》, 合肥, 1988. 10.

劉錫林,〈漫談目連戲〉,《目連戲研究論文集》, 1993.

劉遠·章文松,〈龍岩獅爺戲的《目連》表演〉,《福建目連戲研究文集》, 1991.

劉陰柏,〈目連戲初微〉,《中國南戲暨目連戲國際學術硏討會論文集》, 泉州,
　　　　1991. 3.

劉　禎,〈目連尋母與彈詞〉,《目連戲論文集》,《民俗曲藝》 93期, 1995.

劉　禎,〈目連與小說《西遊記》之孫悟空〉,《明淸小說研究》, 1996. 1.

劉　禎,〈目連與地藏原流關係及文化內涵〉,《傳統文化與現代化》, 1994. 5.

劉　禎,〈目連形象的象徵意義〉,《戲劇藝術》, 1994. 4.

劉　禎,〈目連戲: 文人與民間〉,《明淸戲曲國際硏討會論文集》, 臺北: 中央
　　　　研究院, 1998.

劉　禎,〈目連戲與中國民間戲劇特徵論〉,《戲劇》, 1996. 3.

劉　禎,〈目連戲藝術形態(上/中/下)〉,《戲曲藝術》, 1995.

劉　禎,〈目連戲與歐洲中世紀宗敎劇〉,《民族藝術》, 1993. 1.

劉　禎,〈宋元目連戲探略〉,《中國南戲暨目連戲國際學術硏討會論文》, 泉州,
　　　　1991. 3.

劉　禎,〈宋元時期非喜劇形態目連救母故事與寶卷的形成〉,《民間文學論壇》,
　　　　1994. 1.

劉　禎,〈中韓目連救母故事比較研究〉, 韓國國際學大會發表論文, 2000.

劉　禎,〈清代目連戲概述〉,《中華戲曲》 14輯, 1992.

劉仲華,〈目連戲中蘊藏著民主性精華〉, 《中國四川目連戲國際學術研討會論文集》, 綿陽, 1993. 3.

劉春江,〈江西青陽腔目連戲的宗教儀式〉,《戲曲研究》 37輯, 1991.

劉春江,〈目連戲與贛北民間宗教〉, 《中國四川目連戲國際學術研討會論文集》, 綿陽, 1993. 3.

劉回春,〈祁劇目連戲流變考〉,《目連戲研究文集》, 1988. 合肥/臺灣《民俗曲藝》 77/78輯, 1992.

劉回春,〈祁劇目連戲的興起年代與藝術形態考〉,《目連戲研究論文集》, 1993.

劉回春,〈祁劇目連戲縱橫談〉,《目連戲學術座談會論文選》, 1985.

劉興明,〈話說"川目連"演出習俗的觀賞性〉,《中國四川目連戲國際學術研討會論文》, 綿陽, 1993. 3.

陸小秋,〈目連戲四題〉,《文藝研究》, 1990. 5.

陸小秋,〈目連戲三題〉,《目連戲研究文集》, 合肥, 1988.

尹伯康,〈目連戲演出特点再探〉,《戲曲研究》 37輯, 1991.

尹伯康,〈豊富多彩的表現手段－三探目連戲演出特點〉, 《目連戲研究論文集》, 1993.

鷹巢純,〈目連救母說話圖像和六道十王圖〉,《佛敎藝術》, 203期.

李　强,〈目連變文寶卷與目連戲儺戲演繹論〉,《中國四川目連戲國際學術研討會論文》, 綿陽, 1993. 3.

頤建國,〈簡論目連戲在廣西的演變〉,《中國南戲暨目連戲國際學術研討會論文》, 泉州, 1991. 3.

李國庭,〈《目連救母勸善記》縱橫談〉,《福建南戲暨目連戲論文集》, 1990. 11.

李國庭, 〈簡論《目連救母勸善記》的倫理觀〉, 《中國四川目連戲國際學術研討會論文》, 綿陽, 1993. 3.

李國庭,〈福建南戲暨目連戲國際學術研討會綜述〉,《福建社會情報》, 1991.

李德書,〈綿陽與目連戲〉,《四川戲劇》, 1993. 1.

李德書,〈四川戲曲之鄕的搬目連〉,《四川戲劇》, 1993.

李　玟,〈目連戲的兩種面貌－《目連救母勸善戲文》與《勸善金科》之比較硏究〉,《戲劇》, 1991. 3　李懷蓀,〈耐人尋味的喜劇穿插－辰河高腔目連戲探索之二〉,《目連戲論文集》, 懷化, 1989. 10.

李懷蓀,〈鄕情濃鬱的祭祀劇－辰河高腔目連戲探索之三〉, 《目連戲論文集》, 1989. 10.

李懷蓀,〈辰河高腔目連戲探索〉,《戲曲硏究》 37輯, 1991.

李懷蓀,〈辰河目連戲神事活動闡述〉, 臺灣 《民俗曲藝》 77/78輯. 1992.

李懷蓀,〈辰河目連戲與辰河人〉,《中國四川目連戲國際學術硏討會論文集》, 綿陽, 1993. 3.

李懷蓀,〈辰河目連戲的歷史文化內函初論〉,《目連戲硏究論文集》, 1993.

李懷蓀,〈辰河戲《目連》初探〉,《目連戲學術座談會論文選》, 1985.

李懷蓀,〈初論辰河目連戲的歷史文化內涵〉,《目連戲硏究論文集》, 1993.

林慶熙,〈南戲《目連傳》－莆仙戲 《目連》〉,《福建南戲及目連戲論文集》, 1990.

林慶熙,〈漫談福建莆仙戲《目連》〉,《福建目連戲硏究文集》, 1991.

林慶熙,〈福建莆仙戲《目連》〉,《戲曲硏究》 37輯, 1991.

任光偉,〈漫議目連戲淵源及其在中國文化史中的地位〉,《戲曲藝術》, 1992. 2.

任光偉,〈目連戲三題〉, 臺灣《民俗曲藝》 77/78輯, 1992.

任光偉,〈北宋目連戲辨析〉,《目連戲硏究文集》, 合肥, 1988/《戲劇》, 1990. 3.

任光偉,〈從北宋目連戲的產生看中國大型戲曲的形成〉,《中華戲曲》 17輯, 1994.

林　一,〈祁劇《目連戲》發掘演出追記〉,《目連戲硏究論文集》, 1993.

子　榮,〈目連戲硏究論文索引(1990-1996. 8)〉,《民族藝術》, 1996.

勻均寧,〈從皖南目連戲聲腔說起〉,《目連戲論文集》,《民俗曲藝》 93期, 1995.

田仲一成,〈新加坡莆仙同鄕會逢甲普度目連戲初探〉,《中華戲曲》 8輯, 1988/

≪目連戲研究文集≫, 合肥, 1988. 10.

田仲一成, 〈新加坡莆仙同鄉會興安天后宮公建普渡‘木身’目連戲淺析〉, ≪福建目連戲研究文集≫, 1991.

田仲一成, 〈超度－目連戲以及祭祀戲劇的誕生〉, ≪中華戲曲≫ 12輯, 1992.

鄭建新, 〈淺談目連戲在徽州民俗的影響〉, ≪目連戲研究文集≫, 合肥, 1988. 10.

鄭同德, 〈目連本傳〉, ≪中國四川目連戲國際學術研討會 論文集≫, 綿陽, 1993. 3.

鄭同德, 〈目連戲在河南〉, ≪中華戲曲≫ 17輯, 1994.

鄭同德, 〈河南目連戲初探〉, ≪河南戲劇≫, 1990. 6.

鄭亞曾, 〈三臺顯“馬壕戲”與搬目連〉, ≪四川戲劇≫, 1993.

鄭傳寅, 〈川劇研究的新開拓－簡評≪巴蜀目連戲國文化概論≫〉, ≪中華戲曲≫ 17輯, 1994.

鄭存孝, 〈鄭之珍目連戲在清溪〉, ≪目連戲研究文集≫, 合肥, 1988. 10.

齊致翔・楊曉雄, 〈目連救母(新編目連戲)〉, ≪劇本≫, 1991.

趙景深, 〈目連故事的演變〉, ≪銀字集≫, ≪中國小說論集≫, 上海, 1946.

趙日和, 〈從莆仙戲≪目連救母≫看北宋雜劇的南來〉, ≪福建南戲暨目連戲論文集≫, 1990. 11.

朱建明, 〈≪目連救母≫戲文衍變軌迹質疑〉, ≪渝州藝譚≫, 1994. 2.

朱建明, 〈古老神話的主題－‘雙重母親說’在≪目連救母≫故事中的體現〉, ≪中國南戲暨目連戲國際學術研討會論文≫, 泉州, 1991. 3.

朱建明, 〈目連救母故事中的地獄描寫〉, ≪渝州藝譚≫, 1993. 2.

朱建明, 〈目連戲在上海〉, ≪目連戲研究文集≫, 合肥, 1988. 10.

朱建明, 〈目連戲在日本〉, ≪上海戲劇≫, 1990. 1.

朱建明, 〈目連戲中的禁慾主義〉, ≪四川戲劇≫, 1991. 2.

朱建明, 〈元刊≪佛說目連救母經≫〉, 臺灣≪民俗曲藝≫ 77/78輯, 1992.

朱建明・何美華, 〈日本發現我國元刊佛說目連救母經〉, ≪上海藝術家≫, 1990. 6.

周均美, 〈從≪目連救母≫看中外文化交流〉, ≪中國社會科學院研究生院學報≫,

1995. 4.

周企旭, 〈目連戲藝術生命的奧秘〉, ≪中國四川目連戲國際學術研討會論文集≫, 綿陽, 1993. 3.

朱穎輝, 〈改戲, 改人, 改制〉, ≪戲曲硏究≫ 37輯, 1991.

周子瑜, 〈川戲目連傳中的文藝觀點述評〉, ≪中國四川目連戲國際學術研討會論文集≫, 1993.

周作人, 〈談目連戲〉, ≪周作人早期散文選≫, 上海文藝出版社, 1984. 4.

朱恒夫, 〈江蘇省南部的目連救母傳說〉, ≪中國四川目連戲國際學術研討會論文集≫, 綿陽, 1993. 3.

朱恒夫, 〈明淸目連戲臺本流變考〉, ≪文獻≫, 1992. 2.

朱恒夫, 〈明淸目連戲散論〉, ≪中華戲曲≫ 6輯, 1986. 10. 陳多, 〈中國戲曲吸收佛敎文化的開端〉, ≪中國南戲暨目連戲國際學術研討會論文≫, 泉州, 1991. 3.

陳德忠, 〈渾金璞玉, 別有源流－梓潼陽戲≪目連僧游六殿≫劇本初探〉, ≪四川戲劇≫, 1991. 6.

陳長文, 谷水, 趙蔭湘, 〈目連戲在徽州的誕生與發展〉, ≪目連戲研究文集≫, 1988. 10.

倉石武四郎, 〈目連救母行孝戲文研究〉, ≪支那學≫ 3卷, 1925/≪小說月報≫ 17卷 號外, 1927.

蔡豐明, 〈紹興目連戲與民間鬼神信仰〉, ≪民間文學論壇≫, 1990. 2.

鐵 耕, 〈目連戲三辨〉, ≪目連戲論文集≫, 懷化, 1989. 10.

詹曉窗, 〈打成戲與≪目連救母≫〉, ≪福建南戲暨目連戲論文集≫, 1990. 11.

靑木正兒, 〈關于敦煌遺書≪目連緣起≫, ≪大目健連冥間救母及變文降魔變押座文≫〉, ≪中國文學研究譯叢≫, 北辰書局. 1930.

肖士雄, 〈自貢目連戲演出風貌和特色撫微〉, ≪四川戲劇≫, 1993.

叢 鵬, 〈簡明扼要通俗易懂－介紹≪古典戲曲名作縱橫談≫〉, ≪戲曲研究≫ 37輯, 1991.

366

諏訪春雄,〈'懷胎十月歌'在日本, 朝鮮和中國的流傳〉,《民族藝術》, 1996.

諏訪春雄,〈日本的神靈依附思想與目連戲〉,《中國四川目連戲國際學術研討會論文》, 綿陽, 1993. 3.

諏訪春雄,〈日本中國朝鮮的假面劇－試論日本'能'的誕生〉,《戲曲研究》 37輯, 1991.

諏訪春雄,〈宗教禮儀與藝術－日本, 朝鮮, 中國的祭祀構造〉,《目連戲研究文集》, 合肥, 1988.

澤田瑞穗,〈目連戲, 地獄變: 中國の冥界說〉, 法藏館, 1976.

夏靑根,〈目連戲的民間特徵〉,《民間文藝季刊》, 1990. 1.

胡健國,〈目連戲的巫儺幽靈〉,《目連戲研究論文集》, 1993.

胡邦煒,〈宗教祭祀與民俗風情的藝術體裁－論川劇目連戲〉,《四川戲劇》, 1993. 2.

胡天成,〈建立中國目連學的構想〉,《重慶文化通信》, 1990. 4.

胡天成,〈論川劇目連受封地藏王之緣起〉,《四川戲劇》, 1990. 5.

胡天成,〈目連戲和目連研究〉,《重慶文化通信》, 1990. 1.

胡天成,〈佛教倫理道德觀中國化管窺－大足石刻'親恩經變相'與《金本目連》比較研究〉, 臺灣 《民俗曲藝》 77/78輯. 1992.

胡天成,〈四川目連戲劇本的結構和特徵〉,《四川戲劇》, 1991. 1.

胡天成,〈四川目連戲劇本初探〉,《四川戲劇》, 1991. 1.

胡天成,〈重慶喪葬祭祀儀式中的目連救母故事表演〉,《渝州藝譚》, 1993. 2.

胡天成,〈重慶傳統喪葬祭禮儀式中的目連救母故事表演〉,《渝州藝譚》, 1993. 2.

胡天成,〈中國戲曲發生, 發展的軌跡－對重慶有關'中國地方戲與儀式之研究'科研成果的初步探討〉, 臺灣「儀式, 戲曲與民俗學術研討會」, 2000. 6. 5.

胡天成,〈豐都"鬼文化"及其對目連戲的影響〉, 臺灣《民俗曲藝》 77/78輯, 1992.

胡天成,〈酆都鬼城格局和目連戲的鬼城描寫〉,《重慶文化通信》, 1990. 3.

胡天成,〈豐都目連救母傳說和目連戲情況点滴〉,《重慶文化通信》, 1990. 2.

皇甫重慶,〈一種充滿原始生命力的戲劇基因－略論儺戲, 目連戲的參與形態〉,

≪貴州社會科學≫, 1990. 4.

黃笙聞, 〈南流北派結新緣－光緖蘭州刊≪目連救母寶傳≫槪貌〉, ≪中華戲曲≫ 17輯, 1994.

黃笙聞, 〈北方目連戲的藝術形態〉, ≪目連戲硏究文集≫, 1988, 合肥.

黃笙聞, 〈種目連戲到≪西遊記≫的人物演變〉, ≪新疆藝術≫, 1991. 1.

黃錫鈞, 〈泉州傀儡≪目連≫槪述〉, ≪福建南戲曁目連戲論文集≫. 1990. 11.

黃秀英, 〈勸善記原刻雕板的收藏及價値〉, ≪目連戲論文集≫, ≪民俗曲≫ 93 期, 1995.

黃偉瑜, 〈四川目連戲初考〉, 臺灣≪民俗曲藝≫ 77/78輯, 1992.

黃偉瑜, 〈川劇目連戲劇本的源流和演變〉, ≪四川戲劇≫, 1993.

黃偉瑜, 〈川劇目連戲神事活動管窺〉, ≪四川戲劇≫. 1992.

黃偉瑜, 〈川劇目連戲中的神事活動與巴蜀巫道之風〉, ≪四川戲劇≫, 1993.

미 주

1) 여기에서 목련희는 水龍會, 五猖廟會와 같이 민간에서 거행되는 주술적인 행사를 가리키는 會와도 통용되는 개념이다. 목련희 안에는 치유를 목적으로 거행되는 제의와 후대에 공연된 무대극 그리고 각종 지방희 등 목련을 소재로 하는 모든 문화행위가 모두 포함된다. 목련 보권에서는 이에 대해 두 가지로 정리하고 있다. 하나는 목련경으로 다른 하나는 목련희으로 정리하였는데 전자는 불경, 변문, 보권, 보참(寶懺) 등 기록 자료를 통칭하는 개념이고 후자는 의례와 같은 공연을 아우르는 개념이다.

2) 목련희는 지금도 현장에서 공연되지만 공연의 분위기는 과거와는 많이 달라졌다. 과거에는 사람들이 많이 모여서 며칠 밤을 새우면서 시끌벅적하게 공연했다고 하지만 현재는 지역 차원의 전통적인 공연에 다수의 인파가 몰리는 경우가 드물다. 1985년부터 중국 정부차원에서 실시한 전통문화 보존정책으로 제작된 비디오테이프들이 각 성의 문화국에 소장되어 있는데, 이것은 과거에 공연했던 노장의 배우들을 동원하여 재연한 공연을 녹화한 것이다. 배우는 예전과 같지만 관객의 규모나 관람태도는 과거와 같지 않다. 더욱이 호남성의 기극 목련희 등 일부는 편집 작업을 통해 무대 위의 상황만 보여주고 객석의 분위기를 짐작할 수 있는 부분은 모두 제거한 상태이다.

3) 여기에서 목련이야기는 목련이 어머니의 영혼을 구하는 줄거리를 지칭하는 개념이다. 목련이야기나 그것과 별 관련이 없는 이야기에 대해서는 제2장 목련이야기의 변천과 제3장 제3절 장치부분에서 상세하게 논의한다.

4) 여기 소개한 목련희에 대한 정의는 주로 ≪中國戲曲通史≫(張庚, 郭漢城 主篇, 北京: 中國戲劇出版社, 1992)를 참조하였다.

5) 개론서에서 비교적 호의적인 견해를 보인 경우는 콜린 맥커라스 지음 김장환, 하경심, 김성동 역의 ≪중국연극사≫(학고방, 2001) 및 廖奔, 劉彦君 著의 ≪中國戲曲發展史≫ 全4卷(山西敎育出版社, 2000)을 들 수 있다.

6) 戲班에 관한 자세한 자료는 제4장 공연부분을 참조.

7) 레옹 뻬르는 이미 19세기 말에 우란분재의 어원에 대해 연구한 적이 있다. 자세한 사항은 Feer, L., L'enfer indiaen-Bouddhisme(*Journal Asatique* 8, Paris, 1892)을 참조.

8) 목련희에 대한 短評을 소개하면 다음과 같다. 王陽明: 詞華不似≪西廂≫艷, 更比≪西廂≫孝義全(≪新編目連救母勸善戲文≫)./徐珂: 康熙癸亥, 聖祖以海宇蕩平, 宜與臣民共爲宴樂, 特發帑金一千兩, 在後載門架高臺, 命梨園子弟, 演

370

《目連傳奇》, 用活虎活象活馬(《淸稗類鈔》)./張岱: 凡天地神祇, 牛頭馬面,
鬼母喪門, 夜叉羅刹, 鋸磨鼎鑊, 刀山寒冰, 劍樹森羅, 鐵城血澥, 一似吳道子
《地獄變相》, 爲之費紙扎者萬錢, 人心惴惴, 燈下面皆鬼色(《陶庵夢憶》)./
周作人: 中國舊社會里婦女的苦痛, 除了現在都市的女學生諸君外大槪多知道, 那
是相當的深刻的, 它在戲臺上表現出來只是一件紅衫披着頭髮, 叫一聲'阿呀苦呀
天呀', 實在夠驚心動魂(〈活女弔余無常〉, 《知堂集外文·'亦報'隨筆》)./林紓:
僧爲《目連救母》之劇, 合利園演唱, 至天明而止, 名之曰和尙戲(《畏盧瑣記.
泉郡人喪禮》).

9) 문혁 시기 강청에 의해 주도된 희곡계 혁명으로 양판, 즉 모범이 되는 모범
극이 지정되었는데 이것을 양판희라고 한다.

10) 吳曉玲, 〈目連救母故事的演變硏究〉, 《北平晨報》, 1937. 4./趙景深, 〈目連
故事的演變〉, 《銀字集: 中國小說論集》, 上海, 1946.

11) 謝麟生, 〈目連三世的傳說〉, 《徽州日報》 附刊, 1937. 2.

12) 池田澄達, 〈關於盂蘭盆經〉, 《宗敎硏究》 3/4. 1926/倉石武四郎, 〈目連救母
行孝戲文硏究〉, 《小說月報》 卷17 號外, 1927.

13) 靑木正兒, 〈關於敦煌遺書目連緣起, 大目乾連冥間救母變文及降魔變押座文〉,
《中國文學硏究譯叢》, 北新書局. 1930.

14) 金岡照光, 〈ぱり藏本目連變文三種附註〉, 《大倉山學院紀要》 第3輯: 169-
193, 1959./金岡照光, 〈中國民間いおける目連說話の性格〉, 《佛敎史學》 7
卷 第4號, 1959. 2./岩本裕, 〈目連救母傳說考〉, 《國語國文.》 35. 9:1-22.
1966. 9./岩本裕, 《目連傳說と盂蘭盆》, 京都: 法藏館, 1968./澤田瑞穗, 〈目
連戲, 地獄變〉, 《中國の冥界說》, 京都: 法藏館, 1976.

15) 關德東, 〈降魔變押座文與目連緣起〉, 《中國文學硏究專號》, 1948.

16) 그는 기록 자료인 《月印釋譜》와 《八相錄》, 그리고 《目連經》을 참조
하여, 그것을 불교계 서사로 규정하였다. 그러나 중국에 목련희가 있으므
로 한국에도 분명히 그에 상응하는 연행이 있었으리라고 추정한다.

17) 張椿錫의 〈목련 설화 중 나복 고사의 전변과 그 원형〉(중국어문학, 제30집 別
刷, 영남중국어문학회, 1997. 12)을 참조.

18) 田仲一成, 〈廣東鄕村里的目連破獄儀式－八門功德〉, 《中國四川目連戲國際
學術硏討會論文》(綿陽: 1993. 3)/田仲一成, 〈新加坡莆仙同鄕會逢甲普度目
連戲初探〉, 《目連戲硏究文集》(合肥: 1988. 10)/田仲一成, 〈新加坡莆仙同
鄕會興安天后宮公建普渡'木身'目連戲淺析〉, 《福建目連戲硏究文集》(福建:
1991)/常丹琦, 〈宋代說話藝術與《佛說目連救母經》探討〉, 《戲曲硏究》 41
輯/朱恒夫, 〈明淸目連戲散論〉, 《中華戲曲》 2輯, 1986. 10/朱恒夫, 〈江蘇省
南部的目連救母傳說〉, 《中國四川目連戲國際學術硏討會論文》(綿陽: 1993.
3)/朱恒夫, 〈明淸目連戲臺本流變考〉, 《文獻》, 1992. 2/劉禎, 目連與地藏原

流關係及文化內涵, 傳統文化與現代化, 1994/David Johnson, 〈≪目連寶傳/幽冥寶傳≫ - 關于≪目連救母≫主題的一種寶卷〉, ≪中國南戲暨目連戲國際學術研討會論文≫(泉州: 1991. 3)

19) 目連大戲라고도 하며, ≪西遊記≫, ≪三國戱≫, ≪梁武帝傳≫, ≪精忠傳≫과 목련희로 구성되어 있다.

20) 목련과 서유이야기를 관련지어서 생각하는 이유는 소위 불교의 목련과 원숭이의 형상이 비슷한 이미지를 가지고 있고, 양자 모두 여행의 과정에서 겪는 모험을 제재로 하고 있으며, 불력을 빌어 임무를 완성해간다는 점에서 찾을 수 있다. 그래서 원숭이와 목련의 형상을 비교하기도 하고 지장왕과 목련의 형상을 비교하기도 하는데 가령 ≪西遊記≫에서 손오공이 神通尊者로 불리는 사실과 목련의 이름이 神通第一目連尊者인 점에 착안하여 양자의 관계를 연구하고 두 텍스트의 선후관계를 밝히고자 애쓰기도 한다. 관련 논문으로는 張一弗의 〈目連戱文與≪西遊記≫雜劇〉(上海≪大美晩報≫附刊〈上海俗文學〉, 약 1945)/歐陽友徽의 〈白猿, 哈奴曼, 孫悟空〉(≪目連戱研究論文集≫, 1993)/中野美代子의 〈十八羅漢, 梁武帝, 目連戱と初期西遊記 - 泉州開元寺東西塔浮彫考〉(≪日中比較文化≫, 第1號, 1991)/劉禎의 〈目連與小說≪西遊記≫之孫悟空〉(≪明淸小說硏究≫, 1996. 1)을 참조. 目連과 地藏을 연결하여 논의하기 시작하게 된 배경에는 目連經이 ≪地藏菩薩本願經≫의 내용으로 흡수된 것이라는 인상과 함께 目連의 이미지와 혼동될 정도로 흡사한 地藏菩薩의 이미지가 자리하고 있다. 이에 관해서는 歐陽友徽의 〈地藏王與目連芻議〉(≪四川戱劇≫, 1993. 1)/段明의 〈≪地藏菩薩本願經≫系目連之近源〉(≪渝州藝譚≫, 1993. 2) 및 〈≪地藏菩薩本願經≫演化爲目連戱的契合点〉(≪四川戱劇≫, 1993)을 참조.

21) 長映, 〈辰河戱≪目連傳≫的鬼神〉, ≪目連戱論文集≫, 1989. 10/曲六乙, ≪目連戱的演變與儺文化的浸透〉, ≪文藝硏究≫, 1992. 1/黃竹三, 〈試論"花目連"〉, ≪中國南戱暨目連戱國際學術研討會論文≫, 1991. 3/胡健國, 〈目連戱的巫儺幽靈〉, ≪目連戱研究論文集≫, 1993/吳戈, 〈略論儺戱與目連戱〉, ≪民族藝術≫, 1994. 1/陳多, 〈"目連戱"和南北朝的"雙人儺"〉, ≪中華戱曲≫ 16輯. 1995/劉禎, 〈≪王婆罵鷄≫與中國民間文化〉, ≪民俗曲藝≫ 101輯/葉明生, 〈儀式與戲曲 - 民俗學的考察〉, ≪儀式, 戲曲與民俗學術研討會≫, 2000. 6.

22) 毛禮鎂, 〈江西道士演出目連戱〉, ≪劇海≫, 1991. 6/Kenneth, Dean, 陳紫譯, 〈福建戲劇和喪葬風俗中的雷有聲和目連(摘譯)〉, ≪福建目連戱研究文集≫, 1991/陳翹, 〈宗敎法事中的≪目連≫〉, ≪福建目連戱研究文集≫, 1991/詹曉窗, 〈打成戱與≪目連救母≫〉, ≪福建南戲暨目連戲論文集≫. 1990. 1.

23) 정부는 지원은커녕 '미신타파'정책을 실시하는 바람에 민간의 공연마저 금지된 실정이라서 老藝人이 생존해있어도 공연할 기회가 전혀 없다. 연구자와 같은 외국인이 사비를 털어 남은 기록 자료를 수집하려고 해도 90년

초에 文化局에서 아무런 보상도 없이 자료를 압수해간 역작용으로 인해 村民들이 쉽게 문건을 내놓지 않았다. 당시 문건수압을 담당했던 蕪湖縣 文化局의 茆耕茹는 대만 王秋桂교수가 벌이는 작업의 일환으로 현존 목련 희 자료를 모았고 그 결과를 ≪目連戲資料集≫(臺灣, 民俗曲藝叢書)으로 발간한 적이 있다.

24) 木偶戲는 전통 극의 한 종류이지만, 목련희에서는 특별한 의미로 도입된 극의 유형이다. 木偶 목련희가 제작되게 된 이면에는 〈女弔〉를 공연하는 도중에 배우가 죽는 사고가 발생하였고 그로 인해 목련희 공연의 위험도 에 대한 대처방안을 모색해야 한다는 배경이 자리잡고 있는 것이다. 특히 福建 지역의 일부에서는 아예 人戲 공연을 금지하고 木偶戲로 대체하는 지역도 있는 것으로 전해진다.

25) 湖南省戲曲硏究所 中國藝術硏究院 戲曲硏究編輯部編(內部), 1989.

26) David Johnson, *Ritual Opera Operatic Ritual, "Mu-lien Rescues His Mother" in Chinese Popular Culture, Papers from International Workshop on the Mu-lien Operas,* Publications of Chinese Popular Culture Project 1, 1987.

27) 硏究論文集 및 資料集에 관한 서지사항은 다음과 같다. David Johnson, *Ritual Opera Operatic Ritual, "Mu-lien Rescues His Mother" in Chinese Popular Culture, Papers from International Workshop on the Mu-lien Operas.* 1987/≪目連戲學術座談會論文選≫(長沙: 1984)/≪目連戲研究文集≫(合肥: 1988)/≪辰河目連戲論文集≫(懷化: 1989)/≪四川目連戲資料論文集≫(重慶: 1990)/≪福建南戲暨目連戲論文集≫(福州: 1990)/≪福建目連戲研究文集≫(1991)/≪目連戲研究論文集≫(湖南: 1993)/≪目連戲專輯 上·下≫(民俗曲藝 第77·78期, 1993). ≪目連戲劇本專輯≫(民俗曲藝 第87期, 1994)/≪中國祭祀儀式與儀式戲劇研討會論文集≫(民俗曲藝 第92期, 1994)/≪目連戲論文集≫(民俗曲藝 第 93期, 1995)/史在東, ≪盂蘭盆齋와 目連傳承의 文化史≫(中央人文社, 2000)/≪川劇目連戲綿陽資料集≫(綿陽: 1993)/茆耕茹 編, ≪目連資料編目概略≫(臺北: 財團法人施合鄭民俗文化基金會 民俗曲藝叢書, 1993)/茆耕茹 編, ≪安徽목련희資料集≫(臺北: 財團法人施合鄭民俗文化基金會 民俗曲藝叢書, 1997). 茆耕茹는 현재 蕪湖文化局 소속 으로 臺灣과 연계한 中國의 목련희 관련 자료의 수집을 담당하고 있다.

28) 극본에 관한 서지사항은 제1장 제3절 자료의 범위를 참조.

29) 國立臺灣大學文史叢刊, 1983. 이 서적은 陳芳英의 석사학위논문을 출판한 것으로 목련희 연구의 단초를 마련한 최초의 단행본이다.

30) 文化藝術出版社, 1993. 8. 이 서적은 四川 지역의 목련희 연출상황과 무대 미술, 그리고 현존하는 유적지 등을 소개하고 있다.

31) 南開大學出版社, 1995. 이 서적은 朱恒夫의 석사학위논문을 출판한 것으로

몇 가지 쟁점사항을 자세하게 정리하였다. 이것은 民間習俗과 연계하여 目連의 문화적 의미를 탐색하였다는 점에서 특징적이다. 그리고 저자의 박사 논문을 수정한 ≪目連文化研究≫가 출간될 예정이다.

32) 巴蜀書社, 1997. 이 서적은 이전의 성과들을 종합하면서 목련희를 民間文化로 명명하여 보다 광범위한 시각을 제시하였다.

33) 廣東敎育出版社, 1998. 이 서적은 湖南省 戱曲研究所의 現地調査 성과를 보고하는 차원에서 제작되었으며 佛敎의 시각에서 목련희에 접근하고 있다.

34) 景仁文化社, 2001. 이 서적은 목련희가 인도에서 전래된 것임을 확신하고 이에 관한 자료를 체계적으로 제시하였으며 한국에서 발간된 최초의 목련희 전문연구서이다.

35) Stanford University Press. 2005.

36) 현재 安徽省의 남쪽지방인 歙縣과 祁門縣 부근으로 당시에는 徽州府로 통했다.

37) 이 비석은 대리석에 '目連戱發源地'라는 붉은 글씨의 조각이 있으며 마을 어귀에 세워져 있다. 이 지역에는 1930년대까지 목련희를 공연하였던 寺廟가 그대로 남아 있으며 연구자는 2001년 2월에 이곳을 답사하였다. 이에 관한 자세한 내용은 陳長文·谷水·趙蔭湘의 〈目連戱在徽州的産生與發展〉(≪目連戱研究文集≫, 1988.10)과 勻均寧의 〈從皖南目連戱聲腔說起〉(≪民俗曲藝≫ 93期, 1995)를 참조.

38) 施文楠, 〈漫談南陵目連戱－兼探目連戱'陽腔'源流〉, ≪民俗曲藝≫ 77.78輯, 1992/張國基, 〈高淳陽腔與南陵陽腔廣調〉, ≪民俗曲藝≫ 93期, 1995/Guo Qi Tao, "*Huizhou Mulian Operas: Conveying Confucian Ethics with 'Demons and Gods*'(Unversity of California, Berkely, 1994).

39) 毛禮鎂, 〈江西南戱≪目連≫考〉, ≪目連戱研究文集≫, 1988/劉春江, 〈江西靑陽腔目連戱的宗敎儀式〉, ≪戱曲研究≫ 37輯, 1991/王躍, 〈江西陽戱還陰戱中的目連戱≪梅花≫四壇〉, ≪四川戱劇≫, 1993.

40) 梁文凌, 〈祁劇目連地方化后在審美上的拓展〉, ≪目連戱研究文集≫, 1988. 10/王躍, 〈祁劇目連傳的鑒定演出〉, ≪四川戱劇≫, 1991. 2/羅金梁, 〈祁劇目連戱的音樂〉, ≪目連戱學術座談會論文選≫, 1985/凌翼云, 〈祁劇高腔目連戱里的狗兒〉, ≪劇海≫, 1991. 6/李懷蓀, 〈辰河高腔目連戱探索〉, ≪戱曲研究≫ 37輯, 1991/長映, 〈辰河戱≪目連傳≫的鬼神〉, ≪目連戱論文集≫, 1989. 10/戴云, 〈談湘劇≪大目健連≫〉, ≪中華戱曲≫ 17輯. 1994.

41) 鄭同德, 〈目連戱在河南〉, ≪中華戱曲≫ 17輯. 1994.

42) 魯迅의 글은 〈朝花夕拾: 無常〉(≪魯迅全集≫ 2卷), 〈且介亭雜文末編附記: 女弔〉(같은 책 6卷), 〈且介亭雜文: 門外文談〉(第10條, 같은 책 6卷)을 참조.

43) 謝湧濤, 〈紹劇≪女弔≫的扮相, 表演及其他〉, ≪藝術百家≫, 1996. 1/朱恒夫, 〈江蘇省南部的目連救母傳說〉, ≪中國四川目連戱國際學術研討會論文集≫, 1993.

3/徐宏圖,〈浙江目連戲槪述〉,≪目連戲硏究文集≫, 1988. 10/徐斯年,〈漫談紹興目連戲〉,≪目連戲學術座談會論文選≫, 1985/蔡豊明,〈紹興目連戲與民間鬼神信仰〉,≪民間文學論壇≫, 1990. 2/黃文虎,〈高淳目連戲"兩頭紅本"漫議〉,≪中國四川目連戲國際學術硏討會論文≫, 1993.

44) ≪陽腔目連戲≫上中下 3本, 江蘇省劇目工作委員會, 1957. 12.

45) Kenneth Dean,〈福建戲劇和喪葬風俗中的雷有聲和目連〉,≪福建目連戲硏究文集≫, 1991/張泉俤,〈閩劇藏本≪目連救母≫(中集)〉,≪福建目連戲硏究文集≫, 1991/沈繼生,〈"目連傀儡"中的目連戲〉,≪目連戲學術座談會論文選≫, 1985/柯如寬,〈莆仙戲≪目連救母≫上集注後記〉,≪福建南戲暨目連戲論文集≫. 1990. 11/柯子銘,〈目連戲演變初探〉,≪福建南戲暨目連戲論文集≫. 1990/陳翹,〈莆仙戲≪目連≫〉,≪福建目連戲硏究文集≫, 1991/毛禮鎂,〈莆仙戲≪目連傳≫考〉,≪福建目連戲硏究文集≫, 1991.

46) 田仲一成,〈廣東鄕村里的目連破獄儀式 - 八門功德〉,≪中華戲曲≫ 17輯. 1994/頤建國,〈簡論目連戲在廣西的演變〉,≪中國南戲暨目連戲國際學術硏討會論文≫, 1991. 3.

47) 분명히 이야기 속의 허구적인 인물인데 실제로 生家나 寺廟같은 공간이 생기고 그로 인해 정말로 과거에 그 지역에 살았던 사람으로 인식되는 경우가 종종 발견되는데 목련희의 目連과 劉靑提에게도 같은 일이 발생했다. 이러한 현상은 특히 四川과 湖南 지역에서 확연하게 드러난다.

48) 梓潼陽戲는 지은 사람을 알 수 없는 折子戲로 목련희가 남아 있다. 공연에는 劉氏와 鬼頭 그리고 秦英 이렇게 세 사람만 등장한다. 陽戲班의 인원도 소수인데다가 보통 宗家의 祠堂이나 廟堂에서 공연하는 경우가 많다. 目連僧이 幽冥地府에서 救母하는 과정에서 佛法을 빌어 明珠로 그녀의 소재를 비춰본 후 구출하는데 그 와중에 800명의 餓鬼가 함께 放出된다. 錫杖으로 劉氏의 足鎖를 깨뜨려 解脫하게 하는 장면도 연출되고 정화수로 모친의 눈을 씻어 드리고 光明佛을 새기는 장면도 들어있다. 五更의 닭울음소리로 母子相逢은 막을 내리고 모친이 다시 지옥으로 돌아가는 것이 대략의 줄거리다. 이 극본은 鄭之珍 극본의 영향을 거의 받지 않은 민간 고유의 극본으로 추정한다. 陰戲에 관해서는 王躍의〈陰戲中的目連 - 劉洁銀'陰戲'抄本及演出特色〉(渝州藝譚, 1993. 2)을 참조.

49) 王安祈,〈川劇王魁戲與目連戲的關係〉,≪民俗曲藝≫ 77.78輯. 1992/王躍,〈"川目連"硏究的新資料 - ≪目連戲場口≫校註〉,≪渝州藝譚≫, 1993/王定歐,〈試論四川目連戲的開發價値〉,≪民族藝術≫, 1995/于一,〈'目連故里'考〉,≪目連戲硏究文集≫, 1988. 10/胡天成,〈豊都目連救母傳說和目連戲情況点滴〉,≪重慶文化通信≫, 1990/黃偉瑜,〈四川目連戲初考〉, 民俗曲藝≫ 77.78輯. 1992/杜建華,〈四川目連戲劇本的流變及特色〉,≪戲劇藝術≫, 1992. 이외에도 목련희와 관련된 논문을 발표한 학자들로는 唐永嘯, 路應昆, 蘇國榮,

宋輝, 嚴樹培, 溫余波, 王安祈, 王躍, 王恩方, 劉興明, 李德書, 張泉佽, 鄭亞曾, 鄭傳寅, 周子瑜, 胡天成, 黃偉瑜, 劉仲華, 蔣瑩, 陳德忠 등이 있다.

50) 1985년에 발견되었으며 '萬曆 三年 正月 十三日 抄立'이라는 기록을 통해 출간연도를 추정하고 있다.

51) 이에 관해서는 劉禎의 〈京劇≪目連救母≫〉(≪民族藝術≫, 1996. 3.)를 참조.

52) 黃笙聞, 〈北方목련희的藝術形態〉, ≪목련희硏究文集≫, 1988/紀根垠, 〈山東流傳的목련희文〉, ≪中國南戲曁목련희國際學術硏討會論文集≫, 1991. 3.

53) 이에 관해서는 劉禎의 ≪中國民間目連文化≫ p.207을 참조.

54) 李豐楙, 〈臺灣中南部道敎拔度儀中목련희曲初探〉, ≪民俗曲藝≫ 77/78輯. 1992.

55) 宮次男, 〈目連救母說話とその繪−目連救母經繪の出現に就きて〉, ≪美術硏究≫ 245號. 1968/吉川良和, 〈關于在日本發現的元刊≪佛說目連救母經≫〉, ≪戱曲硏究≫ 37輯. 1991/吉川良和, 〈日本盂蘭盆會巫歌中現存的目連故事〉, ≪中華戱曲≫ 17輯. 1994/葉漢鰲, 〈日本民俗藝能中的地獄劇與中國的목련희〉, ≪民族藝術≫, 1994.

56) Stephan. F. Teiser, *The Ghost Festival in Medival China*, Princeton, 1988.

57) 盂蘭盆齋는 倒懸이라는 의미로 거꾸로 매달린 조상의 영혼을 천도한다는 의미의 불교의례이다. 음력 7월 15일 백중날 거행되며 이 날을 盂蘭盆節이라고도 하는데 이 의례의 기원이 바로 目連救母이야기인 것이다. 그래서 이야기와 의례가 함께 전해져왔으니 의례는 이야기의 형식이고 이야기는 의례의 내용이면서 그것이 하나로 공연되어 현대적 장르로 보면 희곡의 형태로 존재하였다.

58) 이에 관련된 자세한 논의는 朱恒夫의 ≪目連戱硏究≫ pp.31-33을 참조. 王季思의 8일 가설에 대해 朱恒夫는 7일 가설을 지지하는 입장이다.

59) 毛禮鎂, 〈江西道士演出目連戱〉, ≪劇海≫ 1991. 6/胡邦煒, 〈宗敎祭祀與民俗風情的藝術體裁−論川劇目連戱〉, ≪四川戱劇≫, 1993/胡天成, 〈重慶喪葬祭祀儀式中的目連救母故事表演〉, ≪渝州藝譚≫, 1993. 2.

60) 일반적으로 明淸 傳奇는 50齣을 넘지 않는다. 그런데 목련희의 明代 극본은 100齣이 넘고 淸代의 宮庭戱는 심지어 200齣이 넘는다.

61) 이 세 가지는 王重民 등이 편집한 ≪敦煌變文集≫(人民文學出版社, 1957)에 수록되어 있다.

62) 내용에 관한 세부적인 고찰은 朱恒夫, ≪목련희硏究≫, 南開大學出版社, 1995. pp.19-30을 참조.

63) 目連寶卷의 목록은 車錫倫, ≪中國寶卷硏究≫를 참조하였고, ≪報母血盆經≫ 1卷은 務善堂書局刊本이고 傅惜華가 소장하고 있는데, ≪寶卷總錄≫에 기재되어 있다(파리대학 北京漢學硏究所出版). 1961년 中華書局의 李世瑜는

≪寶卷綜錄≫에도 목록을 기재하였다.

64) 鄭之珍은 安徽省 祁門縣 출신으로 1582년에 목련희를 明代 戲文의 양식으로 개편한 인물이다.

65) 연구자는 해당 지역의 목련희를 공연했던 장소 및 극본이 판각된 장소를 답사하고 그에 관한 정보를 확인하였다. 그리고 현재 목련희를 공연할 수 있는 戲班을 방문하여 그들이 재연한 목련희를 일부 관람하였다. 그리고 과거에 목련희를 관람했던 기억을 가지고 있는 관객들과의 인터뷰 내용을 녹취하여 자료로 남겼다.

66) 관련 텍스트로는 宋 釋 法顯(-422)의 ≪佛國記≫, 즉 ≪三十國記≫(北京: 中華書局 1991, p.6-8, 14-) ≪佛本行集經≫ 卷47-48/≪大唐西域記≫ 卷9를 참조.

67) 이에 대해 조동일은 그의 ≪서사시론과 비교문학≫(1987. pp.15-16)에서 한국의 〈심청뎐〉이나 滿洲의 〈니산 샤만이야기〉를 예로 들고 있다.

68) 歐陽友徽, 〈原型 - 不孝的印度目連〉, ≪中華戲曲≫ 17輯을 참조.

69) 西晉 289年 竺法護 譯이라는 표기가 있는 ≪佛說盂蘭盆經≫은 진실로 竺法護의 번역인지 그 여부는 아직 확인되지 않았으나, 현존하는 最古의 目連이야기 판본이라는 점에서 이야기의 원형을 제공하는 텍스트로 간주되고 있다.

70) 弟子所生父母得蒙三寶功德之力, 衆僧威神之力故; 若末來世一切佛弟子行孝順者, 亦應奉此盂蘭盆, 救度現在父母乃至七世父母, 爲可爾不? 佛言: 大善快問! 我正欲說, 汝今復問. 善男子![1] 若有比丘, 比丘尼, 國王, 太子, 王子, 大臣, 宰相, 三公, 百官, 萬民, 庶人, 行孝慈者, 皆應爲所生現在父母, 過去七世父母於七月十五日 - 佛歡喜日, 僧自恣日, 以百味飲食安盂蘭盆中, 施十方自恣僧, 乞願使現在父母壽命百年無定, 無一切苦惱之患, 乃至七世父母離餓鬼苦, 得生天人中, 福樂無極. 佛告諸善男子, 善女子, 是佛弟子修孝順者, 應念念中常憶父母, 乃至七世父母, 爲作盂蘭盆, 施佛及僧, 以報父母長養慈愛之恩, 若一切佛弟子, 應當奉持是法. 爾時目連比丘, 四輩弟子, 聞佛所說, 歡喜奉行.

71) 이 구제행위는 대승불교에서 菩薩이미지가 구현되는 맥락에서 읽어볼 수 있다. 즉 소승의 坐禪행위를 비난하면서 慈悲정신에 입각하여 자신이 彼岸에 도달하기 전에 먼저 他人을 구제해야 한다는 '自未度先度他'를 강조했고 이러한 목적으로 利他行을 실천하는 菩薩(bodhisattva)에게 救濟力을 지닌 超人的인 이미지를 부여한다. 예를 들면 彌勒菩薩(Maitreya), 觀音菩薩(Avalo- kitesvara), 文殊菩薩(Manjusri) 등이 그러하다. ≪인도사상사≫(동국대학교 현대불교신서 p.152를 참조). 이후로 佛塔을 쌓는 것이 최고의 功德으로 여겨지던 인식이 佛像과 菩薩像의 제작으로 옮아가게 되고 이러한 경향은 바로 佛經, 變文과 함께 대거 유행하던 變相의 제작과도 관련이 있다고 본다.

72) 이에 관해서는 第4章 第1節 公演 참조. 뿐만 아니라 韓國에서도 有關 資料를 확인할 수 있다. 成俔(1439-1504)의 ≪慵齋叢話≫ 卷2에 묘사된 대목을 소개하면 다음과 같다: 七月十五日, 俗呼爲百種. 僧家聚百種花果, 設盂蘭盆, 京中尼社尤甚. 婦女坌集, 納米穀, 唱亡親之靈而祭之. 往往僧人設卓于街路而爲之./余家西山之陽, 有尼社. 甲戌七月旣望, 尼社設盂蘭盆會, 士家婦女多歸之. 女輩登後松岡避暑, 松間菌薄多生……少食者發狂呼叫, 或唱歌起舞, 或悲惋啼泣, 或嗔怒相擊.

73) 變文 텍스트의 내용비교에 관해서는 朱恒夫의 ≪目連戲研究≫ p.19를 참조.

74) 단락 구분은 이야기 전개상황에 맞추어 연구자가 나눈 것임.

75) 變文에서 父親은 長者, 母親은 阿孃이라고도 하고 靑提夫人이라는 고유한 이름을 사용하기도 한다.

76) 劉氏의 이러한 심리구조에 관해서는 石俊의 〈劉靑提的'惡'是在屈從抑壓中所引起的對抗性的情緒狀態〉(≪川劇目連戲綿陽資料集≫, 綿陽市文化局編, 1993)를 참조.

77) 3言句는 보통 不可言인 경우가 많다.

78) 제9句는 여섯 글자로 潘重規 版本에서 교정한 것이고 제10句는 없다.

79) 중간에 제75句만이 4言으로 되어있다.

80) 제19句만 8言으로 如來是衆生慈父母로 되어있다

81) 이 가운데에 제5, 7, 9, 11句는 각각 4言과 6言을 교대로 반복하고 있는데, 순서대로 隱隱逸逸/左邊沉右邊沒/崔崔嵬嵬/行如雨動如雷이다. 樂曲 〈楊柳枝〉와 〈梅花落〉을 사용하기도 했다.

82) 非時乞食이란 정오가 지나면 먹지 않는 불교계에서 먹지 않는 시간 즉 정오를 넘긴 오후에 밥을 구하는 것을 일컫는 말이다.

83) 제7/9句는 6言으로 但且歌但且樂/有時喫有時著로 되어 있다.

84) 優婆塞는 집에 머무는 남자 불교도를 가리킨다.

85) 優婆夷는 집에 머무는 여자 불교도를 가리킨다.

86) 學郞은 五代 시기에 敦煌寺院에서 공부하는 학생을 가리킨다.

87) 7言 64句와 중간에 5言이 12句가 섞여 있으나 주로 7言으로 되어 있다.

88) 석가모니가 說法하고 涅槃에 드신 장소를 가리킨다.

89) ≪維摩詰經·方便品≫에 소개된 '三途八難'으로 ≪大乘義章≫ 卷8을 참조하면, 地獄/畜生/餓鬼/盲聾瘖瘂/世智辯聰/佛前佛後/鬱單越國/長壽天으로 정의된다.

90) 灾는 災와 같고 三災는 刀兵災, 疾疫災, 饑饉災로 佛經에서 말하는 '小三災'에 해당된다.

91) 17難은 人身難得, 中國難生, 佛法難聞, 善心難發로 이어진다.

92) 開葷에서 葷의 原義는 냄새나는 매운 채소이지만, 佛敎에서는 開葷의 의미
를 육식, 즉 비릿한 냄새가 나는 것을 먹는 행위로 정의하고 있다. 목련희
에서는 開葷이 개고기 등을 먹는 행위로 사용되었다.

93) 기존의 孝子譚을 참조한 결과로 보이는 惡母와 孝子라는 설정이 전반적인
정서에 크게 위배되지 않으면서 흥행에 성공한 사례로는 川劇 목련희가
좋은 증거다. 川劇에서는 주인공이 아들에서 어머니로 轉移되었으며 제목
도 目連記가 아니라 ≪劉四眞≫으로 바뀌었다. 어머니인 劉靑提의 인간적
인 측면이 호감을 주면서 결국에는 최고 주인공으로 상승시킨 것이다. 당
위적이고 종교적인 目連보다는 보다 인간적이고 본능적인 劉靑提가 심정
적으로도 잘 이해되고 자신과 동일시하기도 쉽다. 다른 지역에서도 작품의
제목은 바뀌지 않았지만 目連보다 그 어머니에게 비중을 두는 추세는 동
일하게 발견된다. 일례로, 2000년 8월 3일 연구자가 직접 四川 蘆洲 지역
에서 관람한 목련희에서조차도 그것이 이미 무대극으로 변했음에도 불구
하고, 目連으로 분한 배우가 나오는 부분에서는 관중이 졸기도 하고 차를
마시면서 사교에 열중하는 모습을 보이기도 하는데, 일단 劉氏가 무대에
오르면 그녀의 唱에 귀를 기울이고 그녀가 위험한 雜技동작을 하면 숨을
죽이고 관람하는 태도를 보였다. 이러한 차이가 아주 확연하게 나타나지
않더라도 우선 目連은 공연 내내 한 사람이 담당하는 반면, 劉氏는 각각
唱과 雜技에 능한 두 명의 배우가 단락을 나누어 연기하게 하는데 이것을
劉氏가 극 흥행의 관건임을 증명하는 사례로 볼 수도 있다.

94) 劉禎 校訂, ≪莆仙戲目連救母≫, 「民俗曲藝叢書」, 1994. 5.

95) 林慶熙, 〈南戲≪目連傳≫錄蹤－莆仙戲 ≪目連≫〉, ≪福建南戲暨目連戲論文
集≫, 1990의 구분을 따르고 있다.

96) 이에 대해 林慶熙는 그 공통된 연원이 바로 南戲 ≪目連傳≫이며 鄭之珍
의 극본 ≪勸善戲文≫도 이 南戲 극본을 근거로 개편하였다고 주장한다.
林慶熙의 〈南戲≪目連傳≫錄蹤－莆仙戲 ≪目連≫〉,(福建南戲暨目連戲論文
集. 1990)을 참조.

97) 超倫本 ≪目連≫은 江蘇省 高淳縣의 승려 超倫(1890-1960)이 암송한 3本의
≪目連≫이다. 頭中末로 장정되어 있으며 각 본은 上下로 구분되므로 총 6
冊이다. ≪勸善戲文≫과 줄거리 등은 기본적으로 같지만 唱詞道白이 더 통
속적이고, 내용이 늘어났으며 小戲가 많이 첨가되었다. 이에 관한 자세한
내용은 黃文虎가 校訂한 ≪超倫本目連≫(民俗曲藝叢書, 1994)을 참조.

98) 莆仙戲는 福建省 莆田/仙遊縣과 閩中/南惠安/福淸/永泰 등 興化방언을 사
용하는 구역에서 유행하는 희곡으로 원명은 興化戲라고 한다. 南宋 때 莆
仙의 民間雜劇百戲가 매우 성행했는데 이 지역출신인 劉克莊(1187-1269)
의 詩詞에 관련된 언급이 나오고, 그래서 莆仙戲는 宋元 南戲에서 연원하
는 것으로 본다.

99) 목록에는 각각 1제5장과 8장으로 되어 있다.

100) 高淳陽腔目連戱 3本 演出本에 해당한다.

101) 花目連 Ⅰ은 ≪勸善戱文≫의 上卷에 일곱 가지가 들어 있고 中卷에는 네
    가지가 들어있으며 下卷에는 하나도 들어 있지 않다.

102) 2월 19일 觀音의 生日에 그는 7번 변화하는데 飛禽 - 走獸(猛虎) - 武將英
    雄 - 文人 - 長矮身 - 魚籃 - 千手의 과정을 겪는다. 善人 傳相이 三月三日에
    昇天한다는 사실도 선포된다.

103) 이 부분은 白馬駝金이야기를 바탕으로 하고 있다.

104) 이 부분은 劉氏가 처벌당할 것을 암시하는 동시에 善惡의 업보를 광고하
    는 기능을 한다.

105) 湘劇藝人 劉可福이 소장하고 있는 抄本으로 14本 193齣으로 구성되어 있
    다. 1980년 湖南省 戱劇工作室에서 編印한 ≪湖南戱曲傳統劇本≫에 수록되
    었다.

106) 이에 관해서는 張椿錫의 ⟨≪目連出離地獄昇天寶卷≫과 한국의 ≪目連經≫
    비교연구⟩를 참조

107) 목련이 一世에서는 목련으로 태어났다가, 二世에서는 黃巢로 환생하고,
    三世에서는 다시 직업이 백정인 賀因으로 윤회한다는 전설을 가리킨다.

108) 一柱眞香焚起來/登壇說法把經開/合堂男女靜心聽/乞求民安又國泰.

109) 七竅에서 피를 쏟으며 죽는 모습을 變文에서는 목련에게도 적용하였는데
    戱文과 寶卷에서는 劉氏만으로 국한된다.

110) 暫且不說地府事, 再聽中卷目連經.

111) 一本目蓮卷念完/迴光返照心淡然/陰間之事不可信/勸人行善是本源!

112) 무에 얽힌 일화가 원래 있었고 그래서 羅卜이라는 이름이 생긴 것인지
    아니면 그 이름이 먼저 생기고 나중에 탄생일화가 만들어진 것인지는 알
    수 없다. 일화는 다음과 같은 내용으로 되어 있다. 어느 날 배고픈 두 僧
    侶가 傳相의 집으로 찾아온다. 배고픈 그들은 허겁지겁 무를 먹었고 갑자
    기 사라져 버린다. 동시에 내실에서는 劉氏가 産氣를 보이더니 아들을 순
    산한다. 처음에는 승려가 무를 먹은 것으로 나오지만 어느 순간부터는 공
    연에서 劉氏가 무를 먹는 것으로 바뀌기도 한다.

113) 鄭振鐸, ≪中國俗文學史≫(卷2, p.307)를 참조. 이에 대한 澤田瑞惠, 高國
    藩 등의 논의는 ≪道敎≫ 卷2(中華書局, p.293)와 ⟨談寶卷的産生及宋代起
    源說⟩(≪中韓文化硏究≫, 2000, pp.219-230) 등을 참조.

114) 高麗大藏經의 傷字函에 들어있으나 이것은 원래 藏經이 아니고 元明刊本
    目連經의 譯本이다.

115) 佛經은 聞如是로 變文은 夫爲七月十五日者로 시작된다.

116) 吉川良和는 〈關于在日本發現的元刊≪佛說目連救母經≫〉(≪戲曲研究≫ 37
    輯, 1991)을 통해, 일본에서 발견된 ≪佛說目連救母經≫이 目連變文과 元明
    間의 ≪目連救母出離地獄昇天寶卷≫ 사이의 간극을 설명할 기제임을 강조
    한다. 그에 따르면 이 서책은 1251년 가을 10월 22일에 제작되었고 1304년에
    중국 廣州에서 판매되었으며 그것을 구입한 일본 승려에 의해 1346년에 일
    본에서 重刊된 역사를 지니고 있다.

117) 이에 관해서는 앞에 소개한 張椿錫의 논문 〈≪昇天寶卷≫과 한국의 ≪目
    連經≫ 비교연구〉를 참조.

118) 這七月十五日是諸佛解之日, 慶壽寺裏爲諸亡靈, 做盂蘭盆齋. 我也隨喜去來,
    那檀主是高麗師傅, 靑旋旋圓頂, 白淨淨顔面, 聰明智慧過人, 唱念聲音壓衆,
    經律論皆通, 眞是一個有德行的和尙. 說目連尊者救母經, 僧尼道俗善男信女.
    不知其敎, 僧尼盡盤雙足, 個個盡擧合掌, 側耳聽聲.

119) 明代 戲文의 〈觀音勸善〉: 上管三十三天, 下管九泉十地.

120) 徽州에 祠堂이 많이 축조되었는데 이에 대해 ≪歙縣志≫는 다음과 같이
    설명한다. '邑俗舊重宗法, 姓各有祠, 支分派別, 復爲支祠'. 또 이렇게 祠堂
    을 많이 건립한 것은 徽商의 資本을 이 공사에 많이 유치할 수 있었다는
    반증이기도 하다. 가령 徽商 金德淸은 10년간 돈을 모아서 고향에 돌아와
    9000兩을 祠堂 짓고 齋僧을 불러 재를 올리는 데 사용했다고 한다. 이
    외에도 ≪京兆金氏族譜≫에 실린 祁門의 金煥榮, 杭州에 임시 거처를 두
    었던 歙縣 新館의 鮑槪 등 여덟 명의 商人이 祠堂 건립에 열성적이었
    다는 사실을 ≪鮑氏著存畵宗祠譜≫를 통해 확인할 수 있다. 徽州 지역의
    사당은 규모가 큰 것을 특징으로 하는데 특히 歙縣 潛口의 汪氏가 건축
    한 金紫祠는 지금도 예술적으로 축조된 사당으로 주목을 받는다. 이외에
    鄭村의 鄭家宗祠, 棠樾의 男女祠, 唐模의 許氏宗祠 및 國寶로 지정된 寶
    綸閣의 呈坎의 羅氏祠堂, 績溪의 胡氏宗祠 등 이 지역에는 유명한 祠堂
    건축물이 다수 전해진다.

121) 頤和園에 소재하고 있는 3층 戲臺에서 청대 목련 궁정희를 공연한 적이 있다.

122) 이야기는 기본적으로 허구의 산물이기 때문에 사실의 眞僞 여부보다는
    사실이 만들어지게 된 배경이 훨씬 중요하다. 그렇게 인식되게 된 이유와
    과정이 중요하고 그것의 眞僞는 차선의 문제일 뿐이다. 그런 의미에서 이
    야기가 생성되는 과정은 종교적인 믿음이 생성되는 체계와 통하는 면이
    있다.

123) 第4章 第1節 p.157의 인용문을 참조.

124) 見其亡母生餓鬼中, 不見飮食, 皮骨連立. 目連悲哀, 卽鉢盛飯, 往餉其母. 母
    得鉢飯, 便以左手障鉢, 右手搏飯: 食未入口, 化成火炭; 遂不得食.

125) 天堂啓戶, 地獄門開

126) 佛經의 餓鬼道와 變文의 阿鼻地獄은 母親이 계신 장소라는 점에서 일치하지만 공간구조상 큰 차이가 있다. 이것은 餓鬼, 畜生 등 六道의 일부에 귀속되었던 추상적인 인도의 地獄이 중국의 형벌제도와 관료제도를 수용하면서 구체적인 사후세계로 변모한 결과일 것이다. 그래서 중국에 정착되면서 중국의 기타 종교를 흡수한 불교를 中國佛敎라고 지칭하는 것과 같이 중국사회의 면면이 투영된 지옥을 中國地獄이라고 일컫는다.

127) 西遊 및 목련과 관련해서는 劉禎의 〈目連與小說≪西遊記≫之孫悟空〉(明淸小說硏究, 1996) 및 張一佛의 〈目連戲文與≪西遊記≫雜劇〉(上海: ≪大美晚報≫附刊〈上海俗文學〉, 1945) 등을 참조.

128) 실제로 陝西 지역에서는 戲臺가 구비되어 있는 무덤이 발굴된 적이 있다.

129) 중국의 地獄에 대해 張椿錫은 인도에서 전해진 지옥관념이 중국으로 오면서 규모는 작아졌고 형벌은 잔혹해졌으며 훨씬 다양해졌음을 지적했다. 그는 이 변화를 상상력의 결핍이자 극악한 중국의 형벌제도를 반영하는 것으로 해석하였다(張椿錫, 〈目連說話 중의 冥界新探〉, ≪東西文化交流≫ 제2집, 韓國敦煌學會, 도서출판 청강, 1999. 2를 참조).

130) 隋 慧遠의 ≪維摩詰義記≫ 第2本: 是王舍城中輔相之子/隋 吉藏의 ≪維摩詰經義疏≫: 是王舍城摩伽陀國輔相之子.

131) 陳芳英의 ≪目連故事之演變及其有關之文學之硏究≫(1983)의 p.25를 참조.

132) 傅天斗이야기는 四川 射洪縣의 전설과 통하는 면이 있다. 기타 내용은 柯子銘, 〈목련희演變初探〉, ≪福建南戲暨목련희論文集≫(1990)을 참조.

133) 長映, 〈辰河戲 ≪目連傳≫的鬼神〉(≪목련희論文集≫, 1989)을 참조.

134) 神格에 관해서는 福井康順의 ≪道敎1.2.3≫(上海: 上海古籍出版社, 1990), 李養正의 ≪道敎槪說≫(北京: 中華書局, 1989) 등을 참조하였다.

135) 福井康順의 ≪道敎≫에서 불교의 신격으로 분류하였다: 三官大帝, 收圓十佛姐師, 萬法歸一如來.

136) 城隍을 모시는 城隍 祠堂이 到處에 생긴 것은 宋代 이후의 일이다.

137) 佛敎를 부흥시키면서 고기를 금하고 菜食을 하도록 규정한 황제는 梁武帝이다.

138) 劉氏 休偏見莫亂言, 天堂地獄誰得見. 多少吃齋人, 那見閻羅放他轉. 況人一死, 形旣朽滅, 神亦飄散. 剉燒舂磨無所展. 金奴, 快將他推出門前, 免得他任般强辯.

139) 이러한 미화작업은 四川 목련희로 가면 어머니가 고기를 잡아서 몸이 약한 아들 목련에게 영양을 주려는 것으로 바뀐다. 四川 川劇 ≪劉氏四娘≫(90분. 再演 年度 未詳의 現代劇. 本人所藏)을 참조.

140) 安人, 千金之子不死於盜賊, 虜輩利吾財爾, 豈可因財而傷鄕人命. 이 인용문은 곧바로 ≪論語≫, 〈鄕黨〉篇의 '廐焚. 子退朝曰, "傷人乎?" 不問馬.'를

382

떠올린다.

141) 新刻十閻羅上本 〈傳大師救妻〉 1卷을 참조.

142) 이에 관해서는 陳多의 〈鄭之珍所据"陳編"臆說〉(≪中華戲曲≫ 17輯, 1994)을 참조.

143) ≪朱買臣傳≫ 등.

144) ≪明淸文學史≫ 明代卷 p.222를 참조. 사랑이 종교적인 금기를 넘어서는 주제를 다룬 작품들로는 馮惟敏의 雜劇 ≪僧尼共犯≫ 高廉의 傳奇 ≪玉簪記≫ 등 다수.

145) 실제로 道觀의 위치를 보면 三淸殿이 가장 위에 있고 그 아래에 玉皇殿이 있어 명을 받들지만 獻花한 횟수 등을 보면 玉皇이 단연 으뜸이다. 바로 민간과 친숙하다는 의미로 민간과 가까이에서 민간문화의 中心으로 부상해간 결과일 것이다.

146) 中卷 9折 〈司命議事〉.

147) 明 萬曆年間(1573-1620)에 신도들이 江南에서 河北, 四川 白蓮敎結社로 이동하면서 符術을 잘 하는 太上眞君을 始祖로 모셨다.(≪明淸文學史≫ 明代卷, p.178)

148) 金正耀, ≪中國的道敎≫, 商務印書館. 1992. p.122를 참조.

149) 예를 들면 弋陽腔本에는 〈天官奏帝〉이라고 하여 天官만 다루고 있고, 江西 道士 演出本에서는 〈三官奏帝〉라고 통칭한다. 때로는 虛皇道君이라고도 불린다.

150) 明代 戲文의 上卷 32折 〈母子團圓〉: 羅卜(私問) 益利, 你回家來. 三官在也不在./益利(重): 到家中已知明白, 三官神像依然在.

151) 戲文 中卷 〈主僕分別〉: 三官聖帝, 聽臣拜禀.

152) 下卷의 〈傅相救妻〉: 內云 依卿所奏, 劉氏靑提待他變犬回陽, 特遣地官, 赦除伊罪, 脫犬爲人. 傅羅卜待他遊遍地獄, 傳與世人追薦父母, 以此爲法. 曹氏賽英, 未婚守節, 不惟有松筠之操, 又且有菩提之心. 俱限七月十五日中元佳節, 卽差太師傅相賽書臨凡, 著令城隍, 一齊申送, 同上天堂, 永享快樂. 이전까지는 4월 8일에 관한 내용만 다루었는데, 목련이야기를 전해들은 후로는 中元節을 父母追薦하는 날로 지정했다.

153) 湖南 辰河戲의 藝人은 儒佛道 三敎合一의 종교를 '梨園敎'라고 한다. 옛날에 辰河戲의 專門藝人들은 모두 梨園敎의 신도였다. 梨園敎의 掌敎人은 包台師로, 掌台師라고도 하며 매 戲班마다 한사람이 있다. 梨園敎의 正神(戲神)은 老郞廟 혹은 搬演목련희의 '草台'戲房(后台)에 神位를 모시고 공양한다.(李懷蓀, 鄕情濃鬱的祭祀劇 - 辰河高腔목련희探索之三, 목련희論文集, 1989. 10 참조)

154) 內白: 有事者奏上, 無事者退班.

155) 內云: 據爾太師所奏, 死者可憫, 生者可嘉. 即仰殿前飛虎將軍, 速到陽原, 宣
　　　詔王舍城城隍之神, 到此查究.

156) 戲文 中卷 〈過望鄕臺〉: 鬼使 豈不聞人間私語, 天聞若雷. 你才開言, 土地社
　　　令記, 灶司奏上玉皇, 發下酆都, 閻君差我拘拿你去.

157) 觀音이 天師와 함께 등장한다.
　　　觀音: 不免會同張天師, 擒出白猿精, 要他開通路道, 殄滅餘黨. 想天師必然
　　　　　　來也.
　　　天師: 百年道敎沛江河, 一品金書耀綺羅. 仗劍伏邪魔, 須知將逐符行, 急如
　　　　　　風火. (重)(白) 自家張道靈是也. 蒙皇帝聖旨, 封爲上淸正一執法天
　　　　　　師, 收伏邪魔. 一卷勅書昭日月, 七星寶劍鎭乾坤.
　　　天師: 正乙天師張道靈, (重) 召請靈官馬將軍. 天師立在道場上, 須知將逐符
　　　　　　行, 急如風火, 切莫留停.
　　　天師: 正乙天師張道靈, (重) 召請靈官趙將軍. 天師立在道場上, 須知將逐符
　　　　　　行, 急如風火, 切莫留停.
　　　이렇게 天師는 馬將軍과 趙將軍을 소환하며 이런 의식을 통해 추구하는 목
　　　표는 천사가 遵命하는 觀音을 통해 드러난다.
　　　觀音: 白猿聽我親囑咐, 孝哉傅羅卜, 挑母又挑經, 西天見活佛. (合) 山川險
　　　　　　阻, 邪魔侵侮, 遣你護他行, 驅邪更開路.
　　　觀音: 此去黑松林有虎豹, 寒冰池有蛟龍窟, 火焰山有赤蛇精, 爛沙河有沙和
　　　　　　尙. 你且前去掃開樹木, 若逢急難, 我親來臨.
　　　白猿: 禀命.
　　　觀音: 天師, 以禮送將回天.
　　　天師: 遵命.
　　　白猿: 欽承慈命出長途.
　　　觀音: 一臨邪魔盡掃除.
　　　天師: 就此拜送四將, (唱) 正乙天師張道靈, (重) 功成靈官馬將軍, 功成不
　　　　　　敢相羈絆, 化財拜送, 即上天庭.

158) 齋僧齋道에 소개된 十代佈施는 다음과 같다.
　　　一佈施, 人家丟棄兒女, 願請奶娘替他撫養.
　　　二佈施, 無衣貧人, 寒冬冷月, 給與衣糧.
　　　三佈施, 有效湯藥, 求人疾病.
　　　四佈施, 無依死漢, 給與棺材.
　　　五佈施, 賣身子女, 替他贖身.
　　　六佈施, 害命生靈, 替他買命.
　　　七佈施, 荒年飢歲, 米價如常.
　　　八佈施, 道觀僧房, 香燈不絶.
　　　九佈施, 佛像朽壞, 彩畵金粧.
　　　十佈施, 橋樑崩頹, 修完補砌.

159）劉氏　念此何用.

　　　尼乙　懺悔辜冤, 把罪瘴都消盡, 木魚鼓幾聲, 六合里風塵淨, 出家眞清靜.

　　　劉氏　呵, 只怕禮佛難成佛, 看經枉用心.

　　　尼甲　老安人, 豈不聞佛語云, 阿彌陀佛, 只在此心. 心悟者, 頭頭遇佛, 專心
　　　　　　者, 步步生蓮. 休疑休疑.

　　　劉氏　旣然如此, 試念佛來.

　　　劉氏　我看世人, 修行者少.

　　　尼乙　勸你修時你不修, 光陰虛度去難留. 有朝去到陰司裏, 悔殺當初結辜尤.
　　　　　　南無阿彌陀佛.

　　　劉氏　只是貧者難以修行.

　　　尼甲　奉勸貧人正好修, ……

　　　劉氏　旣然如此, 富貴之人, 不修也罷.

　　　尼乙　富貴之人正好修, ……

　　　劉氏　旣然如此, 無男無女之人, 不修也罷.

160）媒婆　喏, 男大當婚, 女長須嫁. 可許卽許, 何必直待老爺. 老爺在邊庭之上,
　　　　　　倘或羈絆, 一時不回, 公子 別求配偶, 豈不失此機會.

　　　夫人　張媒說得甚是. 但女孩兒年紀長大, 未知他的意下何如.

161）賽英：娘, 尊卑有分, 女當母命之是從. 內外有章, 妻爲夫言之是聽.

162）賽英　娘, 忠臣不事二君, 烈女不嫁二夫. 蓋君猶天也, 夫亦天也, 二之則不是
　　　　　　矣. 却不道一天自誓, 方是個烈女忠臣.

　　　夫人　忠臣不事二君, 是已受爵祿之臣, 烈女不嫁二夫, 則已同衾枕之婦, 你今
　　　　　　大不相同.

　　　夫人　你未與他會面, 安有初心.

　　　賽英　娘, 嘆那背夫改節, 有愧文禽.

　　　夫人　文禽也是已成配的, 你與傅氏, 如同陌路之人.

　　　賽英　我與他, 姓名已著婚姻牘, 怎比區區陌路人.

　　　夫人　守節天下好事, 最是難事, 一時如此, 怕難到頭.

163）賽英　冰中蘗有千般苦, 雪裏梅無一點塵. 任渠是苦楚難禁, 看寒梅, 在雪裏玉
　　　　　　潔冰淸.

　　　夫人　梅雖玉潔冰淸, 後來只成酸味, 何如撤調, 另尋恬桃.

164）觀音　君子不遠千里而來, （唱）如似巫山遇雨, 想不是無緣對面人.

　　　羅卜　娘子說話十分蹻蹊, 不是無緣對面人, 是有緣千里來相會了. 娘子, 巫山
　　　　　　雲雨, 莫非楚襄王與神女相逢故事乎.

　　　觀音　然也然也.

165）觀音：一擧手活得一人命, 比造那七級浮屠還勝. （白）救人一命, 勝造七級浮屠.

　　　羅卜：男女授受不親.

　　　觀音：男女授受不親, 禮也. 嫂溺, 援之以手, 權也. （唱）豈不聞柳下惠, 曾

捕着女子到天明. 君子阿, 這便是磨而不磷.

166) 羅卜 小娘子, 旣曉得柳下惠, 可也曉得魯男子否.
觀音 魯男子何如.
羅卜 有一女子爲風雨推廬, 求救於魯男子阿. 魯男子當夜深, (重) 他閉門不容
女人進. (白) 那女子也道柳下惠故事, 魯男子道, 在柳下惠則可, 在吾則
不可. (唱) 能忍他凍死阿, 不肯開門把淸汚損. 我以手摩你身, (重) 就是
挽天河, 只恐也難淨.

167) 柳下惠는 春秋 魯의 大夫이다. 僖公 때 사람으로 字는 季이다. 伯夷와 함
께 夷惠로 병칭된다. 목련희에서는 '爾爲爾, 我爲我, 雖袒裼裸裎於我側, 爾
焉能浼我哉?'라는 유하혜의 말을 패러디하고 있다. 그에 관한 자료들은
≪左傳·僖公≫ 26년(유하혜가 아닌 展禽이라는 본명으로 기록되어 있
다)/≪論語·衛靈公≫/≪孟子·公孫丑上≫≪孟子·萬章下≫ 등을 참조.

168) 唐 韓愈 〈上佛骨表〉: 佛敎徒, '口不道先王之言, 身不服先王之法服, 不知君
臣之義, 父子之情.', ≪舊唐書≫列傳 第110.

169) 이와 관련된 본문은 節用 본래의 뜻인 아낀다는 의미를 秀才가 왜곡하여 土
木衣冠이라고 하는 것을 꼬집는 대목이다. 秀才: 怎見是衣冠土木/十王: 具
元宰之衣冠, 而不能燮理陰陽. 具元帥之衣冠, 而不能捍衛夷狄. 具諫臣之衣
冠, 而不能繩衍糾謬. ……何爲只護神道, 是個土木的衣冠, 而不能節用愛人.

170) 明代 詞話와 매우 비슷한 텍스트로서 제목은 〈張鼎智勘魔合羅〉雜劇이며
그 3折 賓白에 '訴詞'가 들어 있는데 '到家中七竅內迸流鮮血'이라는 표현
을 사용하고 있다.

171) 只有個靑山綠水還依舊, 堪嘆人生猶如朝露.

172) 秋日有籬菊淸香.

173) 東漢 武帝 때 書生인 司馬仲相이 陰司에 불려가 劉邦이 죽인 功臣들인 韓
信, 彭越, 英布의 冤獄을 審斷하는 이야기다. 그리하여 韓信은 曹操로, 彭越
은 劉備로, 英布는 孫權으로, 劉邦은 漢 獻帝로 다시 태어나게 함으로써 前
世의 冤孽을 後世에 갚게 한다는 내용으로 되어 있다.

174) 이에 관해서는 石昌渝, ≪中國小說源流論≫(三聯書店, 1994)의 pp.24-25를
참조.

175) 社令 一打不孝不弟, 二打不良不忠, 三打欺心賊骨, 四打騙人扁忠, 五打公門
不法, 六打牙行不公, 七打挑唆使嘴, 八打偸盜風流, 九打養漢婦女, 十打輕薄
兒童. 此其大略.

176) 北宋의 공연 기록인 ≪東京夢華錄≫에는 鼓子, 扑旗子, 上竿, 打筋斗, 蠻
牌, 抱鑼, 硬鬼, 舞判, 啞雜劇, 七聖刀, 歇帳, 抹蹌, 變陣子, 扳落, 村夫村婦
相毆, 諸軍雜劇, 露臺弟子雜劇 등 雜技가 절대적으로 많이 포함되어 있다.
이에 대한 朱恒夫의 해석은 ≪目連戲研究≫(南開大學出版社, 1995. p.223)

를 참조.

177) 같은 책 pp.216-218을 참조.

178) 湖南 祁劇 목련희 공연의 〈女弔〉에 사용되는 장대가 가장 길고 흔들림의
반경이 크다.

179) 丐子: 當年豪富自驕奢, 此日貧窮枉嘆嗟. 只得沿門賣曲作生涯, 唱的哩哩蓮
花哩蓮花. 賣曲賣曲.

金奴: 是燒酒麯, 是䏏酒麯.

丐子: 是時曲, 唱哩蓮花的.

金奴: 原來是討飯的, 你唱.

丐子: 乞兒雖是下班人, 唱起調來儘可聽. 哩哩蓮花, 哩哩蓮花落. 喏, 不唱前
唐並後漢, 只唱人間十不親. 咳咳蓮花, 咳咳蓮花落,

金奴: 何爲十不親

丐子: 天是親來也不是親, 說起天來, 沒了恩情. 世間萬事由天定, 如何貧富
不均平.
哩哩蓮花, 哩哩蓮花落.
喏, 地是親來也不是親, 說起地來沒了恩情. 長江後浪催前浪, 一層黃
土蓋了一層人.
咳咳蓮花, 咳咳蓮花落.
父母親來也不是親, 說起父母沒了恩情. 若是孩兒缺奉養, 言三語四不
安寧. 哩哩蓮花, 哩哩蓮花落.
兄弟親來也不是親, 說起兄弟沒了恩情. 幼少之時是兄弟, 長大分家各
相爭. 咳咳蓮花, 咳咳蓮花落.
老婆親來也不是親, 說起老婆沒了恩情. 若是丈夫身死了, 梳起油頭嫁
別人. 哩哩蓮花, 哩哩蓮花落.
兒子親來也不是親, 說起兒子沒了恩情. 爹娘埋在南山下, 一年上得幾
回墳. 咳咳蓮花, 咳咳蓮花落.
女兒親來也不是親, 說起女兒沒了恩情. 嫁時若是粧奩少, 搥胸頓足出
了門. 哩哩蓮花, 哩哩蓮花落.
媳婦親來也不是親, 說起媳婦沒了恩情. 公婆把媳婦當做親兒女, 媳婦
把公把當成陌路人.
咳咳蓮花, 咳咳蓮花落.
叔伯親來也不是親, 說起叔伯沒了恩情. 面前假意相和順, 背後使嘴各
開門. 哩哩蓮花, 哩哩蓮花落.
朋友親來也不是親, 說起朋友沒了恩情. 有錢有酒多兄弟, 急難何曾見
一人. 咳咳蓮花, 咳咳蓮花落.
十不親來果不是親, 我今說與世人聽, 世間若要人情好, 惟有錢財却是
親. 哩哩蓮花, 哩哩蓮花落.

金奴: 怎見得錢財是親.

丐子: 天有錢來天可親, 燒錢做福也回心.

地有錢來地可親, 將錢置買任君行.

咳咳蓮花, 咳咳蓮花落.

父母有錢也可親, 豊衣飽食自歡欣.

兄弟有錢也相親, 易求田地不相爭.

哩哩蓮花, 哩哩蓮花落.

老婆因錢敬夫主, 兒子因錢敬父親,

女兒有錢歡喜去, 媳婦有錢不生嗔.

咳咳蓮花, 咳咳蓮花落.

叔伯有錢都和氣, 朋友有錢盡知心.

可見錢是親骨肉, 可見錢是性命根.

哩哩蓮花, 哩哩蓮花落.

若還有錢便有勢, 不應親者也來親.

不信但看筵中酒, 盃盃先勸有錢人.

咳咳蓮花, 咳咳蓮花落.

丐子:感得老安人, 賜我米和銀, 好看千里客, 萬里去傳命.

180) 이 ≪目連傳≫은 江津何育齋删定으로 四川省 川劇院이 소장하고 있는 淸 光緒 10年(1884) 敬古堂何育齋壽記刊本≪音註目連金本全傳≫과 資中川劇 團이 소장한 淸 光緒 29年(1903) ≪益州王龍宣抄本≫을 校勘하여 만든 극 본이다(成都: 四川人民出版社, 1958). 실제 내용은 明代 鄭之珍의 ≪勸善 戲文≫과 大同小異하다.

181) 道士: 道士在陽間修上修, 修來修得上淨丘. 南無.

金童玉女雙雙引, 不風流者也風流. 南無阿彌陀佛.

尼姑: 尼姑在陽間修上修, 修來修得上慈舟. 南無.

紅旗翠雙雙引, 修善何曾負女流. 南無阿彌陀佛.

和尙: 和尙在陽間修上修, 修來修得上瀛洲. 南無.

珠旛寶蓋雙雙引, 方顯人間第一流. 南無阿彌陀佛.

182) 一月懷胎如白露, 二月懷胎桃花形. 三月懷胎分男女, 四月懷胎全相形. 五月 懷胎成筋骨, 六月懷胎毛髮. 七月懷胎右手動, 八月懷胎左手伸. 九月懷胎兒 三轉, 十月懷胎兒已成.

183) David Johnson, *Ritual Opera Operatic Ritual, "Mu-lien Rescues His Mother" in Chinese Popular Culture, Papers from International Workshop on the Mu-lien Operas*, Publications of Chinese Popular Culture Project 1, 1987.

184) 尙甲(口念): 南無盡虛空界一切諸菩薩/南無西方極樂世界諸菩薩/南無十方三 界一切諸菩薩.

> (念經): 唵, 呾哆蘭哆娑婆訶/唵, 口修唎悉唎娑婆訶/唵, 鼠尾提鼠尾提娑婆
> 訶/唵, 陀那耶陀那耶娑婆訶/唵, 呾哆蘭哆, 口修唎悉唎, 鼠尾提, 陀那
> 耶, 娑婆訶.
>
> 衆: 王舍城中, 颯颯悲風起. 人家好男女, 飢寒去做賊, 事發告到官, 死在牢獄裏,
> 這便是囚死的孤魂. 來赴甘露會.
>
> 王舍城中, 颯颯悲風起. 人家媳婦, 受不得婆婆氣, 寃枉叫黃泉, 懸在高梁底,
> 這便是弔死的孤魂. 來赴甘露會.
>
> 王舍城中, 颯颯悲風起. 人家好兒女, 賣在句欄內, 受不得亡八氣, 跳在長
> 江裏,
> 這便是淹死的孤魂. 來赴甘露會
>
> 王舍城中, 颯颯悲風起, 孤獨與鰥寡, 無衣亦無食, 四面去哀求, 倒在中途裏,
> 這便是餓死的孤魂. 來赴甘露會
>
> 王舍城中, 颯颯悲風起, 農夫做莊家, 砍柴種田地, 遇着那惡虎與毒蛇, 傷
> 在深山裏,
> 這便是咬死的孤魂. 來赴甘露會
>
> 衆: 可憐見, 孤魂野鬼, 掛高旛, 特來招集, 願你都來赴佛會, 那寒者添衣, 飢者
> 足食, 乘此良因同生樂地

185) 獄官: 暗室虧心, 神目如閃電……三殿宋帝王(鐵床血湖地獄擔當者).
　　劉氏: 難脫的是地網天羅, 最怕的是牛頭馬面.
　　手下: 婦人血水汚三光,
　　劉氏: 俗語云, 劃地爲獄期不入, 刻木爲史期不對.
　　獄官: 手下, 可將這劉氏, 先上鐵床, 再丟血湖.
　　獄官: 身有惡血, 不以爲汚. 心有惡血, 深爲可惡.
　　劉氏: 〈十月懷胎歌〉
　　　　〈十代苦楚〉一怕孩兒身上冷/二怕孩兒肚中饑/三怕孩兒遭跌蹼/四怕孩兒
　　　　被攛推/五怕孩兒犯湯火/六怕孩兒水邊嬉/七怕孩兒遠處去/八怕孩兒
　　　　上高梯/九怕孩兒心性懵/十怕孩兒有災危. 각각 하위구조의 苦楚에 대
　　　　한 설명들로서 一大苦楚가 아이를 잉태하고 낳기까지의 고생을 말한다
　　　　면 二大苦楚는 아들이 말하고 걷기 시작할 때의 고초로 母鷄가 小鷄를
　　　　돌보는 것에 비유한다. 그리고 아이가 입학하면 文房四寶를 갖춰주고
　　　　一日三餐을 차려줘야 하는 것 등 아이를 키우는 과정의 어려움도 나온
　　　　다. 三大苦楚는 시어머니를 봉양하고 남편을 받드는 동안의 고생으로
　　　　이후에 대한 자세한 설명은 생략한다.

186) 이 경전은 明 萬曆年間에 ≪道藏≫에 실렸으며 ≪靈寶昇玄濟度血湖眞經≫
　　이라고도 한다.

187) 破血湖란 부녀자를 위해 거행하는 罪를 씻어내는 의식이다.

188) 田仲一成의 〈廣東鄕村里的目連破獄儀式－八門功德〉(≪中華戲曲≫ 17輯, 1994)

등을 참조.

189) 車錫倫, 〈江蘇靖江做會講經≪破血湖≫儀式〉을 참조.

190) 海南超度에서는 8개의 달걀을 놓아두는 위치로 八門地獄을 상징한다.

191) 田仲一成, 〈超度－목련희以及祭祀戲劇的誕生〉, ≪戲曲研究≫ 37輯.

192) 田仲一成, 〈廣東鄕村里的目連破獄儀式－八門功德〉, ≪中華戲曲≫ 17輯. 1994.

193) Kenneth, Dean, 〈福建戲劇和喪葬風俗中的雷有聲和目連(摘譯)〉, ≪福建목
   련희研究文集≫, 1991 참조.

194) 田仲一成, 〈超度－목련희以及祭祀戲劇的誕生〉, ≪戲曲研究≫ 37輯. 中卷
   〈過耐河橋〉에 나오는 刺史의 말에서 그 예를 찾을 수 있다.

195) 陰司法度無偏枉, 據爾陽間事若何. 你在陽間作惡多端, 今到陰司受諸苦楚,
   理勢必然, 休得埋怨.

196) 이 달걀은 藝人의 魂, 궁극적으로는 이름을 써넣은 사람의 魂을 상징한다.

197) 呪文의 내용은 李懷蓀, 〈辰河목련희神事活動闡述〉, ≪民俗曲藝≫ 77/78輯.
   1992를 참조

198) 손바닥을 하늘로 향한 후에 中指를 높이 세우고 검지와 소지는 직각으로
   반만 세운다. 藥指는 완전히 반듯하게 편 상태를 가리킨다.

199) 실제 燒拜香의 제목을 가진 〈羅卜燒香〉과 다음 예문을 비교한 논문으로는
   劉回春의 〈祁劇목련희縱橫談〉(목련희學術座談會論文選, 1985)를 참조.

200) 〈劉氏憶子〉
   益利(唱)：爲思親苦痛悲, 因此在後三步一拜, 五步一跪, 代母禳災悔.
   羅卜(嗏)：因此上三步拜拜回歸, 代萱堂資福消災悔.
   家人(白)：望見羅卜官人三步一拜, 拜回來了.
   李公(白)：三步一拜, 拜着誰來.
   羅卜(唱)：因此上三步一拜, 拜回家裏,
   劉氏(重)：他三步一拜爲母儀.

201) 〈母子團圓〉羅卜(重) 因此上三步一拜, 拜回家裏.

202) 前者는 高石山房刊行으로 총 49幅의 揷圖 포함하고 있으며 판화로 유명한
   徽州 지역의 판화가 轉變하는 시기를 대표하는 작품이다. 後者는 敬古堂 何
   育齋壽記刊印本으로 四川省 川劇院에 소장되어있다.

203) 黃氏 집안은 明 正統年間(1434-1449)에서 淸 道光年間(1832)까지 400여
   년 동안 500여 명의 刻工을 배출한 전력을 지니고 있다.

204) ≪歙縣潭渡孝里黃氏族譜≫, ≪虯川黃氏族譜≫ 등을 참조.

205) 구체적인 내용은 繆咏禾의 ≪明代出版史≫(江蘇人民出版社, 2000, p.312/p.323)
   를 참조.

206) 이에 관해서는 ≪東京夢華錄≫의 기록을 근거로 하고 있다.

207) 梁 宗懍(499?-563)의 ≪荊楚歲時記≫: 七月十五日, 僧尼道俗悉營盆, 供諸佛. 按≪盂蘭盆經≫有"七葉功德, 幷幡花, 歌鼓, 果實送之." 盖由此也.(≪文淵閣四庫全書≫本, 北京: 中華書局, 1991)

208) 北齊 顏之推(530-591) ≪顏氏家訓≫ 卷7〈終制〉: 四時祭祀, 周孔所敎, 欲人勿死其親, 不忘孝道也. 求諸內典, 則無益焉, 殺生爲之, 翻增罪累, 若報罔極之德, 霜露之悲, 有時齋供, 及七月半盂蘭盆, 望於汝也.(光緖七年 汗靑刊本)

209) 北魏 楊衒之≪洛陽伽藍記≫ 卷5·城北·後記(547): 於是西北行七日, 葱北一里有目連窟. 至罷羅羅鹿見佛影, 入山窟十五步, 四面向戶, 遙望則衆相炳然, 近看瞑然不見, 以手摩之, 唯有石壁, 漸漸却行, 始見其相. 容顏挺特, 世所希有. 窟前有方石, 石上有佛蹟. 窟西南百步, 有佛浣衣處.(上海古籍出版社 范祥雍校注本, 1978) 周祖謨≪洛陽伽藍記校釋≫ 1958年 古典文學出版社版을 參照.

210) ≪法苑珠林≫〈祭祀篇〉(654): 萬曆十九年嘉興刻本: 國家大寺, 如似長安西明, 慈恩等寺……(皇室)每年送盆, 獻供種種雜物, 及擧盆, 音樂人等, 幷有送盆官人, 來者非一.

211) 楊炯〈盂蘭盆賦〉, 唐 如意元年(692), 宮中에서 盂蘭盆을 佛寺로 보내고 황제와 대신들이 洛南門에서 그 행사를 지켜보았으며, 楊炯이 바친 盂蘭盆賦에 묘사된 盂蘭盆會의 場面은 다음과 같다: 八枝初會, 四影高懸. 上妙之座, 取于燈王之國; 大悲之飯, 出于香積之天. 隨藍寶味, 舍爲金錢. 麵爲山兮酪爲沼, 花作雨兮香作烟. 明因不測, 大福無邊. 鏗九韶, 撞六律; 歌千人, 舞八佾. 孤竹之管, 雲和之瑟. 麒麟在郊, 鳳凰蔽日, 天神下降, 地祇感出(≪舊唐書≫ 卷190上≪楊炯傳≫과 四庫全書本≪盈川集≫에 기재).

212) 五代王定保≪唐摭言≫ 卷十三, ≪太平廣記≫ 二百五十一詼諧七〈兪文豹吹劍錄〉, 王世貞≪藝苑巵言≫에 모두 비슷한 기록들이 보인다. 1) 詩人張祜, 未嘗識白公, 白公刺蘇州, 祜始來謁. 才見白, 白曰, '久欽籍, 嘗記得君款頭詩.' 祜愕然曰, '舍人何謂?' 白曰, '鴛鴦鈿帶抛何處? 孔雀羅衫付阿誰? 非款頭詩何邪?' 張頓首微笑, 仰而答曰, '祜亦嘗記得舍人目連變.' 白曰, '何也?' 祜曰, '上窮碧落下黃泉, 兩處茫茫皆不見; 非目連變何邪?' 遂與歡宴竟日. 2) 張處士祜憶柘枝詩曰, '鴛鴦鈿帶抛何處? 孔雀羅衫付阿誰?' 白樂天呼爲, '問斗'. 祜矛楯(盾?)之曰, '鄙薄問斗之誚, 所不敢逃, 然明公亦有'目連經'. 長恨辭云 '上窮碧落下黃泉, 兩處茫茫皆不見.' 此豈不是目連訪母也?'(倉石武四郞의 ≪稗海≫本, ≪五朝小說≫本에는 '目連經'으로 ≪雅雨堂叢書≫와 ≪學津討原≫本에는 '目連變'으로 되어 있다)

213) 七月十五日 中元節, 先數日, 市井賣冥器靴鞋, 幞頭帽子, 金犀假帶, 五彩衣服. 以紙糊架子盤游出賣. 潘樓幷州東西瓦子亦如七夕. 要鬧處亦賣果食'種生'花果之類, 及印賣≪尊勝目連經≫. 又以竹竿斫成三角, 高三五尺, 上織燈窩之狀, 謂之盂蘭盆. 掛搭衣服冥錢在上焚之. 构肆樂人自過七夕便搬〈目連救母〉雜劇, 直至十五日止, 觀者增培. 中元前一日, 卽賣練葉, 享祀時鋪襯桌面.
又賣麻谷窠鬼, 亦是系在桌子脚上, 乃告祖先秋成之意. 又賣鷄冠花, 謂之'洗
手花'. 十五日供養祖先素食, 才明卽賣穄米飯: 巡門叫賣, 亦告成意也. 又賣
轉明菜, 花花油餠, 餕䤖, 沙䤖之類. 城外有新墳者, 卽往拜掃. 禁中亦出車馬
詣道者院謁墳. 本院官給祠部十道,設大會, 焚錢山, 祭軍陣亡歿, 設孤魂之道
場. 주) 種生에 관해서는 ≪東京夢華錄≫, 〈七夕〉조(孟元老, 周峯 点校,
文化藝術出版社, 1998, p.54)를 참조.

214) 宋 遇榮 ≪佛說盂蘭盆經疏幷序孝衡鈔≫ 公元 962年: 宋太祖乾隆三年,
……至七月十五日……于長春殿設盂蘭盆齋, 集諸妙利. 資父王之仙駕, 酬昊
天之鴻恩, 皇朝異事, 萬古超今, 今未之有也.

215) 陸游 ≪老學庵筆記≫ 卷七: 故都殘暑, 不過七月中旬. 俗以望日具素饌享先,
識竹爲盆盎狀, 貯紙錢, 承以一竹焚之, 視盆之所向, 以占氣候. 謂向北則多
寒, 向南則多溫, 向東則寒溫得中, 謂之盂蘭盆. 盖里俗老嫗輩之言也. 又每
云: '盂蘭盆倒則寒來矣.' 晏元獻詩云: '紅白薇英落, 朱黃槿艶殘. 家人愁溽
暑, 計日望盂蘭.' 盖亦戲述俗語耳.

216) 周貽白은 ≪中國戲劇史長編≫의 부록으로 실은 ≪中國戲劇本事取材之沿襲≫
의 표에서, 〈妙相記〉는 目連事이고 來源은 元明雜劇≪行孝道目連救母≫라고
밝혔다. 元雜劇≪行孝道目蓮救母≫와 ≪目蓮入冥≫은 현재 ≪錄鬼簿續編≫
에 간략한 설명이 실려 있는데 그에 따르면, 4折 1楔子에 一人主唱이었다고 한
다. 題目은 〈發慈悲觀音度生〉이고 正名은 〈行孝道目連救母〉이다.

217) 潞溪縣 浦市鎭의 浦興古寺 앞에 있는 明 崇禎 四年(1631)의 石碑: 浦興古
寺爲闔市禮佛聖地, 每年中元節, 內修盂蘭盆會, 超度傷路亡魂, 使生輪回天
界, 免得孤魂流離, 俾建善性, 因果圓滿之日. 高掛郗氏幢旌, 預期演唱四十八
本목련희曲, 忠孝節義, 普勸善緣.

218) 九月間, 適然有一班蘇州戲子, 持了一個鄕宦朝侍御的書來托晁知縣看顧. 晁
知縣看了書, 差人將這一班人送到寺內安歇, 叫衙役們輪流管他的飯食. 歇了
兩日, 逐日擺酒請鄕宦, 請擧人, 請監生, 俱來賞新到的戲子. 又在大寺內搭了
高臺, 唱≪目連救母記≫與衆百姓們以玩賞, 連唱了半個月, 方才唱完.

219) 張岱, ≪陶庵夢憶≫ 6卷 目連戲條: 余蘊叔演武場搭一大臺, 選徽州旌陽戲
子, 剽輕精悍, 能扑跌打者三四十人, 搬演≪目連≫, 凡三日三夜, 四圍女臺百
什座. 戲子獻技臺上, 如度索舞絚, 翻桌翻梯, 筋斗蜻蜓, 蹬壇蹬臼, 跳索跳圈,
竄火竄劍之類, 大非情理. 凡天地神祇, 牛頭馬面, 鬼母喪門, 夜叉羅刹, 鋸磨
鼎鑊, 刀山寒冰, 劍樹森羅, 鐵城血澥, 一似吳道子≪地獄變相≫, 爲之費紙扎
者萬錢, 人心惴惴, 燈下面皆鬼色. 戲中套數, 如≪招五方惡鬼≫, ≪劉氏逃棚≫
等劇, 萬餘人齊聲吶喊, 熊太守謂是海寇卒至, 驚起, 差衛官偵問, 蘊叔自往復
之, 乃安. 臺成, 叔走筆書二對, 一曰: 果證幽冥, 看善善惡惡隨形答響, 到底
來那個能逃? 道通晝夜, 任生生死死換姓移名, 下場去此人還在. 一曰: 裝神

扮鬼, 愚蠢的心下驚慌, 怕當眞也是如此. 成佛作祖, 聰明人眼底忽略, 臨了時
還待怎生? 眞是以戲說法.

220) 其夜又特設饌水祭. 祭畢, 焚冥于門. 又或用浮屠設盂蘭會, 放焰口, 点河燈.
市人演≪目連≫, ≪觀音≫諸劇.

221) 大跳神은 淸代 滿洲族의 무속활동으로 韓國의 굿에 해당된다.

222) ≪嘉慶綿州志≫: 嘉慶 6年, 擧人 楊燮(字對山)≪錦城竹枝詞≫: 大跳神同
扮目連, 自從禁却也安然. 抽鑒'諸葛井'邊去, 只要今年勝往年. 綿州附近的碧
水, 西山觀各有戲會, 距城密邇, 士女如云. 목련희在這里'每演必一月或兼旬
始峻.

223) ≪元明靑禁毁小說戲曲史料≫(上海古籍出版社, 1981, p.161): 爲嚴飭査禁
事. 照得演唱目連, 久奉例禁, 盖以裝神扮鬼, 舞弄刀槍, 以此酬神, 未能邀福,
以此辟崇, 適致不祥. 今聞該地演唱此戲, 合亟出示嚴禁. 爲此示仰該地保甲
里民人等知悉. 你等酬神演戲, 不拘演唱何本, 總不許扮演目連, 倘敢故違, 立
拿保甲戲頭, 責懲不恕. 特示.

224) ≪內江劉氏族譜≫: 嘉慶十八年, 擧人劉幼臣爲內江戲臺撰寫목련희對聯:
墮血河苦海, 只爲些冷肉殘魚, 劉則寃矣!
是豈睡魔閻君, 這公案還須從新斷過;
走地獄天堂, 忽現出慈雲步月, 佛果靈哉!
爲問仁人孝子, 此件事却于何處得來? 爲劉氏鳴寃飜案.

225) ≪同治祁門縣志≫ 卷5를 참조.

226) 淸·施鴻保≪閩雜記≫ 郭白陽抄本「補遺」. 吾鄕於七月祀孤, 謂之「蘭盆會」,
承盂蘭盆之稱也. 閩俗謂之「普度」, 各郡皆然. ……興化等處, 則於空曠地方
搭戲臺, 兩旁皆架看棚, 對臺設高廠, 迎各社. ……戲台上亦連日演戲, 至滿日
則演≪目連≫.

227) 同治年間, 莆田人 郭鑯齡≪山民隨筆≫: 목련희 儀式功能－吾莆兵燹大疫之
兵, 類集優人演≪目連≫, 俗謂可消殄戾.

228) 宣統 元年, 傅崇榘 ≪成都通覽≫, 北門外東岳廟, 每年均演≪目連救母≫,
打岔(叉)戲, 觀者若狂. 俗謂, 如不演此戲, 必不淸吉.

229) 이것은 1951년 하달된 〈關于戲曲改革工作的指示〉에 따른 대대적인 극본 개
편작업으로 진행된 공연이다. 당시 개편을 담당한 다섯 명의 예인명단을 소
개하면 다음과 같다. 胡裕華, 蔡蔚民, 李正芳, 態再新, 許音邃. 원래 四川에
서는 목련과 관계없는 〈觀音〉, 〈封神〉, 〈梁武帝〉, 〈佛祖卷〉 등을 통칭하여
목련희라고 했었다. 그런데 1957년의 개편작업 이후로 ≪目連傳≫ 즉 목련
의 원래 이야기만을 목련희로 부르는 경향이 생겨난다. 자세한 내용은 王躍
의 ≪記川劇≪目連傳≫的鑒定演出≫(四川戲劇, 1991. 2)을 참조.

230) 다음은 현대 목련희 연출에 대한 戴云의 증언이다. "중국의 목련희 연출은 50

년대 초에 南方의 여러 도시에 아직 남아 있었는데 나중에 비판을 받게 되자 完整本을 연출하는 경우는 아예 사라졌습니다. 60년대 초에 浙江의 小劇團이 北京에서 ≪女弔≫를 연출해 아주 호평을 받은 적이 있어요. 그런데 文化大革命이 터지고 다시 엄청나게 비판을 받았어요. 그리고……1984년에 湖南에서 목련희 學術座談會를 개최하면서 祁陽縣에서 祁劇 ≪目連傳≫을 7일간 공연했죠. 이 공연이 목련희가 禁錮된 후로 30여 년 만에 처음 연출된 것이었죠. 저도 가서 봤는데 굉장했어요. 아쉬운 것은 그때 관람을 원하는 주변 지역주민들이 상당히 많이 모여들었지만 정부가 내부공연이라는 규정을 내세워 허락을 하지 않는 바람에 모인 학자들만 봤다는 거지요." 戴云은 中國藝術研究院 戲曲研究所의 연구원으로 최근 淸代 劇本 ≪勸善金科≫에 관심을 두고 있으며 그의 논문 목록은 다음과 같다.〈目連戲劇本簡目〉, ≪民族藝術≫, 1996/〈湘劇大目健連〉, ≪中華戲曲≫ 17輯, 1994/〈論一卷珍貴的목련희演出本－影卷≪忠孝節義≫〉, ≪戲曲研究≫ 52輯/〈張照≪勸善金科≫（上·下)〉, ≪戲曲藝術≫, 1995. 3. 4.

231) 지금까지 목련희에 가해진 禁令에 관해서는 鄭同德의 ≪목련희在河南≫（≪中華戲曲≫ 17輯. 1994)을 참조.

232) 安徽省 歙縣 長標村의 경우에는 1980년까지 극단 勸善班이 공연을 했다고 한다. 이곳의 극본이 바로 5본으로 구성된 ≪西遊記≫와 梁傳을 포함하는 내용으로 극단이 사용했던 극본(筆寫本)은 현재 前 歙縣文化局 간부였던 高慶樵선생에게 소장되어 있다. 교통이 불편한 정도는 상상을 초월하는데, 2001년 연구자가 방문했을 당시에도 그곳으로 가는 대중교통수단은 당연히 없었고 택시도 가기를 꺼렸다. 산이 많은 지역인데다 큰 도로는 없으므로 길이 아주 위험하다는 이유였다. 마을구성원이 참여하는 공연을 볼 가능성은 이미 없었고 그나마 생존한 몇몇 藝人을 만나기 위해서는 해당 文化局에 도움을 청하는 것 외에는 다른 방법이 없었다.

233) 연구자는 당시 공연의 일부를 녹화한 테이프를 소장하고 있는데, 여기에서는 유씨가 개고기를 먹은 죄로 인해 지옥에 떨어지는 것이 아니라 아들에게 먹이려고 개를 살상했다는 이유로 지옥에 간다.

234) 제4장 제1절의 공연상황에서 소개한 적이 있는 明淸間 西周生의 ≪醒世姻緣傳≫의 第五回 明府行賄典方州, 戲子恃權驅吏部에 실린 내용을 참조. 明 正統年間 華亭縣을 묘사하고 있는 대목에 이 내용이 나오는데 소설이긴 하지만 당시 蘇州에 전문 戲班이 있었고 목련희 연출이 성행했다는 것을 짐작할 수 있다.

235) 한국 관련 자료는 史在東 등이 정리하고 있다. 高麗 睿宗 2年 7월 14일과 15일에 新王이 父王 肅宗의 冥祐를 빌기 위해서 長齡殿에서 盂蘭盆齋를 열었다는 기록이 전해진다. 그때 名僧을 불러 目連經을 講했다고 하는데 講經의 구체적인 상황은 서술하지 않았으나 講經에 능한 俗講僧이 盂蘭

盆齋에 참석한 인파를 대상으로 目連故事를 강술한 것으로 추정된다. 그 외에 毅宗 7년과 忠烈王 11년에도 盂蘭盆齋儀와 行事에 대한 기록이 발견되는 등 高麗 시대에 盂蘭盆齋와 함께 目連故事가 전해져 祖上崇拜 관념에 맞게 薦度齋의 형식으로 거행된 것으로 보인다. 그 외에 元末 至正 7/8년[1])의 ≪朴通事≫를 보면 中國 順天府 慶壽寺에서 高麗의 승려가 중국으로 건너와서 ≪目連尊者救母經≫을 說唱한 일에 대해 기록했는데, 이 승려에 대해 우호적인 시선을 보냈고 그의 說唱에 대해서는 감탄해마지 않는 형국을 전했다. 고려 승려가 중국으로 건너가서 중국의 불교의례에 참석하고 說唱하게 된 경위는 당시 忠穆王 때 麗元의 관계를 참작하여 경위를 밝혀야 할 것이다.[1]) 왜냐하면 忠穆王 때 고려는 문화적으로 전성기에 달했다고는 하지만 정치적인 입지에 따라 元에서 초빙하는 형식을 취한 것인지 아니면 중국에서 부르면 응당 가서 공연해야 했던 것인지 분명하게 다가오지 않기 때문이다. 이에 대해 혹자는 元 지배계급이 한국의 문화적 우수성을 인정하고 있었고 그러한 정책하에 說唱의 달인인 고려 승려를 초빙한 것으로 다시 말하면 고려의 화려한 佛敎文化를 미개한 元 皇室에 한 수 전해준 것으로 해석하기도 한다.

236) 후손 李桂林의 증언을 참조로 작성하였다.

237) 安徽 지역의 기타 戱班의 계보에 대해서는 ≪安徽목련희資料集≫ 第3篇 〈戱班社考〉를 참조.

238) 田仲一成은 1985년 10월 21일에서 1986년 1월 4일까지 廣東 지역에서 관람한 〈目連破獄儀式－八門功德〉의 공연상황을 논문을 통해 발표한 적이 있다. 여기에서 八門이란 開門, 驚門, 死門, 景門, 休門, 生門, 傷門, 杜門을 말하는데 의식일정에 대한 기록은 다음과 같은 형식으로 작성되어있다. 처음을 소개하면 다음과 같다(자세한 내용은 田仲一成의 ≪廣東鄕村里的目連破獄儀式－八門功德≫(≪中華戱曲≫ 17輯, 1994)을 참조).

前1日(10.10)	오전 6시－7시 반	上第三表, 取水, 揚旛, 迎神登壇
	오후 2시－4시	開壇, 發奏
正1日(10.11)	오전 6시－9시	早朝
	오후 12시－4시	牛朝, 晚朝
	밤 8시 반－10시 반	分燈, 打武, 禁壇

239) '演東窓, 搬目連' '祈禱雨澤有東窓戲, 驅除疫癘有목련희'.

240) 湘劇에 관한 전문가는 앞서 언급한 中國戱曲硏究所 硏究員인 戴云 선생을 들 수 있다.

241) 北方 지역의 공연에 관해서는 ≪迎神賽社禮節傳簿四十曲宮調≫ 萬曆三年 正月十三日抄立을 참조.

242) 1582年 목련희 극본이 간행된 10年 후에는 小說 ≪西遊記≫가 世德堂 刻本

20권으로 세상에 나온다. 이후로 ≪西遊補≫ 등 西遊 관련 서적이 꾸준히 등장한다.

243) ≪金瓶梅≫ 15回 上元燈市: 又有那站高坡打談的詞曲楊恭, 倒看這揚響鈸遊脚僧演說三藏.

244) 陳芳英의 ≪目連救母故事之演進及其有關文學之硏究≫(國立臺灣大學文史叢刊, 1983. 이 서적은 陳芳英의 석사학위논문을 출판한 것으로 목련희 연구의 단초를 마련한 최초의 단행본이다).

245) 朱恒夫의 ≪목련희硏究≫를 참조.

246) 다음에 기록한 관객의 반응은 각종 연구논문의 일부 및 2000년과 2001년 현지답사 결과를 토대로 작성하였음을 밝힌다.

247) 다음 사례는 杜建華, 胡天成 등이 1991년에 조사한 四川 지역 구술 자료와 연구자가 2000년에서 2001년 현지 조사한 내용을 근거로 작성되었음을 밝힌다.

248) 吾莆兵燹大疫之兵, 類集優人演≪目連≫, 俗謂可消疹戾.

249) 예를 들면 江蘇省 南通의 童子戲와 같은 경우가 請神에서 送神까지 밤을 도와 공연하는 儀式性 戲曲으로 이러한 예는 安徽의 水龍會 등 각 지역에 아직 보존되고 있다.

250) ≪元明淸禁毁小說戲曲史料≫(1981) pp.57-64를 참조.

251) 呂天成 撰 吳書蔭 校注의 ≪曲品校注≫(北京: 中華書局, 1990. p.385): 俗演≪目連≫, ≪妙相≫二記, 詞陋惡不堪觀.

252) 祁彪佳 撰 黃裳 校錄의 ≪遠山堂曲品劇品校錄≫(上海: 古典文學出版社, 1957. p.134): 全不知音調, 第效乞食瞽兒, 沿門叫唱耳. 無奈愚民侫佛, 凡百有九折, 以三日夜演之, 轟動村社). 祁彪佳의 희곡논저로는 ≪全節記≫ 傳寄가 있다. 그는 목련희를 매우 싫어했는데 이런 관점은 사실 대다수 문인을 대변하는 것이었다.

253) 潘其炯의 ≪艶火行·序≫: 演劇非淳朴風也, 至鄙陋如所謂≪目連≫, 則更惑人心. 顧曲非閨閣之事也, 至相逐耍笑於曠野, 則益乖風化. 楚俗昔旣信鬼, 湘人今復善謳. 合鬼與謳而一之, 於是≪目連≫, ≪觀音≫之雜劇出. 此其老少奔波, 男女雜遝, 傷風敗俗, 擧國欲狂者, 數十年於玆矣.

254) 이 경전의 저자에 관한 眞僞 여부는 확실하지 않다. 이에 대해 陳芳英은 비슷한 시기에 天竺을 방문한 法顯과 玄奘을 예로 들면서 그들이 수집한 자료의 어느 부분에서도 목련故事가 발견되지 않는 것으로 보아 이것의 僞經일 것이라고 추정했다. 朱恒夫는 竺法護의 漢譯으로 共認된 ≪正法華經≫의 문장을 근거로 들면서 그가 불교의 不養사상에 위배되는 목련救母故事를 佛經의 반열에 올렸을 리가 없음을 지적하면서 竺法護라는 작가의 신빙성이 의심된다고 했다. 목련이 처자를 돌보지 않고 身命에 연연

하지 않는 것은 佛徒의 안목에 부합되는 행동이지만 모친에 대한 예외적인 행동은 용납하기 어렵다는 것이다. 왜냐하면 불도의 안목으로는 不惜身命, 不悴父母, 不顧妻子, 當共入海, 海中有難, 無得變悔가 올바르기 때문이다.

255) 자세한 항목은 제2장 제1절 이야기의 원형단계를 참조한다.

256) 일부 목록은 第1章 第3節 資料의 範疇에서 이미 소개하였다. 이외에 變文이 간행된 이후에도 지속적으로 나온 불경의 목록을 소개하면 다음과 같다.
1. 宋 法天 譯, ≪佛說目連所問經≫
2. 宋 元照≪盂蘭盆經疏新記≫ 2卷
3. 宋 日新≪盂蘭盆經疏鈔餘義≫ 1卷
4. 南宋≪佛說目連救母經≫, 日本京都寺 所藏 說經本

257) 變文 텍스트의 목록에 관해서는 王重民 등이 편집한 ≪敦煌變文集≫(人民文學出版社, 1957)를 참조하고 그것의 내용을 비교한 부분은 朱恒夫의 ≪目連戲研究≫ p.19를 참조.

258) 한국에서는 목련이야기와 관련된 서적으로 ≪釋譜詳節1)≫과 ≪月印釋譜1)≫, 그리고 ≪目連經≫이 있다. 앞의 두 서적은 조선시대에 간행되었고 目連經은 고려 시대부터 현재까지 간행되고 있는데 서지사항을 소개하면 다음과 같다.
1. 逍遙山 烟起寺刊本(고려대학도서관장, 中宗 丙申, 1536. 12)
2. 安邊 釋王寺刊本(국립도서관장, 明宗 丙牛 1546. 5)
3. 金堤 僧伽山 興福寺刊本(國立圖書館藏, 宣祖 甲申 1584. 3)
4. 順天 曹溪山 松廣寺本(當寺圖書館長, 필사년대 미상), 地獄變相으로 보이는 벽화가 있다.
5. ≪月印釋譜≫ 23권(淳昌 龜岳山 無量寺, 明宗 己未(1559), 전라도 순창에서 〈月印千江之曲〉 23권이 復刊되었고 그 뒤에 普雨와 休靜禪師의 이름이 기재되어 있다.)
한편 일본에서 說經 節唱本으로 알려진 ≪目連記≫는 神奈川大學의 吉川良和가 〈流轉在日本的目連故事〉에서 주장한 대로 日本 萬治 年間(1658-1660) 刊刻本으로 추정된다. 그것은 총 6段으로 구성되어 있으며 寬文 初年(1661)에 再刊되었다. 현재는 일본의 ≪目連尊者巡地獄≫(日, 說唱本)과 함께 日本國會圖書館에 소장되어 있다. 이러한 서적들과 元刊本 ≪目連救母經≫ 및 ≪目連救母出離地獄昇天寶卷≫과의 상관관계가 연구되고 있다.

259) 吉川良和, 〈關于在日本發現的元刊≪佛說目連救母經≫〉(≪戲曲研究≫ 37輯, 1991)을 참조.

260) 가령 ≪風月錦囊≫, ≪詞林一枝≫에는 〈尼姑下山〉이 ≪八能奏錦≫에는 〈尼姑下山〉 외에도 〈元旦上壽〉와 〈目連賀正〉이, ≪歌林拾翠≫에는 〈花園發誓〉와 〈訴三大苦〉와 〈六殿見母〉가, ≪樂府菁華≫에는 〈尼姑下山〉과 〈僧

尼調戲〉가, ≪徽池雅調≫에는 〈劉回(四眞)花園發咒〉가, ≪大明春≫에는 〈羅卜思親描容〉과 ≪羅卜祭尊母親≫이, ≪群音類選≫에는 〈尼姑下山〉, 〈和尙下山〉, 〈挑經挑母〉, 〈六殿見母〉가, ≪歌林拾翠二集≫에는 〈花園發誓〉, 〈訴三大苦〉, 〈六殿見母〉가 있다.

261) 目連寶卷의 목록은 車錫倫의 ≪中國寶卷硏究≫를 참조하였고, ≪報母血盆經≫ 1卷은 務善堂書局刊本이고 傅惜華가 소장하고 있다. 이것은 ≪寶卷總錄≫에 기재되어 있다(파리대학 北京漢學硏究所出版). 1961년 中華書局의 李世瑜는 ≪寶卷綜錄≫에도 목록을 기재하였다.

262) 이 연구는 ≪四川戲曲≫(1993)에 실려 있다. 이 연구에 따르면, 淸 道光 12년(1832) 가을 抄錄된 ≪戲門啓白壇前儀≫, 廬洲의 師道戲의 ≪朝橋拜塔≫, ≪血湖報寃≫이 이에 해당된다.

263) ≪中華戲曲≫ 3輯(1987) pp.1-117을 참조./寥弃의 ≪宋元戲曲文物與民俗≫ 第4篇 〈宋元祭祀演劇遺俗〉(文化藝術出版社 1989)에는 箋釋이 있다. pp.354-421을 참조.

264) ≪吳梅戲曲論文集≫에는 1884-1939의 ≪曲海目疏證·明人傳奇部≫에 〈目連救母〉六十四種曲, 古本無名氏可考라 하였고, 萬曆 11년(1583) 鄭本······ 槪略의 乙篇 臺本 齣目 安徽編에 포함되어 있다.

265) 이 서적은 古典文學出版社에서 1957에 출간한 적이 있으며 ≪昇仙記≫는 pp.85-93에 실려 있다.

266) 張照는 乾隆 年間(1736-1796)에 刑部尙書로 임명되어 樂部를 관리하는 임무를 담당했다.

267) 大木康의 ≪明末のはぐれ知識人 – 馮夢龍と蘇州文化≫ 부록 〈科擧試驗の段階〉(講談社, 1995)를 참조.

268) 葉宗春과 陳昭祥의 ≪勸善戲文≫의 서문을 참조하여 작성하였다.

269) 新安은 徽州 지역으로 현재 安徽省에 해당하며, 淸溪는 현 安徽 歙縣, 祁門 일대를 가리킨다.

270) 三槐堂讀本, ≪繪圖慶頂朱≫眞正京都頭等名角孫春恒曲本, 知音館主題. 校正慶頂朱京調全本 다음에 제시하는 각각의 繪圖가 각 편을 시작하는 표지로 사용되었다.
　　繪圖 1. 討魚稅 – 南通 曹林 所藏의 盤에 畵圖가 실려 있으며 경극과 구별되는 扮裝이 특별하다. 노를 든 수염 기른 남자 배우와 높은 구두를 신은 여자 배우가 등장하는 장면.
　　繪圖 2. 龍虎鬪 분장한 세 명의 남자가 곤봉을 들고 등장. 높은 구두.
　　繪圖 3. 取滎陽 – 세 명의 관리는 성 위에 있고 아래에 한 세련되게 표현된 장수가 서있다.
　　繪圖 4. 紀信替主 한 관리가 수레를 타고 하인과 가는 중이고 병풍처럼 보이는 사열이 늘어서 있다.

繪圖 5. 大焚信－한 사람은 서있고 한 사람은 꿇어앉아 그에게 뭔가 말하고 있다.

271) 鄭之珍 극본의 판본 중에 富春堂 刊本 역시 각지에 통용되었는데 富春堂은 불교계 서적을 출판하였던 유명한 출판사로 ≪新刻出像音注劉知遠白𠔏記≫ 등 新刻出相音註시리즈 발간하였다.

272) 南宋의 ≪唐三藏取經詩話≫를 刊印하였다.

273) 汪啓淑은 500여 종, 鮑廷博은 626종, 馬曰琯의 아들 馬裕는 776종을 판각하여 獻書한 것으로 전해진다.

274) ≪大目建連冥間救母變文≫의 경우에는 산문으로 내용을 말하고 운문으로 다시 반복하거나 처음부터 韻文만으로 상황을 설명하기도 한다.

275) 목련희에 국한한 것은 아니지만 당시 공연문화의 성행에 대해 王陽明은 이런 기록을 남겼다.
王陽明(1472-1528), 〈觀傀儡戲次韻〉, ≪王文成公全書≫ 卷19: 處處相逢是戲場, 何須傀儡夜登堂./繁華過眼三更促, 名利牽人一線長./稚子自應爭託說, 矮人亦復浪悲傷./本來面目何曾識, 且向尊前學楚狂.

276) ≪大明律≫'搬做雜劇'法令: 凡樂人搬做雜劇戲文, 不許妝扮帝王后妃, 忠臣節烈, 先聖先賢神像, 違者杖一百. 官民之家容扮者如同罪. 其神仙道扮及義夫節婦, 孝子順孫, 勸人爲善者, 不在此限. 顧起元 ≪客座贅語≫에 인용된 詔令: 永樂九年七月初一日, 該刑科署都給事中曹潤等奏, :但有褻瀆帝王聖賢之詞曲, 駕頭雜劇, 非律所該載者, 敢有收藏, 傳誦印賣 一時拿送法司究治, ……皇帝의 旨意: 但這等詞曲, 出榜後限他五日都要干淨, 將赴官燒毀了, 敢有收藏的全家殺了.

277) 〈大淸律例〉 卷24, ≪元明淸三代禁毀小說戲曲史料≫(1981), p.18: 搬做雜劇: 凡樂人搬做雜劇戲文, 不許妝扮歷代帝王后妃及先聖先賢忠臣烈士神像, 違者杖一百, 官民之家, 容令妝扮者與同罪. 其神仙道扮及義夫節婦, 孝子順孫, 勸人爲善者, 不在禁限. 條例: 1. 城市鄕村, 如有當街搭臺懸燈唱演夜戲者, 將爲首之人, 照違制律杖一百, 枷號一個月; 不行查拿之地方保甲, 照不應重律杖八十; 不實力奉行之文武各官, 交部議處; 若鄕保人等有借端勒索者, 照索詐例治罪.

278) 목련희의 극본을 읽고 평을 남긴 사람들로는 葉宗春, 陳昭祥, 倪道賢, 惟德甫, 陳瀾汝, 葉極沙, 王陽明 등이 있다.

279) 차례로 출전을 밝히면 다음과 같다. 呂天成 撰, 吳書蔭 校注, ≪曲品校注≫ (北京: 中華書局, 1990, p.385)/祁彪佳 撰, 黃裳 校錄:≪遠山堂曲品劇品校錄≫(上海; 古典文學出版社, 1957, p.134)/≪艷火行·序≫는〈湘劇 目連 高腔遺鄕管窺〉(目連戲學術座談會論文選, 1985)에서 재인용하였음을 밝힌다.

280) 陳瀾汝의 ≪勸善記≫評의 원문은 다음과 같다: 陳瀾汝目連救母事怪說誕, 智士弗道, 烏烏著此. 然以正法眼觀, 則志于勸善是第一家. 故其愛敬君親, 崇尙節義, 層見疊出. 其與高則誠君伯皆勸孝, 丘文庄公五倫輔治, 同一心也. 至于地獄罰惡, 天堂賞善, 則與夜臺鬼造, 白日仙登, 同一劇也. 水月監象, 勿以迹拘, 斯惟智者神會焉. 爾因表其微, 以與智者道. 壬子進士通家眷侍生左泉陳瀾汝觀甫頓首拜書.

281) 葉椏沙의 評文은 다음과 같다: 목련희愿三宵畢(施主陰功萬歲昌) － 葉椏沙批: 先儒謂文字無關於世敎, 雖工何益. 是編假一目連, 生出千枝萬葉, 有開闔, 有頓挫, 有抑揚, 有勸懲. 其詞旣工, 而關于世敎者不小也, 豈特爲梨園之絶響而已乎.

282) 공연에 대해 악평을 남긴 문인으로는 앞의 관객의 반응에서 소개했던 明代의 呂天成과 祁彪佳 그리고 淸代의 潘其炯 등이 있다.

283) 明代 陳繼儒는 新安 商人이 명예를 좋아해서 賢豪長者들과 놀기를 즐긴다고 했다. 歙縣 사람 汪道昆은 徽商이 大人과 교유함으로써 명예를 드높였다고 한다. 비단 이런 언급들을 빌리지 않더라도 徽州 商人들의 문화사업에 대한 활약은 잘 알려져 있는 사실이다.(張海鵬, 王廷元, ≪徽商硏究≫, 安徽人民出版社, 1995, 第7章)

284) 특히 徽商인 方遷曦, 歙縣의 鹽商인 江春, 鄭監元, 程易 등은 商人의 신분으로 天子와 교류하여 명성과 이익을 얻고 혁혁한 지위를 확보한 商界의 전설적인 인물로 전해진다(張海鵬, 王廷元, ≪徽商硏究≫, 安徽人民出版社, 1995, 第7章).

285) 明淸 시기 徽州 지역의 문화중심지인 歙縣 지역은 '儒道를 중요하게 여기고 理學을 제일로 삼는다(崇儒重道, 理學第一)'는 관념이 보편적이었다.

286) 揚州로 진출하였던 徽商이 그곳에 園林을 많이 건축하여 당대 文士와 교류함으로써 상류층의 생활을 하기 위해 노력하였음은 주지의 사실인데, 예를 들어 婺源 상인 李賢과 黟縣 상인 孫志甫 등은 당대 吳의 士大夫와 교류하기 위해서라면 하루에 천금을 써도 아까워하지 않았다고 하며, 祁門의 鹽商인 馬曰琯, 馬曰璐 형제는 雍正 12년에 역시 揚州에 梅花書院을 세웠고 저명한 汪中, 王念孫, 段玉裁, 洪亮吉, 孫星衍 등이 이곳을 거쳐 갔다. 徽商은 교육을 중시했고 또 名師를 초빙하는 데 열심이었는데, 桐城派 古文의 宗師 姚鼐도 梅花서원의 일을 담당한 적이 있으며, 江南의 大儒 汪仲伊도 紫陽書院과 黟縣의 碧山書院에 초빙된 적이 있을 정도로 徽商이 자금을 투자한 書院에는 언제나 名儒를 불러 강좌를 개설했다(張海鵬, 王廷元, ≪徽商硏究≫, 安徽人民出版社, 1995, 第7章).

287) 前野直林 저, 최순미 역, ≪중국문학서설≫, 도서출판 窓, 1992.

288) 謝肇淛가 언급한 ≪莊子≫와 ≪離騷≫는 물론 吳氏가 판각한 ≪二十子≫와 ≪楚辭集注≫를 지목하고 있다.

289) 余英時, ≪中國 近世宗敎倫理와 商人精神≫, 大韓敎科書株式會社. 余英時
는 유가의 윤리가 상인의 상업에 끼치는 영향을 살피고 중국종교가 現世로
전향하게 되는 특수한 노선, 그리고 상인층이 형성되는 패턴을 서양의 그것
과 비교하였다. 그는 Weber식의 '중국에는 왜 자본주의가 성립되지 않았는
가'에 대한 비판/변론을 지양하고 대신에 儒家倫理와 禪宗, 道敎와의 관계를
찾아가는 과정에서 16-18세기 중국 상인의 정신적인 지주를 찾는 데 힘을 들
인다. 즉 상인과 전통종교윤리의 관계를 상업발전경로를 따라 史料를 참작해
가면서 들여다보는 것이다.

290) ≪歙淳方氏會宗統譜≫ 卷19: 方君中茂行狀, 十餘歲工擧子業. ≪明淸徽商
資料選編≫ 第1291, p.417: 因念古人有言, 儒者亦須急于治生. 戊戌－己亥
間(1658-59), 游毗陵, 小試計然術. 數年徒業姑蘇, 僦居閶門.(計然: ≪史
記·貨殖列傳≫: 春秋人. 越王 句踐 밑에서 10년 만에 富國를 만들어 吳에
복수하였다. 范蠡(陶朱公)가 巨富가 될 수 있었던 것도 計然의 정책을 응용
한 결과라고 한다.)

291) 學問之道, 無他奇異, 有國者守其國, 有家者守其家, 士守其身, 如是而已. 所
謂身, 非一身也. 凡父母兄弟妻子之士, 皆身以內事. 仰事俯育, 決不可責之他
人, 則勤儉治生洵是學人本事. ……確嘗以讀書, 治生爲對, 謂二者眞學人之本
事, 而治生尤切於讀書……唯眞志於學者, 則必能讀書, 必能治生. 天下豈有白
丁聖賢·敗子聖賢哉! 豈有學爲聖賢之人而父母妻子之弗能養, 而待養於人者
哉! 魯齋此言, 專爲學者而發, 故知其言之無弊, 而體其言者或不能無弊耳.

292) 人慾正當處卽天理, 陳確의 ≪別集≫ 卷2〈瞽言一〉을 참조

293) 蘇之崑山儒節庵方公麟者, 始爲士, 業擧子. 已而棄去, 從其妻家朱氏居. 朱故
業商, 其友曰: '子乃去士而從商乎?' 翁笑曰: '子烏知士之不爲商, 而商之不
爲士乎? ……顧太史九和云: 吾嘗見翁與其二子書, 亹亹皆忠臣節義之言, 出
於流俗, 類古之知道者. 陽明子曰: '古者四民異業而同道, 其盡心焉, 一也.
士以修治, 農以具養, 工以利器, 商以通貨, 各就其資之所近, 力之所及者而業
焉, 以求盡其心. 其歸要在於有益於生人之道, 則一而已. 士農以其盡心於修
治求養者, 而利器通貨猶其士與農也. 工商以其盡心於利器通貨者, 以修治求
養, 猶其工與農也. 故曰: 四民異業而同道. ……自王道熄而學術乖, 人失其
心, 交鶩於利, 以相驅軼, 於是始有飲士而卑農, 榮宦遊而恥工賈. 夷考其實,
射時罔利有甚焉, 特異其名耳……吾觀方翁士商從事之喻, 隱然有當於古四民
之義, 若有激而云然者. 嗚呼! 斯義之亡也, 久矣, 翁殆有所聞歟? 抑其天質
之美而默然有契也. 吾於是而重有感也.

294) 이에 관한 자세한 내용은 張海鵬, 王廷元의 ≪徽商硏究≫ 第 7章 徽商的'儒
賈觀'和商業道德(安徽: 安徽人民出版社, 1995. pp.481-440)을 참조.

295) ≪震川先生集≫ 卷13을 참조.

296) 大江以南, 新都以文物著, 其俗不儒則賈, 相代若踐更. 要之, 洋賈何負閎儒!

(張海鵬, 王廷元, ≪徽商研究≫, 安徽人民出版社, 1995, 第7章)

297) 何心隱, 〈答作主〉: 商賈大於農工, 士大於商賈, 聖賢大於士.

298) ≪大泌山房集≫ 卷106: 四民之業, 惟士爲尊, 然無成則不若農賈.

299) ≪歸莊集≫: 士之子恒爲士, 商之子恒爲商. 嚴氏之先, 則士商相雜, 舜工又一人而兼之者也. 然吾爲舜工計, 宜專力於商, 而戒子孫勿爲士. 蓋今之世, 士之賤也, 甚也.

300) 〈布衣周君墓表〉를 참조.

301) ≪曝書亭集≫ 卷72.

302) ≪惜抱軒集≫ 卷13.

303) ≪太函集≫: 休·歙右賈左儒, 直以九章當六籍.

304) 崇禎本 ≪拍案驚奇≫: 徽州風俗以商賈爲第一等生業, 科第反在次着.

305) ≪雍正硃批論旨≫47册〈劉於義雍正二年五月九日(1724)〉條: 劉於義의 奏摺: 但山右積習, 重利之念甚於重名. 子孫俊秀者多入貿易一途, 其次寧爲胥吏. 至中材以下方使之讀書應試. 以故士風卑靡./雍正의 硃批: 山右大約商賈居首, 其次者猶肯力農, 再次者謀入營伍, 最下者方令讀書, 朕所悉知, 習俗殊可笑.

306) 唐甄, ≪潛書≫上篇 下: 苟非仕而得祿, 及公卿敬禮而周之, 其下耕賈而得之, 則財無可求之道. 求之, 必爲小人矣. 我之以賈爲生者, 人以爲辱其身, 而不知所以不辱其身也.

307) ≪九靈山房集≫ 卷2: 君讀書雖不多, 然雅敬賢士夫而聽其話言. 子若孫必延名師儒以敎.

308) 卑人要買些牛玆生, 敢托閣下, 指引指引.

309) 安東: 論買賣須應時值, 你瞞天說價何爲.
　　　賣人: 你到就地還錢, 反愧我瞞天說價.
　　　安東: 卑人不敢愛便宜, 在牙行公道成交易. 貨低不買.
　　　賣人: 價虧不賣.
　　　牙人: 你今買了, 休言貨低, 你今賣了, 休言價虧, 論有無相濟非關厲.
　　　賣人: 論市價從未無二, 雖市童五尺也不相欺. 無利則可, 蝕本難當. 若叫傷本也難依, 煩經紀斟酌的休輕易.

310) 牙人: 常規每兩三分. 今番主價實多, 要每兩一錢.
　　　賣人: 你要騙我.
　　　牙人: 我非騙你, 主價過多有在你處, 不可太貪.
　　　賣人: 我也非貪你的.
　　　牙人: 貪字與貧字差不多.
　　　賣人: 你那牙字, 轉過脚來, 就是无字.
　　　牙人: 是是, 不錯. 只道貪和貧不遠, 那思牙轉脚爲无.
　　　賣人: 須知萬事皆前定, 且醉春風酒一壺.

311) 商人: 聞道傅官人, 有貨在此, 特來求買.
　　　 店主: 呵, 請他出來二位面說.
　　　 羅卜: 千里夢初斷, 五更霜正寒. 主人相喚, 有何話說.
　　　 賈人: 憑主人是價, 算該多少銀子, 兌了就是.
　　　 商人: 幸遇傅官人, 少年英俊, 敢邀到少娘家一耍.
　　　 羅卜: 戒之在色, 不敢胡行.
　　　 賈人: 旣然如此, 敢邀到酒樓一敍.
　　　 羅卜: 卑量小, 酒不敢奉命.
　　　 賈人: 原來如此, 少年老成, 客中少有.
　　　 店主: 請入後堂, 兌了銀子, 今宵一敍, 明日再開.
　　　 店主: 仁義値千金.
　　　 羅卜: 錢財多所輕.
　　　 商人: 交錢是買主.
　　　 賈人: 說價是閑人.

312) 이에 관해서는 繆咏禾의 ≪明代出版史稿≫(江蘇人民出版社, 2000)의 第11
　　　 章 〈明代圖書的經營和流通〉을 참조.

313) 이에 관해서는 張紫晨의 ≪中國民間小戲≫(浙江敎育出版社, 1989) 3章
　　　 〈民間小戲劇種形性和發展的進程〉을 참조.

· 저자 ·

김영지   · 약 력 ·
　　　　　이화여대 중문과 졸업
　　　　　서울대 대학원 졸업
　　　　　서울대, 이화여대, 서강대에서 중국어 및 중국문화 관련 강의

　　　　· 주요논저 ·
　　　　　목련희와 습유기 관련 다수의 연구논문과 공저로 《샤머니즘》이 있음.

중국 공연문화의 꽃, 목련희

· 초판 인쇄	2006년 7월 20일
· 초판 발행	2006년 7월 20일
· 지 은 이	김영지
· 펴 낸 이	채종준
· 펴 낸 곳	한국학술정보㈜
	경기도 파주시 교하읍 문발리 526-2
	파주출판문화정보산업단지
	전화 031) 908-3181(대표) · 팩스 031) 908-3189
	홈페이지 http://www.kstudy.com
	e-mail(e-Book사업부) ebook@kstudy.com
· 등 록	제일산-115호(2000. 6. 19)
· 가 격	26,000원

ISBN   89-534-5390-9 93820 (Paper Book)
　　　　89-534-5391-7 98820 (e-Book)